中国当代小说20家读本

谢有顺　张均　编

逸仙文学读本丛书

主编　林岗　谢有顺

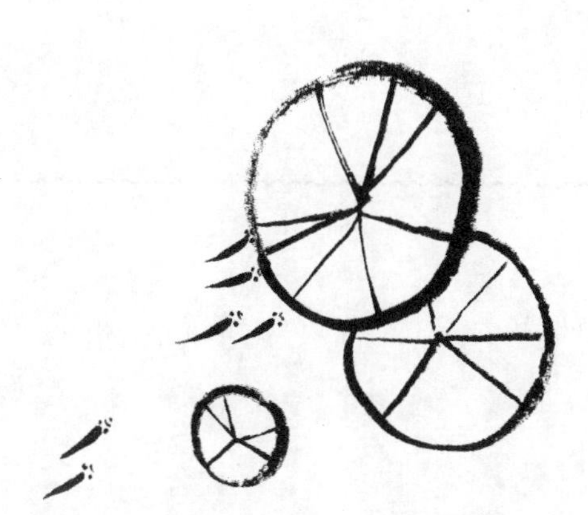

·广州·

图书在版编目（CIP）数据

中国当代小说20家读本/谢有顺，张均编．—广州：中山大学出版社，2015.8
（逸仙文学读本丛书/林岗，谢有顺主编）
ISBN 978-7-306-05377-0

Ⅰ.①中…　Ⅱ.①谢…②张…　Ⅲ.①小说集—中国—当代　Ⅳ.①I247

中国版本图书馆CIP数据核字（2015）第171151号

出 版 人：徐　劲
策划编辑：嵇春霞
责任编辑：嵇春霞
封面设计：林绵华
版式设计：林绵华
责任校对：向晴云
责任技编：何雅涛
出版发行：中山大学出版社
电　　话：编辑部 020-84111996，84113349，84111997，84110779
　　　　　发行部 020-84111998，84111981，84111160
地　　址：广州市新港西路135号
邮　　编：510275　　传　真：020-84036565
网　　址：http://www.zsup.com.cn　E-mail：zdcbs@mail.sysu.edu.cn
印 刷 者：广东省农垦总局印刷厂
规　　格：787mm×1092mm　1/16　25.25印张　556千字
版次印次：2015年8月第1版　2015年8月第1次印刷
定　　价：48.00元

《逸仙文学读本丛书》编委会

凡　例

一、《中国当代小说20家读本》为《逸仙文学读本丛书》的一种。

二、本读本收录中国1949年以来重要小说家的经典作品，适用于广大文学爱好者、文学研究者阅读收藏。

三、本读本以艺术魅力、思想深度、文学史影响力为标准，选择了20位广有声誉的小说家的代表作。可入选的当代小说家当然不止这些，但限于篇幅，编者只能侧重最能代表时代水准和文学发展的小说家。在具体篇目、章节的选择中，对于篇幅很长的长篇小说只能以存目形式呈现，对中短篇小说则尽量全文收入。但限于读本容量，对少数接近“小长篇”的中篇小说仍然只能以节选形式呈现。当然，这种遗憾对于喜爱文学的读者来说，是不难弥补的。愿经典的陪伴，为我们的人生创造一个“诗意的世界”。

四、为保存作品原貌，本读本对所选作品一律不做改动。

五、本读本大多数作品已获出版授权，但仍有几位作家或家属无法取得联系；请未联系上的作家或家属与我们联系，我们将支付稿费，略表谢意。

附记：中山大学中文系2012级王逸凡、王澜霏、李理、曾月娥、李运英、高丽娜等同学为本读本的资料收集及校对工作做出了贡献，特此感谢。

目录

说明：带*者皆为存目。

○

孙

犁

山地回忆

从阜平乡下来了一位农民代表，参观天津的工业展览会。我们是老交情，已经快有十年不见面了。我陪他去参观展览，他对于中纺的织纺，对于那些改良的新农具特别感兴趣。临走的时候，我一定要送点东西给他，我想买几尺布。

为什么我偏偏想起买布来？因为他身上穿的还是那样一种浅蓝的土靛染的粗布裤褂。这种蓝的颜色，不知道该叫什么蓝，可是它使我想起很多事情，想起在阜平穷山恶水之间度过的三年战斗的岁月，使我记起很多人。这种颜色，我就叫它“阜平蓝”或是“山地蓝”吧。

他这身衣服的颜色，在天津是很显得突出，也觉得土气。但是在阜平，这样一身衣服，织染既是不容易，穿上也就觉得鲜亮好看了。阜平土地很少，山上都是黑石头，雨水很多很暴，有些泥土就冲到冀中平原上来了——冀中是我的家乡。阜平的农民没有见过大的地块，他们所有的，只是像炕台那样大，或是像锅台那样大的一块土地。在这小小的、不规整的，有时是尖形的，有时是半圆形的，有时是梯形的小块土地上，他们费尽心思，全力经营。他们用石块垒起，用泥土包住，在边沿栽上枣树，在中间种上玉黍。

阜平的天气冷，山地不容易见到太阳。那里不种棉花，我刚到那里的时候，老大娘们手里搓着线锤。很多活计用麻代线，连袜底也是用麻纳的。

就是因为袜子，我和这家人认识了，并且成了老交情。那是个冬天，该是一九四一年的冬天，我打游击打到了这个小村庄，情况缓和了，部队决定休息两天。

我每天到河边去洗脸，河里结了冰，我蹬在冰冻的石头上，把冰砸破，浸湿毛巾，等我擦完脸，毛巾也就冻挺了。有一天早晨，刮着冷风，只有一抹阳光，黄黄的落在河对面的山坡上。我又蹬在那块石头上去，砸开那个冰口，正要洗脸，听见在下水流有人喊：

“你看不见我在这里洗菜吗？洗脸到下边洗去！”

这声音是那么严厉，我听了很不高兴。这样冷天，我来砸冰洗脸，反倒妨碍了人。心里一时挂火，就也大声说：

“离着这么远，会弄脏你的菜！”

我站在上风头，狂风吹送着我的愤怒，我听见洗菜的人也恼了，那人说：

“菜是下口的东西呀！你在上流洗脸洗屁股，为什么不脏？”

“你怎么骂人？”我站立起来转过身去，才看见洗菜的是个女孩子，也不过十六七岁。风吹红了她的脸，像带霜的柿叶；水冻肿了她的手，像上冻的红萝卜。她穿的衣服很单薄，就是那种蓝色的破袄裤。

十月严冬的河滩上，敌人往返烧毁过几次的村庄的边沿，在寒风里，她抱着一篮子水沤的杨树叶，这该是早饭的食粮。

不知道为什么，我一时心平气和下来。我说：

“我错了，我不洗了，你在这块石头上来洗吧！”

她冷冷地望着我，过了一会儿才说：

“你刚在那石头上洗了脸，又叫我站上去洗菜！”

我笑着说：

“你看你这人，我在上水洗，你说下水脏，这么一条大河，哪里就能把我脸上的泥土冲到你的菜上去？现在叫你到上水来，我到下水去，你还说不行，那怎么办哩？”

“怎么办，我还得往上走！”

她说着，扭着身子逆着河流往上去了。蹬在一块尖石上，把菜篮浸进水里，把两手插在袄襟底下取暖，望着我笑了。

我哭不得，也笑不得，只好说：

“你真讲卫生呀！”

“我们是真卫生，你是装卫生！你们尽笑我们，说我们山沟里的人不讲卫生，住在我们家里，吃了我们的饭，还刷嘴刷牙，我们的菜饭再不干净，难道还会弄脏了你们的嘴？为什么不连肠子都刷刷干净！”说着就笑得弯下腰去。

我觉得好笑。可也看见，在她笑着的时候，她的整齐的牙齿洁白得放光。

“对，你卫生，我们不卫生。”我说。

“那是假话吗？你们一个饭缸子，也盛饭，也盛菜，也洗脸，也洗脚，也喝水，也尿泡，那是讲卫生吗？”她笑着用两手在冷水里刨抓。

“这是物质条件不好，不是我们愿意不卫生。等我们打败了日本，占了北平，我们就可以吃饭有吃饭的家伙，喝水有喝水的家伙了，我们就可以一切齐备了。”

“什么时候，才能打败鬼子？”女孩子望着我，“我们的房，叫他们烧过两三回了！”

“也许三年，也许五年，也许十年八年。可是不管三年五年，十年八年，我们总是要打下去，我们不会悲观的。”我这样对她讲，当时觉得这样讲了以后，心里很高兴了。

“光着脚打下去？”女孩子转脸望了我脚上一下，就又低下头去洗菜了。

我一时没弄清是怎么回事，就问：

“你说什么？”

“说什么？”女孩子也装没有听见，“我问你为什么不穿袜子，脚不冷吗？也是卫生吗？”

“咳！”我也笑了，“这是没有法子么，什么卫生！从九月里就反‘扫荡’，可是我们八路军，是非到十月底不发袜子的。这时候，正在打仗，哪里去找袜子穿呀？”

“不会买一双？”女孩子低声说。

“哪里去买呀，尽住小村，不过镇店。”我说。

“不会求人做一双？”

“哪里有布呀？就是有布，求谁做去呀？”

“我给你做。”女孩子洗好菜站起来，“我家就住在那个坡子上，”她用手一指，“你要没有布，我家里有点，还够做一双袜子。”

她端着菜走了，我在河边上洗了脸。我看了看我那只穿着一双“踢倒山”的鞋子，冻得发黑的脚，一时觉得我对于面前这山，这水，这沙滩，永远不能分离了。

我洗过脸，回到队上吃了饭，就到女孩子家去。她正在烧火，见了我就说：

“你这人倒实在，叫你来你就来了。”

我既然摸准了她的脾气，只是笑了笑，就走进屋里。屋里蒸气腾腾，等了一会，我才看见炕上有一个大娘和一个四十多岁的大伯，围着一盆火坐着。在大娘背后还有一位雪白头发的老大娘。一家人全笑着让我炕上坐。女孩子说：

“明儿别到河里洗脸去了，到我们这里洗吧，多添一瓢水就够了！”

大伯说：

“我们妞儿刚才还笑话你哩！”

白发老大娘瘪着嘴笑着说：

“她不会说话，同志，不要和她一样呀！”

“她很会说话！”我说，“要紧的是她心眼儿好，她看见我光着脚，就心疼我们八路军！”

大娘从炕角里扯出一块白粗布，说：

“这是我们妞儿纺了半年线赚的，给我做了一条棉裤，剩下的说给她爹做双袜子，现在先给你做了穿上吧。”

我连忙说：

“叫大伯穿吧！要不，我就给钱！”

“你又装假了，”女孩子烧着火抬起头来，“你有钱吗？”

大娘说：

“我们这家人，说了就不能改移。过后再叫她纺，给她爹赚袜子穿。早先，我们这里也不会纺线，是今年春天，家里住了一个女同志，教会了她。还说再过来了，还教她织布哩！你家里的人，会纺线吗？”

“会纺！”我说，“我们那里是穿洋布哩，是机器织纺的。大娘，等我们打败日本……”

“占了北平，我们就有洋布穿，就一切齐备！”女孩子接下去，笑了。

可巧，这几天情况没有变动，我们也不转移。每天早晨，我就到女孩子家里去洗脸。第二天去，袜子已经剪裁好，第三天她已经纳底子了，用的是细细的麻线。她说：

“你们那里是用麻用线？”

“用线。”我摸了摸袜底，“在我们那里，鞋底也没有这么厚！”

“这样坚实。”女孩子说，“保你穿三年，能打败日本不？”

“能够。”我说。

第五天，我穿上了新袜子。

和这一家人熟了，就又成了我新的家，这一家人身体都健壮，又好说笑，女孩子的母亲，看起来比女孩子的父亲还要健壮。女孩子的姥姥九十岁了，还那么结实，耳朵也不聋，我们说话的时候，她不插言，只是微微笑着，她说：她很喜欢听人们说闲话。

女孩子的父亲是个生产的好手，现在地里没活了，他正计划贩红枣到曲阳去卖，问我能不能帮他的忙。部队重视民运工作，上级允许我帮老乡去作运输，每天打早起，我同大伯背上一百多斤红枣，顺着河滩，爬山越岭，送到曲阳去。女孩子早起晚睡给我们做饭，饭食很好，一天，大伯说：

“同志，你知道我是沾你的光吗？”

“怎么沾了我的光？”

“往年，我一个人背枣，我们妞儿是不会给我吃这么好的！”

我笑了。女孩子说：

“沾他什么，他穿了我们的袜子，就该给我们做活了！”

又说：

“你们跑了快半月，赚了多少钱？”

“你看，她来查账了，”大伯说，“真是，我们也该计算计算了！”他打开放在被摞底下的一个小包袱，“我们这叫包袱账，赚了赔了，反正都在这里面。”

我们一同数了票子，一共赚了五千多块钱，女孩子说：

“够了。”

“够干什么了？”大伯问。

“够给我买张织布机子了！这一趟，你们在曲阳给我买架织布机子回来吧！”

无论姥姥、母亲、父亲和我，都没人反对女孩子这个正义的要求。我们到了曲阳，把枣卖了，就去买了一架机子。大伯不怕多花钱，一定要买一架好的，把全部盈余都用光了。我们分着背了回来，累得浑身流汗。

这一天，这一家人最高兴，也该是女孩子最满意的一天。这像要了几亩地，买回一头牛；这像制好了结婚前的陪送。

以后，女孩子就学习纺织的全套手艺了：纺，拐，浆，落，经，镶，织。

当她卸下第一匹布的那天，我出发了。从此以后，我走遍山南塞北，那双袜子，整整穿了三年也没有破绽。一九四五年，我们战胜了日本强盗，我从延安回来，在碛口地方，跳到黄河里去洗了一个澡，一时大意，奔腾的黄水，冲走了我的全部衣物，也冲走了那双袜子。黄河的波浪激荡着我关于敌后几年生活的回忆，激荡着我对于那女孩子的纪念。

开国典礼那天，我同大伯一同到百货公司去买布，送他和大娘一人一身蓝士林布，另外，送给女孩子一身红色的。大伯没见过这样鲜艳的红布，对我说：

“多买上几尺，再买点黄色的！”

“干什么用?”我问。

“这里家家门口挂着新旗，咱那山沟里准还没有哩！你给了我一张国旗的样子，一块带回去，叫妞儿给做一个，开会过年的时候，挂起来！”

他说妞儿已经有两个孩子了，还像小时那样，就是喜欢新鲜东西，说什么也要学会。

一九四九年十二月

铁木前传*

内容简介 《铁木前传》写成于1956年，它以新中国成立初期的农业合作化运动为时代背景，描述了两个老人（铁匠傅老刚和木匠黎老东）和几个青年（九儿、六儿、小满儿等）在新中国成立前后不同时代背景下的交好与交恶，展现了20世纪50年代初期北方农村的生活风貌，揭示了人物命运和情感的深切变化。小说以人际关系的前后变化为线索，以孙犁一贯关注的乡土人情在不同背景下的发展为主题，注意人物真情实感的挖掘，流露出作家对北方农村人情美、人性美的向往和赞美。小说人物形象朴实鲜明，笔调明丽流畅，充满诗的语言和想象，是孙犁的代表作品，亦是当代文学“前三十年”的优秀之作。

○

柳青

创业史（节选）

和谷苗一块长起来的，有莠草；和稻秧一块长起来的，有稗子。莠草和稗子，同庄稼一齐生长，一齐吸收肥料和土壤里头的养分，一齐承受雨露的恩泽，但它们不产粮食，只结草籽。它们——莠草和稗子——长着同谷子和稻子很少差别的根、茎、叶，庄稼人不分彼此地给它们施肥、培土或灌水，直至它们被鉴别出来，才毫无抱怨地、心平气和地拔掉它们。第二年，庄稼人明知道谷苗里头有莠草，稻秧里头有稗子，还是把它们当做庄稼一样看待，一样娇贵，因为毕竟它们只是谷苗和稻秧的万分之一啊！

不幸这种情况，超出了自然界。高增福有他哥高增荣，梁生宝有他的邻居王瞎子。

在梁三老汉草棚院西边二三十步、任老四和欢喜家的草棚院东边四五十步的地方，蹲着一座苍老的没院墙的稻草棚屋。草棚屋的东山墙向外倾斜着，要不是拿两根椽顶住，早已不知在哪一次暴风中，从墙根儿垮下去了，尽管这样，它的主人年复一年地拖延着，不请人另打山墙，仅仅为了证明主人的判断准确——它就那样，也能支持十年以上！同时可以证明：那些说这山墙危险的庄稼人，多么无知和可笑！快奔八十的王瞎子，什么事他不清底呢？要人给他说吗？笑话！

直杠王老二，也有人叫他王二直杠，或简称二直杠的。虽然他那样固执，庄稼人们对他还是相当厚道的；自从可怜老汉眼睛看不见了，蛤蟆滩谁还当面叫他那些不高雅的外号来呢？

王瞎子七十八了！从八年前的一场伤寒症中，好强的老汉固执地活了出来，只是双眼失明了。他现时什么活儿也不能做罗。他只能扶着棍子，从草棚屋摸到外面晒太阳，还有上草棚屋后面猪圈旁边的茅房里去。

这是一个出尽了力气的庄稼人。在他身强力壮的年头里，每年“芒种”前后犁稻地的时候，吆牛总要喊哑他的嗓子。开犁的几天，整个蛤蟆滩一片犁稻地的庄稼人里头，王二直杠的喊牛声压倒一切；但到收尾的几天，庄稼人们就再也听不见二直杠的声音了。不要以为他的稻地已经犁完了，是他再也喊不出声音来了。他是这样一种性子，做起活来拼命，恨不得爬下去用脑袋犁地的庄稼人啊！

现在，可怜的瞎眼老汉，只能蹲在草棚屋门前，或者蜷曲着身子，躺在门前的茅柴上，满怀感慨地回忆他一生中处世待人的经验了。他衣衫褴褛，骨瘦如柴，但心性还硬，七十八岁的人，还不要儿子拴拴在家里掌权。无论什么时候，听见有脚步声走向他的草棚屋，蹲在门前的瞎老汉，总要像守卫的人一样，严峻地喝道：

“谁？有啥事和我说！他们不管事的……”

光绪二十六年，渭河边王家堡子的年轻长工王二，偷了财东的庄稼，被送到华阴知县衙门去了，差人们在大堂前，当着多少长袍短褂的体面人，在大白天褪下他的庄稼人老粗布裤子，仪式隆重地数着数，用板子打他赤裸难看的屁股。宣布要打一百二十大板来，由于他嚎哭着央告“大人恩宽”，打到八十大板停住了，问他以后还敢不敢冒犯王法，拿财东家的东西。泪流满面的长工王二，用哽咽的声音保证：只要他在世上活着，他永辈子也不会白拿财东家的一根禾柴了。他被“恩宽”了，提上裤子，差人们把他架回了看守所。养好了伤，服满三八二十四天劳役，王二从县城回到王家堡子了。羞愧难当的小伙子啊，多少日子不好意思在村里露面，好像地老鼠一样，不敢见人。肉体上的创伤很快地好了，精神上的创伤却在他头脑里结成一块硬疤。尽管他哥一股劲开导他：“老子打儿，儿不恼；县官打民，民不羞。”小伙子王二还是背起行李卷，含泪辞别了哥嫂，开始了流浪生活。他留言说：他将在关中道随便什么他中意的地方，落脚做庄稼，重新做人，当皇上的忠实愚民。光绪二十八年正月十九，王二路经蛤蟆滩，果真不走了，成了梁三他爹的邻居和好朋友了。现在，连年岁最大的秃顶梁大老汉，也是他的晚辈，只能算近代人。蛤蟆滩只有他一个称得起古时人，头顶上还保存着细辫子哩！

在清朝已经被损毁了灵魂，可怜老汉眼睛失明以后，才有了充分时间检查他一生的得失了。他感谢皇上的代表——知县老爷那八十大板。他自认一生是“问心无愧”的，对得起一切皇上、统治者和财东。他没有吝惜过体力，没有拖欠过官粮租税，没有窃取过财东家的一个庄稼穗子。没有！直杠王二的行为“经得天地，见得鬼神”！后来，在民国初年，可怜妹夫的两个孤儿——任老三和任老四，逃荒逃到他跟前，他以自己的名义租到吕二财东的地，给他们种。秋后，舅舅硬逼着外甥们，拿最好的稻谷交租。他骂他们不是东西。他绝对不允许他们对财东使奸心。他教导他们：穷庄稼人得不到财东的信任，甭想在世上活人！终于，弄得舅舅和两个外甥不和了。任老三还勉强继续种着租地，性大的任老四嫌憋气，退了租跑终南山。王二直杠说：“你小子不种就不种！我总不为你们损我的阴功！不服王法！啥东西！”

不识字的前清老汉，喜欢经常对民国年出生的庄稼人，讲解“天官赐福”四个字的深刻含意。这是庄稼人过年常贴的对联的门楣，但粗心的庄稼人贴只管贴，并不仔细琢磨它的精神实质。年轻时受过刺激的王二直杠，把这四个字，当做天经地义。他认为：老天和官家是无上权威，人都应当听任天官的安排，不可以违拗。家产和子女，都是老天和官家的赏赐，庄稼人只需老老实实做活儿就对了，不可强求。“小心招祸！啊！”

一九五〇年冬天的土地改革运动，是光绪二十六年以来，王二直杠五十年碰到的第一个最大的难题。他一生修炼成的人生哲学，到那年冬天，碰到了严峻的考验。当然，眼睛如果能够看见，他也许还少受熬煎。可怜他眼看不见，哪里也不能去了啊！曾经被蛤蟆滩相当一部分庄稼人尊敬过的勤奋老人，现在是不是要变成可笑的人物呢？

“二老汉！”有人开始揶揄王二直杠说，“你还是等天官赐福哩？还是和俺穷庄稼人一块分财东的地哩？”

老汉在发动群众、整顿贫雇农队伍的初期阶段，相当坚决地摇着他留小辫的头：

“咱不要！咱不要人家的地！咱拉下阳世上的孽债，咱到阴间还不清嘛。先人留下的产业，还保不住哩！要人家的产业做啥？哼！要自己命里有哩，娃子们！”

他眼睛看不见，有理由不参加任何集会和社会活动，有人如果通知他开会，他说：“娃子们，抬轿来吧！”他是蛤蟆滩公认的死角，什么风也吹不动他。旧社会，他是亲眼看见的；新社会，尽管他活到了这个时代，他却看不见了，只在他想象中。有人如果到他东歪西倒的草棚屋门前，做他的工作，他反感，毫无顾忌地进行反宣传，举出大量的事实证明土改是一种乱世之道。下堡村郭家湾郭某过继给叔父，继承了二十几亩旱原地，没到十年就破产了；王家桥王某得了一份“绝业”，穷光蛋一夜变成了富户，到后来拖着树枝沿门讨乞哩；大十字高某等等，等等。他不习惯说空洞的道理。他一张嘴，总是联系到他记忆中无数的事实。因此他经常是非常坚定的，充满自信的。他认为：产业要自己受苦挣下的，才靠实，才知道爱惜。外财不扶人！

他万没想到土改的结尾，把他的雪白胡子嘴完全堵死了。除了给地主自己留一份以外，杨大剥皮和吕二细鬼的地，竟被分光了。所有被确定为贫雇农的穷庄稼人，都领到分给自己的土地，他王老二能独独不领吗？要知道：今后没有财东罗。杨家渠改名团结渠罗，吕家渠改名翻身渠罗，庄稼人当家做主罗，分地管业罗。他王老二不领分给他的地，他拴拴上哪里租种地去呢？唉唉！生活问题和实际利益，是世界上最无情、最强硬、最有说服性的力量。他五十几年兢兢业业遵守的信条——不白拿财主的东西，现在不得不放弃了。他脸上无光地领了分给自己的一份土地。但他并没因此放弃天官赐福的老基本信念。他解释说：

“这也是天官赐福喀！我的天！要不是天意，杨家和吕家大片的稻地，一块一块弄到手的，平地一声雷就完了吗？要不是官家派工作人来分地，庄稼人敢动吗？甭吹！还是天官赐福喀！”

不过他嘴里虽然这样强辩，心里头却服软了。从此以后，他对社会上的事，发表什么看法的时候，比以前审慎多了。他不愿使自己像土改时一样在庄稼人面前难堪。谢天谢地，有八亩稻地了嘛。他可以指导他拴拴过光景了嘛。难道他不发表许多不对时候的看法，不能过光景了吗？

王瞎子毕生最大的遗憾，是他到蛤蟆滩以后，拾便宜“买”的女人不够精明，生下的拴拴，没有他十分之一的机灵。粗壮的拴拴扛着二百斤，很轻松，不喘气；但让他考虑决定芝麻大一点小事，使再大劲思量，也拿不定主意。拴拴只有一点长处，就是老实，听话，从来不和老人顶嘴斗气，家内非常协调、和睦。瞎老汉毫无阻碍地行使家长职权，心里头肯定拴拴比梁生宝强十倍！

“好歹是自家的骨血咯！……”

拴拴跟生宝进终南山的第二天上午，拴拴媳妇素芳，一个二十三岁的乡村少妇，脸上带着一种日子过得并不快活的忧郁，来到公公面前。素芳一边纳鞋帮子，一边对公公说：

“爹，和你商量一件事儿……”

“啥事啦？”坐在敞院里茅柴上的家庭独裁者，抬起留小辫的头，把眼睛看不见的脸，对着媳妇。

媳妇说：“官渠岸西头四合院俺姑父，用一个熬汤女工，我去行不？咱家做活人进山去了。屋里光是你和俺妈两个。俺妈能做得你们吃了哩。等咱的做活人，从山里头回来了，四合院俺姑，也就下炕了，误不了咱农忙的。熬一月汤，吃在外头，节省下咱的口粮，还净挣十二块钱哩！”

说毕，媳妇一笑。直杠公公看不见她的表情，但觉出她笑。

这媳妇眼睛灵动，口齿又利，全不像拴拴迟钝，迂缓。刚愎自用的直杠公公断定：要不是解放前娶过来以后，由他指导着，由老婆帮助着，让拴拴用顶门棍，有计划地捣过几回，素芳是不会在这草棚屋规规矩矩过光景的。王二直杠知道有一个普遍的“真理”，再调皮的驾辕骡子，多坏几根皮鞭子，自然就老实了，何况比骡子千倍懂话的人呢。他认为这事做得天公地道！清朝的知县衙门打过他八十大板，就没白打嘛！直至老汉确定素芳的性气被屈过来以后，公公开始对驯服的媳妇，关怀起来了，在衣食方面尽量使她满意，为的是她有心情和拴拴过夫妻生活，生儿育女。他知道：再不安心的媳妇，娶过十年以后，有三个两个娃子，她就死心塌地和不称心的男人过一辈子了。尽管素芳的性气已经被屈过来了，解放后，直杠公公连一次也不让她参加群众会、妇女会和其他社会活动。不让就是不让！看他谁能拿个七十几岁的瞎子怎办？要是这个代表或那个组长，一定要叫素芳去开会的话，他或她，就得拿棍子，先把王老二几下子打死，然后叫素芳去开会好哩！倚老卖老就倚老卖老！他还能在世上活七十几吗？

现在，瞎眼老汉很严肃地考虑儿媳妇提出来的问题。

“姚士杰是富农，敢用人吗？”他怀疑地问，瘦手摸着白胡子。

素芳很庄重地说：“爹，这阵土改毕了，再不斗争哩。”

“你妈家和姚士杰的丈母家远哩！”老汉不太同意地说。

素芳说：“爹，俺爸和姚家俺姑一个老爷爷。两家的爷爷亲弟兄，人家发家创业了，俺爷爷殁得早，硬俺爸抽大烟抽穷哩。”

“这个我知道咯！我是说：亲戚是亲戚，两家不来往，就是淡亲戚咯！”

“爹，淡亲戚也是亲戚嘛。解放以前，咱穷，人家不喜和咱来往；解放以后，人家是富农，又和咱不好来往。现时，世事又稳住哩。姚家俺姑父到黄堡给俺妈说，俺姑喜愿要我去。给人说起：是亲戚帮忙，不是请女工，不担剥削名儿。爹，这么一说，你就该明白了吧？”

“明白了，明白了。”直杠公公点着留小辫的头，瞎着眼睛同意地说，“这一说，我明白了。”

直杠老汉无论怎样固执、别扭，他对生活问题和实际利益，从来不强扭的。他让拴拴入生宝互助组，他虽然勉强，终于同意拴拴和互助组一块去苦菜滩，都是从这个角度考虑的。

素芳嫁到这草棚屋已经七年了，她能摸着公公思量事情的心性。你看，她的说明，和生宝对老汉说明拴拴进山割竹子的利益一样，多么容易打动老汉的心。

瞎老汉坐在茅柴上，摸着自己身边的棍，考虑起来。

他想：省下一个人一个月的口粮，又挣得十二块钱，这是好事嘛！素芳一个妇道，除非这号亲戚关系，加上姚家怕担剥削名儿，她早上哪里找这好的事呢？她在家里做鞋卖，一个月能弄几块钱呢？王瞎子眼睛瞎，心里亮堂着哩，会算账哩。不要以为咱是糊涂人哎！

“这事做过来哩！”他在心里对自己说。

他又思量：“解放前，姚士杰和李翠娥有哩！就这点不良，那人就这点不良！素芳到他家里……”

但他很快又思量：“姚士杰是有钱人，要脸！李翠娥和多少男人有，姚士杰光和李翠娥有，没听说人家跟旁的妇道不清楚，喀！这就只怪李翠娥烂脏喀！再说，远近总算亲戚嘛！姚士杰不是牲口嘛！素芳这几年也柔顺哩，她不敢胡来的！……”

于是瞎眼公公咬牙切齿，对站在跟前的儿媳妇使威风，说：

“你到人家屋里老老实实，行端立正！狗日的！甭叫人家笑咱没家教！”

“噢！”素芳老老实实遵命。

事情就这样决定了。瞎老汉心中相当满意：穷亲戚和富亲戚来往，这是只能沾光，不会受害的事情。可怜的王瞎子，土改后只给他土地，震撼了他的心灵，却没有能改变他老朽了的脑筋。在他心目中，士杰是高不可攀的富人，梁生宝是他眼前长大的讨饭娃子，出身贫贱。拴拴跟生宝进山，只是为了生活问题和实际利益。至于社会主义不社会主义，他听了笑笑，说：

“娃子们爱怎说呢！我有我的主意：吃饱、体面！”

郭世富从郭县回到蛤蟆滩了。五十多岁的苍头发老汉，带着县政府四科的证明信，从渭河上游太白山下，买回来两石稻种，多神气！嘿！比梁生宝买得多一倍哩！叫梁生宝再吹！

世富老大回到蛤蟆滩，一听说生宝啦，有万啦，都进山走了，他有点泄气。虽然这样，他叫吆胶轮车的世华老三，从民政委员孙水嘴那里取来官锣，沿着蛤蟆滩几条主要的草路，鸣锣吼叫：

“唔——喜愿分百日黄稻种的，都来分啊！唔——不限互助组不互助组，谁爱分谁分哎！……”

世富老大拿着长杆烟锅，站在官渠岸上，遥望着世华老三在稻地滩里鸣锣吼叫，心里格外舒畅！换了季穿着白布衫的富裕中农，很自满地思量：

“我不信比不倒你梁生宝小子！你买得一石稻种，光给互助组长分，不给单干户！你好！俺不好！俺是自发势力，顽固堡垒！我不分彼此，都给分，看你小伙子又怎样说？是蛤蟆滩的庄稼人，不分贫雇和中农，我一样待承……”

郭世富感到一种报复中的快乐。他希望他的这个行动，在不贫困的庄稼人里头，引起好感、尊敬和感激，建立起威望。他想把自己变成所有“日出而作，日入而息，帝力与我何在哉”一派庄稼人的中心。或者干脆地说：他要做他们的头领。唉唉！他原不是好大喜功、喜欢为公众事务活动的人呀！他之所以这样，完全是因为时势逼使他做这号人。他骇怕梁生宝搞的互助合作大发展。他明白：现时终究和解放前不同了，姚士杰戴上富农帽子了，是不宜于出头露面的人。孤立富农！限制富农！我的天！斗大的字，写在所有村庄的泥巴墙上，姚士杰敢说什么话呢？敢做什么事呢？姚士杰说得对着哩！他郭世富不怕什么，有“团结中农”四个大字，护着他。他必须站在蛤蟆滩一切新老中农的前头！他当然不能像党员和团员们宣传互助合作的道理那样进行反宣传。他只要用自己的行动，给一切新老中农和争取升中农的庄稼人，做出榜样，就行了。

世富老大自信：他能胜任这个角色。姚士杰虽然不好出头露面了，但能给他定点子，那家伙毒辣是毒辣了一点，但他郭世富是心中有数的稳当人。他不接受姚士杰过于厉害的主意，不搞明显的敌对活动。他只顾着共产党和人民政府所提倡的路走——增加生产和不歧视单干！他决定：在任何集会和私人谈叙中，他只强调这一点。他会拖长声说：“好嘛！互助也好，单干也好，能多打粮食，都好咯！”有时候，他将不这样直说，他只含蓄地说“红牛黑牛，能曳犁的，都是好牛。”庄稼人一听，都能明白他的意思咯。党团员能把他怎样？看上他两眼！现在，他将公开承认，他是老脑筋、守旧派。他将对人宣布：他和代表主任郭振山是一样的，土改的时候还能跟在大伙后头跑，现时落伍罗，跟不上党团员年轻人了……

郭世富拿着长杆烟锅，亲自到官渠岸西头姚士杰的四合院，商量分稻种的事儿。他并且喝着富农的茶水，吸着旱烟，和姚士杰算车票和运费的账。就只打发世华老三的小闺女英英，到代表主任的草棚院去，告诉郭振山：“稻种买回来哩，喜愿分的话，自己来取！”

姚士杰看见郭世富的神气、言谈和行动起了这样大的变化，高兴极了。富农心里畅快极了。他走路、做活和吃饭，连睡在炕上都带劲。他感觉到春天快乐，汤河两岸风景优美，因为他在下堡乡五村，重新变成有势力的人了。好像清明前后河边、地边、路边和渠岸的杂草一片绿了一样，自自然然，从他心里萌起了发展自己的念头。他想：“你高增福算得了什么！我稍微动一动心思，就够你高增福受了。”他眼睛现在盯着梁生宝。他不能让这个愣小伙子，顺顺当当在蛤蟆滩得势！进山的人走后，他感到这是他新的劲敌！现时梁生宝对他的威胁，比郭振山还大！

他对郭世富说："世富叔哎！"

郭世富亲切地答应："嗯？"

"梁老三的小犊子领带人马进山，安营下寨割竹子，缚扫帚哩！夸下海口，指名道姓产量要压倒你大叔哩！你大叔心里头舒服吗？"

"我心里头不好受。"郭世富在富农面前坦白地承认，显然，梁生宝的魄力使这个富裕中农心中有点悸动。

姚士杰右眼皮上有一片疤的眼睛，看着他悸动的样子，笑笑。

"甭服软！"他嘴上使劲说，"甭服软！大叔，拨弄个斗争会儿，咱不如他们党团员内行，务弄庄稼，可比他们强！咱种大庄稼的人嘛，还能输给这伙穷鬼吗？大叔？"

"对！"郭世富同意，"我也是这么思量哩。"

姚士杰咬住牙说："上！狠住心往地里头上！卖了粮食买肥料，给稻地里头愣上！不是说这稻种肥料大了，也长不滥吗？"

"唔。说是这样……"

"那怕啥？共产党提高生产哩！私人的地里打得粮食多了，也得奖赏哩！我看见报上登过一串串丰产户。咱是富农，没这资格。天照应你，你有。你闹，咱给你鼓劲儿。"

"我也是想闹腾一下子哩……"

"对！庄稼落到蛤蟆滩的穷鬼后头，你大叔就没脸过河那岸子去罗！没脸从下堡村大十字过罗！"

"是哩，就是的。你这阵到哪里去呀？"见姚士杰拿起帽子，郭世富问。

"我到下河沿去。"姚士杰说，"俺屋里家过两天要上炕哩。说下河沿拴拴媳妇，情愿帮忙给她姑侍候月子……"

两个人一块出了四合院，郭世富相当神气地回了家……

…………

姚士杰提脚过了官渠岸的小桥，在稻地中间的草路上，向汤河走来。他趾高气扬，昂头挺胸，感到自己是一个强人，又有人给自己抬轿子了。他很满意他刚才结束的谈话。以前，他心里略微有些不平，总觉着把他定成富农，而把郭世富定成富裕中农，是不公道，是郭振山耍私情，包庇门中人。现在，他才知道根本不是这样。他觉得这样倒好，把郭世富推在前头，他在暗里给他拿点子，鼓劲儿，倒比自己抛头露面强得多。他知道最厉害的是那种人：别人明知道是他使坏，却没有办法对付他。他的理想就是做这种别人没法治的强人。

"士杰哎！"一个女人亲昵的声音在喊叫他。

他在稻地青稞中间的路上转头看看，白占魁的婆娘李翠娥，在她草棚屋门口倚门站着。

"士杰哎！"李翠娥又酸溜溜地喊叫，"你来，妹子给你说句话。"

姚士杰在路上毫不犹豫地走了。他不想再和她勾搭。这个春天，他对富农这顶帽子虽然感到没过去那么沉重；但他想：这时毕竟是和自己敌对的人们在村里当政，要尽量安分守己过日子，不给人家抓住什么整他的把柄才好。他一再地警告过自己，往后决不可再和翠娥明来暗去，免得因了一时的畅快，给自己惹下大祸。这样想着，他扯大步继续走了，嘴里只含含糊糊说：

“我忙。顾不得来。往后……”

现在，翠娥见姚士杰无意到她草棚屋去，她急了。她手里拿着正做的鞋底子，从篱笆外头的斜径上，飞过来了。

姚士杰心更慌了。他在两边长起春草的牛车路上，加快了脚步。他怕翠娥重新勾住他的魂灵。那样，他会陷入真正的危险中，不能自救。只有糊涂蛋和废物，才不看情势贪图女色哩。姚士杰比鬼还鬼，他才不在人民专政的时候，落入非法情网。

他加快脚步走着，心哏哏跳着，脑子里央告斜径飞过来的李翠娥：

“你甭粘我哩！好干妹子哩！就是你一回也不侍候我，我也没想叫你还那二斗大米。你放心！”

他这样想，连头也不回，走了。生怕看见翠娥骚情的样子，他心软，两声“妹子”三声“哥”，他就又控制不住自己了。倒霉事都是在一霎时间开始的。直至翠娥见他坚决不和她恢复旧情，失望地放弃了追他，他才放慢了脚步。

姚士杰到王瞎子草棚屋门前的敞院里，只三言五语，就议定了拴拴媳妇素芳给她姑侍候月子的事儿。

欢喜一听得拴拴叔叔的媳妇素芳婶子，要进四合院熬汤去，就像被蝎子蜇了一样，待不住了。瞎眼舅爷的糊涂主意，使他顿时像吃了反胃的东西一样，觉得发呕。十七岁少年气得连帽子也戴不住了。小学毕业生浑身的血，向头上涌来，鬓角里的筋哏哏跳着。怒火快要把他黑墨墨的头发烧着了。他扔掉手里的扁担，一脚把挡路的一个空担笼踢了多远，就怒气冲冲向瞎眼舅爷的草棚屋冲去。他要阻止直杠舅爷实现这个不要脸的计划！这简直是对于贫雇农立场的叛变！

和生宝他妈亲姐妹一般相好的欢喜他妈，劝教儿子说：

“你甭那样！欢娃！你还小哩！你舅爷的为人，你不知道。人家爱怎过，就怎过去。有伙银子伙钱的，没伙脸面伙心的。各人的体面各人光彩，各人的下贱各人羞耻……”

“你说的啥话？”欢喜白了他妈一眼，鼻子和口里三股气，说，“你说的啥话！我奶奶和他，一娘养的！亲戚都要替他家脸红！这不当紧。他给一下河沿的贫雇农丢人哩！给咱互助组丢人哩！生宝哥在山里头知道，能气折腰哩！”

年纪小，身板瘦，但欢喜志气可人。他说话总像锤子打钉子一样，干脆、利爽，从不拖泥带水、咬字不清或含意不明。下堡小学的毕业生，上不起中学了，死了父亲的少年先锋队员，勇敢地担当起这个家庭的主要劳动。他开始自觉到人生的严肃性，说话、做事，都学着成人的语气和派头，连走路也学成人的步态了。童男的声调和成人的话语，少年的身量和大人的步态，并不使人觉得欢喜可笑，而是觉得他可爱。自从投身农业生产以后，他和少年朋友们分开了，在互助组里，经常和成年庄稼人一块混着。留偏分头的小家伙，注意听他们的言谈，盯他们的表情，在脑子里想着事情，学习做人哩！他已经懂得很多事情了。甚至于他到这个世界上来还没机会体验到的事情，他都能懂得一点了。这完全是靠他两只闪光的眼睛和一个灵敏的脑筋。

欢喜懂得拴拴叔叔和素芳婶子的亲事，是人间的不幸。无知的十六岁的素芳，被黄堡镇一个流氓引诱，惨无人性地损害了她的心灵以后，怀着外表上看得很明显的身孕，噙着眼泪，嫁到这蛤蟆滩的敞院草棚屋来了。内中潜伏着那样的危机，在那个时候，她娘老子可以把她撇给任何人，只要是一个男人。

欢喜知道：所有的邻居们都明白这桩亲事的基础是：鲁笨的拴娃叔叔没有条件挑剔女方的名誉。那时刚刚瞎了眼的舅爷，机敏地抓住这个机会给儿子成了亲。他说素芳还是个小闺女，可以打回心的。他们狠狠地打她，打掉了身孕，娘家张不开口。

这是解放以前的事情，邻居们心里都明白，嘴里谁也不说。人们说不出旧社会的罪恶，并不等于旧社会就没有这部分令人毛骨悚然的罪恶呀！

十七岁的少年欢喜，还没有接近异性的愿望，但他却开始能看出旁人的这种愿望。解放后的第二年，小家伙看出被瞎眼舅爷家庭管制很严的素芳婶子，表现出接近生宝哥的愿望来了。他看出素芳婶子用爱慕的眼光盯生宝哥，向生宝哥不正常地笑，故意找机会和生宝哥说话，讨生宝哥喜欢。能够理解素芳婶子对拴娃叔叔并不那么满意，欢喜心里思量：多亏生宝哥的品格，对素芳婶子表示冷淡，躲避；要不然，下河沿这个选区，不知会变成什么乌七八糟的地方！

欢喜还明白：不仅生宝哥，所有下河沿善良的邻居们，都在起保证作用，监督作用，不让任何不规矩的小伙子，插进拴娃叔叔和素芳婶子中间去。大伙都在心里盼着：素芳快生娃子吧！

欢喜越思量越觉着素芳婶子进四合院去不好。生宝和他四叔又不在家，他不能够不声不响。他奔到拴娃叔叔的敞院草棚屋前面。瞎眼舅爷靠茅柴坐着晒太阳。素芳婶子在梁生禄家里串门。痴呆的舅奶，不知在草棚屋做什么活儿。

欢喜还没有学会成年人绕弯儿说话的方式。他还不会在舅爷身旁蹲下来，采取一种友好的态度，和婉相劝。非常可惜，他还是少年本色，以冲突的方式直截了当质问：

“舅爷！你叫俺素芳婶子给富农女人熬汤去吗？”

“唔！”舅爷很自信地回答，抬起留小辫的头，面对着欢喜的声音发出的地方。

“算了吧！”欢喜怒目盯着不体面的白胡子皱脸，鄙弃地说。

“为啥哩？你婶子在屋里闲着。”

“十二块钱够一辈子使唤吗？”

“啊呀！”瞎眼舅爷大吃一惊，“你小子打发出这号话？你娘母子的票子，车载船装哩？”

“俺穷，穷个有骨气！”

“噢？给人家做活，就是没骨气？那么你四叔头一个没骨气！”

“俺素芳婶子是女人！”

“她给她姑熬汤，又不是外姓旁人！”

“姚士杰是富农！”

“富农的钱量不成米？买不成盐？富农的饭吃了药死人？是不是？”

瞎眼舅爷说着说着，生气了。歪起牙巴子，厉声地说：“你小子指教我来哩？我快八十的人了，啥事我不清底？光绪年、宣统年、民国年……啥事我没经过？你小子指教我，太小哩！你爸活着，也还靠我给他租地种哩！”

欢喜气得说不出话了，他一拧身子就走。

“甭走哩！”瞎眼舅爷威严地叫住他。

“怎哩？”

“你为啥不进山？人家冯有义都进山，你为啥不进山？你在家里胡浪！”

“我留下给互助组下稻秧子！”

“傻瓜！人家进山挣钱，把你小子撂下哩！”

“人家给我算工分！”

“算工分不抵进山挣得多！我还没糊涂哩！我会算账哩！”

欢喜一拧身走了。十七岁的人和七十八岁的人中间，距离太大了。改造！改造！什么都可以改造，他舅爷不能改造！一张口就是光绪和宣统！让更能行的人和他谈叙去吧！欢喜是没咒儿念了……

大约是生气没注意听，或者耳朵也不好使了，直杠舅父在欢喜走后，还在对着欢喜站过的地方教训：

“你小子懂啥？你小子啥事都不来问舅爷一下，把外姓旁人当亲人哩？你小子给我说说，这是为啥？为啥？你说！……噢！他走哩……”

○王蒙

风筝飘带

在红底白字的“伟大的中华人民共和国万岁”和挨得很挤的惊叹号旁边，矗立着两层楼那么高的西餐汤匙与刀叉，三角牌餐具和她的邻居星海牌钢琴、长城牌旅行箱、雪莲牌羊毛衫、金鱼牌铅笔……一道，接受着那各自彬彬有礼地俯身吻向她们的忠顺的灯光，露出了光泽的、物质的微笑。瘦骨伶仃的有气节的杨树和一大一小的讲友谊的柏树，用零乱而又淡雅的影子抚慰着被西风夺去了青春的绿色的草坪。在寂寥的草坪和阔绰的广告牌之间，在初冬的尖刻薄情的夜风之中，站立着她——范素素。她穿着杏黄色的短呢外衣，直缝如注的灰色毛涤裤子和一双小巧的半高跟黑皮鞋，脖子上围着一条雪白的纱巾，叫人想起燕子胸前的羽毛，衬托着比夜还黑的眼睛和头发。

“让我们到那一群暴发户那里会面吧！”电话里，她对佳原那么说。她总是把这一片广告牌叫作“暴发户”，对于这些突然破土而出的新偶像既亲且妒。“多看两眼就觉得自己也有钢琴了。”佳原这样说过。“当然，老是念‘不是你吃掉我，就是我吃掉你’，自己也会变成狼。”她说。

过了二十多分钟了，佳原还没有来。他总是迟到。傻子，该不是又让人讹上了吧？冬天清晨，他骑着车去图书馆，路过三王坟，看到一个被撞倒在路旁、哼哼唧唧的老太婆，撞人的人已经逃之夭夭。他便把秃顶的老太太扶起，问清住址，把自己的自行车放在路边锁上，搀着老太太回家。结果，老太太的家属和四邻把他包围了，把他当做肇事者。而老眼昏花的老太太，在周围人们的鼓励和追问下，竟然也一口咬定就是他撞的。是老年人的错乱吗？是一种视生人为仇的丑恶心理吗？当他说明这一切，说明自己只是一个助人的人的时候，有一位嗓音尖厉的妇人大喊：“这么说，你不成了雷锋了么？”全场哄然，笑出了眼泪。那是一九七五年，全民已经学过一段荀子，大家信仰性恶论。

他总是不按时赴约，总是那么忙。连眼镜框上的积垢和眼镜片上的灰尘都没有时间擦拭。在认识他以前，素素可从来不忙。她的外衣一枚扣子松了，滴拉奋拉，她不缝。除了她的奶奶，这个城市对于她是冷淡的，不欢迎的。城市轰她走，她才十六岁。然而说轰是不公正的，礼炮在头顶上轰鸣，铜号在原野上召唤，还有红旗、红书、红袖标、红心、红海洋。要建立一个红彤彤的世界，在这个世界里九亿人心齐得像一个人。从八十岁到八岁，大家围一个圈，一同背诵语录，一同“向左刺!”“向右刺!”“杀！杀！杀!”她渴望有这样一个世界胜过从前渴望有一个双铃大风筝，红彤彤的世界是什么样子她没有看到，她倒是看到了一个绿的世界：牧草，庄稼。她欢呼这个绿的世界。然后是黄的世界：枯叶、泥土、光秃秃的冬季。她想家。还有黑的世界，那是在和她一道插队的知识青年陆续通过“门子”走掉之后，她得了维生素甲缺乏症，视力一度受损。

她把关于红彤彤的世界的梦丢在绿色、黄色和黑色的更迭交替里。从此，她食欲不振，胃功能紊乱，面容消瘦。除了红的梦，她还丢失了、抛弃了、被大喊大叫地抢去了或者悄没声息地窃走了许多别的颜色的梦。白色的梦，是水兵服和浪花，是医学博士和装配工，是白雪公主。为什么每一颗雪花都是六角形而又变化无穷呢？大自然不也具有艺术家的性格吗？蓝色的梦，关于天空，关于海底，关于星光，关于钢，关于击剑冠军和定点跳伞，关于化学实验室、烧瓶和酒精灯。还有橙色的梦，对了，爱情。他在哪儿呢？高大，英俊，智慧，善良，他总是憨笑着……我在这儿呢！她向着天坛的回音壁呼喊。

爸爸和妈妈用尽了一切办法，使出了一切解数，调动了一切力量，她回到了这个曾经慷慨地赐予了她那么多梦的城市。终于，爸爸也知道这是不可避免的了。为了回城而过五关、斩六将的故事也是一个陌生的、荒唐的梦。她不留恋这些梦了，她也不再留恋牧马铁姑娘的称号和生活，她很少说起这种称号和生活的各个侧面的迥然不同的颜色。一个多面多棱旋转柱。

她回来了，失去了许多色彩，增加了一些力气，新添了许多气味。油烟、蒜泥、炸成金黄的葱花。酒嗝儿、蒸气、羊头肉切得比纸还薄。她去一个清真食堂做服务员，虽然她并非回民。所有这一切——献花、祝贺、一百分、检阅、热泪、抡起皮带嗡嗡响、“最高指示”倒背如流、特大喜讯、火车、汽车、雪青马和栗色马、队长的脸色……都是为了涌向三两一盘的炒疙瘩么？有一次她翻到一张她小学一年级的照片。那是一九五九年的国庆节，她七岁，两个小辫，两只大蝴蝶带着她起飞。辅导员引着她，她飞上了天安门城楼，把一束鲜花献给了毛主席。毛主席和她握了手。她那么小，还没和任何人握过手呢。毛主席的手又大、又厚、又暖、又有劲。毛主席好像还对她说了一句话，她没听清。事后回想，好像有“娃娃”两个字。她怎么这么幸运呢？她是毛主席的“娃娃”，她永远是幸运的人。

但是后来，她认不出这张照片了。这是真的吗？她认不出自己，甚至一九七五年她回城的时候，她也认不出毛主席。从前，毛主席的腰板挺得多么直，动作多么有力量啊！可现在在“新闻简报”上，好像挪动一下双脚都很艰难，嘴巴张开，半天才合上，可报纸和电台又整天闹闹哄哄地宣传毛主席的叫人似懂非懂的最新指示。她真心酸，她真想去看看毛主席，给毛主席熬一碗山药汤。奶奶生病的时候，就是她给熬汤，白、滑、细的山药块，甜、麻、香的山药汤，补老年人的气虚。不，她不想把她的苦恼、她的委屈告诉毛主席，不应该打扰他老人家。如果她在毛主席跟前掉了泪，她一定转过脸去。

然而这是不可能的。她不再是幸运的了吗？莫非她的运气七岁时候一下子就用完了？她回城干什么呢？为了妈妈？可笑。为了奶奶？也不行。报上说是一切为了毛主席，可我见不着他呀！于是素素再也不做梦了，不做梦，却又不停地说梦话、咬牙、翻身、长出气。“素素，醒一醒！”妈妈叫她。她醒了，茫然，不记得什么梦，只是一头冷汗，一身酸懒，好像刚从传染病房抬出来。

那天她正在路边，她瞧见了佳原这个傻子被他救护的老妇人反咬，瞧见了他被围攻的场面。佳原个子不高，其貌不扬，但是脸上带着各种素素似乎早已熟悉的憨笑。后来派出所的人来了，派出所的人聪明得就像所罗门王。他说：“你找出两个证人来证明你没有撞倒这位老太太吧。否则，就是你撞的。”你能找出两个证人证明你不是克格勃的间谍吗？否则，就该把你枪决。素素心里说，实际上她一声没吭。她只是在上班前看看热闹罢了。看热闹的人已经里三层外三层了，这种热闹免票，而且比舞台上和银幕上的表演更新鲜一些。舞台和银幕上除了“冲霄汉”就得“冲九天”，要不就得“能胜天”“冲云天”。除了和“天”过不去以外，写不出什么新词儿来了。

“你们要干什么？难道做好事反倒要受惩罚不成？”熟悉的憨笑变成睁大的、痛苦的眼睛。素素的心里扎进了一根刺，她想呕吐。她跌跌撞撞地离去，但愿所罗门王不要追上来。

真巧，晚上小傻子到她铺子吃炒疙瘩来了。又是笑容了。他只要二两。“二两您吃得饱吗？”素素不加思索地改变了从来不与顾客搭话的习惯。“噢，我就先吃二两吧。”小子抱歉地说。他把右手食指弯曲着，往上推推自己的眼镜，其实眼镜并没有出溜到鼻子尖下的意思。“如果您的钱或者粮票不够，”不知为什么，素素会这样想，而且会这样说，“那没关系。您先要上，明天再把欠缺的送来好了。”“那制度呢？”“我先垫上，这不碍制度的事。”“谢谢您。那我就得多吃了。因为中午没有吃饱。”“你吃一斤半吗？”“不，六两。”“行。”她又端来四两。厨师发现这位顾客是素素的相识，便在盛完以后又加了一勺羊肉丁。每一颗疙瘩都过过油，金光闪亮，像一盘金豆子。金豆子的光辉传播到脸上来了，小伙子的笑容也更加好看。素素第一次明白炒疙瘩是个绝妙的、威力无比的宝贝。“说我骑车撞了人，把我的钱和粮票全要了去了。”“可是您没撞，是吗？”“当然。”那您为什么给他们钱？一分也不该给，气死人！”“可那老太太需要粮票和钱。再说，我没有时间生气。”那边的顾客在叫。“来了！”素素高声回答，拿起抹布走过去。

晚上回家以后，她想给奶奶讲一讲这个傻子。奶奶犯了心绞痛，爸爸妈妈拿不定主意是否立即送医院。“那个医院的急诊室臭气熏天，谁能在那个过道里躺五小时而不断气，就说明他的内脏器官是铁打的。”素素说。爸爸瞪了她一眼，那目光责备她这样说是对奶奶全无心肝。她一扭身，走了，回到她住的临时搭就的一个小棚子里。

这天夜里，素素做了梦。这是她许多年前最常做的梦之一——放风筝，但是每次放的情景不同。从一九六六年，她已经有十年没有做过这样的梦了。而从一九七〇年，她已经有六年没有做过任何的梦了。长久干涸的河床里又流水了，长久阻隔的公路又通车了，长久不做的梦又出现了。不是在绿草地上，不是在操场上，而是在马背上放风筝。天和地非常之大，“农村是一个广阔的天地”，孩子们齐声朗诵。原来放风筝的并不是她，而是一位一顿吃了六两炒疙瘩的小伙子。风筝很简陋，寒碜得叫人掉泪！长方形的一片，俗名叫作“屁股帘儿”。但是风筝毕竟飞起来了，比东风饭店的新楼还高，比大青山上的松树还高，比草原上空的苍鹰还高，比吊着“无产阶级文化大革命胜利万岁”的气球还高。飞呀，飞呀，一道道的山，一道道的河，一行行的青松，一队队的红卫兵，一群群的马，一盘盘的炒疙瘩。这真有趣！她也跟着屁股帘儿飞起来了，原来她变成了风筝上面的一根长长的飘带。

梦醒了，天还没亮。她打开手电，找寻自己那张最幸福的照片。建国十周年，她给毛主席献过花，她确信自己是一个有福气的人。她哼着《社员都是向阳花》，缝紧了外衣上的那枚已经松脱了好久的滴拉耷拉的扣子，她自动祝愿毛主席身体健康。她给奶奶熬了山药汤，这种汤真是效验如神，奶奶喝过就好多了。这时天已大亮，家人和街坊都已起床。于是她尽情地刷牙漱口，她发出的声音非常之响，好像一列火车开进了她们的院子。而她洗脸的声音好像哪吒闹海。她吃了剩馒头和一片榨菜，喝了一碗白开水。只是在她怀疑《白开水最好喝》这篇文章是否攻击“三面红旗”的时候，她才从屁股帘儿上略略回到了现实世界。但她仍然系紧了鞋带，走起路来咯、咯、咯地响，好像后跟上缀着一块铁掌，好像正在用小锤锤打楔子，目的是打一个捷克式五斗柜。

“素素，你为什么这样高兴？”爸爸问。

“我要——当科长了。”素素答。爸爸高兴坏了。六岁的时候，素素在幼儿园当小组长，爸爸高兴得见人就说。九岁的时候，素素当少先队的中队长，爸爸也美得一颠一颠的。在那个汽笛长鸣的时候，爸爸忽然哭了，他的脸孔扭曲得那么难看。火车上的孩子们也哭成一团，但是素素一滴眼泪也没有掉。看来她一心大有作为，比她爸爸坚决得多。

“您来了？”“您好！”“今天用点什么？”“我先跟您清账。这是四两粮票，两毛八分钱。”“您真是小葱拌豆腐。”“不，我不吃拌豆腐，还是来四两炒疙瘩吧。”“您不换个样儿吗？有水饺，每两七个，一毛五分钱。包子，每两两个，一毛八分。芝麻酱烧饼就老豆腐，吃四两只要三毛。”“什么快就吃什么。”“您等等，那边又来人了……那我去给您端包子，今天还要六两吗……包子来了，您怎么这么忙？您是大学生吗？”“我配吗？”“您是技术员、拉手风琴的，还是新结合到班子里的头头？”“我像吗？”“那……”“我还没有工作。”“您等一等，那边又来了一位顾客……没有工作您怎么这么忙？”“没有工作的人也是人，有生活，有青春，有多得完不了的事。”“您忙什么呢？”“看书。”“书？什么书？”“优选法。古生物学。外语。”“您考大学？”“现在的大学是考的吗？我又不会交白卷。”“可惜，张铁生的经验不好推广。”

“总要学点什么，总要学点有意思的东西。我们还年轻。是吗?”他吃完包子，匆匆走了，留下了一个谜。

他准时，又在同一个时间来了，这次是老豆腐。灰白色的老豆腐上撒满了绿色的韭菜花、土黄色的芝麻酱和鲜红的辣椒。为什么中外人士都知道秦始皇，却不知道发明老豆腐的天才科学家的名字呢?“您骗我。”“没有啊!”“您说您没有工作。”“是的，三个月以前，我才从北大荒‘困退’回来。但是，下个月我就上班了。”“在哪个科研机关?”“街道服务站。我的任务是学徒，学修理雨伞。”“这回您可惨了。”“不。您有坏了的雨伞吗?赶明儿拿给我。”“可您的优选法，还有古生物学、外语什么的……”“继续学。”“用优选法修伞吗?还是用恐龙的骨架做一把伞?”“哦，优选法对于伞也是有用处的。但问题还不在这里。您听我说……再来一碗老豆腐吧，辣椒不要那么多了，您瞧，我已经是一脑门子汗。谢谢……是这样，职业是谋生的手段，也是最起码的义务，但是人应该比职业强。职业不是一切也不是永久。人应该是世界的主人，职业的主人，首先要做知识的主人。您修伞我也修伞，您挣十八块我也挣十八块。但是您懂得恐龙，我不懂，您就比我更强大，更好也更富有。是吗?”“我不懂。”“不，您懂，您已经懂了。要不，您干嘛和我说话?那位山东顾客正在发脾气，他的煮花生米里有一块小石头，把他的牙床硌疼了。再见。”“再见。明天见。”

“明天”两个字使素素的脸发烧。明天就像屁帘儿上的飘带，简陋，质朴，然而自由而且舒展。像竹，像云，像梦，像芭蕾，像G弦上的泛音，像秋天的树叶和春天的花瓣，然而它只是一个光屁股的赤贫的娃娃也能够玩得起的屁股帘儿。

明天他没有来，明天的明天他也没有来。为了寻找一匹马驹，素素迷了路。在山林里，她咴儿咴儿地叫着，她像一匹悲伤的牝马，她像被一下子吊销了户口、粮证和购货本子。

“是您!您……还来!”“我奶奶死了!”素素像掉到冰窟窿里，她靠在墙上，半天，她才想明白，这个戴眼镜的小傻子的奶奶并不是自己的奶奶。然而她仍然十分悲伤，身上发冷。“生命是短促的。所以，最宝贵的是时间。”“而我的最宝贵的时间是用来端盘子的。”她忧郁地一笑，好像听到了遥远的小马驹的蹄声。“谢谢您给那么多人端过盘子。但不止是端盘子。”“还有什么呢?就是端盘子也不见得那么需要我。为了在这里端盘子，我爸爸妈妈没少费劲。”“一样的，”一个会心的笑，“我建议您学点阿拉伯语，你们是清真馆。”“清真馆又怎么的?反正埃及大使不会到这里来吃炒疙瘩。”“但是您可能担任驻埃及大使，您想过吗?”“您可真会开心!”小马驹跑进清真馆，踏痛了她的脚，“简直是在做梦!”“做做梦，开开心，又有什么不好?否则，生活不是太沉闷了吗?而且您应该坚信，您完全可以做到和驻埃及大使具有同样的智慧、品格、能力，甚至远远地把他甩在后面。您可以做不成大使，但是您应该比大使还强。关键在于学习。”“这话有点野心家的味儿。”“不，这只是起码的阿达姆的味儿。”“什么?”“阿达姆。”“什么阿达姆?”“这是我要教给您的第一个阿拉伯语词：阿达姆——人!这是一个最美的词。伊甸园里的亚当，就是阿达姆的另一种音译。而夏娃呢，发音是哈娃，就是天空。人需要天空，天空需要人。”“所以我们从小就放风筝。”“瞧，您是高材生。”

第一课：人。亚当需要夏娃，夏娃需要亚当，人需要天空，天空需要人。我们需要风筝、气球、飞机、火箭和宇航船。阿拉伯语就这样学起来了，这引起了周围许多人的不安。你应该安心端盘子。你应该注意影响。你有没有海外关系？如果再搞清队、查三怪——怪人、怪事、怪现象，就要为你设立专案。我没有砸一个盘子。我不想当科长。我知道穆罕默德、萨达特和阿拉法特。我一定欢迎你担任我的专案组长。

同时，她和佳原“好了”。情报立即传到爸爸耳朵里。对于少女，到处都有摄像和监听的自动化装置。“他的姓名、原名、曾用名？家庭成分，个人出身？土改前后的经济状况？出生三个月至今的简历？政历？家庭成员和主要社会关系有无杀、关、管和地、富、反、坏、右？戴帽和摘帽时间？本人历次政治运动中的表现？本人和家庭主要成员的经济收入和支出，账目和储蓄……”所有这些问题，素素都答不上来。妈妈吓得直掉泪。你才二十四岁零七个月，再过五个月才好搞对象。有坏人，到处都有坏人。爸爸决心去找该人所属街道、单位、派出所、人事科、档案处。为此，他准备请一桌涮羊肉，把他熟悉的有关人员发动起来。砰——噗，爸爸最心爱的宜兴陶壶被掼到了地上，粉碎了。“您用这种办法也许能找到反革命，但永远不能找到朋友！”素素大喊，完全是一个铁姑娘，然后她哭了。

饭馆的主任、委员、干事、组长、指导员也都向她提出了爸爸式的问题和妈妈式的忠告。无产阶级的爱情产生于共同的信仰、观点、政治思想上的一致，长期地、细致地互相了解。要严肃，慎重，认真。要绷紧弦，带着敌情观念。选择爱人要按照无产阶级革命接班人的五项条件。饭馆的茶壶不能摔。在少先队里，素素从小受到爱护公共财物的教育。

毛主席去世了。素素战栗着，哭得闭过气去。她早就想哭了，哭毛主席，也哭自己和别人。“中国完了！”爸爸说，但完了的是“四人帮”。只是在瞻仰遗容的时候，素素才第二次走近了毛主席，“我给您献花来了。”她轻轻地、平静地说。

她知道一切都在变。她可以大胆地学阿拉伯语了，虽然打一夜扑克的人仍然比学一夜外语的人更容易入党和提干。她可以大胆地与佳原拉着手走路了。虽然有人一见到青年男女在一起就气得要发癫痫病。但是，他们仍然找不到谈话的地方。公园的椅子早就坐满了。好容易发现一个，原来脚底下一大摊呕吐物。换另一个开阔散漫的公园吧，那里每个长椅旁的电线杆上都挂着一个广播喇叭。“现在播送游客须知”。须知里净是些“罚款五角至十五元”“送交专政机关处理”“自觉遵守，服从管理”之类的词儿。须知挺复杂，看来不经过一周学习班的培训，是无法学会逛公园的。能在这里坐下来谈情说爱吗？走。

到哪里去？护城河边倒是没有须知的喇叭，但是那里偏僻。听说有一次，一对情侣在那里喁喁地谈着情话，“不许动！”一个蒙面人出现在面前，手里拿着攮子，旁边还站着一个帮手。结果，手表抹（读妈）下来了，现金也被搜了腰包。爱情在暴力面前总是没有还手之力。后来公安部门破了案，抓到了坏人。有人为什么不喜欢公安局呢？没有公安局不行。

去饭馆。你先得站在别人的椅子后面，看着他如何一筷子一勺，一口汤一口饭地吃完，点上烟，伸懒腰。然后，你好不容易坐下了，你刚动筷子，新来的接班人为了不致被人抢班，早把一只脚踩到你坐的椅子衬儿上。他的腿一颤一颤，肉丁和肚片在你的喉咙里跳舞。去咖啡馆或者酒吧间？那是腐蚀人的地方，所以没有。遛大街或者串胡同？美国也正在提倡散步，免得发胖，但是冬天太冷。当然，他们也曾经在零下二十度的天气，穿着棉大衣和棉猴，戴着皮帽子和毛线围巾，戴着口罩谈恋爱。倒是卫生，不传染。再有，胡同里还有一些顽童，他们见到一对情侣就要哄、骂、扔石头。真不知道他们是怎样来到人世的。

佳原总是随遇而安。一段栏杆旁，一棵梧桐下，一道河边，佳原就满足了。他希望早一点坐下来，和素素依偎在一起，用阿拉伯语和英语交谈，素素总是挑剔、不满意、不称心。不，不，不。她不要代用品，就像山东顾客不容忍煮花生米里的石子。三年了，他们的周末几乎是在寻找中度过的。他们寻找坐的地方。找啊，找啊，一晚上也就完了。我们的辽阔广大的天空和土地啊，我们的宏伟的三度空间，让年轻人在你的哪个角落里谈情、拥抱和接吻呢？我们只需要一片很小、很小的地方。而你，你容得下那么多顶天立地的英雄、翻天覆地的起义者、欺天毁地的害虫和昏天黑地的废物，你容得下那么多战场、爆破场、广场、会场、刑场……却容不下身高一米六、体重四十八公斤和身高一米七弱、体重五十四公斤的素素和佳原的热恋吗？

素素揉了一下眼睛，眼睛火辣辣的。是她的手指接触过辣椒吗？是眼睛辣了才伸出手指，还是伸出手指，眼睛变辣了呢？今天晚上我们有地方呆吗？天在冷着，但还不用口罩。佳原说他要去房管局呢，有了房就结婚，他们再不用串胡同了。“我说同志姐，你能不能告夯（诉）我，这个大市街要往哪哈（下）里走呢？”一个有口音的、背着一个大包袱、被包袱压得直不起腰来的、新衣服上沾满了灰土的人说。那人其实比素素大许多。

“大市街？这就是大市街呀！”素素向那正变化着红绿灯的十字路口一指。那儿，汽车、电车和自行车就像海潮一样一个浪头又一个浪头地涌上去，又停下来，停下来，又涌上去。

“这儿就是大市街？”压弯了腰的中年男人抬起头来，翻起了两枚乌黑的眸子。素素的脖子也跟着发酸。乌黑的眸子表示着诚实的不信任。素素重复强调：“这就是大市街。”她恨不得把百货大楼和中心烤鸭店放在手心上托给这位老实而又多疑的问路者。问路人犹犹疑疑地挪动了脚步，他横穿马路却没有走人行横道线。穿白衣服的交通民警拿起半导体扩音喇叭向他高声喊叫。被呵斥搞慌乱了的中年人干脆停在马路中心，停在汽车的旋涡里。他歪着脖子问交通警：“同志哥，大市街在哪哈里？”

“素素！”佳原来了，满头大汗，头发蓬乱，喘着气。“你从地底下钻出来的吗？怎么等也等不着，忽然又冒出来了。”“我会隐身术，我本来就一直跟着你呢。”“如果我们都会隐身术就好了。”“为什么？”“在公园跳舞也没人看得见。”“你喊什么？让人家直看你。”“有人一听跳舞就觉得下流，因为他们自己是猪八戒。”“你的话愈来愈尖刻了，从前你不是这样的。”“是秋风把我的话削尖了的，我们找不到避风的地方。”

佳原的眼光暗淡了，她低下头。他的眼镜片上反射出无数灯光、窗户、房屋。“没有吗?”“没有。房管局不给。他们说，有些人已经结婚好几年了，已经有了孩子，然而没有房子。”“那他们在哪里结的婚呢？在公园吗？在炒疙瘩的厨房？要不在交通民警的避风亭里？那倒不错，四下全是玻璃。还是到动物园的铁笼子里去？那么，门票可以涨价。”“你别激动。你……”他把右手食指弯曲着，推一推自己的眼镜，尽管眼镜并不会出溜下来，“你说的当然是了，但是，房子毕竟不会从天上掉下来。那么多人需要房子，确实有人比我们还困难啊!”

素素不言语了，她低下头，用脚尖踢着一块其实并不存在的石子。

“可是怎么样？你吃饭了吗？我还没吃晚饭呢。”佳原换了话题。“什么？我只记得我给很多人开了饭，却不记得自己吃过什么没有。”“那就是没吃。我们到那个馄饨馆去吧，你排队，我占座。要不我占座，你排队。”“说来说去还是一个样儿，你说话快赶上开大会时候的某些报告了。”

馄饨馆很拥挤。好像吃这里的馄饨不要钱，好像吃这里的馄饨会每碗倒找两毛钱。要不，要不我们甭吃馄饨了，买几个烧饼算了。买烧饼也得排队。要不，我们甭排队了，到对过那个铺子买两个面包吧。刚巧，到那边伸出手来的时候，售货员正把最后两个果料面包卖给一位已经穿起前清时候的貉皮袍子的小老头儿。要不，要不我们甭吃面包了，我们……我们怎么样呢?

“要不我们甭生下来了，那有多好!”素素冷冷地说，“如果不是错误地批判了马寅初先生的新人口论，我们也许根本不会降临到人间。”“何必那么怨气冲冲？而且我们出生在新人口论出生以前。”“果料面包没有了。”“来，两包饼干。我们有饼干，我们又端盘子又修伞。我们学习，我们做好事，帮助别人。好人并不嫌太多，而仍然是不够。”“为了什么呢？为了把七块钱和二斤粮票拱手交给讹你的人吗?”“讹去七百块也还要拉起受了伤的老太太……难道你不这样吗？素素!”打起雷来了。打起闪来了。电线和灯光抖动起来了。佳原突然喊起来了。“你尝尝我这一包吧!”“一样的。”“不，我这一包特别香。”“怎么可能呢?”“怎么不可能呢？连两滴水都不可能是完全一样的。”“那你尝我的。”“那我尝你的。”“那我尝完了你的，你再尝我的。”他们交换了饼干，又一块一块地分着吃，吃完了，素素也笑了。饿的人比饱的人脾气要坏些。

天大变了。电线呜呜的。广告牌隆隆的。路灯蒙蒙的。耳边沙沙的。寒风驱赶着行人。大街一下子就变得空旷多了。交通民警也缩回到被素素看中可以作新房的亭子里去了。

“我们要躲一躲!”冰冷的雪一样的雨和雨一样的雪给人以严峻的爱抚。雨雪斜扫着。他们拉紧了手。彼此听不见对方的话。对于自然，也像对于人生一样，他们是不设防的。然而大手和小手都很暖和。他们的财产和力量是自己的不熄的火。

“我们找个地方去!”他们嚼着沙子和雨雪，含混不清地互相说。于是他们奔跑起来了。不知道是佳原拉着素素，还是素素拉着佳原，还是风在推着他们俩，反正有一股力量连拉带搡。他们来到了一幢新落成的十四层高的居民楼前面。他们早就思恋这一排新出世的高层建筑物了。像一批陌生人。对陌生人的疑惑和反感，这是被撞倒的老太太和穿貉皮袍子的老头儿的特点。那个老头儿买面包的时候，用什么样的眼光看了他们俩一眼啊。好像他们随时会掏出攮子来似的。早就流传着对于这一排高层建筑的抨击。住在十四层的人家无法把大立柜运上去，便用绳子从窗口往上吊——蔚为奇观！结果绳子断了，大立柜跌得粉碎。新的天方夜谭。但是素素他们不这样想。他俩来到这座楼前，总有些羞怯，因为他们的眷恋是单相思。

风雪鼓起了他们的勇气。他们冲进去了，他们一层一层地爬着楼梯。楼道还很脏。楼道没有灯。安了灯口，没有灯泡。但路灯的光辉是一夜不断的，是够用的。他们拐了那么多弯还不到顶，那就再拐上去。他们终于走上了第十四层的一个公共通道。这一层大概还没住人。有浓厚的洋灰粉末和新鲜油漆的气味。这里很暖。这里没有风、雨、雪。这里没有广播须知的喇叭、蒙面人、行人、急不可耐地抖着大腿让你让座的人。这里没有瞧不起修伞工和服务员的父母。这里没有见了一对青年男女就怪叫，说下流话辱骂甚至扔石头的顽童。这里能看见东风饭店的二十五层楼的灯火。这里能听见火车站的悠扬的钟声。这里能看见海关大楼的电钟。把视线转到下面，是蓝绿的灯珠，橙黄的灯眼，银白的灯花。无轨电车的天弓打着闪亮的电火花。汽车开着和关着大灯、小灯和警戒性的红色尾灯。他们长出了一口气，好像上了天堂。“你累了么?”“累什么?”“我们爬了十四层楼。”“我还可以爬二十四层。”“我也是。”“那人可真傻。”“你说谁?”“刚才有一个乡下人，他到了大市街口，却还满处里找大市街。你告诉他了，他还不信。”

他们开始用阿拉伯语交谈。结结巴巴，像他们的心跳一样热烈而又不规范。佳原准备明年去考研究生，他鼓励着并无信心的素素：“我们不一定成功，但是我们要努力。”佳原拿起素素的手，这只手温柔而又有力。素素靠近了佳原的肩，这个肩平凡而又坚强。素素把自己的脸靠在佳原的肩上。素素的头发像温暖的黑雨。灯火在闪烁、在摇曳、在转动，组成了一行行的诗。一只古老的德国民歌：有花名毋忘我，开满蓝色花朵。陕北绥德的民歌：有心说上几句话，又怕人笑话。蓝色的花在天空飞翔。海浪覆盖在他们的身上。怕什么笑话呢？青春比火还热。是鸽哨，是鲜花，是素素和佳原的含泪的眼睛。啪啦……

“什么人?”一声断喝。佳原和素素发现，通道的两端已经全是人。而且许多人拿着家伙。人是会使用工具的动物。擀面杖、锅铲和铁锨。还以为是爆发了原始的市民起义呢。

于是开始了严厉的、充满敌意的审查。什么人？干什么的？找谁？不找谁？避风避到这里来了？岂有此理？两个人鬼鬼祟祟，搂搂抱抱，不会有好事情，现在的青年人简直没有办法，中国就要毁到你们的手里。你们是哪个单位的？姓名、原名、曾用名……你们带着户口本、工作证、介绍信了吗？你们为什么不呆在家里，为什么不和父母在一起，不和领导在一起，也不和广大的人民群众在一起？你们不能走，不要以为没有人管你们。说，你们撬过谁家的门？公共的地方？公共地方并不是你们的地方而是我们的地方。随便走进来了，他们为什么这样随便？简直是不要脸，简直是流氓，简直是无耻……侮辱？什么叫侮辱？我们还推过阴阳头呢。我们还被打过耳光呢。我们还坐过喷气式呢。还不动弹吗？那我们就不客气了。拿绳子来……

素素和佳原都很镇静。因为一秒钟以前，他们还是那样的幸福。虽然他们俩加在一起懂几门外文，懂一点点也罢。但是他们听不懂这些亲爱的同胞的古怪的语言。如果恐龙会说话，那么恐龙的语言也未必更难懂。他们茫然。甚至相对一笑。

“我们要动手了！”一个“恐龙”壮着胆子说了一句，说完，赶紧躲在旁人后面。“我们可真要动手了！”更多的人应和着，更多的人向后退了，然而仍然包围着和封锁着。佳原和素素欲撤不能。

正僵持得不可开交的时候，突然，有一位手持半截废自来水管的勇士喊叫起来：“这不是范素素吗？”

点点头，当然。

然后是一场误会的解除。对不起，请原谅，是小偷把我们给吓坏了。据说有的楼发生过窃案，我们不能不提高警惕。有坏人，我们还以为你们是……真可笑。对不起。

素素依稀认出了那位长头发的男青年是她小学时候的同学，比她低两级。他现在倒白胖白胖的，像富强粉烤制的面包，一种应该推广的食品。小学同学热情地邀请他们到自己的房间去做客。“既然来到了我的门口。”“那也好。”素素和佳原交换了一下目光。他们跟着小学同学走到日光灯耀眼的电梯间。他们在这幢楼里已经暂时取得了合法的身份。他们是某个住户的客人。电梯门关上了，嗡嗡地响了。他们的安全和尊严又开始受保障了，感谢这位热心的同学！电梯间上方的数字愈变愈快，从十四到四的阿拉伯字都亮过了，现在是耳朵——三亮了。电梯停了，门开了。他们走出来，左转一个弯，右转一个弯。多齿多沟的铜钥匙自信地插到锁孔里，它才是主宰，啪嗒。再拧一下把手，吱扭。门开了，叭，叭，前厅和厨房的灯都亮了。雪白的墙，擦了过多的扑粉。吱扭，又拧开一间居室的门。屋里充满了街灯映照过来的青光。素素真想劝阻小学同学不要拉开电灯，然而电灯已经亮了。请坐。双人床。大立柜里变得细长了的影像。红色人造革全包沙发。五斗橱。铁听麦乳精和尚未开封的“十全大补酒”。小学同学滔滔不绝地介绍着自己的新居：面积、设备、布局。水、暖、煤气。采光、通风和隔音。防火和防震。

“就你一个人吗？”

“是啊，”小学同学更得意了，搓着自己的手，“我爸爸给我要了一个单元。老人急着让我结婚。我准备明年五一解决。到时候你们一定来。就这样说定了吧。我已经找好了人。我的一个好友的舅舅过去给法国使馆做过饭。中西合璧，南北一炉。拔丝山药可以绕着筷子转五转而丝不断。你们可不要买东西。不要买家具，不要买台灯，不要买床上用品。所有这一切，我全有！”

“你爱人叫什么名字？在哪儿工作？”

"噢，还没定下来。"

"等待分配吗?"

"不是。我是说，到底跟谁结婚还没定下来。明年五一前会有的，一定!"

素素顺手从茶几上拿起了一个玩具气球，把气球在沙发的人造革面子上使劲摩擦了几下，然后，她把气球向上一抛，吸在天花板上，不落下来了。她仰着头，欣赏着自己从小爱玩的这个游戏。

"天啊，它怎么不掉下来？怎么还没有掉下来?"小学同学惊呆了，他张开了口。

"这是一种法术。"素素说，她瞟了佳原一眼，做了一个怪相。然后他们告辞。好客的主人送他们上电梯的时候还有点魂不守舍，他惦记着那个吸附在天花板上的绿气球。素素和佳原离开了这幢可爱的高楼。雪雨仍然在下着，风仍然在吹着。哐啷哐啷，好像在掀动一张大化学板。雨雪和他们真亲热，不仅落到脸上，手上，还往脖子里钻呢。

"这一切都怪我。"佳原心疼地说，"我没有本事弄到它，让你受委屈……"素素捂住他的嘴。她咯咯地笑了，笑得真开心，一朵石榴花开放也没有那么舒展。

佳原明白了。佳原也笑起来。他们都懂得了自己的幸福。懂得了生活、世界是属于他们的。青年人的笑声使风、雨、雪都停止了，城市的上空是夜晚的太阳。

素素在前面跑，佳原在后面追。灯光里的雨丝，显得越发稠密而浓烈。"这儿就是大市街，大市街就在这里!"素素指着饭店大楼高声地说。"那当然了，我从来也不怀疑。""握个手，再见吧，我们过了一个多么愉快的夜晚。""再见，明天就不见了。我们还得用功，我们要一个又一个地考上研究生。""那很可能。而且我们总归会有房子，什么都有。""祝你好梦。""梦见什么呢?""梦见一个——风筝。"

什么？风筝？佳原怎么知道风筝?

"喂，你怎么也知道风筝？你知道风筝的飘带吗?"

"噢，我当然知道啦！我怎么能不知道呢?"

素素跑回来搂住佳原的脖子，亲了他一下，就在大街上。然后，他们各自回家去了，走了好远，还不断地回头张望，招一招手。

活动变人形*

内容简介　20世纪40年代初，留学归来的倪吾诚和妻子姜静宜格格不入，整日里吵嘴打架。岳母和大姨子从旁出谋划策，火上浇油。一家人闹得鸡犬不宁，演出了一幕幕婚变、自杀、出走的纷争和悲剧。《活动变人形》描写了一个具有现代意识的知识分子在旧式家庭中的苦闷、游移和迷惘，向往西方现代文明而不可得，一生挣扎而终无所获。小说写得精练、生动，对人物的刻画尤为传神。小说的思想内涵丰富，内容和形式达到了较为完美的统一。作者以辛辣幽默的笔调，描绘了旧中国知识分子向往现代文明而又找不到出路的矛盾挣扎的状态，表现了他们内心的分裂、扭曲和痛苦。本书被认为是20世纪中国知识分子心灵历程的缩影，是一部民族自我批判书，是现代中国知识分子的“变形记”。

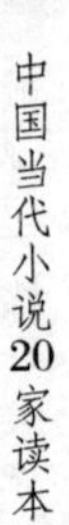

○
汪曾祺

受 戒

明海出家已经四年了。

他是十三岁来的。

这个地方的地名有点怪，叫庵赵庄。赵，是因为庄上大都姓赵。叫作庄，可是人家住得很分散，这里两三家，那里两三家。一出门，远远可以看到，走起来得走一会，因为没有大路，都是弯弯曲曲的田埂。庵，是因为有一个庵。庵叫菩提庵，可是大家叫讹了，叫成荸荠庵。连庵里的和尚也这样叫。“宝刹何处?”——“荸荠庵。”庵本来是住尼姑的。“和尚庙”“尼姑庵”嘛。可是荸荠庵住的是和尚。也许因为荸荠庵不大，大者为庙，小者为庵。

明海在家叫小明子。他是从小就确定要出家的。他的家乡不叫“出家”，叫“当和尚”。他的家乡出和尚。就像有的地方出劁猪的，有的地方出织席子的，有的地方出箍桶的，有的地方出弹棉花的，有的地方出画匠，有的地方出婊子，他的家乡出和尚。人家弟兄多，就派一个出去当和尚。当和尚也要通过关系，也有帮。这地方的和尚有的走得很远。有到杭州灵隐寺的、上海静安寺的、镇江金山寺的、扬州天宁寺的。一般的就在本县的寺庙。明海家田少，老大、老二、老三，就足够种的了。他是老四。他七岁那年，他当和尚的舅舅回家，他爹、他娘就和舅舅商议，决定叫他当和尚。他当时在旁边，觉得这实在是在情在理，没有理由反对。当和尚有很多好处。一是可以吃现成饭。哪个庙里都是管饭的。二是可以攒钱。只要学会了放瑜伽焰口，拜梁皇忏，可以按例分到辛苦钱。积攒起来，将来还俗娶亲也可以；不想还俗，买几亩田也可以。当和尚也不容易，一要面如朗月，二要声如钟磬，三要聪明记性好。他舅舅给他相了相面，叫他前走几步，后走几步，又叫他喊了一声赶牛打场的号子：“格当嘚——”，说是“明子准能当个好和尚，我包了!”要当和尚，得下点本，——念几年书。哪有不认字的和尚呢！于是明子就开蒙入学，读了《三字经》《百家姓》《四言杂字》《幼学琼林》《上论、下论》《上孟、下孟》，每天还写一张仿。村里都夸他字写得好，很黑。

舅舅按照约定的日期又回了家，带了一件他自己穿的和尚领的短衫，叫明子娘改小一点，给明子穿上。明子穿了这件和尚短衫，下身还是在家穿的紫花裤子，赤脚穿了一双新布鞋，跟他爹、他娘磕了一个头，就随舅舅走了。

他上学时起了个学名，叫明海。舅舅说，不用改了。于是“明海”就从学名变成了法名。

过了一个湖。好大一个湖！穿过一个县城。县城真热闹：官盐店，税务局，肉铺里挂着成爿的猪肉，一个驴子在磨芝麻，满街都是小磨香油的香味，布店，卖茉莉粉、梳头油的什么斋，卖绒花的，卖丝线的，打把式卖膏药的，吹糖人的，耍蛇的，……他什么都想看看。舅舅一劲地推他：“快走！快走！”

到了一个河边，有一只船在等着他们。船上有一个五十来岁的瘦长瘦长的大伯，船头蹲着一个跟明子差不多大的女孩子，在剥一个莲蓬吃。明子和舅舅坐到舱里，船就开了。

明子听见有人跟他说话，是那个女孩子。

“是你要到荸荠庵当和尚吗?”

明子点点头。

“当和尚要烧戒疤欧！你不怕?”

明子不知道怎么回答，就含含糊糊地摇了摇头。

“你叫什么?”

“明海。”

“在家的时候?”

“叫明子。”

“明子！我叫小英子！我们是邻居。我家挨着荸荠庵。——给你！”

小英子把吃剩的半个莲蓬扔给明海，小明子就剥开莲蓬壳，一颗一颗吃起来。

大伯一桨一桨地划着，只听见船桨拨水的声音：“哗——许！哗——许！”

…………

荸荠庵的地势很好，在一片高地上。这一带就数这片地势高，当初建庵的人很会选地方。门前是一条河。门外是一片很大的打谷场。三面都是高大的柳树。山门里是一个穿堂。迎门供着弥勒佛。不知是哪一位名士撰写了一副对联：

大肚能容容天下难容之事

开颜一笑笑世间可笑之人

弥勒佛背后，是韦驮。过穿堂，是一个不小的天井，种着两棵白果树。天井两边各有三间厢房。走过天井，便是大殿，供着三世佛。佛像连龛才四尺来高。大殿东边是方丈，西边是库房。大殿东侧，有一个小小的六角门，白门绿字，刻着一副对联：

一花一世界

三藐三菩提

进门有一个狭长的天井，几块假山石，几盆花，有三间小房。

小和尚的日子清闲得很。一早起来，开山门，扫地。庵里的地铺的都是箩底方砖，好扫得很，给弥勒佛、韦驮烧一炷香，正殿的三世佛面前也烧一炷香、磕三个头、念三声“南无阿弥陀佛”，敲三声磬。这庵里的和尚不兴做什么早课、晚课，明子这三声磬就全都代替了。然后，挑水，喂猪。然后，等当家和尚，即明子的舅舅起来，教他念经。

教念经也跟教书一样，师父面前一本经，徒弟面前一本经，师父唱一句，徒弟跟着唱一句。是唱哎。舅舅一边唱，一边还用手在桌上拍板。一板一眼，拍得很响，就跟教唱戏一样。是跟教唱戏一样，完全一样哎。连用的名词都一样。舅舅说，念经：一要板眼准，二要合工尺。说：当一个好和尚，得有条好嗓子。说：民国二十年闹大水，运河倒了堤，最后在清水潭合龙，因为大水淹死的人很多，放了一台大焰口，十三大师——十三个正座和尚，各大庙的方丈都来了，下面的和尚上百。谁当这个首座？推来推去，还是石桥——善因寺的方丈！他往上一坐，就跟地藏王菩萨一样，这就不用说了；那一声“开香赞”，围看的上千人立时鸦雀无声。说：嗓子要练，夏练三伏，冬练三九，要练丹田气！说：要吃得苦中苦，方为人上人！说：和尚里也有状元、榜眼、探花！要用心，不要贪玩！舅舅这一番大法要说得明海和尚实在是五体投地，于是就一板一眼地跟着舅舅唱起来：

“炉香乍爇——”

“炉香乍爇——”

“法界蒙薰——”

“法界蒙薰——”

“诸佛现金身……”

“诸佛现金身……”

…………

等明海学完了早经——他晚上临睡前还要学一段，叫作晚经——荸荠庵的师父们就都陆续起床了。

这庵里人口简单，一共六个人。连明海在内，五个和尚。

有一个老和尚，六十几了，是舅舅的师叔，法名普照，但是知道的人很少，因为很少人叫他法名，都称之为老和尚或老师父，明海叫他师爷爷。这是个很枯寂的人，一天关在房里，就是那“一花一世界”里。也看不见他念佛，只是那么一声不响地坐着。他是吃斋的，过年时除外。

下面就是师兄弟三个，仁字排行：仁山、仁海、仁渡。庵里庵外，有的称他们为大师父、二师父；有的称之为山师父、海师父。只有仁渡，没有叫他“渡师父”的，因为听起来不像话，大都直呼之为仁渡。他也只配如此，因为他还年轻，才二十多岁。仁山，即明子的舅舅，是当家的。不叫“方丈”，也不叫“住持”，却叫“当家的”，是很有道理的，因为他确确实实干的是当家的职务。他屋里摆的是一张账桌，桌子上放的是账簿和算盘。账簿共有三本。一本是经账，一本是租账，一本是债账。

和尚要做法事，做法事要收钱，——要不，当和尚干什么？常做的法事是放焰口。正规的焰口是十个人。一个正座，一个敲鼓的，两边一边四个。人少了，八个，一边三个，也凑合了。荸荠庵只有四个和尚，要放整焰口就得和别的庙里合伙。这样的时候也有过，通常只是放半台焰口。一个正座，一个敲鼓，另外一边一个。一来找别的庙里合伙费事，二来这一带放得起整焰口的人家也不多。有的时候，谁家死了人，就只请两个，甚至一个和尚咕噜咕噜念一通经，敲打几声法器就算完事。很多人家的经钱不是当时就给，往往要等秋后才还。这就得记账。另外，和尚放焰口的辛苦钱不是一样的。就像唱戏一样，有份子。正座第一份。因为他要领唱，而且还要独唱。当中有一大段"叹骷髅"，别的和尚都放下法器休息，只有首座一个人有板有眼地曼声吟唱。第二份是敲鼓的。你以为这容易呀？哼，单是一开头的"发擂"，手上没功夫就敲不出迟疾顿挫！其余的，就一样了。这也得记上：某月某日，谁家焰口半台，谁正座，谁敲鼓……省得到年底结账时赌咒骂娘。……这庵里有几十亩庙产，租给人种，到时候要收租。庵里还放债。租、债一向倒很少亏欠，因为租佃借钱的人怕菩萨不高兴。这三本账就够仁山忙的了。另外香烛、灯火、油盐"福食"，这也得随时记记账呀。除了账簿之外，山师父的方丈的墙上还挂着一块水牌，上漆四个红字："勤笔免思"。

仁山所说当一个好和尚的三个条件，他自己其实一条也不具备。他的相貌只要用两个字就说清楚了：黄，胖。声音也不像钟磬，倒像母猪。聪明么？难说，打牌老输。他在庵里从不穿袈裟，连海青直裰也免了。经常是披着件短僧衣，袒露着一个黄色的肚子。下面是光脚趿拉着一对僧鞋，——新鞋他也是趿拉着。他一天就是这样不衫不履地这里走走，那里走走，发出母猪一样的声音："哞——哞——。"

二师父仁海。他是有老婆的。他老婆每年夏秋之间来住几个月，因为庵里凉快。庵里有六个人，其中之一，就是这位和尚的家眷。仁山、仁渡叫她嫂子，明海叫她师娘。这两口子都很爱干净，整天的洗涮。傍晚的时候，坐在天井里乘凉。白天，闷在屋里不出来。

三师父是个很聪明精干的人。有时一笔账大师兄扒了半天算盘也算不清，他眼珠子转两转，早算得一清二楚。他打牌赢的时候多，二三十张牌落地，上下家手里有些什么牌，他就差不多都知道了。他打牌时，总有人爱在他后面看歪头胡。谁家约他打牌，就说"想送两个钱给你"。他不但经忏俱通（小庙的和尚能够拜忏的不多），而且身怀绝技，会"飞铙"。七月间有些地方做盂兰会，在旷地上放大焰口，几十个和尚，穿绣花袈裟，飞铙。飞铙就是把十多斤重的大铙钹飞起来。到了一定的时候，全部法器皆停，只几十副大铙紧张急促地敲起来。忽然起手，大铙向半空中飞去，一面飞，一面旋转。然后，又落下来，接住。接住不是平平常常地接住，有各种架势，"犀牛望月""苏秦背剑"……这哪是念经，这是耍杂技。也许是地藏王菩萨爱看这个，但真正因此快乐起来的是人，尤其是妇女和孩子。这是年轻漂亮的和尚出风头的机会。一场大焰口过后，也像一个好戏班子过后一样，会有一个两个大姑娘、小媳妇失踪，——跟和尚跑了。他还会放"花焰口"。有的人家，亲戚中多风流子弟，在不是很哀伤的佛事——如做冥寿时，就会提出放花焰口。所谓“花焰口”，就是在正焰口之后，叫和尚唱小调，拉丝弦，吹管笛，敲鼓板，而且可以点唱。仁渡一个人可以唱一夜不重头。仁渡前几年一直在外面，近二年才常住在庵里。据说他有相好的，而且不止一个。他平常可是很规矩，看到姑娘媳妇总是老老实实的，连一句玩笑话都不说，一句小调山歌都不唱。有一回，在打谷场上乘凉的时候，一伙人把他围起来，非叫他唱两个不可。他却情不过，说：“好，唱一个。不唱家乡的。家乡的你们都熟，唱个安徽的。”

姐和小郎打大麦，
一转子讲得听不得。
听不得就听不得，
打完了大麦打小麦。

唱完了，大家还嫌不够，他就又唱了一个：

姐儿生得漂漂的，
两个奶子翘翘的。
有心上去摸一把，
心里有点跳跳的。

…………

这个庵里无所谓清规，连这两个字也没人提起。

仁山吃水烟，连出门做法事也带着他的水烟袋。

他们经常打牌。这是个打牌的好地方。把大殿上吃饭的方桌往门口一搭，斜放着，就是牌桌。桌子一放好，仁山就从他的方丈里把筹码拿出来，哗啦一声倒在桌上。斗纸牌的时候多，搓麻将的时候少。牌客除了师兄弟三人，常来的是一个收鸭毛的，一个打兔子兼偷鸡的，都是正经人。收鸭毛的担一副竹筐，串乡串镇，拉长了沙哑的声音喊叫：

“鸭毛卖钱——！”

偷鸡的有一件家什——铜蜻蜓。看准了一只老母鸡，把铜蜻蜓一丢，鸡婆子上去就是一口。这一啄，铜蜻蜓的硬簧绷开，鸡嘴撑住了，叫不出来了。正在这鸡十分纳闷的时候，上去一把薅住。

明子曾经跟这位正经人要过铜蜻蜓看看。他拿到小英子家门前试了一试，果然！小英的娘知道了，骂明子：

“要死了！儿子！你怎么到我家来玩铜蜻蜓了！”

小英子跑过来：

“给我！给我！”

她也试了试，真灵，一个黑母鸡一下子就把嘴撑住，傻了眼了！

下雨阴天，这二位就光临荸荠庵，消磨一天。

有时没有外客，就把老师叔也拉出来，打牌的结局，大都是当家和尚气得鼓鼓的：“×妈妈的！又输了！下回不来了！”

他们吃肉不瞒人。年下也杀猪。杀猪就在大殿上。一切都和在家里一样，开水、木桶、尖刀。捆猪的时候，猪也是没命地叫。跟在家人不同的，是多一道仪式，要给即将升天的猪念一道“往生咒”，并且总是老师叔念，神情很庄重：

“……一切胎生、卵生、息生，来从虚空来，还归虚空去，往生再世，皆当欢喜。南无阿弥陀佛！”

三师父仁渡一刀子下去，鲜红的猪血就带着很多沫子喷出来。

…………

明子老往小英子家里跑。

小英子的家像一个小岛，三面都是河，西面有一条小路通到荸荠庵。独门独户，岛上只有这一家。岛上有六棵大桑树，夏天都结大桑椹，三棵结白的，三棵结紫的；一个菜园子，瓜豆蔬菜，四时不缺。院墙下半截是砖砌的，上半截是泥夯的。大门是桐油油过的，贴着一副万年红的春联：

向阳门第春常在

积善人家庆有余

门里是一个很宽的院子。院子里一边是牛屋、碓棚，一边是猪圈、鸡窠，还有个关鸭子的栅栏。露天地放着一具石磨。正北面是住房，也是砖基土筑，上面盖的一半是瓦，一半是草。房子翻修了才三年，木料还露着白茬。正中是堂屋，家神菩萨的画像上贴的金还没有发黑。两边是卧房。隔扇窗上各嵌了一块一尺见方的玻璃，明亮亮的，——这在乡下是不多见的。房檐下一边种着一棵石榴树，一边种着一棵栀子花，都齐房檐高了。夏天开了花，一红一白，好看得很。栀子花香得冲鼻子。顺风的时候，在荸荠庵都闻得见。

这家人口不多，他家当然是姓赵。一共四口人：赵大伯、赵大妈，两个女儿，大英子、小英子。老两口没得儿子。因为这些年人不得病，牛不生灾，也没有大旱大水闹蝗虫，日子过得很兴旺。他们家自己有田，本来够吃的了，又租种了庵上的十亩田。自己的田里，一亩种了荸荠，——这一半是小英子的主意，她爱吃荸荠，一亩种了慈菇。家里喂了一大群鸡鸭，单是鸡蛋鸭毛就够一年的油盐了。赵大伯是个能干人。他是一个“全把式”，不但田里场上样样精通，还会罾鱼、洗磨、凿砻、修水车、修船、砌墙、烧砖、箍桶、劈篾、绞麻绳。他不咳嗽，不腰疼，结结实实，像一棵榆树。人很和气，一天不声不响。赵大伯是一棵摇钱树，赵大娘就是个聚宝盆。大娘精神得出奇。五十岁了，两个眼睛还是清亮亮的。不论什么时候，头都是梳得滑溜溜的，身上衣服都是格挣挣的。像老头子一样，她一天不闲着。煮猪食，喂猪，腌咸菜，——她腌的咸萝卜干非常好吃，舂粉子，磨小豆腐，编蓑衣，织芦篚。她还会剪花样子。这里嫁闺女，陪嫁妆，磁坛子、锡罐子，都要用梅红纸剪出吉祥花样，贴在上面，讨个吉利，也才好看：“丹凤朝阳”呀、“白头到老”呀、“子孙万代”呀、“福寿绵长”呀。二三十里的人家都来请她：“大娘，好日子是十六，你哪天去呀？”——“十五，我一大清早就来！”

“一定呀！”——“一定！一定！”

两个女儿，长得跟她娘像一个模子里托出来的。眼睛长得尤其像，白眼珠鸭蛋青，黑眼珠棋子黑，定神时如清水，闪动时像星星。浑身上下，头是头，脚是脚。头发滑溜溜的，衣服格挣挣的。——这里的风俗，十五六岁的姑娘就都梳上头了。这两个丫头，这一头的好头发！通红的发根，雪白的簪子！娘女三个去赶集，一集的人都朝她们望。

姐妹俩长得很像，性格不同。大姑娘很文静，话很少，像父亲。小英子比她娘还会说，一天咭咭呱呱地不停。大姐说：

“你一天到晚咭咭呱呱——”

“像个喜鹊！”

“你自己说的！——吵得人心乱！”

“心乱？”

“心乱！”

“你心乱怪我呀！”

二姑娘话里有话。大英子已经有了人家。小人她偷偷地看过，人很敦厚，也不难看，家道也殷实，她满意。已经下过小定，日子还没有定下来。她这二年，很少出房门，整天赶她的嫁妆。大裁大剪，她都会。挑花绣花，不如娘。她可又嫌娘出的样子太老了。她到城里看过新娘子，说人家现在绣的都是活花活草。这可把娘难住了。最后是喜鹊忽然一拍屁股：“我给你保举一个人！”

这人是谁？是明子。明子念“上孟下孟”的时候，不知怎么得了半套《芥子园》，他喜欢得很。到了荸荠庵，他还常翻出来看，有时还把旧账簿子翻过来，照着描。小英子说：

“他会画！画得跟活的一样！”

小英子把明海请到家里来，给他磨墨铺纸，小和尚画了几张，大英子喜欢得了不得：“就是这样！就是这样！这就可以乱孱！”——所谓“乱孱”是绣花的一种针法：绣了第一层，第二层的针脚插进第一层的针缝，这样颜色就可由深到淡，不露痕迹，不像娘那一代绣的花是平针，深浅之间，界限分明，一道一道的。小英子就像个书童，又像个参谋：

“画一朵石榴花！”

“画一朵栀子花！”

她把花掐来，明海就照着画。

到后来，凤仙花、石竹子、水蓼、淡竹叶、天竺果子、腊梅花，他都能画。

大娘看着也喜欢，搂住明海的和尚头：“你真聪明！你给我当一个干儿子吧！”

小英子捺住他的肩膀，说：“快叫！快叫！”

小明子跪在地下磕了一个头，从此就叫小英子的娘做干娘。

大英子绣的三双鞋，三十里方圆都传遍了。很多姑娘都走路坐船来看。看完了，就说："啧啧啧，真好看！这哪是绣的，这是一朵鲜花！"她们就拿了纸来央大娘求了小和尚来画。有求画帐檐的，有求画门帘飘带的，有求画鞋头花的。每回明子来画花，小英子就给他做点好吃的，煮两个鸡蛋，蒸一碗芋头，煎几个藕团子。

因为照顾姐姐赶嫁妆，田里的零碎生活小英子就全包了。她的帮手，是明子。

这地方的忙活是栽秧、车高田水、薅头遍草，再就是割稻子、打场子。这几茬重活，自己一家是忙不过来的。这地方兴换工。排好了日期，几家顾一家，轮流转。不收工钱，但是吃好的。一天吃六顿，两头见肉，顿顿有酒。干活时，敲着锣鼓，唱着歌，热闹得很。其余的时候，各顾各，不显得紧张。

薅三遍草的时候，秧已经很高了，低下头看不见人。一听见非常脆亮的嗓子在一片浓绿里唱：

栀子哎开花哎六瓣头哎……

姐家哎门前哎一道桥哎……

明海就知道小英子在哪里，三步两步就赶到，赶到就低头薅起草来，傍晚牵牛"打汪"，是明子的事。——水牛怕蚊子。这里的习惯，牛卸了轭，饮了水，就牵到一口和好泥水的"汪"里，由它自己打滚扑腾，弄得全身都是泥浆，这样蚊子就咬不透了。低田上水，只要一挂十四轧的水车，两个人车半天就够了。明子和小英子就伏在车杠上，不紧不慢地踩着车轴上的拐子，轻轻地唱着明海向三师父学来的各处山歌。打场的时候，明子能替赵大伯一会，让他回家吃饭。——赵家自己没有场，每年都在荸荠庵外面的场上打谷子。他一扬鞭子，喊起了打场号子：

"格当嘚——"

这打场号子有音无字，可是九转十三弯，比什么山歌号子都好听。赵大娘在家，听见明子的号子，就侧起耳朵："这孩子这条嗓子！"

连大英子也停下针线："真好听！"

小英子非常骄傲地说："一十三省数第一！"

晚上，他们一起看场。——荸荠庵收来的租稻也晒在场上。他们并肩坐在一个石磙子上，听青蛙打鼓，听寒蛇唱歌，——这个地方以为蝼蛄叫是蚯蚓叫，而且叫蚯蚓叫"寒蛇"，听纺纱婆子不停地纺纱，"唦——"，看萤火虫飞来飞去，看天上的流星。

"呀！我忘了在裤带上打一个结！"小英子说。

这里的人相信，在流星掉下来的时候在裤带上打一个结，心里想什么好事，就能如愿。

…………

"揼"荸荠，这是小英最爱干的生活。秋天过去了，地净场光，荸荠的叶子枯了，——荸荠的笔直的小葱一样的圆叶子里是一格一格的，用手一捋，哔哔地响，小英子最爱捋着玩，——荸荠藏在烂泥里。赤了脚，在凉浸浸滑溜溜的泥里踩着，——哎，一个硬疙瘩！伸手下去，一个红紫红紫的荸荠。她自己爱干这生活，还拉了明子一起去。她老是故意用自己的光脚去踩明子的脚。

她挎着一篮子荸荠回去了，在柔软的田埂上留了一串脚印。明海看着她的脚印，傻了。五个小小的趾头，脚掌平平的，脚跟细细的，脚弓部分缺了一块。明海身上有一种从来没有过的感觉，他觉得心里痒痒的。这一串美丽的脚印把小和尚的心搞乱了。

…………

明子常搭赵家的船进城，给庵里买香烛，买油盐。闲时是赵大伯划船；忙时是小英子去，划船的是明子。

从庵赵庄到县城，当中要经过一片很大的芦花荡子。芦苇长得密密的，当中一条水路，四边不见人。划到这里，明子总是无端端地觉得心里很紧张，他就使劲地划桨。

小英子喊起来：

“明子！明子！你怎么啦？你发疯啦？为什么划得这么快？”

………

明海到善因寺去受戒。

“你真的要去烧戒疤呀？”

“真的。”

“好好的头皮上烧十二个洞，那不疼死啦？”

“咬咬牙。舅舅说这是当和尚的一大关，总要过的。”

“不受戒不行吗？”

“不受戒的是野和尚。”

“受了戒有啥好处？”

“受了戒就可以到处云游，逢寺挂褡。”

“什么叫‘挂褡’？”

“就是在庙里住。有斋就吃。”

“不把钱？”

“不把钱。有法事，还得先尽外来的师父。”

“怪不得都说‘远来的和尚会念经’。就凭头上这几个戒疤？”

“还要有一份戒牒。”

“闹半天，受戒就是领一张和尚的合格文凭呀！”

“就是！”

“我划船送你去。”

“好。”

小英子早早就把船划到荸荠庵门前。不知是什么道理，她兴奋得很。她充满了好奇心，想去看看善因寺这座大庙，看看受戒是个啥样子。

善因寺是全县第一大庙，在东门外，面临一条水很深的护城河，三面都是大树，寺在树林子里，远处只能隐隐约约看到一点金碧辉煌的屋顶，不知道有多大。树上到处挂着“谨防恶犬”的牌子。这寺里的狗出名的厉害。平常不大有人进去。放戒期间，任人游看，恶狗都锁起来了。

好大一座庙！庙门的门坎比小英子的骼膝都高。迎门矗着两块大牌，一边一块。一块写着斗大两个大字：“放戒”；一块是：“禁止喧哗”。这庙里果然是气象庄严，到了这里谁也不敢大声咳嗽。明海自去报名办事，小英子就到处看看。好家伙，这哼哈二将、四大天王，有三丈多高，都是簇新的，才装修了不久。天井有二亩地大，铺着青石，种着苍松翠柏。“大雄宝殿”，这才真是个“大殿”！一进去，凉飕飕的。到处都是金光耀眼。释迦牟尼佛坐在一个莲花座上，单是莲座，就比小英子还高。抬起头来也看不全他的脸，只看到一个微微闭着的嘴唇和胖墩墩的下巴。两边的两根大红蜡烛，一搂多粗。佛像前的大供桌上供着鲜花、绒花、绢花，还有珊瑚树、玉如意、整颗的大象牙。香炉里烧着檀香。小英子出了庙，闻着自己的衣服都是香的。挂了好些幡。这些幡不知是什么缎子的，那么厚重，绣的花真细。这么大一口磬，里头能装五担水！这么大一个木鱼，有一头牛大，漆得通红的。她又去转了转罗汉堂，爬到千佛楼上看了看。真有一千个小佛！她还跟着一些人去看了看藏经楼。藏经楼没有什么看头，都是经书！妈吔！逛了这么一圈，腿都酸了。小英子想起还要给家里打油，替姐姐配丝线，给娘买鞋面布，给自己买两个坠围裙飘带的银蝴蝶，给爹买旱烟，就出庙了。

等把事情办齐，晌午了。她又到庙里看了看，和尚正在吃粥。好大一个“膳堂”，坐得下八百个和尚。吃粥也有这样多讲究：正面法座上摆着两个锡胆瓶，里面插着红绒花，后面盘膝坐着一个穿了大红满金绣袈裟的和尚，手里拿了戒尺。这戒尺是要打人的。哪个和尚吃粥吃出了声音，他下来就是一戒尺。不过他并不真的打人，只是做个样子。真稀奇，那么多的和尚吃粥，竟然不出一点声音！他看见明子也坐在里面，想跟他打个招呼又不好打。想了想，管他禁止不禁止喧哗，就大声喊了一句：“我走啦！”她看见明子目不斜视地微微点了点头，就不管很多人都朝自己看，大摇大摆地走了。

第四天一大清早小英子就去看明子。她知道明子受戒是第三天半夜，——烧戒疤是不许人看的。她知道要请老剃头师傅剃头，要剃得横摸顺摸都摸不出头发茬子，要不然一烧，就会“走”了戒，烧成了一片。她知道是用枣泥子先点在头皮上，然后用香头子点着。她知道烧了戒疤就喝一碗蘑菇汤，让它“发”，还不能躺下，要不停地走动，叫作“散戒”。这些都是明子告诉她的。明子是听舅舅说的。

她一看，和尚真在那里“散戒”，在城墙根底下的荒地里。一个一个，穿了新海青，光光的头皮上都有十二个黑点子。——这黑疤掉了，才会露出白白的、圆圆的“戒疤”。和尚都笑嘻嘻的，好像很高兴。她一眼就看见了明子。隔着一条护城河，就喊他：

“明子！”

“小英子！”

“你受了戒啦？”

"受了。"
"疼吗?"
"疼。"
"现在还疼吗?"
"现在疼过去了。"
"你哪天回去?"
"后天。"
"上午?下午?"
"下午。"
"我来接你!"
"好!"
…………

小英子把明海接上船。

小英子这天穿了一件细白夏布上衣,下边是黑洋纱的裤子,赤脚穿了一双龙须草的细草鞋,头上一边插着一朵栀子花,一边插着一朵石榴花。她看见明子穿了新海青,里面露出短褂子的白领子,就说:"把你那外面的一件脱了,你不热呀!"

他们一人一把桨。小英子在中舱,明子扳艄,在船尾。

她一路问了明子很多话,好像一年没有看见了。

她问,烧戒疤的时候,有人哭吗?喊吗?

明子说,没有人哭,只是不住地念佛。有个山东和尚骂人:

"俺日你奶奶!俺不烧了!"

她问善因寺的方丈石桥是相貌和声音都很出众吗?

"是的。"

"说他的方丈比小姐的绣房还讲究?"

"讲究。什么东西都是绣花的。"

"他屋里很香?"

"很香。他烧的是伽楠香,贵得很。"

"听说他会作诗,会画画,会写字?"

"会。庙里走廊两头的砖额上,都刻着他写的大字。"

"他是有个小老婆吗?"

"有一个。"

"才十九岁?"

"听说。"

"好看吗?"

"都说好看。"

"你没看见?"

"我怎么会看见？我关在庙里。"

明子告诉她，善因寺一个老和尚告诉他，寺里有意选他当沙弥尾，不过还没有定，要等主事的和尚商议。

"什么叫'沙弥尾'？"

"放一堂戒，要选出一个沙弥头，一个沙弥尾。沙弥头要老成，要会念很多经。沙弥尾要年轻，聪明，相貌好。"

"当了沙弥尾跟别的和尚有什么不同？"

"沙弥头，沙弥尾，将来都能当方丈。现在的方丈退居了，就当。石桥原来就是沙弥尾。"

"你当沙弥尾吗？"

"还不一定哪。"

"你当方丈，管善因寺？管这么大一个庙？！"

"还早呐！"

划了一气，小英子说："你不要当方丈！"

"好，不当。"

"你也不要当沙弥尾！"

"好，不当。"

又划了一气，看见那一片芦花荡子了。

小英子忽然把桨放下，走到船尾，趴在明子的耳朵旁边，小声地说：

"我给你当老婆，你要不要？"

明子眼睛鼓得大大的。

"你说话呀！"

明子说："嗯。"

"什么叫'嗯'呀！要不要，要不要？"

明子大声地说："要！"

"你喊什么！"

明子小小声说："要——！"

"快点划！"

英子跳到中舱，两只桨飞快地划起来，划进了芦花荡。芦花才吐新穗。紫灰色的芦穗，发着银光，软软的，滑溜溜的，像一串丝线。有的地方结了蒲棒，通红的，像一枝一枝小蜡烛。青浮萍，紫浮萍。长脚蚊子，水蜘蛛。野菱角开着四瓣的小白花。惊起一只青桩（一种水鸟），擦着芦穗，扑鲁鲁鲁飞远了。

…………

大淖记事*

内容简介　《大淖记事》描写小锡匠十一子同挑夫的女儿巧云的爱情故事，挺拔匀称的十一子和心灵手巧的巧云在劳动和日常生活中产生了感情。作品同时以散文的笔调，细腻地描写了大淖的风光、世俗和人情。洪子诚有过这样的归纳：汪曾祺小说注重风俗民情的表现。他既不特别设计情节和冲突，增强小说的故事性，着意塑造“典型人物”，但也不想把风俗民情作为故事推进、人物性格发展的“有机”因素。他执意减弱、消除“戏剧化”设计，使叙述呈现如日常生活般的“自然状态”。在这方面，他继续的是20世纪40年代“京派作家”的那种质疑“戏剧化小说”，提倡“散文化小说”的努力。（洪子诚《中国当代文学史》）

○

张贤亮

绿化树（节选）

我们刚把自己的铺位铺好，干草的烟尘还在土房里飞扬的时候，那个瘸子又来了，他说队长叫他领我们吃饭去。

好极了！吃饭！

村子里有了活气。冬天的夕阳在西南方向放射着金色的光辉，黄色的土墙上和七拼八凑的玻璃窗上，都映得光灿灿的。小土房上小小的烟囱，一个个冒出袅娜的轻烟，村子里弥漫着一股苦艾和蒿草的香气。这种与劳改农场迥然不同的、如风俗小说里描写的村居情景，使我莫名地兴奋起来：贫穷也罢，困苦也罢，我毕竟又回到了正常的环境中！

伙房很小，看起来没有几个人在伙房搭伙。这使我有点担心：搭伙的人越少，每个人被炊事员剥削的量就越大。不过所幸的是，我们现在是工人了，我们可以进入伙房里面去打饭了。在瘸子——现在我知道他是队上的保管员兼管理员——向炊事员嘀嘀咕咕地交待给我们按多少定量打饭的时候，我的近视眼迅速地在伙房里睃巡了一遍：扔在案板上的笼屉布，沾着许多馍馍渣！其实，像“营业部主任”这类人真蠢。他们不断地用最哀切的言词向家中勒索，搞得家里人惶恐不宁，扎紧裤腰带来支援他们。我呢，既然不忍心盘剥老母亲，就要发挥自己的智能。而我凭智能在目前的生活圈子里搞到的吃食，并不比从外面给他们寄来的邮包少。

每人四两：一个稗子面馍馍，再加一碗已经冷却的咸菜汤。我磨蹭着最后一个打饭。我笑着对炊事员说：“我不要稗子面馍馍，你让我刮那笼屉布吧。”

“行，”炊事员诧异地看了我一眼，递给我一把饭铲，“你要刮你就刮吧。”

我仔仔细细地把笼屉布刮得比水洗的还干净，足足刮了一罐头筒馍馍渣。按分量说，至少有一斤！

“祖宗有灵！”虽然有股蒸锅水味，还是很好吃！

只有自由的人才能进伙房刮馍馍渣。自由真好！

吃完了饭，队长给我们提着一盏马灯来了。

“大家都来啦？来了就好，来了就好！……”

他在身上摸索着火柴。我马上走过去，帮他提着马灯，点上火，然后接过马灯挂在我的头顶上——这盏马灯有一半归我用了！没有外援的劳改生活锻炼出了我的机灵，依靠外援活下来的“营业部主任”之流只能靠他们的后盾。

“队长，咱们就这么随便睡哇？”躺在门口的“营业部主任”想改变现状。

“随便睡，随便睡，睡哪儿都行……”队长一屁股坐下来，在他的草铺上盘起腿，没有领会他的意图。

“队长，有没有好一点的房子？”上过朝鲜战场的中尉不满地说，“这房子连炕也没有。”

“凑合住吧，家嘛，在人收拾。”队长有点不悦了。他是个干瘦的中年汉子，自我介绍说姓谢。在马灯昏黄的灯光下只看见他一脸胡茬，神色疲惫，穿一件补满补丁的棉干部服。他说：“想睡炕，就得脱炕面子。这大冬天的，脱下的炕面子也不结实。等开春再说吧。”

这就是说，我们要到春天才能睡上炕。而到春天，没有炕睡也行了。

几个人向谢队长打听怎么往这儿写信？场部在哪里？人保科什么时候办公？迁移户口的事应该找谁？谢队长很快就知道了这几个人是不准备在这里干长的。他把目光向我转来。我坐在马灯底座下面的阴影里。他眯缝着眼睛问：“喂，小尕子，你叫啥名字？”

“章永璘。”我欠了欠身子，干草在我屁股下窸窣作响。

他把手中的一张纸就着灯光吃力地看了看。

“你家在北京？才二十五岁？”

“在北京。是的，刚满二十五岁。”

“你们几个就你年轻。咋？你也要回吗？”

“我不回。”

“好，不回就在这垯儿好好干。”谢队长高兴了，脸朝着我和蔼地说，“这垯儿也不坏，总比你们原来呆的地方强。供应嘛，一个月二十五斤粮，还有两包烟。工资嘛，一级十八块，二级二十一块……你们先拿十八块，干了半年，根据你们的劳力再说话……”

“是，是……”我表示很满足地点着头。其他人靠在铺盖上冷冷地听着。呆滞的灯光把他们的脸照得像一张张没有表情的面具。

实际上，这里并没有什么值得高兴的。比劳改农场强的只是有工资。而十八块钱在这困难时期买不到十斤黄萝卜，况且这里还不发衣裳。粮食定量和劳改农场一样，七扣八扣，真正吃到嘴的至多二十斤（一月二十五斤定量在正常条件下也差不多够了，但在没有一点副食、油脂、菜蔬并且每天都要干体力活儿的情况下，你吃一个月试试！而我长年累月都是如此。六〇年定量还要低，每月只有十五斤）。我满足的不过是，他在说话时有意避开了“劳改队”三个字而已。

谢队长又从几个口袋里东掏西摸地拿出一堆香烟，发给每个人两包，向每人收了一角六分钱："双鱼牌"，八分钱一包。太好了！这是真正的香烟，不是葵花叶子、白菜叶子、茄子叶子……这类代用品。香烟，对我来说几乎和粮食同等重要。但我看到不吸烟的"营业部主任"也有一份，又不禁妒火中烧。他会在你烟瘾大发时，用两毛钱一根的高价"让"给你。平均主义的原则毕竟有弊病！

"每天九点开饭，十点出工。下午四点收工。大冬天的，也没啥营生干。你们明天就出工吧，等到休息天再休息……"谢队长站起来，拍拍屁股要走。他不说星期天，却说"休息天"，但不知哪天算"休息天"。

"队长，没有炕，砌个炉子行不行？这屋子，晚上要冻死人。"中尉围在被窝里，又提出特殊要求。这个集体需要有这样一个人！

"炉子是要砌的。那有几块土坯就行。可公家只有烟煤，没有干炭。"谢队长袖着手，他也觉得冷，"还有窗子，也要糊一下，明天早上你们去办公室领点旧报纸，再到伙房打点糨子。"

"烧烟煤的炉子我会砌。"我自告奋勇地说。我有两个稗子面馍馍的贮存，还是愿意干重活的。

"哦？那跟烧干炭的炉子可不一样哩。"谢队长用感到意外的眼光看了看我，"这样吧，明天你就留在家里，把炉子砌了，窗子糊了……哦，对了，你们还得有个组长。我看，就章永璘当上吧。"

很好！我自由了的第一天就当上了组长。

晚上，我万分小心地钻进棉花网套里，就像把一件珍贵器皿放进衬着缎垫的锦匣中一样。因为我既要当心脚趾头伸进破洞里去，或是勾断了线，把破洞越撕越大，又不能把被筒敞得太开，不然脊背就直接贴在稻草上挨扎了。随后，从盖在网套上的棉衣里掏出早上得到的两个稗子面馍馍，在被筒里嗅一嗅，玩味玩味，用洗脸的毛巾包好，埋在墙根下的稻草里面。

夜，寂静得使人以为世界已经离开了自己。而在劳改农场里，半夜都有值班人员的脚步声。

于是，我的另一面开始活动了。那被痛苦的、我不理解的现实所粉碎了的精神碎片，这时都聚集拢来，用如碎玻璃似的锋利的碴子碾磨着我。深夜，是我最清醒的时刻。

白天，我被求生的本能所驱使，我谄媚，我讨好，我妒忌，我要各式各样的小聪明……但在黑夜，白天的种种卑贱和邪恶念头却使自己吃惊，就像朵连格莱看到被灵猫施了魔法的画像，看到了我灵魂被蒙上的灰尘；回忆在我的眼前默默地展开它的画卷，我审视这一天的生活，带着对自己深深的厌恶。我战栗；我诅咒自己。

可怕的不是堕落，而是堕落的时候非常清醒。

我不认为人的堕落全在于客观环境，如果是那样的话，精神力量就完全无能为力了；这个世界就纯粹是物质与力的世界，人也就降低到了禽兽的水平。宗教史上的圣徒可以为了神而献身，唯物主义的诗人把崇高的理想当做自己的神。我没有死，那就说明我还活着。而活的目的是什么？难道仅仅是为了活？如果没有比活更高的东西，活着还有什么意义？

可是，现在我是一切为了活，为了活着而活着。

我想起了普希金的诗句：

当阿波罗还没有向诗人
要求庄严的牺牲的时候，
诗人尽在琐事上盘算，
想着世俗的无谓的烦忧；
他的神圣的竖琴喑哑了，
他的灵魂浸沉于寒冷的梦；
在游戏世界的顽童中间，
也许他比谁过得都空洞。

我何止于“空洞”，简直是腐烂！但怎么办？“牺牲”，必须要有一个明确的目的。过去朦胧的理想，在它还没有成形时就被批判得破灭了。尽管我也怀疑为什么把能促使人精神高尚起来的东西、把不平凡的抒情力量都否定掉，但我也不得不承认，现实的否定比一切批判都有力！那么，新的理想、新的生活目的究竟应该是什么呢？

据说，我这种家庭出身的人，一生的目的都在于改造自己，但是说“牺牲就是为了改造自己”，显然是不合理的。因为那等于说我不死便不能改造好，改造自己也就失去了意义。今天，我已成了自由人，如果说接受惩罚是为了赎罪，那么，惩罚结束了就可说是赎清了“右派”的罪行；如果说释放标志着改造告一段落，那么，对我的改造也就进行得差不多了吧。今后怎么样生活呢？这是不能不考虑的。但是，这个农场并不能使我感到乐观，并不能把我的文化知识发挥出来，以检验我改造的程度。

我虽然自由了，但我觉得我并没有落在某一处实地上；相反，更像是悬浮在四边没有着落的空中……

我脸朝着墙壁。墙角散发着潮湿的霉味和老鼠洞的气味，还有一股淡淡的、温暖的干草味。旁边，老会计在坚韧不拔地磨牙，那不把牙齿咬碎不罢休的格格声，仿佛象征着我们艰辛的未来。棉絮冷似铁，我浑身没有一点热气。“我怎么会落到这种地步”的感叹又油然而生。我经常发这样的感叹。这成了揣摩不透的谜。有时，我觉得劳改之前不过是场大梦；有时，我又觉得现在是场噩梦。第二天醒来我照旧会到课堂上去给学员们讲唐诗宋词，或是在我的书桌前读心爱的莎士比亚。但是肚皮给了我最唯物主义的教育。你不正视现实吗？那就让你挨挨饿吧！

我目前的境遇是铁的现实！

那么，这是宿命吗？但普遍性的饥饿正使千千万万人共享着同样的命运。我耳边又响起了哲学讲师的声音：“个人的命运和国家的命运是连在一起的。”

我悄悄摸了摸枕在我头底下的《资本论》。“也许你还能从那里知道，我们今天怎么会成了这种样子。”现在，只有这本书作为我和理念世界的联系了，只有这本书能使我重新进入我原来很熟悉的精神生活中去，使我从馍馍渣、黄萝卜、咸菜汤和稠稀饭中升华出来，使我和饥饿的野兽区别开……

棉花网套被我微弱的体温慢慢焐暖了。我感到暖烘烘的、软绵绵的，感到了我的存在。存在是什么？笛卡尔说，我思，故我在。活着多么好，能够思想多么好！好得我都不想睡觉……但我还是睡着了。

第二天早上一起床，第一件事就令我极为懊丧，乐极果然生悲——两个稗子面馍馍都被老鼠吃光了！

是老鼠吃的，不是人偷走的，洗脸毛巾也被咬破了。我悄悄地团起烂得像渔网似的毛巾，塞进裤子口袋里。我还不能声张，“营业部主任”知道了，又会幸灾乐祸地嘲笑我。

九点钟才开饭，我靠在叠起来的棉花网套上，几乎要晕过去。如果这两个稗子面馍馍不丢，即使我不吃它也不觉着什么。而这巨大的损失加深了我的恐惧心理，竟使我觉得非常非常的饿。饥饿会变成一种有重量、有体积的实体，在胃里横冲直撞；还会发出声音，向全身的每一根神经呼喊：要吃！要吃！要吃！……我没有力气动弹，更没有心思思想，只一个劲儿地转念头：必须把损失加倍地捞回来！

这时，昨夜里那些聚集拢来的精神碎片又四面迸散了，我又成了生活的全部目的都是为了活着的狼孩！

从伙房打回饭，都坐在各自的草铺上默默地吃着。罐头筒的优势失去了。这儿的炊事员似乎没有视觉误差，他绝对相信自己手中的勺子，没有给我多加一点。但是没关系，我已经把门路想好了。

吃完饭，按照谢队长的安排，由一个面目阴沉的农工领着其他几个人随大队出工。那个瘸子保管员腋下夹着一卷旧报纸又来了。他放下报纸，告诉我土坯在什么地方，砖在什么地方，小车在什么地方，又领我到库房里去拿了把铁锹，一个小水桶，一把瓦刀，几根做炉箅的铁条。临走时说，糨子到伙房去打，他已经跟炊事员说好了。另外还需要什么，可以到办公室去找他。

砌炉子，至少是两个人的事：一个大工，一个小工。但我宁可不要小工。土坯和砖都近得很，就堆在我们的房头上。土嘛，院子里随便挖一点就行，这儿是碱土，不冻的。至于水，还是少用为好，不然光烤干炉子就要用很长时间。瘸子一走，我拿起一张报纸首先跑到伙房去。

“师傅，我打糨子来了。”我笑嘻嘻地和他打招呼，仿佛我经常吃得很饱似的。

“你自己去舀吧。”他坐在门口晒太阳，他是真正地吃饱了，“你可别舀得太多。”

“你看，”我把报纸一扬，“包一包就行。”

案板上放着半脸盆灰白色的稗子面，看来是事先给我准备的。我摊开报纸，把所有的稗子面都倒光，摁得实实的，捧了回来。什么“打糨子”，吃得饱饱的人永远不会注意到，稗子面是没有粘性的。即使借着潮湿糊上报纸，水分一干就会掉下来。我先不糊窗子，现在最急需的是火。我在劳改农场跟中国第一流的供暖工程师干了一个月活，专给干部砌炉子——他也是“右派”，他当大工，我当小工。他曾教给我一个最简便的砌烟灶的方法；他还说，只要给他一把铁锹，其余什么也不用，他在坡地上就能挖出一个火又旺柴又省的炉灶：学问不过在进风口、深度和烟道上。我一会儿上房，一会儿挖土，干得满头冒汗，不到两小时，我就把一个最原始而又最合乎科学的取暖炉砌好了。

我一分钟也不歇息，拉上小车去伙房门口装了半车烟煤——一车我拉不动。沿途又顺手在不知谁家的柴火堆上抽了几根干柴。

我用颤抖的手划着了火柴，点燃了炉膛里的柴火。火苗和烟都朝着烟道窜过去。一会儿，烟没有了，淡红色的火苗在烟道里呼呼地叫。又一会儿，火焰旺得像火山口喷出的岩浆，在炉膛里形成一个扇面，争先恐后地往狭窄的烟道口跑。这时候，我加上一铁锹煤，炉子里像施了魔法一般，腾起一股黑烟，但即刻被烟道吸了进去。火焰仍顽强地从煤的缝隙中往外冒。不到五分钟，火焰的颜色逐渐加深，由淡红变为深红，然后变成带青色的火红，这就是真正的煤火的颜气了。

下一步，就是不能让人家看见我在房子里干什么。我找到办公室，瘸子恰好在里面像泥人儿似的呆坐着。我无暇念及有人干得满头是汗而有人却什么都不干这种现象是多么可笑，问他要了一把小钉子、几片破纸盒上的纸板、一把剪刀——只要不领吃的东西，他都会慷慨地给我，旋即急匆匆地跑回来。我把硬纸板剪成一条条长条，压住铺在窗户上的报纸，用钉子在窗棂上钉得牢牢的。

像个宿舍样了。按谢队长的说法，这就是“家”！

我干活的步骤是符合运筹学原理的。这时，炉子已经烧得通红了：烟煤燃尽了烟，火力非常强。我先把洗得干干净净的铁锹头支在炉口上，把稗子面倒一些在罐头筒里，再加上适量的清水，用匙子搅成糊状的流汁，哧啦一声倒一撮在滚烫的铁锹上。黄土高原用的是平板铁锹，宛如一只平底锅，稗子面糊均匀地向四周摊开，边缘冒着一瞬即逝的气泡，不到一分钟就煎成了一张煎饼。

我一上午辛辛苦苦的忙碌就是为了这个美好的时刻！

我煎一张，吃一张，煎一张，吃一张……头几张我根本尝不出味道，越吃到后来越香。趁稗子面糊在铁锹上煎着的空隙，我还把我草铺下的老鼠洞堵了起来。这里有老鼠，没有料到！劳改农场是没有老鼠的——那里没有什么东西给它吃，它自己反而有被吃掉的危险。

土房里暖和了起来。我肚子里暖和了起来。我身上也暖和了起来。我坐在炉子旁边昏昏欲睡了。但现在不是睡觉的时候。我从棉花网套里掏出“双鱼牌”香烟，抽出一根，转圈捏了一遍——还好，没有烟梗子——拣起铁条上掉下的煤渣把它点燃。我不让一丝烟从我的口腔和鼻孔漏出去，屏住气息，全部吞进肚子里。一霎间，一种特别舒服的陶醉感立即传遍了我的全身。

可是，不知怎么，我心中却窜出了一阵扎心扎肺的酸楚……

不能多想！我知道我肚子一胀，心里就会有一种比饥饿还要深刻的痛苦。饿了也苦，胀了也苦，但肉体的痛苦总比心灵的痛苦好受。我小心地掐灭香烟，把烟蒂仍装进烟盒里。我要找点事情来干。收拾好工具后，我把剩下的稗子面包上几层报纸，在墙上挂起来。把炉子加足了煤，拿起我补了又补的无指手套，拍拍身上的土，走出了我们的“家”。

这几天天气非常好。高原上的黄土到处泛着柠檬色的辉光。村子四周没有什么树，几株脱了叶的白杨，如银雕一般傲然耸入暖洋洋的天空，把它们瘦伶伶的影子甩在脚下。太阳偏西了。昨天这个时候，正是车把式海喜喜引吭高歌的时候。现在，我肚子胀了，回味那忧伤而开阔的歌声，竟使我联想到巴勃罗·聂鲁达的《伐木者，醒来吧》中的几个段落。

我经常有些奇异的联想，既毫不着边际，但又有某种模糊的、近乎神秘的内在联系。当然，只有在肚子胀了的情况下，脑海中才会产生种种联想。这时，我就觉得，海喜喜土生土长的民歌旋律，似乎给我注入了聂鲁达所歌颂的那种北美拓荒者的剽悍精神。那歌声、那山鹰、那广阔无垠的苍凉的田野、那静静的连绵不绝的群山、那山的绵延就是有形的旋律……整个地在我的心中翻腾。一时，我觉得我非常美而强壮了。

于是，我心情愉快地向马号方向走去。我想看看马。我很喜欢马。它们总使我联想到英雄的事业：去开拓疆土！去开拓疆土！……

可是，马号前面却有一群农工在那里翻肥。我的组员——“营业部主任”、中尉、老会计和报社编辑几个人也在其中。我想退回去已经来不及了。

“家收拾好啦?”谢队长手拿铁锹，站在高高的肥堆上，一眼就看见了我。在白天看来，他比昨天矮小得多。

“收拾好了。”

“你来干啥?”

“我……”我总不能说我来看看马。马有什么可看的?种种异想都从我脑子里飞逃了出去，只剩下一个意识：我是一个农工！我只好说：“我来干活。”

“好。”谢队长高兴地咧开满布胡茬的嘴，“你刨粪吧，刨下来她们砸。”

他给我指定一个地点。原来这里还有妇女。

我从来没有跟妇女一起劳动过。四年劳改农场的生活，我几乎没有看见过妇女。我低着头，局促不安地走到她们中间，不知道干什么好。

“你拿镐头刨吧，你刨一块咱们砸一块。”一个妇女对我说，“也别累着，看你瘦鸡猴的，刨不动大块就刨小块的。”

她的音色柔软，把本来发音很硬的方音也变得很圆润，尤其是语气中的关切之情使我特别感动。我很长时间没听过“别累着”这样的话了；我耳边响着的一直是“快！快!”“别磨洋工”这类的训斥。但我没敢看她；我莫名其妙地脸红起来。我兴奋地想，我要好好替她刨，刨下来后还要替她砸碎。

我用眼睛在肥堆旁扫了一遍：这里没有镐。我忘乎所以地向谢队长喊道：“队长，没有工具呀！”

“你干球啥来的？！”出乎我意外地招来一顿训斥，“你吃席来还得带双筷子哩！”

旁边的几个妇女没有恶意地嘻嘻笑了。我脸涨得血红。我又羞愧，又痛恨这个谢队长：这是个喜怒无常的小人！

正在我手足无所措的当儿，那个妇女突然递给我一把钥匙：“给！你到我家去拿。就在门背后，有个好使的镐头。”

我窘迫地接过来，嘴里嘟嘟哝哝地也不知说了些什么。

“喏，就在西边第一排房子的第一个门。”她告诉我，“好找得很，一拐弯，头一间就是嘛。”

“就是门口挂着‘美国饭店’的呀！”另一个妇女哧哧地笑道。

“你这婊子，你门口才挂招牌哩！”给我钥匙的妇女并不气恼，对她笑骂着。

我转身走了，她们还在嘻嘻哈哈地对骂。

这是把自制的黄铜钥匙，磨得很光滑，还留有人体的微温，大概是她装在贴身的衣兜里的。我翻来覆去地看了看，感激地抚摩着它，仿佛它是她的手。

门口并没有挂什么“美国饭店”的招牌，和别人家一样，堆着一堆发黑的柴火，拉着一根晾衣裳的绳子。我开开门。这是间比我们“家”还小的土坯房，一铺火炕就占了半间。泥地扫得很干净。我从来不知道泥地经过加工，会变得像水泥地面一样的平整。屋里没有什么木制家具，台子、凳子都是土坯砌的。靠墙的台子还用炕面子搭了两层，砌成橱柜的式样，上层拉着一块旧花布作帘子。所有的土坯“家具”都有棱有角，清扫得很光洁。土台上对称地陈列着锃亮的空酒瓶和空罐头盒作为摆设。炕上铺着一条破旧的毡子，一床有补丁的棉被和几件衣裳——还有娃娃的小衣裳——整整齐齐地叠放在上面。炕围子花花绿绿的，我匆匆浏览了一下，是整整一本《大众电影》，还有《脖子上的安娜》的彩色剧照。

炕下面有个锅台，锅圈上坐着一个盖着木盖的铁锅！

我头一次只身一人进入一个陌生人的房间，我感到了被人信任的温情，但又有这样一种本能的冲动：想揭开锅盖，掀起帘子，看看有什么吃的——凡是贮藏食物的地方对我都有难以抵挡的诱惑力。

罪孽！

我赶快把门背后的十字镐扛了出来，回到马号那里去。

“门锁上了么？”我低着头还给她钥匙，她问我。

“锁上了。”

我开始抡镐。有一个妇女在旁边哼哼唧唧地唱起来：

尕妹妹的个大门上就浪三趟呲，
不见我的尕妹子好呀模样呀！

“我把你这个……”她转过身去，用最粗俗的话骂了那妇女一句。由于这话非常形象生动，几个妇女都乐不可支地哈哈大笑了。

我不明白那妇女的歌怎么触犯了她，惊愕地抬起头，瞥了她一眼。她正和那妇女对骂，后背朝着我。我只看见系在一起的两条乌黑的辫子，搭在花布棉袄上。棉袄的背部和两肘用颜色稍深的花布补着几块补丁。

马粪尿掺上土，就是所谓的厩肥。冬天里冻得实实的。我们要把厩肥刨下来，砸碎冻块，翻捣一遍，再由马车运到田里卸下，一堆一堆地纵横成行，铲一层浮土盖上，等到开春撒开。我因吃了很多稗子面煎饼，又想帮她多干点，所以很卖力，一会儿就刨了很大一堆。

“你慢着。看你，你这个傻——瓜——瓜！”

她不说“傻瓜”，而说“傻瓜瓜”，声音悠长而婉转，我因感到亲切微微地笑了。我又瞥了她一眼，她低着头在砸粪，我没有看清她的脸。

“把稗子米先泡泡，再馇稀饭，越馇越稠……”

“要切上点黄萝卜放上就好了……”

“黄萝卜切成丁丁子，希个美！……”

“黄萝卜不抵糖萝卜；放上糖萝卜甜不丝丝的……”

“糖萝卜苦哩，得先熬……”

几个妇女笑骂完了，在肥堆旁边严肃地讨论着烹调技术，她又转过脸洒脱地朝她们说：

“干球蛋！我是宁吃仙桃一口，不吃烂梨半筐。要吃，就焖干饭！”

“嘻嘻！谁能比你呢，你开着‘美国饭店’……”

“别要你的巧嘴嘴了，”她直起腰，“你们没球本事！稗子米照样焖干饭。你们信不信？”

“信、信、信！你做顿给咱们尝尝……”

“尝尝？只怕你尝了摸不着家，跑到别人家炕头睡哩！……”她又嘻嘻地笑起来。她很喜欢笑。

接着，再次互相笑骂开了。

这时，海喜喜威武地赶着大车回来了，“啊、啊……”地用鞭杆拨着瘦瘦的马头，挺着胸脯坐在车辕上。

“你这驴日的咋这时候就收工了？咹？”谢队长停住了手中的锹，冷冷地质问海喜喜。谢队长和农工一样干着活，我注意到他比农工干得还多。

海喜喜显然和我刚才一样，没有料到谢队长在这里，赶紧跳下大车，“吁——”他把车停下了。

“牲口累了哩，队长。”

“是牲口累了还是你驴日的不想干了？咹？”谢队长眯着眼，又用嘲弄的口气问。在我眼里，瘦小干枯的谢队长一下子高大起来，高大魁梧的海喜喜却干瘪了。我很同情海喜喜。现在他一副畏畏葸葸的神色，和昨日迥然不同。

“你驴日的是要我跟你算账不是？”我听出来谢队长的话里有话。果然，海喜喜比我半小时前突然见到队长时还要狼狈，进也不是，退也不是。瘦马在他背后用软塌塌的嘴唇拣食地上的草渣。

忽然，谢队长咆哮起来："你去把牲口卸了，拿把镐头来！今夜黑你驴日的不把两方粪给我砸下，我把你妈的……"

谢队长的詈骂有惊人的艺术技巧。他怒冲冲地骂着，听的人却发出笑声，连海喜喜也抿着嘴偷笑，我当然更有点幸灾乐祸。原来谢队长对谁都这样粗俗地呵叱，刚才对我还算客气的哩。

海喜喜趁他痛骂的当儿，"驾、驾"地把大车赶进马号。一会儿，拿着一把十字镐出来了。

"哪儿刨呢？队长。"他的口气绝不是讨好，而是一副放在哪儿都能干的无畏架势。

"这垯儿来。"谢队长指了指自己面前，疲乏地说，"这垯儿有块大疙瘩，我吭哧了半天没吭哧下来。"

"啐！啐！"海喜喜响亮地朝两手啐了两口唾沫，"你闪开，看我的！"他哼地一声使劲地砸下镐头。

一转眼，两人又成了共同对付艰巨劳动的亲密伙伴，一个刨，一个砸，很是协调。

"熊，没起色的货！"我听见在我旁边的她低声骂道。不知是骂谁。

我还是埋头干我的活。我刨下的冻块，她砸不完，我就用镐头帮她捣碎，她用铁锹翻到另一边去就行了。在我们俩把面前的冻块都处理完，我转过身又去刨的时候，她闲下了。这时，她的下颌拄着铁锹把，轻轻地唱了起来：

> 我唱个花儿你不用笑，
> 我解了心上的急躁。
> 我心里急躁我胡唱呀，
> 哎！
> 你当是我高兴得唱呢！

在理论上，我知道她唱的和海喜喜昨天唱的曲调都属于所谓"河湟花儿"。这是广泛流行于甘肃、青海、宁夏黄河、湟水沿岸的一种高腔民歌。不过，过去我并没有听过。她今天唱的和海喜喜昨天唱的又有所不同。旋律起伏较小，尾部结束音向上作纯四度和大六度滑近。在西北方言中，"急躁"是"烦恼"的意思；"喝"在此处当"唱"字讲。这里没有开阔的田野，四面都是肥堆，而她全然没有经过训练的、带有几分野性的嗓音，却把我领到碧空下的山坡上去了，从而使我的心也开阔了起来。然而我又有点悲哀。她的歌词中没有什么向往与追求，但声调里却有一种希望在颤抖，漫不经心地表现了凄恻动人的情愫。对的，就是漫不经心。我的悲哀还在于，给我如此美好享受的人，他们自己却没有意识到自己创造了这种美。比如说吧，海喜喜现在给我的印象就极没有光彩；而她呢，正低着头若有所思，心不在焉，没有一点自豪感。

我们一下午翻了不少肥，旁边堆了一大堆。谢队长围着粪场转了一圈，检查了所有人的成绩，对这几个妇女和我特别满意，喊了一声：

“收工吧！”

大家七零八落地往家走去。出于礼貌，我对她说：“谢谢你了。让我替你把镐头扛回去吧。”

她在擦锹，掉过头很诧异地看着我，似乎不习惯这种客气的言辞。随即，她慌乱地把镐头从我肩膀上夺下来，用倔犟无礼的口气说：

“你拿来吧你！看你个瘦鸡猴，脸都发灰了。”

回到土房子，我的几个组员对“家”都很满意。“营业部主任”首先把自己的脸盆坐在炉口上，他说这房子热得可以擦澡。

吃饭的时候，大家都围着火炉。有了火，彼此的关系似乎亲密了一点，话也多了。报社编辑没有忘记他的本行业务，这一天，他打听到很多情况。据他说，这个农场占的面积很大，从北至南，沿着山边分散着十几个队。我们这个队是一队。队与队之间至少有十里，到场部还有二十里。最偏远的队在山脚下，离这里竟有一天的路程。场部有个商店，但现在除了盐没有别的货物，农工们都叫它“盐务所”。想买什么东西，要上三十里路以外的镇南堡去，那里有老乡的集市，好像是这一带最繁华的地方。要进城，可以坐火车，朝东去三十里有一个慢车停一分钟的乘降所，每天凌晨四点钟过一班车。这个队没有书记，副队长害了浮肿病，躺在炕上，谢队长是政治生产一把抓。他还说，农工们反映：“只要不倒着抹谢队长的毛，这还是个好人。”最可怕的是山脚下的那个队。那里管得最严，进去出不来，农工们把它叫作“鬼门关”，是专治农场里调皮捣蛋的农工的。

报社编辑又说，这个队的农工绝大多数是本地人和甘肃、陕西跑来的农民。因为这个队的基础是公社的一个村子，谢队长本人原来就是公社的大队书记。别的新建队各种各样的人都有：浙江支边青年、复员转业军人、劳改劳教就业人员、工厂里精简下放的工人等等。

“啧、啧！”老会计惊叹道，“这个农场比劳改队还复杂。”

“赶快离开这穷窝窝子。”“营业部主任”边洗脚边发牢骚，“劳改队还有期，呆在这儿简直是无期。这儿他妈比劳改队还劳改队！”

我没有精神听他们闲聊。我全身仿佛被掏空了一般，光剩下一种感觉——累的感觉，累得都不想呼吸，但是却睡不着。有时，为了多吃一口，要付出远比这一口食物所发的热量还要多的热量。想想真不上算，但人还是要盲目地这样做，于是就越来越虚弱。今天，我干了不少活，结果累得如那妇女说的，“脸都发灰了”。

身体虚弱的折磨，在于你完全能意识、能感觉到虚弱的每一个非常细微的征象，而不在于虚弱本身。因为它不是疾病，它不疼痛；它并不在身体的某一个部位刺激你，或者使你干脆昏迷；它无处不在，无所不到。实际上，要真昏迷过去倒也不错。当我意识到，我才二十五岁，又没有器官上的疾病，却如此虚弱的时候，我真有些万念俱灰。有的人万念俱灰会去皈依佛教，有的人万念俱灰会玩世不恭，有的人万念俱灰会归隐山林……这都是有主观能动性的万念俱灰，他本人还有选择的自由。已经失去主观能动性的、失去了选择的余地的万念俱灰才是最彻底的。这种万念俱灰不是外界影响和刺激的结果，是肉体质量的一种精神表现。油干灯灭，但火焰总是逐渐微弱下去的。它最后那一点萤火虫似的微光，还能照着你看着自己怎样地死去。也就是说，它要把你一直折磨到底。死，并不可怕，尤其在我这样的时候；可怕的是我能非常清醒地看见自己一步一步地走向死亡的全过程，看着生命怎样如抽丝一般从我的躯壳里抽尽……

啊，拉撒路![1] 拉撒路！……

镇南堡和我想象的全然不同，我懊悔一上午急急忙忙地赶了三十里路，走得我脚底板生疼。

所谓集镇，不过是过去的牧主在草场上修建的一个土寨子，坐落在山脚下的一片卵石和沙砾中间，周围稀稀落落地长着些芨芨草。用黄土夯筑的土墙里，住着十来户人家，还没有我们一队的人多。土墙的大门早被拆去了，来往的人就从一个像豁牙般难看的洞口钻进钻出。但这里有个一间土房子的邮政代办所，一间土房子的信用社，一间土房子的商店，两间土房子的派出所，所以似乎也成了个政治经济的中心。今天逢集，人比平时多一些，倒也熙熙攘攘的，使我想起好莱坞所拍的中东影片，如《碧血黄沙》中的阿拉伯小集市的场景。

我先到邮政代办所给我妈妈发信，告诉她老人家，我的处分解除了，现在已经成了名副其实的工人，成了“自食其力的劳动者”；我吃得很好，长得很胖，晒得很黑，人人都说我是个标准的身强力壮的小伙子，就像苏联一幅招贴画《你为祖国贡献了什么?》上的炼钢工人。

我没有钱，但我有很多好话寄给我妈妈。

我的组员，包括“营业部主任”也托我寄信。他们的信都很厚，大概又在向家里念苦经，要家里人赶快给他们办准迁证吧，我想。

邮政代办所门口贴着一星期前的省报。省城的电影院在放映苏联影片《红帆》。我知道这是根据格林的原著改编的。啊，红帆，红帆，你也能像给阿索莉那样给我带来幸福吗?……

我走到街上。这条“街”，我不到十分钟就走了两个来回。商店里只有几匹蒙着灰尘的棉布，几条棉绒毯子，当然还有盐。熏黑的土墙上贴着“好消息，新到伊拉克蜜枣两元一斤”的“露布”，红纸已经变成了橘黄色。问那偎着火炉的老汉，果然是半年以前的事了。

集上有二三十个老农民摆着摊子，多半是一筐筐像老头子一样干瘪多须的土豆和黄萝卜，还有卖掺了很多高粱皮的辣面子的。有一个老乡牵来一只瘦狗似的老羊，很快被附近沙石厂的工人用一百五十元的高价买走了。我估摸了一下，它顶多能宰十来斤肉。我一直把那几个抱着羊的工人——奇怪，他们不让羊自己走——目送出洞口，

---

① 拉撒路：为基督教《圣经》中一个患癞病的乞丐，死后因基督之力复活，成为病人的守护神。

咽了一口口水，才转过脸来。肉，我是不敢问津的。

我的目标是黄萝卜，土豆都属于高档食品。我向一个黄萝卜比较光鲜的摊子走去。

“老乡，多少钱一斤？”

“一块，搭六毛。”老乡边说边做手势，好像怕我听不懂，又像怕我吃惊。

我并不吃惊，沉着地指了指旁边的土豆：

“土豆呢？”

“两块。”

“哪有这么做买卖的？土豆太贵了。”我咂咂嘴。

“贵！我的好哥哥哩，叫你下地受几天苦，只怕你卖得比我还贵哩！”

“你别要你的巧嘴嘴了！”我用上了向那女人学来的一句土话，“我受的苦你老人八辈子都没受过，你信不信？”我瞪着眼睛问他。

“嘿嘿……”他干笑着，似乎不信。

“告诉你吧，”我冷笑一声，“我是刚从劳改队出来的。”

“啊、啊！那是，那是……”老乡流露出畏惧的神色。

“怎么样，土豆贱点？”我突然故意把逻辑弄乱，话锋一转，“人家都是三斤土豆换五斤黄萝卜哩。”

“哪有这个价钱？”他的畏惧还没有到贱卖给我土豆的程度。但正因为这样，他即刻钻进了一个微妙的圈套。“你拿三斤土豆来，我换你五斤黄萝卜哩。”

“当真？”我表面上冷静，而心里惴惴不安地叮问了一句。

“当真！”老乡表现出一种很气愤的果断，“三斤土豆换五斤黄萝卜还不换?!”

“行！”我放下背篓，“你给我称三斤土豆。”

我先把钱付给他——我们昨天每人领了十八元，干了一天就领全月工资，真好！老乡取出自制的秤。我们俩又在挑拣上争了半天。称好后他倒到我的背篓里。我说：

“给，我这三斤土豆换你五斤黄萝卜。”

老乡连思索都没有思索，称了五斤黄萝卜给我。我把土豆倒回他的筐里，背起黄萝卜就走。

我得意洋洋，我的狡黠又得逞了！

在劳改农场，我就经常和来给我们做买卖的老乡打交道。我熟知他们有一种直线式的思想方法。有时候，他们会出奇的固执，拼命地钻牛角，只记一点，不计其余。这也可能使他们在争取自己的利益或创造性的劳动上，表现出一种不屈不挠的顽强精神，但更大的可能倒是被人愚弄，被人戏耍，让他们顾此失彼，大上其当。而我就是用自己的小聪明戏耍他们的人之一。

“我”啊，你究竟是怎样的一个人呢？

太阳暖融融的。卵石和沙砾在我脚下咯咯作响。方圆十几里阒无人迹，只有我一个人在荒滩上昂首阔步。“只、有、我、一、个！”这就是自由。在大号子里睡了四年，出工排队，收工排队，打饭排队，干了四年密集性的劳动之后，只有独自一人在一个广袤的空间行动，是多么幸福啊！

洪水从山上下来，冲出一条条深沟，又像是向山坡蜿蜒而上的卵石路。大大小小的卵石在阳光下散发着钢青色的辉光。略微向平原倾斜的荒滩，景物的色调是坚毅的、严峻的。一切都岿然不动，只有一种土色的小蜥蜴，见我过来，或是摇着小尾巴拼命地跑，沿途丢下一连串慌慌张张的小脚印；或是挑战似的扬着头，用小眼睛瞪我。那样子真可笑！在这个季节没有沙葱，也没有肉苁蓉，不然我可以爱拔多少就拔多少，大嚼一顿。我不是独自一人了吗？我不是自由了吗？现在，连空气都是属于我的！可是，这时候荒滩上只有枯干的芨芨草和酸枣。酸枣是一种多刺的灌木，实际上就是荆棘的学名。荆棘！这个词使我怦然心动。我耸耸肩，把背篓往上掴掴，大踏步地穿过荆棘。

美丽的蔷薇脱落了花朵，
和多刺的荆棘也差不多。
我把荆棘当做铺满鲜花的原野，
人间便没有什么能把我折磨。
阴间即使派来牛头马面，
我还有五斤大黄萝卜！

“嘚儿蓬！嘚儿蓬！嘚儿蓬、蓬、蓬！……”我在心里敲着大鼓，背着背篓在荒原上迈着大步。

前面，是一条两米宽的排水沟。早上过来，冰还冻得很结实，但过了中午，冰层下出现了许多可疑的小水泡——这是冰层融化了的表象。

但是，这条排水沟长得东西两面都不见尽头，中间又没有桥。我走过来，走过去，选了一个比较窄的地方，拿起一块土坷垃往冰上砸去，咚的一声，土坷垃碎了，冰并没有破裂。我觉得可以冒险试一试。

两米宽的距离，如果我身强力壮，像给我妈妈写的信里说的那样；如果我背上没有五斤黄萝卜，我还是能一跃而过的。但这时的情况恰恰相反。我前一只脚刚跳到离岸三十公分的冰层上，咯喳一声，冰层破裂了！我连人带背篓仰天摔倒在沟里。薄冰被我砸了一个窟窿，像印模一般，正和我倒下去的身形相同。

我顾不得我自己，湿漉漉地站在没过膝盖的冰水里，看看背篓，里面只剩下两三个黄萝卜了！

反正棉袄已经湿透，我连袖子也没绾，气急败坏地在沟里乱摸。直摸到全身冻得麻木，而小腿针刺似的疼痛起来，才摸到不足一半。我只好恋恋不舍地爬到沟上，把劫后的剩余捡进背篓里。

在岸上，我如同一条落水狗似的抖擞了抖擞，背起背篓走了。一直走出很远，我还流连地回头看着，仿佛沟底的黄萝卜会像青蛙一样自己跳上岸来似的。

半夜，可能是受寒以后发起烧来，我被干渴烧灼醒了。窗外，呼呼地刮起了西北风，用钉子钉着的报纸有节奏地扑扑作响，就和拉风箱一样。我感到一阵阵的晕眩。我身体虚弱以后，才发现很多小说里描写的晕眩是虚假的；那种扑通一声摔在地板上，或软软地倒在沙发上的描写，多半是主人公的装腔作势。我静静地睡在被窝里也会感到晕眩，并且，晕眩不但不会使我昏迷，反而会把我从熟睡中摇醒。这时，头颅仿佛比正常情况下大了许多，头颅里的血显得很稀少，很稀薄，就像只有一点点水在一个大坛子里晃荡一样。

当然不会有一个人给我倒一口水来喝。我必须忍耐。而我也习惯了忍耐。有时，我会被自己能如此忍耐而感动，也就是说，我自己被自己感动了。在这半夜时分，我就被自己感动了。耐力不像膂力，不能用计量器测试出来，并且它还包括了精神的和物质的两方面。有人能忍受精神的痛苦，却耐不住物质的贫困；有人能忍受物质的贫困，却耐不住精神的痛苦。我发现，我在精神和物质两方面的耐力都有相当大的潜力，只有死亡才是一个界限。

大自然赋予我这样大的耐力，难道就是要我在一种精神堕落的状态下苟且偷生？难道我就不能准备将来干些什么对社会有益的事情？

这时，我开始内疚起来，心里受到自谴自责的折磨。黄萝卜的得而复失，在我看来是冥冥中的惩罚和报应。老乡是辛苦的，这个地区从来就把农民叫“受苦人”，下地干活不叫下地干活，叫“受苦去”。一块六一斤黄萝卜，比较起来是不贵的，劳改农场附近的老乡开口至少是一块八至两块。我的一块浪琴表只换到三十斤黄萝卜和一碗发霉的高粱面。可是，我却狡黠地愚弄了那位老实的、满面皱纹的老乡，还自以为得计，结果……

头颅里的血不停地旋转回晃，一个早已沉淀了的回忆像乳白色的杯底物从我脑海深处泛起。在一间讲究的天蓝色壁纸贴面的大房间里，在凤尾草图案的绿窗帘下，在大理石镶边的法兰西式的壁炉旁边，我的一个伯父坐在棕色的皮面沙发里，我坐在放在地毯上的一只蜀锦软垫上。他晃动着自己调的加冰块的鸡尾酒，向我说摩根家族发迹的故事。据他说，老摩根从欧洲老家飘流到北美洲时，穷得只有一条裤子，后来夫妇两人开了一爿小杂货铺。他卖鸡蛋的时候从来不自己动手，而叫老婆拿给顾客看。因为老婆手小，这样就衬得鸡蛋大一点。正是由于他这样会盘算，他的后代才建立了一个摩根金融帝国。

“听到没有？做生意就要这样精，门槛不精不行！”这位证券交易所的经理端着高脚酒杯教育我，“谁倒闭了谁是憨大（念‘壮’音），能赚钱才是英雄！”

……回忆的潮水又随血液的旋转退了下去。于是，我怀疑我所费的种种心机都是和出身于资产阶级家庭有关的。老摩根会利用人的视觉误差把鸡蛋变大，我会利用人的视觉误差把打的饭变少；摩根们会盘算，我的算盘也很精：用钉子代替稗子面，三斤土豆换五斤黄萝卜，和交易所的“买空卖空”一样，一倒手就赚了两块钱……固然，争取生存是人的本能，但争取的方式却由每个人的气质、教养而定；先天的遗传是自然的，而后天的获得性也能够遗传下去。当我意识到我虽然没有资产，血液中却已经融入资产阶级的种种习性时，我大吃一惊。一九五七年对我的批判，我抵制过，怀疑过，虽然以后全盘承认了，可是到了“低标准”时期又完全推翻。而现在，我又认为对我的批判是对的，甚至“营业部主任”那心怀恶意的批判也是对的。从小要饭的人，对从小就会享受的资产阶级“少爷”肯定有一种直感的敌对情绪。我虽然不自觉，但确实是个“资产阶级右派分子”，其所以不自觉，正是因为这是先天就决定了的。

我口渴，我口渴得像嘴里含着一团火，但毫无办法，我把这种折磨看作对我的惩罚。我默念着但丁的《神曲》：

从我，是进入悲惨之城的道路；
从我，是进入永恒的痛苦的道路；
从我，是走进永劫的人群的道路。

我所属的阶级覆灭了，我不下地狱谁下地狱？

第二天早晨，铅灰色的天空飘下了雪花。这个偏僻的、贫穷的、落后的荒村，大自然倒没有遗忘她，公平地给她也盖上了一层洁白的初雪。小土房上小小的烟囱，冒出的烟也是纤细的，更像童话中的一幅插图。

忍耐的好处之一，是我的感冒会不治自愈。我早已发现，疾病加重在很大成分上是个人的神经作用。如果像对情人一样念念不忘自己的病痛，病就会越来越重。干脆不理它——也没办法理它，它呆在你身上也无趣，很快就会抛掉你。

那个瘸子一瘸一跛地四处吹哨，通知说不出工。他的喊声很怪。好像叫卖什么东西：“休——息！”“休”字拖得很长，“息”却戛然而止，连一丝余音都没有。但在我们听来，这无疑是个可喜的消息。

棉袄棉裤在炉子上烤干了。“营业部主任”不住地埋怨我把房里熏得臭烘烘的。我不理他。要是他掉进水里，他还有新棉裤，还有老羊皮袄。在我眼里，他倒成了资产阶级——阶级关系又整个儿颠倒了。糟糕的是，湿漉漉的棉衣烤干后，硬得和盔甲一样，不保暖不说，穿在我既无衬衣又无衬裤的身上，磨得皮肤又疼又痒。早饭后，我干脆把衣裳全部脱光，用棉花网套把自己包了起来，仅从网套的破洞里伸出两只手，捧着本书，靠在泥土剥落的墙上。

我抱着一种虔诚的忏悔来读《资本论》。

上午，我还能饶有兴味地读着。我重温了《初版序》，接下来读《第二版跋》直到《编者第四版序》。论证的逻辑理清了，也印证了我昨夜的想法：我所出身的这个阶级注定迟早要毁灭的。而我呢，不过是最后一个乌兑格人。我这样认识，心里就好受一点，并且还有一种被献在新时代的祭坛上的羔羊的悲壮感：我个人并没有错，但我身负着几代人的罪孽，就像酒精中毒者和梅毒病患者的后代，他要为他前辈人的罪过备受磨难。命运就在这里。我受苦受难的命运是不可摆脱的。

但是到了中午，我就读不下去了。对于我来说，休息最大的痛苦是没有吃的。平时干活的时候，饥饿还比较好忍受。什么活都不干，饥饿的感觉会比实际的状态更厉害。我完全相信卓别林的《淘金记》中，困在雪山上的那个饥饿的淘金者，会把人

看成是火鸡的幻觉。那不是天才的想象，一定是卓别林从体验过饥饿的人嘴里得知的。当我看到“商品是当做铁、麻布、小麦等等，在使用价值或商品体的形态上，出现于世间”这样的句子，我的思想就远远地离开了这句话的意义，只反复地品味着“小麦”这个词。我的眼前会出现面包、馒头、烙饼直至奶油蛋糕，使我不住地咽唾沫。那个句子的后面，又出现了以下的列式：1 件上衣 =10 磅茶叶 =10 磅咖啡 =1 卡德小麦 =20 码麻布。

“上衣”“茶”“咖啡”“小麦”，这简直是一顿丰盛的筵席！试想：穿着洁白的上衣（不是围着破网套），面前摆着祁门红茶或巴西咖啡（不是空罐头筒），切着奶油蛋糕（不是黄萝卜），那真是神仙般的生活！我也有着华丽的想象力。这种想象力会把我所经过、看过、读过的全部盛大宴会场面都综合在一起，成了希腊神话中忒勒玛科斯的大宴会：“安静地吃吧，我不会让任何人来妨碍你！”这时，不但各种各样食物多彩多姿的形象诱惑我离开《商品的拜物教性质及其秘密》，而且这冬日的沉寂而寒冷的空气中，不知从哪里会飘来时而浓烈时而清淡的肴馔的香气——我脑子里想到什么，就会有什么味道。这香味即刻转化成舌尖上的味觉，从而使我的胃剧烈地痉挛起来。

“营业部主任”又要花样了。他在他的小木箱中摸索了半天，摸索出一块黑面饼子。他不让中尉吃，不让报社编辑吃，还有两个同来的就业人员他也不让，独独要请睡在我旁边的老会计与他分享。其实他明明知道老会计严格地奉守着“我不沾你一分，你也别沾我一毫”的处世原则，不会吃他的“请”的。老会计在这点上也确实迂腐得可笑。比如，他对我与他铺位之间的分界线，比两个关系紧张的毗邻国家的国界还敏感——其实我与他相处得还好。如果他的被角偶尔搭在我的草铺上，他会像被子掉到火上了似的慌忙拽过去；如果我的破网套有一团棉花沾上了他的褥子，他也会郑重其事地捧着送回来，好像那团破棉花是我丢失了的钱夹子。这种战战兢兢不敢越雷池一步的人，我想象不出怎么也成了“右派”。

“吃吧，吃吧，没关系的。”“营业部主任”小心翼翼地掰了半块，从门边扔到他的褥子上。

“咦，咦！弗，弗……”老会计操着上海口音叫起来，惊慌地又扔了回去，仿佛那半块黑面饼子是个烧得火烫的煤球。

“吃吧，你看你这个人……啧，啧！”“营业部主任”又慷慨地扔过来。那半块饼子已干得坚硬无比，扔来扔去都不会掉渣的。

“哎，哎！真的……侬自家吃吧。”老会计更惶惶不安地扔还给“营业部主任”。

“啧！我让你吃你就吃吧。这会儿，谁不饿?!”“营业部主任”再次使劲往这边一扔。

但是，这次“营业部主任”没扔准确，更可能是他有意识的，半块黑面饼子掉到了我的草铺上，正在我的脚旁边。

老会计用一种非常恐惧的眼光斜睨了那半块饼子一眼，在他的铺位上坐卧不宁地扭动着。捡起来再扔回去？这饼子是在我的草铺上；也许他还有点怜悯我，想顺水推舟把饼子让给我吃。不捡起来往回扔？“营业部主任”明明给的是他。即使他给我吃了，人情账却是挂在他名下的，“营业部主任”可不是容易对付的债权人……

土房里的空气仿佛凝固了。其他几个人虽然表面上在各干各的事，有的在补袜子，有的在写家信，有的在被窝里想心事，但注意力无疑都盯在这半块黑面饼子上。报社编辑和中尉在自制的象棋盘上也暂时休战。这半块黑面饼子的命运牵动着所有人的心。

饼子有一两重，由于放得太久，表面上竟有一层暗淡的光泽，很像一块硬巧克力。它旁若无人地、藐视一切地坐镇在我的草铺上，使我非常地困窘；我那“把荆棘当做铺花的原野”的精神也受到了挫折。剩下的黄萝卜在昨天回来后就煮着吃光了，没有一点东西可以抵挡从心底里，而不是从胃里猛然高涨起来的食欲；没有一点东西可以把我汹涌澎湃的唾液堵塞住。由于委屈，由于受到这种残酷的作弄，由于痛恨自己纯自然的生理要求，由于蔑视自己精神的低劣，由于那种“我怎么会落到这种地步”的哀叹……我眼眶里饱含着泪水。

土房里如死一般寂静，皑皑的雪光透过糊着报纸的窗户映照进来，每个人的脸都像死人似的苍白。老会计最终决定了对策：不在我的领地里，就不关我的事！闭起了眼睛，袖着两手坐在褥子上，活像个入定的老僧。“营业部主任”表面很镇静，和扔饼子之前一样，在他铺位上盘着腿，但眼睛却灼灼地盯着那块诱饵，紧张地等待着即将被夹住的猎物。

这时，窗外由远及近地响起沙沙的踏雪声，同时传来了轻松的放肆的歌声：

姐儿早上去看郎，三尺白绫包冰糖。
送给小郎郎不用，转过身儿好凄惶哟——呀啊！
初三早上去看郎，小郎病在牙床上。
双手揭开红绫帐，小郎脸上赛金黄哟——呀啊！

是个女的。我一听就是两天前给我钥匙的那个妇女。

沙沙声和歌声越走越近，径直向我们“家”门口走来。土房里所有的人都有点惊奇，目光被这突如其来的、仿佛是从另外一个世界飘来的声音吸引到门口去，连“营业部主任”的神经也暂时松弛下来，不自觉地表现出侧耳倾听的模样。

一会儿，脚步到了门口，随即，门像受到爆炸的冲击波撞击似的，“砰”一声被推开了。门大敞着，却不见人进来。

这几秒钟，屋里的人都呆呆地盯着门口，像一群傻子在盼望一个奇迹。门外的人似乎终于克服了自己的犹豫，一蹦子跳到门槛上，两手扶着门框，探头探脑地向屋里寻找着。

“嘻嘻！你们这达儿谁是唱诗歌的‘右派’？找他干活去。”

是她！

而她问的只能是我！

“喏、喏、喏，”“营业部主任”转过头来用手指着我，快活地叫道：“章永璘，喂，叫你干活去哩！”

可是，从她的语气、她的神态、她的特别的嘻嘻的笑声里，我即刻敏感到她并不是叫我去干活。我很高兴她把我从这种困境中解救出来。

“是找我吗?”我还有点拿不准，因为她不是说“写诗”，而是说“唱诗歌”。“干什么活?”我又问。

“嘻嘻！我一猜就是你。”她仍然手扶着门框，身子前后地摇晃，“都说你会打炉子，叫你给打个炉子去哩。”

她为什么要猜？怎么会一猜就是我？我感到了一种微妙的关切。我也愿意跟她一起干活。既然没有吃的，干点活比闲呆着还好受点。我说：“那么你先去，我穿好衣裳就来。”

她注意地打量了我一下，大概觉得我那副模样很滑稽，又嘻嘻地一笑。

“那你快点，我在家等你。我家你总认得。”

她一欠身，把门“砰”的一声拉上。我匆匆地穿上棉衣棉裤，在蹬棉裤腿时，我装作无意地把那半块黑面饼子踢到我和中尉之间的过道上。

外面已是一片银白色的世界。初雪把广阔无垠的大地一律拉平，花园也好，荒村也罢，全都失去了各自的特色，到处美丽得耀眼炫目，使人不能想象这个世界上竟会有几分钟之前发生的那种荒诞的丑剧，不能想象人会有那种种龌龊得对自己也没有什么好处的心地。

啊，大自然，你每隔一段时间就要用你的默默无言来教诲我们净化自己！

她的一串脚步印在洁白的雪地上，给人一种轻盈而又温暖的感觉。她回去也踏着来时的足迹：均匀、整齐，毫不零乱，拐弯处弧线优美，精致得像一串珍珠项链。我仔细地踩着她的脚印走，像沿途把那宝贵的东西拾起来，一粒一粒地，一粒一粒地……装在我的心里。

我敲敲门。她不说“请进”“进来”，而是在屋里大声喊：“推嘛，门开着的嘛！”

她斜坐在炕上逗弄孩子。这是个两岁多的孩子，穿着一身和她棉袄的花布一样花色的小棉袄，看来是个女孩，却又推了个平头，眉毛也很浓，长着一副男孩子的样子。见我进来，孩子和她都嘻嘻地笑出了声，但看见我也笑时，孩子却吓得往她怀里直躲。我有点无趣。我想，我的模样一定挺吓人，连笑脸也是可怕的吧。

“在哪儿打炉子?”我问，“有瓦刀没有？还要土坯和砖……”

“你忙啥?!”她长得很匀称的细长的手摩挲着孩子，朝我笑着说，“看你这棺材瓤子，干活倒挺积极！你先坐会儿。”

“棺材瓤子!”可怕而又可笑。我把我这副“棺材瓤子”坐在那不能移动的土坯砌的凳子上。房里没有火，却和我们“家”一样暖和。这种暖和是温和的、全面的暖，不像火炉那样只烤一面，还带着逼人的炙灼。这是农家火炕的作用。我看着那贫穷而整洁的炕，突然产生了一种对家的向往。家，不是谢队长说的“家”，而是真正的家。经过四年严酷的强制性集体劳动和濒于死亡的饥饿，种种不切实际的雄心壮志和布尔乔亚式的罗曼蒂克的幻想，全抛到了东洋大海。我心里记得《叶甫根尼·奥涅金》中的几句诗，这几句诗倒能说明我现在的理想。

有个主妇，
还有一罐牛肉白菜汤，
一大罐牛肉白菜汤——
这就是我现在的理想。

她继续安抚着孩子，没有理我。我呆呆地坐在土坯凳子上，不觉低下了头。我心里猝然涌起了一阵失望的悲哀。不知是对原先希望的失望，还是对“主妇”和“牛肉白菜汤”的失望，抑或是对所有希望都失去了希望……总之，我进到这小小的、简陋的然而又弥漫着一种不可言状的温馨的土房里，好像更清楚地看到了我目前状况的可悲……

不知她注意到我的表情没有，她哄好孩子，把孩子放在炕上，轻捷地跳下炕，掀开锅台上的锅盖，拿出一个白面馍馍，爽气地伸到我面前：

“给！”

我大吃一惊！用惶惑的眼睛看看馍馍，又看看她。她坦然地站在我面前，眼神里有掩饰不住的温柔与怜悯，但绝对没有一丝嘲笑和鄙薄。

我不敢接。因为这样的东西在这样的时候太贵重了，贵重得令人不敢相信这是能无代价地馈赠的。疑惧和望外的喜悦搅在一起，使我晕眩起来。

孩子在炕上叫唤她了：“妈妈，妈妈……”小手抓挠着往炕边爬来。她一把把馍馍塞在我的怀里，转身又坐到炕沿上抱起孩子，头顶着孩子的头，边摇晃边唱：

打箩箩，磨面面，舅舅来了做饭饭。擀白面，舍不得；下黑面，丢人哩！给舅舅宰个大公鸡，公鸡叫鸣哩！宰个大母鸡，母鸡下蛋哩！给舅舅擀上两张齐花面，舅舅喝面汤，我吃一大碗！

她是唱，而不是像一般妇女念儿歌时那样朗诵，不但有节拍，并且有旋律。旋律在多变中带着单纯的稚气。她爽朗的声音，快活的曲调，诙谐的歌词，搂着孩子像玩跷跷板似的摇上摇下的天真的神态，和孩子叽叽嘎嘎的笑声融在一起，在这小土房里荡漾。只有丝毫未脱孩子气的人才能这样与孩子、与这首别致的儿歌浑然无间。任何人都不能怀疑她的纯真。她给我这个珍贵的东西在她来说是非常自然的，是没有目的的，全然出于她的好心。

不过，我还是嗫嚅地说：“我不饿，给孩子吃吧。”我把馍馍向孩子伸过去。

“她刚吃了。”她说，“你吃吧，吃吧。”

可是孩子伸出手来嚷嚷：“我吃，我吃。”

“尔舍，听话！”她把孩子往炕里挪去，不让孩子的手够着我手中的馍馍，旋即跳下炕，又揭开锅盖，拿出一个蒸熟的土豆。

“给！尔舍，你看这是哈？你吃这个。”

孩子笑了，接过去，用小手笨拙地剥着皮。

因为她纯真的慷慨，我更不忍心吃掉她给的这样珍贵的东西了。我的饥饿感，被对这个馍馍的珍惜抑制住了。我甚至觉得有点“暴殄天物”，我的肚皮，是随便什么都可以填满的，何必要吃这么贵重的食品呢？我很想把这个馍馍换两个还在笼屉上放着的土豆——我的近视眼对食物却异常敏锐，她一掀一盖锅之间，我就看见笼屉上放满了土豆。可是，我又不好意思说出口。

她见我还把馍馍拿在手里，指着我对孩子说：

“说：‘叔叔，你吃，你吃吧。’说！”

孩子把塞在嘴里的土豆取出来，用沾满土豆泥的小手指着我：

“吃，你吃，你吃嘛！”

“我不吃，”我酸楚地对孩子说，“留给你爸爸吃，好不好？”

“嘻嘻！”她又笑了，“她爸爸在爪哇国哩！你吃了吧。你看，你们念过书的人尽来这个虚套套！”

我不知道她说的这个“爪哇国”是什么意思。我只知道古典小说中常把非常遥远的或根本没有的地方叫“爪哇国”，而这个地区农民的许多日常用语还保留着古汉语的特色。那么，是她丈夫在很远很远的地方呢？还是孩子现在没有爸爸？

“那么……还是，你自己留着吃吧。”我眼睛看着锅，想把馍馍仍放进去。如果她再客气的话，我就可以说我吃两个土豆就行了。

“你看你这个没起色的货！”不料，她勃然嗔怒了，“扶不起个？不起！那你把馍馍给我放下，你哪儿来的还滚到哪儿去吧！”她掉转身搂着孩子，眼睛也不看我了。

我尴尬地两手捧着馍馍不知所措，和端着一盆盛得满满的热汤不知放在什么地方好似的。

“你，你不是说要打炉子么？”

“打个球！”她又忍不住嘻嘻笑了，“我的炉子是喜喜子给我打的，也好烧着哩。是这么回事：昨天休息，我把喜喜子拾来的麦子推了点白面，蒸了五个馍馍。喜喜子一个，我一个，娃娃两个，还有一个，我就想着给你。可我昨天找你找不见……没酵子，只好蒸死面的。你凑合着吃吧。白面我还有哩，酵子我也发下了，下次就能吃发面的了。”

还有下次！我也不好问她为什么“想着”给我。这是不礼貌的。除了怜悯，还能为什么呢？我不像“营业部主任”、中尉和老会计几个人，一出劳改农场就把那层皮扒了，换上家里寄来的干部服。我一身棉衣棉裤还是劳改农场发的。这种没有领子、三个贴兜的衣服，和脸上的金印同样是受惩罚的记号。布，近似于医用的纱布，刚穿几天就磨了几个窟窿，现在又硬得跟甲壳一样，我缩在这样一套棉衣棉裤里，如同一只蛹没有成熟就死在茧里似的。

沉默了一会儿，她见我低着头，看着手中的馍馍，有要吃的意思，就又掀开那土台子的布帘，端出一碟咸萝卜，拿出一双筷子，用手抹了抹，放在我的旁边。

“以后，你肚子饿了你就来。那天我看你，脸都发灰了，跟伊不利斯[①]一个样

---

① 伊不利斯，阿拉伯语，魔鬼。

……”不知她想起了什么，突然又嘻嘻笑了。可是她马上忍住笑，抿着嘴，坐在炕上瞅着我。

经过这一番推让，我当然要吃了。“恭敬不如从命”。但我很不好意思在她面前吃东西。我那致命的虚荣心还没有完全丢掉。同时，我知道我现在的吃相很不好，我怕一个女人看见我狼吞虎咽的模样。

她不理解我这种心理，也不懂得不要坐在旁边看客人吃东西的社交礼貌，奇怪地问：“吃吧，还等啥？”又催促我，“快吃，一会儿说不定来人哩。”

是的，这倒有点可怕。今天农工们都休息，很可能有人来她这儿串门子。看见我在她这里吃东西，这多不好！我又不能把这珍贵的食物拿到我们“家”去享用，那里还有好几双眼睛！

我慢慢地把馍馍拿起来。

这确实是个死面馍馍，面雪白雪白，她一定箩过两道。因为是死面馍馍，所以很结实，有半斤多重，硬度和弹性如同垒球一样。我一点点地啃着、嚼着，啃着、嚼着……尽量表现得很斯文。我已经有四年没有吃过白面做的面食了——而我统共才活了二十五年。它宛如外面飘落的雪花，一进我的嘴就融化了。它没有经过发酵，还饱含着小麦花的芬芳，饱含着夏日的阳光，饱含着高原的令人心醉的泥土气，饱含着收割时的汗水，饱含着一切食物的原始的香味……

忽然，我在上面发现了一个非常清晰的指纹印！

它就印在白面馍馍的表皮上，非常非常的清晰，从它的大小，我甚至能辨认出来它是个中指的指印。从纹路来看，它是一个“罗”，而不是“箕”，一圈一圈的，里面小，向外渐渐地扩大，如同春日湖塘上小鱼迭起的波纹。波纹又渐渐荡漾开去，荡漾开去……

噗！我一颗清亮的泪水滴在手中的馍馍上了。

她大概看见了那颗泪水。她不笑了，也不看我了，返身躺倒在炕上，搂着孩子，长叹一声：

“唉——遭罪哩！”

她的“唉”不是直线的，而是咏叹调式的。表现力丰富，同情和爱惜多于怜悯。她的叹息，打开了我泪水的闸门，在“营业部主任”作践我时没有流下的眼泪，这时无声地向外汹涌。我的喉头哽塞住了，手中的半个馍馍，怎么也咽不下去。

土房里一时异常静谧。屋外，雪花偶尔地在纸窗上飘洒那么几片；炕上，孩子轻轻地吧唧着小嘴。而在我心底，却升起了威尔第《安魂曲》的宏大旋律，尤其是《拯救我吧》那部分更回旋不已。

啊，拯救我吧！拯救我吧！……

一会儿，她在炕上，幽幽地对孩子说：

“尔舍，你说：叔叔你放宽心，有我吃的就有你吃的。你说，你跟叔叔说：叔叔你放宽心，有我吃的就有你吃的……”

从声音上判断，孩子的脸向我转过来。

"叔叔，你放心。叔叔，你放心……"

孩子越说越来劲儿，可能她觉得这句她尚未理解的话很好玩，站起来朝炕沿边跨了跨，小手指着我：

"叔叔，你放心。叔叔，你放心……"

"还有哇!"她翻起身扶着孩子，"有我吃的就有你吃的。说呀!"

孩子愣了愣，口齿不清地学着：

"有你吃的，就有我吃的。"

她哈哈大笑了，一把搂起孩子，返身把孩子按在炕上，用手指胳肢孩子。

"没起色的货，有我吃的就有你吃的，不是'有你吃的就有我吃的'……没起色的货！没起色的货！……"

她和孩子在炕上打滚，嘻嘻哈哈地闹成一团。屋里的气氛即刻欢快起来，我的心情也开朗了。我很快把馍馍吃完，连咸萝卜也没就。

"还有土豆哩。"她等我吃完了，坐起来，拢了拢头发，把棉袄往下抻了抻，指指炕下的锅台，"土豆还有，一锅哩。你自己拿。"

这时，我才有心情看清楚她。

首先让我惊奇的是她面庞上那南国女儿的特色：眼睛秀丽，眸子亮而灵活，睫毛很长，可以想象它覆盖下来时，能够摩擦到她的两颧。鼻梁纤巧，但很挺直，肉色的鼻翼长得非常精致；嘴唇略微宽大，却极有表现力。很多小说中描写女人都把眼睛作为重点，从她脸上，我才知道嘴唇是不亚于眼睛的表现内在感情的部位。线条优美的嘴唇和她瘦削的两腮及十分秀气的鼻子，一起组成了一个迷人的、多变的三角区。她的皮肤比一般妇女黑，但很光滑，只是在鼻子两侧有些不显眼的雀斑。下眼睑也有一圈淡淡的青色。这淡淡的青色，使她美丽的黑色的眸子表现出一种令人难以忘怀的深情。她脸上各个部分配合得是那样和谐，因而总能给人以愉快与抚慰。从她和我谈的不多的话里，从她的行动举止来看，我感到她的性格是泼辣的、刚强的、爽朗的、热情的。这和她南国女儿式的面庞也极吻合。后来我才了解，这种南国女儿的特色，也是从中亚细亚迁徙过来的民族所具的。

她的岁数在二十岁到二十五岁之间，不会比我大。

她的名字叫马缨花!

男人的一半是女人*

内容简介　章永璘是一位“文化大革命”下的牺牲者，年轻岁月几乎是在劳改营中度过，总逃离不了饥饿、苦难与挣扎。39岁那年，他遇到了生命中的第一个女人黄香久，对女人的渴望、期待、好奇，在瞬间忽然化成了真实，爱情一蹴可及。悲哀的是时代的悲剧加给他的压抑，导致新婚之夜，章永璘在多情豪迈的妻子面前，失去了自己的独立，失去了他男人的尊严，他退缩、无助，奋力却徒劳无功。面对妻子的出轨，羞辱、不甘、自卑……种种情绪在章永璘的心中不断纠结，不断扩大，愤怒的情感渐渐酝积成一股大洪流，突然爆发，他终于成为一个真正的男人，不再是在男女性事上无能的废物。但从此之后，他再也无法体谅香久曾经背叛……《男人的一半是女人》是张贤亮系列中篇《唯物论者启示录》中的一部分，作者企图通过九部中篇来完整地“描写一个出身于资产阶级家庭，甚至有过朦胧的资产阶级人道主义和民主主义思想的青年，经过‘苦难的历程’，最终变成了一个马克思主义的信仰者”的全过程。

○

路遥

人生（节选）

第二章

高加林醒来以后，他自己并不知道时光已经接近中午了。

近一个月来，他每天都是这样，睡得很早，起得很迟。其实真正睡眠的时间倒并不多；他整晚整晚在黑暗中大睁着眼睛。从绞得乱翻翻的被褥看来，这种痛苦的休息简直等于活受罪。只是临近天明，当父母亲摸索着要起床，村里也开始有了嘈杂的人声时，他才开始迷糊起来。他朦胧地听见母亲从院子里抱回柴火，叭哒叭哒地拉起了风箱；又听见父亲的瘸腿一轻一重地在地上走来走去，收拾出山的工具，并且还安抚他母亲给他把饭做好一点……他于是就眼里噙着泪水睡着了。

现在他虽然醒了，头脑仍然是昏沉沉的。睡是再睡不着了，但又不想爬起来。

他从枕头边摸出剩了不多几根的纸烟盒，抽出一支点着，贪婪地吸着，向土窑顶上喷着烟雾。他最近的烟瘾越来越大了，右手的两个手指头熏得焦黄。可是纸烟却没有了——准确地说，是他没有买纸烟的钱了。当民办教师时，每月除过工分，还有几块钱的补贴，足够他买纸烟吸的。

接连抽了两支烟，他才感到他完全醒了。本来最好再抽一支更解馋，但烟盒里只剩了最后一支——这要留给刷牙以后享用。

他开始穿衣服。每穿完一件，总要愣怔半天，才穿另一件。好长时间他才磨磨蹭蹭下了炕，在水瓮里舀了一勺凉水往干毛巾上一浇，用毛巾中间湿了的那一小片对付着擦擦肿胀的眼睛。然后他舀一缸子凉水，到院子里去刷牙。

外面的阳光多刺眼啊！他好像一下子来到了另一个世界。天蓝得像水洗过一般，雪白的云朵静静地飘浮在空中。大川道里，连片的玉米绿毡似的一直铺到西面的老牛山下。川道两边的大山挡住了视线，更远的天边弥漫着一层淡蓝色的雾霭。向阳的山坡大部分是麦田，有的已经翻过，土是深棕色的；有的没有翻过，被太阳晒得白花花的，像刚熟过的羊皮。所有麦田里复种的糜子和荞麦都已经出齐，泛出一层淡淡的浅绿。川道上下的几个村庄，全都罩在枣树的绿荫中，很少看得见房屋；只看见每上村前的打麦场上，都立着密集的麦秸垛，远远望去像黄色的蘑菇一般。

他的视线被远处一片绿色水潭似的枣林吸引住了。他怕看见那地方，但又由不得不看。在那一片绿荫中，隐隐约约露出两排整齐的石窑洞。那就是他曾工作和生活了三年的学校。

这学校是周围几个村子共同办的，共有一百多学生，最高是五年级，每年都要向城关公社中学输送一批初中学生。高加林一直当五年级的班主任。这个年级的算术和语文课也都由他代。他并且还给全校各年级上音乐和图画课——他在那里曾是一个很受尊重的角色。别了，这一切！

他无精打采地转过脸，蹲在硷畔上开始刷牙。

村子里静悄悄的。男人们都出山劳动去了，孩子们都在村外放野。村里已经有零星的叭哒叭哒拉风箱的声音，这里那里的窑顶上，也开始升起了一炷一炷蓝色的炊烟。这是一些麻利的妇女开始为自己的男人和孩子们准备午饭了。河道里，密集的杨柳丛中，叫蚂蚱间隔地发出了那种叫人心烦的单调的大合唱。

高加林刷牙的时候，看见他母亲正佝偻着身子，在对面自留地的茄子畦里拔草，满头白发在阳光下那么显眼。一种难受和羞愧使他的胸部一阵绞疼。他很快把牙刷从嘴里拔出来，在心里说：我这一个月实在不像话了！两个老人整天在地里操磨，我怎能老呆在家里闹情绪呢？不出山，让全村人笑话！是的，他已经感到全村人都在另眼看他了。大家对高明楼做的不讲理的事已经习以为常了，但对村里任何一个不劳动的二流子都很反感。庄稼人嘛，不出山劳动，那是叫任何人都瞧不起的。加林痛苦地想，他可再不能这样下去了！生活是严酷的，他必须承认他目前的地位——他已经是一个地地道道的农民了！

高加林这样想着，正准备转身往回走，听见背后有人说：“高老师，你在家哩？”

他转身一看，认出是后川马店村一队的生产队长马拴。

马拴虽然不识字，但是代表马店大队参加学校管理委员会，常来学校开会，他们很熟悉。这是一个老实后生，心地善良，但人又不死板，做庄稼和搞买卖都是一把好手。

他看见平时淳朴的马拴今天一反常态。他推一辆崭新的自行车，车子被彩色塑料带缠得花花绿绿的，连辐条上都缠着一些色彩鲜艳的绒球，讲究得给人一种俗气的感觉。他本人打扮得也和自行车一样体面：大热的天，一身灰的确良衬衣外面，又套一身蓝涤卡罩衣；头上戴着黄的确良军式帽，晒得焦黑的胳膊上撑一支明晃晃的镀金链手表。他大概自己也为自己的打扮和行装有点不好意思，别扭地笑着。加林此刻虽然心情不好，也为马拴这身扎眼的装束忍不住笑了，问：“你打扮得像新女婿一样，干啥去了？”

马拴脸通红，笑了笑说：“看媳妇去了！人家正给我说你们村刘立本的二女子哩！”

加林这才明白为什么他今天里外一崭新。眼下农民看对象都是这种打扮。他问："是巧珍吗?"

"就是的。"

"那你这把川道里的头梢子拔了！你不听人家说，巧珍是'盖满川'吗?"加林开玩笑说。

"果子是颗好果子，就怕吃不到咱嘴里！"憨厚的马拴笑嘻嘻地说了句粗话。

"看得怎样?成了吧?"

"离城还有十五里！咱跑了几回，看他们家里大人倒没啥意见，就是本人连一次面也不露。大概嫌咱没文化，脸黑。脸是没人家白，论文化，她也和我一样，斗大字不识几升！唉，现在女的心都高了！"

"慢慢来，别着急!"

"对对对!"马拴哈哈大笑了。

"回我们家喝点水吧?"

"不了，在我老丈人家里喝过了!"

这回轮上高加林哈哈大笑了。他想不到这个不识字的农民说话这么幽默。

马拴戴手表的胳膊扬了扬，给他打了告别，便跨上车子，向川道里的架子车路飞奔而去了。

加林靠在硷畔的一棵枣树上，一直望着他的背影没入了玉米的绿色海洋里。他忍不住扭过头向后村刘立本家的院子望了望。

刘立本绰号叫"二能人"，队里什么官也不当，但全村人尊罢高明楼就最敬他。他人心眼活泛，前几年投机倒把，这二年堂堂皇皇做起了生意，挣钱快得马都撵不上，家里光景是全村最好的。高明楼虽然是村里的"大能人"，但在经济战线上，远远赶不上"二能人"。对于有钱人，庄稼人一般都是很尊重的。不过，村里人尊重刘立本，也还有另外一个原因。立本的大女儿巧英前年和高明楼的大儿子结婚了，所以他的身份在村里又高了一截。"大能人"和"二能人"一联亲，两家简直成了村里的主宰。全村只有他们两家圈围墙，盖门楼，一家在前村，一家在后村，虎踞龙盘，俨然是这川道里像样的大户人家。

从内心说，高加林可不像一般庄稼人那样羡慕和尊重这两家人。他虽然出身寒门，但他没本事的父亲用劳动换来的钱供养他上学，已经把他身上的泥土味冲洗得差不多了。他已经有了一般人们所说的知识分子的"清高"。在他看来，高明楼和刘立本都不值得尊敬，他们的精神甚至连一些光景不好的庄稼人都不如。高明楼人不正派，仗着有点权，欺上压下，已经有点"乡霸"的味道；刘立本只知道攒钱，前面两个女儿连书都不让念——他认为念书是白花钱。只是后来，才把三女儿巧玲送学校，现在算高中快毕业了。这两家的子弟他也不放在眼里。高明楼把精能全占了，两个儿子脑子都很迟笨。二儿子三星要不是走后门，怕连高中都上不了。刘立本的三个女儿都长得像花朵一样好看，人也都精精明明的，可惜有两个是文盲。

虽然这样，加林此刻站在硷畔上只是恼恨地想：他们虽然被他瞧不起，但他自己现在又是个什么光景呢？

一种强烈的心理上的报复情绪使他忍不住咬牙切齿。他突然产生了这样的思想：假若没有高明楼，命运如果让他当农民，他也许会死心塌地在土地上生活一辈子！可是现在，只要高家村有高明楼，他就非要比他更有出息不可！要比高明楼他们强，非得离开高家村不行！这里很难比过他们！他决心要在精神上，要在社会的面前，和高明楼他们比个一高二低！

他把缸子牙刷送回窑，打开箱子找一件外衣，准备到前川菜园下面的那个水潭里洗个澡。

他翻出一件黄色的军用上衣，眼睛突然亮了。这件衣服是他叔父从新疆部队上寄回的，他宝贵得一直舍不得穿。他父亲唯一的弟弟从小出去当兵，解放以后才和家里联系上，几十年没回一次家。一年通几次信，年底给他们寄一点零花钱，关系仅此而已。叔父听说是副师政委，这是他们家的光荣和骄傲，只是离家远，在他们的生活中不起什么作用。

高加林拿起这件衣服，突然想起要给叔父写一封信，告诉一下他目前的处境，看叔父能不能在新疆给他找个工作。当然，他立刻想到，父母亲就他一个独苗儿，就是叔父在那里能给他找下工作，他们也不会让他去的。但他决定还是要给叔父写信。他渴望远走高飞——到时候，他会说服父母亲的。

他于是很快伏在桌子上，用他文科方面的专长，很动感情地给叔父写了一封信，放在了箱子里。他想明天县城遇集，他托人把信在城里寄出去。

这个突然冒出来的想法，给他精神上带来很大的安慰。他立刻觉得轻松起来，甚至有点高兴。

他把这件黄军衣穿在身上，愉快地出了门，沿着通往前川的架子车路，向那片色彩斑斓的菜园走去。

黄土高原八月的田野是极其迷人的，远方的千山万岭，只有在这个时候才用惹眼的绿色装扮起来。大川道里，玉米已经一人多高，每一株都怀了一个到两个可爱的小绿棒；绿棒的顶端，都吐出了粉红的缨丝。山坡上，蔓豆、小豆、黄豆、土豆都在开花，红、白、黄、蓝，点缀在无边无涯的绿色之间。庄稼大部分都刚锄过二遍，又因为不久前下了饱晌雨，因此地里没有显出旱象，湿润润，水淋淋，绿蓁蓁，看了真叫人愉快和舒坦。

高加林轻快地走着，烦恼暂时放到了一边，年轻人那种热烈的血液又在他身上欢畅地激荡起来。他折了一朵粉红色的打碗碗花，两个指头捻动着花茎，从一片灰白的包心菜地里穿过，接连跳过了几个土塄坎，来到了河道里。

他飞快地脱掉长衣服，在那一潭绿水的上石崖上扩胸、下蹲——他已经决定不是简单洗个澡，而要好好游一次泳。

他的裸体是很健美的。修长的身材，没有体力劳动留下的任何印记，但又很壮实，看出他进行过规范的体育锻炼。脸上的皮肤稍有点黑；高鼻梁，大花眼，两道剑眉特别耐看。头发是乱蓬蓬的，但并不是不讲究，而是专门讲究这个样子。他是英俊的，尤其是在他沉思和皱着眉头的时候，更显示出一种很有魅力的男性美。

高加林活动了一会，便像跳水运动员一般从石崖上一纵身跳了下去，身体在空中划了一条弧线，就优美地没入了碧绿的水潭中。他在水里用各种姿势游，看来蛮像一回事。

一刻钟以后，他从跌水哨的一边爬上来，在上面的浅水里用肥皂洗了一遍身子，然后躲在一个石窝里换了裤子，光着上身回到石崖上面，躺在一棵桃树下。这棵桃树是一辈子打光棍的德顺老汉的。桃子还没熟的时候，好心的老光棍就全摘了分给村里的娃娃。现在这树上只留下一些不很茂密的树叶，倒也能遮一些荫凉。

高加林把衫子铺到地上，两只手交叉着垫到脑后，舒展开身子躺下来，透过树叶的缝隙，无意识地望着水一般清澈的蓝天。时光已经到了中午，但他的肚子也不觉得饿。河道离得很近，但水声听起来像是很远，潺潺地，像小提琴拉出来的声音一般好听。

这时候，在他右侧的玉米地里，突然传来一阵女孩子悠扬的信天游歌声：

上河里（那个）鸭子下河里鹅，

一对对（那个）毛眼眼望哥哥……

歌声甜美而嘹亮，只是缺乏训练，带有一点野味。他仔细听了一下，声音像是刘立本家的巧珍。他一下子记起刚才马拴看媳妇的洋相，又联想到巧珍唱的歌，忍不住笑了，心里说："你哥哥专门来望你哩，没望见你；他人走了，你现在才望他哩……"

他这样想这件可笑事时，就听见他旁边的玉米林子里响起沙沙的声音。坏了！大概是巧珍从这里过路回家呀。

高加林慌忙坐起来，两把穿上了衣服。他的最后一颗扣子还没扣上，巧珍提一篮子猪草已经站在他面前了。

刘巧珍看起来根本不像个农村姑娘。漂亮不必说，装束既不土气，也不俗气。草绿的确良裤子，洗得发白的蓝劳动布上衣，水红的的确良衬衣的大翻领翻在外边，使得一张美丽的脸庞显得异常生动。

她扑闪着一双水灵灵的大眼睛，局促地望了一眼高加林，然后从草篮里摸出一个熟得皮都有点发黄的甜瓜，递到高加林面前，说："我们家自留地的。我种的，你吃吧，甜得要命!"接着，她又从口袋里掏出自己洗得干干净净的花手帕，让加林揩一揩甜瓜。

高加林很勉强地接过甜瓜，但没有接她的手帕，轻淡地对她说："我现在不想吃，我一会再……"

巧珍似乎还想和他说话，看他这副样子，犹豫了一下，低着头向上边地畔的小路上走了。

高加林把甜瓜放在一边，下意识地回过头朝地畔上望了一眼，结果发现走着的巧珍也正回过头望他。他赶忙扭过头，烦恼地躺在了地上，他在感情上对这个不识字的俊女子很讨厌，因为她姐姐是高明楼的儿媳妇！

他并不想吃甜瓜，此刻倒很想抽一支烟。他明知道纸烟早已经抽光，卷着抽的旱烟叶子也没带来，但两只手还是下意识地在身上所有的衣袋上都按了按，结果只是失望地叹了一口气。

“加林！加林！快回去吃饭嘛！躺在这儿干啥哩？”他听见父亲在上地畔上叫他。

他站起身，把巧珍送的那个甜瓜装在上衣口袋里，向菜地畔上走来。

他上了地畔，先把父亲的烟锅接过来，点着一锅，拼命吸了一口，立刻呛得他弯下腰咳嗽了半天。

他父亲叹息了一声，说：“别抽这旱烟了，劲太大！”他把旱烟锅从儿子手里夺过来，说：“加林，我在山里思谋了一下，明儿个县里逢集，干脆让你妈蒸上一锅白馍，你提上卖去！咱家里点灯油和盐都快完了，一个来钱处都没有嘛！再说，卖上两个钱，还能给你买一条纸烟哩！”

高加林揩了揩咳嗽呛出的眼泪，直起腰看了看父亲等待他回答的目光，犹豫了半天。他很快想起他给叔父写好的信，觉得明天上一趟县城也好，他可以亲自把信发出去——要是托给别人邮，万一丢了怎么办？他于是同意了父亲的这个提议，决定明天到县城赶集去。

第三章

吃过早饭不久，在大马河川道通往县城的简易公路上，已经开始出现了熙熙攘攘去赶集的庄稼人。由于这两年农村政策的变化，个体经济有了大发展，赶集上会，买卖生意，已经重新成了庄稼人生活的重要内容。

公路上，年轻人骑着用彩色塑料缠绕得花花绿绿的自行车，一群一伙地奔驰而过。他们都穿上了崭新的“见人”衣裳，不是涤卡，就是的确良，看起来时兴得很。粗糙的庄稼人的赤脚片上，庄重地穿上尼龙袜和塑料凉鞋。脸洗得干干净净，头梳得光光溜溜，兴高采烈地去县城露面；去逛商店，去看戏，去买时兴货，去交朋友，去和对象见面……

更多的庄稼人大都是肩挑手提：担柴的，挑菜的，吆猪的，牵羊的，提蛋的，抱鸡的，拉驴的，推车的；秤匠、鞋匠、铁匠、木匠、石匠、篾匠、毡匠、箍锅匠、泥瓦匠；游医、巫婆、赌棍、小偷、吹鼓手、牲口贩子……都纷纷向县城涌去了。川北山根下的公路上，蹚起了一股又一股的黄尘。

当高加林挽着一篮子蒸馍加入这个洪流的时候，他立刻后悔起来，他感到自己突然变成一个真正的乡巴佬了。他觉得公路上前前后后的人都朝他看。他，一个曾经是潇潇洒洒的教师，现在却像一个农村老太婆一样，上集卖蒸馍去了！他的心难受得像无数虫子在咬着。

但这一切是毫无办法的。严峻的生活把他赶上了这条尘土飞扬的路。他不得不承认，他现在只能这样开始新的生活。家里已经连买油量盐的钱都没了。父母亲那么大的年纪都还整天为生活苦熬苦累，他一个年轻轻的后生，怎好意思一股劲呆下吃闲饭呢？

他提着蒸馍篮子，头尽量低着，什么也不看，只瞅着脚下的路，匆匆地向县城走。路上，他想起父亲临走时的安咐：卖馍时要吆喝，他的脸立刻感到火辣辣地发烧。天啊，他怎能喊出声来！

“可是，”他想，“如果我不叫卖，谁知道我提这蒸馍是干啥哩？”

走到一个小沟岔的时候，高加林突然想：干脆让我先跑到这没人的拐沟里试着喊叫一下，到城里好习惯一些嘛！

他满脸通红地朝公路两头望了望，见没什么人，于是就像做一件见不得人的事一样，匆忙折身走进了公路边的那条拐沟里。

他在这荒沟里走了好一段路，直到看不见公路的时候才站住。

他站住，口张了一下，但没勇气喊出声来。又张了一下口，还是不行。短短的时间里，汗水已经沁满了他的额头。四野里静悄悄的，几只雪白的蝴蝶在他面前一丛淡蓝色的野花里安详地飞着；两面山坡上茂密的苦艾发出一股新鲜刺鼻的味道。高加林感到整个大地都在敛声屏气地等待他那一声“白蒸馍哎——！”

啊呀，这是那么的难人！他感到就像要在大庭广众面前学一声狗叫唤一样受辱。

他用手背擦了一下额头的汗水，决心下一声非喊出来不可！他狠狠地咽了一口唾沫，把眼一闭，张开嘴怪叫一声：“白蒸馍哎——”

他听见四山里都在回荡着他那一声演戏般的、悲哀的喊叫声。他牙咬住嘴唇，强忍着没让眼里的泪花子溢出来。

他直愣愣地在这个荒沟野地里站了老半天，才难受地回到公路上，继续向县城走去。从他们村到县城只有十来里路，但他感到这段路是多么的漫长和艰难。他知道，更大的困难还在前头——在那万头攒动的集市上！

当他走到大马河与县河交汇的地方，县城的全貌已经出现在视野之内了。一片平房和楼房交织的建筑物，高低错落，从半山坡一直延伸到河岸上。亲爱的县城还像往日一样，灰蓬蓬地显出了它那诱人的魅力。他没有走过更大的城市，县城在他的眼里就是大城市，就是别一番天地。他对这里的一切都是熟悉的，亲切的；从初中到高中，他都是在这里度过的。他对自己和社会的深入认识，对未来生活的无数梦想，都是在这里开始的。学校、街道、电影院、商店、浴池、体育场……生活是多么的丰富多彩！可是，三年前，他就和这一切告别了……

现在，他又来了。再不是当年的翩翩少年，衣服整洁而笔挺，满身的香皂味，胸前骄傲地别着本县最高学府的校徽。他现在提着蒸馍篮子，是一个普通的赶集的庄稼人了。

往事的回忆使他心酸。他靠在大马河桥的石栏杆上，感到头有点眩晕起来。四面八方赶集的人群正源源不绝地通过大桥，进了街道。远处城市中心街道的上空，腾起很大一片灰尘，嘈杂的市声听起来像蜂群发出的嗡嗡声一般。

他猛然想到一个更糟糕的问题：要是碰上他在县城的同学怎么办？

他下意识地抬起头，先慌忙朝前后看了看。这时候他才真正后悔赶这趟集了。一般的赶集倒也没什么，可他是来卖蒸馍的呀！

现在折回去吗？可这怎行呢！他已经走到了县城。再说，家里连一点零花钱都没有了。这样回去，父母亲虽然不会说什么，但他们肯定心里会难受的——不仅为这篮没卖掉的蒸馍，更为他的没出息而难受！

“不，”他想，“我既然来了，就是硬着头皮也要到集上去！”当然，他也在心里祷告，千万不要碰上县城里的同学。

他提起篮子，过了桥，向街道上走去。他准备穿过街道，到南关里去。那里是猪市、粮食市和菜市，人很稠，除过买菜的干部，大部分都是庄稼人，不显眼。

当他路过汽车站候车室外面的马路时，脸“刷”一下白了，白了的脸很快又变得通红。他感到全身的血一下都向脸上涌上来了。他猛然看见他高中时的同班同学黄亚萍和张克南正站在候车室门口。躲是来不及了，他俩显然也看见了他，已经先后向他走过来了。

高加林恨不得把这篮子馍一下扔到一个人所不知的地方。张克南和黄亚萍很快走到他面前了，他只好伸出空着的那条胳膊和克南握了握手。

他俩问他提个篮子干啥去？他即兴撒了个谎，说去城南一个亲戚家里走一趟。

黄亚萍很快热情地对他说：“加林，你进步真大呀！我看见你在地区报上发表的那几篇散文啦！真不简单！文笔很优美，我都在笔记本上抄了好几段呢！”

“你还在马店教书吗？”克南问他。

他摇摇头，苦笑了一下说：“已经被大队书记的儿子换下来了，现在已经回队当了社员。”

黄亚萍立刻焦虑地说：“那你学习和写文章的时间更少了！”

高加林解嘲地说：“时间更多了！不是有一个诗人写诗说，‘我们用镢头在大地上写下了无数的诗行’吗？”

他的幽默把他的两个同学都逗笑了。

“你们出差去吗？”加林问他们俩。他隐约地感到，他两个的关系似乎有点微妙。在中学时，他俩的关系倒也很一般。

“我不出去。克南要到北京给他们单位买彩色电视机。我是闲逛哩！”黄亚萍说，似乎有点不好意思。

“你还在副食公司当保管吗？”加林问克南。

“不。前不久刚调到副食门市上。”克南说。

“高升了！当了门市部主任。不过，前面还有个副字。”亚萍有点嘲弄地看了看克南，不以为然地撇了一下嘴。

“要买什么烟酒一类的东西，你来，我尽量给你想办法。我这人没其他能耐，就能办这么些具体事。唉，现在乡下人买一点东西真难！”克南对他说。

尽管张克南这些话都是真诚的，但高加林由于他自己的地位，对这些话却敏感了。他觉得张克南这些话是在夸耀自己的优越感。他的自尊心太强了，因此精神立刻处于一种藐视一切的状态，稍有点不客气地说：“要买我想其他办法，不敢给老同学添麻烦！”

一句话把张克南刺了个大红脸。

黄亚萍也是个灵人，已经听出他俩话不投机，便对高加林说："你下午要是有空，上我们广播站来坐坐嘛！你毕业后，进县城从不来找我们拉拉话。你还是那个样子，脾气真犟！"

"你们现在位置高了，咱区区老百姓，实在不敢高攀！"加林的坏毛病又犯了！一旦他感到自己受了辱，话立刻变得非常刻薄，简直叫人下不了台。

张克南已经明显地有点受不了了，正好车站的广播员让旅客排队买票，这一下把大家都解脱了。

克南马上和他握了手，先走了。亚萍犹豫了一下，对他说："我真的想和你拉拉话。你知道，我也爱好文学，但这几年当个广播员，光练嘴皮子了，连一篇小小的东西都写不成，你一定来！"

她的邀请是真诚的，但高加林不知为什么，心里感到很不舒服。他对亚萍说："有空我会来的。你快去送克南吧，我走了。"

黄亚萍的脸"刷"一下红了，说："我不是去送他的！我来车站接一个老家来的亲戚。"她显然也即兴撒了个谎。加林心里想：你根本没必要撒谎！

高加林再不说什么，他向她很礼貌地点点头，便转身向街道上走去。他一边走，一边心里为他和亚萍各自撒的谎感到好笑，忍不住自言自语说："你去接你的'亲戚'吧，我也得看我的'亲戚'去了……"

但是，刚才和克南、亚萍的见面，很快又勾起了他对往日学校生活的回忆。

在学校时，亚萍是班长，他是学习干事，他们之间的交往是比较多的。他俩也是班上学习最好的，又都爱好文学，互相都很尊重。他和克南平时不太接近，因为都在校篮球队，只是打球的时候才在一块交往得多一些。

黄亚萍是江苏人，她父亲是县武装部长和县委常委。亚萍是在他刚上高中的那年随父亲调来县上，插入他那个班的。她带有鲜明的南方姑娘的特点，又经见过世面；那种聪敏、大方和不俗气，立刻在整个学校都很惹眼了。高加林虽然出身农民家庭，也没走过大城市，但平时读书涉猎的范围很广；又由于山区闭塞的环境反而刺激了他爱幻想的天性，因而显得比一般同学飘洒，眼界也宽阔。黄亚萍很快发现了他的这种气质，很自然地在班上更接近他。他同样也喜欢和她在一块。因为在这之前，他还没有接触过这样的女生。本地女同学和黄亚萍相比，都有点不大方，有的又很俗气，动不动就说吃说穿，学习大部分都赶不上男同学，他很少和她们交往。他俩有时在一块讨论共同看过的一本小说，或者说音乐，说绘画，谈论国际问题。班上的同学一度曾议论过他们的长长短短。他当时并不敢想什么出边的事。他和黄亚萍相比，有难以克服的自卑感。这不是说他个人比她差，而是指家庭、经济条件和社会地位这些方面而言。在这些方面，张克南全部有。克南父亲是县商业局长，他母亲也是县药材公司的副经理，在县上都是很像样的人物。当时克南也对亚萍有好感，经常设法和她接近，但看出她并没有和他过多交往的愿望。

很快，高中毕业了。他们班一个也没有考上大学。农村户口的同学都回了农村，城市户口的纷纷寻门路找工作。亚萍凭她一口高水平的普通话到了县广播站，当了播音员。克南在县副食公司当了保管。生活的变化使他们很快就隔开很远了，尽管他们相距只有十来里路，但在实际生活中，他们已经是在两个世界了。

高加林回村后，起初每当听见黄亚萍清脆好听的普通话播音的时候，总有一种很惆怅的感觉，就好像丢了一件贵重的东西，而且没指望找回来了。后来，这一切都渐渐地淡漠了。只是不知什么时候，他隐约听邻村一个同学说，黄亚萍可能正和张克南谈恋爱时，他才又莫名其妙地难受了一下。以后他便很快把这一切都推得更远了，很长时间甚至没有想到过他们。

他刚才碰见他们，感到很晦气。他现在一边提着蒸馍篮子往热闹的集市中间走，一边眼睛灵活地转动着，以防再碰上城里工作的同学。

刚到十字街口，接近人流漩涡的地方，他又碰到了一个熟人！

不过，这回他倒没什么恐慌。当他们城关公社文教专干马占胜有点尴尬地过来和他握手时，他这一刻不觉得胳膊上挽的蒸馍篮子丢人了——哼！让他看看吧，正是他们把他逼到了这个地步！

当专干问他干啥时，他很干脆地告诉他："卖蒸馍！"他并且从篮子里取出一个来，硬往马占胜手里塞；他感到他拿的是一颗冒烟的、带有强烈报复性的手榴弹！

马占胜两只手慌忙把这个蒸馍捉住，又重新硬塞到篮子里，手在已经有了胡茬的脸上摸了一把，显得很难受的样子说：

"加林！你大概一直在心里恨我哩！我一肚子苦水无处倒哇！有些话，我真想给你说，又不好说！现在你听我给你说！"马占胜把高加林拉在十字街自行车修理部的一个拐角处，又摸了一把脸，放低声音说：

"唉，好加林哩！你不知情，咱公社的赵书记和你们村的高明楼是十几年的老交情了。别看是上下级关系，两人好得不分你我。前几年，明楼家没什么要安排的人，就一直让你教书。今年他二小子高中毕业了，他在公社跑了几回，老赵当然要考虑。你知道，这几年国民经济调整哩，国家在农村又不招工招干，因此农村把民办教师这工作看得很重要。明楼当然想叫他小子干这事嘛！下另外村子的教师，人家谁让哩？因此，就只好把你下了，让三星上。这事虽然是我在会上宣布的，可这不是我决定的嘛！我马占胜哪有这么大的牛皮！因此，好加林哩，你千万不要恨我！"

高加林心不在焉地用手指头理了理头发，对专干说：

"老马，你太多心了。你不说，我也了解这些情况，我们共事几年了，你应该了解我。"

"我当然了解你！全公社教师里面，你是拔尖的！再说，你这娃娃心眼活，性子硬，我就喜欢这号人。不怕！噢，我忘记告诉你了，我已经调到县政府的劳动局，算是提拔了，当了个副局长。我前几天还给公社赵书记谈过，叫他有机会就考虑再让你当教师。赵书记满口答应了……不怕！你等着！你快忙你的，我还要开个会哩。新官上任三把火！咱烧不起来火，最起码得按时给人家应酬嘛！"

马占胜说完，手在脸上摸了一把，和高加林握了一下手，像逃避什么似的很快就钻到了人群里。

高加林因为一直就对这个公社有名的滑头没有好感，所以基本上没认真听他说了些什么。他现在只知道他离开了城关公社，高升到县政府了。但这些和他有什么关系呢？他现在最要紧的是把胳膊上挽的这篮子蒸馍卖掉！

高加林很快从街道里的人群中挤过，向南关的交易市场走去。

第四章

县城南关的交易市场热闹得简直叫人眼花缭乱。一大片空场地，挤满了各式各样买卖东西的人。以菜市、猪市、牲口市和熟食摊为主，形成了四个基本的中心。另一个最大的人群中心，是河南一个什么县的驯兽表演团，用破旧的蓝布围了一个大圈当剧场，庄稼人挤破脑袋花两毛钱买一张票，去看狗熊打篮球，哈巴狗跳罗圈。市场上弥漫着灰尘，噪音像洪水声一般喧嚣，到处充满了庄稼人的烟味和汗味。

高加林提着那篮子馍，从本县那条主要的大街上满头大汗地挤过来，就投入到这个闹哄哄的人海里了。

他提着篮子盖在人群里瞎挤了一气，自己也不知道该到哪里去。他是个讲卫生的人，雪白的毛巾一直把馍篮子盖得严严的，生怕落进去灰尘。谁也看不出他是个干什么的，有几次他试图把口张开，喊叫一声，但怎么也喊不出声音来。他听见市场上所有卖东西的人都在吆喝，尤其是一些生意油子，那叫卖的声音简直成了一种表演艺术。他以前听见这样的喊叫，只觉得很好笑。可现在他在心里很佩服这种什么也不顾忌的欢畅舒坦的叫喊声；觉得也是一种很大的本事。他自己明显地感到，他在这个世界里，成了一个最无能的人。

正当他在人堆里茫然乱挤的时候，听见背后有个妇女对旁边一个什么人说："今儿个死老头子又要喝酒，请下一堆客人，热得不想做饭，国营食堂的馍又黑又脏，串了半天，这市场上还没个卖好白馍的……"

高加林一听，赶忙转过身，准备把蒸馍上的毛巾揭开。可他身子刚转过去，马上又转了过来，慌忙躲到一个卖木锨的老汉身后——他看见那个寻找着买馍的妇女正好是张克南他妈！以前上学时，他去过克南家一两次，克南他妈认识他！

可怜的小伙子像小偷一样藏在那个卖木锨的老汉背后，直等到看不见克南他妈才又走动起来。也许克南他妈早认不得他了，但他的自尊心使他不能和这样一个过去认识的人做这笔买卖。

这时候，满城的高音喇叭响了起来。喇叭里传来了黄亚萍预报节目的声音。亚萍的声音通过扩音器，变得更庄重和柔和；普通话的水平简直可以和中央台的女播音员乱真。

高加林疲乏地背靠在一根水泥电杆上，两道剑眉在眉骨上一跳一跳的。他眼睛微微地闭住，牙齿咬着嘴唇。他想到克南此刻也许正在长途汽车上悠闲地观赏着原野上的风光；黄亚萍正坐在漂亮的播音室里，高雅地念着广播稿。而他，却在这尘土飞扬的市场上颠簸着，为几个钱受屈受辱，心里顿时翻起了一股苦涩的味道。

他已经完全无心卖馍了。他决定离开这个他无能为力的场所，到一个稍微清静的地方呆一会。至于馍卖不了怎么办，现在他也不想考虑了。

到哪里去呢？他突然想起了他已经久违的县文化馆阅览室。

他很快又从大街里挤过来，来到十字街以北的县文化馆。因为他爱好文学，文化馆他有几个熟人，本来想进去喝点水，但他很快又打消了这个念头——他今天怕见任何熟人！

他径直进了阅览室，把馍篮放在长椅的角上，从报架上把《人民日报》《光明日报》《中国青年报》《参考消息》和本省的报纸取了一堆，坐在椅子上看起来。这里没什么人。在城市喧嚣的海洋里，难得有这平静的一隅。

他最近由于生活发生了混乱，很多天没看报纸杂志了。他从初中就养成了每天看报的习惯，一天不看报纸总像缺个什么似的。当他好多天以后重新进入报纸的世界，立刻就把所有的一切都忘了个一干二净。

他首先看《人民日报》的国际版。他很关心国际问题，曾梦想过进国际关系学院读书。在高中时，他曾钉过一个很大的笔记本，里面虚张声势地写上“中东问题”“欧洲共同体国家相互政治经济关系研究”“东盟五国和印支三国未来关系的演变”“中美苏三角关系中美国的因素”等等胡思乱想的“研究”题目。现在他想起来已经有点可笑，但当时的“气派”却把同学们吓了一跳。其实他也并没能“研究”什么，只不过剪贴了一点报刊资料而已。

他先把各种报纸翻着浏览了一遍，然后找了一篇长一点的文章“过瘾”。他身子蜷曲在长椅子里，看起了韩念龙在联合国召开的柬埔寨国际会议上的发言。

他把几种大报好多天的重要内容几乎统统看完以后，浑身感到一种十分熨帖舒服的疲倦。

直到阅览室的工作人员来关门的时候，他才大吃一惊：现在已经到城里人吃下午饭的时光了！

他慌忙提起蒸馍篮子，出了阅览室。

太阳已经远远向西边倾斜过去了。市声基本落下，街道上稀稀落落的没有了多少人。

啊呀，他在阅览室呆的时间太长了！现在怎么办呢？庄稼人大部分都已经像潮水一样退出了城市，这时候他要是再出现在街上，很容易碰见熟悉的同学。

想来想去，没有什么办法了。他站在阅览室的门口踌躇了半天，最后只好决定提篮子回家去。

他垂头丧气出了城，向大马河川道那里走去，一切都还是来的样子，篮子里的白馍一个也没少。他赶这回集，连一分钱的买卖都没做。

他走到大马河桥上时，突然看见他们村的巧珍立在桥头上，手里拿块红手帕扇着脸，身边撑着他们家新买的那辆“飞鸽”牌自行车。

巧珍看见他，主动走过来了，并且站在了他的面前——实际上等于把他堵在了路上。

“加林，你是不是卖馍去了？”她脸红扑扑的，不知为什么，看来精神有点紧张，身体像发抖似地微微颤动着，两条腿似乎都有点站不稳。

“嗯。”高加林应承了一声，很奇怪地看了她一眼，没话寻话地说：“你也赶集去了？”

“嗯。”巧珍用手帕揩着脸上沁出的汗珠，眼睛斜看着她的自行车，但精神却在注意着他，说：“我来赶集。一点事也没……加林，”她突然转过脸看着他说，“我知道你一个馍也没卖掉！我知道哩！你怕丢人！你干脆把馍给我。你在这里把我的车子看住，让我给你卖去！”

巧珍说着，两只手很快过来拿他的篮子。

高加林闷头闷脑地还没反应过来这是怎么一回事，巧珍已经从他胳膊上把篮子夺走了。她什么话也没说，提着篮子就返身向街道上走去了。

高加林望着她远去的苗条的背影，不知该如何是好。他两只手在桥栏杆摸来摸去，怎么也弄不清楚为什么突然出现了这样的事情。

对于巧珍来说，她今天的行动是蓄谋已久的。不是一天两天，而是多少年埋藏在她心中的感情，已经忍无可忍——她要爆发了！否则，她觉得自己简直活不下去了！

刘立本这个漂亮得像花朵一样的二女子，并不是那种简单的农村姑娘。她虽然没有上过学，但感受和理解事物的能力很强，因此精神方面的追求很不平常。加上她天生的多情，形成了她极为丰富的内心世界。村前庄后的庄稼人只看见她外表的美，而不能理解她那绚丽的精神光彩。可惜她自己又没文化，无法接近她认为的“更有意思”的人。她在有文化的人面前，有一种深刻的自卑感。她常在心里怨她父亲不供她上学。等她明白过来时，一切都已经为时过晚了。为了这个无法弥补的不幸，她不知暗暗哭过多少回鼻子。

但她决心要选择一个有文化、在精神方面又很丰富的男人做自己的伴侣。就她的漂亮来说，要找个公社的一般干部，或者农村出去的国家正式工人，都是很容易的；而且给她介绍这方面对象的媒人把她家的门槛都快踩断了。但她统统拒绝了。这些人在她看来，有的连农民都不如。退一步说，都是和这样的人结婚了，男人经常在门外，一年回不来几次；娃娃、家庭都要她一个人操磨。这样的例子在农村多得很！而最根本的是，这些人里没有她看得上的。如果真正有合她心的男人，她就是做出任何牺牲也心甘情愿。她就是这样的人！

她父亲虽然生了她，养活了她，但根本不理解她。他见她不寻干部、工人，就急着给她找农村的。并且一心看下个马店的马拴。马拴这人前几年公社农田基建会战时，她和他接触不少。他人诚实，心眼也不死，做买卖很利索，劳动也是村前庄后出名的。家里的光景富裕而殷实，拿农村的眼光看，算是上等人家。但她就是产生不了爱马拴的感情。尽管马拴热心地三天一回五天一回地常往她家里跑，她总是躲着不见面，急得她父亲把她骂过好几回了。

其实，她并不是没有自己心上的人。多年来，她内心里一直都在为这个人发狂发痴——这人就是高加林！

巧珍刚懂得人世间还有爱情这一回事的时候，就在心里爱上了加林。她爱他的潇洒的风度、漂亮的体型和那处处都表现出来的大丈夫气质。她认为男人就应该像个男人；她最讨厌男人身上的女人气。她想，她如果跟了加林这样的男人，就是跟上跳崖也值得！她同时也非常喜欢他的那一身本事：吹拉弹唱，样样在行；会安电灯，会开拖拉机，还会给报纸上写文章哩！再说，又爱讲卫生，衣服不管新旧，常穿得干干净净，浑身的香皂味！

她曾在心里无数次梦想她和这个人在一起的情景：她把她的手放在他的手里，让他拉着，在春天的田野里，在夏天的花丛中，在秋天的果林里，在冬天的雪地上，走呀，跑呀，并且像人家电影里一样，让他把她抱住，亲她……

可是在现实生活里，她的自卑感使她连走近他的勇气都没有。她时时刻刻在想念他，又处处在躲避他。她怕她的走路、姿势和说话在他面前显出什么不妥当来，惹她心爱的人笑话。但是，她的心思和眼睛却从来也没有离开过他啊！

加林上高中时，她尽管知道人家将来肯定要远走高飞，她永远不会得到他，但她仍然一往情深，在内心里爱着他。每当加林星期天回来的时候，她便找借口不出山，坐在家院子的硷畔上，偷偷地望对面加林家的院子。加林要是到村子前面的水潭去游泳，她就赶忙提个猪草篮子到水潭附近的地里去打猪草。星期天下午，她目送着加林出了村子，上县城去了，她便忍不住眼泪汪汪，感到他再也不回高家村了。

加林高中毕业没考上大学，灰溜溜地回到村里以后，巧珍高兴得几乎发了疯。她多少次的梦想露出了希望的光芒。她谋算：加林现在成了农民，大概将来就得找个农村媳妇吧？如果他找农村户口的姑娘，她虽然没文化，但她自己有信心让他爱她。她知道她有一个别的姑娘很难比上的长处：俊。

可是，希望的光芒很快暗淡了。加林当了教师。教师现在是唯一有希望进入商品粮世界的。按加林的能力来说，将来完全有把握转成正式教师。

她又陷入了深深的痛苦之中。她常常一个人躲在他们家硷畔上的那棵老槐树后面，向学校那里呆呆地张望。她目送着加林从那条被学生娃踩得白光刺眼的小路上向学校走去，又望着他从那条路上向村里走来。

她是个心眼很活的姑娘！所有这一切做得谁也看不出来。是的，村里谁也不知道这个俊女孩子的梦想和痛苦！只有她在县城正上高中的妹妹巧玲，似乎有一点觉察，有时对她麻木的发呆和莫名其妙的焦躁不安，诡秘地一笑，或真诚地为她叹息一声。

现在，在高加林又一次当了农民的时候，她那长期被压抑的感情又一次剧烈地复活了。这次就好像火山冲破了地壳，感情的洪流简直连她自己也控制不住了。她为他当了农民而高兴，又同时为他的痛苦而痛苦——为此，她甚至还在她大姐面前骂高明楼不是个人！

她不知道该怎样心疼他。昨天中午，她看见他去游泳的时候，匆忙提了猪草篮在水潭边的玉米地里穿过，顺便摘了自留地的一个甜瓜，想破开脸皮去安慰一下他；今天她看见他去上集，又骑了个车子撵来了。她今天上集的确什么事也没有；她赶这回集，完全是想找机会对他说出她全部的心里话！她今天实际上一直都不远不近地跟着加林在集上的人群里挤。她看见亲爱的人提着蒸馍篮子，在人群里躲躲闪闪，一个也卖不了，后来痛苦地靠在水泥电杆上闭起眼睛的时候，她脸上的泪水也刷刷地淌着，手帕揩也揩不及。

后来，她看见加林进了文化馆，知道他的蒸馍是卖不出去了。她当时也很想进阅览室去，但她想自己不识字，进那里去干什么？再说，那里面人多，她不好和加林说什么话。于是，她就骑车来到大马河桥上，在那里等他过来，从中午一直站到下午。

刘巧珍现在提着一篮子蒸馍，兴奋地走在县城的大街上，感到天地一下子变得非常明亮了；好像街道上所有的人都在咧开嘴巴或者抿着嘴向她笑。迎面过来一群幼儿园刚放了学的娃娃，她抱住一个就亲了一口。

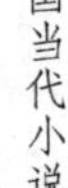

直到过了十字街，穿过城里那条主要街道，来到南关的自由交易市场时，她才停住了脚步，忍不住害臊地笑自己的荒唐：她原来根本不是打算来卖这篮蒸馍的，而准备送给城里她的一个姨姨家。她姨家住在十字街上面的山坡上，她现在却疯头涨脑地跑到了这里。至于馍钱，她不会向姨姨要的，她早已给加林准备好了。她并且还给加林买了一条好烟，已放在自行车的花布提包里了。

她很快又掉转身，向姨姨家走去。

巧珍把一篮子蒸馍给姨姨家放下，折转身就起身。她姨和她姨夫硬拉住让她吃饭，她坚决地拒绝了；她怕加林在桥上等她等得不耐烦。

她提着空篮子从姨姨家出来，几乎是跑着向大马河桥上赶去。

第五章

高加林立在大马河桥上，对刚才发生的事老半天百思不得其解。

他后来索性把这事看得很简单：巧珍是个单纯的女子，又是同村人，看见他没把馍卖掉，就主动为他帮了个忙。农村姑娘经常赶集上会买卖东西，不像他一样窘迫和为难。

但不论怎样，他对巧珍给他帮这个忙，心里很感谢她。他虽然和刘立本家里的人很少交往，可是感觉刘立本的三个女儿和刘立本不太一样。她们都继承了刘立本的精明，但品行看来都比刘立本端正；对待村里贫家薄业的庄稼人，也不像她们的父亲那般傲气十足。她们都尊大爱小，村里人都喜欢她们。三姐妹长得都很出众，可惜巧珍和她姐巧英都没上过学；妹妹巧玲正上高中，听说是现在中学里的“校花”。对于一个农民来说，找到刘立本家的女子做媳妇的确是难得的。高明楼眼急手快，把巧英给他大儿子娶过去了。现在巧珍的媒人也是踢塌门槛；这一段马店的马拴又里外穿上的确良往刘立本家愣跑哩。高加林想起马拴那天的打扮，又忍不住笑了。

太阳正从大马河西边无垠的大山中间沉落。通往他们村的川道里，已经罩上了暗影；川道里庄稼的绿色似乎显得深了一些。夹在庄稼地中间的公路上，几乎没有了人迹，公路静悄悄地伸向绿色的深处。东南方向的县城，已经罩在一片蓝色的烟气中了。从北边流来的县河，水面不像深秋那般开阔，平静地在县城下边绕过，向南流去了；水面上辉映着夕阳明亮的光芒。河边上，一群光屁股小孩在泥滩上追逐、嬉耍，洗衣服的城市妇女正在收拾晒在岸边草地上花花绿绿的衣服和床单。

高加林不时回头向县城街道那边张望。他觉得巧珍也不一定能把那篮子馍卖了——因为现在集市都已经散了。

当他终于看见巧珍提着篮子小跑着向他走来时，他认定她没有把馍卖掉——这期间的时间太短了！

巧珍来到他面前，很快把一卷钱塞到他手里说："你点点，一毛五一个，看对不对？"

高加林惊讶地看了看她胳膊上的空篮子，接过钱塞在口袋里，心里对她充满了非常感激的心情。他不知该向她说句什么话。停了半天，才说："巧珍，你真能行！"

刘巧珍听了加林的这句表扬话，高兴得满脸光彩，甚至眼睛里都水汪汪的。

加林伸出手，说："把篮子给我，你赶快骑车回去，太阳都要落了。"

巧珍没给他，反而把篮子往她的自行车前把上一挂，说："咱们一块走！"说着就推车。

加林一下子感到很为难。和同村的一个女子骑一辆车子回家，让庄前村后的人看见了，实在不美气。但他又感到急忙找不出理由拒绝巧珍的好心。

他略踌躇了一下，对巧珍撒谎说："我骑车带人不行，怕把你摔了。"

"我带你！"巧珍两只手扶着车把，亲切地看了加林一眼，又不好意思地低下了头。

"啊呀，那怎行呢！"加林一只手在头发里搔着，不知该怎办。

"干脆，咱别骑车，一搭里走着回。"巧珍漂亮的大眼睛执拗地望着他，突起的胸脯一起一伏。

看来她真诚地要和他相跟着回村了。加林看没办法了，只好说："行，那咱走，让我把车子推上。"

他伸手要推车，巧珍用肩膀轻轻把他推了一下，说："你走了一天，累了。我来时骑着车，一点也不累，让我来推。"

就这样，他俩相跟着起身了，出了桥头，向西一拐，上了大马河川道的简易公路，向高家村走去。

太阳刚刚落山，西边的天上飞起了一大片红色的霞朵。除过山尖上染着一抹淡淡的橘黄色的光芒，川两边大山浓重的阴影已经笼罩了川道，空气也显得凉森森的了。大马河两岸所有的高秆作物现在都在出穗吐缨。玉米、高粱、谷子，长得齐楚楚的，都已冒过了人头。各种豆类作物都在开花，空气里弥漫着一股清淡芬芳的香味。远处的山坡上，羊群正在下沟，绿草丛中滚动着点点白色。富丽的夏日的大地，在傍晚显得格外宁静而庄严。

高加林和刘巧珍在绿色甬道中走着，路两边的庄稼把他们和外面的世界隔开，造成了一种神秘的境界。两个青年男女在这样的环境中相跟着走路，他们的心都由不得咚咚地跳。

他俩起先都不说话。巧珍推着车，走得很慢。加林为了不和她并排，只好比她走得更慢一点，和她稍微错开一点距离。此刻，他自己感到了一种从来没有过的精神上的紧张；因为他从来没有单独和一个姑娘在这样悄没声响的环境中走过。而且他们又走得这样慢，简直和散步一样。

高加林由不得认真看了一眼前面巧珍的侧影。他惊异地发现巧珍比他过去的印象更要漂亮。她那高挑的身材像白杨树一般可爱，从头到脚，所有的曲线都是完美的。衣服都是半旧的：发白的浅毛蓝裤子，淡黄色的的确良短袖衫；浅棕色凉鞋，比凉鞋的颜色更浅一点的棕色尼龙袜。她推着自行车，眼睛似乎只盯着前面的一个地方，但并不是认真看什么。从侧面可以看见她扬起脸微微笑着，有时上半身弯过来，似乎想和他说什么，但又羞涩地转过身，仍像刚才那样望着前面。高加林突然想起，他好像在什么地方见到过和巧珍一样的姑娘。他仔细回忆了一下，才想起他是看到过一张类似的画。好像是幅俄罗斯画家的油画。画面上也是一片绿色的庄稼地，一条小路上，一个苗条美丽的姑娘一边走，一边正向远方望去，只不过她头上好像拢着一条鲜红的头巾。

在高加林这样胡思乱想的时候，他前面的巧珍内心里正像开水锅那般翻腾着。第一次和她心爱的人单独走在一块，使得这个不识字的农村姑娘陶醉在一种巨大的幸福之中。为了这一天，她已经梦想了好多年。她的心在狂跳着；她推车子的两只手在颤抖着；感情的潮水在心中涌动，千言万语都卡在喉咙眼里，不知从哪里说起。她今天决心要把一切都说给他听，可她又一时羞得说不出口。她尽量放慢脚步，等天黑下来。她又想：就这样不言不语走着也不行啊！总得先说点什么才对。她于是转过脸，也不看加林，说："高明楼心眼子真坏，什么强事都敢做！"

加林奇怪地看了看她，说："他是你们的亲戚，你还能骂他？"

"谁和他亲戚？他是我姐姐的公公，和我没一点相干！"巧珍大胆地回过头看了一眼加林。

"你敢在你姐面前骂她公公吗？"

"我早骂过了！我在他本人面前也敢骂！"巧珍故意放慢脚步，让加林和她并排走。

高加林一时弄不清楚为什么巧珍在他面前骂高明楼，便故意说："高书记心眼子怎个坏？我还看不出来。"

巧珍一下子停住了脚步，愤愤地说："加林！他活动得把你的教师下了，让他儿子上！看现在把你愁成啥了……"

高加林也不得不停住脚步。他看见他面前那张可爱的脸上，是一副真诚同情他的表情。

他没有说什么，只是叹了一口气，就又朝前走。

巧珍推车赶上来，大胆地靠近他，和他并排走着，亲切地说："他做的歪事老天爷知道，将来会报应他的！加林哥，你不要太熬煎，你这几天瘦了。其实，当农民就当农民，天下农民一茬人哩！不比他干部们活得差。咱农村有山有水，空气又好，只要有个合心的家庭，日子也会畅快的。”

高加林听着巧珍这样的话，心里感到很亲切。他现在需要人安慰。他于是很想和她拉拉家常话了。他半开玩笑地说：

“我上了两天学，现在要文文不上，要武武不下，当个农民，劳动又不好，将来还不把老婆娃娃饿死呀！”他说完，自己先嘿嘿地笑了。

巧珍猛地停住脚步，扬起头，看着加林说：

“加林哥！你如果不嫌我，咱们两个一搭里过！你在家里盛着，我给咱上山劳动！不会叫你受苦的。”巧珍说完，低下头，一只手扶着车把，另一只手局促地扯着衣服边。

血“轰”一下子冲上了高加林的头。他吃惊地看着巧珍，立刻感到手足无措，感到胸口像火烧一般灼疼，身上的肌肉紧缩起来，四肢变得麻木而僵硬。

爱情？来得这么突然？他连一点精神准备都没有。他还没有谈过恋爱，更没有想到过要爱巧珍。他感到恐慌，又感到新奇；他带着这复杂的心情又很不自然地去看立在他面前的巧珍。她仍然害羞地低着头，像一只可爱的小羊羔依恋在他身边。她身上散发出来的温馨的气息在强烈地感染着他；那白杨树一般苗条的身体和暗影中显得更加美丽的脸庞深深地打动了他的心。他尽量控制着自己，对巧珍说：“咱们这样站在路上不好。天黑了，快走吧！”

巧珍对他点点头，两个人就又开始走了。加林没说话，从她手里接过车把；她也不说话，把车子让他推着。他们谁也不知该说什么好。

半天，高加林才问她：“你怎猛然说起这么个事？”

“怎是猛然呢？”巧珍扬起头，眼泪在脸上静静地淌着。她于是一边抹眼泪，一边把她这几年所有的一切一点也不瞒地给他叙说起来。

高加林一边听她说，一边感到自己的眼睛潮湿起来。他虽然是个心很硬的人，但已经被巧珍的感情深深感动了。一旦他受了感动的时候，就立即产生了一种奇异的激情：他的眼前马上飞动起无数彩色的画面，无数他最喜欢的音乐旋律也在耳边响起来，而眼前真实的山、水、大地反倒变得虚幻了。

他在听完巧珍所说的一切以后，把自行车“啪”地撑在公路上，两只手神经质地在身上乱摸起来。

巧珍看着他这副样子，突然笑了起来。她一边笑，一边抹去脸上的泪水，一边从车子后架上取下她的花提包，从里面掏出一包“云香”牌香烟，递到他面前。

高加林惊讶地张开嘴巴，说：“你怎知道我是找烟哩？”

她妩媚地对他咧嘴一笑，说：“我就是知道。快抽上一支！我给你买了一条哩！”

高加林走近她，先没有接烟，用一种极其亲切和喜爱的眼光怔怔地看着她。她也扬起脸看着他，并且很快把两只手轻轻地放在他的胸脯上。加林犹豫了一下，轻轻地搂住她的肩背，然后坚决地把他发烫的额头贴在她同样发烫的额头上。他闭住眼睛，觉得他失去了任何记忆和想象………

当他们重新肩并肩走在路上的时候，月亮已经升起来了。月光把绿色的山川照得一片迷蒙；大马河的流水声在静悄悄的夜里显得非常响亮。村子就在前边——在公路下边的河湾里，他们就要分手各回各家了。

在分路口，巧珍把提包里的那条烟掏出来，放在加林的篮子里，头低下，小声说："加林哥，再亲一下我……"

高加林把她抱住，在她脸上亲了一下，对她说："巧珍，不要给你家里人说。记着，谁也不要让知道！以后，你要刷牙哩！"

巧珍在黑暗中对他点点头，说："你说什么我都听。"

"你快回去。家里人问你为啥这么晚回来，你怎说呀？"

"我就说到城里我姨家去了。"

加林对她点点头，提起篮子转身就走了。巧珍推着车子从另一条路上向家里走去。

高加林进了村子的时候，一种懊悔的情绪突然涌上他的心头。他后悔自己感情太冲动，似乎匆忙地犯了一个错误。他感到这样一来，自己大概就要当农民了。再说，他自己在没有认真考虑的情况下就亲了一个女孩子，对巧珍和自己都是不负责任的。使他更难受的是，他觉得他今夜永远地告别了他过去无邪的二十四年，从此便给他人生的履历表上画上了一个标志。不管这一切是愉快的还是痛苦的，他都想哭一场。

当他走进自己家门时，他爸他妈都坐在炕上等他。饭早已拾掇好了，可是显然还没有动筷子。见他回来，他爸赶忙问他：

"怎才回来？天黑了好一阵了，把人心焦死了！"

他妈瞪了他爸一眼："娃娃头一回做这营生，难成个啥了，你还嫌娃娃回来得迟！"她问儿子："馍卖了吗？"

加林说："卖了。"他掏出巧珍给他的钱，递到父亲手里。

高玉德老汉嘴噙住烟锅，凑到灯前，两只瘦手点了点钱，说："是这！干脆叫你妈明早上蒸一锅馍，你再提着卖去。这总比上山劳动苦轻！"

加林痛苦地摇摇头，说："我不去做这营生了，我上山劳动呀！"

这时候，他妈从后炕的针线篮里拿出一封信，对他说："你二爸来信了，快给咱念念。"

加林突然想起，他今天为那篮该死的馍，竟然忘了把他给叔父写的信寄出去了——现在还装在他的口袋里！他从他妈手里接过叔父的信，在灯前给两个老人念起来——

大哥、嫂嫂：

你们好！今天写信，主要告诉你们一件事：最近上级决定让我转到地方工作。我几十年都在军队，对军队很有感情，但要听党的话，服从组织安排。现在还没有定下到哪里工作。等定下来后，再给你们写信。

今年咱们那里庄稼长得怎样？生活有没有困难？需要什么，请来信。

加林侄儿已经开学了吧？愿他好好为党的教育事业努力工作。

祝你们好！

弟：玉智

高加林念完，把信又递给他妈，心里想：既然是这样，他给叔父写的信寄没寄出去，现在关系已经不大了。

平凡的世界*

内容简介　《平凡的世界》是一部全景式地表现中国当代城乡社会生活的长篇小说，全书共三部。该书以中国20世纪70年代中期到80年代中期十年间为背景，通过复杂的矛盾纠葛，以孙少安和孙少平两兄弟为中心，刻画了当时社会各阶层众多普通人的形象；劳动与爱情、挫折与追求、痛苦与欢乐、日常生活与巨大社会冲突纷繁地交织在一起，深刻地展示了普通人在大时代历史进程中所走过的艰难曲折的道路。《平凡的世界》是从1985年开始创作的，1988年5月25日完稿，而20世纪80年代中后期的文化背景使各种文学新思潮风起云涌，现代派、意识流等文学观念风靡一时，文学创作在形式和技巧上的求变求新令人目不暇接。与此相反，传统现实主义创作却受到“冷落”。但“作者始终认为，文学的现实主义创作方法在以后的相当长时间内，仍然会有蓬勃的生命力”（陈思和《中国当代文学史教程》）。1991年3月，《平凡的世界》获中国第三届茅盾文学奖。

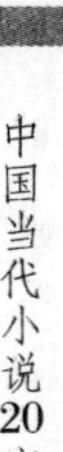

○

铁

凝

棉花垛（节选）

引子

这里的人管棉花叫花。

种花呀。

摘花呀。

拾花呀。

掏花尖，打花杈呀。

……

这里的花有三种：洋花、笨花和紫花。

洋花是美国种，一朵四大瓣，绒长，适于纺织；笨花是本地种，三瓣，绒短，人们拿它絮被褥，经蹬踹。洋花传来前，笨花也纺织，织出的布粗拉但挺实。现在有了洋花，人们不再拿笨花当正经花，笨花成了种花时的捎带。可人们还种，就像有了洋烟，照样有旱烟。

紫花不是紫，是土黄，和这儿的土地颜色一样。土黄既是本色，就不再染，织出的布叫紫花布。紫花布做出的单衣叫紫花汗褂、紫花裤子，做出的棉袍叫紫花大袄。紫花大袄不怕沾土：冬天，闲人穿起紫花大袄依住土墙晒太阳，远远看去，墙根儿像没有人；走近，才发现墙面上有眼睛。

五月、六月、七月，花地和大庄稼并存，你不会发现这儿有许多花。直到八月、九月，大庄稼倒了，捆成个子上了场，你才会看见这儿尽是花地，连种了一年的花的花主们也像刚觉出花就在身边。花地像大海，三里五乡突起的村落是海中的岛屿。那时花叶红了，花朵白了，遍地白得耀眼。花朵被女人的手从花碗儿里一朵朵托出来，托进依在肚子上的棉花包。棉花包越来越鼓，女人们你看看我，我看看你，互相笑，彼此都看到了大肚子。一地大肚子，有媳妇的，也有闺女的。媳妇们指着媳妇们的肚子问："几个月了？还不吃一把酸枣儿。"闺女们扭着脸。

摘花时，花主站在房上喊："摘花呀，摘花呀！"喊来当地儿的闺女媳妇，摘完，过秤付工钱。

米子和宝聚

米子做媳妇前也凑群摘花，那时米子也有过这雪白的大肚子，后来她不摘了，她摘的多，工钱少。她有理由不摘，她长得好看：明眉大眼，嘴唇鲜红，脸白得不用施粉。她穿紧身小袄，钟一样的肥裤腿，一走一摆一摆。那时肥裤腿时兴，肥到一尺二，正是一幅布宽。一条棉裤要一丈四尺布，但臀部包得紧。这款式不是谁都敢穿。

米子的裤腿越来越肥，走起路来像挟带着春风，把村里男人、女人的眼都摆得直勾勾的。男人心动，女人妒嫉。可她不再摘花。遇到谁家摘花时，花主站在房上一迭声地喊，米子也不出来。摘花人走过米子家的土院墙，就撺掇年轻的花主喊米子。花主不喊，花主自知米子不出门的缘故。

米子不种花，不摘花，可家里也有花。里屋的炕头上，油黑的墙旮旯里，她常有一小堆。花被一张印花包袱盖严。米子不愿人看到她的花，她自知那花色杂，来路不正，可它来得易。花碗儿不再刺她的手，她愿意男人看见她的手嫩。

米子和爹两人过日子。她爹叫宝聚，摆糖摊儿，卖煤油，晚上"摇会儿"。黄昏了，宝聚推出小平车，点起四方四正的罩子灯。车上摆着脆枣、糖球、山里红、花生、烟卷，鸣锣开张。"摇会儿"的锣叫糖锣，响铜做成，有碗口大，敲起来比大锣高亢，比戏台上的小锣喑哑：噔、噔噔，噔、噔噔！

宝聚敲开百舍的夜，这村叫百舍。

敲阵糖锣，宝聚念诵出口成章的口诀：

抽抽签，摇摇会儿，
哪年不摇两亩地儿。
赢的东西不算少，
哪能见好就要跑。
……

"摇会儿"的车子被紫花大袄围严，人往车上扔铜子毛票，拿起宝聚的竹签筒，哐哐摇。开会儿了，宝聚对照你摇出的会儿底，该给烟的给烟，该给糖球的给糖球。烟不强，就"双刀"和"大孩儿"；糖球花色多，有红有黄有绿，一个色儿一个味儿，扭着螺丝转儿，像蚕茧大。

宝聚是个细高挑儿，公鸭嗓。先前他在村里唱本地秧歌，演青衣、花衫，唱时调门高，尾音拖得长。看家戏是"劝九红"，他演九红，九红被贪财的父亲劝，要九红嫁给一个财主老头儿。九红不听劝，和爹讲理，唱着"跺板"："有九红坐在了正房以上，禀老父听女儿细说端详……"振振有词地诉说这门亲事的不般配，批判父亲的贪财思想。扮父亲的演员比宝聚矮，穿着紫花布做的偏领员外衣，下摆拖着地。嘴上没有髯口，用酒泡松香沾几朵洋花瓣。九红梳着大头，榆皮贴鬓，但行头含糊：

裙、袄都是白布染成，水袖打挺儿，甩不起来。可宝聚有嗓子。

九红的哭诉、批判没有感动爹爹，却感动了台下邻村一个闺女，生是嫁给了地无一垅的宝聚。过门后夫妻恩爱，生了米子，那闺女却得了产后风，死了。如今人们听见宝聚的呐喊，如同听到了九红在爹面前的哭诉。

宝聚“摇会儿”收铜子、毛票，也收花。他收的花和米子的花一样不整状。米子不让宝聚的花归里屋，宝聚就把这花笼统地倒在外屋水瓮旁。那儿潮，卖时压秤。

米子和明喜

洋花的成色好，使花主们更看重花。三伏天缺水，花主扔下大庄稼不管，净浇花地。井水浸着干渴的土垄沟，土垄沟渗水，水头像是不动弹。可水在流，流进花地，漫过花畦，花打起精神，叶子像张开的巴掌。花桃湛绿，硬邦邦打着浇花人的小腿。

花主明喜在看水。明喜躺在花叶下睡，花搭搭的阴影在他光着的胸脯上晃。明喜不真睡，他估摸着水势，畦满了，便从花叶惦记他的花地，他盼花地今年比往年好，他盼大庄稼快倒了。那时他就会有一个看花的窝棚，那时他就从媳妇炕上卷起一套新被新褥。明喜愿意看花，虽然看花要离开媳妇，媳妇又是新娶的。可媳妇知道这花地的娇贵。知道这事不能拦，索性就不拦，还把新被褥给明喜准备出来。新被褥是娘家的陪送，洋花纺线、鬼子绿、鬼子紫、煮青和槐米染线，四蓬缯织布。

明喜要看花了，媳妇总是和明喜恩爱着一夜不睡，就像明喜要出征，要远行，要遇到不测风云，那不测风云就是窝棚里的事。她知道现在丈夫对她的热情都是提前给予她的歉意。明喜和媳妇高兴一阵，翻个身，叹口气，像在说：看花，祖辈传下来的，我又不能不去。要看花，莫非还能不搭窝棚，还能不抱被褥，还能不离开你，还能……他不再想，仿佛不想就不再有下文。

明喜八月抱走被褥，十月才抱回家。那时媳妇看看手下这套让人揉搓了两个月的被褥，想着发生在褥子上面、被子底下的事，不嫌寒碜，便埋头拆洗，拆洗干净等明年。

谁都知道米子钻窝棚挣花，也不稀罕。这事也不光米子，不光本地人。还有外路人，外路女人三五结伴来到百舍，找好下处，昼伏夜出。

花主们都有这么个半阴半阳含在花地里的窝棚。搭时，先在地上埋好桩子，桩子上绑竹弓，再搭上箔子、草苫，四周戳起谷草，培好土。里面铺上新草、新席和被褥。这窝棚远看不高不大，进去才觉出是个别有洞天：几个人能盘腿说话，防雨、防风、防霜。

花主们早早把窝棚搭起来，直到霜降以后满街喊抬花时，还拖着不拆。拖一天是一天，多一夜是一夜。就是宝聚用糖锣敲醒的那种夜。

宝聚用糖锣宣布了夜的开始，旷野里也有了糖锣声。旷野里的糖锣比宝聚的糖锣打出的花点多，但更喑哑，像是带着夜这个不能公开的隐私在花地里游走。糖锣提醒你，提醒你对这夜的注意；糖锣又打扰着你，分明打扰了你的夜。它让你焦急让你心跳，你就盼望窝棚不再空旷。

在旷野敲糖锣的人叫“糖担儿”，但他们不挑担儿，只扛一只柳编大篮，篮子系儿上绑个泡子灯。篮里也摆着宝聚车上的货，烟比宝聚的好，除了“双刀”“大孩儿”还有“哈德门”“白炮台”。他们用好烟、大梨给窝棚“雪里送炭”，他们知道，窝棚里的人在高兴中要“打茶围”。

有个糖担儿每天都光临明喜的窝棚，明喜的窝棚里每天都有米子。糖担儿来了，挑帘就进，那帘子叫草苫儿，厚重也隔音，人若不挑开，并不知里面有举动。糖担儿挑开了明喜的草苫儿，泡子灯把窝棚里照得赤裸裸。明喜在被窝里骂：“狗日的，早不来晚不来。”他用被角紧捂米子。米子说：“不用捂我，给他个热闹看，吃他的梨不给他花。”糖担儿掀掀被角，确信这副溜溜的光肩膀是米子的，便说：“敞开儿吃，哪儿赚不了俩梨。”他把一个凉梨就势滚入米子和明喜的热被窝。明喜说：“别他妈闹了，凉瘆瘆的。”米子说：“让他闹。你敢再扔俩进来?”糖担儿果然又扔去两个，这次不是扔，是用手攥着往被窝里送。送进俩凉梨，就势摸一把长在米子胸口上的那俩热梨，热咕嘟。米子不恼，光吃吃笑。明喜恼了，坐起来去揪糖担儿的紫花大袄。米子说:“算了，饶了他吧，叫他给你盒好烟。”明喜说：“一盒好烟，就能占这么大的便宜?”米子说:“那就让他给你两盒。”明喜不再说话，明喜老实，心想两盒烟也值二斤花，这糖担儿顶着霜天串花地也不易，算了，哪知米子不干，冷不丁从被窝里蹿出来，露出半截光身子，劈手就从糖担儿篮子里拿。糖担儿说：“哎哎，看这事儿，这不成了砸明火。”米子说:“就该砸你。叫你动手动脚，腊月生的。”说着，抓起两盒“白炮台”就往被窝里掖。糖担儿伸手抢，米子早蹴到被窝底，明喜就势把被窝口一摁，糖担儿眼前没了米子。糖担儿想，你抢走我两盒“白炮台”，我看见了你的俩馋馋①，不赔不赚。谁让你自顾往外蹿。我没有花地，没有窝棚，不比明喜。看看也算开了眼。

明喜见糖担儿不再动手动脚，说:“算了，天也不早了，你也该转悠转悠了。我这儿就有几把笨花，拿去吧。”明喜伸手从窝棚边上够过一小团笨花，交给糖担儿。糖担儿在手里掂掂分量、看看成色说:“现时笨花没人要。还沾着烂花叶。留给你媳妇絮被褥吧。”明喜说：“算了，别来这一套了，我不信二斤笨花值不了仨梨两盒烟。”糖担儿不再卖关子，接过花摁进篮子，冲着被窝底说：“米子，我走了，别想我想得睡不着。赶明儿我再来看你。”明喜说：“还不快走。”糖担儿这才拱起草苫儿，投入满是星斗的霜天里。明喜披上衣服跟出来，他看见糖担儿的灯顺着干垄沟在飘。看看远处，远处也有灯在飘。他想起老人说的灯笼鬼儿，他活了二十年还从来没见过灯笼鬼儿什么样。可老人们都说见过，说那东西专在花地里跑。

糖担儿用糖锣敲着花点，嘴里唱着“叹五更”。

明喜见糖担儿已经走远，钻回窝棚。米子在被窝底蹴着。明喜掀开被窝对着里面说：“米子，出来吧，糖担儿走了。”米子不出来，只伸出一条白胳膊拽明喜，让明喜也蹴到被窝底。明喜先把腿伸进被窝，摸黑儿在枕头上坐一会儿，然后褪下大袄向

---

① 馋馋：乳房。

下一溜，也溜到被窝底。米子早用头顶住了他的小肚子，顶得明喜想笑。明喜把米子推开，米子打个挺儿舒展开身子说：“你顶我还不行。”明喜不说话，也用头去顶米子。米子说：“扎死我。”说着扎，她捶着明喜的背，搂着明喜的脖子。明喜的脸贴着米子的身子一愣：我操！敢情米子的身上这么光滑，我怎么这会儿才知道。明喜觉着自己手糙、脸糙、身上也糙，米子生是和明喜的糙身子滚……

两人觉出身上冷才知道被窝散了许久。明喜歪起身子掖被窝，米子说：“我该走了，也省了你左掖右掖了。”明喜说：“这就走？”米子说：“你也乏了，睡吧。”明喜说：“看你说的，别把我看扁了。”米子说：“扁不扁的吧，莫非你听不见你的呼噜？”明喜不说话了。米子早已摸黑穿好了棉裤棉袄，又摸到自己的鞋，跪在明喜身边说：“你睡吧，我走了。”

明喜躺着不动，只说：“外边有洋花，干草挡着哩，你自己抓吧。哎，可不许你再到别处串了，干草底下的花你尽着抓。你听见没有？”

米子答应一声，从窝棚顶上拽下她掖在那儿的空包袱皮，拱开了草苫儿。明喜听见她在揪干草抓花。

米子把明喜捂在干草底下的洋花尽摁入包袱，系上包袱便松心地蹲在花垄里撒尿，尿滋在干花叶上豁唧唧地响，明喜被这响声惊醒，知道米子还没走，披上大袄拱出窝棚两步迈在米子跟前，米子从花垄里站起来挽腰系裤说：“又起来干什么？”明喜说：“我还得嘱咐你一句，你听了别烦。可不许你再往别处去了，快回家吧。”米子说：“我不是答应过了！”明喜说：“我没听见。”米子说：“那是你没听见。”米子把一包捶布石大小的棉花抡上了肩，她觉得，明喜留给她的花还真有些分量哩。

米子望望四周，糖担儿的泡子灯又跳出了一个窝棚，糖锣打着花点。她迈过几条花垄，跨进一条干垄沟。明喜盯着米子的背影，看见米子并没有朝村里走。米子只朝村里走了一小截就斜马着拐了回来。明喜想，说话不算数，还钻。赶明儿看我还给你留好花。

赶明儿米子来了。明喜问：“怎么总是说话不算话，不是说回村么？”米子说：“是回村了。”明喜说：“得了吧，别哄我了，走了一小截就往回拐，又串了几处？”米子说：“你愿意听？”明喜说：“不。”米子说：“不愿意听还问。”明喜说：“问是得问，不问问还能给你留好花？”米子说：“就那几把洋花，也有脸说。你别给我留了，你娶了我吧。娶了我，就不要你的花了，还让你敞开儿打我。”

国

国跟他爹来百舍赶集买花，国他爹开花坊。这年国十二，头上留着“瓦片儿”。

花市设在茂盛店里。茂盛店临街，三间土坯房，房前常年搭着罩棚。棚下设两张白茬长桌，赶集的、住店的在大棚下吃豆芽焖饼、喝糊汤。有个卖咸驴肉的在棚下操刀卖肉，有人买了肉，借茂盛的盘子盛，还找茂盛要醋蒜。茂盛不用徒弟，自己掌勺自己跑堂。

茂盛店面狭窄，后院宽敞，一带土坯院墙圈起两亩大的院子。院里常年滚着牛马粪，人和牛马把墙的边边缘缘蹭得溜光。贴墙几棵老椿树让牲口啃光了皮，可树照样疯长，瘦高。这里晚上留宿过往车马，白天清静，只在逢五排十大集时才热闹——花市占着。外地开花坊的在这儿收花，给茂盛好处。

国他爹沿着一溜摊开的花包查看，和卖花的讨价还价。他不急于买进，只等行市。太阳正南时才是收花的好时辰，卖花的都急着回家，放松花价。

国替他爹守着花堆。刚买进两份，花堆还小，堆前横着大秤和杠。国坐在花堆上玩秤砣，提起秤砣往花上扔。秤砣沉入花堆，国就插进胳膊找，找出来再往里扔。他一次比一次扔得高，秤砣一次比一次沉得深。

米子在卖花，穿着藕荷小袄，黑薄棉裤，头上蒙块素白羊肚手巾。米子不蒙花手巾，她觉着花红柳绿反倒贫气。这手巾两头各有一行红字，这头是“祝君早安”，那头是英文老花体的“Good Morning”。这儿的人都蒙这种手巾，这儿的人都不深究这两行字的含意。可人们都假装研究米子的手巾。米子知道人们不是看手巾，是看她。

每次米子卖花，宝聚都叫米子连外屋水瓮旁边的花一块儿包走。米子不。她只顾自己，这是体己。外屋的留给宝聚卖，那才是她和爹的缠缴[①]。哪怕缠缴不够时米子再往外拿，她也要攒体己。她钻窝棚也想着以后，她要寻人，她要生儿育女，她不愿意只带着一张穷嘴走。

宝聚的花包小，在花市尽头。

国他爹从米子跟前走了好几趟，不看米子的花包，也不看米子的手巾。米子拿眼瞟他，心想：充什么大尾巴牲口，你不就是开花坊的。你那小算盘我知道，左右不是耗人呗。

米子看见国他爹在远处抓挠着卖主的花和卖主杀价，知道他杀价杀得狠。可等钱用的卖主还是扛起花包跟着国他爹走。

也不知转了多少趟，米子到底憋不住叫住了国他爹。米子说：“哎，我说买花的，怎么光走，也不怕把鞋底子磨出窟窿呀。”国他爹站住，说：“你的花我收过，被伤[②]。”米子说：“谁被伤?”国他爹说：“开花坊的被伤，买主被伤。”米子说：“怎么被伤?”国他爹笑笑，又走了。米子觉出有点讪。她想着等这个汉们再过来怎么对付。她觉着太阳走得很慢，日子过得很慢。

国他爹又过来了，这次米子不再叫他，倒把脸狠狠一扭，一行“Good Morning”正对准国他爹的眼。国他爹觉出了眼前这行字。他头上也有一块这样的羊肚手巾，却从未觉出手巾上有字，可眼前有字。他捉摸这行字像什么，像蛐蜒，他想。像蛐蜒爬。

像长虫吧。

像蛐蜒。

米子知道买主在看她的背影，腾地转过来说：“转够了，转饿了，咱俩到前头吃

---

① 缠缴：生活费用。

② 被伤：不划算。

焖饼喝糊汤去，我掏钱还不行。”

米子一句话把国他爹说红了脸，不知是因为私看了米子的手巾还是米子说要请他吃焖饼。他打算站住，打算和米子认真点。可他一时叫米子的话给说闷了，寻思一阵，伸出胳膊就到米子花包里抓花。米子说：“哎、哎，放下放下，不卖不卖。”国他爹把弓下的腰又直了起来，把伸出的手又缩了回来，不敢正眼看米子，却说：“不卖撂这儿做什么，撂这儿就能看。”米子说：“递说你不卖就是不卖。”国他爹说：“莫非你的花和别人的花两样？”米子说：“还三样啊。”国他爹说：“四样我也得看着。”

他看了一眼米子，米子正拿眼睛直勾勾地盯他。可她不恼怒，像受了谁的屈。国他爹心里说：敢情你早盯了我半天。莫不是我说话说走了嘴？我说的两样不是那个意思，你分明是多了心，才“三样”“四样”地拿话点我。花，也来之不易，我收了吧。国他爹又去抓花，米子说：“怎么还抓？”国他爹收住手，拍拍说：“我要了。”米子说：“你要，还有个我卖不卖呢。就不兴不卖？”国他爹说：“出个大价还不行？”米子说：“纵然给匹金马驹子也妄想扛走。”国他爹说：“怎么这宗买卖越说越远。”米子说：“刚知道。”国他爹猜不透米子的心思，干吃米子的话头，也讪了。他看了米子一会子，看不出什么，心想走吧。

国他爹刚走，米子却说：“你回来。”国他爹站住了，说：“还有事儿？”米子说：“怎么不扛你的花？”国他爹说：“不是说不卖？这死说活说。”米子说：“不卖花谁在这儿站着，站得都腿酸。”国他爹说：“扛过来吧。”米子说：“还没出价呢。”国他爹撩起大袄，拽住米子的手，把两人的手捂住说：“这整，这零儿。”这里买花、买牲口有唱码成交的，也有拉手成交的。国他爹拽米子的手不算过分，可他拽住了米子的手。米子想想这价倒不算小，嘴里却说：“就算白扔给你吧。”国他爹说：“还不快扛过来。”米子说：“让谁扛？”国他爹说：“你扛。”米子说：“扛不动。”国他爹看看米子，扛起了米子的花包。

卖主们都在笑这宗买卖。

国他爹扛着米子的花包走，排列在地上的花包拍打着他的腿。米子在后头跟着，钟样的薄棉裤腿拍打在花包上。

国他爹放下花包用大秤勾住过过，解开就往花堆上倒，花堆高了。国他爹给米子数钱，国把扑散下来的花往上攒，指着花对他爹说：“爹，你快看。”米子知道国让他爹看什么，就呲打着国说：“有什么看头儿。”国他爹信手从堆上抓起一把笑笑说：“杂。”米子说：“杂？是不是花？再给你扛一包袱好的去。”

米子把一叠老绵羊票掖进衣兜，跑着去找宝聚，一路想着她那花的不整状。在买主雪白的花堆上，她的花像故意寒碜她，洋花里掺着笨花，还有人头大一团紫花。

宝聚的花还没卖。米子扛过宝聚的花包，硬逼着国他爹过秤。国他爹抗不过米子，米子旋风般地把宝聚的花也倒上花堆。国又指着花让他爹看，国他爹又信手抓起一把说：“怎么又使潮又使白土？”

乔和小臭子

后来米子寻了当村一个鳏夫，带着体己从东头嫁到西头，不再钻窝棚，一心想跟丈夫生儿育女，却几年不生。丈夫说她是钻窝棚钻的，可不打她。米子说：“没听过这说法。我那地方什么也没缺。”又过了几年，米子果然生了一个闺女，叫小臭子。小臭子不如米子好看，小鼻子小眼儿，爱找比她大的闺女玩，爱听大闺女说大人的事，十岁上净跟着十五的乔玩。

乔家有个大院子，院里净是枣树：大串杆、二串杆，还有灵枣。那灵枣个儿不大，像算盘子儿，细甜，孩子们就在枣树底下凿拐、跳房，玩做饭饭过日子。乔不爱玩，爱坐在远处看着他们想事：蜜蜂拱住枣花餐，家雀鸽架，鸡配对……她都要想。乔家的鸡病了，被她娘她爹杀了，煺了毛，开了膛，她就偷看鸡的屁股。她想，公鸡、母鸡屁股那地方都一样为什么还有公母？不像人，也不像狗，也不像牛羊、骡马。人、狗、牛、羊、骡、马她都看过。

乔爱想事，长得快。胸脯早早发了鼓，屁股和从前也不一样了，腰却显出细来，生是想事想的。凿拐、跳房的孩子都觉着乔好看，乔也知道自己的出众，当着众人更显些好看：细眉下面的黑眼总是很亮，脸很粉，连牙都显白。

小臭子愿意找乔，就是盼望自己长得和乔一样。她想，她娘米子为什么不给她起个名儿叫乔，却叫个最最难听的小臭子。

谁都知道乔爱想事。乔的爹娘去花地拔草了，乔想着想着就锁门儿走了。孩子们从看着被乔锁上的两扇门，打问乔呢？乔呢？没人知道。小臭子知道，小臭子也不在。

乔拉着小臭子早去了东头。东头新开了一座主日学校，每逢礼拜，有位神召会的外国牧师骑八里地自行车，从城里来百舍一趟。这牧师叫班得森，他先给大人传教布道，然后就教一班大小不等的孩子背诵金句。那是《新约全书》上的一句话，印在一张比烟盒大点的电光纸片上。那纸片一面是字一面是洋画，画上净是穿着宽松衣衫的外国男女，女人都好看，都白，有的还半露着胸脯。班得森让孩子们背诵上面的金句，谁背过了就能得到一张新的。孩子们管上主日学校叫“背片儿”。

乔来主日学背片儿。乔背片儿是为了正面那张洋画。她并不多想金句上的“神爱世人，甚至将他的独子赐给他们”是什么意思，也不想“虚心的人有福了”多么重要，她只爱惜正面的洋画。回到家，她把洋画压在枕头底下，等家里只剩下她和小臭子时，才拿出来看。只有一次背面的金句引起了乔的注意，那金句说：淫乱的人终归要下地狱。正面的画是爱淫乱的人在地狱里的受难图，有下油锅炸的，有被锯子锯的。

小臭子也记住了班得森教人念的淫乱，从主日学校回来问了乔一路，问乔淫乱是什么意思。乔光拿手打小臭子的后脑勺，打得小臭子直纳闷儿。回到家乔才把小臭子款待到炕上，倚住墙角一堆笨花说：“你就喊吧，一喊一道街，也不怕有人听。”小臭子说：“不是片儿上的？”乔说：“片儿上的事也不是谁都能听。”小臭子说：“那班得森还说，还教人背。”乔说：“班得森说行，他是牧师。”小臭子说，“班得森能说，咱们就能说。淫乱、淫乱就淫乱。”乔说： “好，你还说，看我下回还带你去背片儿。”

小臭子一听乔不带她去背片儿了，才从花堆里坐了起来，赶紧说：“乔，我不说了还不行。”乔说：“这还差不多。知道淫乱是什么意思吗?”小臭子说：“好，你说。”乔说：“我是要递说你。你不是问那俩字是什么意思？就是啊……来，你先躺下我才递说你。”小臭子又躺上花堆，使劲挤住乔，乔说： “把你那耳朵对住我的嘴。”小臭子把耳朵对住乔。乔像往小臭子耳朵里吹气一样，说：“就递说你一个人，可不兴你递说第二个人。你要是递说第二个人，我知道了就扭你。”小臭子说：“我不说还不行。”乔说：“递说你吧，淫乱就是配对儿。”小臭子说：“就是狗配对儿?”乔说：“不算狗。”小臭子说：“算鸡不算?”乔说：“也不算鸡。”小臭子说：“算牛不算?”乔说：“不算。”小臭子说：“算猪不算?”乔说：“不算。”小臭子说：“那羊、驴、骡子哪?”乔说：“不算不算，你别问了。”小臭子说：“都不算天下哪还有配对儿的物件?”乔说：“再猜你也猜不着。递说你吧，指的就是人。”小臭子一听说是人，便纳起闷来：“人也配对儿?”乔说：“是男女就配对儿。不信回家问问你娘。”小臭子说：“我娘打我。”乔说：“就别问了，指的也不是你爹和你娘，是别的。”小臭子说：“别的是什么?”乔说：“指的是汉子串门儿娘儿们养汉。知道了吧?”

乔、小臭子和老有

老有上身穿一件白细布汗褂，下身穿一条紫花单裤，站在乔家墙外打量乔家的枣树。他看见有几个大串杆红了“眼圈儿”，想起大人常说的一句话：“七月十五红眼圈儿，八月十五挨枣杆儿。”现在刚七月，老有头上有汗，白布汗褂穿在身上也沾肉。

老有是明喜的兄弟，是老生。明喜的年纪像老有的爹，可他爹在城里二高当校长，教国文和地理，通音阶，会按照简谱填词：“麦已收割，豆已收割……”他跟班得森做朋友，主张信徒对主虔诚，儿童们殷勤，却不信教。班得森也请他为主日学校作歌词：

手舞足蹈唱新诗，
赞美真活神。
米珠薪桂够我用，
应该学殷勤。

老有爹教老有殷勤，也教老有文明：不许老有吃集上的饸子、咸驴肉，不让他买切开的西瓜，不让他坐在剃头挑子上剃头，领他到城里理发馆留分头，衣裳也比别人穿得严谨，不能敞怀挽裤腿，更不许光膀子。老有常觉着自己是个大人，可他才十岁。

老有平时不敢出门，怕人看，怕别的孩子拿坷垃投他。他没事就一个人到花地边上散步，他知道散步就是闲溜达。老有散步，顺便察看全村的花情，用竹劈儿做把尺子丈量花的长势。他看见城里“棉产改进委员会”的人都这么丈量，量出花棵的高度就把尺寸记在纸上。他不知那是为什么，可他丈量，他记。棉产改进委员会里有两个日本人，穿西服，和班得森的西服一样。有一次他在散步察看花情时碰见小臭子，小臭子问他量青花柴干什么，老有看看小臭子，却不理她。小臭子说：“知道你是跟人家学，有什么用。”老有把纸和尺子装进口袋就走。小臭子觉得他有点大模大样，还有点罗锅。

老有不理小臭子就是嫌她净找乔。老有管乔叫表姑，怎么个表法儿他不知道，反正他知道不近。不然为什么他家的花地一眼望不到边，值得他哥明喜看，乔家的花地才有乔家的两个院子大呢。老有家常年吃二八米窝窝，而乔家不到春天就吃起干马勺菜团子。可老有喜欢乔，喜欢乔就更不喜欢小臭子。乔拉他去上主日学校，他抹不开，可他不喜欢小臭子跟乔去。

老有在墙外看枣树，听听院里没动静，才推开乔家的街门。他不像别人，有门不进，专爬乔家的墙头进院子。他进门。

老有走进乔家不再看枣儿，却看见地上有厚厚的一层椿树花。椿树正落花，花像小星星，比黄米大点，有花瓣也有花心，闻起来有点臭有点香。臭椿的花最臭，茂盛店里的椿树就是臭椿。除了臭椿，还有香椿、菜椿。乔家的这棵是菜椿，能吃，不如香椿香。春天乔她娘给老有他娘送一把嫩椿芽，他们就吃，可不香。在椿树里，菜椿长得最高，木头暄。它长过房顶，长过枣树，槐树，树干树枝朝天竖着，像朝天烧的香。爬到椿树顶上的人不多，小臭子能爬上去。

老有蹲在椿树底下，敛一捧椿树花，从这只手倒进那只手，再从那只手倒进这只手——星星在闪耀。香味和臭味不住往他鼻子里钻，他爱闻这味儿。

老有玩椿树花，他后面正站着乔。乔一说话吓了老有一跳。

乔说：“老有，看你那一身汗。快，我给你擦擦吧。”

老有扔下手里的椿树花，转过脸看乔，乔很高。乔拽起了老有，提起大襟就给老有擦汗，老有的头刚齐到乔的胸脯。乔给老有擦汗，老有却闻见了乔身上的汗味儿。他觉得乔出的汗比他出的汗好闻，他很快就忘了椿树花味儿。

乔给老有擦完汗，放下衣襟又胡噜老有的分头。老有不愿让人注意他留着分头，他不愿意和别人有什么不一样。可乔胡噜。老有知道乔不嫌他，还递他说，不让他把分头推了去。老有几次想推，一想起乔的话，就算了。心想留就留着吧，反正乔喜欢。老有知道乔是他表姑，可不叫，他叫她乔。

乔胡噜老有的分头问老有：“你没去背片儿？”老有说：“没去。”乔说：“怎么不去，这张片儿和别的片儿可不一样。”老有说：“不一样在哪儿？”乔说：“画着地狱，你没见有多吓人。”

原来小臭子正在屋里。她知道老有不待见她，就不敢乱栖乎。乔跟老有说起话，小臭子才从屋里出来，一出来接上茬儿就帮乔说背片儿的事，说：“片儿上画着炸人的、锯人的，生是淫乱的过。”老有白了小臭子一眼说：“什么的过？”小臭子说：“淫乱的过。不去背片儿，连淫乱都不知道。”乔推了小臭子一把说：“行了，行了，没人拿你当哑巴卖。当人家不知道你嘴快。”乔把小臭子推出老远对老有说：“走，我给你看片儿。”

乔领老有进屋看片儿，小臭子又跟了进来。乔让老有上炕，老有不上。乔掐住老有的胳肢窝把老有一举，小臭子就势抱住老有的腿往上一抽；才把老有抽上炕。老有说：“叫我先脱了鞋呀。”

老有不上炕是嫌自己的鞋破。人不上炕谁也不看谁的鞋，一上炕一抬腿就看出了鞋的好坏，老有裤褂洁净，鞋头却有窟窿。他娘说他的大拇指长，拱的。做新的做不过来。乔和小臭子搁老有上炕，搁了老有一个仰八脚儿。老有就势把鞋一扒，扔到远处。

老有要看乔新背的片儿，乔从枕头底下抽出一张给他。老有研究一番正面的洋画，就背过去认后面的金句。他认不下来，也忘记了刚才小臭子在院里说的那俩字，就问乔。乔把脸贴住老有的脸小声说：“我单独递说你吧。”她躲开小臭子把老有拉到炕角，对住老有的耳朵说出了那俩字。小臭子在炕这头忙不迭地喊：“噢，噢！闺女和小子小声说话。噢，噢！”乔对小臭子说：“看张致的你吧。小声说话怎么啦？”小臭子说：“闺女和小子玩，迈门槛儿，门槛高，一摔摔了个仰八脚儿。”老有说：“那你还净找人家，巴不得人家听你小声说话。”乔说：“算了，算了，别搁气了，咱仨玩一会儿吧。小臭子，还不插上门去。”小臭子说：“他怎么不去？”乔说：“他不去行，你不去就不要你了。”小臭子慌忙站起来说：“我这不是去了。”小臭子也不穿鞋，咕咚一声跳下炕，插了门。

乔、小臭子和老有

小臭子又爬上炕，乔就问老有和小臭子：“你们说咱们玩什么吧？”小臭子抢着说：“玩卖花，现成的花。”乔不说话，看老有。老有也不说话，嘟噜着脸嫌小臭子抢话说。乔说：“先玩会儿卖花也行。这样吧，我跟老有卖，小臭子买。”小臭子又抢着说：“不，都是娘儿们卖，汉们买。”乔说：“也行。老有，你买吧。”

小臭子早把炕角的笨花用几块铺衬包成包，在炕席上排列起来。乔看看小臭子已摆开花市，也转到小臭子一边当卖主。老有光脚踩着炕席，转悠着买花。小臭子净要高价，还让老有伸出手在衣襟底下和她摸手。老有伸出手和她摸，她又说老有摸得不对。她纠正老有的手势，说：“九勾子，八杈子，七撮子。不信问问乔。”乔说：“是，九勾子，八杈子，七撮子。”乔让老有把手伸到她衣襟底下和她摸手，老有觉出乔的手很热，手心有汗。老有的手背蹭着乔的裤腰。

小臭子卖花计较，乔却任老有出价，任老有扛。老有扔下小臭子的花不买，把乔的花一包一包扛走倒上花堆。

乔由着老有扛，乔觉出这玩得没意思。

直到快晌午，太阳才穿过枣树把光洒上窗纸，树叶和阳光在窗纸上晃成一片，几只家雀在细枝上跳，窗纸上便有了家雀的影子。

乔说：“算啦，咱们不玩卖花了。你们看家雀在干什么。”小臭子说：“鸽架。”

乔说："光鸽架？再看看，看清了再说。"

窗纸上有四只家雀，两只在鸽闹，两只在配对儿，公的鸽住那母的脑袋，摁住母的脊梁，就是不下来。母的挣扎着跑了，公的又追了上去。小臭子和老有都看清了。小臭子说："这是配对儿，还没配上呢，配上了公的就不赶母的了。"老有说："也不嫌臊，臊煞你。"老有踢了小臭子的花包，还要打小臭子。乔拉住老有说："老有，别闹了，她说得也对。咱们快玩咱们的吧。"小臭子拧着身子说："还玩，那花包呢？"乔说："不是说好玩别的呀。"小臭子说："这回你说，我可不说了。"乔说："我说还不行？我对你们俩一个一个地说。"小臭子说："为什么非得一个一个地说？"乔说："这你就别管了。"小臭子说："那得先跟我说。"乔说："行，你先过来吧。"

乔趴在花堆上等小臭子，小臭子闪过老有也趴在花堆上，把耳朵送给乔。乔把嘴对住小臭子的耳朵小声说话，小臭子一面听一面拿眼瞟老有。乔跟小臭子小声说了好一阵，又大声说："你先盖房去吧，盖上房盘上炕。"小臭子站起来又闪过老有，开始从山墙根搬枕头搬包袱"盖房"。

乔又叫过老有。老有也趴在花堆上把耳朵对住了乔的嘴。乔又把对小臭子说的话跟老有讲了一遍，没想到老有红着脸就跑。乔搂住老有的脖子又把他搂回来，说："你先别跑。我的话还没说完哩。都是假装的。"老有说："假装我也不干。"乔想了想说："我还有话哩。你把耳朵伸过来，这句话连小臭子我都不递说她。"

乔又和老有小声说话。小臭子一看乔对老有说的话多，一噘嘴说："我不盖房子了，净瞒着我事。"乔说："给你说的话说够了。他是汉们，和咱们的事不一样。"小臭子才又放心去"盖房"。也不知乔又对老有说了什么，老有不再想跑，可脸还红着。乔说："老有，也用不着臊，咱们这是过日子。大人过日子怎么过，咱们就怎么过。大人过日子有什么事咱们就有什么事。莫非谁还长不成大人。"老有想了想，觉得乔的话也对，就去和小臭子一块儿"盖房"。

乔也开始"盖房""盘炕"。小臭子抢走了她的枕头，她不能用枕头当墙，就捋了一抔笨花掐成一溜"墙头"，只搬个包袱堵住墙的豁口当门，再抱个被窝叠得方方正正做炕。小臭子也叠个被窝当炕。

现在乔家的炕上是两处院子、两个家，两处院子隔着一条街。小臭子又举过一把扫炕笤帚往自家"门口"一靠，说："这是棵香椿。"小臭子叫臭子，愿意自家门口长香椿。她又拿过个量米的升子放在乔家"门口"对乔说："这是块上马石。我们家门口有棵香椿，你们家门口有块上马石。"乔说："行，我喊一二，咱们就起头玩儿，都按我说过的做，谁也不许走样，谁也不许不干，要不一辈子不跟他玩。"

小臭子知道乔的话是说给谁的，那是给老有听的。乔说老有，小臭子高兴。

乔又问："都听见了呗？"小臭子说："听见了。"老有也说："听见了。"乔说："都听见就是了，插门吧，我也该插门了。"

乔挪挪包袱挡住那豁口。小臭子不插门，她让老有插。老有说："怎么你不插？看人家都是娘儿们插门。"小臭子说："没看见她家男人不在家。"乔在这院赶紧接上说："老有，是该你插门。小臭子说得对，汉们在家就得汉们插门。"老有这才学着乔挪包袱的样子把门插严。

乔插上门，一个人盘腿在炕上“纺花”，右胳膊摇，左胳膊拽，两条胳膊在胸前很忙。

老有插上门只在墙角蹲着打火镰抽烟。他知道右手拿火镰，左手拿火石火绒。打呀打，光打不着。嘴上叼根筷子当烟袋，空叼着。

小臭子早脱成光膀，躺在炕上扇扇子。扇子是一小块做鞋的袼褙。

这都是乔规定下的。

小臭子翻了个身，打个呵欠叫老有：“天这咱晚啦，睡吧。光熬油。”

老有说：“谁熬油？又没点灯。”

小臭子忽地坐起来说：“不都是假装吗，不兴乱改话。”

老有看看那院“纺花”的乔，想起乔的话，就说：“行，你从头说吧。”

小臭子重复乔的规定。

小臭子说：“天这咱晚啦，睡吧，光熬油。”

老有把烟袋在地上磕磕说：“嗯，睡。”他站起来吹灯，朝一边吹了一口气，就趿拉着鞋往炕边走。老有坐上炕沿，脱掉汗褂，骗腿上炕，抱腿坐在小臭子一边，叹了口气。

小臭子说：“怎么光坐着发愁。”

老有说：“花卖不出去。”

小臭子说：“再赶个城里集吧。”

老有说：“家里没小车。”

小臭子说：“不兴借个。”

老有说：“到谁家借，都用。”

小臭子说：“找东邻家吧。”

老有想了想，说：“行，我去试试借给不借给吧。”

小臭子说：“先睡吧，天明再去。”

老有说：“不行，明天借车的多。”小臭子冲里翻了个身，一脱脱个光屁溜儿，拽个被单盖住说：“我先睡了。”

老有说：“睡吧。”

小臭子摇着扇子睡，老有披上汗褂出了门。他推了推东邻家的门，心想乔对他说过不让他由门进院，让他跳墙进。他看看墙外有块上马石，便蹬着上马石翻墙。

乔还在纺线，两条胳膊还在眼前空抡打。听见老有跳墙，乔便说：“不是让你先咳嗽两声呀。”

老有说：“我忘了。”

乔说：“再从头来吧。”

老有说：“行。在墙外头咳嗽，还是在墙里头咳嗽？”

乔说：“先跳墙后咳嗽，假装你眼前还有屋里门。”

老有返回街上，重新跳墙。他跳过墙，咳嗽两声，果然乔不再纺花，推开纺车就给老有开门。

老有跟乔进了屋。

乔说："这回对了。说吧，往下接着说。"

老有四周看看，坐上炕沿说："就你一个人在家？"

乔说："嗯。"

老有说："你女婿哩？"

乔说："到外县卖穰子[1]推煤去了。"

老仔说，"小车在家呗？"

乔说："他推走了。"

老有说："我走了。"

乔说："你走了就剩下我一个人？"

乔挨着老有坐下，挨得很近。老有觉出乔的屁股挤住了他的腿。

老有说："你想我啦？"

老有的心跳起来。

乔说："一村子汉们，也不知为什么单想你一个人。"

乔用胳膊一搂搂住老有。老有觉着搂得很紧，他心跳得更快。

乔撒开老有一骗腿上了炕。拄着胳膊斜躺下来，给老有使了个眼色说："还不上来。"

老有也一骗腿上了炕。

乔开始解扣。

老有也学着乔开始解扣。

乔脱了个光膀。

老有也脱了个光膀。

乔躺下拉过条被单把自己盖住，撩起一个角让老有也往里钻。

老有钻进来一摸，摸到了乔的两条光腿。乔的光腿蹭着老有的裤子。

乔说："你怎么不脱裤子就光一下膀子呀，不想玩了？不是说得好好的吗。"

老有说："就这样吧，盖着被单脱不脱的谁知道。"

乔说："这不是为的别人知道，是咱俩知道。这就是咱俩人的事。"

老有还不脱。乔就去替老有解裤带。老有说："你别解了，痒痒。我个人脱吧。"

乔从上到下摸老有，老有身上光了。

老有说："然后呢？"

乔仰面躺平，说："我躺成这个样，你该什么样，莫非真不知道？连猫狗都知道的事。"

老有有点明白了，可还是平躺着抿着胳膊不动……乔把老有的身子拧过来，老有眼下是乔的一张红脸。这是老有从来没见过的红，鼻子尖上还有汗，鼻孔一翕一翕。

---

① 穰子：皮棉。

老有觉得现在的乔最好看。他忘了他是个借车的，他忘了他正和乔钻在花垒墙、包袱当门的一间假房子里，他觉得真房子、真炕才能配真人。

有人敲“门”喊老有，是小臭子，是老有媳妇找老有。老有和乔“受着惊吓”冷不丁都坐了起来，被单出溜到脚底下。屋里的老有和门外的小臭子都看见了乔的光身子，他们都觉得乔比穿着衣服还好，小臭子想了想，不能光看乔，她现在要骂，那骂也是乔规定下的，她不能忘。

小臭子在门外一跺炕席，大喊了一声：“出来！养汉老婆还不出来，俺家汉们哪？”

乔站了起来，一边系扣一边往外迎。她用被单把老有一盖盖严，对小臭子说：“你骂谁哪？”

小臭子说：“谁养汉骂谁。”

乔说：“谁养汉？”

小臭子说：“你。”

乔说：“没有凭据，别胡吣，我还说你养汉哩。”

小臭子说：“没凭据敢堵着街门骂。”

乔说：“凭据在哪儿？”

小臭子说：“就在被单底下盖着，不信你看。”

小臭子又使劲跺了两下炕席，席缝里的浮土扬起来，她把乔推开，进屋就掀被单，她勇猛地抓出了老有。

老有说：“完了没有？”

乔说：“完了。”

小臭子说：“没完。敢情光你们俩，不能完。”

乔对老有说：“你跟小臭子回家吧。”

小臭子说：“不是小臭子，是他媳妇。”

乔说：“快跟你媳妇回家吧。”

小臭子拽住老有的胳膊，老有趔趄着被小臭子拽回了家。

既是媳妇拽回了女婿，既是媳妇从养汉老婆的炕上拽回了串门的汉们，既是乔也说了让老有跟媳妇回家，那么媳妇就自有媳妇的气势。

媳妇要女婿来确认自己的位置。

两口子回到家，媳妇就在炕上脱光衣服躺了仰面朝天……

老有真当了一回小臭子的女婿。他趴在小臭子身上回头看乔，看见乔的眼里含着真泪，鼻子上的汗久久不退，鼻孔翕着。

吃中午饭时，老有才回他的真家。他掰着二八米窝窝总闻着手臭。想着小臭子和小臭子的味儿，他用水瓢舀水一遍遍洗手。

玫 瑰 门*

内容简介 《玫瑰门》问世于1988年的9月，是铁凝的第一部长篇小说，也是她“最重要的一部小说”，带有自传的叙事性质。在这部小说里，铁凝告别了以往一贯的“香雪”式的纯情和荷花淀派田园诗般的风格，以划破时空的多重叙事结构和忽而繁复忽而简短的诡异的语言为我们呈现出了一个以“文化大革命”作为主要背景、以老少三代女性作为主要人物的充满了丑陋和邪恶、阴森和怪异但又真实得逼人的活生生的生活世界。“玫瑰门”是女性之门的象征，通过这扇门、通过铁凝的“第三性”的视角的叙述，我们看到了女性在特定时空下所受到的多重压迫——来自于男权制度、来自于封建传统、来自于性别本身、来自于男性甚至来自于女性——和不同女性个体的不同的应对策略以及这些策略带来的不同的人生状态。而在纵向的女性发展的历史链条上，作者又通过比较和暗示使我们看到了伴随着时代的发展女性的自觉和主体意识的代际的进步——虽然这进步要经过痛苦的挣扎和对自我的痛苦的否定与批判。

○

马

原

虚　构

引言

各种神祇都同样地盲目自信，它们唯我独尊的意识就是这么建立起来的。它们以为唯有自己不同凡响，其实它们彼此极其相似，比如创世传说。它们各自的方法论如出一辙，这个方法就是重复虚构。

——《佛陀法乘外经》

一

我就是那个叫马原的汉人，我写小说。我喜欢天马行空，我的故事多多少少都有那么一点耸人听闻。我用汉语讲故事；汉字据说是所有语言中最难接近语言本身的文字，我为我用汉字写作而得意。全世界的好作家都做不到这一点，只有我是个例外。

我的潜台词大概是想说我是个好作家，大概还想说用汉字写作的好作家只有我一个。这么一来我好像自信得过了头。自负？谁知道！

这么自信的人好像应该说些表现自信方面的话，好像应该对自己的小说充满同样信心。比如绝对不必像我这样画蛇添足硬要在现在强迫我的读者听我自报写过些什么东西。

我现在就要告诉你我写了些什么了，原因是我深信你没有（或者极少）读过这些东西。别为我感到悲哀（更别替我不好意思），顺便告诉你，我心安理得泰然自若着呢。

有人说我是为了写小说到西藏去的。我现在不想在这里讨论这种说法是否确切。我到西藏是个事实。另外一些事实是我写了十几万字有关西藏的小说。用汉字汉语。我到西藏好像有许多时间了。我不会讲一句那里的话；我讲的只是那里的人，讲那里的环境，讲那个环境里可能有的故事。细心的读者不会不发现我用了一个模棱两可的汉语词汇，可能。我想这一部分读者也许不会发现我为什么没用另外一个汉语动词，发生。我在别人用发生的位置上，用了一个单音汉语词，有。

我不讲语言学教程，这个课题到此为止。

我写了一个阴性的神祇，拉萨河女神。我没有说明我在选择神祇性别时的良苦用心。我写了几个男人几个女人，但我有意不写男人女人干的那档子事。我写了一些褐鹰一些秃鹫一些纸鹞；写了一些熊一些狼一些豹子一些诸如此类的其他凶恶的动物；写了一些小动物（有凶恶的）如蝎子，（有温顺的）如羊羔，（也有不那么温顺也不那么凶恶的）如狐狸旱獭。

我当然还写了一些我的同类的生生死死，写了一些生的方式和死的方法。我当然是用我的方法想当然地构造这一切。大概我这样做是为了证明我是个不同凡响的作家，谁知道呢？

我其实与别的作家没有本质不同，我也需要像别的作家一样去观察点什么，然后借助这些观察结果去杜撰。天马行空，前提总得有马有天空。

比如这一次我为了杜撰这个故事，把脑袋掖在腰里钻了七天玛曲村。做一点补充说明，这是个关于麻风病人的故事，玛曲村是国家指定的病区，麻风村。

毫无疑问，我只是要借助这个住满病人的小村庄做背景。我需要使用这七天时间里得到的观察结果，然后我再去编排一个耸人听闻的故事。我敢断言，许多苦于找不到突破性题材的作家（包括那些想当作家的人）肯定会因此羡慕我的好运气。这篇小说的读者中间有这样的人吗？请来信告诉我。我就叫马原，真名。我用过笔名，这篇东西不用。

当然肯定也有另一些人宁可不当作家也决不会铤而走险走我这一步。不走就对了。羡慕的不必羡慕。

实话说，我现在住在一家叫安定医院的医院里；安定医院是对外名称，所有知情的人都知道这是一家精神病院。我住在这里写作。我周围是些老人，这是老人病房。房间里很干净。大约是个二十平方米的房间，有六张病床。

实话说，我当初不知道麻风病的潜伏期最长可达二十年以上。我刚刚出来三个月，现在我还没有呈现任何病兆。

我开始完全抱了浪漫的想法，我相信我的非凡的想象力；我认定我就此可以创造出一部真正可以传诸后世的杰作。

（请注意上面的最后一个分句。我在一个分句中使用了两个——可以。）

我不是个满足于“想一想不是也很好吗”海明威式的可以宽解愁肠的男人。我想了就一定得干，我干了。海明威是个美国佬。

我不敢夸口我是唯一敢这么干的人。因为我进玛曲村认识的第一个人就是另一个这么干的。他说他也不是第一个。

二

你看我有多大年龄。说你第一眼时的直观判断。不要怜悯我。不要说那些想使我高兴一点的话。不不。我说了别这样。

这里有镜子。有水。我每天都能看到我。可是我不知道我是否显得衰老。我不知道别人到我这个年龄时的样子。你告诉我实话。你应该知道这没有关系的。我早就从你们的世界里退出来了。那个世界是你们的。

有三十年了。也许四十年。我没去计算时间。时间没法计算。昨天跟今天一个样。今天跟明天一个样。你记不住重复了许多次的早上和晚上。山绿了又黄。我是记不住了。

我是个哑巴。这里人都当我是哑巴。我到这里就再没说过话。我怕我早把汉话忘了。跟你说这些话的时候我敢肯定我还记着。有些事会了就忘不了。游泳就是这样。我七岁那年学会游泳。那好像是一百年以前的事了。不是地道汉族。我爸亲是个做生意的印度人。

我不说话。后来也没人跟我说话了。就不要问这个了。叫什么名字有什么关系呢？这么多年我没有名字一样活着。他们都不叫我。没有人知道我叫什么。他们当我是个傻子。

你真有眼力，这里没有人看出我读过书。我爸亲有钱。是我自己不想再读下去了。

你要吃东西吗？你有再好不过了。我至少几十年没吃过点心了。好吃。我们再不回去就错过午饭了。那好。我们就往沟沟里走。

我一直不想这些事。这些事现在想起来好像跟我没有关系了。也许不是关于我的。其实我的别人的又有什么关系呢。

你肯定不信我有一枝枪。二十响盒子，我们一会儿就会看到了。有七发。这么多时间了不知道是不是还能打响。没一点锈。我放的地方雨淋不到。没人知道。没有人往山上爬。我爬山他们都当我是傻瓜。从这儿往上去。

从到这的第一天我就爬山。这条路就是我踩出来的。这种地方没人来，你累了就歇歇，上面的路还远。我尽可能走得远一点。我不放心那枝枪。走吧，一会儿累了再歇。

三

我们边说边往山上爬。他看上去很衰老，可是脚步比我要健。我不期待发生奇迹，我同样不反对有奇迹发生。我们走走歇歇，最后还是到了他要到的地方。他让我等一下。

他像变戏法一样，突然从一个可怜的老人变成荷枪实弹的强盗。他动作迅捷模样凶狠，我从声音和外型可以断定他手里的是真枪。他用枪口对着我的脸，我想起他说的弹夹里还有七发子弹。我的腿突然哆嗦起来。

这时他说：“把背包里吃的东西统统拿出来！快点！听见了没有？”

我完全吓傻了。我那时脑子里什么都不能想，我只是盯住黑森森的枪口。我记得它比我想象的要大得多，像个山洞，我完全可以直着腰走进去。我能做的大概谁都能做，我伸手到背包里，把先触摸到的一筒罐头拿出来扔到地上。接着扔出来的有另外两筒罐头、一包巧克力和剩下的干点心。

我还在犹豫是否把照相机也拿出来的时候，他又突然笑了。“我以前就是干这个的。过了几十年，我想看看现在的人。什么都跟从前一样，没变，嘻嘻，没变。”

他笑。我把笑忘得一干二净，因为我前面的那个山洞。他的话我听见了，可是我不明白这些话的含义，我的脑袋已经不运转了。

枪口从我眼前慢慢移开垂向地面。我的意识像春天的蛇一样开始苏醒。我开始回味他刚才的话，我回忆起刚刚过去的半天时间。

不行，我的脑袋还是处于半麻木状态。我甚至不明白他下面那些动作的实际意义。

他把枪重新端在手上，我注意到他拿枪的是左手。他用右手拨开保险；然后他把左臂伸向空中。枪口朝天，他要干什么呢？

我盯住他扣在枪扳机上的左手食指，我看到它开始用力。枪响了。

空气剧烈震动起来，近山远山充满回音。我觉得整个世界在看我们。山下的玛曲村这时正沐浴在中午阳光下，它显得很小，小得不真实了，像沙盘上模型。村里看不到人，但我觉得所有的人都在看着我们俩。

“可惜只有六发了。真不错，几十年了。”

这两句话我马上就听懂了。我知道刚才的梦境已经过去，可我那时还不知道这个细节在我那部杰作里面的位置。

他在不知不觉中消隐在山石中了，他再出现的时候，手里的枪已经不见了。他好像已经忘了我，不再理睬我，从我身边轻盈地跳着下山了。跳动的身影在山石中时隐时现，就像个放羊的男孩子。他个子高大，这时显得瘦小。

我一个人蹲下身，捡起刚扔在地上的食品罐头。我再站起来时他已经完全消失。我这时产生了想找找那枝枪的念头。

我有一种预感。我要证实这种预感。我的预感没有错。我找不到它：或许它根本就不存在，或许它只存在于我的想象中。

我下山的时候，我才想到关于所有的麻风病的问题。他是个麻风病人吗？他已经在这个满是麻风病人的地方生活了几十年。我不知道我为什么会遇到他，为什么先不进村子。

四

我没有把握得到医生的许可，我是偷着溜进这块禁地的。我事先已经听说有两个医生负责玛曲村的事。听说是两个年轻的藏族，其中有一个女的；听说那个男的也很漂亮。

病区没有任何形式的围栏。这样它既不能防止病人外出，又不能防止外人进入。我就是钻了这个空子。

公路傍江而行，附近百里没有人居住。因此这两栋石砌的小屋就显得格外冷清。西边的一栋是公路值班，玛曲医院占了另一栋。而玛曲村离这里还远，在十几里外的山脚下，和公路隔着大片的漂砾滩。从公路向北望，一眼十几里无遮无拦，小村子看得一清二楚。把玛曲村和外部世界连接起来的是条小路，弯弯曲曲的像条干绦虫。

我搭乘一辆运货卡车，在离道班很远的地方先下了车。我为了不惊动两位医生，就从下车的地方径直向北往玛曲村跋涉。我相信医生绝不会想到我的侵入。

我事先准备了睡袋和一些食品，我拿定主意自己解决食宿问题，我没想好该逗留几天，但我没有当天就离开的打算。

村子北面的山非常高大，因而有一些山沟沟到山下时就变成了泄洪道。泄洪道把大块漂砾滩分割成条条块块。

我决定在靠近村子但又人迹罕到的地方找个能睡觉的地方。我找到了一条又窄又深的泄洪道，我在一个拐弯处埋下背囊和多数食品，只背了挎包和相机进了村子。

下午的阳光晒得人快干枯了。村子里静悄悄的，没有马牛羊猪鸡这类常见的禽畜，只有一些在阴凉处躺着睡觉的狗。

房子都是石块砌的，典型的农区藏式房，平顶而低矮。房子格局分布和其他村子都没有什么两样。土路，多半都很狭窄，看来不是车马道。我在村子闲逛，我没见院子里有人，我走遍了村子没见到一个人影。我拿定主意不轻易走进人家的院子和房间。

更有趣的是没有一只狗朝我吠一声，连狗都没兴趣理我。我感到由衷的悲哀。

如果不是我在事前多方了解，我此时肯定要认为这是个被人遗弃的村庄。我知道不是。这里至少住着一百二十几个活人。我还知道这些居民不事耕作或放牧。他们吃的用的都由国家免费供给。

第一个有人的信息是从村里最后一栋二层楼院里传出来的。我这时已经转到村后。这是村里唯一的楼房，上楼的石阶在北面。我听到是孩子的哭叫声，声音尖厉。我毫不犹豫地走上石阶推开门。我没想到我会看到女人们。

三个女人一字排开，靠在墙边昏昏欲睡。其中有一个人身上趴着个男孩在吮奶头，看得出这就是刚才哭叫声的来源。我知道我走错了地方。不过三个女人似乎都没注意到我，只有那个男孩的眼珠往我这边溜来溜去。女人们闭着眼，舒舒服服地享受着阳光的沐浴。

准确地说，这不能叫楼，它只不过是两间小小的房上房罢了。住人的小房间建在东厢屋顶上，又在正房屋顶北面垒起一道一人多高的石墙。正房屋顶成了这几个女居民的日常活动场所。住房在东面，西面则堆放着一些用来做烧柴的矮棵植物。看来这里没有居住男人。

我站在门口，进退维谷，我没有看到女人们的脸。凭着一瞥瞬间的印象，我认定有男孩的女人还很年轻。我想我不该走进去。就在我转过身的同时，一个声音传过来了：

“我会说汉话。”

我只能重新转回身去，这时我看到了那个有男孩吃奶的女人的脸。是她在对我说话。

我说：“我也说汉话。”

我不知道我是否在发抖，那张女人的面孔叫我毛骨悚然。鼻子已经烂没了，整个脸像被严重烧伤后落了疤。皮肤发亮，紧绷绷的。

她表情奇特，两个瞳孔外斜，像在看我又不像在看我。她说：“你是拉萨来的。拉萨来的人说汉话。”

我说：“你到过拉萨吗？”

她说：“拉萨是个大地方……”

我说：“是个大地方。你是什么地方的？”

她说：“我到过昌都，听人说，拉萨比昌都还大，我想拉萨一定很大。”

我说：“你怎么会说汉话呢？”

她说：“我们那里的人都会说汉话。”

我说：“你男人呢？”

她说：“你问的哪一个男人都在他们自己的房子里。这里都是女人，还有孩子。”

我说：“你来的时间很长了吗？”

她说：“山绿了又绿，”她拍拍男孩的脑壳，“他是到这里生下来的。你进来吧。”

我说：“医生每天都到村里来吗？”

她说：“听说换了两个，我没见过呢。”

我下意识地“噢、噢”了两声，连自己也不知道要表达什么意思。我不知道再该说点什么，就转身往下去了。到了石阶下，我又想起该问一下村里是否还有会说汉话的，我重新想走上石阶，这时我发现刚才的四个人正都扒着门框看我。

五

她是村里唯一会说汉话的人。

我没有别的选择。我让她转告她们穿上衣服。我看得出她们三个年龄都不大，只是另外两个干瘪瘦弱。她们三个人面目极其相似。

她比另外两个多一点生气也丰满得多。我跟着她进了她们的房间。这一间都是她的，她和她的孩子。我犹豫了一下坐在一个木椅上。

她说：“那个矮的是痴呆，高的腰坏了。她们都不能生孩子。”

孩子刚刚能走动，可是眼睛里却有某种看了叫人心悸的老成。他扭着脸看我，一边蹒跚地朝门外走。阳光照在他赤条条的身体上，使他看上去像有几分透明了。

她说：“他什么都懂，有人来他就出去。”

以我们看来，她的话里暗示着某种东西。我得说这是我们的错觉。她不是我们熟悉的那一类女人，这是我在以后几天里通过接触观察得出的结论。

我告诉她，我要在村里住几天。

她说：“没有一个外来人住村子里，他们都是跟医生一起来，转了一圈又一起走掉。他们不住村子里。村子里没有外人住的地方。”

我肯定地告诉她，我要在村子里住几天。然后我说：“我不会藏话。我只能说汉话。”

她说：“你说汉话吧。”

她说话的时候，我下意识地看她没有鼻子的两个鼻孔。我说话的时候心不在焉。我甚至忘了恐怖。我只是觉得她脸上的这两个小洞非常滑稽，滑稽到荒唐的程度。

我说：“我这样一个外来人到村里，村里的人不会不高兴吧？”

她说：“村里的人不会注意你。别人的事跟他们没有关系。来送粮食的和来放电影的才会引起他们的注意。他们不会注意别的外来人。”过了一会她又说话了：“你要到村里去。外来的人都在村里转来转去。他们都有医生陪着。你只有一个人，没有人陪你来。”

我说：“我一个人来的。我不要医生陪。”

她说：“我陪你到村里去。你可以问我。”

我说：“问你什么？”

她说：“你要问什么就问什么。我比那些医生知道得多。”她说话中间总要间断，我过了一段时间才逐渐习惯了。“我住村里。”

出门以前，我想起一件事。

我说：“你抱着孩子，我给你们照相。”

她说：“我不照相，我不懂照相。”

我从挎包里拿出随身带着的小相册。我找出一张我的彩照指给她看。

她毫不犹豫地说：“这个是你。”

我就势告诉她，我可以把她也留在这样的东西上。她摇了摇头。

她说：“我懂。我不照相。我不懂照相。”

她的话自相矛盾，不过我猜到了她要表达的意思。她是说她知道（懂）照相这件事，但是她不懂为什么照相会把人移到东西（纸）上面去？她不要别人给她照相。我记起一本书里写过一个类似的故事，说的是没经过现代文明的人见了照相，以为是摄魂术，以为照相之后人的魂魄就被装到那个小盒子里（照相机）去了。我知道这个细节在我未来的那部杰作里将要出现。看来她曾经见过照相或摄影或摄像。

她不想照，我只得作罢。

后来证明我又犯了自以为是的错误，我忘了这里的人们不止一次地看过电影。摄影这种事对于他们并非我想的那样难于理解。她说不懂，说不要照相其实另有原因。那是后话。

六

村子中部偏南是一块空地，空地两端各立着一个简易篮球架。黄昏时分，人们陆续汇聚到空地附近。这大概是村里唯一的公共场所。

我和她站在离空地稍远的地方。她表情安闲恬淡，手里拉着那个蹒跚学步的男孩。我没有拿出相机。

正如她说的那样，村里的居民好像完全没注意到多了我这个生人。

这里的人大多面相淡漠，一副无所欲求的样子。我觉得那些绷紧的皮肤并不如刚见时那么可怕。夕阳的黄色光芒照在这些脸上，使它们更富幻想色彩。没有人对别人表示关注，这个发现使我一直紧张的神经慢慢松弛下来了。

病兆使他们许多人看上去模样相似，一样的塌鼻梁，一样的皮肤发亮，连两眼距离过宽也都是一样的。我格外注意到许多人斜视。

我说："他们走路都慢吞吞的。"

她说："他们用不着快走。"

我说："有人玩篮球吗？"

她转过脸看了我一眼。好像奇怪我怎么问这种问题。我不明白。不过我马上明白了。

有一个年轻的男人拍着篮球从南面的房子转过来，立刻有另外一些男人响应。他们吹口哨，叫喊，显示了出人意料的生气。

我注意到，上场打球的男人有一些已经不年轻；他们同样分成两伙。没有裁判，因此比赛看上去一团糟，有点像橄榄球赛。

她在一旁像是解说："男人到了晚上都来打球。"

我"噢"了一声。她又说："你去打球吧。男人应该打球。"

我意识到她在说什么，我不能再心不在焉地随便答应了。我是个篮球好手。不过这时我无意以此来向她炫耀。

比赛吸引了所有的人，我们也随着人群一点一点凑到球场周围。她抱了孩子站在人群里层，我站在她身边。

打球的人中有个小个子突出地灵活，我估计他有四十岁左右。他是所有球员中唯一懂得运球和投篮要领的人。他一个人投进了几次，每次都赢得一片起哄式的喝彩。

又投进了一个球。就在大家起哄时，她用肩膀撞了我一下，然后用手拍拍男孩。

她说："是他的儿子。"

我就是傻子也听得出她话里的自豪意味。

她又说："他有时过来跟我睡觉。"

她说话时全不放低声音，我们周围挤满了观战的人们。她不在乎，我脸却红了。

接下来发生的事使我来不及多想，篮球不知受了什么东西吸引，突如其来滚到我脚下。我用脚尖一踮，球就到了我手里。

我当时后悔自己太冒失，不过我的确来不及多想。我站在场外偏东一侧，离球篮少说也有十步远，我运足力气，压腕将球投出。

我不说你们也能猜到，天公作美球进了，而且空心入篮。没有网。太可惜了。

我终于引起了玛曲村民的关注，所有的人都在为我叫好。我成了大家目光的焦点，所谓众目睽睽。我当时后悔的就是我自己暴露了。

也就是在这个瞬间里，我发现两个不那么友好的人的注视。一个是那个打球的小个子男人。另一个已经相当年迈。个子高高的，背驼得很厉害；他的干皱的脸上没有胡子，很像一枚陈年核桃。他是所有村民中唯一没有发滞神情的人。而且他皮肤晦暗。看不出麻风病人那种显而易见的征兆。

村民们马上把我忘掉，比赛继续了。

七

我一个人悄悄挤出人群。

刚才的那一阵子，我几乎忘了自己身在何处。我自己绝没想到，置身麻风病患者中间我会这样从容。我觉得背后有人看我。

人的第六感觉经常惊人地准确。我一下认出了他。他见我回头忙扭过脸去，那时我还不知道他第二天早上会和我一起爬山。

我站了一下，等着他再次回头。他果然没有辜负我的期待。他用与他年龄不相称的敏捷迅速回头看了我一下，然后再也不回头地走进人群。太阳已经走到山脊上，天就要黑了。

我正考虑是否也与她道一下别，她抱着男孩向我走过来了。她脚步很重，在地上踏出咚咚的声响。她来到我跟前，把孩子放到地上。

她说："哑巴总是盯着外来人，别怕他。"

我说："哑巴是哪一个?"

她说："驼背的老人。他很老实。"

我说："他一个人在这儿吗? 我是说，他在这儿还有亲人吗?"

她说："他是村里年龄最大的，他一个人住在村西南角那个小房子里。他不和别的人来往。他每天一个人往北面山上爬。"

我说："什么时候?"

她说："早上吃糌粑的时候。"

我说："我明天再来。"

她说："夜里外面冷。要下雨了。"

我不明白她为什么说这个。我没告诉她我准备睡在什么地方，莫名其妙。还有，现在满天湛蓝，刚有几颗亮星在闪烁。

我说："我走啦。"

她坚持说："要下雨，外面冷。"

外面不冷。我在心里暗笑她，她又说下雨又说冷，我睁着眼躺在睡袋里看满天亮星，一点也不冷。我的这处泄洪道位置很不错，背风而且安静，我不知道我是什么时候睡的。

不过我记得，在睡着以前我决定明天早一点到村后去等那个每天爬山的哑巴老人。

我做了一些关于拉萨的梦。我梦见了拉萨的朋友们和八角街朝佛的康巴女人。凉雨把我从梦里打了出来，真的下起雨了。

我慌里慌张从睡袋里爬出来。天阴得像黑锅底，不留一丝缝隙。雨点很大但是很疏，伴着阵阵冷风。我冻得哆嗦不止，又得抱着团成一卷的睡袋和食品。我怕地上潮湿，只能在沟里走来走去以求暖暖身子，我担心雨大起来会淋湿压缩干粮。我无处可投，虽然我明知道玛曲村就在不远处。

好在风很快吹散了雨云，天又晴了。我试探着用手触摸地面，这雨居然连地皮都没有打湿。可是气温至少降下十几度。我重新铺好睡袋躺下，这一夜剩下的时间我再没睡实。

我冻坏了。我觉得自己身上很热。

八

天刚泛白我就起身了。我几乎忘了要去村后等那个老哑巴，早上实在太冷了。可能我应该先进村子，到她的小屋子里打一声招呼。

我把背囊重新埋好。我没有先到她那去。

从山上回来，我远远就看见她的房子。她们住的小楼正好处在这个沟的沟口，我很奇怪自己有种急切的心情，步子也快乐。

昨天黄昏时出来以后，我经历了多么奇特的一夜加半天啊。能再回到她的房间，这本身已经是了不起的奇迹了。

太阳愉快地悬在头顶，她的小门和石阶完全被小片阴影笼罩了。那是一块多么凉爽多么叫人愉快的阴影啊。

走近时，我看出了她一个人坐在门槛上。她一动不动，她的剪影就像一帧剪纸作品。在我走进了这幢房子的阴影时，她站起身走入门内并且把门关了。我站在门前，一时愣住了。

我有点饿了，我不想饿着肚皮在村里逛来逛去。于是我坐在石阶第一级上，拿出点心慢慢咀嚼。一边吃，我一边想着下一步我该做的事。如果她不再接待我，我就要一个人闯这个世界了。我已经揭开了帷幕的一角，我自想可以最终进入其中。不过我也知道以后将更不容易，我知道全村仅有的两个说汉话的人都不会帮我。语言不通，我能行吗？

我没有把握。可能是因为坐在阴凉的石上的缘故，我突然剧烈地咳嗽起来。一咳就是十几次，连续不断，使我喘不过气。一阵剧咳之后，我感到肺里又热又胀。我大概病了。

我听到身后的那扇门开了。我站在那，我没有回头。我听着她走下石阶的脚步。

一，二，三，四，五，六，七，八，九，十，十一。她已经到了我身后，我仍然没有回头。我似乎像个孩子，以孩子的方式赌气，我绝不首先跟她说话。

我又猛烈地咳嗽起来，止也止不住，直咳到满脸通红头皮发炸。这时她说话了。

她说："上去吧。"

我第一个念头是要摇头拒绝，但我马上否决了这个卑劣的想法。她不是我什么人，她甚至不是我熟悉的那个世界中的人，我有什么权利——我为什么？

我乖乖地走在前面，我脑子里机械地数着石阶，是十一级。我进了门。她跟在我身后。

除了她不在那个位置上，门后的情形跟昨天完全一样。她的位置在里面，现在那里是她的儿子。另外两人倚着墙半眯半睡，她对我示意，要我到屋子里去。

她的屋前，铁皮炉子里噼噼啪啪地燃烧，给烟火熏得漆黑的茶壶沸腾着，散发出好闻的奶茶气味。我禁不住咽了口唾沫。

我进屋坐到卡垫上，这时我看到了什么？我没法相信自己的眼睛，我的背囊！我伸手抓了一把，没错。里面是软软的鸭绒睡袋，还有罐头和压缩干粮。我把背囊塞到背后，舒舒服服地靠倚着。

她不说话，我也懒得开口。她给我倒了一杯茶，然后出了屋子。我透过窗子看到她又回到她们中间，回到她的位置，把孩子放在怀里，解开衣服给孩子喂奶。

茶非常热，我等着凉一点再喝，可我等不得茶凉就睡着了。这个白天余下的时间我一直在沉睡，我没做梦。我知道在睡着的时候我仍然不时咳上一阵。我感到口干舌燥，我渴得要死，可我困得睁不开眼。

我醒过来的第一个举动是找水喝。我抓起藏桌上的茶杯一饮而尽，好香的凉奶茶！这时我发现天已经蒙蒙黑了。房子里没人，房子外面也没人。我想起昨晚，我想她们一定都在球场附近。我的头像被什么硬物敲了一下，疼得非常厉害，我只能重新靠在背囊上。

就是这时我还没发觉自己做了多么可怕的事：我用麻风病患者的杯子喝了满满一杯茶。我没有再睡，我的昏昏沉沉的意识像一只受伤的小鸟，飞不了多高多远可又不肯落到地上。

我又咳了起来，嗓子像裂开一样痛。玛曲村成了一件往事，仿佛隔了很多时间。我记不得那个女人的模样了，可我盼着她来，盼着马上回到她身边去。我隐约记得我打开睡袋铺到屋里地上，我坚持睡在地上，结果睡在睡袋里的是那个男孩。我还记得她给我嘴里塞了白色药片，好像是她问医生要的，好像她说来的是那个女医生。我还是第一次丧失时间观念，我的感受时间的那根神经肯定搭错位置了。那个晚上我发了一夜高烧，天亮时我才沉沉睡去。后来她说我整夜都在说话，又说不清楚。她说她一夜没睡，我就这样成了她病人。

九

有整整两天时间我足不出户。她不允许，另外我也确实非常虚弱。

我最多被允许走到她房间门口。我坐在那个旧木椅上百无聊赖地观望这个小小的屋顶平台。我从早到晚地看着两个邻居，倒也发现了一些非常有趣的现象。

白天她经常出去，有时带着孩子，有时就把孩子留在家里。留在家里的时候，孩子很少自己到两个女人那儿去晒太阳，他一动不动地坐在卡垫上看我。我也看着他。我觉得他在研究我，被一个大约一岁的婴儿注视不是件叫人愉快的事。他目光深不可测，额头上有三道浅浅的肤纹。我喜欢和他对视，这是一种可以愉悦心性的游戏，前提是你不要总是认定自己被对方猜度。我在心里单方面约定，比试看谁后眨眼，一次不行，要比九十九次。

我反正有的是时间。遗憾的是我没比上九次，就对自己丧失了信心。九次里我只赢了一次，而这一次还是在他连续六次保证不败后才眨的。换一句话说，我眨了六次以后，他才眨过一次，实力悬殊，我无心恋战了。

我的眼睛又涩又疼，我就不该进行这种游戏。这个游戏的唯一好处是我忘记被这个小精灵研究，被他研究可是太不舒服了。

我又想出来新主意。因为我自己无聊得要死，所以我的主意也都是些无聊的主意。我把他抱到我膝上（他竟轻得出人意料），让他脸对脸看着我，我又把自己左手食指放到自己两眼中间，我成了对眼，两个黑瞳仁聚到两眼内侧。这是我的一手绝活，我知道这时我的样子非常滑稽。他果然被逗笑了，这是我认识他这几十个小时以来他的第一个笑。

他笑的时候就不那么老成了，不再是那种潜心研究别人的神态。我决定把这手绝活教给他。他真是聪明绝顶，我只消把手指往他两眼中间一指，他的两个小小的黑瞳仁立刻并拢，那样子真是说不出的可爱。

我大笑起来，他也和我一起笑个不停。

我过了好一阵才发现问题的。我的手指不再指他，他仍然瞳仁并拢一副对眼相，我叫他喊他都没有效果。我知道出了毛病。我两手抓住他的小脑袋瓜晃了两晃，还是老样子。我真的急了。我想起一个著名的故事，讲一个老朽文人中了状元欢喜疯了，被他丈人一个嘴巴打回清醒境界。我没有多想，抽手一个嘴巴，他立刻大哭起来，惹得那两个迟钝女人也一起扭头往这边看。我一看他嘴里流血，心里有些不是滋味；不过毕竟这个嘴巴结束了关于小对眼儿的无聊故事。

不是有个哲人说过，“人到无聊比什么都可怕”吗？我被禁囿了两天以至如此，那么另外一些禁囿在此终年的人，他们的生活也许仅用无聊就不够了。比如那两个女人，我这几天的邻居。她们其实是她的邻居，名副其实。我只不过是个外来人，是她的临时房客。

我注意观察了很长时间，这两个女人彼此不说一句话。两个人中较矮的那个更迟钝些，无时无刻不在流口水。早上是她先起身活动，来回进出她们住的房间几次，还有一次出来大门。太阳出来以后她又搀出那个高个子。她把她搀到墙根坐下，坐下后她们彼此就极少交流了。她们各坐各的。她看天时，她可能已在打瞌睡。我还注意到她们各自的位置是固定的。

这样大约坐了两小时以后，她们开始坐不住了。高的扭动脖子，矮的则把手伸到衣服里用力搔痒。动了一阵，高的从衣服的什么地方摸出一个小铁盒，小心翼翼地扭开盒盖，轻轻地倒出一点东西在左手拇指指甲上，然后把这个拇指指甲再倒进鼻孔里。我看她用力地吸了一下鼻子，脸相怪模怪样抬向空中，过了好一阵用力打了个喷嚏，神态极满足。这个全过程被矮女人看在眼里，迟钝的脸上也露出了羡慕。

我不知道这是否就是鼻烟，可我看得出这是她们极其重要的一份精神享受。高个子又在重复刚才的准备动作，不过这一次她是为同伴准备的。当她把拇指伸向矮个儿鼻孔时，我看着眼睛都湿润了。矮个儿的鼻涕沾了高个儿的拇指，高个儿全然不顾。她像自己吸一样专注，一直凝神看着矮个儿打出喷嚏。

非常可惜，这一幕到此为止，我甚至在以后几天里也没看到第二次。于是，她们又回复到一贯的姿态，坐着不动，各坐各的。

天近中午时开始热起来，两个女人懒洋洋地让太阳尽情抚摸。她们已经晒得非常黑，肤色看上去已经完全没有质感了。我不明白她们为什么这样迷恋阳光。

午饭是矮个儿去取来的，是个搪瓷钵，舀了满满一钵糍粑面。矮个儿女人又拿了一钵水回到自己的位置。两个人不声不响，各自用水把糍粑捏成团，之后放在嘴里一块儿，有板有眼地咀嚼一阵，最后扬起脖子费力地咽下去。

看得出她们食欲都还好。

饭后她们东倒西歪地睡了，睡得很沉，相信打雷也不会惊醒她们。两三个小时以后她们才会醒过来，先是坐着伸伸腰腿，以后就又不再动作，安静地坐到太阳西斜。

她们两个都不去球场。她们先搀扶着到大门外走一遭，估计是解手，回来就进到自己屋里，关上门一直到次日早上。我想她们不至于每天吃一顿饭，估计早饭和晚饭是在房间里用过的。我看到，她们用的水都是我的女房东用一只小木桶提来的。她们不烧茶。

有时，男孩也自己走出去，走到她们俩跟前。这种时候离男孩近的人必定要伸出手，拉住男孩的小手。我注意到，她们都不抱他，可是看得出她们也都爱他。她们愿意把自己的时间匀出一些给他，假如他有事要她们帮忙，我想她俩谁都不会拒绝的。

开始我没注意到下面的房子也住着人，而且不止一个两个。她们都很少说话，动作也都轻轻的。我先是听到一声门响，才知道下面还有一个活生生的世界。我看到的先后有五个老年妇女，她们都是单个行动，不声不响地进进出出，就像哑剧中的配角演员，也像幽灵。看得出，她们在这里都没有亲人，她们一些人混住在一起，可是她们互不往来。我甚至想到她们的灵魂都是孤独的，如果她们真有灵魂的话。她们的头发全都花白了。

她说下面总共住着六个人，“但是有一个已经全瘫了很久，她从不出屋”。

“她们都不会说话吗？”“都说话。她们很少说话，没有什么可说。”“还有，楼上两个人也都不说话。”“矮的想说说不出，高的能说不想说。”“都是藏族吗?”“有一些汉人，有一些回族，有一些珞巴人。”“你不是说，没有人会说汉话吗?”“是这里土生土长的汉人，他们说藏话。这里没有人说汉话。”“下面那些老人出去干什么?她们都出去。”“我也出去。我们出去转经。村子西面有两棵神树，我们到神树转经。”“你信佛?”

话刚出口我就后悔了。我马上意识到我犯了错误。那两棵树很高，我只是远远看过它。

“我总得做点事。我不能像她们那样。”她用手指指隔壁房间，“总是晒太阳。”

我心里有什么东西被拽了一下。

十

“这两天，村里人都说老哑巴疯了。平时他除了爬山很少出门，可他这两天不爬山了，一大早就在村里转来转去，他从来不在村里转来转去的。他不停地走，大家都说他疯了。”

“他为什么要在村里来回走呢?”

“没有人知道他为什么转来转去。他从早到晚，可是他再也不去爬山了。”

“也没有人知道他为什么爬山吗?”

“没有人知道谁为什么爬山，没有人知道谁为什么转经，没有人知道谁为什么晒太阳。”

如果我不是自作多情，我敢断定他是在找我。我是知道他一些底蕴的人，他一定后悔不该让我知道，他慌乱。也许他要做出什么举动来弥补他的饶舌，我想起了两天前的上午，想起那个可以直着腰走进去的山洞，我觉得汗毛孔发炸，头发针刺一样钻心地痒。

“我说我读过书，我认得很多汉字。”

“你说什么?”我心烦意乱，我不知道她说的话的实际意义。

“你有点累了。你的病没好。你躺一下，我要出去了。”

“你说你读过书，你说认得许多汉字?”

“你睡一会儿。你白天总要睡一会儿。”

她扶我躺下，自己走到外面。

我不想睡。她为什么告诉我这个?她说话坦坦白白，从不闪烁其词。而且我早就注意到她用语非常简单，但是同时又非常特别。她说话没有疑问，还原成文字没有问号。我是个写小说的作家，我格外注意人们说话的情形，我知道她的情况极为罕见。她的思维跟我们绝大多数不一样，我们的思维尽管跳跃幅度大，总是有问号。没有问号的思维真是一桩奇迹。对她来说，现存的一切都是现成的，一目了然没有任何问题。刚才她说她读过书。

头疼。

房间里闷得太久了。我要出去走走。我想她一定已经走了，我不希望在门口或是在村里碰到她。离黄昏还有一段时间，村里几乎没有人走动。她什么也没有说，我猜她不一定又去转经。我来以后，她说的那个打篮球的小个子男人没来过。听说话的口气，那是她男人，他不来，难道她不会去？也许是我胡思乱想，我想我考虑到这个问题时不掺一点妒忌成分。我拿不准，我这样说是不是有点此地无银三百两？不管怎么说，我认定了她是去找他。

我的打扰一定使她烦乱。我在她家妨碍了她的正常生活。我是否应该考虑不再住她那？这两天我睡卡垫，孩子睡睡袋，好像她一直没睡过。我睡下的时候，她坐在地上拍孩子，我醒时她已经在屋里屋外做什么事了。这两天我非常能睡。躺下一觉到天亮，夜里即使天塌下来，我也只能稀里糊涂睡着去死。

有人跟在我身后，距离不远。

我不回头，我知道那是谁。我慢慢走，等着他逐渐走近。他不走近，估计他也放慢了步子。我不知道他为什么如此，我决定给他来个突然袭击。

我给自己下了口令。我按口令也按规范向后转走，我们面对面了。我大步向他走过去，我认定他会惊慌失措，他不会料到我这一手。我很快走到他跟前。我站下了。

我说："你这两天没去爬山了。"

他竟全不理睬我，视若无睹地从我身旁走过去。我呆住了。过了好一阵我才想起，他是哑巴。他在这个村里当了几十年哑巴了。他不会轻易改变这个形象。看来是我唐突。尽管村里看不到人影，可谁也不能说我和他谈话不被人撞见。我决定再和他几次交臂而过，我抄近路截住他的人，我也像他一样在村里走了几回。

后来他不再转小路，他回自己住处去了。

我不想跟着他，但我注定要到他住的地方去一次。这是后话。

又快到黄昏里。我开始往回走。这时我才想起刚才没有结果的问题：我要从她家里搬出来吗？这不仅仅是我一个人的问题。

我决定，这件事由她来决定。走上台阶后，我完全没想到会看到打球的小个子男人。他在逗他的儿子，他回头朝我笑了一下。我发现我喜欢这个人。

我进到屋里，我又猜错了，她不在，说明她不是去找他。我坐到卡垫上，透过窗子看那幅天伦之乐的图画。

爸爸脸上扮出种种怪相，儿子则嘻嘻地笑个不停。爸爸把儿子从背后举到和自己同高，儿子却执意要扭头看爸爸的脸。显然这是个经典游戏。他们以这个方式捉迷藏，当爸爸把头躲来躲去，以至脸完全贴上儿子的屁股。

就在这时事情发生了戏剧性的变化。爸爸单方面地放弃了游戏，把儿子放到地上。儿子的笑凝在脸上，叫人难以忘怀。爸爸变得惶恐，一副心不在焉的样子，原来是她回来了。

我密切注视事态发展。

她不理他，他也没正眼看她一眼。他只一味看着脚下。她从他身边走过去，弯身抱起孩子往屋里来，他匆匆忙忙瞥了她母子一眼转身出了大门。这又是怎么回事呢？

晚饭我拿出一筒猪肉罐头打开。我看着她们母子几下就吃光了。我心里很痛快。

她有点不好意思，说：“好吃。”

十一

这个晚上我没有睡意，我想大概是因为体力逐渐恢复的缘故。我照常先躺下，我盖着母子俩仅有的一床羊毛被。我为了不使她在意，把脸转向里面，我一动不动地躺在那儿。

房间里黑黝黝的，能见度很差。我从声音判断她已经躺下，好像就躺在我旁边不远的地上。我强忍着不翻身看一下她铺盖什么，夜里很凉，我心里非常难受。

我一动不动地躺着，睁着眼。我渐渐习惯了黑暗，我数数儿消磨时间，一百为一单元，我一直数到三千三百三十三。我还是睡不着，我听得出她已经睡了。于是我轻轻转过身来。

竟有微弱的月光从窗子里照进来，我想一定是弯弯的月牙。借着月光，我看到她裹了一件翻皮毛的藏袍，她的脸侧向外面，只听见酣睡的鼻息。她的一条光腿从袍襟伸出来，圆滚滚地泛着浅浅的光泽。

气温很低，我露在外面的脸是最敏感的温度计。我的鼻尖冰凉，身子在羊毛被下蜷缩成一团。这时我看到她露在外面的腿下意识地往里收缩了一下。她肯定比我要冷得多。

我毕竟是个五大三粗的男人，我受不了这个。我有羽绒服，没有羊毛被我怎么也能应付过去。我凭什么？我一骨碌坐起来，用脚试探着找到鞋，我把羊毛被轻轻盖到她身上，特别为她盖上裸露的小腿。

我重新坐到卡垫上，心里涌出莫名的温暖感觉。我坐着，看着充满月光的小窗，一点也不想睡。甚至不想躺下。我索性闭了眼。

我想起她坐在门槛等着我回来，想起她关了门以后我的胡思乱想。我觉得我认识她已经一辈子了，这些事实那么遥远又那么亲切。我弄不明白她怎么把我的背囊找回来的，还有她像先知一样告诉我那天夜里会下雨。想起下雨我仍然禁不住从心里打战，我于是又想起厚厚的羊毛被沉重地压到身上时那种感觉。我这时觉到了羊毛被的温暖又带点膻味儿的覆盖。我不睁眼，我怕我再从那种感觉中走出来。

盖在膝上的羽绒服掉到地上，我无意捡起，我凭直感知道她紧靠着我的肩膀是赤裸的。我们披着羊毛被坐着，彼此无话可说。

我是男人，应该是我。我把手放在她的大腿上，她把手放到我手上，我们不约而同地在手掌上用力。什么都不需要说。她全身光着，我们干吗还干坐在那儿？让羊毛被把我们两个人一起覆盖吧。这个玛曲村之夜是温馨的。

我永远忘不了她的激情。我知道这种激情的后果也许将使我的余生留下阴影，但我决不会为此懊悔。我当时并不清醒，我的理智早被她的热情烧成了灰烬。不过如果有机会让我重新选择的话，我还是不要那该死的理智。我做了一次疯狂的奉献。后来我们睡了，在梦里我们仍然紧抱在一起，羊毛被使我们浑身汗津津的，我们睡得真沉，我真心希望就这样一直睡到来世。

非常奇怪的一件事是我既然在沉睡，又怎么能去希望呢？我向来不问自己这类傻问题。

太阳又升起来了。

我已经躺了很久，我还有许多事要做。

十二

我想知道我到玛曲几天了，我以为这是件再容易不过的事。可是我掰着手指算了又算，仍然算不出个一二三来。我的时间观念依赖钟表。我来时匆忙，竟忘了戴手表，我的手表有日历，我记得我是过了“五一”从拉萨出来的，五月二日，路上走了两天应该是五月三日。

我倾向借助现成的事物来假设。我喜欢时间上用七；重复的经验，六比较合我的意。我凭直感断定，我在玛曲的时间已经过了一半，我就假设是四天吧。那么今天应该是第五天。说实在话，我不太喜欢五，这是个带着阴郁色彩的数字，不过这没办法。

早上阴天。云层很高，又高又稳，看来短时间不会转晴。我首先否定了要搬出她家的想法；其次，我决定今天要做的第二件事是到神树去。第一件昨天就决定了的。我记得老哑巴的家在村子的西南角上。

我要先确定一件事。我站到大门口向北翘望，如果我猜得不错，他这个时间应该在爬山途中。我站了很长时间，细心地看了又看，我得承认我感觉出了毛病，没有他的影子。

我以为昨晚他已经找到了我，他大概就不会装疯卖傻地在村子里转圈子，他一定会重新回到原来的生活节奏，他应该在今早来爬山。

看来，应该——仅仅是一种愿望。

我不想耽搁，我辨别方位，走最近的路，我走到他的房子只用了一支烟的时间。

他的房子非常矮小，且没有一般藏式房屋必不可少的院墙。他的背驼得那么厉害，肯定和长时间住在这个小房子里有关。

门虚掩着。我没敲门，我不想让屋里的人有所准备。我想突然闯进去，也许我会发现什么奇迹。我推门和移动脚步都很轻，不留心绝不会注意有人进来了。进来的这个瞬间我才发现我失策了。整个房间没有窗子，能见度极差。这样，屋里的人看我一清二楚，可我由于刚从强光下进来，眼睛不能适应，什么也看不见。我只知道头碰到屋顶，我低下头。我还听到一种叫人恐怖的声音，像恶狗扑食时发出的那种低吠。我感到紧张，浑身钻心地刺痒起来。可是我不便退却，我要是就这样退出来就太荒唐了。我决定站着不动，我知道用不了多久我的眼睛就可以适应。

这一次我没错。几分钟以后我可以分辨出屋里的情形。他不在。在他睡觉的卡垫上卧着一条老狗。那真是一条老狗，已经老得一目了然，牙已经掉光了。然而它到底是狗，它的记忆里肯定深深地刻着往日的威猛，它用只有威猛的动物才可能有的声音恫吓我。很有效果。它的目光充满敌意，我不明白它为什么这样不友好？它的歹毒毫无来由。

我不在乎它。我甚至不在乎有犬牙的猛犬——我摔跤拳击都搞过，一条狗算不来什么。凭它没牙的老样子，它的吠叫有点装腔作势。我觉得很滑稽。它卧的姿势很特别，细看我才发现它只有一条前腿。是个残废，看来在他这里领残废津贴。我之所以不厌其详地写它，是因为除了它，这间屋子里就再没有什么可以一提的了。另外它的确引人注目，当然这里面另有其他因素。它的耳朵被人用剪子齐根剪掉。

我躺了两天多，心里无聊得要死，我很想找点够刺激的事。我希望它扑上来，好给我一个痛打他一顿的理由。看它那副凶模样，我估计我再向前一步它就不让了。我因此向它前进了两三步，奇怪的是它居然没脾气了，它不再吠叫。我再向前时它开始蜷缩起身体，露出一副可怜巴巴的样子。它的眼神仍然是陌生的，这是个可怜的家伙，我没兴致理它了。

我想在这个有枪又装哑巴又说汉话的老人家里发现点不同寻常的东西，我仔细察看房间的几个角落。除了铁皮炉子、钢筋水壶和一堆趴地松烧柴，还有一双破得不能再破的老式皮鞋，一个藏式方桌，一个木桶，一个唐古（糌粑口袋）和两只木碗。墙壁上光秃秃的，没有粘贴任何东西，如果说这个房子里能藏点什么东西的话，我估计只有卡垫木架的下面。

我单膝跪下，把脸侧贴向地面向卡垫下观望，我发现有件东西。我看不清是什么，但可以断定不是鞋。我走近卡垫，它更怕了，竟将肚皮翻过来向上，恐惧地抖个不停。

我用脚探到下面，没费力气就拔出了那件东西。是个旧军队的大檐帽，前面正中嵌着一枚青天白日大徽章。我这下吃惊不小，连忙把大檐帽重新踢到卡垫下面，心里突突地跳个不停。这时门被推开了，泛滥的阳光泻了进来，不用说是他回来了。

十三

他和我一样，他没有马上发现我在屋里。他先转身关了门。这时他突然快活地叫了起来。我吓了一跳。他用枪口对着我的全部细节，我仍然记忆犹新。我不想惊扰他，我决定先开口说话，让他有个思想准备。

“我在这儿等你好一阵子了。”

我以为他会惊讶屋子里会有人。他不惊讶，好像我说话他根本没听见。

“你为什么没去爬山?”

他走到卡垫跟前，用手为狗肚子搔痒。

狗显得特别快活，愈发伸展开肚皮，并且尽力叉开两条后腿。我看出这是条母狗，好像从来没下过崽子，因为三对小奶子像公狗一样小而干瘪。没下过狗崽子的老母狗极为罕见，至少我从没见过。我又一次先开口了。

“你不记得我了吗?”我小声问他。

他充耳不闻，我以为他为了小心，怕隔墙有耳。我再一次放低声音：“你不记得我了?”

他只顾低头为狗搔痒，我看不见他的脸，可我看到那狗发情一般的神态，我心里咯噔了一下。我不敢想那种假设。

我没法把那个大檐帽、那支盒子枪和眼前这个又瘦又驼的干巴老头联系到一起。我尤其想不出他怎么度过了这三十多年。

我乍着胆子用手碰了他一下，他抬起头。完全是一副痴呆样。这不可能是装出来的，我凭我的全部经验起誓。我怀疑自己的记忆，我不知道几天前山上的一幕该怎样解释。他和她邻屋的矮个儿女人完全处在同一智力水准上，莫非他和他的枪只是我的妄想？我得了可怕的妄想症？我偷眼看卡垫下，那顶大檐帽明白无误地在那里，到底见什么鬼了？

另外一种解释也许能够成立：他真的像村里人说的，疯了？就在这两天里疯了？

我从心里推测了一下时间。解放西藏是一九五〇年，也就是说他在三十六年以前就进了玛曲，那么他为什么躲到这里来呢？难道他不知道麻风病会传染？如果知道（估计他不会不知道）还要进来，那么可以假想他在躲避生死攸关的追捕，进一步可以假想他犯了大罪（不犯大罪不至于冒这么大的风险——我的推理）。那么，如果这种推理能够成立的话，他也许是国民党的一位要人，也许这位要人在解放西藏的时候神秘地失踪了。他在这里潜伏了三十六年了，他已经是个寿数极高的老人了。

我这么想的时候，心里开始发抖。假如他就是这样一个人，我现在已经落到他手里，恐怕凶多吉少。不过他似乎无意与我为难，我站在他身后，他一点也不戒备。他一副痴呆相。

我断定，他要么是个精神残废，要么是个最了不起的演员，是个魔鬼和凶恶的杀人犯。

我想溜出来，我不能坐以待毙，也许有机会逃出一条命。我想，他反正不理我，我何不试试运气？

我轻而易举地从这个洞穴里逃出了性命。

我不明白他在家里还怕什么，他即使真的疯了，他说话的功能并没丧失。他总该说点什么吧，特别是疯了以后神经中枢紊乱，控制系统失调了，他不会再怕暴露真实身份。而且他不理睬我，他为什么拒绝承认我呢？

强烈的阳光使我自以为重新回到了我生活过三十多年的那个我熟悉的世界，我从他的小房子走向西边有树的地方，我不愿再去想他，我努力把有关他的全部细节忘掉。

有那么半天时间我做到了，因为神树。

十四

村子向西有约步行需要一小时的路程。

我可以看到前面有两个人，这两个人之间也拉开很大距离。我踩在一条小路上，小路很窄，只能容人单行。这里砾石滩还算平坦，完全不必非循着小路走，可事实人们只走这条小路，这条路纯粹是日久年深踩出来的。我不想另辟蹊径，走现成的路也是惯性使然。

地势渐渐高起来了，我一路上坡，有点喘了。我站下歇息，回头看玛曲村。玛曲村了无声息，像一小片被遗弃的废墟。玛曲村处在一大片泥石流砾石滩上的边缘，远看那些小房子很像一些大块漂砾。这片石滩上很少泥土，因此也很少绿色的草皮。这里很像一块年轻的泥石流滩地，好像刚刚发生过翻天覆地的变化，然而身后那两棵大树提醒我，上一次山川剧变至少是千百年以前的故事。

后面又有两个人跟上来，由于上午顺光，我可以看得出是两个女人。她们都拉开距离，远远地相跟着往这边走。

我继续向前去，到神树已经没多远了。

这两棵树连根并生，极其粗大，是我所见过的最粗的树。我叫不出这树的名字，强光下它们簇拥着一大片阴凉。它们的绿叶非常鲜亮耀眼，可叶子长在很高的枝干上，看上去又过分遥远了。我听到一种悦耳的敲击声。

树下有几个人，缓慢地绕着树基逆时针转动。我抓紧拿出相机，从各种角度拍了几张。看来我的举动并未引起他们的注意。我记得，在拉萨转经的人们总是顺时针方向转动，我不明白其中的道理。还有拉萨转经不分男女，可这里却全部都是女人。我的照片可以记录下这里的情形，我带的是日本原装彩色负片，富士胶卷。前后有六个女人走进了我的取景框。

远景摄完我走进树下的阴影，这时意外地发现有个男人坐在两棵树的夹缝里。我非常惊奇居然会是他！那悦耳的声音是他弄出来的。

转经的人们另一个与拉萨不同的，是她们没有捻珠也不唱诵六字真言。他们几乎是闭着眼在走，步履机械有板有眼，她们的年龄都不算小了，我估计没有少于四五十岁的。当我刚断定她不在她们中间之后，她跟在我后面进入了转经行列。

她不看我，她像她们一样闭着眼，两腿机械地向前移动。别人那么虔诚，我不好意思一个劲儿地东张西望。我尽量不扭头，但我忍不住用眼角观察这个庄严的场面。

他在用锤子敲一块石头，那是一尊未完成的雕像，是个人头浮雕。想不到他是个造佛的匠人。树基周围没有经幡或哈达，有的是圆圆的小石子，有几十个浮雕人头像均匀地摆放在树基周围。我凭着不多的佛学知识，可以知道它们不是释迦牟尼、松赞干布和莲花生大师。它们甚至不像神态各异的欢喜佛。但是无论如何他造出了一些偶像，这些偶像与神树共存，供人们膜拜供奉。

我一路过来，阳光晒得浑身刺痒难禁。我本来该在阴凉下歇一歇。我奇怪我这样跟着她们转了许多圈之后，搔痒不知不觉消失了。

好像她们每个人都规定了转一定圈数，我看着先来的陆续走了，后来的也都走了，看太阳应该是吃午饭的时间了。我成了转经人中最后一个，她也已经走了，她走时也没看他或看我一眼。我觉到神清气爽，心情也平静得像一泊碧蓝的湖水。如果不是他向我摆手，我也许会继续转个不停。

他的话我不懂，可我懂了他的手势。他要我为他照相。我当然乐于效劳。我用手势让他继续凿雕石像，我从两个角度拍下了他工作时的情态，然后又为他拍了全身正面留影照。

我感到了他的善意，他对我是友好的。我们一路往回走，路上彼此没有任何交流。这时有种颤动从我心底处传导出来，我无端感到了深深的不安。我不知道缘由，我只是觉得要发生什么事，是大事。我们进村前分手，临走时我送了他一瓶猪肉罐头（和昨晚在她家吃的一样的），他高兴地收下，并且表示要送我一尊石浮雕。这真是意外。我心里兴奋得发抖。

十五

说不清道理，我觉到了将离开的怅然。我第二次在黄昏来到篮球场。我虽然还没决定明天离开玛曲，但我凭直感知道这是我生平最后一次在他们中间。他们虽然和我同时生存在这个星球上，各自的世界彼此却是不相通的——他们是弃儿。这么说很残酷，事实如此。

我知道，这里差不多集中了全村人，只有少数严重痴呆患者和老年妇女不在。我想在他们中间走一走，每张面孔都多看上两眼，看看他们中的一部分男人打球，看看其余的人自愿成为热情的观众。我不再怕别人注意我，我在人群中慢慢踱步。我注意到许多年轻女人或壮年女人都有好几个孩子，并且大小差不多。

这天夜里，我问她："我听说，好像，病……我是说你们，你们的病，传染？"

她说："我不太知道。别人怕我们。"

我说："听说特别是遗传感染。就是，病人生孩子，孩子生下来就是麻风病人。"

这是我们谈话中首次提到病的名字。

她说："都这么说。没别的办法呀。"

我说："我见到好几个女人都生了很多孩子，她们不生不行吗？孩子生下来就是病人，做母亲的心里就不难受？"

"她们没别的办法，她们只得生了又生。"

"她们不懂，你也不懂?！你不是读过书吗？你为什么也要生？你太不负责任了。"

"不生也得生。也许我又怀上了，怀上你的，用不了多久我又要生了。"

"那就不要怀，不怀！"

我没发现我的歇斯底里又发作了，我的声音又重又疾。

"这种事情由不得女人，你应该明白。"

"那，那——为什么——不避孕？"

"你说的什么我不懂。你再说。"

我忘了我在什么地方。这种新名词新概念我怎么解释明白呢？我越来越不近人情了。

我说："那就不要……男人女人就不要在一起睡觉……"

"那么还干什么？这里的情形你都看到了——除了看男人打球，除了和男人睡觉，你说女人还干什么？年轻女人中没有别人去转经，只有我跟那些老太太们去。男人没别的事可干，女人也一样。让你说，不干这种事他们干什么？”

我想提醒她，为孩子们着想。我马上又觉得这话太空洞，我缄口了。

后来我想起告诉她，打球的小个子男人要送我一尊石浮雕像。她轻盈地笑了。

“他喜欢你。你叫人喜欢。”

她的话使我恼火，我又不是三岁的孩子。我不喜欢对我说这种话。我意外地发现了一个非常重大的变化：她刚才生气的时候也用了一连串的问号，一连三个“干什么”。这个发现使我无比欣喜，虽然别人会认为这根本算不了什么。我知道这个变化的意义。我不知道是否该把我的观察和发现告诉她，我没想好。

她说：“你知道他喜欢你。”

我郑重其事地点头首肯。

她说：“你不知道他是珞巴人。”

我的确不知道。我故意用极冷静而又冷淡的口吻说：“我不知道。”

她说：“他们不喜欢珞巴人，他们不让我跟珞巴人来往。他早就不和我来往了。”

我不便问她说的——他们——指的是谁。她不解释有她的理由，也许不便解释吧。我又回忆起第一次在球场，她自豪地说孩子是他的——还有那次在她家里他们彼此冷淡。因为别人（他们）不让，她就抛弃他，这个事实使我生她的气，恨她，鄙视她。这时我真是不带一点妒忌地考虑这些事了。

我说：“你叫我愤怒。”

她说：“你常说我不懂的话。”

我说：“我为这个恨你，生你的气，瞧不起你！这下你懂了吧？”

她说：“你瞧不起我吧。”

她这么说，我竟不知道说什么好了。

十六

临睡以前，我又觉到了那种发生在心底深处的颤动。我开始把它当成了放纵的激动，我以为我过分累了。她已经睡得浑身松弛了，她的胀鼓鼓的胸膛和大腿贴紧我，我爱它们，我不在乎她乳头已经烂掉了。我早就知道她的手指脚趾也都烂掉了半截。她是个温馨的女人，这比什么都要紧，我还知道另一件也很要紧的事——就是她爱我。有那么一个瞬间，我甚至想过留下来，留在他们中间，留在她身边。

我对自己说起了宽心话，我说那不会是什么凶兆，我希望（非常非常）我最终能说服自己。只有那样我才能入睡。不会。不会。不……会……不……我在不知不觉中战胜了失眠引起的无端恐惧。我把握十足，只要我一旦睡过去，再睁开眼时一定已经光明朗照。

那种颤动带来的不安，随着满天的阳光化入虚无中去了。早晨又是一个艳阳天。

从昨天上午去神树，我已经把老哑巴的事忘得一干二净。我睁开眼第一个念头就是复习昨天在老哑巴家的情形。

我一个细节一个细节地重新咀嚼。

国民党军官帽。淫狗。痴呆相。

还有那天在街上，他和我视若不见，失之交臂。我认定我发现了问题的症结。

半小时以后，我走在老哑巴踩出来的小路上。我故意穿上砖红色羽绒服，我不紧不慢地往上爬，一边爬一边停下来回头张望。早上阳光出来就暖和了，这时我觉得很热。

于是我坐在半山休息。我特别坐到一块突出的山石上，这里可以清楚地看到整片白褐色的砾石滩，看到砾石一直推进到江边，看到江边两幢火柴盒似的小房子，看到暗绿色的稳稳流动的江水。对面的山迤逦起伏，比我身后的山要矮一些秀美一些，已经泛出嫩鹅黄色。

我收回目光，我看到那个小小的人影在村子里快速移动，我知道他来了。我到底成功了一次。他已经出了村子来到山脚下，我有意要他着急，就起身奋力朝山上奔去。

我回头看他，他简直拿出拼命的架式，我心里不免有几分得意。我索性躲在一块石丛后面，脊背贴着凉爽的石面坐下来。我忘了他是个古稀已过的老人了。

他已经到跟前了，我听得见他的喘息。

我从石丛中闪了出来，心平气和地站到他跟前。他看到我就泄气了，一屁股坐到地上。

他汗如雨下，满脸惊恐。我突然从心里涌出怜悯。我深知他不值得怜悯，他心里有鬼，这样拼了命地爬山是他自找的。他实在可以选择另一种方式生活，那样起码他不至于整一个人生都提心吊胆。

我低着头看他，他实际年龄大概有八十岁，老年斑已经遍布他脸上、脖子上和手上。他仍然是不清醒的，他的眼神混浊，瞳仁的光点几乎已经散尽，他已经完了。他在喘息。

我很奇怪他四天前还那么结实，他那时让你觉到他还有一种咄咄逼人的架式，他喋喋不休地讲这讲那，可是刚刚过了四天啊！过去的三十多年对他来说也许更残酷，毕竟他活过来了，我想不出这四天怎么会置他于死地？

也许他一直是个痴呆患者（这种生存环境无疑是培育痴呆症最适宜的土壤）；也许只是由于一个说汉话的人的到来，启发他压抑了几十年的说话欲望；也许发泄了这一次他就再也不会复原。什么事不可能的呢？

他能在这个满是麻风病人的村子里生活这几十年，这件事本身就是不可思议的，何况他自愿封住嘴做了哑巴！哑巴说话了，说了也就完了，就这么回事。他到底是不是麻风病人，我无从确定，他的病症不明显。但我可以确定他是典型的精神病患者，他完全崩溃了。

我说不准我这时的感情。也许他曾经是个罪大恶极的逃犯，也许他什么坏事也没做过，无论如何他自愿躲进玛曲村肯定有重大隐秘。我不想知道他是谁，不想知道他干过什么。我只是不能容忍他选择的这样一种生活。

出乎我的意料，他再一次开口说话了。

“我是个哑巴。这里的人都当我是哑巴。我怕我早把汉话忘了。跟你说话的时候我敢肯定我还记着。你看我有多大年龄。”

“你多大年龄？”

“说你第一眼的直观判断。不要怜悯我。不要说那些想使我高兴一点的话。你告诉我实话。你应该知道这没有关系的。”

“我看你有八十岁。听见了吗八十岁？”

“我爸亲有钱。是我自己不想读书了。这里没有人看出我读过书。我爸亲是个做生意的印度人。”

“你妈妈呢？阿妈——母亲？”

“我不说话。后来也没人跟我说话了。他们当我是聋子。叫什么名字有什么关系呢。这么多年我没名字一样活着。我爬山他们都当我傻瓜。”

“他们不知道你为什么爬山。”

“你肯定不相信我有一枝枪。”

“我知道你有枪，二十响盒子。”

他眼睛直直的，他无法重复四天前他说的那些话了，我截住了他要说的。

我说：“你要吃点心吗？我带了点心。”

他好像想了一阵子才说：“点心，什么叫点心？”

我从背包里拿出两方军用压缩干粮，递到他手里。他把它们看了又看，抬起头看着我。

他说：“你肯定不相信我有一枝枪。”

我说：“二十响盒子，我相信。”

他显得非常沮丧。把干粮往石头上敲，逐渐敲成了碎末。他抬头看着我，接着敲第二块干粮。他这次不抬头了。

他低声说：“你肯定不相信我有一枝枪。”

我本能地抑制自己不去接话。结果我却说了一句反话：“我当然不信。”

他骄傲地补充说：“二十响盒子。”

我说：“我还是不信。”

他说：“我们一会儿就会看到了。我放的地方雨淋不到。没一点锈。没人知道。从到这的第一天我就爬山。这条路就是我踩出来的。”

直到这时我才有一点觉悟。他说的每一句话我都不是第一次听见。我无论如何不想让四天前的情节剧重演，我对我扮演的那个角色实在没有信心。我不想听到他最后那句台词。

他说：“可惜只有六发了。真不错，几十年了。”六发是上次，这次就只剩五发了。

这一次我过虑了。他始终没有从地上站起来，看来这次爬山伤了他元气，他太老了。

估计他短时间很难恢复，我先下山了。

十七

也许是心虚，怕背后挨冷枪，我下山的速度很快。我产生了错觉，我感到整个山坡都在向下滑动。我知道我有点头晕，我体力没完全恢复，不应该这样急上急下。

我回头时，已经看不到老哑巴了。但是为慎重起见，我还是躲到一块巨石后面去休息。我心情紧张，加上累，总感到心里抖个不停。我不喜欢这种感觉，因此又一次产生了毫无来由的不安。我眼也花了。我看着整个砾石滩正滑离大山。我恨这种感觉，我宁可累一点再累一点。我继续往山下去，也不时地回头看看，我看不到他的影子。

一路上我几次劝自己不要心慌，要稳住脚步。我步子却一次又一次加快，我真怕了。

我没回她家，我想起前一天要办的事。我想起她说他是珞巴人，怪不得他的话我听起来有点特别。我想我大概可以找到他住的地方，村子总共那么十几二十多幢房子，我又在这里待了一些时间。估计没什么问题。

她昨晚说：你知道他喜欢你。

我当时点头了。其实我不知道。他待我比较友善，这我看得出来。可他肯定看得出我和她的关系，他会不会认定我抢了他的女人呢？我不了解这里的习俗。不过我估计世界任何地方的男人都不会对这类事安之若素的。他会例外吗？她夸他能干时，我反正心里不舒服。

我看得很清楚，对于她来说，她不属于任何一个人，她是自由的，她属于她自己。而他似乎对此没有表示异议。

我却不能那么达观，我甚至不能忍受在想象中她属于别的男人。我不是她的男人，我只是她的房客——一个男房客吧——如此而已。可我自作多情，心里打翻了醋瓶子。她为他生了孩子这个现实使我越来越不能忍受了。我居然为了争这口气，认真地盼她也为我怀上孩子，顶好也是个男孩。我相信准比他的儿子要好。想到这些，我几乎不再想找他了。

不行，他的石刻太让我着迷了。况且我已经送过他礼物，接受他的礼物，我以为也在情理之中。虽然我深知彼此的礼物不是等价物，我没道理心安理得地借用交换法则平衡内心。我不想那么多，我反正一定能找到他的住处。

我在玛曲村里要找一个人可没那么简单。

首先我语言不通，其次村里没人走动，各家各户闭门不出，我没有想到去敲人家的门。我空转了一圈，最后还是决定回去问她。

我这时发现我有点怕见她。昨晚睡觉前的谈话使我们拉开了距离。我们到底是两个世界里的人，各不相通也各不相扰。两个人抱在一起的时候产生了一些没有益处的幻象，比如麻风的传染或预防，比如谁属于谁，再比如莫须有的爱情以至为了爱去献身等等。

我实在只是个写小说的拉萨居民，时而有一点超出常规的浪漫想法；我读过几本书，了解一点人道的零星内容，于是我真的浪漫主义起来，天马行空地瞎想一气，再没有比我更没用的人了。我隔一段时间，总要像昨晚那样慷慨激昂一阵子，发烧发热，发一顿人生感叹，发一堆大道理，之后就凉快下来，该干什么还干什么，夹起尾巴老老实实地做人。

我吼了一通，之后拍拍屁股走了。解决了什么呢？避孕还是遗传传染？或许我还要留下点麻烦，我没有能力改变玛曲村的生活现状，又在这里施放文明药粉，结果是很难想象的。现在想来，我的话一定伤了她的心。

等等，他是珞巴人，她说过他是珞巴人。珞巴人是不习惯住在石头房子里面的。他如果仍然承袭珞巴人的习惯，应该住木头房子。

村里有两幢木头房子这我早就知道，只不过没格外注意就是了。看来这两幢房子应该住的珞巴人。

两幢房子是并排的，相距不远。我来到房子南面，一个门开着，门口趴着一条大狗，是那种一看就令人胆虚虚的家伙。我可不愿招惹它，我先去敲关着门的房子。

随着一声应答，门从里向外推开了。出来的女人个子极矮小，但模样秀气而且年纪轻，一身典型的珞巴女人装束。我又不知道该怎么办了。她肯定不是麻风病人，她对我的来访显出惊诧。她相对来说肤色白一些，看来很少出门。我只能用汉话问她。

我说，你男人在吗？

她摇头。我觉得她好像听出了我的问话，她摇头不是表示听不懂，而是告诉我：不在。

我说，他到什么地方去了？

她马上用手指着西边。看来他还在村西的神树造佛。她指着，并用另一只手比划，告诉我很高，我认为她在说那两棵大树。

我说，他是你男人吗？

她连连点头，显出充分的自豪感。

我这时看到她身后有个男孩子，个子齐她胯高，精瘦得像个猴子。这孩子长得跟他一模一样，只是瘦成一把骨头。还有，这么小的孩子眼睛太大了。孩子尽力往母亲身后躲，又忍不住偷着看我。屋里传出一声婴儿的啼哭。她马上丢下我和小男孩，转身去照应婴儿；男孩吓得紧跟在她后面。我就势进了屋子。

我不想细致描写屋子的情形，那样太过分残酷了。我在这里只能讲另一件叫人同样难过的事。我在屋子里发现了六个孩子，一个比一个小，看来都是他和这个女人生的。

我不忍细心察看，其中几个有病兆，我反正心里堵得死死的，我也看到了昨天我送给他的玻璃瓶罐头。他把它放到了一个孩子们够不到的地方，像是当成了供奉物。

我不能再待下去了，而且我也注意到了这房子没有他的石刻作品。我决定再去神树。

这时又快中午了。大狗在背后低吠。

十八

我站到村西，我看到有几个人往村里来；是那些老年妇女。我没往前走，我不愿破坏这里所有现成的东西。这条路是一脚之路，我迎面过去势必另外踩出一条路。不能那么做。

在她们进到村里之后我仍然没再向西去。我独自站在村边，大约等到过了中午才看见他捧着石头从远处走来。看来石头很重，他走走停停，我看得满眼泪水。

他也看到了我，他又那样友善地笑了。这一次我知道了，他真的喜欢我，我更喜欢他。

这就是他昨天一直在刻凿的那尊。一对极度夸大的眼睛，完全是表现派技法；鼻子只有又短又窄的一条，没有嘴，却有一个尖削的下巴。奇怪的是前额。宽宽的颌面正中，非常形象地用刻线画出一座山。

他把它郑重地递到我手上，忽然迎面跪在我脚下。我连忙把石刻像放到地上，伸手去扶他。我弄明白了，他在拜石像，这一定是他的神。是他们的偶像。我像他一样跪在他身后；最后他站起来，头也不回地走了。我好一阵没动，我想起一句藏话，朝着他的背影大声说：吐切齐！（谢谢）他回一下头表示听到了。这时我在心里却在说着：再见。再见。

十九

读者朋友，在讲完这个悲惨故事之前，我得说下面的结尾是杜撰的。我像许多讲故事的人一样，生怕你们中间一些人认起真；因为我住在安定医院是暂时的，我总要出来，回到你们中间。我个子高大，满脸胡须，我是个有名有姓的男性公民，说不定你们中的好多人会在人群中认出我。我不希望那些认真的人看了故事，就说我与麻风病患者有染，把我当成妖魔鬼怪。我更怕的是所有公共场所对我关闭，甚至因此把我送到一个类似玛曲村的地方隔离起来。所以有了下面的结尾。

我有一尊那样的石浮雕刻像，是件珍贵的珞巴艺术珍品，我就不讲来历了吧。

我到过西藏境内许多地方。西藏是一块年轻的高原（地质学家这么说的），随处可见壮观的砾石滩。砾石滩是我喜欢的素材，我可以由此激发灵感，而且它是有生命的。

我老婆是个新闻记者。在一次会议采访中她认识了一位女医生，她在麻风病医院工作了一年多时间。我老婆听她讲了一些医院的事，回到家里又告诉我。我老婆和我无话不谈。

我碰巧又读了一本法国人写的书，叫《给麻风病人的吻》。我对这个耸人听闻的题目很感兴趣。后来我不巧又读了另一本英国人写的书，也是写麻风村里的，叫《一个自行发完病毒的病例》。

不久前我又去藏东南，当时春风正劲。雅鲁藏布江稳稳地东流，江水澄碧，几只白色的高原湖鸥在水面漂亮地掠飞。我身后是高拔的大山，身边是牧羊的藏族小姑娘，我沉醉在她的牧歌里。我和大山之间有一种默契，隔着一望十几里的砾石滩我们无言无声地交谈。

我坐车返回拉萨。开车的司机是个朋友，他说他跑遍了全藏。有一段时间他不爱说话，我问他怎么了，他说刚才经过的地方向北走十里是麻风病村。他还说，他曾经在这里搭过一个病人，是个胖墩墩的女人，还抱着孩子。

这些事都让我碰上了，该着我当作家。谁碰上是谁的运气。我得说我运气不错。

我还得说下面的结尾是我为了洗刷自己杜撰的，我没别的办法。我这样再三声明，也许会使这部杰作失掉一部分光彩，我割爱了。我说了我没有别的办法。我自认晦气，我是个倒霉蛋。谁让我找上这个倒霉的素材？找上这个倒霉的行当？当然没别人。我自认倒霉就是了。

下面我还得把这个杜撰的结尾给你们。说一句悄悄话，我的全部悲哀和全部得意都在这一点上。

二十

当天晚上发生了一件事。

当时我在收拾东西。我把石刻裹到睡袋里再往背囊里塞，她在一旁帮我。孩子已经不再把我当外来人，他骑在我的脖颈上看我们干活，两手牢牢攥紧我的头发。我用手电筒照明。

她说这样太重了。我说没问题，背得动。

她说我再也不会回来了。

她还说他喜欢我，这话她昨晚说过了。

我说我看到了他的女人，看到他和那女人的六个孩子。她说村里还有一些他的孩子。

“他是个能干的男人。”她这样总结。

我不接这样的话。

隔了一段时间她又说话了。

她说，早晨天亮以前常有小鸟在房子上唱歌；她说明天我早早就会醒来，在天亮以前动身上路。她的声音非常平静。

我努力使自己不发出声音，我背过脸什么话也不想说。看来她也并不希望我说什么。

她说，天快黑的时候，她看到老哑巴一个人从山上走回来。老哑巴走过来又走过去。她认为老哑巴和平时不太一样。

“怎么不一样。”我问。

她说：“他走得慢。他平时走得很快，你都见过的。今晚他走得慢。”

我说：“他刚从山上下来吗?”

她说：“是从山上走回来的，我看见他下午在山上。他过去上午爬山。”

我说：“我就要走了。”

她说：“你明天早上走。”

我说：“是的，明天早上。”

她说：“你反正要走。你明天早上走吧。早上别人睡觉，我也睡觉。你早上走。”

我说：“我想给你照相，行吗？”

她说：“我不懂照相。”

她伸出手掌抚摸自己的脸，动作很慢。我看到她慢慢地流泪了。我突然明白了，她为什么不要照相，她知道自己病后的样子不好看。她是女人啊。我进而想到，也许在得病前她是个美丽的小姑娘，她一定很美。

她说：“我不懂照相。”

枪声就是这时响起来的，我知道终于出事了。我说我要出去一下。我走到门口时，她用我刚好听得到的声音说：“你早上走吧。早上我睡觉。”我郑重地点头应允。

二十一

刚才这一声枪响，我就全明白了。

缺月已经走到中天，白生生的，玛曲村沐浴在清朗的月光中。路很平，我于是小跑着穿越整个村庄。我的脚步声惊动了夜游的野狗，结果此呼彼应，全村一片狗吠声。

我发现刚才的枪声没有引起村里人注意，这样总归好些。

我跑到老哑巴的房子前面，门大开着，他正从屋里往外拽那条母狗；刚才他把它打死了。他为什么要拽它出来呢？

他用一只手拽狗后腿，像抛弃垃圾一样把它扔到房前的旷野上。从他的动作里我看到了他心里的厌恶。他没拿枪。

我有手电筒，我想我应该抢先把枪找到，这样就可以避免事态进一步发展。我先他一步迈进屋子，同时按亮手电。

地上，卡垫上，我没有发现枪放在什么地方。我看到了那顶嵌着青天白日帽徽的军官大檐帽，已经被人踏得稀烂，无疑是他干的。

他就站在我身边，眼睛随着电光移动。我可以听到他急促的喘息。我相信他不会对我怎样了。当然这种自信毫无道理。

我也想到，他推开屋门以后也许把枪放到外面了，我一个人跟着手电的光圈一步一步走到外面。月光如泻，平滩显得更荒更空旷。

那条狗像一堆破布，看不出丝毫曾经有过生命的迹象。一个生命的结束就这么简单。

我再也想不出还有什么地方可以藏枪，这几分钟里我的脑袋给枪塞得满满的，完全不能想别的，这就给了他充分的准备时间。我像做梦一样听到另外一声枪响，我模模糊糊地知道枪一直在他身上，是我给了他足够的时间让他从容地把自己打死。

我于是决定不再进到他的房里去了。

我决定连夜动身。

我回到她的房里，她已经睡着（或者故意装出睡的样子）。我轻手轻脚拿起背囊，又用手电在地上照了一圈。我最后把手电关掉，并排放到剩下的三筒罐头旁边。

我想吻她一下，结果我只吻了孩子。我背着背囊出了小门，关门。又出了大门，关门。

最后出了村子。

二十二

背囊很重，路很远。我一路走一路喘，我看到前面远处有一点灯光。

我咬住牙不休息，我真是累得要死。累得要死我还是不放下背囊，我连脚步也没停过一下，我知道我要停下来准会再也站不起来。

那点灯光一直在前面眨眼，好像小时候常捉的萤火虫。我走着走着，竟做起梦了。我梦见幼儿园里的小情人，我们睡在一个木床里，盖一条儿童绒毯，后来我尿了。她大哭起来，后来我忘了我是不是也哭了。我知道我困了，我是困了才尿床才做梦的。还因为萤火虫，因为已经到了跟前的灯光。

我不记得我是怎么敲开门的；我甚至不记得那两个藏族养路工怎么睡到一铺卡垫上，把我安排到另一铺卡垫上睡的。我反正困得睁不开眼了，稀里糊涂地一直睡到第二天上午。

我是被一阵隆隆声弄醒的，我醒了又睡一直睡到太阳老高。我睁了眼以后还在做梦，我闹不清怎么睡在一个陌生的房间里。我看到门口站着两个男人，他们正在张望同时交谈。

我说："嗨，出了什么事？"

那个块头大的告诉我，说夜里有泥石流，北边的山塌了半边。我一下蹿起来跑到门口，只见满眼铺天盖地的漂砾，不过漂砾已经不再滚动了。我再没看到玛曲村，我想泥石流一定也把那两棵大树翻到漂砾下面去了。

那个瘦小的回过身拧开了收音机，我却心不在焉看着北面。"……我们现在是在北京工人体育场，在这里向广大观众朋友转播——由中国青年报主办的北京五四国际青年足球邀请赛开幕式的实况——朋友们，这一次参赛的有世界足坛劲旅意大利队、西德队、巴拉圭队……"等等"，是我说的等等。

"等等，"我发现有什么东西不对头，是什么呢？对了，时间。我知道又出了毛病了，"我想问一下师傅，今天是什么日子？"

块头大的说："青年节。五月四号。"

我机械地重复了一句："五月四号。"

冈底斯的诱惑*

内容简介 《冈底斯的诱惑》是马原代表作之一。小说以几个外来的年轻探求者在进藏后的见闻，写出了冈底斯高原神秘的风土人情，并且借助独具一格的艺术手法，微妙地传达了西藏神话世界和藏民原始生存状态对现代文明的“诱惑”和这种诱惑的内在含义。小说没有完整的故事情节，只是交错叙述了几个各不相关的故事。凶悍的藏族神猎手穷布被人请去猎熊，结果发现的是喜马拉雅山雪人；探险者陆高认识一位漂亮的藏族姑娘央金，央金却意外地死于车祸；陆高和姚亮去看“天葬”，可遭到天葬师的拒绝；以及生性好幻想的弟弟顿月和老实木讷的哥哥顿珠传奇般的生命历程。小说以冈底斯山作为人和事遥远的背景，叙述了西藏迷人的景致与神奇的风俗，展示了充满魅力的生存方式和生存氛围。

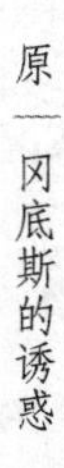

○

苏童

妻妾成群

第一节

四太太颂莲被抬进陈家花园的时候是十九岁。她是傍晚时分由四个乡下轿夫抬进花园西侧后门的，仆人们正在井边洗旧毛线，看见那顶轿子悄悄地从月亮门里挤进来，下来一个白衣黑裙的女学生。仆人们以为是在北平读书的大小姐回家了，迎上去一看不是，是一个满脸尘土疲惫不堪的女学生。那一年颂莲留着齐耳的短发，用一条天蓝色的缎带箍住，她的脸是圆圆的，不施脂粉，但显得有点苍白。颂莲钻出轿子，站在草地上茫然环顾，黑裙下面横着一只藤条箱子。在秋日的阳光下颂莲的身影单薄纤细，散发出纸人一样呆板的气息。她抬起胳膊擦着脸上的汗，仆人们注意到她擦汗不是用手帕而是用衣袖，这一点给他们留下了深刻的印象。

颂莲走到水井边，她对洗毛线的雁儿说，“让我洗把脸吧，我三天没洗脸了。”雁儿给她吊上一桶水，看着她把脸埋进水里，颂莲弓着的身体像腰鼓一样被什么击打着，簌簌地抖动。雁儿说，“你要肥皂吗？”颂莲没说话，雁儿又说，“水太凉是吗？”颂莲还是没说话。雁儿朝井边的其他女佣使了个眼色，捂住嘴笑。女佣们猜测来客是陈家的哪个穷亲戚。他们对陈家的所有来客几乎都能判断出各自的身份。大概就是这时候颂莲猛地回过头，她的脸在洗濯之后泛出一种更加醒目的寒意，眉毛很细很黑，渐渐地拧起来。颂莲瞟了雁儿一眼，她说，“你傻笑什么，还不去把水泼掉？”雁儿仍然笑着，“你是谁呀，这么厉害？”颂莲搡了雁儿一把，拎起藤条箱子离开井边，走了几步她回过头，说，“我是谁？你们迟早要知道的。”

第二天陈府的人都知道陈佐千老爷娶了四太太颂莲。颂莲住在后花园的南厢房里，紧挨着三太太梅珊的住处。陈佐千把原先下房里的雁儿给四太太做了使唤丫环。

第二天雁儿去见颂莲的时候心里胆怯，低着头喊了声四太太，但颂莲已经忘了雁儿对她的冲撞，或者颂莲根本就没记住雁儿是谁。颂莲这天换了套粉绸旗袍，脚上趿双绣花拖鞋，她脸上的气色一夜间就恢复过来，看上去和气许多。她把雁儿拉到身边，端详一番，对旁边的陈佐千说，她长得还不算讨厌。然后她对雁儿说，你蹲下，我看看你的头发。雁儿蹲下来感觉到颂莲的手在挑她的头发，仔细地察看什么，然后她听见颂莲说："你没有虱子吧，我最怕虱子。"雁儿咬住嘴唇没说话，她觉得颂莲的手像冰凉的刀锋切割她的头发，有一点疼痛。颂莲说，"你头上什么味？真难闻，快拿块香皂洗头去。"雁儿站起来，她垂着手站在那儿不动。陈佐千瞪了她一眼："没听见四太太说话？"雁儿说："昨天才洗过头。"陈佐千拉高嗓门喊："别废话，让你去洗就得去洗，小心揍你。"

雁儿端了一盆水在海棠树下洗头，洗得委屈，心里的气恨像一块铁坠在那里。午后阳光照射着两棵海棠树，一根晾衣绳拴在两根树上，四太太颂莲的白衣黑裙在微风中摇曳。雁儿朝四处环顾一圈，后花园间寂静无人，她走到晾衣绳那儿，朝颂莲的白衫上吐了一口唾沫，朝黑裙上又吐了一口。

陈佐千这年刚好五十挂零。陈佐千五十岁时纳颂莲为妾，事情是在半秘密状态下进行的。直到颂莲进门的前一天，元配太太毓如还浑然不知。陈佐千带着颂莲去见毓如。毓如在佛堂里捻着佛珠诵经。陈佐千说，这是大太太。颂莲刚要上去行礼，毓如手里的佛珠突然断了线，滚了一地。毓如推开红木靠椅下地捡佛珠，口中念念有词，罪过，罪过。颂莲相帮去捡，被毓如轻轻地推开，她说，罪过，罪过，始终没抬眼看颂莲一眼。颂莲看着毓如肥胖的身体伏在潮湿的地板上捡佛珠，捂着嘴无声地笑了一笑。她看看陈佐千，陈佐千说，好吧，我们走了。颂莲跨出佛堂门槛，就挽住陈佐千的手臂说，"她有一百岁了吧，这么老？"陈佐千没说话，颂莲又说，"她信佛？怎么在家里念经？"陈佐千说，"什么信佛，闲着没事干，滥竽充数罢了。"

颂莲在二太太卓云那里受到了热情的礼遇。卓云让丫环拿了西瓜子、葵花子、南瓜子，还有各种蜜饯招待颂莲。他们坐下后卓云的头一句话就是说瓜子，这儿没有好瓜子，我嗑的瓜子都是托人从苏州买来的。颂莲在卓云那里嗑了半天瓜子，嗑得有点厌烦，她不喜欢这些零嘴，又不好表露出来。颂莲偷偷地瞟陈佐千，示意离开，但陈佐千似乎有意要在卓云这里多呆一会，对颂莲的眼神视若无睹。颂莲由此判断陈佐千是宠爱卓云的，眼睛就不由得停留在卓云的脸上、身上。卓云的容貌有一种温婉的清秀，即使是细微的皱纹和略显松弛的皮肤也遮掩不了，举手投足之间，更有一种大家闺秀的风范。颂莲想，卓云这样的女人容易讨男人喜欢，女人也不会太讨厌她。颂莲很快地就喊卓云姐姐了。

陈家的三房太太中，梅珊离颂莲最近，但却是颂莲最后一个见到的。颂莲早就听说梅珊的倾国倾城之貌，一心想见她，陈佐千不肯带她去。他说，这么近，你自己去吧。颂莲说，我去过了，丫环说她病了，拦住门不让我进。陈佐千鼻孔里哼了一声，她一不高兴就称病。又说，她想爬到我头上来。颂莲说，你让她爬吗？陈佐千挥挥手说，休想，女人永远爬不到男人的头上来。

颂莲走过北厢房，看见梅珊的窗上挂着粉色的抽纱窗帘，屋里透出一股什么草花的香气。颂莲站在窗前停留了一会儿，忽然忍不住心里偷窥的欲望，她屏住气轻轻掀开窗帘。这一掀差点把颂莲吓得灵魂出窍，窗帘后面的梅珊也在看她，目光相撞，只是刹那间的事情，颂莲便仓惶地逃走了。

到了夜里，陈佐千来颂莲房里过夜。颂莲替他把衣服脱了，换上睡衣。陈佐千说，我不穿睡衣，我喜欢光着睡。颂莲就把目光掉开去，说，随便你，不过最好穿上睡衣，会着凉。陈佐千笑起来，你不是怕我着凉，你是怕看我光着屁股。颂莲说，我才不怕呢。她转过脸时颊上已经绯红。这是她头一次清晰地面对陈佐千的身体，陈佐千形同仙鹤，干瘦细长，生殖器像弓一样绷紧着。颂莲有点透不过气来，她说，你怎么这样瘦？陈佐千爬到床上，钻进丝棉被窝里说，让她们掏的。

颂莲侧身去关灯，被陈佐千拦住了，陈佐千说，别关，我要看你，关上灯就什么也看不见了。颂莲摸了摸他的脸说，随便你，反正我什么也不懂，听你的。

颂莲仿佛从高处往一个黑暗深谷坠落，疼痛、晕眩伴随着轻松的感觉。奇怪的是意识中不断浮现梅珊的脸。那张美丽绝伦的脸也隐没在黑暗中间。颂莲说，她真怪。你说谁？三太太，她在窗帘背后看我。陈佐千的手从颂莲的乳房上移到嘴唇上，别说话，现在别说话。就是这时候房门被轻轻敲了两记。两个人都惊了一下，陈佐千朝颂莲摇摇头，拉灭了灯。隔了不大一会，敲门声又响起来……陈佐千跳起来，恼怒地吼起来，谁敲门？门外响起一个怯生生的女孩声音，三太太病了，喊老爷去。陈佐千说，撒谎，又撒谎，回去对她说我睡下了。门外的女孩说，三太太得的急病，非要你去呢。她说她快死了。陈佐千坐在床上想了会儿，自言自语说她又耍什么花招。颂莲看着他左右为难的样子，推了他一把，你就去吧，真死了可不好说。

这一夜陈佐千没有回来。颂莲留神听北厢房的动静，好像什么事也没有。唯有知更鸟在石榴树上啼啭几声，留下凄清悠远的余音。颂莲睡不着了，人浮在怅然之上，悲哀之下，第二天早早起来梳妆，她看见自己的脸发生了某种深刻的变化，眼圈是青黑色的。颂莲已经知道梅珊是怎么回事，但第二天看见陈佐千从北厢房出来时，颂莲还是迎上去问梅珊的病情；给三太太请医生了吗？陈佐千尴尬地摇摇头，他满面倦容，话也懒得说，只是抓住颂莲的手软绵绵地捏了一下。

颂莲上了一年大学后嫁给陈佐千，原因很简单，颂莲父亲经营的茶厂倒闭了，没有钱负担她的费用。颂莲辍学回家的第三天，听见家人在厨房里乱喊乱叫。她跑过去一看，父亲斜靠在水池边，池子里是满满一池血水，泛着气泡。父亲把手上的静脉割破了，很轻松地上了黄泉路。颂莲记得她当时绝望的感觉，她架着父亲冰凉的身体，她自己整个比尸体更加冰凉。灾难临头她一点也哭不出来。那个水池后来好几天没人用，颂莲仍然在水池里洗头。颂莲没有一般女孩无谓的怯懦和恐惧。她很实际。父亲一死，她必须自己负责自己了。在那个水池边，颂莲一遍遍地梳洗头发，藉此冷静地预想以后的生活。所以当继母后来摊牌，让她在做工和嫁人两条路上选择时，她淡然地回答说，当然嫁人。继母又问，你想嫁个一般人家还是有钱人家？颂莲说，当然有钱人家，这还用问？继母说，那不一样，去有钱人家是做小。颂莲说，什么叫做小？继母考虑了一下，说，就是做妾，名分是委屈了点。颂莲冷笑了一声，名分是什么？名分是我这样人考虑的吗？反正我交给你卖了，你要是顾及父亲的情义，就把我卖个好主吧。

陈佐千第一次去看颂莲。颂莲闭门不见，从门里扔出一句话，去西餐社见面。陈佐千想毕竟是女学生，总有不同凡俗之处，他在西餐社订了两个位置，等着颂莲来。那天外面下着雨，陈佐千隔窗守望外面细雨漾漾的街道，心情又新奇又温馨，这是他前三次婚姻中从来未有的。颂莲打着一顶细花绸伞姗姗而来，陈佐千就开心地笑了。颂莲果然是他想象中漂亮洁净的样子，而且那样年轻。陈佐千记得颂莲在他对面坐下，从提袋里掏出一大把小蜡烛，她轻声对陈佐千说，给我要一盒蛋糕好吧。陈佐千让侍者端来了蛋糕，然后他看见颂莲把小蜡烛一根一根地插上去，一共插了十九根，剩下一根她收回包里。陈佐千说，这是干什么，你今天过生日？颂莲只是笑笑，她把蜡烛点上，看着蜡烛亮起小小的火苗。颂莲的脸在烛光里变得玲珑剔透。她说，你看这火苗多可爱。陈佐千说，是可爱。说完颂莲就长长地吁了口气，噗地把蜡烛吹灭。陈佐千听见她说，提前过生日吧，十九岁过完了。

陈佐千觉得颂莲的话里有回味之处，直到后来他也经常想起那天颂莲吹蜡烛的情景，这使他感到颂莲身上某种微妙而迷人的力量。作为一个富有性经验的男人，陈佐千更迷恋的是颂莲在床上的热情和机敏。他似乎在初遇颂莲的时候就看见了销魂种种，以后果然被证实。难以判断颂莲是天性如此还是曲意奉承，但陈佐千很满足。他对颂莲的宠爱，陈府上下的人都看在眼里。

第二节

后花园的墙角那里有一架紫藤，从夏天到秋天，紫藤花一直沉沉地开着。颂莲从她的窗口看见那些紫色的絮状花朵在秋风中摇曳，一天天地清淡。她注意到紫藤架下有一口井，而且还有石桌和石凳，一个挺闲适的去处却见不到人，通往那里的甬道上长满了杂草。蝴蝶飞过去，蝉也在紫藤枝叶上唱，颂莲想起去年这个时候，她是坐在学校的紫藤架下读书的，一切都恍若惊梦。颂莲慢慢地走过去，她提起裙子，小心不让杂草和昆虫碰蹭，慢慢地撩开几枝藤叶，看见那些石桌石凳上积了一层灰尘。走到井边，井台石壁上长满了青苔。颂莲弯腰朝井中看，井水是蓝黑色的，水面上也浮着陈年的落叶，颂莲看见自己的脸在水中闪烁不定，听见自己的喘息声被吸入井中放大了，沉闷而微弱。有一阵风吹过来，把颂莲的裙子吹得如同飞鸟，颂莲这时感到一种坚硬的凉意，像石头一样慢慢敲她的身体。颂莲开始往回走，往回走的速度很快，回到南厢房的廊下，她吐出一口气，回头又看那个紫藤架，架上倏地落下两三串花，很突然的落下来，颂莲觉得这也很奇怪。

卓云在房里坐着，等着颂莲。她乍地发觉颂莲的脸色很难看，卓云起来扶着颂莲的腰，你怎么啦？颂莲说，我怎么啦？我上外面走了走。卓云说，你脸色不好，颂莲笑了笑说身上来了。卓云也笑，我说老爷怎么又上我那儿去了呢。她打开一个纸包，拉出一卷丝绸来，说，苏州的真丝，送你裁件衣服。颂莲推卓云的手，不行，你给我东西，怎么好意思，应该我给你才对。卓云嘘了一声，这是什么道理？我见你特别可心，就想起来这块绸子，要是隔壁那女人，她掏钱我也不给，我就是这脾气。颂莲就接过绸子放在膝上摩挲着，说，三太太是有点怪。不过，她长得真好看。卓云说，好看什么？脸上的粉霜一刮掉半斤。颂莲又笑，转了话题，我刚才在紫藤架那儿呆了会，我挺喜欢那儿的。卓云就叫起来，你去死人井了？别去那儿，那儿晦气。颂莲吃惊道，怎么叫死人井？卓云说，怪不得你进屋脸色不好，那井里死过三个人。颂莲站起身伏在窗口朝紫藤架张望，都是什么人死在井里了？卓云说，都是上代的家眷，都是女的。颂莲还要打听，卓云就说不上来了。卓云只知道这些，她说陈家上下忌讳这些事，大家都守口如瓶。颂莲愣了会，说，这些事情，不知道就不知道罢。

陈家的少爷小姐都住在中院里。颂莲曾经看见忆容和忆云姐妹俩在泥沟边挖蚯蚓，喜眉喜眼天真烂漫的样子，颂莲一眼就能判断她们是卓云的骨血。她站在一边悄悄地看她们，姐妹俩发觉了颂莲，仍然旁若无人，把蚯蚓灌到小竹筒里。颂莲说，你们挖蚯蚓做什么？忆容说，钓鱼呀。忆云却不客气地白了颂莲一眼，不要你管。颂莲有点没趣，走出几步，听见姐妹俩在嘀咕，她也是小老婆，跟妈一样。颂莲一下懵了，她回头愤怒地盯着她们看，忆容嗤嗤地笑着，忆云却丝毫不让地朝她撇嘴，又嘀咕了一句什么。颂莲心想这叫什么事儿，小小年纪就会说难听话。天知道卓云是怎么管这姐妹俩的。

颂莲再碰到卓云时，忍不住就把忆云的话告诉她。卓云说，那孩子就是嘴上没拦的，看我回去拧她的嘴。卓云赔礼后又说，其实我那两个孩子还算省事的，你没见隔壁小少爷，跟狗一样的，见人就咬，吐唾沫。你有没有挨他咬过？颂莲摇摇头。她想起隔壁的小男孩飞澜，站在门廊下，一边啃面包，一边朝她张望，头发梳得油光光的，脚上穿着小皮鞋。颂莲有时候从飞澜脸上能见到类似陈佐千的表情，她从心理上能接受飞澜，也许因为她内心希望给陈佐千再生一个儿子。男孩比女孩好，颂莲想，管他咬不咬人呢。

只有毓如的一双儿女，颂莲很久都没见到。显而易见的是他们在陈府的地位。颂莲经常听到关于对飞浦和忆惠的谈论。飞浦一直在外面收账，还做房地产生意，而忆惠在北平的女子大学读书。颂莲不经意地向雁儿打听飞浦。雁儿说，我们大少爷是有本事的人。颂莲问，怎么个有本事法？雁儿说，反正有本事，陈家现在都靠他。颂莲又问雁儿，大小姐怎么样？雁儿说，我们大小姐又漂亮又文静，以后要嫁贵人的。颂莲心里暗笑，雁儿褒此贬彼的话音让她很厌恶。她就把气发到裙裾下那只波斯猫身上，颂莲抬脚把猫踢开，骂道，贱货，跑这儿舔什么骚？

颂莲对雁儿越来越厌恶，至关重要的一点是她没事就往梅珊屋里跑，而且雁儿每次接过颂莲的内衣内裤去洗时，总是一脸不高兴的样子。颂莲有时候就训她，你挂着脸给谁看，你要不愿跟我就回下房去，去隔壁也行。雁儿申辩说，没有呀，我怎么敢挂脸，天生就没有脸。颂莲抓过一把梳子朝她砸过去，雁儿就不再吱声了。颂莲猜测雁儿在外面没少说她的坏话。但她也不能对她太狠，因为她曾经看见陈佐千有一次进门来顺势在雁儿的乳房上摸了一把，虽然是瞬间的很自然的事，颂莲也不得不节制一点，要不然雁儿不会那么张狂。颂莲想，连个小丫环也知道靠那一把壮自己的胆，女人就是这种东西。

到了重阳节的前一天，大少爷飞浦回来了。

颂莲正在中院里欣赏菊花，看见毓如和管家都围拢着几个男人，其中一个穿白西服的很年轻，远看背影很魁梧的，颂莲猜他就是飞浦。她看着下人走马灯似地把一车行李包裹运到后院去，渐渐地人都进了屋，颂莲也不好意思进去，她摘了枝菊花，慢慢地踱向后花园，路上看见卓云和梅珊，带着孩子往这边走，卓云拉住颂莲说，大少爷回家了，你不去见个面？颂莲说，我去见他？应该他来见我吧。卓云说，说的也是，应该他先来见你。一边的梅珊则不耐烦地拍拍飞澜的头颈，快走快走。

颂莲真正见到飞浦是在饭桌上。那天陈佐千让厨子开了宴席给飞浦接风，桌上摆满了精致丰盛的菜肴，颂莲逡巡着桌子，不由得想起初进陈府那天，桌上的气派远不如飞浦的接风宴，心里有点犯酸，但是很快她的注意力就转移到飞浦身上了。飞浦坐在毓如身边，毓如对他说了句什么，然后飞浦就欠起身子朝颂莲微笑着点了点头。颂莲也颔首微笑。她对飞浦的第一个感觉是出乎意料地英俊年轻，第二个感觉是他很有心计。颂莲往往是喜欢见面识人的。

第二天就是重阳节了，花匠把花园里的菊花盆全搬到一起去，五颜六色地搭成福、禄、寿、禧四个字。颂莲早早地起来，一个人绕着那些菊花边走边看，早晨有凉风，颂莲只穿了一件毛背心，她就抱着双肩边走边看。远远地她看见飞浦从中院过来，朝这里走。颂莲正犹豫着是否先跟他打招呼，飞浦就喊起来，颂莲你早。颂莲对他直呼其名有点吃惊，她点点头，说，按辈分你不该喊我名字。飞浦站在花圃的另一边，笑着系上衬衫的领扣，说，应该叫你四太太，但你肯定比我小几岁呢，你多大？颂莲显出不高兴的样子侧过脸去看花。飞浦说，你也喜欢菊花，我原以为大清早的可以先抢风水，没想你比我还早。颂莲说，我从小就喜欢菊花，可不是今天才喜欢的。飞浦说，最喜欢哪种。颂莲说，都喜欢，就讨厌蟹爪。飞浦说，那是为什么。颂莲说，蟹爪开得太张狂。飞浦又笑起来说，有意思了，我偏偏最喜欢蟹爪。颂莲睃了飞浦一眼，我猜到你会喜欢它。飞浦又说，那又为什么？颂莲朝前走了几步，说，花非花，人非人，花就是人，人就是花，这个道理你不明白？颂莲猛地抬起头，她察觉出飞浦的眼神里有一种异彩水草般地掠过，她看见了，她能够捕捉它。飞浦叉腰站在菊花那一侧，突然说，我把蟹爪换掉吧。颂莲没有说话。她看着飞浦把蟹爪换掉，端上几盆墨菊摆上。过了一会儿，颂莲又说，花都是好的，摆的字不好，太俗气。飞浦拍拍手上的泥，朝颂莲挤挤眼睛，那就没办法了，福禄寿禧是老爷让摆的，每年都这样，老祖宗传下来的规矩。

颂莲后来想起重阳赏菊的情景，心情就愉快。好像从那天起，她与飞浦之间有了某种默契。颂莲想着飞浦如何把蟹爪搬走，有时会笑出声来，只有颂莲自己知道，她并不是特别讨厌那种叫蟹爪的菊花。

你最喜欢谁？颂莲经常在枕边这样问陈佐千，我们四个人，你最喜欢谁？陈佐千说那当然是你了。毓如呢？她早就是只老母鸡了。卓云呢？卓云还凑合着但她有点松松垮垮的了。那么梅珊呢？颂莲总是克制不住对梅珊的好奇心，梅珊是哪里人？陈佐千说，她是哪里人我也不知道，连她自己也不知道。颂莲说那梅珊是孤儿出身。陈佐千说，她是戏子，京剧草台班里唱旦角的。我是票友，有时候去后台看她，请她吃饭，一来二去的她就跟我了。颂莲拍拍陈佐千的脸说，是女人都想跟你。陈佐千说，你这话对了一半，应该说是女人都想跟有钱人。颂莲笑起来，你这话也才对了一半，应该说有钱人有了钱还要女人，要也要不够。

颂莲从来没有听见梅珊唱过京戏，这天早晨窗外飘过来几声悠长清亮的唱腔，把颂莲从梦中惊醒，她推推身边的陈佐千问是不是梅珊在唱？陈佐千迷迷糊糊地说，她高兴了就唱，不高兴了就笑，狗娘养的。颂莲推开窗子，看见花园里夜来降了雪白的秋霜，在紫藤架下，一个穿黑衣黑裙的女人且舞且唱着。果然就是梅珊。

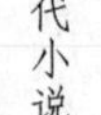

颂莲披衣出来，站在门廊上远远地看着那里的梅珊。梅珊已沉浸其中，颂莲觉得她唱得凄凉婉转，听得心也浮了起来。这样过了好久，梅珊戛然而止，她似乎看见了颂莲的眼睛里充满了泪影。梅珊把长长的水袖搭在肩上往回走，在早晨的天光里，梅珊的脸上、衣服上跳跃着一些水晶色的光点，她的绾成圆髻的头发被霜露打湿，这样走着她整个显得湿润而忧伤，仿佛风中之草。

你哭了？你活得不是很高兴吗，为什么哭？梅珊在颂莲面前站住，淡淡地说。颂莲掏出手绢擦了擦眼角，她说也不知是怎么了，你唱的戏叫什么？叫《女吊》。梅珊说你喜欢听吗？我对京戏一窍不通，主要是你唱得实在动情，听得我也伤心起来，颂莲说着。她看见梅珊的脸上第一次露出和善的神情，梅珊低下头看看自己的戏装。她说，本来就是做戏嘛，伤心可不值得。做戏做得好能骗别人，做得不好只能骗自己。

陈佐千在颂莲屋里咳嗽起来，颂莲有些尴尬地看看梅珊。梅珊说，你不去侍候他穿衣服？颂莲摇摇头说他自己穿，他又不是小孩子。梅珊便有点悻悻的，她笑了笑说他怎么要我给他穿衣穿鞋，看来人是有贵贱之分。这时候陈佐千又在屋里喊起来，梅珊，进屋来给我唱一段！梅珊的细柳眉立刻挑起来，她冷笑一声，跑到窗前冲里面说，老娘不愿意！

颂莲见识了梅珊的脾气。当她拐弯抹角地说起这个话题时，陈佐千说，都怪我前些年把她娇宠坏了。她不顺心起来敢骂我家祖宗八代，陈佐千说这狗娘养的小婊子，我迟早得狠狠收拾她一回。颂莲说，你也别太狠心了，她其实挺可怜的，没亲没故的，怕你不疼她，脾气就坏了。

以后颂莲和梅珊有了些不冷不热的交往。梅珊迷麻将，经常招呼人去她那里搓麻将，从晚饭过后一直搓到深更半夜。颂莲隔着墙能听见隔壁洗牌的哗啦哗啦的声音，吵得她睡不好觉。她跟陈佐千发牢骚。陈佐千说，你就忍一忍吧，她搓上麻将还算正常一点，反正她把钱输光了我不会给她的，让她去搓，让她去作死。但是有一回梅珊差丫环来叫颂莲上牌桌了，颂莲一句话把丫环挡了回去。她说，我去搓麻将？亏你们想得出来。丫环回去后梅珊自己来了，她说，三缺一，赏个脸吧。颂莲说我不会呀，不是找输吗？梅珊来拽她的胳膊，走吧，输了不收你钱，要不赢了归你，输了我付。颂莲说，那倒不至于，主要是我不喜欢。她说着就看见梅珊的脸挂下来了，梅珊哼了一声说，你这里有什么呀？好像守着个大金库不肯挪一步，不过就是个干瘪老头罢了。颂莲被呛得恶火攻心，刚想发作，难听话溜到嘴边又咽回去了，她咬着嘴唇考虑了几秒钟说，好吧，我跟你去。

另外两个人已经坐在桌前等候了，一个是管家陈佐文，另一个不认识，梅珊介绍说是医生。那人戴着金丝边眼镜，皮肤黑黑的，嘴唇却像女性一样红润而柔情，颂莲以前见他出入过梅珊的屋子，她不知怎么就不相信他是医生。

颂莲坐在牌桌上心不在焉，她是真的不太会打，糊里糊涂就听见他们喊和了，自摸了。她只是掏钱，慢慢地她就心疼起来。她说，我头疼，想歇一歇了。梅珊说，上桌就得打八圈，这是规矩。你恐怕是输得心疼吧，陈佐文在一边说，没关系的，破点小财消灾灭祸。梅珊又说，你今天就算给卓云做好事吧，这一阵她闷死了，把老头儿借她一夜，你输的钱让她掏给你。桌上的两个男人都笑起来。颂莲也笑，梅珊你可真能逗乐，心里却像吞了只苍蝇。

颂莲冷眼观察着梅珊和医生间的眉目传情，她想什么事情都是逃不过她的直觉的。当洗牌时掉下一张牌以后，颂莲弯腰去捡，一下就发现了他们的四条腿的形状，藏在桌下的那四条腿原来紧缠在一起，分开时很快很自然，但颂莲是确确实实看见了。

颂莲不动声色。她再也不去看梅珊和医生的脸了。颂莲这时的心情很复杂，有点惶惑，有点紧张，还有一点幸灾乐祸。她心里说梅珊你活得也太自在了也太张狂了。

第三节

秋天里有很多这样的时候，窗外天色阴晦，细雨绵延不绝地落在花园里，从紫荆、石榴树的枝叶上溅起碎玉般的声音。这样的时候颂莲枯坐窗边，睇视外面晾衣绳上一块被雨淋湿的丝绢，她的心绪烦躁复杂，有的念头甚至是秘不可示的。

颂莲就不明白为什么每逢阴雨就会想念床笫之事。陈佐千是不会注意到天气对颂莲生理上的影响的。陈佐千只是有点招架不住的窘态。他说，年龄不饶人，我又最烦什么三鞭神油的。陈佐千抚摸颂莲粉红的微微发烫的肌肤，摸到无数欲望的小兔在她皮肤下面跳跃。陈佐千的手渐渐地就狂乱起来，嘴也俯到颂莲的身上。颂莲面色绯红地侧身躺在长沙发上，听见窗外雨珠迸裂的声音，颂莲双目微闭，呻吟道，主要是下雨了。陈佐千没听清，你说什么？项链？颂莲说，对，项链，我想要一串最好的项链。陈佐千说，你要什么我不给你？只是千万别告诉她们。颂莲一下子就翻身坐起来，她们？她们算什么东西？我才不在乎她们呢。陈佐千说，那当然，她们谁也比不上你。他看见颂莲的眼神迅速地发生了变化，颂莲把他推开，很快地穿好内衣走到窗前去了。陈佐千说你怎么了。颂莲回过头，幽怨地说，没情绪了，谁让你提起她们的？

陈佐千怏怏地和颂莲一起看着窗外的雨景，这样的时候整个世界都潮湿难耐起来，花园里空无一人，树叶绿得透出凉意。远远地那边的紫藤架被风掠过，摇晃有如人形。颂莲想起那口井，关于井的一些传闻。颂莲说，这园子里的东西有点鬼气。陈佐千说，哪来的鬼气？颂莲朝紫藤架努努嘴，喏，那口井。陈佐千说，不过就死了两个投井的，自寻短见的。颂莲说，死的谁？陈佐千说，反正你也不认识的，是上一辈的两个女眷。颂莲说，是姨太太吧。陈佐千脸色立刻有点难看了，谁告诉你的？颂莲笑笑说谁也没告诉我，我自己看见的，我走到那口井边，一眼就看见两个女人浮在井底里，一个像我，另一个还是像我。陈佐千说，你别胡说了，以后别上那儿去。颂莲拍拍手说，那不行，我还没去问问那两个鬼魂呢，她们为什么投井？陈佐千说，那还用问，免不了是些污秽事情吧。颂莲沉吟良久，后来她突然说了一句，怪不得这园子里修这么多井。原来是为寻死的人挖的。陈佐千一把搂过颂莲，你越说越离谱，别去胡思乱想。说着陈佐千抓住颂莲的手，让她摸自己的那地方。他说，现在倒又行了，来吧。我就是死在你床上也心甘情愿。

花园里秋雨萧瑟，窗内的房事因此有一种垂死的气息，颂莲的眼前是一片深深幽暗，唯有梳妆台上的几朵紫色雏菊闪烁着稀薄的红影。颂莲听见房门外有什么动静，她随手抓过一只香水瓶子朝房门上砸去。陈佐千说你又怎么了，颂莲说，她在偷看。陈佐千说，谁偷看？颂莲说是雁儿。陈佐千笑起来，这有什么可偷看的？再说她也看不见。颂莲厉声说，你别护她，我隔多远也闻得出她的骚味。

黄昏的时候，有一群人围坐在花园里听飞浦吹箫。飞浦换上丝绸衫裤，更显出他的倜傥风流。飞浦持箫坐在中间，四面听箫的多是飞浦做生意的朋友。这时候这群人成为陈府上下观注的中心，仆人们站在门廊上远远地观察他们，窃窃私语。其他在室内的人会听见飞浦的箫声像水一样幽幽地漫进窗口，谁也无法忽略飞浦的箫声。

颂莲往往被飞浦的箫声所打动，有时甚至泪涟涟的。她很想坐到那群男人中间去，离飞浦近一点。持箫的飞浦令她回想起大学里一个独坐空室拉琴的男生，她已经记不清那个男生的脸，对他也不曾有深藏的暗恋，但颂莲易于被这种优美的情景感化，心里是一片秋水涟漪。颂莲踟躇半天，搬了一张藤椅坐在门廊上，静听着飞浦的箫声。没多久箫声沉寂了，那边的男人们开始说话。颂莲顿时就觉得没趣了。她想，说话多无聊，还不是你诓我我骗你的，人一说起话来就变得虚情假意的了。于是颂莲起身回到房里，她突然想起箱子里也有一管长箫，那是她父亲的遗物。颂莲打开那只藤条箱子，箱子好久没晒，已有一点霉味，那些弃之不穿的学生时代的衣裙整整齐齐地摞着，好像从前的日子尘封了，散出星星点点的怅然和梦想。颂莲把那些衣服腾空了，也没有见那管长箫。她明明记得离家时把箫放进箱底的，怎么会没有了呢？雁儿，雁儿你来。颂莲就朝门廊上喊。雁儿来了，说，四太太怎么不听少爷吹箫了。颂莲就问，你有没有动过我的箱子？雁儿说，前一阵你让我收拾箱子的，我把衣服都叠好了呀？颂莲说，你有没有见一管箫？箫？雁儿说，我没见，男人才玩箫呢！颂莲盯住雁儿的眼睛看，冷笑了一声，那么说是你把我的箫偷去了？雁儿说，四太太你也别随便糟踏人，我偷你的箫干什么呀？颂莲说，你自然有你的鬼念头，从早到晚心怀鬼胎，还装得没事人似的。雁儿说，四太太你别太冤枉人了，你去问问老爷少爷大太太二太太三太太，我什么时候偷过主子一个铜板的？颂莲不再理睬她，她轻蔑地瞄着雁儿，然后跑到雁儿住的小偏房去，用脚踩着雁儿的杂木箱子说，嘴硬就给我打开。雁儿去拖颂莲的脚，一边哀求说，四太太你别踩我的箱子，我真的没拿你的箫。颂莲看雁儿的神色心中越来越有底，她从屋角抓过一把斧子说，劈碎了看一看，要是没有明天给你个新的箱子。她咬着牙一斧劈下去，雁儿的箱子就散了架，衣物铜板小玩意滚了一地。颂莲把衣物都抖开来看，没有那管箫，但她忽然抓住一个鼓鼓的小白布包，打开一看，里面是个小布人，小布人的胸口刺着三枚细针。颂莲起初觉得好笑，但很快地她就发觉小布人很像她自己。再细细地看，上面有依稀的两个墨迹：颂莲。颂莲的心好像真的被三枚细针刺着，一种尖锐的刺痛感。她的脸一下变得煞白。旁边的雁儿靠着墙，惊惶地看着她。颂莲突然尖叫了一声，她跳起来一把抓住雁儿的头发，把雁儿的头一次一次地往墙上撞。颂莲噙着泪大叫，让你咒我死！让你咒我死！雁儿无力挣脱，她只是软瘫在那里，发出断断续续的呜咽。颂莲累了，喘着气，倏而想到雁儿是不识字的，那么谁在小布人上写的字呢？这个疑问使她更觉揪心。颂莲后来就蹲下身子来，给雁儿擦泪，她换了种温和的声调，别哭了，事儿过了就过了，以后别这样，我不记你仇。不过你得告诉我是谁给你写的字。雁儿还在抽噎着，她摇着头说，我不说，不能说。颂莲说，你不用怕，我也不会闹出去的，你只要告诉我我绝对不会连累你的。雁儿还是摇头。颂莲于是开始提示。是毓如？雁儿摇头。那么肯定是梅珊了？雁儿依然摇头。颂莲倒吸了一口凉气，她的声音有些颤抖了。是卓云吧？雁儿不再摇头了，她的神情显得悲伤而愚蠢。颂莲站起来，仰天说了一句，知人知面不知心呐，我早料到了。

陈佐千看见颂莲眼圈红肿着，一个人呆坐在沙发上，手里捻着一枝枯萎的雏菊。陈佐千说，你刚才哭过？颂莲说，没有呀，你对我这么好，我干什么要哭？陈佐千想了想说，你要是嫌闷，我陪你去花园走走，到外面吃宵夜也行。颂莲把手中的菊枝又捻了几下，随手扔出窗外，淡淡地问，你把我的箫弄到哪里去了？陈佐千迟疑了一会儿，说，我怕你分心，收起来了。颂莲的嘴角浮出一丝冷笑，我的心全在这里，能分到哪里去？陈佐千也正色道，那么你说那箫是谁送你的？颂莲懒懒地说，不是信物，是遗物，我父亲的遗物。陈佐千就有点发窘说是我多心了，我以为是哪个男学生送你的。颂莲把手摊开来，说，快取来还我，我的东西我自己来保管。陈佐千更加窘迫起来，他搓着手来回地走，这下坏了。他说，我已经让人把它烧了。陈佐千没听见颂莲再说话，房间里一点一点黑下来。他打开电灯，看见颂莲的脸苍白如雪，眼泪无声地挂在双颊上。

这一夜对于他们两个人来说都是特殊的一夜。颂莲像羊羔一样把自己抱紧了，远离陈佐千的身体；陈佐千用手去抚摸她，仍然得不到一点回应。他一会儿关灯一会儿开灯，看颂莲的脸像一张纸一样漠然无情。陈佐千说，你太过分了，我就差一点给你下跪求饶了。颂莲沉默了一会儿，说，我不舒服。陈佐千说，我最恨别人给我看脸色。颂莲翻了个身说，你去卓云那里吧，反正她总是对人笑的。陈佐千就跳下床来穿衣服，说，去就去，幸亏我还有三房太太。

第二天卓云到颂莲房里来时，颂莲还躺在床上。颂莲看见她掀开门帘的时候打了个莫名的冷颤。她佯睡着闭上眼睛，卓云坐到床头伸手摸摸颂莲的额头说，不烫呀，大概不是生病是生气吧。颂莲眼睛虚着朝她笑了笑，你来啦。卓云就去拉颂莲的手，快起来吧，这样躺没病也孵出毛病来。颂莲说，起来又能干什么？卓云说，给我剪头发，我也剪个你这样的学生头，精神精神。

卓云坐在圆凳上，等着颂莲给她剪头发。颂莲抓起一件旧衣服给她围上，然后用梳子慢慢梳着卓云的头发。颂莲说，剪不好可别怪我，你这样好看的头发，剪起来实在是心慌。卓云说，剪不好也没关系的，这把年纪了还要什么好看。颂莲仍然一下一下地把卓云的头发梳上去又梳下来，那我就剪了。卓云说，剪呀，你怎么那样胆小？颂莲说，主要是手生，怕剪着了你。说完颂莲就剪起来。卓云的乌黑松软的头发一绺绺地掉下来，伴随着剪刀双刃的撞击声。卓云说，你不是挺麻利的吗？颂莲说，你可别夸我，一夸我的手就抖了。说着就听见卓云发出了一声尖厉刺耳的叫声，卓云的耳朵被颂莲的剪刀实实在在地剪了一下。

甚至花园里的人也听见了卓云那声可怕的尖叫，梅珊房里的人都跑过来看个究竟。她们看见卓云捂住右耳疼得直冒虚汗，颂莲拿着把剪刀站在一边，她的脸也发白了，唯有地板上是几绺黑色的头发。你怎么啦？卓云的泪已夺眶而出，她的话没说完就捂住耳朵跑到花园里去了。颂莲愣愣地站在那堆头发边上，手中的剪刀当地掉在地上。她自言自语地说了一声，我的手发抖，我病着呢。然后她把看热闹的佣人都推出门去。你们在这儿干什么？还不快给二太太请医生去。

梅珊牵着飞澜的手，仍然留在房里。她微笑着对颂莲看。颂莲避开她的目光，她操起芦花帚扫着地上的头发，听见梅珊忽然咯咯笑出了声音。颂莲说，你笑什么？梅珊眨了眨眼睛，我要是恨谁也会把她的耳朵剪掉，全部剪掉，一点不剩。颂莲沉下了脸，你这是什么意思？难道我是有意的吗？梅珊又嘻笑了一声说那只有天知道啦。

颂莲没再理睬梅珊，她兀自躺到床上去，用被子把头蒙住，她听见自己的心怦然狂跳。她不知道自己的心对那一剪刀负不负责任，反正谁都应该相信，她是无意的。这时候她听见梅珊隔着被子对她说话。梅珊说，卓云是慈善面孔蝎子心，她的心眼点子比谁都多。梅珊又说，我自知不是她对手，没准你能跟她斗一斗，这一点我头一次看见你就猜到了。颂莲在被子里动弹了一下，听见梅珊出乎意料地打开了话匣子。梅珊说，你想知道我和她生孩子的事情吗？梅珊说，我跟卓云差不多一起怀孕的，我三个月的时候她差人在我的煎药里放了泻胎药，结果我命大胎儿没掉下来，后来我们差不多同时临盆，她又想先生孩子就花很多钱打外国催产针，把阴道都撑破了，结果还是我命大，我先生了飞澜，是个男的，她竹篮打水一场空，生了忆容，不过是个小贱货，还比飞澜晚了三个钟头呢。

第四节

天已寒秋，女人们都纷纷换上了秋衣，树叶也纷纷在清晨和深夜飘落在地，枯黄的一片覆盖了花园，几个女佣蹲在一起烧树叶，一股焦烟味弥漫开来。颂莲的窗口砰地打开，女佣们看见颂莲的脸因憎怒而涨得绯红。她抓着一把木梳在窗台上敲着，谁让你们烧树叶的？好好的树叶烧得那么难闻。女佣们便收起了笤帚箩筐。一个胆大的女佣说，这么多的树叶，不烧怎么弄？颂莲就把木梳从窗里砸到她的身上。颂莲喊，不准烧就是不准烧！然后她砰地关上了窗子。

四太太的脾气越来越大了。女佣们这么告诉毓如。她不让我们烧树叶，她的脾气怎么越来越大了？毓如把女佣呵斥了一通，不准嚼舌头，轮不到你们来搬弄是非。毓如心里却很气。以往花园里的树叶每年都要烧几次的，难道来了个颂莲就要破这个规矩不成？女佣在一边垂手而立，说，那么树叶不烧了？毓如说，谁说不烧的？你们给我去烧，别理她好了。

女佣再去烧树叶，颂莲就没有露面，只是人去灰烬的时候见颂莲走出南厢房。她还穿着夏天的裙子，女佣说她怎么不冷，外面的风这么大。颂莲站在一堆黑灰那里，呆呆地看了会，然后她就去中院吃饭了。颂莲的裙摆在冷风中飘来飘去，就像一只白色蝴蝶。

颂莲坐在饭桌上，看他们吃。颂莲始终不动筷子。她的脸色冷静而沉郁，抱紧双臂，一副不可侵犯的样子。那天恰逢陈佐千外出，也是府中闹事的时机。飞浦说，咦，你怎么不吃？颂莲说，我已经饱了。飞浦说，你吃过了？颂莲鼻孔里哼了一声，我闻焦煳味已经闻饱了。飞浦摸不着头脑，朝他母亲看。毓如的脸就变了。她对飞浦说，你吃你的饭，管那么多呢。然后她放高嗓门，注视着颂莲，四太太，我倒是听你说说，你说那么多树叶堆在地上怎么弄？颂莲说，我不知道，我有什么资格料理家事？毓如说，年年秋天要烧树叶，从来没什么别扭，怎么你就比别人娇贵？那点烟味就受不了。颂莲说，树叶自己会烂掉的，用得着去烧吗？树叶又不是人。毓如说，你这是什么意思，莫名其妙的。颂莲说，我没什么意思，我还有一点不明白的，为什么要把树叶扫到后院来烧，谁喜欢闻那烟味就在谁那儿烧好了。毓如便听不下去了，她把筷子往桌上一拍，你也不拿个镜子照照，你颂莲在陈家算什么东西？好像谁亏待了你似的。颂莲站起来。目光矜持地停留在毓如蜡黄有点浮肿的脸上。说对了，我算个什么东西？颂莲轻轻地像在自言自语，她微笑着转过身离开，再回头时已经泪光盈盈。她说，天知道你们又算个什么东西？

整整一个下午，颂莲把自己关在室内，连雁儿端茶时也不给开门。颂莲独坐窗前，看见梳妆台上的那瓶大丽菊已枯萎得发黑，她把那束菊花拿出来想扔掉，但她不知道往哪里扔，窗户紧闭着不再打开。颂莲抱着花在房间里踱着，她想来想去，结果打开衣橱，把花放了进去。外面秋风又起，是很冷的风，把黑暗一点点往花园里吹。她听见有人敲门。她以为是雁儿又端茶来，就敲了一下门背，烦死了，我不要喝茶。外面的人说，是我，我是飞浦。

颂莲想不到飞浦会来。她把门打开，倚门而立。你来干什么？飞浦的头发让风吹得很凌乱。他抿着头发，有点局促地笑了笑说，他们说你病了，来看看你。颂莲嘘了一声，谁生病啊，要死就死了，生病多磨人。飞浦径直坐到沙发上去。他环顾着房间，突然说，我以为你房间里有好多书。颂莲摊开双手，一本也没有，书现在对我没用了。颂莲仍然站着。她说，你也是来教训我的吗？飞浦摇着头，说，怎么会？我见这些事头疼。颂莲说，那么你是来打圆场的？我看不需要，我这样的人让谁骂一顿也是应该的。飞浦沉默了一会儿说，我母亲其实也没什么坏心，她天性就是固执呆板，你别跟她斗气，不值得。颂莲在房间里来回走着，走着突然笑起来，其实我也没想跟大太太斗气，真的，我也不知道自己是怎么回事，你觉得我可笑吗？飞浦又摇头，他咳嗽了一声，慢吞吞地说，人都一样，不知道自己的喜怒哀乐是怎么回事。

他们的谈话很自然地引到那枝箫上去。我原来也有一枝箫，颂莲说，可惜，可惜弄丢了。那么你也会吹箫啦？飞浦高兴地问。颂莲说，我不会，还没来得及学就丢了。飞浦说，我介绍个朋友教你怎样？我就是跟他学的。颂莲笑着，不置可否的样子。这时候雁儿端着两碗红枣银耳羹进来，先送到飞浦手上。颂莲在一边说，你看这丫头对你多忠心，不用关照自己就做好点心了。雁儿的脸羞得通红，把另外一碗往桌上一放就逃出去了。颂莲说，雁儿别走呀，大少爷有话跟你说。说着颂莲捂着嘴扑哧一笑。飞浦也笑，他用银勺搅着碗里的点心，说，你对她也太厉害了。颂莲说，你以为她是盏省油灯？这丫头心贱，我这儿来了人，她哪回不在门外偷听？也不知道她害的什么糊涂心思。飞浦察觉到颂莲的不快，赶紧换了话题，他说，我从小就好吃甜食，像这红枣银耳羹什么的，真是不好意思，朋友们都说，女人才喜欢吃甜食。颂莲的神色却依旧是黯然，她开始摩挲自己的指甲玩，那指甲留得细长，涂了凤仙花汁，看上去像一些粉红的鳞片。喂，你在听我讲吗？飞浦说。颂莲说，听着呢，你说女人喜欢吃甜食，男人喜欢吃咸的。飞浦笑着摇摇头，站起身告辞。临走他对颂莲说，你这人有意思，我猜不透你的心。颂莲说，你也一样，我也猜不透你的心。

十二月初七陈府门口挂起了灯笼，这天陈佐千过五十大寿。从早晨起前来祝寿的亲朋好友在陈家花园穿梭不息。陈佐千穿着飞浦赠送的一套黑色礼服在客厅里接待客人，毓如、卓云、梅珊、颂莲和孩子们则簇拥着陈佐千，与来去宾客寒暄。正热闹的时候，猛听见一声脆响，人们都朝一个地方看，看见一只半人高的花瓶已经碎伏在地。

原来是飞澜和忆容在那儿追闹，把花瓶从长几上碰翻了。两个孩子站在那儿面面相觑，知道闯了祸。飞澜先从骇怕中惊醒，指着忆容说，是她撞翻的，不关我的事。忆容也连忙把手指到飞澜鼻子上，你追我，是你撞翻的。这时候陈佐千的脸已经幡然变色，但碍于宾客在场的缘故，没有发作。毓如走过来，轻声地然而又是浊重地嘀咕着，孽种，孽种。她把飞澜和忆容拽到外面，一人掴了一巴掌，晦气，晦气。毓如又推了飞澜一把，给我滚远点。飞澜便滚到地上哭叫起来，飞澜的嗓门又尖又亮，传到客厅里。梅珊先就奔了出来，她把飞澜抱住，睃了毓如一眼，说，打得好，打得好，反正早就看不顺眼，能打一下是一下！毓如说，你这算什么话？孩子闯了祸，你不教训一句倒还护着他？梅珊把飞澜往毓如面前推，说，那好，就交给你教训吧，你打呀，往死里打，打死了你心里会舒坦一些。这时卓云和颂莲也跑了出来。卓云拉过忆容，在她头上拍了一下，我的小祖奶奶，你怎么尽给我添乱呢？你说，到底谁打的花瓶？忆容哭起来，不是我，我说了不是我，是飞澜撞翻了桌子。卓云说，不准哭，既然不是你你哭什么？老爷的喜日都给你们冲乱了。梅珊在一边冷笑了一声，说，三小姐小小年纪怎么撒谎不打愣？我在一边看得清清楚楚，是你的胳膊把花瓶带翻的。四个女人一时无话可说，唯有飞澜仍然一声声哭嚎着。颂莲在一边看了一会儿，说，犯不着这样，不就是一只花瓶吗？碎了就碎了，能有什么事？毓如白了颂莲一眼，你说得轻巧，这是一只瓶子的事吗？老爷凡事喜欢图吉利，碰上你们这些人没心没肝的，好端端的陈家迟早要败在你们手里。颂莲说，哈，怎么又是我的错了？算我胡说好了，其实谁想管你们的事？颂莲一扭身离开了是非之地，她往后花园去，路上碰到飞浦和他的一班朋友。飞浦问，你怎么走了？颂莲摸摸自己的额头，说，我头疼。我见了热闹场面头就疼。

颂莲真的头疼起来，她想喝水，但水瓶全是空的，雁儿在客厅帮忙，趁势就把这里的事情撂下了。颂莲骂了一声小贱货，自己开了炉门烧水。她进了陈家还是头一次干这种家务活，有点笨手拙脚的。在厨房里站了一会儿，她又走到门廊上，看见后花园此时寂静无比，人都热闹去了，留下一些孤寂——它们在枯枝残叶上一点点滴落，浸入颂莲的心。她又看见那架凋零的紫藤，在风中发出凄迷的絮语，而那口井仍然向她隐晦地呼唤着。颂莲捂住胸口，她觉得她在虚无中听见了某种启迪的声音。

颂莲朝井边走去，她的身体无比轻盈，好像在梦中行路一般，有一股植物腐烂的气息弥漫井台四周，颂莲从地上拣起一片紫藤叶子细看了看，把它扔进井里。她看见叶子像一片饰物浮在幽蓝的死水之上，把她的浮影遮盖了一块，她竟然看不见自己的眼睛。颂莲绕着井台转了一圈，始终找不到一个角度看见自己。她觉得这很奇怪，一片紫藤叶子，她想，怎么会？正午的阳光在枯井中慢慢地跳跃，幻变成一点点白光，颂莲突然被一个可怕的想象攫住，一只手，有一只手托住紫藤叶遮盖了她的眼睛，这样想着她似乎就真切地看见一只苍白的湿漉漉的手，它从深不可测的井底升起来，遮盖她的眼睛。颂莲惊恐地喊出了声音，手，手。她想返身逃走，但整个身体好像被牢牢地吸附在井台上，欲罢不能，颂莲觉得她像一株被风折断的花，无力地俯下身子，凝视井中。在又一阵的晕眩中她看见井水倏然翻腾喧响，一个模糊的声音自遥远的地方切入耳膜：颂莲，你下来。颂莲，你下来。

卓云来找颂莲的时候，颂莲一个人坐在门廊上，手里抱着梅珊养的波斯猫。卓云说，你怎么在这儿？开午宴了。颂莲说，我头晕得厉害，不想去。卓云说，那怎么行？有病也得去呀，场面上的事情，老爷再三吩咐你回去。颂莲说，我真的不想去，难受得快死了，你们就让我清静一会吧。卓云笑了笑，说，是不是跟毓如生气呀？没有，我没精神跟谁生气，颂莲露出了不耐烦的神情，她把怀里的猫往地上一扔，说，我想睡一会儿。卓云仍然赔着笑脸，那你就去睡吧，我回去告诉老爷就是了。

这一天颂莲昏昏沉沉地睡着，睡着也看见那口井，井中那片紫藤叶，她浑身沁出一身冷汗。谁知道那口井是什么？那片紫藤叶是什么？她颂莲又是什么？后来她懒懒地起来，对着镜子梳洗了一番。她看见自己的面容就像那片枯叶一样憔悴毫无生气。她对镜子里的女人很陌生。她不喜欢那样的女人。颂莲深深地叹了一口气，这时候她想起了陈佐千和生日这些概念，心里对自己的行为不免后悔起来。她自责地想我怎么一味地要起小性子来了，她深知这对她的生活是有害无益的，于是她连忙打开了衣橱门，从里取出一条水灰色的羊毛围巾，这是她早就为陈佐千的生日准备的礼物。

晚宴上全部是陈家自己人了。颂莲进饭厅的时候看见他们都已落座。他们不等我就开桌了。颂莲这样想着走到自己的座位前，飞浦在对面招呼说，你好了？颂莲点点头，她偷窥陈佐千的脸色。陈佐千脸色铁板阴沉，颂莲的心就莫名地跳了一下，她拿着那条羊毛围巾送到他面前，老爷，这是我的微薄之礼。陈佐千嗯了一声，手往边上的圆桌一指，放那边吧。颂莲抓着围巾走过去，看见桌上堆满了家人送的寿礼。一只金戒指，一件狐皮大衣，一只瑞士手表，都用红缎带扎着。颂莲的心又一次咯噔了一下，她觉得脸上一阵燥热。重新落座，她听见毓如在一边说，既是寿礼，怎么也不知道扎条红缎带？颂莲装作没听见，她觉得毓如的挑剔实在可恶，但是整整一天她确实神思恍惚，心不在焉。她知道自己已经惹恼了陈佐千，这是她唯一不想干的事情。颂莲竭力想着补救的办法，她应该让他们看到她在老爷面前的特殊地位，她不能做出卑贱的样子。于是，颂莲突然对着陈佐千莞尔一笑，她说，老爷，今天是你的吉辰良日，我积蓄不多，送不出金戒指皮大衣，我再补送老爷一份礼吧。说着颂莲站起身走到陈佐千跟前，抱住他的脖子，在他脸上亲了一下，又亲了一下。桌上的人都呆住了，望着陈佐千。陈佐千的脸涨得通红，他似乎想说什么，又说不出什么，终于把颂莲一把推开，厉声道，众人面前你放尊重一点。

第五节

陈佐千这一手其实自然，但颂莲却始料不及。她站在那里，睁着茫然而惊惶的眼睛盯着陈佐千，好一会儿她意识到发生了什么，她捂住了脸，不让他们看见扑簌簌涌出来的眼泪。她一边往外走一边低低地碎帛似的哭泣，桌上的人听见颂莲在说，我做错了什么，我又做错了什么？

即使站在一边的女仆也目睹了发生在寿宴上的风波，他们敏感地意识到这将是颂莲在陈府生活的一大转折。到了夜里，两个女仆去门口摘走寿日灯笼，一个说，你猜老爷今天夜里去谁那儿？另一个想了会儿说，猜不出来，这种事还不是凭他的兴致来，谁能猜得到？

两个女人面对面坐着，梅珊和颂莲。梅珊是精心打扮过的，画了眉毛，涂了嫣丽的美人牌口红，一件华贵的裘皮大衣搭在膝上；而颂莲是懒懒的刚刚起床的样子，手指上夹着一支烟，虚着眼睛慢慢地吸。奇怪的是两个人都不说话，听墙上的挂钟嘀嗒嘀嗒响，颂莲和梅珊各怀心事，好像两棵树面对面地各怀心事，这在历史上也是常见的。

梅珊说我发现你这两天脾气坏了，是不是身上来了？

颂莲说，这跟那个有什么联系，我那个不准，也不知道什么时候来，什么时候又去了。

梅珊说聪明女人这事却糊涂，这个月还没来？别是怀上了吧。

颂莲说，没有没有，哪有这事？

梅珊说，你照理应该有了，陈佐千这方面挺有能耐的，晚上你把小腰儿垫高一点，真的，不诓你。

颂莲说，梅珊你嘴上真是没遮拦，亏你说得出口。

梅珊说，不就这么回事，有什么可瞒瞒藏藏的，你要是不给陈家添个人丁，苦日子就在后面了。我们这样人都一回事。

颂莲说，陈佐千这一阵子根本就没上我这里来，随便吧，我无所谓的。梅珊说你是没到那个火候，我就不，我跟他直说了，他只要超过五天不上我那里，我就找个伴。我没法过活寡日子。他在我那儿最辛苦，他对我又怕又恨又想要，我可不怕他。

颂莲说，这事多无聊，反正我都无所谓的，我就是不明白女人到底是个什么东西，女人到底算个什么东西，就像狗、像猫、像金鱼、像老鼠，什么都像，就是不像人。

梅珊说，你别尽自己糟践自己，别担心陈佐千把你冷落了，他还会来你这儿的，你比我们都年轻，又水灵，又有文化，他要是抛下你去找毓如和卓云才是傻瓜呢，她们的腰快赶上水桶那样粗啦。再说当众亲他一下又怎么样呢？

颂莲说，你这人真讨厌，我不是这个意思，我是说我自己。

梅珊说，别去想那事了，没什么，他就是有点假正经，要是在床上，别说亲一下脸，就是亲他那儿他也乐意。

颂莲说，你别说了，真让人恶心。

梅珊说，那么你跟我上玫瑰戏院去吧，程砚秋来了，演《荒山泪》，怎么样，去散散心吧？

颂莲说，我不去，我不想出门，这心就那么一块，怎么样都是那么一块，散散心又能怎么样？

梅珊说，你就不能陪陪我，我可是陪你说了这么多话。

颂莲说，让我陪你有什么趣呢，你去找陈佐千陪你，他要是没功夫你就找那个医生嘛。

梅珊愣了一下，她的脸立刻挂下来了。梅珊抓起裘皮大衣和围脖起身，她逼近颂莲朝她盯了一眼，一扬手把颂莲嘴里衔着的香烟打在地上，又用脚碾了一下。梅珊厉声说，这可不是玩笑话，你要是跟别人胡说我就把你的嘴撕烂了，我不怕你们，我谁也不怕，谁想害我都是痴心妄想！

飞浦果然领了一个朋友来见颂莲，说是给她请的吹箫老师。颂莲反而手足无措起来，她原先并没把学箫的事情当真。定睛看那个老师，一个皮肤白皙留平头的年轻男子，像学生又不像学生，举手投足有点腼腆拘谨，通报了名字，原来是此地丝绸大王顾家的三公子。颂莲从窗子里看见他们过来，手拉手的。颂莲觉得两个男子手拉手地走路，有一种新鲜而古怪的感觉。

看你们两个多要好，颂莲抿着嘴笑道，我还没见过两个大男人手拉手走路呢。飞浦的样子有点窘，他说，我们从小就认识，在一个学堂念书的。再看顾家少爷，更是脸红红的。颂莲想这位老师有意思，动辄脸红的男人不知是什么样的男人。颂莲说，我长这么大，就没交上一个好朋友。飞浦说，这也不奇怪，你看上去孤傲，不太容易接近吧。颂莲说，冤枉了，我其实是孤而不傲，要傲总得有点资本吧。我有什么资本傲呢？

飞浦从一个黑绸箫袋里抽出那支箫，说，这支送你吧，本来是顾少爷给我的，借花献佛啦。颂莲接过箫来看了看顾少爷，顾少爷颔首而笑。颂莲把箫横在唇边，胡乱吹了一个音，说，就怕我笨，学不会。顾少爷说，吹箫很简单的，只要用心，没有学不会的道理。颂莲说，就怕我用不上那份心，我这人的心像沙子一样散的，收不起来。顾少爷又笑了，那就困难了，我只管你的箫，管不了你的心。飞浦坐下来，看看颂莲，又看看顾少爷，目光中闪烁着他特有的温情。

箫有七孔，一个孔是一份情调，缀起来就特别优美，也特别感伤，吹箫人就需要这两种感情。顾少爷很含蓄地看着颂莲说，这两种感情你都有吗？颂莲想了想说，恐怕只有后一种。顾少爷说有也就不错了，感伤也是一份情调，就怕空，就怕你心里什么也没有，那就吹不好箫了。颂莲说，顾少爷先吹一曲吧，让我听听箫里有什么。顾少爷也不推辞，横箫便吹。颂莲听见一丝轻婉柔美的箫声流出来，如泣如诉的。飞浦坐在沙发上闭起了眼睛，说，这是《秋怨曲》。

毓如的丫环福子就是这时候来敲窗的，福子尖声喊着飞浦，大少爷，太太让你去客厅见客呢。飞浦说，谁来了？福子说，我不知道，太太让你快去。飞浦皱了皱眉头说，叫客人上这儿来找我。福子仍然敲着窗，喊，太太一定要你去，你不去她要骂死我的。飞浦轻轻骂了一声，讨厌。他无可奈何地站起来，又骂，什么客人？见鬼。顾少爷持箫看着飞浦，疑疑惑惑地问，那这箫还教不教？飞浦挥挥手说，教呀，你在这儿，我去看看就是了。

剩下颂莲和顾少爷坐在房里，一时不知说什么好。颂莲突然微笑了一声说，撒谎。顾少爷一惊，你说谁撒谎？颂莲也醒过神来，不是说你，说她，你不懂的。顾少爷有点坐立不安，颂莲发现他的脸又开始红了，她心里又好笑，大户人家的少爷也有这样薄脸皮的，爱脸红无论如何也算是条优点。颂莲就带有怜悯地看着顾少爷。颂莲说，你接着吹呀，还没完呢。顾少爷低头看看手里的箫，把它塞回黑绸箫袋里，低声说，完了，这下没情调了，曲子也就吹完了。好曲就怕败兴，你懂吗？飞浦一走箫就吹不好了。

顾少爷很快就起身告辞了，颂莲送他到花园里，心里忽然对他充满感激之情，又不宜表露，她就停步按了按胸口，屈膝道了个万福。顾少爷说，什么时候再学箫？颂莲摇了摇头，不知道。顾少爷想了想说，看飞浦安排吧，又说，飞浦对你很好，他常在朋友面前夸你。颂莲叹了口气，他对我好有什么用？这世界上根本就没人可以依靠。

颂莲刚回到屋里，卓云就风风火火闯进来，说飞浦和大太太吵起来了。颂莲先是愣了一下，接着就冷笑道；我就猜到是这么回事。卓云说，你去劝劝吧。颂莲说，我去劝算什么？人家是母子，随便怎么吵，我去劝算什么呢？卓云说，你难道不知道他们吵架是为你？颂莲说，耶，这就更奇怪了，我跟他们井水不犯河水，干吗要把我缠进去？卓云斜睨着颂莲，你也别装糊涂了，你知道他们为什么吵。颂莲的声音不禁尖厉起来，我知道什么？我就知道她容不得谁对我好，她把我看成什么人了？难道我还能跟她儿子有什么吗？颂莲说着眼里又沁出泪花，真无聊，真可恶。她说，怎么这样

无聊？卓云的嘴里正嗑着瓜子，这会儿她把手里的瓜子壳塞给一边站着的雁儿。卓云笑着推颂莲一把，你也别发火，身正不怕影子斜，无事不怕鬼敲门，怕什么呀？颂莲说，让你这么一说，我倒好像真有什么怕的了。你爱劝架你去劝好了，我懒得去。卓云说，颂莲你这人心够狠的，我是真见识了。颂莲说，你太抬举我了，谁的心也不能掏出来看，谁心狠谁自己最清楚。

第二天颂莲在花园里遇到飞浦。飞浦无精打采地走着，一路走一路玩着一只打火机。飞浦装作没有看见颂莲，但颂莲故意高声地喊住了他。颂莲一如既往地跟他站着说话。她问，昨天来的什么客人？害得我箫也没学成。飞浦苦笑了一声，别装糊涂了，今天满园子都在传我跟大太太吵架的事。颂莲又问，你们吵什么呢？飞浦摇摇头，一下一下地把打火机打出火来，又吹熄了。他朝四周潦草地看了看，说，呆在家里时间一长就令人生厌，我想出去跑了，还是在外面好，又自由，又快活。颂莲说，我懂了，闹了半天，你还是怕她。飞浦说，不是怕她，是怕烦，怕女人，女人真是让人可怕。颂莲说，你怕女人？那你怎么不怕我？飞浦说，对你也有点怕，不过好多了，你跟她们不一样，所以我喜欢去你那儿。

后来颂莲老想起飞浦漫不经心说的那句话，你跟她们不一样。颂莲觉得飞浦给了她一种起码的安慰，就像若有若无的冬日阳光，带着些许暖意。

以后飞浦就极少到颂莲房里来了，他在生意上好像也做得不顺当，总是闷闷不乐的样子。颂莲只有在饭桌上才能看到他，有时候眼前就浮现出梅珊和医生的腿在麻将桌下做的动作，她忍不住地偷偷朝桌下看，看她自己的腿，会不会朝那面伸过去。想到这件事她心里又害怕又激动。

这天飞浦突然来了，站在那儿搓着手，眼睛看着自己的脚。颂莲见他半天不开口，扑哧笑了，你葫芦里卖的什么药，怎么不说话？飞浦说，我要出远门了。颂莲说，你不是经常出远门的吗？飞浦说，这回是去云南，做一笔烟草生意。颂莲说，那有什么，只要不是鸦片生意就行。飞浦说，昨天有个高僧给我算卦，说我此行凶多吉少。本来我从不相信这一套，但这回我好像有点相信了。颂莲说，既然相信就别去，听说那里土匪特别多，割人肉吃。飞浦说，不去不行，一是我想出门，二是为了进账，陈家老这样下去会坐吃山空。老爷现在有点糊涂，我不管谁管？颂莲说，你说得在理，那就去吧，大男人整天窝在家里也不成体统。飞浦搔着头沉默了一会，突然说，我要是去了回不来，你会不会哭？颂莲就连忙去捂他的嘴，别自己咒自己。飞浦抓住颂莲的手，翻过来，又翻过去研究，说，我怎么不会看手纹呢？什么名堂也看不出来。也许你命硬，把什么都藏起来了。颂莲抽出了手，说，别闹，让雁儿看见了会乱嚼舌头。飞浦说，她敢我把她的舌头割了熬汤喝。

颂莲在门廊上跟飞浦说拜拜，看见顾少爷在花园里转悠。颂莲问飞浦，他怎么在外面？飞浦笑笑说，他也怕女人，跟我一样的。又说，他跟我一起去云南。颂莲做了个鬼脸，你们两个倒像夫妻了，形影不离的。飞浦说，你好像有点嫉妒了，你要想去云南我就把你也带上，你去不去？颂莲说，我倒是想去，就是行不通。飞浦说，怎么行不通？颂莲搡了他一把，别装傻，你知道为什么行不通。快走吧，走吧。她看见飞浦跟顾少爷从月牙门里走出去，消失了。她说不清自己对这次告别的感觉是什么，无所谓或者怅怅然的，但有一点她心里明白，飞浦一走她在陈家就更加孤独了。

第六节

陈佐千来的时候颂莲正在抽烟。她回头看见他时的第一个反应就是把烟掐灭。她记得陈佐千说过讨厌女人抽烟。陈佐千脱下帽子和外套，等着颂莲过去把它们挂到衣架上去。颂莲迟迟疑疑地走过去，说，老爷好久没来了。陈佐千说你怎么抽起烟来了？女人一抽烟就没有女人味了。颂莲把他的外套挂好，把帽子往自己头上一扣，嬉笑着说，这样就更没有女人味了，是吗？陈佐千就把帽子从她头上捞过来，自己挂到衣架上。他说，颂莲你太调皮了。你调皮起来太过分，也不怪人家说你。颂莲立刻说，说什么？谁说我？到底是人家还是你自己，人家乱嚼舌头我才不在乎，要是老爷你也容不下我，那我只有一死干净了。陈佐千皱了下眉头说，好了好了，你们怎么都一样，说着说着就是死，好像日子过得多凄惨似的，我最不喜欢这一套。颂莲就去摇陈佐千的肩膀，既不喜欢，以后不说死就是了，其实好端端的谁说这些，都是伤心话。陈佐千把她搂过来坐到他腿上，那天的事你伤心了？主要是我情绪不好，那天从早到晚我心里乱极了，也不知道为什么，男人过五十岁生日大概都高兴不起来。颂莲说，哪天的事呀，我都忘了。陈佐千笑起来，在她腰上掐了一把，说，哪天的事？我也忘了。

隔了几天不在一起，颂莲突然觉得陈佐千的身体很陌生，而且有一股薄荷油的味道，她猜到陈佐千这几天是在毓如那里的，只有毓如喜欢擦薄荷油。颂莲从床边摸出一瓶香水，朝陈佐千身上细细地洒过了，然后又往自己身上洒了一些。陈佐千说，从哪儿学来的这一套。颂莲说，我不让你身上有她们的气味。陈佐千踢了踢被子，说，你还挺霸道。颂莲说了一声，想霸道也霸道不起呀。忽然又问，飞浦怎么去云南了？陈佐千说，说是去做一笔烟草生意，我随他去。颂莲又说，他跟那个顾少爷怎么那样好？陈佐千笑了一声，说，那有什么奇怪的，男人与男人之间有些事你不懂的。颂莲无声地叹了一口气，她摸着陈佐千精瘦的身体，脑子里倏而浮现出一个秘不告人的念头。她想飞浦躺在被子里会是什么样子？

作为一个具有了性经验的女人，颂莲是忘不了这特殊的一次的。陈佐千已经汗流浃背了，却还是徒劳。她敏锐地发现了陈佐千眼睛里深深的恐惧和迷乱。这是怎么啦？她听见他的声音变得软弱胆怯起来。颂莲的手指像水一样地在他身上流着，她感觉到手下的那个身体像经过了爆裂终于松弛下去，离她越来越远。她明白在陈佐千身上发生了某种悲剧，心里有一种奇怪的感情，不知是喜是悲，她觉得自己很茫然。她摸了下陈佐千的脸说，你是太累了，先睡一会儿吧。陈佐千摇着头说，不是不是，我不相信。颂莲说，那怎么办呢？陈佐千犹豫了一会，说，有个办法可能行，就是不知道你肯不肯？颂莲说，只要你高兴，我没有不肯的道理。陈佐千的脸贴过去，咬着颂莲的耳朵，他先说了一句话，颂莲没听懂，他又说一遍，颂莲这回听懂了，她无言以对，脸羞得极红。她翻了个身，看着黑暗中的某个地方，忽然说了一句，那我不成了一条狗了吗？陈佐千说，我不强迫你，你要是不愿意就算了，颂莲还是不语，她的身体像猫一样蜷起来，然后陈佐千就听见了一阵低低的啜泣，陈佐千说，不愿意就不愿意，也用不着哭呀。没想到颂莲的啜泣越来越响，她蒙住脸放声哭起来。陈佐千听了一会，说，你再哭我走了。颂莲依然哭泣，陈佐千就掀了被子跳下床，他一边穿衣服一边说，没见过你这种女人，做了婊子还立什么贞节牌坊？

陈佐千拂袖而去。颂莲从床上坐起来，面对黑暗哭了很长时间，她看见月光从窗帘缝隙间投到地上，冷冷的一片，很白很淡的月光。她听见自己的哭声还萦绕着她的耳边，没有消逝，而外面的花园里一片死寂。这时候她想起陈佐千临走说的那句话，浑身便颤得很厉害，她猛地拍了一下被子，对着黑暗的房间喊，谁是婊子，你们才是婊子。

这年冬天在陈府是不寻常的，种种迹象印证了这一点。陈家的四房太太偶尔在一起说起陈佐千脸上不免流露暧昧的神色，她们心照不宣，各怀鬼胎。陈佐千总是在卓云房里过夜，卓云平日的状态就很好。另外的三位太太观察卓云的时候，毫不掩饰眼睛里的疑点，那么卓云你是怎么伺候老爷过夜的呢。

有些早晨，梅珊在紫藤架下披上戏装重温舞台旧梦，一招一式唱念做都很认真。花园里的人们看见梅珊的水袖在风中飘扬，梅珊舞动的身影也像一个俏丽的鬼魅。

四更鼓哇
满江中啊人声寂静
形吊影影吊形我加倍伤情
细思量啊
真是个红颜薄命
可怜我数年来含羞忍泪
再落个娼妓之名
到如今退难退我进又难进
倒不如葬鱼腹了此残生
杜十娘啊拼一个香消玉殒
纵要死也死一个朗朗清清

颂莲听得入迷，她朝梅珊走过去，抓住她的裙裾，说，别唱了，再唱我的魂要飞了，你唱的什么？梅珊撩起袖子擦掉脸上的红粉，坐到石桌上，只是喘气。颂莲递给她一块丝帕，说，看你脸上擦得红一块白一块的，活脱脱像个鬼魂。梅珊说，人跟鬼就差一口气，人就是鬼，鬼就是人。颂莲说，你刚才唱的什么，听得人心酸。梅珊说，《杜十娘》，我离开戏班子前演的最后一个戏就是这。杜十娘要寻死了，唱得当然心酸。颂莲说，什么时候教我唱唱这一段？梅珊瞄了颂莲一眼，说得轻巧，你也想寻死吗？你什么时候想寻死我就教你。颂莲被呛得说不出话，她呆呆地看着梅珊被油彩弄脏的脸，她发现她现在不恨梅珊，至少是现在不恨，即使她出语伤人。她深知梅珊和毓如再加上她自已，现在有一个共同的仇敌，就是卓云。颂莲只是不屑于表露这种意思。她走到废井边，弯下腰朝井里看了看，忽然笑了一声，鬼，这里才有鬼呢，你知道是谁死在这井里吗？梅珊依然坐在石桌上不动，她说，还能是谁，一个是你，一个是我。颂莲说，梅珊你老开这种玩笑，让人头皮发冷。梅珊笑起来说，你怕了？你又没偷男人，怕什么，偷男人的都死在这井里，陈家好几代了都是这样。颂莲朝后退了一步，说，多可怕，是推下去吗？梅珊甩了甩水袖，站起来说，你问我我问谁，你自己去问那些鬼魂好了。梅珊走到废井边，她也朝井里看了会，然后她一字一句念了个道白：屈、死、鬼、呐——

她们在井边断断续续说了一会话，不知怎么就说到了陈佐千的暗病上去。梅珊说，油灯再好也有个耗尽的时候，就怕续不上那一壶油呐。又说，这园子里阴气太旺，损了阳气也是命该如此，这下可好，他陈佐千陈老爷占着茅坑不拉屎，苦的是我们，夜夜守空房。说着就又说到了卓云，梅珊咬牙切齿地骂，她那一身贱肉反正是跟着老爷抖，你看她抖得多欢，恨不得去舔他的屁眼说又甜又香，她以为她能兴风作浪，看我什么时候狠狠治她一下，叫她又哭爹又喊娘。

颂莲却走神了，她每次到废井边总是摆脱不了梦魇般的幻觉。她听见井水在很深的地层翻腾，送上来一些亡灵的语言，她真的听见了，而且感觉到井里泛出冰冷的瘴气，湮没了她的灵魂和肌肤。我怕，颂莲这样喊了一声转身就跑。她听见梅珊在后面喊，喂，你怎么啦，你要是去告密，我可不怕，我什么也没说过。

这天忆云放学回家是一个人回来的，卓云马上就意识到什么，她问，忆容呢？忆云把书包朝地上一扔说，她让人打伤了，在医院呢。卓云也来不及细问，就带了两个男仆往医院赶。他们回家已是晚饭时分，忆容头上缠着绷带，被卓云抱到饭桌上，吃饭的人都放下筷子，过来看忆容头上的伤。陈佐千平日最宠爱的就是忆容，他把忆容又抱到自己腿上，问，告诉我是谁打的，明天我扒了他的皮。忆容哭丧着脸，说了一个男孩的名字。陈佐千怒不可遏，说他是谁家的孩子？竟敢打我的女儿。卓云在一边抹着眼泪说，你问她能问出什么名堂来？明天找到那孩子，才能问个仔细，哪个丧尽天良的禽兽不如的东西，对孩子下这样的毒手？毓如微微皱了下眉头，说，吃你们的饭吧，孩子在学堂里打架也是常有的事，也没伤着要害，养几天就好了。卓云说，大太太你也说得太轻巧了，差一点就把眼睛弄瞎了，孩子细皮嫩肉的受得了吗？再说，我倒不怎么怪罪孩子，气的是指使他的那个人，要不然，没冤没仇的，那孩子怎么就会从树后面窜出来，抡起棍子就朝忆容打？梅珊只顾往碗里舀鸡汤，一边说，二太太的心眼也太多，孩子间闹别扭，有什么道理好讲？不要疑神疑鬼的，搞得谁也不愉快。卓云冷冷地说，不愉快的事在后面呢，这口气怎么咽得下去？我倒是非要搞个水落石出不可。

谁也想不到的是，第二天吃午饭的时候，卓云领了一个男孩进了饭间，男孩胖胖的，拖着鼻涕。卓云跟他低声说了句什么，男孩就绕着饭桌转了一圈，挨个看着每个人的脸，突然他就指着梅珊说，是她，她给了我一块钱。梅珊朝天翻了翻眼睛，然后推开椅子，抓住男孩的衣领，你说什么？我凭什么给你一块钱？男孩死命挣脱着，一边嚷嚷，是你给我一块钱，让我去揍陈忆容和陈忆云。梅珊啪地打了男孩一个耳光，骂，放屁，我根本就不认识你个小兔崽，谁让你来诬陷我的？这时候卓云上去把他们拉开，佯笑着说，行了，就算他认错了人，我心中有个数就行了。说着就把男孩推出了吃饭间。

梅珊的脸色很难看，她把勺子朝桌上一扔，说，不要脸。卓云就在这边说，谁不要脸谁心里清楚，还要我把丑事抖个干净啊。陈佐千终于听不下去了，一声怒喝，不想吃饭给我滚，都给我滚！

这事的前后过程颂莲是个局外人，她冷眼观察，不置一词。事实上，从一开始她就猜到了梅珊，她懂得梅珊这种品格的女人，爱起来恨起来都疯狂得可怕。她觉得这事残忍而又可笑，完全没有理智，但奇怪的是，她内心同情的一面是梅珊，而不是无辜的忆容，更不是卓云。她想女人是多么奇怪啊，女人能把别人琢磨透了，就是琢磨不透她自己。

第七节

颂莲的身上又来了，没有哪次比这回更让颂莲焦虑和烦躁了。那摊紫红色的污血对于颂莲是一种无情的打击。她心里清楚，她怀孕的可能随着陈佐千的冷淡和无能变得可望而不可即。如果这成了事实，那么她将孤零零地像一叶浮萍在陈家花园漂流下去吗？

颂莲发现自己愈来愈容易伤感，苦泪常沾衣襟。颂莲流着泪走到马桶间去，想把污物扔掉，当她看见马桶浮着一张被浸烂的草纸时，就骂了一声，懒货。雁儿好像永远不会用新式的抽水马桶，她方便过后总是忘了冲水。颂莲刚要放水冲，一种超常的敏感和多疑使她萌生一念，她找到一柄刷子，皱紧了鼻子去拨那团草纸，草纸摊开后原形毕露，上面有一个模糊的女人，虽然被水洇烂了，但草纸上的女人却一眼就能分辨，而且是用黑红色的不知什么血画的。颂莲明白，画的又是她，雁儿又换了个法子偷偷对她进行恶咒。她巴望我死，她把我扔在马桶里。颂莲浑身颤抖着把那张草纸捞起来，她一点也不嫌脏了，浑身的血液都被雁儿的恶行点得火烧火燎。她夹着草纸撞开小偏屋的门，雁儿靠着床在打盹。雁儿说，太太你要干什么？颂莲把草纸往她脸上摔过去。雁儿说，什么东西？等到她看清楚了，脸就灰了，嗫嚅着说不是我用的。颂莲气得说不出话，盯视的目光因愤怒而变得绝望。雁儿缩在床上不敢看她，说，画着玩的，不是你。颂莲说，你跟谁学的这套阴毒活儿？你想害死我你来当太太是吗？雁儿不敢吱声，抓了那张草纸要往窗外扔。颂莲尖声大喊，不准扔！雁儿回头申辩，这是脏东西，留着干吗？颂莲抱着双臂在屋里走着，留着自然有用，有两条路随你走。一条路是明了，把这脏东西给老爷看，给大家看，我不要你来伺候了，你哪是伺候我？你是来杀我来了。还有条路是私了。雁儿就怯怯地说，怎么私了？你让我干什么都行，就是别撵我走。颂莲莞尔一笑，私了简单，你把它吃下去。雁儿一惊，太太你说什么？颂莲侧过脸去看着窗外，一字一顿地说，你把它吃下去。雁儿浑身发软，就势蹲了下去，蒙住脸哭起来，那还不如把我打死好。颂莲说，我没劲打你，打你脏了我的手。你也别怨我狠，这叫作以其人之道还治其人之身。书上说的，不会有错。雁儿只是蹲在墙角哭。颂莲说，你这会儿又要干净了，不吃就滚蛋，卷铺盖去吧。雁儿哭了很长时间，突然抹了下眼泪，一边哽咽一边说，我吃，吃就吃。然后她抓住那张草纸就往嘴里塞，发出一阵撕心裂肺的干呕声。颂莲冷冷地看着，并没有什么快感，她不知怎么感到寒心，而且反胃得厉害。贱货。她厌恶地看了一眼雁儿，离开了小偏房。

雁儿第二天就病了，病得很厉害，医生来看了，说雁儿得了伤寒。颂莲听了心里像被什么钝器割了一下，隐隐作痛。消息不知怎么透露了出去，佣人们都在谈论颂莲让雁儿吞草纸的事情，说四太太看不出来比谁都阴损，说雁儿的命大概也保不住了。陈佐千让人把雁儿抬进了医院。他对管家说，尽量给她治，花费全由我来，不要让人骂我们不管下人死活。抬雁儿的时候，颂莲躲在房间里，她从窗帘缝里看见雁儿奄奄一息地躺在担架上，她的头皮因为大量掉发而裸露着，模样很怕人。她感觉到雁儿枯黄的目光透过窗帘，很沉重地刺透了她的心。后来陈佐千到颂莲房里来，看见颂莲站在窗前发呆。陈佐千说，你也太阴损了，让别人说尽了闲话，坏了陈家名声。颂莲说，是她先阴损我的，她天天咒我死。陈佐千就恼了，你是主子，她是奴才，你就跟她一般见识？颂莲一时语塞，过了会儿又无力地说，我也没想把她弄病，她是自己害了自己，能全怪我吗？陈佐千挥挥手，不耐烦地说，别说了，你们谁也不好惹，我现在见了你们头就疼。你们最好别再给我添乱了。说完陈佐千就跨出了房门，他听见颂莲在后面幽幽地说，老天，这日子让我怎么过？陈佐千回过头回敬她说，随你怎么过，你喜欢怎么过就怎么过，就是别再让佣人吃草纸了。

一个被唤做宋妈的老女佣，来颂莲这儿伺候。据宋妈自己说，她在陈府里从十五岁干到现在，差不多大半辈子了，飞浦就是她抱大的，还有在外面读大学的大小姐也是她抱大的。颂莲见她倚老卖老，有心开个玩笑，那么陈老爷也是你抱大的啰。宋妈也听不出来话里的味道，笑起来说，那可没有，不过我是亲眼见他娶了四房太太。娶毓如大太太的时候他才十九岁，胸前佩了一个大金片儿，大太太也佩一个足有半斤重啊。到娶卓云二太太就换了个小金片儿，到娶梅珊三太太就只是手上各戴几个戒指，到了娶你就什么也没见着了，这陈家可见是一天不如一天了。颂莲说，既然陈家一天不如一天，你还在这儿干什么？宋妈叹口气说，在这里伺候惯了，回老家过清闲日子反而过不惯了。颂莲捂嘴一笑，她说，宋妈要是说的真心话，那这世上当真就有奴才命了。宋妈说，那还有假？人一生下来就有富贵命奴才命，你不信也得信呀，你看我天天伺候你，有一天即使天塌下来地陷下去，只要我们活着，就是我伺候你，不会是你伺候我的。

宋妈是个愚蠢而唠叨的女佣。颂莲对她不无厌恶，但是在许多穷极无聊的夜晚，她，一个人坐灯下，时间长了就想找个人说话。颂莲把宋妈喊到房间里陪着她说话，一仆一主的谈话琐碎而缺乏意义，颂莲一会儿就又厌烦。她听着宋妈的唠叨，思想会跑到很远很奇怪的角落去，她其实不听宋妈说话，光是觉得老女佣黄白的嘴唇像虫卵似地蠕动，她觉得这样打发夜晚实在可笑，但又问自己，不这样又能怎么样呢？有一回就说起了从前死在废井里的女人。

宋妈说那最后一个是四十年前死的，是老太爷的小姨太太，说她还伺候过那个小姨太大半年的光景。颂莲说，怎么死的？宋妈神秘地眯眯眼睛，还不是男男女女的事情？家丑不可外扬，否则老爷要怪罪的。颂莲说，那么说我是外人了？好吧，别说了，你去睡吧。宋妈看看颂莲的脸色，又赔笑脸说，太太你真想听这些脏事？颂莲说，你说我就听。这有什么了不得的？宋妈就压低嗓门说，一个卖豆腐的！她跟一个卖豆腐的私通。颂莲淡淡地说，怎么会跟卖豆腐的呢？宋妈说，那男人豆腐做得很出名，厨子让他送豆腐来，两个人就撞上了。都是年轻血旺的，眉来眼去的就勾搭上了。颂莲说，谁先勾搭谁呀？宋妈嘻嘻笑着说，那只有鬼知道了，这先后的事说不清，都是男的咬女的，女的咬男的。颂莲又问，怎么知道他们私通的？宋妈说，探子！陈老太爷养了探子呀，那姨太太说是头疼去看医生，老太爷要喊医生上门来，她不肯。老大爷就疑心了，派了探子去跟踪。也怪她谎撒的不圆。到了那卖豆腐的家里，挨到天黑也不出来。探子开始还不敢惊动，后来饿得难受，就上去把门一脚踹开了，说，你们不饿我还饿呢。宋妈说到这里就咯咯笑起来，颂莲看着宋妈笑得前仰后合的，她不笑，端坐着说了声，恶心。颂莲点了一支烟，猛吸了几口，忽然说，那么她是偷了男人才跳井的？宋妈的脸上又有了讳莫如深的表情，她轻声说，鬼知道呢？反正是死在井里了。

夜里颂莲因此就添了无名的恐惧，她不敢关灯睡觉。关上灯周围就黑得可怕，她似乎看见那口废井跳跃着从紫藤架下跳到她的窗前，看见那些苍白的泛着水光的手在窗户上向她张开，湿漉漉地摇晃着。

没人知道颂莲对废井传说的恐惧，但她晚上亮灯睡觉的事却让毓如知道了。毓如说了好几次，夜里不关灯？再厚的家底都会败光的。颂莲对此充耳不闻，她发现自己已经倦怠于女人间的嘴仗，她不想申辩，不想占上风，不想对鸡毛蒜皮的小事表示任何兴趣，她想的东西不着边际，漫无目的，连她自己也理不出头绪。她想没什么可说的干脆不说，陈家人后来都发现颂莲变得沉默寡言，他们推测那是因为她失宠于陈老爷的缘故。

眼看就要过年了，陈府上上下下一片忙碌，杀猪宰牛搬运年货。窗外天天是嘈杂混乱。颂莲独坐室内，忽然想起了自己的生日。自己的生日和陈佐千只相差五天，十二月十二，生日早已过去了，她才想起来，不由得心酸酸的，她掏钱让宋妈上街去买点卤菜，还要买一瓶四川烧酒。宋妈说，太太今天是怎么啦？颂莲说，你别管我，我想尝尝醉酒的滋味。然后她就找了一个小酒盅，放在桌上。人坐下来盯着那酒盅看，好像就看见了二十年前那个小女婴的样子，被陌生的母亲抱在怀里。其后的二十年时光却想不清晰，只有父亲浸泡在血水里的那只手，仍然想抬起来抚摸她的头发。颂莲闭上眼睛，然后脑子里又是一片空白，唯一清楚的就是生日这个概念。生日，她抓起酒盅看着杯底，杯底上有一点褐色的污迹，她自言自语，十二月十二，这么好记的日子怎么会忘掉的？除了她自己，世界上就没人知道十二月十二是颂莲的生日了。除了她自己，也不会有人来操办她的生日宴会了。

宋妈去了好久才回来，把一大包卤肺、卤肠放到桌上。颂莲说，你怎么买这些东西，脏兮兮的谁吃？宋妈很古怪地打量着颂莲，突然说，雁儿死了，死在医院里了。

颂莲的心立刻哆嗦了一下，她镇定着自己，问，什么时候死的？宋妈说，不知道，光听说雁儿临死喊你的名字。颂莲的脸有些白，喊我的名字干什么？难道是我害死她的？宋妈说，你别生气呀，我是听人说了才告诉你。生死是天命，怪不着太太。颂莲又问，现在尸体呢？宋妈说，让她家里人抬回乡下去了，一家人哭哭啼啼的，好可怜。颂莲打开酒瓶，闻了闻酒气，淡淡地说了一句，也没什么多哭的，活着受苦，死了干净。死了比活着好。

颂莲一个人呷着烧酒，朦朦胧胧听见一阵熟悉的脚步声，门帘被哗地一掀，闯进来一个黑黝黝的男人。颂莲转过脸朝他望了半天，才认出来，竟然是大少爷飞浦。她急忙用台布把桌上的酒菜一股脑儿地全部盖上，不让飞浦看到。但飞浦还是看见了，他大叫，好啊，你居然在喝酒。颂莲说，你怎么就回来了？飞浦说不死总要回家来的。飞浦多日不见变化很大，脸发黑了，人也粗壮了些，神色却显得很疲惫的样子。颂莲发现他的眼圈下青青的一轮，角膜上可见几缕血丝，这同他的父亲陈佐千如出一辙。

你怎么喝起酒来了，借酒浇愁吗？

愁是酒能消得掉的吗？我是自己在给自己祝寿。

你过生日？你多大了？

管它多大呢，活一天算一天，你要不要喝一杯？给我祝祝寿。

我喝一杯，祝你活到九十九。

胡诌。我才不想活那么长，这恭维话你对老爷说去。

那你想活多久呢？

看情况吧，什么时候不想活就不活了，这也简单。

那我再喝一杯，我让你活得长一点，你要死了那我在家里就找不到说话的人了。

两个人慢慢地呷着酒，又说起那笔烟草生意。飞浦自嘲地说，鸡飞蛋打，我哪里是做生意的料子，不光没赚到，还赔了好几千，不过这一圈玩得够开心的。颂莲说，你的日子已经够开心的了，哪有不开心的事？飞浦又说，你可别去告诉老爷，否则他又训人。颂莲说，我才懒得掺和你们家的事，再说，他现在见我就像见一块破抹布，看都不看一眼。我怎么会去向他说你的不是？颂莲酒后说话时不再平静了，她话里的明显的感情倾向对着飞浦来的。飞浦当然有所察觉。飞浦的内心开放了许多柔软的花朵，他的脸现在又红又热，他从皮带扣上解下一个鲜艳的绘有龙凤图案的小荷包，递给颂莲。这是我从云南带回来的，给你做个生日礼物吧。颂莲瞥了一眼小荷包，诡谲地一笑说，只有女的送荷包给情郎，哪有反过来的道理呀？飞浦有点窘迫，突然从她手里夺回荷包说，你不要就还给我，本来也是别人送我的。颂莲说，好啊，虚情假意的，拿别人的信物来糊弄我，我要是拿了不脏了我的手？飞浦重新把荷包挂在皮带上，讪讪说，本来就没打算给你，骗骗你的。颂莲的脸就有点沉下来了，我是被骗惯了，谁都来骗我，你也来骗我玩儿。飞浦低下头，偶尔偷窥一下颂莲的表情，沉默不语了。颂莲突然又问，谁送的荷包。飞浦的膝盖上下抖了几下，说，那你就别问了。

第八节

两个人坐着很虚无地呷酒。颂莲把酒盅在手指间转着玩，她看见飞浦现在就坐在对面，他低着头，年轻的头发茂密乌黑，脖子刚劲傲慢地挺直，而一些暗蓝的血管在她的目光里微妙地颤动着。颂莲的心里很潮湿，一种陌生的欲望像风一样灌进身体，她觉得喘不过气来。意识中又出现了梅珊和医生的腿在麻将桌下交缠的画面。颂莲看见了自己修长姣好的双腿，它们像一道漫坡而下的细沙向下塌陷，它们温情而热烈地靠近目标。这是飞浦的脚，膝盖，还有腿，现在她准确地感受了它们的存在。颂莲的眼神迷离起来，她的嘴唇无力地启开，蠕动着。她听见空气中有一种物质碎裂的声音，或者这声音仅仅来自她的身体深处。飞浦抬起了头，他凝视颂莲的眼睛里有一种激情汹涌澎湃着，身体尤其是双脚却僵硬地维持原状。飞浦一动不动。颂莲闭上眼睛，她听见一粗一细两种呼吸紊乱不堪，她把双腿完全靠紧了飞浦，等待着什么发生。好像是许多年一下子过去了，飞浦缩回了膝盖，他像被击垮似地歪在椅背上，沙哑地说，这样不好。颂莲如梦初醒，她嗫嚅着，什么不好？飞浦把双手慢慢地举起来，做了一个揖，不行，我还是怕。他说话时脸痛苦地扭曲了。我还是怕女人。女人太可怕。颂莲说，我听不懂你的话。飞浦就用手搓着脸说，颂莲我喜欢你，我不骗你。颂莲说，你喜欢我却这样待我。飞浦几乎是哽咽了，他摇着头，眼睛始终躲避着颂莲，我没法改变了，老天惩罚我，陈家世代男人都好女色，轮到我不行了，我从小就觉得女人可怕，我怕女人。特别是家里的女人都让我害怕。只有你我不怕，可是我还是不行，你懂吗？颂莲早已潸然泪下，她背过脸去，低低地说，我懂了，你也别解释了，现在我一点也不怪你，真的，一点也不怪你。

颂莲醉酒是在飞浦走了以后，她面色酡红，在房间里手舞足蹈、摔摔打打的。宋妈进来按她不住，只好去喊陈老爷陈佐千来。陈佐千一进屋就被颂莲抱住了，颂莲满嘴酒气，嘴里胡言乱语。陈佐千问宋妈，她怎么喝起酒来了？宋妈说我怎么会知道，她有心事能告诉我吗？陈佐千差宋妈去毓如那里取醒酒药，颂莲就叫起来，不准去，不准告诉那老巫婆。陈佐千很厌恶地把颂莲推到床上，看你这副疯样，不怕让人笑话。颂莲又跳起来，勾住陈佐千的脖子说，老爷今晚陪陪我，我没人疼，老爷疼疼我吧。陈佐千无可奈何地说，你这样我怎么敢疼你？疼你还不如疼条狗。

毓如听说颂莲醉酒就赶来了。毓如在门口念了几句阿弥陀佛，然后上来把颂莲和陈佐千拉开。她问陈佐千，给她灌药？陈佐千点点头，毓如想摁着颂莲往她嘴里塞药，被颂莲推了个趔趄。毓如就喊，你们都动手呀，给这个疯货点厉害。陈佐千和宋妈也上来架着颂莲，毓如刚把药灌下去，颂莲就啐出来，啐了毓如一脸。毓如说，老爷你怎么不管她，这疯货要翻天了。陈佐千拦腰抱住颂莲，颂莲却一下软瘫在他身上，嘴里说，老爷别走，今天你想干什么都行，舔也行，摸也行，干什么都依你，只要你别走。陈佐千气恼得说不出话，毓如听不下去，冲过来打了颂莲一记耳光，无耻的东西，老爷你把她宠成什么样子了！

南厢房闹成一锅粥，花园里有人跑过来看热闹。陈佐千让宋妈堵住门，不让人进来看热闹。毓如说，出了丑就出个够，还怕让人看？看她以后怎么见人？陈佐千说，你少插嘴，我看你也该灌点醒酒药。宋妈捂着嘴强忍住笑，走到门廊上去把门。看见好多人在窗外探头探脑的。宋妈看见大少爷飞浦把手插在裤袋里，慢慢地朝这里走。她正想让不让飞浦进去呢，飞浦转了个身，又往回走了。

下了头一场大雪，萧瑟荒凉的冬日花园被覆盖了兔绒般的积雪，树枝和屋檐都变得玲珑剔透、晶莹透明起来。陈家几个年幼的孩子早早跑到雪地上堆了雪人，然后就在颂莲的窗外跑来跑去追逐，打雪仗玩。颂莲还听见飞澜在雪地上摔倒后尖声啼哭的声音。还有刺眼的雪光泛在窗户上的色彩。还有吊钟永不衰弱的嘀嗒声。一切都是真切可感。但颂莲仿佛去了趟天国，她不相信自己活着，又将一如既往地度过一天的时光了。

夜里她看见了死者雁儿，死者雁儿是一个秃了头的女人，她看见雁儿在外面站着推她的窗户，一次一次地推。她一点不怕。她等着雁儿残忍的报复。她平静地躺着。她想窗户很快会被推开的。雁儿无声地走进来了，戴着一种头发套子，挽成有钱太太的圆髻。颂莲说，你上哪儿买的头发套子？雁儿说，在阎王爷那儿什么都有。然后颂莲就看见雁儿从髻后抽出一根长簪，朝她胸口刺过来。她感觉到一阵刺痛，人就飞速往黑暗深处坠落。她肯定自己死了，千真万确地死了，而且死了那么长时间，好像有几十年了。

颂莲披衣坐在床上，她不相信死是个梦。她看见锦缎被子上真的插了一根长簪，她把它摊在手心上，冰凉冰凉。这也是千真万确的，不是梦。那么，我怎么又活了呢，雁儿又跑到哪里去了呢？

颂莲发现窗子也一如梦中半掩着，从室外传来的空气新鲜清冽，但颂莲辨别了窗户上雁儿残存的死亡气息。下雪了，世界就剩下一半了；另外一半看不见了，它被静静地抹去，也许这就是一场不彻底的死亡。颂莲想我为什么死到一半又停止了呢，真让人奇怪；另外的一半在哪里？

梅珊从北厢房出来，她穿了件黑貂皮大衣走过雪地，仪态万千容光焕发的美貌，改变了空气的颜色。梅珊走过颂莲的窗前，说，女酒鬼，酒醒了？颂莲说，你出门？这么大的雪。梅珊拍了拍窗子，雪大怕什么？只要能快活，下刀子我也要出门。梅珊扭着腰肢走过去，颂莲不知怎么就朝她喊了一句，你要小心。梅珊回头对颂莲嫣然一笑，颂莲对此印象极深。事实上这也是颂莲最后一次看见梅珊迷人的笑靥。

梅珊是下午被两个家丁带回来的。卓云跟在后面，一边走一边嗑着瓜子。事情说到结果是最简单了，梅珊和医生在一家旅馆里被卓云堵在被窝里，卓云把梅珊的衣服全部扔到外面去。卓云说，你这臭婊子，你怎么跑得出我的手心？

这天颂莲看着梅珊出去又回来，一前一后却不是同一个梅珊。梅珊是被人拖回北厢房去的，梅珊披头散发，双目怒睁，骂着拖拽她的每一个人。她骂卓云说我活着要把你一刀一刀削了，死了也要挖你的心喂狗吃。卓云一声不吭，只顾嗑着瓜子。飞澜手里抓着梅珊掉落的一只皮鞋，一路跑一路喊，鞋掉罗，鞋掉罗。颂莲没有看见陈佐千，陈佐千后来是一个人进北厢房去的，那时候北厢房已经被反锁上了。

颂莲无心去隔壁张望，她怀着异样沉重的心情谛听着梅珊的动静。她很想知道陈佐千会怎么处置梅珊。但是隔壁没有丝毫的动静。一个家丁守在门口，摇着一串钥匙，开锁，关锁。陈佐千又出来了，他站在那里朝花园雪景张望了一番，然后甩了甩手，朝南厢房里走过来。

好大的雪，瑞雪兆丰年呐。陈佐千说。陈佐千的脸比预想的要平静得多，颂莲甚至感觉到他的表现里有一种真实的轻松。颂莲倚在床上，直盯着陈佐千的眼睛，她从中另外看到了一丝寒光；这使她恐惧不安。颂莲说，你们会把梅珊怎么样？陈佐千掏出一枝象牙牙签剔着牙，他说，我们能把她怎么样？她自己知道应该怎么样。颂莲说，你们放她一马吧。陈佐千笑了一声说，该怎么样就怎么样。

颂莲彻夜未眠，心如乱麻。她时刻谛听着隔壁的动静，心里想的都是自己的事情。每每想到自己，一切却又是一片空白，正好像窗外的雪，似有似无，有一半真实，另外一半却是融化的虚幻。到了午夜时分，颂莲忽然又听见了梅珊唱她的京戏，有点不相信自己的耳朵，屏息再听，真的是梅珊在受难夜里唱她的京戏。

叹红颜薄命前生就
美满姻缘付东流
薄幸冤家音信无有
啼花泣月在暗里添愁
枕边泪呀共那阶前雨
隔着窗儿点滴不休
山上复有山
何日里大刀环
那欲化望夫石一片
要寄回文只字难
总有这角枕锦衾明似绮
只怕那孤眠不抵半床寒

整个夜里后花园的气氛很奇特，颂莲辗转难眠，后来又听见飞澜的哭叫声，似乎有人把他从北厢房抱走了。颂莲突然再也想不出梅珊的容貌，只是看见梅珊和医生在麻将桌下交缠着的四条腿，不断地在眼前晃动，又依稀觉得它们像纸片一样单薄，被风吹起来了。好可怜，颂莲自言自语着，听见院墙外响起了第一声鸡啼，鸡啼过后世界又是一片死寂。颂莲想我又要死了。雁儿又要来推窗户了。

颂莲迷迷糊糊半睡半醒着。这是凌晨时分，窗外一阵杂沓的脚步声惊动了颂莲，脚步声从北厢房朝紫藤架那里去。颂莲把窗帘掀开一条缝，看见黑暗中晃动着几个人影，有个人被他们抬着朝紫藤架那里去。凭感觉颂莲知道那是梅珊。梅珊无声地挣扎着被抬着朝紫藤架那里去。梅珊的嘴被堵住了，喊不出声音。颂莲想他们要干什么，他们把梅珊抬到那里去想干什么。黑暗中的一群人走到了废井边，他们围在井边忙碌了一会儿，颂莲就听见一声沉闷的响声，好像井里溅出了很高很白的水珠。是一个人被扔到井里去了。是梅珊被扔到井里去了。

大概静默了两分钟，颂莲发出了那声惊心动魄的狂叫。陈佐千闯进屋子的时候看见她光着脚站在地上，拼命揪着自己的头发。颂莲一声声狂叫着，眼神黯淡无光，面容更像一张白纸。陈佐千把她架到床上，他清楚地意识到这是颂莲的末日，她已经不是昔日那个女学生颂莲了。陈佐千把被子往她身上压，说你看见什么？你到底看见了什么？颂莲说，杀人。杀人。陈佐千说，胡说八道。你看见了什么？你什么也没有看见。你已经疯了。

第二天早晨，陈家花园爆出了两条惊人的新闻。从第二天早晨起，本地的人，上至绅士淑女阶层，下至普通百姓，都在谈论陈家的事情，三太太梅珊含羞投井，四太太颂莲精神失常。人们普遍认为梅珊之死合情合理，奸夫淫妇从来没有好下场。但是好端端的年轻文静的四太太颂莲怎么就疯了呢，熟知陈家内情的人说，那也很简单，兔死狐悲罢了。

第二年春天，陈佐千又娶了第五位太太文竹。文竹初进陈府，经常看见一个女人在紫藤架下枯坐，有时候绕着废井一圈一圈地转，对着井中说话。文竹看她长得清秀脱俗，干干净净，不太像疯子，问边上的人说，她是谁？人家就告诉她，那是原先的四太太，脑子有毛病了。文竹说，她好奇怪，她跟井说什么话？人家就复述颂莲的话说，我不跳，我不跳，她说她不跳井。

颂莲说她不跳井。

红　　粉*

内容简介　《红粉》讲述了在新中国成立初期政府勒令妓女从良的时代背景下，以秋仪和小萼为代表的妓女从良后的辛酸经历。故事发生在新中国成立初期，解放军查封妓女大院，秋仪和小萼等喜红楼的妓女一同被抓去健康检查，之后被带入劳动训练营。在途中，秋仪跳车跑回了已经关门的妓院，向鸨母要回了自己的财物，并投靠了一直的相爱老浦。老浦把秋仪带回了家，没多久就被老浦的母亲赶了出来。秋仪回了老家看到了自己瞎眼的父亲和姑姑，并没有回家，而是去了玩月庵，做了尼姑。与此同时，在劳动训练营的小萼因为缝不完30条麻袋，对于现在需要自己辛苦劳动的现状受不了，而想要自杀，被妇女干部们进行了思想教育。老浦因为秋仪的离开感到难过，请求原谅后也没有成功，房产又被政府没收，阔少爷的生活不复存在。在小萼改造期满后，老浦追求她，最后和他结婚了。结婚的当天，秋仪没被邀请却也送去了礼物，对小萼说了“天生的一个小婊子，打死你也改不了的”。小萼生了孩子，名字叫悲夫，但是和老浦的生活并不幸福。老浦挣得很少，小萼很不满意，最终，老浦被迫挪用公款而被枪毙。相比较之下，秋仪的生活也不顺利，尼姑庵知道了她以前是做妓女的把她赶了出去。她便心灰意冷地嫁了驼背鸡胸的冯老五。小萼明白是自己害死了老浦，守丧一年后将孩子悲夫交给了不能生育的秋仪，自己去了北方。

〇

格

非

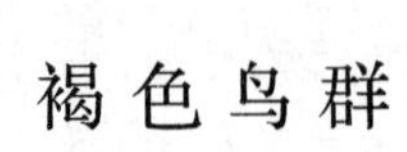

褐色鸟群

眼下，季节这条大船似乎已经搁浅了。黎明和日暮仍像祖父的步履一样更替。我蛰居在一个被人称作“水边”的地域，写一部类似圣约翰预言的书。我想把它献给我从前的恋人。她在三十岁生日的烛光晚会上过于激动，患脑血栓，不幸逝世。从那以后，我就再也没有见过她。

“水边”这一带，正像我在那本书里记述的一样，天天晴空万里，光线的能见度很好。我坐在寓所的窗口，能够清晰地看见远处水底各种颜色的鹅卵石，以及白如积雪的茅穗上甲壳状或蛾状微生物爬行的姿势。但是我无法分辨季节的变化。我每天都能从寓所屋顶的黑瓦上发现一层白霜。这些霜在中午温暖的太阳光渐渐增强了它的热度时，才化成水从屋檐滴落。这个地带从未下过一场雨。另外，在漆黑如鸦的深夜我还能观察到一些奇异的天象，诸如流星作匀速圆周运动、月亮成为不规则的樱桃形等等。我想如果不是我的记忆出现了梗阻，那一定是时间出了毛病。幸好，每天都有一些褐色的候鸟从“水边”的上空飞过，我能够根据这些褐色的鸟飞动的方向（往南或往北），隐约猜测时序的嬗递。就像我记忆中某个医生曾声称“血是受伤的符号”一样，我以为，候鸟则是季节的符号。

我的书写得很慢。因为我总担心那些褐色的鸟群有一天会不再出现，我想，这些鸟群的消失会把时间一同带走。我的忧虑和潜心谛听常常使我写作分心，甚至剥夺了我在静心写作时所能得到的快乐。后来，我怀疑自己是否出现了幻觉，我耳畔常常回荡着一种空旷而模糊的声响，我想它不会是候鸟渐近时悠长的哨子般的翅膀拍击空气的声音，它像是来自一个拥挤的车站，或者一座肃穆的墓地。这声音听上去像是落雪，又像是落沙。

有一天，一个穿橙红（或者棕红色）衣服的女人到我“水边”的寓所里来，她沿着“水边”低浅的石子滩走得很快。我起先把她当做一个过路的人，当她在我寓所前踅身朝我走来时，我终于在正午的阳光下看清了她的清澈的脸。我想，来者或许是一位姑娘呢。她怀里抱着一个大夹子，很像是一个画夹或者镜子之类的东西。直到后来，她解开草绿的帆布，让我仔细端详那个夹子，我才知道果真是一个画夹，而不是镜子。

我的寓所里从未有过任何来访者。她见到我并未遵循两个陌生人相遇应有的程序，而是表现出妻子般的温馨和亲昵。她说她叫棋。她在给我看她的画夹时顺便提了一句现在是秋天了。我的记忆深处痛苦地抽搐了一下，但并未就此而唤醒往事。我为秋天而感到高兴。她站在寓所的门前和我说话，胸脯上像是坠着两个暖袋，里面像是盛满了水或者柠檬汁之类的液体，这两个隔着橙红（棕红）色毛衣的椭圆形的袋子让我感觉到温暖。和棋的初次相遇就使我错过了一次注视候鸟的机会，我想，它们可能在我和棋说话的时候飞走的。我徒劳的目光越过棋的双肩，投视远处“水边”青蓝的水线时，她问了一句：你在看什么?

那些候鸟……

她转过身朝“水边”的石子滩望了一眼，又用一种天真而老练的目光看我。

我将棋让进了屋内，接着我们就在两只矮凳上坐下，看她带来的那些画。那些画上也画着一些女人，脸形和身材和棋相似，也许就是棋的画像。她有时依在一根电线杆上，远处是一望无际的戈壁滩。有时她穿着夏装斜侧躺在海滨，也有一些画公园的落叶的，她翘着细长的腿俯卧在覆盖着厚厚叶被的迤逦小径旁。

她在给我看这些画时，两个暖暖的袋子就耷拉在我的手背上，这两个仿佛就要漏下水来的东西让我觉得难受。

这些都是你画的？我说。

不，是一个叫李朴的男孩给我画的。棋说。

李朴?

是啊，李朴。

我摇了摇头，我说我不仅不认识什么李朴，而且你是谁我一时也想不起来了。恕我冒昧，我接着说，李朴给你赠这些画大概是想和你谈恋爱吧。不过，我又说，我对这些画也一样不感兴趣。

好哇，格非——

棋陡然坐直了身体，一字一顿地说：李朴你也不认识，我你也不认识，你难道连李劼也不认识嘛?

我猛然一惊，我的如灰烬一般的记忆之绳像是被一种奇怪的胶粘接起来，我满腹焦虑地回忆从前，就像在注视着雪白的墙壁寻找两眼的盲点。我隐约记起来了，我和棋说的那个李劼相识那是很久以前的事了，大概是一九八七年……

不过，你是怎么知道我的名字?

别装蒜了，格非。你离开都市到这个锯木厂旁边的臭水沟来才几年，你的神志竟垮成这样啦，我三个月前曾到你这里来过，你还答应给我看你的小说，还答应过其他一些事。你的记忆全让小说给毁了。

棋说完了这些话，静静垂手而坐，像是等待我沉入往事的梦境，又像是等待我从冥想中挣脱出来。

渐渐地，我眼前的这红色的影像模糊起来，但立即它又重新变得异常清晰。

好吧，我认识你，我说（实际上我想说：我认识你算了）。

棋显出满意的样子，她突然抬手在我脸上皱纹最深的地方抚摸了一下——这一个仪式，一个我们本来就已相识的仪式，我想大概不会是所谓“情不自禁”。但是我立刻嗅闻到了皮肤相触的一刹那蛋白质释放出来的臭鸡蛋的气味。我觉得这种气味很不错。棋看了我一眼，又将画夹摊在她拢起的双膝上，她在看画的时候不断地注意我的神态，我想她一定是想知道我是否也在看那些画。她从那些画中挑出一张递给我，就是那张画着公园秋天的那幅。

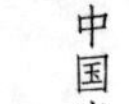

这幅画上是什么？棋问。

一个人的背影

还有什么？

枯叶子。

落叶象征着什么？

一个人的背影。

棋没有再问下去，她说了一句你这个人怎么一点都不懂画就沉默了。过了一会儿，棋又说：

你一点也不像李劼。

李劼？

他不仅懂画而且懂诗懂开密封罐头懂治疗牛皮癣甚至——他还懂不生

不生？

不生是一种哲学，棋说。

我不懂。

晚上，棋没有离开我的寓所。当然也没有一对男女在一处静僻之所的夜晚可能有的那种事。整个晚上她都在静静地听我说故事，关于我的婚姻的故事。我想棋的聪颖机智使她猜测我在意念深处一定存在着某种障碍或者她宁愿称之为压抑。这是不是我们在看画时她发现的呢？在整个晚上她充当了一个倾听诉说的心理分析医生的角色，这也许不仅出于对我的怜悯，而且我似乎看出来我们都信奉这样一句格言：

回忆就是力量

夜晚，奇异的天象没有出现。“水边”的石子滩变成一种冰莹的纯蓝色，就像化学实验中几种物质产生化学反应后析出的某种蓝色晶体粉末。这些玛瑙似的蓝色石子泛出的冷清的光亮和故事的氛围大相径庭。

后来呢？棋问。

后来——我尽量用一种平淡而真实的语调叙述故事，因为我想任何添枝加叶故弄玄虚反而会损害它的纯洁性。

后来，我就在那个卖木梳的老女人身边站住了。

那时正是四月，春天来得很迟。我看见积雪和泥浆冻在一起，高大的城市建筑物挡住了南下的寒流，形成了巨大的风的声音。那些早已废弃不用的商店霓虹灯上挂满了锥状的冰棱。我在企鹅饭店被一个漂亮的女人招引，不知不觉尾随着她走下了半个城市。我想处在我当时那个年龄被一个女人所迷惑是常有的事，但我决定跟着她走一段，仅仅因为我喜欢她走路的姿势。她的栗树色靴子交错斜提膝部微曲双腿棕色——咖啡色裤管的皱褶成沟状圆润的力从臀部下移使皱褶复原腰部浅红色——浅黄色的凹陷和胯部成锐角背部石榴红色的墙成板块状向左向右微斜身体处于舞蹈和僵直之间笨拙而又有弹性地起伏颠簸。

我想这样一个在风中行走的女人要在火炉旁烤火或者在浴缸里洗澡不知是怎样一个模样，我还准备往下想下去她突然站住了。我也在那个卖木梳的老女人身旁停了下来。

买木梳吗?

接下来离奇的事发生了。

我想那个女人毫无缘由地在街道上停下来，是因为我在意念深处产生了一种当时我认为是下流的臆想——譬如裸体之类。不过随之我又认为这个女人停在人行道上是由于她自己遇到了什么事，并非我的意念感应所致。

买木梳吗?

我在思索该不该买一把木梳，同时又朦胧地感觉到她不久就会回过头来。她果真回过头来。她的目光像是注视着我，又像是留意别处。我回避着她的目光。我知道，心灵感应术曾在这个城市里风靡一时，人们只要在一所称之为“心灵感应中心”的地方训练三个月，就能用意念驱使幻想中的情人来到自己身边。有一些造诣精深的道灵大师还能使意念和星际相通。我心里意识到了一丝隐隐的恐惧感。这种恐惧感只有当一个罪犯在明朗的月光下撬锁行窃才会有的。

我又感觉到她马上就会朝我走来。好像她在行动之前她动作的信号就从她身上散发出来穿透冬天凝固的空气，预先告知了我一样。

现在，她正朝我走来。

我看了看岗亭上在冷风中瑟瑟发抖的警察。行人各自走着自己的路，没有注意到我正在遭遇的一幕。

她朝我走来干什么……

她迎面走来的姿势跟我刚才在她背影中看到的一模一样，她的魅惑力像泉水一样从她的浅黄色、深棕色、栗树色的衣饰的折褶中流淌出来。我等待着她走近，我的心情一点也不轻松，她双腿轻盈地朝前迈动，我突然有了一种感觉，好像她是静止的，而我正朝她走近。

她在我跟前停下来，朝地面俯下身去。

她在我脚边捡起了一枚亮晶晶的靴钉。

后来呢——棋问。

后来我就再也没有见过她，她捡起靴钉，转身走远，在人流中消失了。

棋审判一样的目光紧盯着我，让我觉得很不舒服。棋说，你有自恋情结。我说大概有吧。棋沉默了片刻，继续说，事情好像还没完。我说，什么事情?

你和那个女人的事。

我不由得一怔。

那个女人捡起靴钉后，朝一个公共汽车站走去，她上了一辆开往郊区的电车，你没能赶上那趟车，但你叫了一辆出租车尾随她来到郊外她的住所——棋漫不经心地说。

事情确实如棋所说的那样，不过她说错了一个无关紧要的细节：我当时没有足够的钱叫出租车，而是租了一辆自行车来到了郊外。

不过，我说，你是怎么知道事情还没完呢?

根据爱情公式，棋说。

爱情公式?

我想事情远未了结并不是棋所说的所谓恋爱公式的推断，它完全依赖于我的叙述规则。我之所以不愿意将这样一个故事和盘托出，是因为它触及我内心深处极其隐秘的角落，想起这件事就让人觉得不痛快。下面我就来讲讲这件事。

我去车铺租自行车的时候，天空已经飘起了鹅毛大雪。雪花在春天的幌子下布下寒流的种子。城市通向郊区的路一会儿就变得非常狭窄了。渐渐我的车轮下露出泥土和煤屑混合的路面。路上行人和车辆渐渐变得稀少，雪花落在上面很快就积成了白白的一片。大路两旁的农舍和绵延的丛林突然出现在眼前。我前面那辆电车开得不快，我的自行车全速追赶，使它不至于从我视野里消失。

电车在郊区站停下后，天已快黑了。我想大概是狂啸的西北风裹着漫天大雪使黑夜提前了。她下车后就沿着一条低洼不平的路朝远处亮着忽明忽暗灯光的村舍走去，那个村舍在傍晚的雪中显出一带黑魆魆的影子。这条路不算很窄，但是车轮的印辙和马蹄踏成的圆洞在雪中封冻住了，形成了一条条深硬的凹槽，我的自行车轮常常在这些凹槽上打滑，发出挡泥板和车架的黑铁碰撞的铮铮之声。她在距离我约有二十丈远的地方不紧不慢地走着。我们仿佛在路上走了很久，但是在郊外迷茫的雪原上，我很难看到它的尽头。我的自行车链条被坎坷不平的路面震得脱落过几次，但它最后一次脱落时，我的双手已冻得发麻。我不得不花了很多时间才把它重新装好。这一次，当我重新跨上自行车的时候，她的身影已经在远处变得模糊不清了。我狠命地蹬着自行车，它就像是一匹盲马跌跌撞撞地朝前疾奔。

这时，我的前面出现了另一个骑着自行车的人。这个人驮伏在车上显得很小，它也像是在朝前急急赶路。在这样一个寂寥无声的风雪之夜，遇到它让我觉得亲切。它的身影在路面上歪歪斜斜地划着漂亮的弧。在黑夜中，它像是一只黑蝴蝶，或者一只蝙蝠在翩然飞动。

我的车轮又一次滑到了大路的边缘。大路和田野之间仿佛有一条很深的沟渠，我想这大概是农人为铺设排水管道而挖的。

我的自行车和它相错时，我觉得我右胳膊的袖子和它左边的一只擦了一下，我像是听到了一种轻微的刷子在羽绒布上摩擦发出的声响。

前面那个女人的身影终于又在我眼前出现。在雪夜中我分辨不出她的栗树色的靴子和浅黄色——深棕色的腰部衣饰的皱褶，以及她圆润的臀部成豆瓣状分裂的节奏。她像一滩墨渍在米色的画布上蠕动。我不知道她的住宅是否就在我依稀能看见的灯光闪烁的村子里，我也不知道我究竟会被她带到一个怎样陌生地带。但我似乎有了一种不祥的预感，冬天晚上凛冽的风和远处传来的狗的吠叫使我的呼吸越来越急促。

大约又过了二十分钟，她走上了一条窄窄的木桥。这座桥架在很宽的河道上显得很不坚固。我来到桥头的时候，犹豫了一下。因为我没有看到桥面上她刚刚走过去留下的靴印。那些半圆形的靴印在河边突然消失了。我想，也许是大雪将那些靴印遮盖住了——桥面上覆着一层厚厚的积雪。我推着自行车不得不放慢了步子。

深黛色的河流在孤零零的木桥下冥寂地流淌。我竭力在桥上寻找她的影子。

这是一座一边有扶手的木桥。扶手的铁链连接着一些东倒西歪的木桩。像是被毁坏了栅栏的残骸，西北风不断地吹散铁链上的浮雪，铁链在风中发出重金属滑碰的橐橐声响。我有时也偶尔扶一下那铁链，因为桥面没有扶手的一面的边缘已经和桥下的黑影悄悄缝在一起了。夜色已渐渐地深了。远处一直在招引我的村舍的灯火也不知什么时候突然熄灭了。我仿佛置身梦境，从一个很高的冰坡上朝山下滑坠。我似乎感到，那个穿栗树色靴子的女人像是已经到了对岸，但我又觉得她像是仍在我前面不远的桥上——黑夜和风雪将我分隔了。

我的平底胶鞋踩塌积雪在木桥上摩擦着，我的心情不像刚走上桥时那样糟，或许是因为我深信对岸就在不远处，根据桥面微微下斜的弧度判断，它离开我最多不过三四丈远。可就在这时，我站住了。因为我看不清桥面朝前延伸的灰暗的轮廓。我不得不摸索着桥的铁链朝前移动，但是突然我感到桥链也没了。我的脑袋一阵晕眩。我迟疑了一下，回过头。

有一个提着灯笼的人影朝我走过来。那灯光在稠浓的黑暗中像一只毛茸茸的小鸡。

他走近我的时候，我才看清他手里拎着的是一只马灯。他是一个花白胡须的老人。他在我跟前停下来，他的长须上结满了玻璃碴似的冰棱。

这桥你不能往前走了。

为什么?

它在二十年前就被一次洪水冲垮了。

老人将马灯抱在怀里，从腰间摸出一支旱烟管，点着了火。在马灯模糊的亮光中，我看见絮絮扬扬的大雪无声地落着。老人猛吸了几口烟，用手指指远处的河面：

那边有一座水泥桥。

我朝老人指向的地方看了一眼，在风中打了个冷战。

刚才有一个女人从这桥上过去了。

没有女人从这过去。

你是谁?

老人没有答理我，他熟练地将旱烟管别在腰间，将马灯递给我，然后从我手里接过自行车。我们开始往回走。我想他大概是一个看桥人。

我守在桥头劝告每一个黑夜上桥的人，不听阻拦的人注定要走到河里去。

可是，刚才有一个女人从这桥上过去了。

我没有看见什么女人过去。

我们已经来到了桥头。我把马灯递给老人。雪花飘落在马灯的玻璃罩上化成水滴滚落。老人说你上车吧，我举着马灯照你一段。他说话的时候，呼出的气柱在空中迅速凝结了，宛如一束手电的光亮。我像是又想起了什么，我对老人说：

你们为什么不把桥拆掉呢？

还会有更大一次的洪水。

在我跨上自行车的时候，老人又对我说：没有女人从这桥上过去，你可能是在雪夜中看花了眼，雪的光亮会给人造成错觉，而错觉会把人领入深渊。

我就此和老人告别，他在桥头举着马灯，照着那已经封冻的路面。过了一会儿，我身后的灯光消失了，我又重新陷入黑暗之中。

我又想起了那个穿栗树色靴子的女人——我似乎看见她上了那座木桥。她现在在哪里？那个老人是谁？那究竟是一座怎样的桥？也许等天晴了，我该重新到桥边来看看。我正想着，自行车又开始猛烈地跳动起来。我记起了这段路面。这路面被车轮和马蹄压轧成一道道深深的凹槽，车轮在上边不断打滑。我还记起了那个骑自行车的人，我的耳畔又响起了我和它袖子相擦的那种刷子在羽绒布上划出的声音。想起那个像蝴蝶一般歪歪斜斜的骑车人，我的心情变得轻松了一些，因为我能够通过它把自己和现实连接起来，我担心自己是否丧失了理智，而处在一个桥边老人所谓的雪夜错觉之中。

我的自行车更加剧烈地颤动了一下，车轮像是碰到了一个硬物上，我差一点从自行车上摔下来。我的好奇心和探究心理使我停下车来，想看看那个硬物是什么。

那是一辆歪倒在路边的自行车。

接下来我看到的事情或许棋早已猜到了。她在我“水边”寓所的椅子上不安分地躁动着。她一会儿拿起她的画夹，一会儿哼哼唧唧地看着天花板，对我的故事显示极度的不满。

这是一个非常庸俗的结尾。棋说。

你在路边发现了那辆自行车你马上意识到了是你刚才追赶那个穿栗树色靴子的女人时匆忙之中将他撞倒的你开始四处寻找他的人影最后你在路边那个埋排水管道的沟渠里发现他的尸体。尸体已冻得僵硬他的脸上落满了雪花。

是这样。

我开始陷入了沉默之中。棋也呆呆地托着下巴，凝视着“水边”青蓝色的石子滩。现在夜色正浓。“水边”的凉气沿着远处水面朝公寓斜升的坡道，悄悄越过窗格爬进室内，我感到一阵微微的凉意。我打了一个长长的呵欠，棋在沉思中黑眼珠朝我突然翻动了一下，含糊不清地说：你困倦了？我说没有。我想在夜阑人静的时候，面对一个姑娘独坐，大概不大适宜提出诸如睡觉之类的要求。我想我们都已忘记了时间，也许在天亮之前我们会一直这样默坐下去。我试着找出一些无关紧要的话题来润滑一下现在多少变得有点尴尬的气氛。我觉得我的大脑像是一个空空落落的器皿，里面塞满了稻草和刨灰。就在这个时候，我想到了棋在和我初见时谈到的那个李劼。

你是怎么认识李劼的？我说。

棋的脸上慢慢地浮现出一层红晕。她似乎立刻沉浸在幸福的回忆之中。她潮湿的眼睫毛参差错落像一排芦苇的篱掩住了黑白的眼球。她用妻子般空旷而充满诗意的语调告诉我：她先认识那个叫李朴的男孩。

李朴是谁？我问。

李劼的儿子。

我思索着这个被棋称作“李朴”的男孩在我记忆中的印象。我记得在一九八七年，我在李劼的乡间别墅作客，我们隔着会客厅透亮的玻璃看见后花园的雪地上，一个男孩正在滚雪球。我想那个玩雪的小男孩会不会就是棋所说的李朴？

棋的目光仍注视着窗外。她的双眸熠熠发亮，像是要沁出白色或黑色的水汁。我想所有的女人沉入对恋人的回忆和想象之中大概都是这么一副自命不凡的神态。对于女人来说，生活有时就是想象。

我真的感到困倦了。我点燃了一支烟，但它并未使我清醒。我倚着公寓白色的墙壁昏昏欲睡。“水边”的夜晚静极了。微风轻轻吹拂着窗帘，潮水有节奏地漫过石子滩。我在混沌而沉重的睡意之中，仿佛听到棋在呼唤我的名字，她的童音未脱的呼唤像是从一个遥远的地方传过来。她的衣服在椅子上摩擦发出窸窣之声。棋像是又处在焦灼不安之中，她的飘忽不定的影子在我眼前不断地徘徊。我渐渐坠入梦乡。

时间过去了很久。棋轻轻地将我推醒。

那个女人——

什么女人？

那个穿栗树色靴子的女人——

怎么？

你后来再也没见过她吗？

天还没有亮。棋蓬松着长发站在我对面。有一些汗粒顺着她的发梢慢慢滴落。我听到棋的呼吸声很重。我想她大概已经被故事的那些悬念和细节织成的网罩住了。她对故事的过于敏感使我注定要谈到以下所叙述的这些事。这些事离我很久很远了，但是当我每次重温许多年前的阳光和空气，我仿佛觉得伸手就可触摸到它。我无法不回忆往事。即使在这样一个平常而宁静的夜晚棋不向我提起它，“水边”的那些候鸟也会叠映出它们清晰的影子。我在决定如何向棋叙述那些事时，颇费了一点踌躇。因为它不仅涉及我本人，也涉及我在“水边”正在写作中的那部书，以及许多年以前，我的死于脑溢血的妻子。

我和那个穿栗树色靴子女人的重逢是一次意外的巧合。一九九二年春天，我因《黑鸭》出版社之约来到郊外修改一个长篇小说。我住在歌谣湖畔的一幢白色小楼里。这幢新建的小楼没有人住，因为自来水管道还未铺设，房间的设施很不完备，楼前的花园还是一片荒芜。小楼竣工后多余的一些建筑木料和钢筋混凝土的梁柱被横七竖八地搁在楼房的四周，让人觉得有些压抑。我来到这里之前，《黑鸭》出版社的几个董事副董事把我的右手握得又疼又酸：很抱歉条件很差，连撒尿的抽水马桶还没有运去，格非你看着办吧。

我的卧室朝南有一个很大的阳台。现在正是早春时节，太阳在午后照临阳台时，我就在那儿抽烟憩息。远处歌谣湖浩瀚的水面上空，白色的云块很低很厚，静静地悬挂着，湖水由于酸雨和城市排泄的废气和残渣已变得污浊不堪，湖面边缘的沼泽上绵延的原始森林蒙上了一层灰黄的颜色。有几只白鹤和鹭鸶贴水面盘旋而过。每天黄昏的时候，我总看见几个园丁在那片花园里忙碌着，他们将长在荒地上的荆棘和杂草拔掉，然后在上面栽金盏花和鸢尾。我有时也来到花园和那些园丁聊天。这些如土地一般沉默的老人回答我的问话时显得非常吃力。对于农事和天气他们并不像我那样感兴趣。我一有空就到花园里帮助他们编织花圃的竹篱，给金钟和鸢尾花浇水。当花园里到处都盛开着灿烂的金盏花和鸢尾时，我的小说快要完稿了。我在歌谣湖的这段日子里，时间悄无声息地过去了，这个远离城市噪音的地带给了我安定的心绪和美妙的感觉，但是不久以后发生的一些事却使这幢白楼在我的心中留下了灰暗而并不愉快的记忆。

这天下午，我像往常一样来到歌谣湖边散步。湖边枯黄的草地正在抽出新芽。那些新翻的泥土像波浪一样在广阔的田野上匍匐着。

我觉得我已经走了很远。我回望波光斑斓的湖面，那幢傍水而筑的小白楼已看不见了。温暖的阳光中裹夹了一丝北风，这些风像清晨还未完全褪尽的夜色，让我觉得有点冷。我脚下的地上渐渐出现了一些米黄色、灰白色的鸟粪。我在一只正在湖边饮水的山羊旁停住了脚步，因为在这时，我听到了一缕很不清晰的哭叫声。我四下里张望了一会儿，宽阔而高远的田野上不见一个人影。我点燃了一支烟继续往前走，不久我就看见在一片微斜的坡地上，一个高大的男人和一个女人滚在一起。他们沿着山坡往下滚，女人的茶绿色的头巾脱落在坡地上，她的长发飘散开沾满了草屑和泥土。

当我憋足了劲冲到他们身边时，那个男人已经把女人松开了。那个女人俯卧在地上，轻轻地啜泣着。我走到那个男人面前，正想揪住他的衣领问个明白，没想到他先给我的膝盖来了一脚，我倒在地上趴了三分钟。我昏昏沉沉地从地上爬起来，那个男人已经走上了那个斜坡。女人的脸上几排牙印还在不断地往外渗血。她整好了衣扣，趺趺撞撞地从我身边捡起了那茶绿色的头巾。她朝我歉意地笑了笑：

那是我男人。

我的脑壳“咯噔”一下，像是关节错位的榫头弥合了一样，我突然发现她就是我早些年在企鹅饭店碰到的那个女人，我的眼前一遍又一遍地重现她刚才俯身捡头巾的动作，它仿佛和我早已在眼帘的屏幕上成为定格的捡靴钉的姿势叠合了。这个女人我觉得已全力将她忘记。今天她突然出现在我的眼前，使我感到胸脯一阵阵抽搐。她扑闪着泪花看着我，她也像是觉得我有些面熟，异样的目光中透出疑问和猜忌。

我看了看那个已经走远的男人，又看了看她。

刚才你干吗哭叫？我问。

他——，女人显得有些语塞，她的脸涨得彤红。

他刚才把我弄疼了。

女人将头巾搭在头上，匆匆追赶她的丈夫去了。我走了那道斜坡。我看见那个高大的男人步履蹒跚地在田野上走着，他的腿脚看起来不太灵便。果真，他一会儿就在面前的一条闪亮的沟渠里跌倒了。女人朝前跑了几步，又远远地回过头来朝我叫了一声：

他是个瘸子——

瘸子？我苦笑了一下：他刚才在我膝盖上那一脚倒是踢得很卖力。

我手里玩捏着一枚镍币，沿湖边颓然若失地往回走。那个女人已经跑到男人身边。他们的身影在我的眼前越来越小了。在我们之间，潮湿的风在一望无垠的田野上吹着。我看着他们消失的方向——西斜的太阳暗红色的光照亮了那片密密的白桦林和村舍白色的屋顶。我想他们也许就住在离我的小白楼不远的村子里。

以后的几天，我再也没有在这一带的田畴上看见他们。每天午后，我的影子伴随我来到离白楼很远的这片坡地上，我等待着那个女人到田野里来耕作。麦子已经长得很高了，几场大雨浇过，田野里到处都是绿色植物的清香，成群的蜜蜂飞过来预示着气候日渐温暖。但是那个女人的身影一直没有出现。

《黑鸭》出版社的一位常务编辑来到歌谣湖畔看我。我告诉他，我的稿子只完成了一半。我想在我没有重新见到那个女人之前，我不打算离开这儿。

我在小白楼渐渐觉得孤寂无聊。一天，一个老园丁答应带我去白楼附近的村子里去喝酒。我们在狭窄的田垄上一前一后地走着。我在路上向老人打听村子里的情况，同时我请他回忆一下村里是否有一个常穿栗树色靴的女人？老人说村里的女人很多，但是他不知道她们穿什么颜色的靴子。

那个酒店就在村口。我吮吸着晚风中浓浓的酒气走进了酒店院门的木栅栏。栅栏旁有一个腰间围着泥黄色裙布的人正从一口大缸里往外掏酒糟。酒店墙上原先像是涂抹着一排深红色的大字，这些字迹经过长年的风吹日晒已经变得难以辨认了。我几乎是挑起门帘走进酒店的同时就看到了坐在墙角的那个瘸子。他似乎已经喝醉了。

酒店里昏暗的灯光被劣质烟草的雾气笼罩着，潮湿的地面散发出一阵腐烂霉饼的气味。我要了一瓶洋河大曲，挨着离酒柜最近的一张桌子坐了下来。酒店里没有什么人，柜台上那个店主模样的老人手里握着两个咔咔作响的钢球正在打盹。

瘸子在墙角独自喝着酒。他的背像是有点驼。黧黑的脸上刻着衰老的沟纹。他的胡须卷曲着，沾满了晶莹的酒滴。他高大的身躯稳稳地坐着，像是永远在聆听着什么，只是当他伸出手在桌面上摸索酒瓶时，我才看到他被烟熏得焦黄的手指有些颤抖。

那个女人来到酒店的时候，我一点也没有察觉。当一些类似于酒瓶或酒杯之类的玻璃器皿砸在地上，发出很响的破碎之声我才在朦胧的醉意中看见那个女人正在把已瘫倒在桌下的瘸子扶起来。瘸子踉踉跄跄靠着桌沿站起来，将脸凑近那个女人，朝她脸上啐了一口痰。女人刚想摘下头巾擦去痰迹，我看见瘸子的手在她眼前挥动了一下，那个女人就在酒店潮湿的地面摔倒了。女人像一滩墨渍一样卧在反射出酒店暗绿色灯光的地上。她软软腰肢扭动了一下，双手撑着地面，浑身的筋络像杯子里盛满的水一样晃浮着。这时，我已经走到她身边，我拽起她的一只手把她搀起来，那个男人已伏倒在桌上睡着了。女人的脖子上被手指抓破的细长的血印像一条美丽的蜈蚣。女人用手指拢了一下湿漉漉的发尖，走到桌边拉了拉那个男人，同时她哀怜的目光朝我瞥了一眼，我走过去将男人背起来，女人从地上捡起那个瘸子脱落的一只胶鞋，我们就走出了酒店。店主手里仍然在捏玩着两个亮晶晶的钢球在打盹，有一缕稠浓的口涎在他嘴角挂着。我们走到院子里的木栅栏门边，一个黑影依旧在一只巨大的缸里往外掏酒糟。我仿佛感到这个酒店里的时间是静止的。

在路上，那个女人没有说话。漆黑的夜里有只狗在村头狺狺地叫着。

她的家不像我想象的那样邋遢。我在路上一直被背上的男人喷着的酒气呛得想吐，当我在她卧室明亮的窗前坐下后，女人已将丈夫在床上安顿好了。女人朝我招招手，我们来到外间的一个很小的客室。她为我沏了一杯茶。我手抚茶杯的边沿，转动着它，女人在我对面坐下来，双手合抱在胸前痴呆地看着茶几的桌面。这时我站起来，女人也跟着站起来：你喝杯茶再走。我说我想再到你卧室里看一眼。女人先是迟疑了一下，随后就说：好吧。我们又回到她的卧室。我看见她的床前整齐地放着一双擦得油光锃亮的栗树色靴子：她的栗树色靴子交错斜提膝部微曲双腿棕色——咖啡色裤管的皱褶成沟状圆润的力从臀部下移使皱褶复原腰部浅红色——浅黄色的凹陷和膝部成锐角背部石榴红色的墙成板块状向左向右微斜身体处于舞蹈和僵直之间笨拙而又有弹性地起伏颠簸。我的眼睛眨闪了几下从卧室出来。女人说你有什么东西丢了吗？我说没有。我们重新在客室里坐下。我想从企鹅饭店和这个女人偶尔相遇，至今已有许多年，重新浇灌这棵在我记忆中已枯死的青春之树显然已经没有太大的意义。我正视着面前这个女人清澈的眼波，嘴里隐隐有了一种酸涩的咸味。我点燃了一支烟，又递给她一支。她重重地吸了一口，眼角变得有些潮湿。腾起的烟雾在日光灯管上切割缭绕，灯管发出咝咝的声音。

烟草的香味使我在浓浓的酒意中感到异常清醒，我的脸有些烫。女人抽烟的姿势很好看，她夹着烟卷的白皙的手在我眼前晃动着。我们听到了里屋男人悠长的鼾声。

我第一次看到你是在七八年前。我说。

七八年前？

我在企鹅饭店的门外遇见你。

企鹅饭店？

后来我跟着你来到大街上。

什么大街？

后来你在一个卖木梳的老人前面站住了。

卖木梳的老人？

你在我脚边的街道上捡起了一枚靴钉。

靴钉？

你随后上了一辆开往郊区的电车。

你说什么？

那天雪下得很大，我租了一辆自行车追赶那电车。

我不明白。

你下车后天已经黑了。

你喝醉了。

后来你上了一座木桥就消失了。

你喝醉了。

你喝醉了。——女人温存地对我说：在我们这儿没有什么企鹅饭店，没有大街，也没有卖木梳的老人。你喝醉了，要不你是记错人了？

我说我是在城里遇见你的。

女人笑了一下，她伸手端起我面前的茶杯呷了一口茶将茶叶末轻轻吐掉：

我从十岁起就没有去过城里。

夜已经很深了。我呆呆地凝视天花板。那个雪夜我尾随那个女人来到郊外的种种细节又一次清晰地呈现在我眼前，我看了看面前的这个美丽的女人，她诚挚而坦然，脸上浮现出乡村纯朴的妇女特有的腼腆。她站起来给我的茶杯倒满了水，然后问我是不是觉得冷，要不要关窗。我说不用了。

那么，我说，你们这儿是不是有一座倒塌的木桥。

通往城里的方向是有一座断桥。

是洪水冲垮的吧？

不，是给人偷拆了木料。

女人像是突然想起了什么，她告诉我这样一件事：有一天夜里，雪下得很大，我男人从邻村喝酒回来曾路过那座木桥。他提着马灯走到桥头，他看见木桥上有一些胶鞋的鞋印和自行车车轮的胎辙。他举起马灯朝桥上晃了晃，看不见人影。他看见桥一侧的铁索链上积满了雪，有些地方显露出手抓过的痕迹。桥面上的那些鞋印和胎辙还没有完全被大雪遮盖。他想也许有人推着自行车刚刚从这断桥上过去。但那天他喝得醉醺醺的，另外他的腿脚也不灵便就没有上桥去看看。第二天雪晴了，人们从河里捞起了一辆自行车和一个年轻人的尸体。

女人打着呵欠说完了这件事。

我说我该走了。

女人没有吱声。她的沉默似乎是她有意挽留我的一种隐晦的方式，我想。我坐着没动。

你住在哪儿？女人问。

我告诉她那幢白楼。

女人像是知道那幢楼。女人说夜已经很深了，春天麦子和油菜都长高了，有一些狼夜里常在荒野上转悠，要不就明天早上走吧。

我们就在客室里坐到天亮。

“水边”的夜幕悄悄隐去了。天亮的时候我和棋都没有察觉。现在阳光穿透公寓的玻璃窗投射到棋橙红色的衣服上。在早晨清晰而温暖的光线中，我看见棋的脸有些憔悴。我问她是不是饿了？要不要喝杯咖啡？棋点点头。我从厨房给她弄来了咖啡，棋似乎仍在想着我的故事。

你和那个女人一直坐到天亮？棋用塑料小勺在杯中轻轻搅动着，问我。

是这样。我说。

你那天是不是有些醉了？

是的。

你没有碰那个女人？棋诡秘地微笑着。

黎明的时候天有些凉，她给我披上了她男人的大衣，我在浑浑噩噩中抓住了她的手，但她马上把手抽了回去，像一些水从我指缝中流走了一样。

我坦白地对棋说。

我发觉你的故事有些特别。棋说。

怎么？

你的故事始终是一个圆圈，它在展开情节的同时，也意味着重复。只要你高兴，你就可以永远讲下去。不过，你还是接着讲下去吧。

我呷了一口咖啡，继续对棋描述以后发生的事。

一天深夜，歌谣湖一带突然下起了瓢泼大雨，雨下到第二天早晨还没有停。我拥着薄薄的棉被坐在床上吸烟。现在梅雨季节来临了。我看是绿色的田野上空，雨幕像密密的珠帘一样悬挂着。大风将白楼的木栅栏院门刮得砰砰直响。我谛听着大雨中的各种声响，又渐渐入眠了。到了晌午的时候，我恍惚听到楼下有人在砸门。我想那大概是白楼花园里的园丁。可是下着这么大的雨，园丁来干吗？砸门声越来越响。我懒洋洋地披上衣服下楼开门。我轻轻地拨开门闩，大风扑面直灌进屋来。我一连打了好几个冷战。

那个女人站在雨中。

她的衣服已被雨水淋得透湿。她披肩长发上不断地有一些晶亮的水滴滚落下来。她告诉我，她的男人死了。

我披了一件雨衣就跟着她走出了白楼。

大雨模糊了村子的轮廓。我们在狭窄泥泞的田埂上朝影影绰绰的村舍跑去。女人由于焦急和慌乱，在路上摔倒了几次，使得我们的速度反而慢了下来。女人说，她的丈夫昨夜又去了那家小酒店，晚上回来时跌倒在村中的一个粪池旁。第二天早上，两个清理阴沟排水的老人发现他的尸体。他的脸已被雨水浇得煞白，耳朵里灌满了大粪。我拽住女人的手——她的小手像鳗鱼一样冰凉，我的思绪像是给大雨搅乱了。眼前一片空白。

当我们来到村头的时候，我看见有几个中年人拢着袖管，抱着扎有红布绸的铁锹往田野里走。女人啜泣着轻轻地说，他们要去墓地挖坑穴。

女人的院子显得依旧清朗。大雨把黄泥地面冲刷得又硬又平，地上有一些稀稀落落的鞋印。有一个木匠模样的人正在盛开的木榛花丛弯锯着一段木料。屋子里传来叮叮当当钉棺材的声音。

那个男人躺在一扇破旧的门板上。他的身体已被几个年老的妇女收拾干净了。他穿着硬挺的哔叽制服，刮净了胡须的脸上显得清癯而红润。尸体旁那些钉棺材的人像是完全沉浸在熟练的操作中，榔头敲在腐蚀的木板上，松针一样的木屑由于振荡而不断地跳动着。一个巫婆模样的女人走到尸体旁，双膝跪下，她高高地举起了双手，正准备哭叫，她突然想起了什么，灰白的眼珠朝我翻动了一下：钉子还不够。我去院子里木匠身旁找来了钉子，巫婆又看了我一眼：再去找些绳子来，我刚一转身，巫婆高举着双手往地上一拍，伤心地哭了起来。

我去房里找绳子时，那个女人紧紧地跟着我，她哆嗦的身体和我贴得很紧。

尸体入殓的时候，呼啸了一夜的大风突然停了，雨还在淅淅沥沥地下着。屋子里静寂无声，女人伏在棺材的边沿，久久地望着她男人的尸体。她的哭声感染了室内尘封的空气。钉棺材的几个男人把榔头扔在地上，拍了拍手里的灰尘，蹲在一旁吸烟。

时间过去了很久。

女人的嗓音显得有些喑哑了。我看见她一边哭泣着，一边骨碌碌翻动着清亮的眼球朝四周察看，一片蜘蛛网像胸环靶一样悬挂在梁下，青绿色的蜘蛛攀援在一根细长的丝线上，像钟的下摆在微风中晃动。我忽然意识到这个女人的悲伤也许是装出来的。又过了一会儿，木匠冲着我做了一个手势，我们抬起那块像隧道的穹顶般的棺盖，将它轻轻盖在棺木上。巫婆过来把那个女人扶开了。在盖棺的一瞬间——那几个钉棺的男人朝棺木围过来，准备将它钉死，我突然看见棺内的尸体动了一下。我相信没有看错，如果说死者的脸上肌肉抽搐一下或者膝盖颤抖什么的，那也许是由于人们常说的什么神经反应。但是，我真切地看见那个尸体抬起右手解开了上衣领口的一个扣子——他穿着硬挺的哔叽制服也许觉得太热了。

我没有吱声。

送葬后的当天，我没有离开那个女人的屋子。女人对我说，她一个人在晚上的时候会感到害怕。她让我至少陪她三天。

第三天晚上，梅雨连绵。

女人坐在我对面，她的眼圈微微泛红。我们之间的冗长的话题已经在前两个晚上谈完了。我觉得在喋喋不休的对话中，时间流逝得很快。而面对沉默，我们的心力都显得非常脆弱，我还在想着那个男人的死。他的死多少有些蹊跷，有时我觉得这也许是一个阴谋。

你的男人醉死，你怎么想起去白楼找我？我说。

不知道。

他深夜未归，你为什么不去酒店看看？

别去提它了——

女人妩媚地对我笑了笑。我觉得她笑得有些勉强。但我的内心还是悸动了一下，她摊开双手平放在桌面上，我迟疑了一阵，我手心朝下，轻轻地滑向她的柔润的手腕。接下来我们俩做的事不便详尽描绘，但有一些和那种事本身并无太大关联的枝节，如下所述，权且当作这个故事的结尾。

窗外雨声越来越大。女人叹息般的目光久久地注视着我，她俯下身帮我解鞋带的时候，天空炸过一串闷雷。我的腿一阵抽搐。女人抬头看了看我，又低下头去解鞋带。我们俩在床上躺下来，由于连日梅雨，我觉得棉被有些潮湿。我在无意中碰到她青蛙皮一样冰凉的皮肤，闻到了散落在她发中樟脑丸的气息。我木然地凝视着帐顶，好久没动。

我凝视屏息谛听室外风雨。

你在想什么？女人说。

屋外像是有一种奇怪的声音。

什么声音？

一个女人在哭泣。我说。

那是大风溜过树梢的声响。

不，是有人在哭。

什么地方？

院子里。

女人和我翻身下床。我裹了一条毛毯，趿着鞋子推开房门来到院子里。院子里什么也看不见。那个女人按亮了手电筒。随着那条惨白的光柱的缓缓移动，我看见了废旧的鸡埘，在大风中摇曳的木槿花树，和泛着污秽黑水的墙根阴沟。

大概是一只猫——女人说。她把我拉进屋内，关上了门。

我们重新在床上躺下。女人伸手拉灭了电灯。过不多久，那哭声又出现了，它像是来自一个死神笼罩的病榻，又仿佛从更加遥远的河面上传来。那哭声稚音未脱，时隐时现，我觉得我的头颅在这种弱节拍的声音中正逐渐膨胀。

我第二次下床的时候，女人躺着没动。

我拉开通向院落的大门。一道耀眼的闪电在天空中无声地出现，远处墨绿色的田畴和宽广的湖面一下被闪电照亮了。

在闪电出现的一刹那间，我看见一个少女站在院子的当中，她赤裸的身体在地面上的水洼中形成了清晰的倒影。她婴儿一样的脸上挂满了泪珠。

我的记忆似一条锈蚀的铁链如灰烬般寸寸断落。在记忆消失的瞬间，我脑子里浮现出在我六岁时，看着我的妹妹在澡盆里洗澡的画面，同时我的耳边又回荡起那个如梦的雪夜，我在那段凹槽封冻的路面上曾听到的羽绒布摩擦而发出的微弱声响。剩下的什么都不知道了。我扶着门框的手无力地滑落，——我在门边晕倒了。

我醒过来的时候，那个女人守护在我的床前。她如母亲一般深沉而温暖的目光正注视着我。她静静地吸着烟，朝我嫣然一笑。我也要了一支烟点上，浓郁的烟味使我慢慢镇定起来。

你刚才看到了什么——

我把我看到的全对她说了。

你的胆子比我还小，那都是你的幻觉，你累了。女人说。

我说在我刚才昏睡的时候，做了一个奇怪的梦。什么梦？女人问。我梦见你的尸体飘浮在那断桥下的河面上，你的乳房上长满了青草。桥头有人在唱着《玫瑰，玫瑰处处开》。

女人苦笑了一下。

我们结婚吧？我说。

好吧。

后来你就跟那个女人结婚了？棋长长地舒了一口气。

是的。

现在“水边”一带正是中午时分。炽烈阳光将退潮后棕红色的石子滩晒得灰白。棋追问着我和那个女人结婚以后的情况，我说在结婚的当天她就死了。结婚的日子是按她的意愿选定的，那天是她三十岁的生日。我们在恬静安详的烛光中喝着葡萄酒，她突然一连说几声“灯灭了”，脑溢血模糊了她的视钱，我眼看着她红润的脸色转为蜡黄，但我知道，已不可救。

棋从我公寓的椅子上站了起来，她一定是知道我的故事再也没有任何延伸的余地了。她说她该走了。她还说今天下午她要去“城市公园”参加一个大型未来派雕塑的揭幕仪式。她说这座雕塑是李朴和一些自称为“彗星群体”的年轻艺术家共同完成的，她说过一些时候再到“水边”的公寓里来看我。

现在是什么季节？我说。

秋天。

棋在跟我临别的时候，我觉得她跟来时一样陌生。她抱着那个帆布裹着的画册，匆匆离开我“水边”的公寓，没有说再见。

我仍然在写那部圣约翰预言式的书。“水边”一带像往常一样寂静。那些“水边”的鹅卵石，密密麻麻地斜铺在浅浅的沙滩上，白天它们像肉红色的蛋，到了晚上则变成青蓝色。棋曾经别有用心地把“水边”称为锯木厂旁边的臭水沟，我一度被她的话所困扰。有一次，我沿着“水边”枯白的茅穗绵延的水线，朝北走了整整一天，没有发现什么锯木厂。回到公寓的时候，已经是深夜了。黑洞洞的天空中又出现了那拖着亮晶晶尾巴旋转的星辰和成不规则樱桃形的月亮。时间像是过去了很久。棋一直没有到公寓里来。我每天坐在公寓的窗口，看着那夜霜化成的水滴从高高的屋檐下坠落。

我天天期待着棋的出现。

不知过去了几个寒暑春秋。有一天，我终于看见棋沿着“水边”浅浅的石子滩朝我的公寓走来。她依旧穿着橙红色（或者棕红色）的罩衫，脚步在乱石中踩出空落的声响，她耸起的双乳不驯服地窜动着。她怀里抱着那方裹着帆布的画夹，而远远地看起来，那更像一面镜子。我坐在公寓的门前，等待着棋朝我走近。

棋走到正对我公寓大门的路口，突然停住了。她看了看明净宽阔的水面，又转过身来看了看我。我想，她大概是示意我过去。我走到棋的身边。

有水吗？棋说。

在晌午的阳光中，她一定是走渴了，我给她弄来水。她仰起脖子喝完了水，抹了抹嘴唇，将杯子递给我。

你又给我看画儿来了吗？我说。

什么?!

她像是没有听清楚我的话，漠然地看了我一眼。

那大概是李朴为你新画的吧。我说。

什么李朴？棋说。

李劼的儿子——

棋无可奈何地笑了一下，她说我不认识什么李朴、李劼，而且也从来没人给我画过画——您是谁？

我一愣。

棋——，我说，前一段时间你不是到我的公寓里来过吗？你让我看了你说是李朴的画，那些画上画了一些落叶和电线杆，我们在夜晚说着故事，通宵未眠——

我竭力搜寻记忆中那次和棋的初逢的每一个细节。然而棋固执而有礼貌地打断了我的话。

我的名字不叫棋，我是一个过路人，天热了，我跟您讨杯水喝，您一定是记错人了。

那么——我指指她怀里抱着的画夹。

少女将那个帆布包裹搁在膝盖上，熟练地解开青绿色的带子。

那是一面锃亮的镜子。

少女将镜子重新包好，夹在怀里，她捋了捋披散的长发，朝我摆了摆手，转身走了。

少女的身影离我远去了。

褐色的鸟群扑闪着羽翅，掠过“水边”银白钢蓝色的天空，在看不到边际的棕红沙滩上布下如歌的哨音。这些褐色的候鸟天天飞过“水边”的公寓，但它们从不停留。

隐　身　衣*

内容简介　《隐身衣》是格非在“乌托邦三部曲”之后继续实现自己“描写现实，超越现实”文学野心的作品。故事发生地点在北京的新老城区之间转换，以制作音乐器材为生的主人公因为姐姐要收回暂借给他的房子而陷于困窘的境地。他求助于朋友，之后遇到了一连串离奇的人和事……继《春尽江南》之后，中篇小说《隐身衣》是自“先锋文学”一路走来的格非进一步“描写现实，超越现实”的“转型”之作，也是他“涉猎性较强”（李陀）且自己“较为满意”的一个实验性作品。在这样一个不长的篇幅中，一向精于结撰中、短篇的作者，以化入无痕的技法和切身经验，运用小说的形式反思了社会转型过程中出现的新问题。这种“介入”既可看作是对当下知识阶层最为关心的一些话题的回应，某种意义上也达到了对先锋写作中“不及物性”的克服和超越。（《中国图书评论》2012 年第 10 期）

○余华

鲜血梅花

一

一代宗师阮进武死于两名武林黑道人物之手，已是十五年前的依稀往事。在阮进武之子阮海阔五岁的记忆里，天空飘满了血腥的树叶。

阮进武之妻已经丧失了昔日的俏丽，白发像杂草一样在她的头颅上茁壮成长。经过十五年的风吹雨打，手持一把天下无敌梅花剑的阮进武，飘荡在武林中的威风如其妻子的俏丽一样荡然无存了。然而在当今一代叱咤江湖的少年英雄里，有关梅花剑的传说却经久不衰。

一旦梅花剑沾满鲜血，只需轻轻一挥，鲜血便如梅花般飘离剑身。只留一滴永久盘踞剑上，状若一朵袖珍梅花。梅花剑几代相传，传至阮进武手中，已有七十九朵鲜血梅花。阮进武横行江湖二十年，在剑上增添二十朵梅花。梅花剑一旦出鞘，血光四射。

阮进武在十五年前神秘死去，作为一个难解之谜，在他妻子心中一直盘踞至今。那一日的黑夜寂静无声，她在一片月光照耀下昏睡不醒，那时候她的丈夫在屋外的野草丛里悄然死去了。在此后的日子里，她将丈夫生前的仇敌在内心一一罗列出来，其结果却是一片茫然。

在阮进武生前的最后一年里，有几个明亮的清晨，她推开屋门，看到了在阳光里闪烁的尸体。她全然不觉丈夫曾在深夜离床出屋与刺客舞剑争生。事实上在那个时候，她已经隐约预感到丈夫躺在阳光下闪烁不止的情形。这情形在十五年前那个宁静之晨栩栩如生地来到了。阮进武仰躺在那堆枯黄的野草丛里，舒展的四肢暗示着某种无可奈何。他的双眼生长出两把黑柄的匕首。近旁一棵萧条的树木飘下的几张树叶，在他头颅的两侧随风波动，树叶沾满鲜血。后来，她看到儿子阮海阔捡起了那几张树叶。

阮海阔以树根延伸的速度成长起来，十五年后他的躯体开始微微飘逸出阮进武的气息。然而阮进武生前的威武却早已化为尘土，并未寄托到阮海阔的血液里。阮海阔朝着他母亲所希望的相反方向成长，在他二十岁的今天，他的躯体被永久地固定了下来。因此，当这位虚弱不堪的青年男子出现在他母亲眼前时，她恍恍惚惚体会到了惨不忍睹。但是十五年的忍受已经不能继续延长，她感到让阮海阔上路的时候应该来到了。

在这个晨光飘洒的时刻，她首次用自己的目光抚摸儿子，用一种过去的声音向他讲述十五年前的这个时候，他的父亲躺在野草丛里死去了，她说：

“我没有看到他的眼睛。”

她经过十五年时间的推测，依然无法确知凶手是谁。

“但是你可以去找两个人。”

她所说的这两个人，曾于二十年前在华山脚下与阮进武高歌比剑，也是阮进武威武一生唯一没有击败过的两名武林高手。他们中间任何一个都会告诉阮海阔杀父仇人是谁。

“一个叫青云道长，一个叫白雨潇。”

青云道长和白雨潇如今也已深居简出，远离武林的是是非非。尽管如此，历年来留存于武林中的许多难解之谜，在他俩眼中如一潭清水一样清晰可见。

阮海阔在母亲的声音里端坐不动，他知道接下去将会出现什么，因此几条灰白的大道和几条翠得有些发黑的河流，开始隐约呈现出来。母亲的身影在这个虚幻的背景前移动着，然后当年与父亲一起风流武林的梅花剑，像是河面上的一根树干一样漂了过来。阮海阔在接过梅花剑的时候，触摸到母亲冰凉的手指。

母亲告诉他：剑上已有九十九朵鲜血梅花。他希望杀夫仇人的血能在这剑身上开放出一朵新鲜的梅花。

阮海阔肩背梅花剑，走出茅屋。一轮红日在遥远的天空里漂浮而出，无比空虚的蓝色笼罩着他的视野。置身其下，使他感到自己像一只灰黑的麻雀独自前飞。

在他走上大道时，不由回头一望。于是看到刚才离开的茅屋出现了与红日一般的颜色。红色的火焰贴着茅屋在晨风里翩翩起舞。在茅屋背后的天空中，一堆早霞也在熊熊燃烧。阮海阔那么看着，恍恍惚惚觉得茅屋的燃烧是天空里掉落的一片早霞。阮海阔听到了茅屋破碎时分裂的响声，于是看到了如水珠般四溅的火星。然后那堆火轰然倒塌，像水一样在地上洋溢开去。

阮海阔转身沿着大道往前走去，他感到自己跨出去的脚被晨风吹得飘飘悠悠。大道在前面虚无地延伸。母亲自焚而死的用意，他深刻地领悟到了。在此后漫长的岁月里，已无他的栖身之处。

没有半点武艺的阮海阔，肩背名扬天下的梅花剑，去寻找十五年前的杀父仇人。

二

母亲死前道出的那两个名字，在阮海阔后来无边无际的寻找途中，如山谷里的回

声一般空空荡荡。母亲死前并未指出这两人现在何处，只是点明他俩存在于世这个事实。因此，阮海阔行走在江河群山、集镇村庄之中的寻找，便显得十分渺小和虚无。然而正是这样的寻找，使阮海阔前行的道路出现无比广阔的前景，支持着他一日紧接一日的漫游。

阮海阔在母亲自焚之后踏上的那条大道，一直弯弯曲曲延伸了十多里，然后被一条河流阻断。阮海阔在走过木桥，来到河流对岸时，已经忘记了自己所去的方向，从那一刻以后，方向不再指导着他。他像是飘在大地上的风一样，随意地往前行走。他经过的无数村庄与集镇，尽管有着百般姿态，然而它们以同样的颜色的树木，同样形状的房屋组成，同样的街道上走着同样的人。因此，阮海阔一旦走入某个村庄或集镇，就如同走入了一种回忆。

这种漫游持续了一年多以后，阮海阔在某一日傍晚时分来到了一个十字路口。十字路口的出现，在他的漫游里已经重复了无数次。寻找青云道长和白雨潇，在这里呈现出几种可能。然而在阮海阔绵绵不绝的漫游途中，十字路口并不比单纯往前的大道显示出几分犹豫。

此刻的十字路口在傍晚里接近了他。他看到前方起伏的群山，落日的光芒从波浪般连结的山峰上放射出来，呈现一道山道般狭长的辉煌。而横在前方的那条大道所指示的两端，却是一片片荒凉的泥土，霞光落在上面，显得十分粗糙。因此，他在接近十字路口的时候，内心已经选择了一直往前的方向。正是一直以来类似于这样的选择，使他在一年多以后，来到了这里。

然而当他完成了对十字路口的选择以后很久，他才蓦然发现自己已经远离了那落日照耀下的群山。出现了这样一个事实，他并没有按照自己事前设计的那样一直往前，而是在十字路口处往右走上了那条指示着荒凉的大道。那时候落日已经消失，天空出现一片灰白的颜色。当他回首眺望时，十字路口显得含含糊糊，然后他转回身继续在这条大道上往前走去。在他重新回想刚才走到十字路口处的情景时，那一段经历却如同不曾有过一样，他的回想在那里变成了一段空白。

他的行走无法在黑夜到来后终止，因为刚才的错觉，使他走上了一条没有飘扬过炊烟的道路。直到很久以后，一座低矮的茅屋才远远地出现，里面的烛光摇摇晃晃地透露出来，使他内心出现一片午后的阳光。他在接近茅屋的时候，渐渐嗅到了一阵阵草木的艳香。那气息飘飘而来，如晨雾般弥漫在茅屋四周。

他走到茅屋门前，伫立片刻，里面没有点滴动静。他回首望了望无边的荒凉，便举起手指叩响了屋门。

屋门立即发出一声如人惊讶的叫唤，一个艳丽无比的女子站在门内。如此突然的出现，使他一时间不知所措。他觉得这女子仿佛早已守候在门后。

然而那女子却是落落大方，似乎一眼看出了他的来意，也不等他说话，便问他是否想在此借宿。

他没有说话，只是随着女子步入屋内，在烛光闪烁的案前落座。借着昏暗的烛光，他细细端详眼前这位女子，依稀觉得这女子脸上有着一层厚厚的胭脂。胭脂使她此刻呈现在脸上的迷人微笑有些虚幻。

然后他发现女子已经消失，他丝毫没有觉察到她消失的过程。然而不久之后他听到了女子在里屋上床时的响声，仿佛树枝在风中摇动一样的响声。

女子在里屋问他：

“你将去何处？”

那声音虽只是一墙之隔，却显得十分遥远。声音唤起了母亲自焚时茅屋燃烧的情景，以及他踏上大道后感受到的凉风。那一日清晨的风，似乎正吹着此刻这间深夜的茅屋。

他告诉她：

“去找青云道长和白雨潇。”

于是女子轻轻坐起，对阮海阔说：

“若你找到青云道长，替我打听一个名叫刘天的人，不知他现在何处？你就说是胭脂女求教于他。”

阮海阔答应了一声，女子复又躺下。良久，她又询问了一声：

“记住了？”

“记住了。”阮海阔回答。

女子始才安心睡去。阮海阔一直端坐到烛光熄灭。不久之后黎明便铺展而来。阮海阔悄然出门，此刻屋外晨光飘洒，他看到茅屋四周尽是些奇花异草，在清晨潮湿的风里散发着阵阵异香。

阮海阔踏上了昨日离开的大道，回顾昨夜过来的路，仍是无比荒凉。而另一端不远处却出现了一条翠绿的河流，河面上漂浮着丝丝霞光。阮海阔走向了河流。

多日以后，当阮海阔重新回想那一夜与胭脂女相遇的情形，已经恍若隔世。阮海阔虽是武林英雄后代，然而十五年以来从未染指江湖，所以也就不曾听闻胭脂女的大名。胭脂女是天下第二毒王，满身涂满了剧毒的花粉，一旦花粉洋溢开来，一丈之内的人便中毒身亡。故而那一夜胭脂女躲入里屋与阮海阔说话。

三

阮海阔离开胭脂女以后，继续漫游在江河大道之上，群山村庄之中。如一张漂浮在水上的树叶，不由自主地随波逐流。然而在不知不觉中，阮海阔开始接近黑针大侠了。

黑针大侠在武林里的名声，飘扬在胭脂女附近，已在江湖上威武了十来年。他是使暗器的一流高手。尤其是在黑夜里，每发必中。暗器便是他一头黑发，黑发一旦脱离头颅就坚硬如一根黑针。在黑夜里射出时没有丝毫光亮。黑针大侠闯荡江湖多年，因此头上的黑发开始显出了荒凉的景致。

阮海阔无尽的行走，在他离开胭脂女多月以后，出现在了某一个喧闹的集镇的街市上。那已是傍晚时刻，一直指引着他向前的大道，在集镇的近旁伸向了另一个方向。如果不是傍晚的来临，阮海阔便会继续遵照大道的指引，往另一个方向走去。然

而傍晚改变了他的意愿，使他走入了集镇。他知道自己翌日清晨以后，会重新踏上这条大道。

阮海阔行走在街上，由于长久的疲倦，使他觉得自己如一件衣服一样飘在喧闹的人声中。因此，当他走入一家客店之后不久，便在附近楼台上几位歌妓轻声细语般的歌声里沉沉睡去了。

在黎明来到之前，阮海阔像是窗户被风吹开一样苏醒过来。那时候月光透过窗棂流淌在他的床上，户外寂静无声。阮海阔睁眼躺了良久，后来听到了几声马嘶。马嘶声使他眼前呈现出了夜晚离开的那条大道。大道延伸时茫然若失的情景，使他坐了起来，又使他离开了客店。

事实上，在月光照耀下的阮海阔，离开集镇以后并没有踏上昨日的大道，而是被一条河流旁的小路招引了过去。他沿着那条波光闪闪的河流走入了黎明，这才发现自己身在何处，而在此之前，他似乎以为自己一直走在昨日继续下去的大道上。

那时候一座村庄在前面的黎明里安详地期待着他。阮海阔朝村庄走去。村口有一口被青苔包围的井和一棵榆树，还有一个人坐在榆树下。

坐在树下那人在阮海阔走近以后，似看非看地注视着他。阮海阔一直走到井旁，井水宁静地制造出了另一张阮海阔的脸。阮海阔提起井边的木桶，向自己的脸扔了下去。他听到了井水如惊弓之鸟般四溅的声响。他将木桶提上来时，他的脸在木桶里接近了他。阮海阔喝下几口如清晨般凉爽的井水，随后听到树下那人说话的声音：

“你出来很久了吧？”

阮海阔转身望去，那人正无声地望着他。仿佛刚才的声音不是从那里飘出。阮海阔将目光移开，这时那声音又响了起来：

“你去何处？”

阮海阔继续将目光飘到那人身上，他看到清晨的红日使眼前这棵树和这个人散发出闪闪红光。声音唤起了他对青云道长和白雨潇虚无飘渺的寻找。阮海阔告诉他：

“去找青云道长和白雨潇。”

这时那人站立起来，他向阮海阔走来时，显示了他高大的身材。但是阮海阔却注意到了他头颅上荒凉的黑发。他走到阮海阔身前，用一种不容争辩的声音说：

“你找到青云道长，就说我黑针大侠向他打听一个名叫李东的人，我想知道他现在何处。”

阮海阔微微点了点头，说：

“知道了。”

阮海阔走下井台，走上了刚才的小路。小路在潮湿的清晨里十分犹豫地向前伸长，阮海阔走在上面，耳边重新响起多月前胭脂女的话语。胭脂女的话语与刚才黑针大侠所说的，像是两片碰在一起的树叶一样，在他前行的路上响着同样的声音。

四

阮海阔在时隔半年以后，在一条飘着枯树叶子的江旁与白雨潇相遇。

那时候阮海阔漫无目标的行走刚刚脱离大道，来到江边。渡船已在江心摇摇晃晃地漂浮，江面上升腾着一层薄薄的水汽。

一位身穿白袍、手持一柄长剑的老人正穿过无数枯树向他走来。老人的脚步看去十分有力，可走来时却没有点滴声响，仿佛双脚并未着地。老人的白发白须迎风微微飘起，飘到了阮海阔身旁。

渡船已经靠上了对岸，有三个行人走了上去。然后渡船开始往这边漂浮而来。

白雨潇站在阮海阔身后，看到了插在他背后的梅花剑。黝黑的剑柄和作为背景波动的江水同时进入白雨潇的视野，勾起无数往事，而正在接近的渡船，开始隐约呈现出阮进武二十年前在华山脚下的英姿。

渡船靠岸以后，阮海阔先一步跨入船内，船剧烈地摇晃起来，可当白雨潇跨上去后，船便如岸上的磐石一样平稳了。船开始向江心渡去。

虽然江水急涌而来，拍得船舷水珠四溅，可坐在船内的阮海阔却感到自己仿佛是坐在岸上一样。故而刚才伫立岸边看渡船摇晃而去的情景，此刻回想起来觉得十分虚幻。阮海阔看着江岸慢慢退去，却没有发现白雨潇正以同样的目光注视着他。

白雨潇十分轻易地从阮海阔身上找到了二十年前的阮进武。但是阮海阔毕竟不是阮进武。阮海阔脸上丝毫没有阮进武的威武自信，他虚弱不堪又茫然若失地望着江水滚滚流去。

渡船来到江心时，白雨潇询问阮海阔：

“你背后的可是梅花剑?”

阮海阔回过头来望着白雨潇，他答：

“是梅花剑。”

白雨潇又问：“是你父亲留下的?”

阮海阔想起了母亲将梅花剑递过来时的情景，这情景在此刻江面的水汽里若隐若现。他点了点头。

白雨潇望了望急流而去的江水，再问：

“你在找什么人吧?”

阮海阔告诉他：

“找青云道长。”

阮海阔的回答显然偏离了母亲死前所说的话，他没有说到白雨潇。事实上，他在半年前离开黑针大侠以后，因为胭脂女和黑针大侠委托之言里没有白雨潇，白雨潇的名字便开始在他的漫游里渐渐消散。

白雨潇不再说话，他的目光从阮海阔身上移开，望着正在来到的江岸。待船靠岸后，他与阮海阔一起上了岸，又一起走上了一条大道。然后白雨潇径自走去了。而阮海阔则走向了大道的另一端。

曾经携手共游江湖的青云道长和白雨潇，在五年前已经反目为敌，这在武林里早已是众所周知。

五

与白雨潇在那条江边偶然相遇之事，在阮海阔此后半年的空空荡荡的漫游途中，总是时隐时现。然而阮海阔无法想到这位举止非凡的老人便是白雨潇。只是难以忘记他身穿白袍潇潇而去的情景。那时候阮海阔已经与他背道而去，一次偶然的回首，他看到老人白色的身影走向青蓝色的天空，那时田野一望无际，巨大而又空虚的天空使老人走去的身影显得十分渺小。

多月之后，因为过度的劳累与总是折磨着他的饥饿，使他病倒在长江北岸的一座群山环抱的集镇里。那时他已经来到一条蜿蜒伸展的河流旁，一座木桥卧在河流之上。他尽管虚弱不堪，可还是踏上了木桥，但是在木桥中央他突然跪倒了，很久之后都无法爬起来，只能看着河水长长流去。直到黄昏来临，他才站立起来，黄昏使他重新走入集镇。

他在客店的竹床上躺下以后，屋外就雨声四起。他躺了三天，雨也持续了三天。他听着河水流动的声音越来越响亮。他感到水声流得十分遥远，仿佛水声是他的脚步一样正在远去。于是他时时感到自己并未卧床不起，而是继续着由来已久的漫游。

雨在第四日清晨蓦然终止，缠绕着他的疾病也在这日清晨消散。阮海阔便继续上路。但是连续三日的大雨已经冲走了那座木桥，阮海阔无法按照病倒前的设想走到河流的对岸。他在木桥消失的地方站立良久，看着路在那滔滔的河流对岸如何伸入了群山。他无法走过去，于是便沿着河流走去。他觉得自己会遇上一座木桥的。

然而阮海阔行走了半日，虽然遇到几条延伸过来的路，可都在河边突然断去，然后又在河对岸伸展出来。他觉得自己永远难以踏上对岸的路。这个时候，一座残缺不全的庙宇开始出现。庙宇四周树木参天，阮海阔穿过杂草和乱石，走入了庙宇。

阮海阔置身于千疮百孔的庙宇之中，看到阳光从四周与顶端的裂口倾泻进来，形成无数杂乱无章的光柱。他那么站了一会以后，听到一个如钟声一样的声音：

“阮进武是你什么人？”

声音在庙宇里发出了嗡嗡的回音，阮海阔环顾四周，他的目光被光柱破坏，无法看到光柱之外。

“是我父亲。”阮海阔回答。

声音变成了河水流动似的笑声，然后又问：

“你身后的可是梅花剑？”

“是梅花剑。”

声音说：“二十年前阮进武手持梅花剑来到华山脚下……”声音突然终止，良久才继续下去，“你离家已有多久了？”

阮海阔没有回答。

声音又问：“你为何离家？”

阮海阔说："我在找青云道长。"

声音这次成为风吹树叶般的笑声，随后告诉阮海阔：

"我就是青云道长。"

胭脂女和黑针大侠委托之言此刻在阮海阔内心清晰响起。于是他说：

"胭脂女打听一个名叫刘天的人，不知这个人现在何处？"

青云道长沉吟片刻，然后才说：

"刘天七年前已去云南，不过现在他已走出云南，正往华山而去，参加十年一次的华山剑会。"

阮海阔在心里重复一遍后，又问：

"李东现在何处？黑针大侠向你打听。"

"李东七年前去了广西，他此刻也正往华山而去。"

母亲死前的声音此刻才在阮海阔内心浮现出来。当他准备询问十五年前的杀父仇人是谁时，青云道长却说：

"我只回答两个问题。"

然后阮海阔听到一道风声从庙宇里飘出，风声穿过无数树叶后销声匿迹了。他知道青云道长已经离去，但他还是站立了很久，然后才走出庙宇。

阮海阔继续沿着河流行走，白雨潇的名字在消失了很长一段时间后，重又来到。阮海阔在河旁行走半日后，一条大道在前方出现，于是他放弃了越过河流的设想，走上了大道，开始了对白雨潇的寻找。

六

阮海阔对白雨潇的寻找，是他漫无目标漂泊之旅的无限延长。此刻青云道长在他内心如一道烟一样消失了。而胭脂女和黑针大侠委托之事虽已完成，可在他后来的漫游途中，却如云中之月一样若有若无。尽管胭脂女和黑针大侠的模糊形象，会偶尔地出现在道路的前方。但他们的居住之处，阮海阔早已遗忘。因此他们像白雨潇一样显得虚无飘渺。

然而阮海阔毫无目的地漂泊，却在暗中开始接近黑针大侠了。他身不由己的行走进行到这一日傍晚时，来到了黑针大侠居住的村口。

这一日傍晚的情景与他初次来到的清晨似乎毫无二致，黑针大侠那时正坐在那棵古老的榆树下，落日的光芒和作为背景的晚霞使阮海阔感到无比温暖。这时候他已经知道来到了何处。他如上次一样走上了井台，提起井旁的木桶扔入井内，提上来以后喝下一口冰凉的井水，井水使他感受到了正在来临的黑夜。然后他回头注视着黑针大侠，他看到黑针大侠也正望着自己，于是他说：

"我找到青云道长了。"

他看到黑针大侠脸上出现了迷惑的神色，显然黑针大侠已将阮海阔彻底遗忘，就像阮海阔遗忘他的居住之处一样。阮海阔继续说：

"李东已经离开广西，正往华山而去。"

黑针大侠始才省悟过来，他突然仰脸大笑。笑声使榆树的树叶纷纷飘落。笑毕，黑针大侠站起走入了近旁的一间茅屋。不久他背着包袱走了出来，走到阮海阔身旁时略略停顿了一下，说：

“你就在此住下吧。”

说罢，他疾步而去。

阮海阔看着他的身影在那条小路的护送下，进入了沉沉而来的夜色，然后他才回身走入黑针大侠的茅屋。

七

阮海阔在离开黑针大侠茅屋约十来天后，一种奇怪的感觉使他隐约感到自己正离胭脂女越来越近。事实上他已不由自主地走上了那条指示着荒凉的大道。他在无知的行走中与黑针大侠重新相遇以后，依然是无知的行走使他接近了胭脂女。

那是中午的时刻，很久以前在黑夜里行走过的这条大道，现在以灿烂的姿态迎接了他。然而阳光的明媚无法掩饰道路伸展时的荒凉。阮海阔依稀回想起很久以前这条大道的黑暗情景。

不久之后他嗅到了阵阵异香，那时他已看到了远处的茅屋。他明白自己已经来到了何处。当他来到茅屋近前时，那一日清晨曾经向他招展过的奇花异草，在此刻中午阳光的照耀下，使他感到一种难以承受的热烈。

胭脂女伫立在花草之中，她的容颜比那个夜晚所见更为艳丽。奇花异草的簇拥，使她全身五彩缤纷。她看着阮海阔走来，如同看着一条河流来。

阮海阔没有走到她身旁，她异样的微笑使他在不远处无法举步向前。他告诉她：

“刘天现在正走在去华山的路上，他已经离开云南。”

胭脂女听后嫣然一笑，然后扭身走出花草，走入茅屋，她拖在地上的影子如一股水一样流入了茅屋。

阮海阔站了一会，胭脂女进去以后并没有立刻出来。于是他转身离去了。

八

阮海阔对白雨潇的寻找，在后来又继续了三年。在三年空虚的漂泊之后，这一日由于过度的劳累，他在一条大道中央的凉亭里席地而睡。

在阮海阔沉睡之时，一个白须白袍的老人飘然而至。他朝阮海阔看了很久，从此刻放在地上的梅花剑，他辨认出了这位沉睡的男子便是多年前曾经相遇过的阮进武之子。于是他蹲下身去拿起了梅花剑。

梅花剑的离去，使阮海阔蓦然醒来。他第二次与白雨潇相遇就这样实现了。

白雨潇微微一笑，问：“还没有找到青云道长？”

这话唤起了阮海阔十分遥远的记忆，事实上在这三年对白雨潇空荡荡的寻找里，已经完全抹去了青云道长。

阮海阔说：

“我在找白雨潇。”

“你已经找到白雨潇了，我就是。”

阮海阔低头沉吟了片刻，他依稀感到那种毫无目标的美妙漂泊行将结束。接下去他要寻找的将是十五年前的杀父仇人。也就是说他将去寻找自己如何去死。

但是他还是说：

“我想知道杀死我父亲的人。”

白雨潇听后再次微微一笑，告诉他：

“你的杀父仇敌是两个人。一个叫刘天，一个叫李东。他们三年前在去华山的路上，分别死在胭脂女和黑针大侠之手。”

阮海阔感到内心一片混乱。他看着白雨潇将梅花剑举到眼前，将剑从鞘内抽出。在亭外辉煌阳光的衬托下，他看到剑身上有九十九朵斑斑锈迹。

白雨潇离去以后，阮海阔依旧坐在凉亭之内，面壁思索起很久以前离家出门时的情景。他闭上双目以后，看到自己在轮廓模糊的群山江河、村庄集镇之间漫游。那个遥远的傍晚他如何莫名其妙地走上了那条通往胭脂女的荒凉大道，以及后来在那个黎明之前他神秘地醒来，再度违背自己的意愿而走近了黑针大侠。他与白雨潇初次相遇在那条滚滚而去的江边，却又神秘地错开。在那个群山环抱的集镇里，那场病和那场雨同时进行了三天，然后木桥被冲走了，他无法走向对岸，却走向了青云道长。后来他那漫无目标的漫游，竟迅速地将他带到了黑针大侠的村口和胭脂女的花草旁。三年之后，他在这里与白雨潇再次相遇。现在白雨潇已经离去了。

一九八九年一月十八日

许三观卖血记*

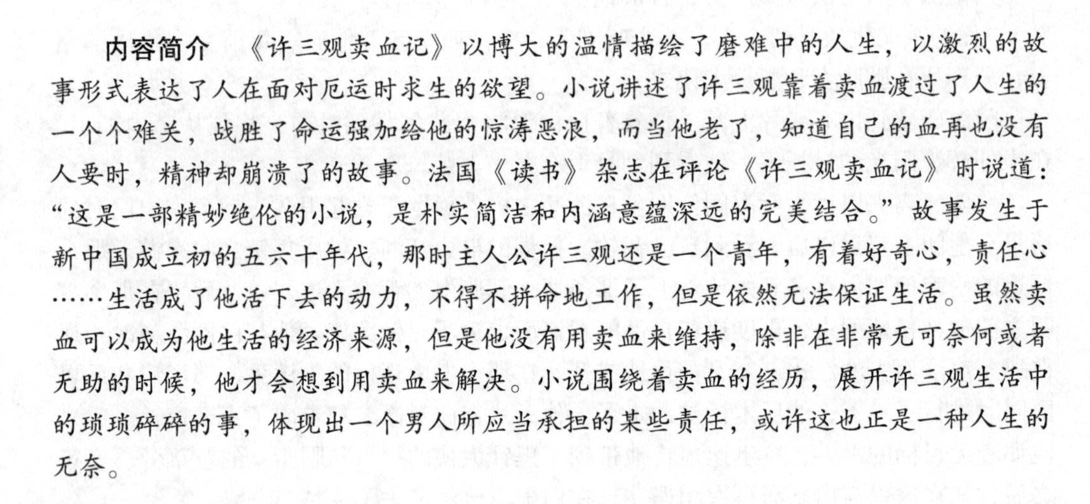

内容简介　《许三观卖血记》以博大的温情描绘了磨难中的人生，以激烈的故事形式表达了人在面对厄运时求生的欲望。小说讲述了许三观靠着卖血渡过了人生的一个个难关，战胜了命运强加给他的惊涛恶浪，而当他老了，知道自己的血再也没有人要时，精神却崩溃了的故事。法国《读书》杂志在评论《许三观卖血记》时说道："这是一部精妙绝伦的小说，是朴实简洁和内涵意蕴深远的完美结合。"故事发生于新中国成立初的五六十年代，那时主人公许三观还是一个青年，有着好奇心，责任心……生活成了他活下去的动力，不得不拼命地工作，但是依然无法保证生活。虽然卖血可以成为他生活的经济来源，但是他没有用卖血来维持，除非在非常无可奈何或者无助的时候，他才会想到用卖血来解决。小说围绕着卖血的经历，展开许三观生活中的琐琐碎碎的事，体现出一个男人所应当承担的某些责任，或许这也正是一种人生的无奈。

○

刘震云

新兵连

一

到新兵连第一顿饭，吃羊排骨。肉看上去倒挺红，就是连连扯扯，有的还露着青筋。这一连兵全是从河南延津拉来的，农村人，肚里不存啥油水，大家都说这肉炖得好吃。“这部队的肉就是炖得有味儿。”但大家又觉得现在身份不同往常了，不能显得太下作，又都露出不大在乎的样子，人人不把肉吃完，人人盘底还剩下两块骨头。全屋的人，就排长把肉吃完了。排长叫宋常，二十七八岁，把我们从家乡领到这远离家乡的地方。排长吃完肉，背着手在屋里转了一圈，看了看各人的盘底，问：“大家吃饱没有？”

大家异口同声地答：“吃饱了，排长！”

“吃饱了整理内务吧！”

“整理内务”，就是整理房子。这房子里，除了排长挨窗户搭一个铺板，我们班里十几个人全一个挨一个睡地铺。这时我的一个同村也是同学，小名叫“老肥”的，便要抢暖气包，说：“我这人爱害冷，还是挨着这玩意儿合适！”

其他几个外村的，便噘嘴不高兴：“你爱害冷，谁不爱害冷？”

这时排长正在床板上翻自己的脏衣服（路途上换下的），不翻了，当头一声断喝：“李胜儿！”

“李胜儿”是“老肥”的学名，我们在火车上已经学会了立正，“老肥”赶忙把手贴到裤缝上答：

“到！”

“睡到门口去！”

“老肥”噘嘴不高兴：“我不睡门口，门口有风。”

“有风你就不睡了？你说，你不睡谁睡？谁睡合适？你指一个！”

"老肥"指不出谁睡合适，因为指谁得罪谁。

排长说："你指不出，就是你睡合适。你表个态，你睡合适不合适？"

这时"老肥"的眼圈红了，说："合适。"

排长说："既然你自己说合适，那你就睡吧。"

排长走后，"老肥"边在门口摊铺盖卷，边埋怨大家："你们都不是好人。咱们是老乡，你们怎么当着排长的面挤兑我？"

大家说："是你要抢暖气包，谁挤兑你了？"

下午，一个班为单位，一块出去熟悉环境。这时"老肥"找到我，眼圈红了：

"班副，我看我完了。"

我说："刚当一天兵，怎么说完？"

他说："看来排长对我印象极差。"

走在旁边的白面书生王滴插言："谁让你尿排长一裤了？"

这是在闷子车上的事。我们从家乡到部队来，坐的是闷子车。车上没有尿罐，撒尿得把车门打开一条缝，对着外边直接滋。"老肥"有个毛病，行动中撒不出尿，车"哐哩""哐当"的，他站在车门口半小时，没撒出一滴尿。别人还等着撒，便说：

"你没有尿，占住门口干什么？"

"老肥"说："怎么没尿？尿泡都憋得疼，就是这车老走，一滴也撒不出来。"

这时排长见车门口聚成一蛋人，便吆喝大家回去，又拉"老肥"："尿不出就是没尿，回去回去！"

谁知"老肥"一转身，对着车里倒撒了出去，一下没收住闸，尿了排长一裤。把排长急得蹦跳：

"好，好，李胜儿，我算认识你了！"

王滴的话说中了"老肥"的心病。"老肥"的眼圈更红了。

我安慰"老肥"："你不要太在心，尿一裤不说明什么。"

"老肥"又悄悄对我说："王滴最会巴结排长了，中午我见他给排长洗衣服。"

我说："行了行了，谁不让你洗了？"

正说着，眼前走过一队蒙古人。长袍短褂的，骑着马，大衣领上厚厚的一层人油。河南哪里见过这个？大家不再说话，立在那里看。

突然王滴问："怎么不见女的？"

一个叫原守——大家都喊他"元首"的，用手指着说："怎么没有女的？那不是，勒红头巾的那个！"

果然，一个人勒着红头巾，是个女的。只是长得太难看了，脸晒得黑红。

这时王滴说："我明白了，边疆地带，能有这样女的，也算不错了。"接着正了正自己的军帽。

蒙古人过去，又看四周。四周是茫茫一片戈壁。王滴指着地上一个挨一个的小石子，告诉大家，所谓戈壁，原始社会便是大海，不然怎么一个挨一个的小石子？不然怎么到现在还寸草不生？

“老肥”不满意了：“怎么寸草不生？看那不是树木，还有一条河。”

大家顺着“老肥”的手指看，果然，远处是一簇黑森森的树棵子，旁边还有一条河。它的上方，升腾着一片水汽，在空气中颤动。

可离开那簇树棵子，别的地方就没有什么了。

于是大家说：“别管大海不大海，反正这地方够荒凉的！”

王滴说：“排长带兵时，还说在兰州呢，谁知离兰州还有一千多！”

“老肥”说：“那你还给排长洗衣服！”

王滴马上面红耳赤：“谁给排长洗衣服了？”

两个人戗到一起，便想打架。我把他们拉开。这时班长站在营房喊我们，让我们回去开班务会。

班长叫刘均，是个老兵，负责我们的军事训练。班务会就在宿舍开，大家各自坐在自己的铺头上。班长讲了一通话，要大家尊敬首长，团结同志，遵守纪律，苦练杀敌本领。接着又对中午吃饭提出批评，说大家太浪费了，羊肉排骨还不吃完，每人剩下两块，倒到了泔水桶里；以后不要这样，打到盘里的菜就要吃完，吃不完就不要打那么多。大家听了，都挺委屈，原是为了面子舍不得吃完，谁知班长又批评浪费。于是到了晚饭，大家不再客气，都开始放开肚皮吃。盘底的菜根儿，都舔得干干净净。“元首”一下吃了八个大蒸馍杠子。似乎谁吃得多，谁就是不浪费似的。

这时“老肥”又出了洋相。下午的菜是猪肉炖白菜。肉瘦的不多，全是白汪汪的大肥肉片子，在上边漂。但和家里比，这仍然不错了。大家都把菜吃完了，唯独排长没有吃完，还剩半盘子，在那里一个馍星一个馍星往嘴里送。“老肥”看到排长老不吃菜，便以为排长是舍不得吃，也是将功补过的意思，将自己舍不得吃的半盘子菜，一下倾到排长盘子里，说：

“排长，吃吧！”

但他哪里知道，排长不吃这菜，是嫌这大肥肉片子不好吃，突然闯来“老肥”，把吃剩的脏菜倾到自己盘子里，直气得浑身乱颤，用手指着“老肥”：

“你，你干什么你！”

接着将盘子摔到地上。稀烂的菜叶子，溅了一地。

晚上睡觉，“老肥”情绪坏极了。嘴里唉声叹气，在门口翻身。我睡醒一觉，还见他双手抱着头，在那里打滚。我出去解手，他也趿拉着鞋跟出来。到了厕所，带着哭腔向我摊手：

“班副，我可是一片好心啊！”

我说：“好心不好心，又让人家戗了一顿。”

他说：“排长急我我不恼，我只恼王滴他们。排长急我时，他们都偷偷捂着嘴笑……”

我说：“自己干了掉底儿事，还能挡住人家笑？”

接着又安慰他两句，劝他早点睡觉。他说：“班副，你得和我谈谈心。”

我说：“看都什么时候了，还谈心。快点睡吧，明天就要开始训练了。”

他叹了一口气，和我回去睡觉。这时月牙已经偏西，只有两个站岗的哨兵，在远处月光下游动。

二

军事训练开始了。一个班为单位，列成一队练操：齐步走，正步走，跑步走。

还练卧倒和匍匐前进：身子一扑倒在地上，不准用脚蹬，要用两只胳膊拖着身子往前爬……

白天累了一天，夜里也不得安宁，练紧急集合。半夜睡得正香，“嘟嘟”一阵哨响，紧急集合！不准开灯，要你十分钟时间穿得衣帽整齐，背着背包、提着长枪跑到操场上。大家不怕白天训练，就怕晚上集合。十分钟的黑暗时间，屋里吵成一锅粥，不是你拿了我的袜子，就是我穿错了你的裤子，哪里出得去？但连长、指导员已经背着手枪站在操场上，检查人数，看哪班是最后一个。然后严肃地说：几公里处几公里处有特务，限二十分钟赶到。你就拖着长枪、撒丫子跑吧。跑一圈回来，累得通身流汗，气喘吁吁，这时连长、指导员又站在操场等你，检查各人的背包散形没有，衣裳穿错没有。

各班都有出洋相的。我们班出洋相最多的，是“老肥”和“元首”。“元首”长得瘦瘦的，平时一脸严肃，不爱说话，爱心里做事，可做事竟不利落。他爱将左右脚穿反，左鞋穿到右脚上，右鞋穿到左脚上。连长让他出列，在队伍前走一个来回，他鞋成外八字，走来走去，像只瘸腿的病鸭。大家都笑了。散队回宿舍，白面书生王滴说：

“其实连长不该批评‘元首’，紧急集合抓特务，反穿鞋有好处，脚印不易辨认。”

大家看着“元首”，又笑了。“元首”的两只鞋还没换过来，闷头坐在铺头，也不说话，只是狠狠剜了王滴一眼。

“老肥”出洋相，是爱把裤子穿反，大口朝后，露着屁股。连长不好让他出列展览，只是说有人把裤子都穿反了，“还没抓特务，自己先把裤子穿反！”散队后，“老肥”揪住屁股后边的开口，情绪十分沮丧。似乎特务没抓到，全是因为他的裤子。

夜里不但紧急集合，还得站岗。两人一班，一班一个小时，往下传着一个马蹄表。十七八岁的孩子，在家里还是睡打麦场的年龄，现在白天训练一天，哪里会不困？困不说，还饿。晚饭明明吃饱了，吃了好几个蒸馍杠子，晚上一站岗就饿。饿不说，还冷。这戈壁滩的三九天真不一般，零下十几度、二十几度。轮到我站岗，最向往的地方，是连队的锅炉房。烧锅炉的老兵叫李上进。他和其他老兵不一样，他不欺负新兵，见了我还叫“八班副”，慢慢混得挺知心。他烧锅炉有夜班饭，即七八个包子，自己在炉皮上烤一烤。我每次去，他都匀给我两个，然后坐在烧火的条凳上，踢蹬着双腿，眯着眼看我大口大口吃。他那包子也确实烤得好，焦黄喷香的，吃了还想吃。可惜不能太抢人家的夜班饭，只好抹着嘴说：“吃饱了，吃饱了”，将又递过来的包子推回去。他爱笑，笑得挺憨厚。第一次见面，就问我：

“写入党申请书了吗?”

我摇摇头,说:“刚到部队,就写?”

他拍了一下大腿,似乎比我还着急,挥着手说:“赶快写,赶快写,回去就写!像我,就因为申请书交得晚,现在当了三年兵,还没入上!”

可等我背地里打听别的老兵,申请书早交晚交,不是决定的,决定的是找组织谈心。何况李上进没能及时入党,也不是因为申请书递得晚,是因为他受过处分。受处分的原因,是因为他在探亲时,偷偷带回家一把刺刀。刺刀的用途,是为了谈对象。与对象见面那天,他穿了一身新军装,扎上武装带,屁股蛋子上吊着一把刺刀,跟着父母从集市上穿过,觉得挺威风。后来对象是谈成了,但吊刺刀的事不知怎么被部队知道了,便给了他一个处分,也影响了他的进步。第二次见面,我不由关心起他,问:

“那你什么时候能解决?”

他一手握住捅火的铁棍,一手拈着刚钻出的小胡须,说:“据我估计,快了。”

“为什么快了?”

“你看,这不让我烧锅炉了吗?”

我百思不得其解,为什么烧锅炉就能入党?

他说:“领导让你烧锅炉,不是对你的考验吗?”

我恍然大悟,也替他高兴,说:“不管早晚,你总能解决。我听说有的老兵直到复员,还不能解决。”

李上进说:“那真是丢死人了。”

转眼半个月过去了。大家对部队生活都有些熟悉了,连走路也有些老兵的味道了。这时大家也开始懂得追求进步,纷纷写起了入党、入团申请书,早晨起来开始抢扫帚把。随之人与人之间的关系也紧张了。因为大伙总不能一块进步,总得你进步我不能进步,我进步你不能进步;你抢了扫帚把,表现了积极,我就捞不着表现。于是大家心里都挺紧张,一到五更天就睡不着,想着一响起床号就去抢扫帚把。

这时班里要确定“骨干”。所谓“骨干”,就是在工作上重点使用。能当上“骨干”,是个人进步的第一站,所以人人都盯着想当“骨干”。可连里规定,一个班只能确定三个“骨干”,这就增添了问题的复杂性。拿我们班来说,我是班副,是理所当然的“骨干”。另一个是王滴,大家也没什么说的,因为他能写会画,会一横一竖地写仿宋字,出墙报,还会在队伍前打拍子唱歌。问题出在“元首”和“老肥”身上,他们俩谁当“骨干”,争论比较大。这二位都是最近由后进变先进的典型。紧急集合不再搞得丢盔撂甲。“元首”的办法,是左右鞋分别用砖压住,到时候不会错脚;“老肥”睡觉不脱裤子,自然不会穿反。这样,二人往往比别人还先跑到操场上,表现比较突出。何况平时他们还主动干别的好事。“元首”是不声不响掏连里的厕所;“老肥”是清早一起来就抢扫帚把,有一天夜里还做好事,一人站了一夜岗,自己不休息,让同志们休息。两人比较来比较去,相持不下。这时班长想起了灯绳。在部队,灯绳不是随便拉的,要“骨干”守着。灯绳在门口吊着,“老肥”正好挨着门口睡。如果让“元首”当“骨干”，就要和“老肥”换一换位置。可班长一来怕麻烦，二来“老肥”睡门口是排长决定的，于是对我说：“让李胜儿当吧。”于是，“老肥”就成了“骨干”，继续掌管灯绳。当初让“老肥”睡到门口是排长对他的惩罚，现在又因祸得福，当上了“骨干”。“老肥”露着两根大黄牙，乐了两天。而“元首”内心十分沮丧，可又不敢露在面上，只好给班长写了一份决心书，说这次没当上“骨干”，是因为自己工作不努力，今后要向“骨干”学习，争取下次当上“骨干”。其他十几名战士，也都纷纷写起了决心书。

这时连里要拉羊粪。所谓羊粪，就是蒙古人放牧走后，留在荒野上的一圈圈粪土，现在把它们拉回来，等到春天好种菜地。连里统一派车，由各班派人。由于是去连里干活，各班都派“骨干”。轮到我们班，该派王滴和“老肥”。可王滴这两天要出墙报，我又脱不开身，于是班长说：“让‘元首’去吧。”

“元首”原没妄想去拉羊粪，已经提着大枪准备去操场集合，现在听班长说让他去拉羊粪，干“骨干”该干的活，一下乐得合不住嘴，忙扔下大枪，整理一下衣服，还照了一下小圆镜，兴高采烈地去拉羊粪。拉了一天羊粪回来，浑身荡满了土，眉毛、头发里都是粪末，但仍欢天喜地的，用冷水“呼哧呼哧”洗脸，对大家说：

“连长说了，停两天还拉羊粪!”

接着又将自己的皮帽子刷了刷，靠在暖气包上烘干。这时外面“嘟嘟”地吹哨，连里要紧急集合点名。“元首”一下着了慌。排长急如星火地进来，看到“元首”的湿帽子，脾气大发：

“该集合点名了，你把帽子弄湿。弄湿就不点名了？你怎么弄湿，你再怎么给我弄干！弄不干你戴湿帽子点名!”

可怜“元首”只好戴上湿帽子，站在风地里点名。数九寒天，一场名点下来，帽子上结满了琉璃喇叭。这时排里又要点名。排长讲话，批评有的同志无组织无纪律，临到点名还弄湿帽子。大家纷纷扭头，看“元首”。“元首”一动不动。

排里点完名，“元首”不见了。我出去寻他，他仍戴着湿帽子，坐在营房后的风地里，一动不动。我以为他哭了，上去推他，他没哭，只是翻着眼皮看看我。我说：

“‘元首’，把帽子脱下来吧，看都冻硬了。”

他突然开始用双手砸头，一个劲儿地说：

“我怎么这么混!”

我说：“这也不怪你，你今天拉羊粪了。”

这时他“呜呜”哭了，说：“班副，这都怪我心笨。”

我说这也不能怪心笨，谁也没想到会突然点名。

他渐渐不哭了，又告诉我，他今天收到他爹一封信，托人写的，让他在部队好好干，可他今天就弄了个这。

我说这没什么，谁还不跌跤了？跌倒爬起来就是了。

他点点头。

第二天一早，“元首”递给班长一份决心书，说昨天弄湿帽子的思想根源是无组织无纪律，现在跌倒了，今后决心再爬起来……

三

各班正在训练，连里突然集合讲话，说近日有大首长要来检阅，要各班马上停止别的训练，一起来练方队。大家都没见过大首长，一听这消息，都挺兴奋。一边改练方队，一边悄悄议论：这首长有多大？该不是团长吧？夜里我和班长站岗，我问班长。班长本来也不一定知道，但他告诉我这是军事机密。

练了十几天方队，上边来了通知，明天就要检阅。这时告诉大家，来检阅的不是团长，也不是师长，是军长！军营一下沸腾起来。说军长要来检阅我们！有的当即要给家写信，说这么个喜讯。班长也兴高采烈地对我们讲，军长长得什么样什么样，到时候检阅可不要咳嗽。接着又重新排队，谁站哪儿谁站哪儿。大家又“稀里哗啦”地卸枪栓，擦枪，把刺刀擦得明晃晃的。

晚上刚刚八点钟，连里就吹起了熄灯号，要大家早点休息，养精蓄锐。灯虽然熄了，但大家哪里睡得着？后来不知怎么睡着了，外面又“嘟嘟”响起了哨声。大家一愣怔，“元首”急忙问：

“又搞紧急集合吗？”

大家慌了手脚，也不敢开灯，黑暗中开始穿衣收拾背包，纷纷埋怨：“明天军长就要检阅，怎么还搞紧急集合？”

这时连长进来，“啪”一下拉着灯，告诉大家，不是紧急集合，是提前起床。

起床后立即到食堂吃饭，吃了饭立即站队上车；八点钟以前，要赶到军部检阅场。

大家松了一口气，提着的心又放下了。纷纷说：“我说也不该紧急集合。”又像昨天一样兴奋起来。看看窗户外边，还黑咕隆咚的。

东方出现了血红血红的云块。这是大戈壁滩上的早霞。大戈壁一望无际，没有遮拦，就等着那红日从血海中滚出。仍是数九寒冬天，零下十几度，但大家都不觉得冷，挤着站在大卡车上。司机似乎也很兴奋，车开得“呼呼”的，遇到沟坎，大家“喔”地一声，被车厢颠起来，又落回去。大枪上的刺刀，都上了防护油，一人一杆，抱在怀里。

军部检阅场到了。乖乖，原来受检阅的部队，不止我们一个连，检阅场上的人成千上万，一队一队的兵，正横七竖八开来开去，寻找自己的位置。我问班长：

“这有多少人？”

班长在人群中搭着遮檐看了看，“大概要有一个师。”

人声鼎沸，尘土飞扬。我们都护着自己的刺刀，不让沾土。连长屁股蛋上吊着手枪，在队伍中跑来跑去，一个劲儿地喊：

“跟上跟上，不要拉开距离！”

大家便一个挨一个，前心贴后心，向前挪动。

七点半了，队伍都基本上各就各位。行走的脚步声、口令声少了，广场上安静下来。但随之而起的，是人的说话声。有的是议论今天人的，有的是指点检阅台的，还有的是老乡见面，平时不在一个连队，现在见到了，便窜过队伍厮拉着见面，被排长连长又吆喝回去……

突然，大家不约而同安静下来。原来检阅台上有了人，一个参谋模样的人，在对着麦克风宣布检阅纪律，让大家学会两句话。即当军长从队伍前边走过喊“同志们辛苦了”时，大家要齐心协力地喊“首长辛苦”。然后问：

“大家听明白没有?”

大家齐心协力地喊：“听明白了!”

接着又让检查武器。于是全广场响起“稀里哗啦”的枪栓声。

武器检查完，整理队伍开始了。各级首长开始纷纷报告。一个连整理好，向营里报告；一个营整理好，向团里报告；一个团整理好，向检阅台报告。全广场清脆的报告声，此起彼伏。

最后全体整理完毕，队伍安静下来，一个白发苍苍的老头子接受报告。他站在指挥台上，从左向右打量队伍。我悄悄捅了捅班长：

“这是谁?”

“师长。”

七点五十分，师长开始看表，接着开始亲自整理队伍。那么一个老头子，喊起“立正”“稍息”，声音滞重苍老，加上那白发，那一丝不苟的严肃，让人敬畏和感动。于是人们纷纷踮起脚尖，前后左右看齐，使偌大一个广场，偌多的千军万马，成了一条条横线、竖线和斜线。好整齐壮观的队伍。整个广场上，没有一点声音，只有旗杆上的军旗，在寒风中“哗啦啦”地飘动。

八点整。军长该来了。

时间在“嘀答”“嘀答”地响，十五分钟过去，军长还没有来。师长在台上一个劲儿地看表。队伍又开始出现骚乱。“老肥”说：“别是军长忘了吧?”

“元首”说：“忘是不会忘，可能什么事给耽搁住了。”

半个小时过去，大家更加着急。这时王滴发话：

“看来这阅检不成了。”

正说着，大路尽头出现一组车队，转眼之间到了队伍前。是几辆长长的黑色轿车，明晃晃的。大家纷纷说：“来了，来了。”

于是立即精神倍增，“嗡嗡”一阵响，广场又安静下来。这次可安静得能往地下掉针、车门打开的声音，都能听见。接着从车上走下来一些人。有几个胖老头子，也有年轻的，还有一个如花似玉的女兵。年老的背着手，年轻的立即撒成散兵线，向四周围张望。这时师长在台上紧张地整理自己的军装，又转身整理队伍：

“大家听好了，立正——

向右看齐——

向前看——

稍息——

立正！——”

最后一个“立正”，老头子扯破喉咙地喊，喊出了身体的全部力量，然后双拳提起，跑步下台，向台下那群老头子中的一个敬礼：“报告军参谋长，某军某师现在集合完毕，请指示！”

那个老头子挥了挥手说：“稍息！”

“是！”师长双拳提起，气喘吁吁地跑回检阅台，向部队：“稍息！”

部队稍息。

军参谋长老头子吃力地踱上检阅台，在中心站定，看了看部队，说：“同志们——”

一说“同志们”，队伍立即立正，千万只脚跟磕出的声音，回荡在广场。

老头子又说：“稍息！”然后说：“今天军长检阅我们，希望大家……”讲了一番话，然后自己又亲自整理部队，又双拳提起，跑步下台，向另一个胖胖的、脸皮有些耷拉、眼下有两个肉布袋的人报告：

“报告军长，队伍整理完毕，请您检阅！”

那个老头子倒挺和蔼，两只肉布袋一笑一笑地，说：“好，好。”

然后，检阅开始。说是检阅，其实也就是军长从队伍前过一过。但大家能让军长从自己脸前过一过，也算很不错了。于是眼睛不错珠地、木桩一样在那里站着。刺刀明晃晃的，跟人成一排，这时太阳升出来了，放射出整齐的光芒。一排排的人，一排排的枪和刺刀，一排排的光芒，煞是肃穆壮观。人在集体中溶化了，人人都似乎成了一个广场。在这一片庄严肃穆中，军长也似乎受了感动，把手举到了帽檐。但他似乎没学过敬礼，一只手佝偻着在那里弯着。可他眼里闪着一滴明晃晃的东西。走到队伍一半，他开始向队伍说：“同志们好！”

大家着了慌。因军长说的问候词和参谋交代的不一样。参谋交代的是：“同志们辛苦了”。但大家立即转过神，顺着大声喊：

“首长好！”

幸好还整齐，大家的心放下了。唯独“老肥”出了洋相，千万人群中，他照旧喊了一句“首长辛苦！”队伍的声音之外，多出一个“苦”字。幸好是一个人，军长可能没听到。但我们连长立即扭回头，愤怒地盯了“老肥”一眼。

军长走到了我们团队面前。这时有一个换枪仪式，即当军长走到哪个团队时，哪个团队要整齐地换枪：将胸前的枪分三个动作，换到一侧：“啪”“啪”“啪”三下，枪响亮地打着手，煞是壮观好看。这时“元首”露了相。换枪时，他用力过猛，刺刀擦着了额头，血立即涌了出来，在脸上流成几道。但这个动作别人不易发现，他自己也不敢说，仍持枪立着，一动不动。谁知军长眼尖，竟发现了，突然停止检阅，来到“元首”面前。“元首”知道坏了事，但也不敢动。军长盯着他脸上的血看，突然问：“谁是这个连的连长？”

连长立即跑步过来，立正敬礼：“报告军长！”

但立即吓得筛糠。我们全连跟着害怕，军长要责备我们了，班长愤怒地盯着

“元首”。谁知军长突然笑了，两只肉布袋一动一动的，用手拍了拍“元首”的肩膀，对连长说：“这是一个好战士！”

大家全都松了一口气。“元首”十分感动。连长也精神振奋地向军长敬礼：

“是！报告军长，他是一个好战士！”

军长“嗯”了一声，点点头，又向身后招了招手，他身后跟着的如花似玉的女兵，立即上前给“元首”包扎。我们这才知道，她是军长的保健医生。“元首”这时感动得嘴角哆嗦，满眼冒出泪，和血一起往下流。

军长检阅完毕，各个方队散了，整齐地迈着步伐，唱着军歌开往各自的营地。

这时军长仍站在检阅台上，向我们指指点点。

我们回到了营房。连里开始总结工作，讲评这次检阅。严厉批评了“老肥”，喊致敬词时喊错了一个字；又表扬了“元首”，说他是个好战士，枪刺破了头，还一动不动，要大家向他学习。接着班里又开会。鉴于以上情况，班里的“骨干”便做了调整：“老肥”让撤了下来，“元首”成了“骨干”。当即就让二人换了铺位：“老肥”睡到里面去，“元首”搬到门口掌握灯绳。“老肥”再也憋不住，一到新铺就扑倒哭了。班长批评他：

“哭什么哭什么？你还委屈了？”

“老肥”马上又挺起身，擦干眼泪，不敢委屈。

“元首”自然很高兴，立即趴到门口铺头给家里写信。这时王滴来到他跟前，扳过他脑袋，看包扎的伤口，说：“你还真是憨人有个愣头福！”

晚上，熄灯睡觉。我仍想着白天的检阅，觉得军长这人不错，越是大首长，越关心战士。想到半夜，出来解手，不巧在厕所碰到排长。见了排长怎好不说话？我搭讪着说：“今天检阅真威武呀。”

排长边扣着裤子上的扣子，边做出老兵不在乎的样子：“就那么回事。”

走出厕所，我又说：“军长这人真关心战士。”

没想到排长鼻子里“哼”了一声，走了。走了老远，又扭头说：“你哪里知道，他是一个大流氓，医院里不知玩了多少女护士！”

我愣在那里，半天回不过味儿来。回到宿舍，躺到铺上，翻来覆去再睡不着。

我不相信排长的话。那么一个和蔼可亲的老头子，怎么会是流氓？那么一个壮观的场面，怎么会是这么一个结局？想着想着，我不禁既伤心，又失望，眼里不知不觉流下了泪。

四

部队有政治学习，现在要搞批林批孔。这时我们班长家里死了老人，突然来了电报，班长边哭边收拾行李，急急忙忙走了。

班里一时没有班长，工作进行不下去，连里便把烧锅炉的李上进给补了进来。

全班听了都很高兴，大家都知道李上进是个热情实在的人。我去锅炉房帮李上进搬行李，倒是他扳着一条腿在铺板上，脸上有些不高兴。我说：“班长，我来帮你搬行李了。”

他看我一眼，说：“班副，你先来帮我想想主意。”

我坐在他身边，问：“什么主意？”

他说：“你说让我当班长是好事还是坏事？”

我说：“当然是好事了。”

他摇摇头，叹了一口气：“可烧了两个月锅炉，组织上怎么还不发展我呢？”

我也怔在那里，但又说：“大概还要考验考验吧。”

他看看我，点点头，“大概是这样吧。”便让我搬行李。

批林批孔，连里做了动员，回来大家就批上了。可惜大家文化不高，对孔子这人听说过，就是不太认识；对林彪也只知道他是埋藏在主席身边的定时炸弹，要炸主席。这样批来批去，上边说批的不深刻，便派来一个宣传队，通过演戏，帮助大家提高认识。戏演的是老大爷诉苦，说林彪家是地主，怎么剥削穷人。这下大家认识提高了。“老肥”说：

“太大意太大意，他家是地主，怎么让他进了政治局呢？”

“元首”也激动得咳嗽，自己也诉开了苦，说他爷爷怎么也受地主剥削。全班纷纷写起了决心书，情绪十分高涨。

热火朝天的班里，唯独王滴情绪低落。自入伍以来，王滴一直表现不错，能写会画的，当着班里的“骨干”，但他这人太聪明，现在聪明反被聪明误，跌了跤子。批林批孔运动中，他不好好批林批孔，竟打起个人的小算盘。班里的“骨干”当得好好的，他不满足，想去连里当文书。文书是班长级。为当文书，他送给连长一个塑料皮笔记本，上边写了一段话，与连长“共勉”。谁知连长不与他“共勉”，又把笔记本退给了排长。排长看王滴越过他直接找连长，心里很不自在，但也不明说，只是又把本子退给李上进，交代说：“这个战士品质有问题。”李上进又把本子退给王滴。王滴脸一赤一白的，说：“其实这本子是我剩余的。”

王滴犯的第二件事，是“作风有问题”。那天宣传队来演穷人受苦，有一个砸扬琴的女兵，戴着没檐小圆帽，穿着合体的军装，脸上、胳膊上长些绒毛，显得挺不错。其实大家都看她了，王滴看了不算，回来还对别人说：

“这个女兵挺像跟我谈过恋爱的女同学。”

这话不知怎么被人汇报上去，指导员便找王滴谈话，问他那话到底是怎么说的。王滴吓得脸惨白，发誓赌咒的，说自己没说违反纪律的话，只是说她像自己的一个女同学。指导员倒也没大追究，只是让他今后注意。可这种事情一沾上，就像炉灰扑到身上，横竖是拍不干净的。大家也都知道王滴没大问题，但也都觉得他“作风”不干净。他从连部回来，气呼呼地骂：

“哪个王八蛋汇报我了？”

这两件事一出，好端端的王滴，地位一落千丈。大家看他似乎也不算一个人物了。连里出墙报，也不来找他。他也只好背杆大枪，整天去操场训练。谁知这白面书生，训练也不争气。这时训练科目变成了投手榴弹，及格是三十米。别人一投就投过去了，他胳膊练得像根檩条，也就是二十米。这时王滴哭了。过去只见他讽刺人，没见他哭过，谁知哭起来也挺熊，一把鼻涕一把泪的：“娘啊，把我难为死吧！”

鉴于他近期的表现，排长决定，撤掉他的“骨干”，让“老肥”当。“老肥”在军长检阅时犯过错误，曾被撤掉“骨干”；但他近期又表现突出，跟了上来。批林批孔一开始，他积极跟着诉家史——家史数他苦，他爷爷竟被地主逼死了；军事训练上，他本来投过了三十米，但仍不满足，晚饭后休息时间，还一个人到旷野上，跑来跑去在那里投。于是又重新当上了“骨干”。王滴“骨干”让人给戗了，犯了小资产阶级毛病，竟破碗破摔，恶狠狠地瞪了“老肥”一眼：

“让给你就让给你，有什么了不起？你不就会投个手榴弹吗？”

“老肥”被抢白两句，张张嘴，憋了两眼泪，竟说不出话。到了中午，班里召开生活会，排长亲自参加，说要树正风压邪气。排长说：

“自己走下坡路，那是自己！又讽刺打击先进，可不就是品质问题了么？”

王滴低着头，不敢再说，脸上眼见消瘦。

“老肥”虽然当了“骨干”，又被排长扶了扶正气，心里顺畅许多，但大家毕竟是一块来的，看到王滴那难受样子，他高兴也不好显露出来，只是说：

“我当‘骨干’也不是太够格，今后多努力吧。”

春天了。冰消雪化。这时连队要开菜地，即把戈壁滩上的小石子一个个捡起，然后掘地，筛土。大家干得热火朝天，手上都磨出了血泡。王滴也跟着大伙干，但看上去态度有些消极。李上进指定我找他谈一次心。晚饭后，我们一块出去，到戈壁滩的旷野上去。我说：“王滴，咱们关系不错，我才对你说实话，你别恼我，咱可不能破碗破摔。眼看再有一个月训练就要结束了，不留个好印象，到时候一分分个坏连队，不是闹着玩的！”

王滴哭丧着脸说：“班副，我知道我已经完了。”

我说离完还差一些，劝他今后振作精神，迎头赶上来。

他仍没精打采地说：“我试试吧。”

谈完心，已经星星满天。回到宿舍，李上进问：

“谈了吗？”

我说：“谈了。”

“他认识得怎么样？”

我说：“已经初步认识了。”

李上进点上一支烟说：“认识就好，年轻轻的，可不能走下坡路，要靠拢组织。”又忽然站起来说：“走，咱俩也谈谈心。”

于是，我们两人又出来，到星星下谈心。

我问：“班长，咱们谈什么？”

他“扑哧”一声笑了，说：“我让你看一样东西。”

“什么东西？”

他四处看了看，见没人，又领我到一个沙丘后边，在腰里摸索半天，摸索出一张纸片，塞到我巴掌里，接着揿亮手电筒，给我照着。我一看，乖乖，原来是一个大姑娘照片。大姑娘又黑又胖，绑两根大缆绳一样的粗辫子，一笑露出两根粗牙。我抬起头，迷茫地看李上进。

李上进问："长得怎么样?"

我答："还行。"

他搓着手说："这是我对象。"

我问："谈了几年了?"

他说："探家时搞上的。"

我明白了，这便是扎皮带吊刺刀搞的那个。我认为他让我提参考意见，便说："不错，班长，你跟她谈吧。"

李上进说："谈是不用再谈了，都定了。这妮挺追求进步，每次来信，都问我组织问题解决没有。前一段，对我思想压力可大了，半夜半夜睡不着。"

我说："你不用睡不着班长，估计解决也快了。"

这时他"嘿嘿"乱笑，又压低声音神秘地告诉我："可不快了，今天下午我得一准信儿，连里马上要发展党员，解决几个班长，听说有我。要不我怎么让你看照片呢!"

我明白了他的意思，也替他高兴，说："看看，当初让你当班长，你还犹豫，我说是组织对你的考验，这不考验出来了?"

他不答话，只是"嘿嘿"乱笑。又说："咱俩关系不错，我才跟你说，你可不要告诉别人。不是还没发展吗?"

我说："那当然。"

李上进躺到戈壁滩上，双手垫到后脑勺下，长出一口气："现在好了，就是复员也不怕了，回去有个交代。不然怎么回去见人?"

接下去几天，李上进像换了一个人，精神格外振奋，忙里忙外布置班里的工作，安排大家集体做好事。操场训练，口令也喊得格外响亮。

停了几天，连里果然要发展党员。指导员在会上宣布，经支部研究，有几个同志已经符合党员标准，准备发展，要各班讨论一下，支部还要征求群众意见。接着念了几个人名字。有"王建设"，有"张高潮"，有"赵承龙"……念来念去，就是没有"李上进"。我懵了，看李上进，刚才站队时，还欢天喜地的，现在脸惨白，浑身往一块抽，两眼紧盯着指导员的嘴，可指导员的名字已经念完，开始讲别的事。

会散了，各班回来讨论，征求大家对发展入党同志的意见。这时李上进不见了，我问人看到他没有。这时王滴双手搭着脑壳，枕着铺盖卷说话了，他又恢复了酸溜溜、爱讽刺人的腔调：

"老说人家不积极，不进步，自己呢？没发展入党，不也照样情绪低落，跑到一边哭鼻子去了?"

我狠狠瞪了王滴一眼："你看见班长哭鼻子了?"

这时"老肥"说："别听他瞎说，班长到连部去了。"

王滴又讽刺“老肥”：“现在还忘不了巴结，你不是当上‘骨干’了吗？”

“老肥”红着脸说：“谁巴结班长了？”两人戗到一起，便要打架。

我忙把他们拉开，又气愤地指着王滴的鼻子：“你尽说落后话，还等着排长开你的生活会吗？”接着扔下他们不管，出去找李上进。

李上进在连部门口站着，神态愣愣地。连部有人出出进进，他也不管，只是站在那里发呆。我忙跑上去，把他拉回来，拉到厕所背后，说：

“班长，你怎么站在那里？影响多不好！”

这时李上进仍愣愣地，似傻了：“我去问指导员，名单念错没有，指导员说没念错。”接着伤心地“呜呜”哭起来。

我说：“班长，你不要哭，有人上厕所，让人听见。”

他不顾，仍“呜呜”地哭，还说：“指导员还批评我，说我入党动机不正确。可前几天……怎么现在又变了？”

我说：“班长，你不要太着急，也许再考验一段，就会发展的。”

他说：“考验考验，哪里是个头啊！难道要考验到复员不成？”

我说：“班长，别的先别说了，班里还等你开会呢！”

便把他拉了回来。可到班里一看，情况很不妙，指导员已经坐在那里，召集大家开会，见我们两个进来，皱着眉批评：“开会了，正副班长缺席！赶快召集大家谈谈对这次发展同志的意见吧。”

说完又看了李上进一眼，走了。

李上进坐下来，没精打采地说：“大家随便谈吧，让班副记录记录。”

接连几天，李上进像换了一个人，再也打不起精神。也不管班里的事情，也不组织大家做好事，军事训练也是让大家放羊。周末评比，我们的训练、内务全是倒数第一。我很着急，“老肥”和“元首”也很着急。唯独王滴有些幸灾乐祸，出出进进唱着“社会主义好”。我们都说王滴这人不好，心肝长得不正，又委托我找班长谈一次心。

又是满天星星，又是沙丘后边，我对李上进说：“班长，咱俩关系不错，我才敢跟你说实话，咱可不能学王滴呀！你这次没入上。破碗破摔，以后不更没希望了？”

李上进明显瘦了一圈，说：“班副，你说的何尝不是？只是我想来想去，就是想不通，我不比别人表现差呀！”

我说：“这谁不知道，你烧了那么长时间的锅炉。”

他说：“烧锅炉不说，就是来到班里，咱哪项工作也没落到后边呀。”

我说：“是呀。”又说：“不过现在不能尽想伤心事，我劝你坚持到训练结束，看怎么样。”

他叹息一声：“我也知道这是唯一的道路，不然情绪这样闹下去，把三四年的工作都搭到里边了。”

我安慰他：“咱们还是相信组织。”

他点点头，又说：“班副，你不知道，我心里还有一个难受。”

我一愣，问：“还有什么难受？”

他叹一声：“都怪我性急。那天让你看了照片，我就给对象写了一封信，说我要加入组织，她马上写信表示祝贺。现在闹来闹去一场空，还怎么再给人家写信？”

我说：“这事是比较被动。不过事到如此，有什么办法？依我看，只好先不给她写信，横竖训练还有一个月，到时候解决了，再给她写。”

他点头：“也只好这样了。”

从此以后，李上进又重新打起精神，变消极为积极。班里的事情又开始张罗，号召大家做好事。班里的训练、内务又搞了上去。

一天，我正带着“老肥”“元首”掏猪粪，李上进喜滋滋地跑来，老远就喊：

“班副，班副！”

我扔下锹问：“什么事？”

“过来！”

我过去，他把我拉到猪圈后，神秘地说：“告诉你一个好消息。”

我问：“什么好消息？”

他说：“今天我跟副连长一块洗澡，澡塘里剩我们俩时，我给他搓背。他说，要经得起组织的考验，横竖也就是训练结束，早入晚入是一样。”

我也替他高兴，说：“这不就结了！我说组织也不会瞎了眼！副连长说得对，早入晚入，反正都是入呗，哪里差这一个月！”

他说：“是呀是呀，都怪我当时糊涂，差一点学王滴，破碗破摔！”说完，便兴冲冲地跳进猪圈，要帮我们起圈。

我和“老肥”“元首”拦他：“快完了，你不用沾手了。”

他说：“多一个人，不早点结束？”又说：“今天在这儿的，可都是‘骨干’，咱们商量商量，可得好好把班里的工作搞上去。”

于是几个人蹲在猪圈里，商量起班里的工作。

五

我们排长是个怪人，常做些与大家不同的事。比如睡觉，他爱白天睡，夜里折腾。白天明晃晃的，他能打呼噜大睡；夜里却翻来覆去睡不着。大家都是农村孩子，往常在家时，午休时要下地割草，没有白天睡觉的习惯；但排长睡午休，一屋的人都得陪着他躺在铺上不动。晚上，大家训练一天，累得不行，要睡了，这时排长却依然挺精神。床上睡不着，他便倚到铺盖卷上看书。他看书不用台灯，非点蜡烛，说这样有挑灯夜读的气氛。明晃晃的蜡烛头，照亮一屋。王滴说：

“多像俺奶夜里纺棉花。”

当然排长也有不睡午觉的时候。那是他要利用午休时间写信，或者训人。他一写信，全班的人替他着急。因为一封信他要返工五六次：写一页，看一看，一皱眉头，撕巴撕巴扔了；又写一页，又一皱眉头，撕巴撕巴又扔了……闹得情绪挺不好。他情绪不好，别人谁敢大声说话？再不就是训人，开生活会。上次开王滴的生活会，就是利用午休时间。所以，大家说，排长睡颠倒虽然不好，但不睡颠倒大家更倒霉。一到午休时间，大家都看排长是否上了铺板。一上铺板，大家都安心松了一口气。

柳树吐了嫩芽。戈壁滩上下了一场罕见的春雨。哩哩啦啦，下了一天。训练无法正常进行，连里宣布休息。大家说，阴天好睡觉，今天该好好休息了。于是到了午休时间，大家都打着哈欠，摊铺盖卷准备睡觉。这时排长急急忙忙进来：

“不要睡了，不要睡了，今天午休时间开会。”

大家心里“咯噔”一下，以为排长又要训人。可看他脸上，倒是喜滋滋的。大家闹不清什么名堂，都纷纷又穿起衣服，整理内务，围坐在一起，等待排长开会。

排长先给自己倒了一杯茶，“噗噗”吹两口，坐到一张椅子上，拿出一个笔记本翻着说：“刚才我到连部开了一个会，训练再有二十多天就要结束了，研究大家的分配问题，现在给大家吹吹风……”

大家的心“咯噔”一下，马上睡意全无，人圈向内聚了聚。连刚才还漫不经心的王滴，也瞪圆眼睛，竖起了两只耳朵。大家在新兵连训练三个月，马上面临分配问题，谁不关心自己的前途呢？

排长说：“大家也不要紧张。能分到哪个连队，关键看各自的表现。大家想不想分到一个好连队？”

大家异口同声地答：“想！”

排长说：“好，想就要有一个想的样子。现在训练马上进入实弹考核阶段，大家都要各人操心各人的事，拿出好成绩来！到时候别自己把自己闹被动了……”

又讲了一通话，问：“大家有没有信心？”

大家异口同声地答：“有！”

这时排长点了一支烟，眯着眼睛说：

“大家还可以谈谈，各人愿意干什么？”

大家都纷纷说开了，有愿意去连队的，有愿意去靶场的，有愿意去看管仓库的，排长问身边的“老肥”：

“你呢？”

“老肥”这时十分激动，脸憋得通红，答：“我愿意去给军长开小车！”

大家“哄”地笑了，说：“看你那样子，能给军长开小车？”

排长问：“你为什么愿意给军长开车？”

“老肥”答：“那天检阅，我看军长这人不错。”

排长拍了一下他的脑袋：“好好干吧，有希望。”

“老肥”乐得手舞足蹈。

开完会，大家摩拳擦掌，纷纷写起了决心书。

这时新兵连训练又开始紧张起来。投弹、射击，马上要实弹考核；夜里又练起紧急集合。这时大家都已成了老兵，本来吃不下这苦；但面临一个分配问题，大家都像入伍时一样认真。分配又是一个竞争，你分到一个好连队，我就分不到好连队，大家的关系又紧张起来，又开始面和心不和。本来投手榴弹、瞄靶，大家一起练练、看看，多好；但一到晚饭后，各人找各人的地方，悄悄练习。一直快到熄灯，才一个个回来，各人也不说自己练习的成绩。李上进把我、“老肥”、“元首”召集到一块开“骨干”会，说：

“还是号召大家互相帮助，不要立山头。一闹不团结，班里的工作就搞不上去。”

接着开了一个班务会，号召大家平山头，休息时间一起训练。当天晚饭后，李上进便集合大家，一块排队到训练场去。路上碰到副连长，问：

“这时候排队干什么？”

李上进说：“利用休息时间补课。”

副连长点点头说：“好，好。”

李上进很兴奋。

但到了训练场，大家仍是面和心不和，各人使劲甩自己的手榴弹，不给别人看成绩；唯独李上进跑来跑去，说某某投了多少米。

夜里紧急集合。这时连里又缩短了集合时间。过去是十分钟，现在缩短成五分钟。但大家到底是老兵了，竟能在规定时间利利索索出来。“元首”穿鞋也从不错脚。这时“老肥”出了问题。不知是白天训练太紧张，还是他夜里睡不好，一到紧急集合，他就惊慌。全连已经排好了队，他才慌慌张张跑出来，背包还不是按标准捆的，勒的是十字道。有一次把裤子又穿反了。班长找他谈话，说：

“李胜儿，咱们是‘骨干’，可不能拖班里的后腿，那同志们会怎么说？”

“老肥”含着泪说：“我难道想拖班里的后腿？只是心里一紧张，想快也快不起来。”

李上进说：“过去你不出来得挺快？”

“老肥”说：“过去是过去，现在也不知怎么了，浑身光没劲。”

王滴挨着“老肥”睡，背后对别人说：“‘老肥’这人准是犯病了，一到夜里就吹气，嘴里还吐白沫。”

我把这情况告诉了李上进。李上进问：

“过去他有什么病？”

我说：“没见他有什么病。”

后来又一次紧急集合，“老肥”更不像话，队伍已经出发抓特务，他还在屋里折腾。队伍跑一圈回来了，他出去找队伍没找到，一个人不知跑到哪里去了。

李上进说：“看样子他真有病。”

王滴说：“他犯的准是羊角风！你想，一听哨子响就吐白沫，浑身不会动，不是羊角风是什么？”

李上进把我拉到一边说：“班副，要真是羊角风还麻烦了。领导知道了，非把他退回去不可！部队不收羊角风。我们那批兵，就退回去一个。”

我看看四周说：“班长，不管是不是羊角风，咱们得替他保密。你想，当了两个月兵，又把他退了回去，让他怎么见人？”

李上进摸着下巴思谋。

“再说，他这羊角风看来不严重，到部队两个月，怎么不见犯？现在偶尔犯一次，看来是间歇性的。横竖再有二十多天就结束了，我们替他遮掩遮掩。”

李上进思谋一阵说：“只好这么办。以后再紧急集合，你帮他一把。”

我点点头。

“老肥”这时满头大汗从黑暗中跑回来，衣裳、被子都湿漉漉的。李上进说：

“回来了？”

王滴说：“你还是独立行动！”

“老肥”还在那里喘气，顾不上搭言。

第二天上午，我找“老肥”谈话。问：

“‘老肥’，你是不是有羊角风？”

他说：“班副，咱俩一个村长大的，你还不知道，我哪里有羊角风？”

我说：“我记得你爹可犯过这病！”

他低下头不说话。

我说：“一犯羊角风，部队可是要退回去的。”

这时他哭了，说：“班副，我可不是有意的。我心里可想努力工作。”

我说：“你不用着急。”又四下看一下人，把李上进的话给他说了一遍，让他自己也注意一下，争取少犯或不犯；紧急集合我帮他。

他感激地望着我：“班副，你和班长都是好人，我忘不了你们。万一我给军长开上小车……”

我说：“开小车不开小车，人不能有坏心。”

他连连点头。

我又深入到班里每一个战士，告诉他们不能有坏心，要替“老肥”保密。每到紧急集合，我只让“老肥”穿衣服，我帮他打背包，夹在我们中间一起出去，倒也显不出来。

十来天过去，没出什么事。大家平安。我和李上进松了一口气。“老肥”心里感激大家，把劲头都用到了工作上，休息时间一遍又一遍扫地，还替大家打洗脸水，挤牙膏，累得一头的汗。我看他那可怜样，说：

“‘老肥’，你歇歇吧。”

他做出浑身是劲的样子：“我不累。”

本来以为事情就这样平安地过去了，没想到班里出了奸贼：“老肥”犯羊角风的事，有人告到了连里。连里责成排长查问。排长午休时没睡，先独自趴桌上写了一回信，撕了几张纸，又把我和李上进叫到乒乓球室，问：

“李胜儿犯羊角风，你们知道不知道？”

我和李上进对看一眼，知道坏了事。但含含糊糊地说：“这事儿倒没听说。”

排长“啪”地将写好的信摔到球案上：“还没听说，都有人告到连里了！”

我急忙问：“谁告的？”

排长瞪我一眼：“你还想去查问检举者吗？”

我低下眼睛，不敢再吭声。

排长说："好哇好哇，我以为班里的工作搞得挺不错，原来藏了个羊角风！连我都跟着吃挂累！你们说，为什么不早报告?"

李上进鼓起勇气说："排长，真没见他犯过。"

我说："我和他一个村。"

排长说："你们还嘴硬，有没有病，明天到医院一检查就知道，到时候再跟你们算账!"

我和李上进挨了一顿训，出来，悄悄问："是谁这么缺德，跑到连里出卖同志?"嘴上不说，都猜十有八九是王滴。王滴跟"老肥"本来就不对付，"老肥"又曾顶掉他的"骨干"，他会不记仇？再说，王滴是班里的落后分子，平时唯恐天下不乱，这放着现成的事，他能不吹灰拨火？这奸细不是他是谁？回到班里，又见王滴在那里又笑又唱，越看越像他。我和李上进都很气愤，说："遇着事儿再说!"可他向连里反映情况，是积极表现，一时也不好把他怎么样。只是苦了低矮黄瘦的"老肥"，在那里愁眉苦脸坐着，等待明天的命运判决。

第二天一早，"老肥"就被一辆三轮摩托拉到野战医院去了，到了晚上才回来。他一下摩托，看到他那苦瓜似的脸，就知道班里的"骨干"、想给军长开小车的"老肥"，要给退回去了!

"老肥"从车上下来，立即哭了。拉着我的手说："班副，咱俩可是一个村的!"又说："不知谁揭发了我。来时大家都兄弟似的，怎么一到部队，都成仇人啦?"

我心里也不好受，说："'老肥'。"

"老肥"说："这让我回去怎么见人?"

王滴在旁边说："这有什么不好见人的？在这也无非是甩甩手榴弹!"说完，甩屁股走了。

我们大家都气得发抖。背后告密，当面又说这风凉话，我指着他的背影说：

"好，王滴，好，王滴!"

这时"元首"上前拉住"老肥"的手，安慰说："'老肥'，心里也别太难受。咱们都是'骨干'，原来想一块把班里工作搞好，谁想出了这事!"说着，自己也哭了。

入夜，大家坐在一起，围着"老肥"说话，算是为他送行。卸了领章、帽徽的"老肥"，脸上痴呆呆的。李上进说："李胜儿同志虽然在部队时间不长，但工作大家都看见了，还当着'骨干'……"

我说："李胜儿同志品质也好，光明正大，不像有的人，爱背地琢磨人。"看了王滴一眼。王滴躺在自己的铺板上，瞪着眼不说话。

"老肥"说："我明天就要走了，如果以前有不合适的地方，大家得原谅我。"

这时有几个战士哭了。

排长从屋外走进来，也坐下参加我们的送行会。他从腰里摸出一包"大前门"烟，破例递给"老肥"一支，吸着说："李胜儿，别怨我，连里要这么做，我也是没办法。”说着，又递给“老肥”一双胶鞋：“回家穿吧。”

“老肥”抱着胶鞋，哭了：“排长，我不该尿你一裤……”

第二天一早，“老肥”乘着连里炊事班拉猪肉的车走了。临上车问：“班副，你给家捎什么不捎？”

我说：“不捎什么。回去以后，如果村里不好呆，就跟我爹去学泥瓦匠吧。我给我爹写一封信。”

他点点头，一包眼泪，蹬着车轱辘爬上了汽车。

汽车马上就开了。

再也看不到汽车和“老肥”，大家才向回走。回到班里，又要集合去训练场练投手榴弹。这时大家都没情没绪的。我看着班里每一个人都不顺眼，觉得这些人都品质恶劣。十七八岁的人，大家都睡打麦场，怎么一踏上社会，都变坏了？

但集合队伍的军号，已经吹响了。

六

“老肥”走后的第二天，实弹考核开始了。实弹考核以后，就要分配工作。实弹考核的成绩，是分配工作的一个重要参考。大家都很紧张。实弹考核是先投手榴弹，后打枪。

投手榴弹之前，我找王滴谈话，告诉他班长说了，因为他投弹没达到三十米，没有投实弹的资格。接着狠狠批评了他一顿，也是替“老肥”报仇的意思。

“排长和班长都说了，你这人平时爱偷懒，不好好练习，现在拖了全班和全排的后腿，你说该怎么办吧！”

王滴急得浑身是汗：“我怎么没投弹的资格，我怎么没投实弹的资格？你怎么知道我会不及格？”

我说：“假弹还投不及格，真弹就投及格了？真弹会爆炸，炸死你谁负责？”

王滴说：“假弹没压力，真弹有压力，说不定一投就投过了。”

我说：“一投就投过了？你两投也投不过。我和班长商量，你手榴弹投不投，先给班里写份检查，检查一下自己的思想动机，为什么不好好练投弹？往深里挖一挖！”

王滴一下把胳膊肘捋了出来：“我怎么不努力，看这胳膊练的！”又带着哭腔说，“班副，你们这不是存心整人吗？”

我正色道：“什么叫整人？你这思想又不对了！你自己工作不努力，让你反省是对你的爱护，怎么叫整人！难道你投弹不及格，还得大张旗鼓表扬你么？”

王滴这时哭了，哭得挺熊，一把鼻涕一把泪：“班副，对我有什么意见，可以当面给我提，用不着这么背地给我穿小鞋。当初咱可是一个闷子车拉过来的！班副，我不就说话随便点，可没犯过大原则！”

我说：“你犯不犯原则，我不知道。排长和班长让我找你，我就找你，别的我也不敢多说，省得叫人到连部去汇报，说不定把我也退回去！”

王滴这时不哭了，看我半天，忽然从地上跳起来，又像蛤蟆一样伏到我脸前：“你这话什么意思？你是不是怀疑，‘老肥’退回去和我有关系？”

我说：“我可没说和你有关系。再说，向连里报告情况，也是积极表现。”

他猛地从地上跳起来，涨红着脸，指着我说：“好，好，你们竟怀疑上我！你们怀疑吧，你们怀疑吧！班副，我算和你白认识了！既然这样，你让我投弹，我还不一定投呢！”说完，一溜烟跑了。

我怔在那里。回到宿舍，把情况向李上进汇报，说：“班长，说不定向连里汇报不是他？”

李上进摸着下巴说：“不是他，可又是谁呢？班里就这么几个人，掰指头算一算，也找不出别人。”

我掰指头算了算，是找不出别人。

李上进拍一巴掌说：“这事就这样决定了，别听他贼喊捉贼，这人品质一贯不好，汇报必是他无疑！”

这事就这样决定了。这时李上进又说：“班副，还有个事得商量商量。”

我说：“什么事？”

他说：“据你看，临到训练结束，组织上能发展我吗？”

事情的头绪可真多。我叹了一口气，说：“班长，这事你不用再操心了，那天你给副连长搓背时，他不说得挺明确？”

他点点头，又说：“我就怕‘老肥’的问题一出现，对我有影响。”

我说：“‘老肥’的问题是‘老肥’，再说已经把人家退回去了，怎么还会影响别人？”

他点点头，又说：“现在关键是看我了，得想法把班里的工作搞上去。”说到这里，一下从铺板上跃起，“班副，我看还是让王滴投实弹吧。”

我吃了一惊，问：“你不是决定不让他投吗？”

李上进说：“要不让他投，他无非得个零分；可他一得零分，班里的工作也受影响啊！班里出了个零蛋，连里不追查吗？”

我明白了他的意思，说：“他投不过三十米，出了危险怎么办？”

李上进说：“实弹比教练弹轻几两，要万一投过呢？”

我说：“那就让他试试？”

李上进说：“还是试试吧，轮到他投弹时，让别的战士撤下来。”

我又去找王滴，告诉他可以投实弹。但宿舍内外，横竖找不见他。我猜想他又犯思想问题，躲到什么地方哭去了。我信步走到训练场的沙丘后寻找，也不见他。我心想：批评他两句就闹情绪，还跑得到处找不见，真不像话。接着就往回走。这时我忽然发现，远处的旷野上，有一黑默默的影子，在那里跑。借着月牙的光亮打量，身影有些像王滴。我过去，叫了一声“王滴”，那身影也不答。但我看清，确是王滴：原来正一个人跑来跑去，在练手榴弹。我忽然有些感动，说：“王滴，别练了，深更半夜的。”

王滴不答，仍在那里投。

我上前拉住他，说："王滴，别练了，班长说了，让你投实弹。"

这时我发现，王滴浑身湿漉漉的，胳膊肿得像发面窝窝。他赌气似的，甩开我的胳膊，仍投。弹投完，忽然伏到地上哭，哭得挺伤心：

"班副，要知道这样，我就不当兵了。"

我心里也不好受，说："王滴，班里并没有存心整你。"

投实弹了。靶场背靠一个山坡。把弦套在小拇指上，顺山坡跑几步，"呼"地一下投出去，弦还在小拇指上，山间便"咣"地一声响了。这时要赶紧卧倒，不然弹片飞到身上不是玩的。成绩测定的办法是：三十米算及格，三十五米算良好，一过四十米，就算优秀了。

第一个投弹者是李上进。他是老兵，只是做示范，不计成绩。李上进不负众望，一投投了好远。响过以后，大家都鼓掌拍巴掌。李上进甩着胳膊说：

"好久不练这个了。过去我当新兵时，一投投了五十米。"

这时"元首"上前一步说："我争取向班长学习，一投也投五十米！"

第二个投弹者是我，一投投了三十八米。大家挺遗憾，"再稍使一点劲儿，就优秀了"。

李上进说："不碍不碍，大家只要赶上班副，就算不错了！"因为连里评定班集体成绩的标准是：只要大家全是良好，集体成绩就是优秀。大家说：

"不就是三十五米吗？投着看吧。"

接着又投了两个战士，一个良好，一个优秀，大家又鼓掌。

下一个轮到王滴。李上进问：

"王滴，你紧张吗？紧张就歇会儿再投。"

王滴没答话，立时就把手榴弹的保险盖拧掉了，把弦线往手指头上套。吓得李上进忙往后退：

"王滴，马虎不得！"

王滴仍没答话，向前跑着就扔，唬得众人忙伏到地上，纷纷说："娘啊，他是不要命了！"

听得"咣"地一声。大家爬起身，见王滴也趴在前面地上。大家悄悄问："王滴，没事吧？"

王滴没答话，只是从地上爬起来去拿米尺。用米尺一量，乖乖，三十六米。大家都很高兴。李上进上去打了王滴一拳：

"王滴，有你的！没想到你适合投实弹！"

王滴脸上也没露喜色，只是说：

"就这，还差点不让投呢！"

说完，掉屁股走了。

李上进还沉浸在喜悦之中，连连告诉我："我就担心王滴，没想到他投了个良好！这下班里肯定是优秀了！"

接下去又投了几个战士，都是“良好”以上，李上进高兴得手舞足蹈，掏出一包烟，请大家抽。最后只剩下“元首”。“元首”在训练中是投得最远的，大家都盼他投出个特等成绩。“元首”也胸有成竹，连连咳嗽两声说：“争取五十米开外吧!”

吸完李上进的烟，“元首”上阵了。大家都要看他的表演，纷纷从掩体中探出头。“元首”不慌不忙地拧开手榴弹，将弦线掏出来，这时突然问：

“班长，是把绳套在大拇指头上吗?”

李上进在掩体中答：“是套在小拇指头上。”

“元首”这时出现了慌乱：“怎么我的弦比别人的短，不会炸着我吧?”

李上进说：“你投吧，弹是一样的。”

大家纷纷笑了：“原来‘元首’是投得了假的投不了真的。”

在大家的笑声中，“元首”向前跑去。跑了几步，胳膊一投，同时听见他叫：

“不好，我的弦太短，听见了‘吱吱’声!”

同时见他胳膊一软，但弹也出去了。不好！手榴弹没投远，只投了十几米，眼看在“元首”面前冒烟。“元首”也傻了，看着那手榴弹冒烟。李上进“呼”从掩体中窜出，边叫“你给我卧倒!”边一下扑到“元首”身上，两人倒在地上。在这同时，手榴弹“咣”地一声响了。响过以后，全班人纷纷上去，喊：“班长，‘元首’，炸着没有哇?”

这时李上进从地上滚起来，边向外吐土，边瞪“元首”：

“你想让炸死你呀?”

“元首”从地上坐起来，傻了，愣愣地看着前边自己手榴弹炸的坑。看了半天，哭了：

“班长，我的弦比别人短!”

李上进说：“胡说八道，军工厂专门给你制造个短的吗?”

成绩测定，“元首”投了十五米。

大家纷纷叹息，说白可惜了平日功夫。“元首”滚到地上不起来，“呜呜”地哭：“班长，我可不是故意的！平时训练你都看到了。”

李上进这时垂头丧气，连连挥手：“算了，算了，你别说了。谁知道你连王滴都不如，一来真的就慌。”

“元首”听到这话，更是大哭。

实弹投掷就这样以不愉快的结尾结束了。大家排着队向营房走，谁都不说话，显得没情没绪。回到宿舍，倒见王滴喜滋滋的，哼着小曲，提杆大枪往外走，说要去练习瞄准，准备下边的实弹射击。

这一夜里，“元首”明显一夜没睡。第二天一早，戴着两只黑眼圈，在厕所门口堵住我：

“班副，不会因为投手榴弹取消我的‘骨干’吧?”

我安慰他：“‘元首’，别想那么多，赶紧准备下边的射击吧，不会撤销你的‘骨干’。”

他点点头："可会不会影响我的分配呢？"

这我就答不上来了。说："这我不知道，不敢胡说。"

"元首"一包眼泪："班副，我对不起你和班长，身为'骨干'，投弹投了十五米！"

我又安慰他："'元首'，千万不要思想负担过重。如果影响了下边的射击，不就更不好了？"

他点点头，又抹了一把眼泪，果断地说："班副，你看着吧，我'元首'不是一般的软蛋，哪里跌倒我哪里爬起！"

我说："这就对了，我相信你'元首'。"

瞄准练习中，"元首"很刻苦，一趴一晌不休息。别人休息，他仍在那里趴着，托枪练习。

射击开始了。射击分二百米、一百五十米、一百米，分别是趴着打、跪着打和立着打；六十环算及格，七十环算良好，八十环以上优秀。李上进做了示范以后，先上来三个战士。不错，都打了七十多环。就是一个战士拉枪栓时给卡了手，在那里流血。李上进一边用手巾给他包扎，一边说：

"打的不错，打的不错，回去好好休息。"

又上来三个，其中有王滴。打下来，除了一个战士是及格，王滴和另一个是良好。王滴小子傻福气，刚刚七十环，其中一环还是擦边儿的。李上进虽然遗憾有一个及格，但鉴于上次手榴弹的教训，说：

"及格也不错，及格总比不及格强！"

这时王滴倒挎着大枪，从口袋摸出一包香烟，叼出一支，也不让人，自己大口大口吸起来。吸了半天，突然蹲到地上小声"呜呜"哭起来。大家吓了一跳。

我说："行了，王滴。"

李上进说："不要哭，王滴，知道你打的不错。"

又上来三个战士，其中有"元首"。我和李上进都有些担心。我说：

"'元首'，不要慌，枪机扳慢一点。"

李上进拿出大将风度："'元首'打吧。打好了是你的，打坏了是我的！"

"元首"点点头，对我们露出感激。但他嘴唇有些哆嗦，手也不住地抖动。我和李上进说：

"不要慌，停几分钟再打。"

这时在远处监靶的排长发了火：

"怎么还不打？在那里暖小鸡吗？"

三个人只好趴下，射击。射完，大家欢呼起来。"元首"打的不错，两个九环，一个十环。我和李上进都很激动：

"对，'元首'，就这么打！"

"元首"嘴唇绷着，一脸严肃，也不答话。爬起来，提枪向前移了五十米，蹲着打。好，打的又不错，一个八环，一个七环，一个十环。我们又欢呼，拥着"元首"

移到一百米。这时“元首”浑身是汗，突然说：“班长，眼有些发花。”

李上进说：“只剩三枪了，不要发花。”

“元首”又说：“班长，靶纸上那么多窟窿，我要打重了怎么办?”

李上进说：“放心打吧，‘元首’，再是神枪手，也从没打重的。”

“元首”又说：“我觉得我这靶有点歪。准是打了六枪，打歪了。”

李上进有些不耐烦：“你怎么又犯了手榴弹毛病?”

这时排长举着小旗跑过来，批评“元首”：“怎么就你的屎尿多? 我的手都举酸了!”

“元首”和其他两个战士又举起了枪。“啪”“啪”“啪”三枪过后，老天，“元首”竟有两枪“啁”“啁”地脱了靶。另有一枪中了，仅仅六环。李上进傻了，我也傻了。傻过来以后，李上进赶紧蹲到地上用树枝计算分数。三个姿势加在一起，刚刚五十九环，只差一环不够及格。李上进也不提“打坏了算我的”了，责备“元首”：“你哪怕再多打一环呢!”

“元首”也傻了，傻了半天，突然愣愣地说：

“我说眼有些发花，你不信。可不是发花!”

排长在一边不耐烦：“行了行了，早就知道你上不得台盘。扔手榴弹也是眼睛发花?”

“元首”咧咧嘴，想哭。排长狠狠瞪了他一眼，把他的哭憋回去了。只是喉咙一抽一抽的，提着枪，看前边那靶。

实弹考核结束了。班里形势不太好。由于“元首”手榴弹、打枪都不及格，班里总成绩也跟着不及格。李上进唉声叹气地，一个劲儿地说：

“完了，完了。”

我说：“咱们内务、队列还可以。”

李上进说：“只看其他班怎么样吧。”

又停了两天，连里全部考核完了。幸好，还有三个班也出现不及格。我和李上进都松了一口气。但算来算去，自己总是落后中的，心里顺畅不过来。

班里形势又发生一些变化。“元首”两次不及格，“骨干”的地位发生一些动摇。和过去看王滴一样，大家看他也不算一个人物了。他自己也垂头丧气的，出出进进，灰得像只小老鼠。虽然写了一份决心书，决心哪里跌倒哪里爬起，但新兵连再有十几天就要结束了，还能爬到哪里去呢? 王滴投弹、射击都搞得不错，又开始扬眉吐气起来，出出进进哼着小曲，说话又酸溜溜的，爱讽刺人。有时口气之大，连我和李上进都不放在眼里。我和李上进有些看不上这张狂样子，在一起商量：

“他虽然实弹考核搞得好，但品质总归恶劣!”

按说在这种情况下，“骨干”应该调整，把“元首”撤下来，让王滴当。但我和李上进找到排长：

“排长，再有十几天就结束了，‘骨干’就不要调整了吧? 再说，王滴这人太看不起人，一当上‘骨干’，又要犯小资产阶级毛病。上次他给连长送笔记本，让群众有舆论，后来也常给排里工作抹黑……”

排长正趴在桌子上写信，写好一张看看，皱皱眉头，揉巴揉巴，撕撕，扔了。这时把脸扭向我们：

“什么什么？你们说什么？”

我们又把话重复了一遍。

他皱着眉头思考一下，挥挥手说：“就这样吧。”

这样，班里的“骨干”就没有进行调整。“元首”观察几天，见自己的“骨干”没被撤掉，又重新鼓起了精神，整天跑里跑外，扫地、打洗脸水、淘厕所、挖猪圈，十分卖力气；王滴观察几天，见自己的地位并没有升上去，气焰有些收敛。

连里分配工作开始了。大家都紧张起来，整日提着心，不知会把自己弄到什么地方去。但提心也是白提心。直到一天上午，连队在操场集合，开始宣布分配名单。大家排队站在那里，心“怦怦”乱跳，一个个翘着脖子，等待命运的判决。念名单之前，指导员先讲了一番话，接着念名单。名单念完，整个队伍“嗡嗡”地；但随着指导员抬起眼睛，皱起眉头盯了队伍一眼，队伍马上安静下来。

由于我们班实弹考核不及格，所以分得极差。有几个去烧锅炉的，有几个去看库房站岗的，还有几个分到战斗连队的。全班数王滴分得好，到军部当公务员。虽然当公务员无非是打水扫地，但那毕竟是军部啊！——“老肥”没有实现的愿望，竟让王滴给实现了。我们都有些忿忿不平，王滴虽然实弹考核成绩好，但他平时可是表现差的。散队以后，就有人找排长，问为什么王滴分得那么好，我们分得那么差？排长说：

“他够条件，你们不够条件。”

“为什么他够我们不够？”

“军部要一米七五的个子，咱们排，还就他够格！”

大家张张嘴，不再说什么。人生命运的变化，真是难以预测啊！

“元首”是导致全班分配的罪魁祸首。“元首”虽然整日努力工作，但大家还是难以原谅他。他自己也是全连分得最差的：到生产地去种菜。名单一宣布，“元首”当场就想抽泣。但他有苦无处诉，只好默默咽了。回到宿舍，全班就数王滴高兴，一边整理自己的行囊，一边又在那里指手画脚，告诉“元首”：

“其实种菜也不错，可以‘近水楼台先得月’！”

“元首”抬眼看王滴一眼，也不说话。我虽然分得不错，到教导队去受训，但全班这么多人分得不好，心里也不好受；现在看王滴那张狂样子，便有些看不上，戗了他一句：

“你到军部，也可以‘近水楼台先得月’，经常见军长，可以汇报个什么！”

王滴立即脸涨得通红，“你……”用手指着我，两眼憋出泪，说不出话。

晚上连里放电影，大家排队去看。“元首”坐在铺头，不去排队。我说：“‘元首’，看电影了。”

“元首”看我一眼，如痴如傻，半天才说：“班副，我请个假。”说完，抽被子蒙到身上，躺到那里。

李上进把我拉出去说："班副，注意'元首'闹情绪，你不要看电影了，陪他谈谈心。"

队伍走后，我把"元首"从铺上拉起来，一块到戈壁滩上谈心。

已经是春天了。迎面吹来的风，已无寒意。难得见到的戈壁滩上的几粒小草，已经在挣扎着往上抽芽。

"元首"没情没绪，我也一时找不到话题，只是说："'元首'，人生的路长得很，不要因为一次两次挫折，就磨掉自己的意志。"

"元首"叹了一口气，说："班副，我不担心别的，只是名声不太好听，应名当了兵，谁知在部队种菜。"

我说："你不要听王滴胡说，他虽然分得好，但也无非是提水扫地，没啥了不起。再说，他这人品质不好，爱背后汇报人，说不定时间一长，就被人识破了。"

"元首"抬起眼睛看我，不说话。

我又安慰他："你虽然分得差，但比起咱们的'老肥'，也算不错了，他竟让给退了回去。提起'老肥'，谁不恨王滴？"

这时"元首"突然拦腰抱住我，吓了我一跳，他带着哭腔说：

"班副，我给你说一句话，你不要恨我！"

"什么话？"

"汇报'老肥'的不是王滴！"

我心里疑惑，问："不是王滴是谁？"

"元首"愣愣地说："是我！"

"啊？"我大吃一惊，一下从"元首"胳膊圈中跳出，愣愣地看他。"你？怎么会是你？你为什么汇报他？"

这时"元首"哭了，"呜呜"地哭："当时'老肥'一心一意想给军长开小车，我听他一说，也觉得这活儿不错，也想去给军长开小车。当时班里就我们俩是'骨干'，我想如果他去不了，就一定是我。为了少个竞争对象，我就汇报了他……"

"啊？"我愣愣地看"元首"。

"元首"哭着说："没想到现在得了报应，又让我去种菜。班副，我这几个月的'骨干'是白当了！"

"你，你，"我用手指着他，"你这人太卑鄙了！"

"元首"开始蹲在地上大哭。

哭后，我们两个谁都不再说话。

远处营房有了熙攘的人声。电影散了。我说：

"咱们回去吧。"

这时"元首"胆怯地说："班副，你可不要告诉别人，我是信得过你，才给你说。"

我瞪了他一眼："如果你能去给军长开小车，你就谁都不告诉了？"

"元首"又"呜呜"地哭，说："要不我这心里特别难受……"

我说："你难受会儿吧，省得以后再汇报人。这么说，我们还真错怪王滴了！王滴这人原来真不错！"说完，扔下他一个人走了。

"元首"在黑暗中绝望地喊："班副……"

七

再有五六天新兵连就要结束了。又是一个星期天，大家一块到大点去买东西。大点是部队一个集镇，有几个服务社，一个饭馆，几棵柳树。周围却仍是一望无际的戈壁。大家在那里买了许多笔记本，相互赠送，算是集结三个月的纪念。笔记本的扉页上，写上各自要说的话。各自的话，其实都差不多。"愿我们的友谊万古长青"，"祝进步"，"与×××共勉"，等等。班里的人相互送遍了。"元首"这两天情绪低落，出来进去低着头，可能背地哭过，两只眼看上去像两只熟透的大桃。但他送笔记本并不落后，买了一大叠，每人送了一本。送我的笔记本上歪歪扭扭写道："人生的道路不是长安街，与班副共勉。"我看了这话，明白他的意思。从大点回来，与他并排走。走了半天，他突然说：

"班副，我马上要去种菜了。"

我忽然有些难受，说："'元首'，到那来封信。"

他长出一口气，又说："班副，我还得求你个事。"

我说："什么事？你说吧。"

他说："那件事，就不要扩大范围了。要传出去，我就没法活了。"

我点点头，看他，说："放心。"

停了一停，他又说："我不准备送本给王滴。"

我说："送谁不送谁，是你的自由。再说，他不也不送本给人吗？"王滴从大点回来，手是空的。他没买一个笔记本，只是口袋里装了半斤奶糖，在那里一个一个往嘴里扔，嚼吃。大家说，王滴这人可真怪，原来不该"共勉"的时候，他与连长"共勉"；现在该"共勉"了，他又一个也不"共勉"。大概是分到了军部，看不上大家了。没想到王滴听到这话，一口痰连糖吐出来，说："'共勉'个屎！三个月下来，一个个跟仇人似的，还'共勉'！"

说完，撒丫子向前跑了。

大家一怔，都好长时间不再说话。

晚上，大家开始在宿舍打点行装。该洗涮的开始洗涮。这时李上进出出进进，情绪有些急躁，抓耳挠腮。我知道他又为入党的事。现在新兵连马上要结束了，他还没有一点消息。等到宿舍没人，他来回走动几圈，突然拉着我的手说：

"班副，你看看，眼看就要结束了，怎么还没有一点消息？"

我说："是呀，该啦！怎么还没有消息？"

他说："副连长不会骗我吧？"

我想了想说："身为副连长，说话肯定会负责任的。"

他叹了一口气："这可让人心焦死了。"

第二天上午，我领人出去打扫环境卫生。扫完，回宿舍，见李上进一人在铺上躺着，两眼瞪着天花板，也不说话。我知道他又为没消息犯愁，便说：

"班长，该准备吃饭了。"

没想到他猛地蹿起来，拉着我的手，咧开黑红的大嘴笑，叫道："班副，有了，有了！"

我问："什么有了？"

他说："那事！"

我明白了他的意思，也为他高兴，说："让你填表了？"

他不以为然地看我一眼："你可真是，这点知识都不懂，那也得组织先找谈话呀！刚才连部通讯员通知我，说午饭后指导员找我谈话。你想，不就是这事么？要是不让入，还会找你谈话？"

我说："可不！"

他又拉我到门后，翻开巴掌，说：

"你再看看，你再看看，看看怎么样！"

手掌中又露出他对象的照片。

我只好又看了看胖姑娘，说："不错呀班长。"

他长出一口气，又"砰"地打了我一拳，说："一个月没给她写信了。"

我说："现在你就大胆放心写吧！"

他说："晚上再写，晚上再写。"

中午，李上进饭吃得飞快。吃完，抹了一把嘴，又对着小圆镜正了正军装，对我不好意思地一笑，一溜小跑到连部去了。去了有二十分钟，我们正在午休，他蹑手蹑脚回来了。我欠起身问：

"这么快，班长？"

他摇摇手，不说话，爬到自己铺位上，不再动弹。我以为事情已经谈妥了，他在高兴之中，在聚精会神构思晚上如何给对象写信，没想到突然从他铺位上传来"呜呜"的哭声。把我们一屋吓了一跳。

我急忙到他铺位上摇他："你怎么了，班长？"

他开始嚎啕大哭。

一班人都聚集到他身旁，说："你怎么了，班长？"

李上进也不顾影响，也不顾人多，大声喊："我×指导员他妈！"

我们吓了一跳，问："到底是怎么了？"

李上进边哭边说："班副，你说这像话吗？"

我说："怎么不像话？"

"副连长明明说好的，让我入党，可指导员找我谈话，不让我入了……"

我吃了一惊："他说不让入了？"

"说不让入还不算，还通知我下一批复员。你说，这样光着身子，让我怎么回家!”

我倒抽一口冷气：“哎呀，这可没想到。”

他又放声嚎哭起来。

连里集合号响了，班里人都提枪出去集合，宿舍里就剩我们俩。这时李上进也不哭了，蹲在铺头不动。我陪在一旁叹气。他埋着头问：

“班副，你说，我来到班里表现怎么样?”

我说：“不错呀。”

“跟同志们团结怎么样?”

“不错呀。”

“说没说过出格的话，办没办过出格的事?”

“没有呀!”

“班里工作搞得怎么样?”

“除了投弹射击，别的不比人差!”

“那指导员怎么这么处理我?”

我摇摇头：“真猜不透。”

他咬咬牙说：“指导员必定跟我有仇!”接着站起来，开始在地上来回转。转了半天，开始两眼发直。

我劝他：“班长，你想开些。”

李上进不说话，只在那里转。突然蹲到地上，双手抱头：“这样光身子，我是宁死不回家。”接着又站起，对着窗户喊：“我×指导员他妈!”

我急忙把他从窗户口拉回来：“让人听见!”

他狠狠瞪了我一眼：“听见又怎么样?反正我不想活了!”

到了晚上，李上进情绪才平静下来。到了吹熄灯号，大家围着劝他，他反倒劝大家：

“都赶紧睡吧。”

大家都为他心里不好受，默默散去睡了。连王滴也露出一脸的同情，叹口气去睡。脱了裤子，又爬到李上进的铺头，说：

“班长，我这还有一把糖，你吃吧。”

把一把他吃剩的奶糖，塞到李上进手里。

熄了灯。大家再没有话。都默默盯着天花板，睡不着。这是当兵以来让人最难受的一夜。连“老肥”退回去那天晚上，也没有这么难受。不时有人出去解手，都是蹑手蹑脚的。翻来覆去到下半夜，大家才蒙眬入睡。这时外边“砰”地响了一枪，把大家惊醒。夜里头，枪声清脆嘹亮。大家被吓了一跳。爬起来纷纷乱问：

“怎么回事，怎么回事?”

接着外边响起“嘟嘟”的紧急集合哨子。大家顾不上穿衣服，一窝蜂拥了出来，问：

“怎么回事，怎么回事?”

这时有人说是有了特务，有人说是哨兵走了火。正一团混乱，连长提着手枪喘喘跑来，让大家安静，说是有人向指导员打黑枪。大家“嗡”地一声炸了窝。我心里“咯噔”一下。这时副连长又提着枪跑过来，说指导员看见了，那身影像李上进；又说指导员伤势不重，只伤了胳膊；又说让大家赶紧集合，实枪荷弹去抓李上进，防止他叛逃。我们这里离国境线只几百公里。

大家又“嗡”地炸了窝。赶紧站队，上子弹，兵分几路，跑着去捉李上进。因李上进是我们班的，大家都看我们。我们班的人都低着头。我也跟在队伍中跑，心里乱如麻。看到排长也提着枪在前边喘喘地跑，便凑上去问：

“这是怎么回事呀，排长？”

排长抹一把汗，摇头叹息道：“这都是经受不住考验呀，没想到，他开枪叛逃了！”

我说：“这肯定跟入党有关系！”

排长叹息：“他哪里知道，其实支部已经研究了，马上发展他。”

我急着问：“那为什么找他谈话，说让他复员？”

排长又摇头：“这还不是对他的考验？上次没有发展他，指导员说他神色不对，就想出这么个点子。没想到一考验就考验出来了！”

我脑袋“嗡”地响了一下。

排长说：“他就没想一想，这明显是考验，新兵连哪里有权复员人呢？”

我脑袋又“嗡”地响了一下。心里边流泪边喊：

“班长，你太亏了！”

队伍跑了有十公里，开始拉散兵线。副连长用脚步量着，十米一个，持枪卧倒，趴在冰凉的地上潜伏，等待捉拿李上进。副指导员又宣布纪律，不准说话，不准咳嗽，尽量捉活的，但如果他真要不听警告，或持枪顽抗，就开枪消灭他。接着散兵线上响起“哗啦”“哗啦”推子弹上膛的声音。

我左边的战士把子弹推上了膛。

我右边的战士也把子弹推上了膛。

我也把子弹推上了膛。

但我心里祷告：“班长，你就是逃，也千万别朝这个方向逃，这里有散兵线。”

东方渐渐露出了鱼肚白。散兵线上一个个哨位，已经看得清清楚楚。李上进没有来。副连长把大家集合在一起，回营房吃饭。吃了饭，又让大家到各处去搜。我们班的任务，是搜查戈壁滩上的一棵棵骆驼刺草丘。我领着大伙搜。我没有话，大伙也没有话，连王滴都没有话，只是说：

“不管搜出搜不出，都是一个悲剧。”

我瞪了他一眼，不再说话。

这样搜了一天，没有搜出李上进。

夜里又撒散兵线。

三天过去了。李上进还没捉拿到。

这时军里都知道了。发出命令：再用三天时间，务必捉到叛逃者，不然追查团里营里连里的责任。团里营里连里都吓傻了。指导员托着受伤的胳膊，也加入了搜查的行列。

又一天过去了。没有搜到。

夜里连部灯火通明。

最后一天，李上进捉到了。不过不是搜到的，是他自己举手投降的。原来他藏匿的地点并不远，就在河边的一个草堆里。他从草堆里钻出，向人们举手投降。叛逃者被捉住了，大家都松了一口气，也来了劲头。李上进已变得面黄肌瘦，浑身草秸，军服被扯得一条一条的。领章帽徽还戴着，不过一捉到就让人扯掉了。筋疲力尽的李上进，立即被带到连部审问。

副连长问："你为什么向指导员开枪？"

李上进："他跟我有仇。"

"他怎么跟你有仇？"

"他不让我入党。"

沉默。

"不让入党就开枪？"

李上进委屈地"呜呜"哭了："副连长，我给你搓背时，你明明说让我入，指导员不让我入，这不是跟我有仇吗？"

副连长红了脸，"啪"地一声拍了一下桌子："李上进，你问题的性质已经变了，过了界限了！你向指导员开了枪！你开枪以后不是要叛逃吗？怎么不逃了？"

李上进说："我不是想叛逃，我是想跑到河边自杀！"

"噢——"副连长吃了一惊，看李上进半天，又问："那你为什么不自杀？"

李上进："我想着家里……还有一个老爹。"

沉默。

连部审问李上进，这边连里召开大会，要大家深入批判他。连长站在队伍前讲："这和林彪有什么区别？林彪谋害毛主席，他谋害指导员；林彪要叛逃，他也要叛逃……"

会后，李上进被押到猪圈旁一间小屋里。连里派我和"元首"持枪看守。猪圈旁，是我们以前一起做好事的地方。到了小屋前，李上进看我们一眼，叹息一声，低头不说话，进了小屋。看他那浑身散架、垂头丧气的样子，真由一个班长，变成一个囚犯了。围观的人散去，剩我们三个人。这时李上进说：

"班副，快给我弄点吃的吧，饿了五六天了。"

我想起刚来部队，晚上站岗，到锅炉房吃他烤包子的事。我把"元首"叫到一旁，说：

"'元首'，我是不顾纪律了，我去给他弄点吃的，你要想汇报，你就去汇报。"

这时"元首"脸涨得通红，"啪"地一声把步枪上的刺刀卸下来，递给我：

"班副，我要再犯那毛病，你用它捅了我！"

我点点头，说："好，'元首'，我相信你！"

留下"元首"一人看守，我到连队厨房偷了一盆剩面条，悄悄带了回来。李上进见了食物，不顾死活，双手抓着乱吃，弄得满头满脸；最后还给噎着了，脖子一伸一伸的，忙用双拳去捶。看他那狼狈样子，我和"元首"都禁不住流泪。

夜里，李上进在屋里墙上倚着，我和"元首"在外坐着。这时我说：

"班长，你不该这样呀！"

但我朝里看，他已经倚在墙上睡着了。

"元首"喊："班长，你醒醒！"

但怎么也喊不醒。

我们俩都开始流泪。

这时"元首"说："班副，我有一个主意。"

我问："什么主意？"

他说："咱们把班长放了吧！"

我大吃一惊，急忙看了看四周，又上前捂住他的嘴："小声点。"

他小声说："咱们把班长放了吧！"

我说："放了怎么办？"

他眨巴眼："让他逃呀！"

我叹息一声："往哪里逃呀，还真能越过边境线不成？"

"元首"不说话了，开始嘬牙叹气。

这时我说："'元首'，你是一个好兄弟。"

一夜在李上进的酣睡中过去了。

第二天一早，师里来了一个军用囚车，提李上进。李上进还迷离马虎的，就被提溜上了囚车。临走，也没扭头看看我和"元首"。

囚车"呜呜"地开跑了。

我和"元首"还站在囚李上进的小屋前，愣着。

突然，"元首"喊："班副，你看那是什么？"

我顺着"元首"的手指看，小屋地上有一片纸。我和"元首"进屋捡起一看，原来是李上进对象的照片。

照片上的姑娘很胖，绑着一对大缆绳般的粗辫子，在对我们笑。

八

过了有三天，上边传来消息，说李上进被判了十五年徒刑。

消息传来，并没有在连里引起什么轰动。因为三天时间，李上进已经被连里批臭了。任务布置下来，个个发言，人人过关，像当时批林彪一样认真。林彪能被批臭，李上进也被批臭了。

在批李上进的过程中，大家又起了私心。为了不影响自己的最后分配，大家批得都挺认真。李上进出自我们班，我们班成了重灾区，指导员、连长都来参加我们的批判会。大家一开始还挤牙膏，后来索性墙倒众人推，把他日常生活中的大小缺点往一块一集合，一下堆了一个十恶不赦的罪人！好像谁批得越多，谁就越不认识李上进似的。王滴原来也挺同情李上进，说他是“悲剧”，现在为了不影响自己分到军部，第一个发言，而且挺有深度：说李上进叛逃有思想基础，几年之前就带刺刀回家，受过处分。说得连长指导员直点头。发言一开始，下边就有人接了茬。中间休息时，连“元首”也动摇了，找到我，涨红着脸说：

“班副，我也要批判了。”

我看他一眼：“你批吧，我不让你批了？”

他脸越发红：“大家都批了，就我不批，多不好，总得做做样子。”

接着开会，“元首”便批了。说是做做样子，谁知批得也挺深刻，说李上进思想腐化，平时手里老是捏着个女人照片；把他关起来，还看了一夜。连长指导员都支起耳朵。我听不下去，便插话：

“那是他对象的照片。”

指导员说：“要是他对象的照片，还是可以看看的。”

我说：“现在保准不看了，一坐监，对象还不吹了？”

大家“轰”地笑了。笑后，都又觉得心里不好受，一时批判停下了。

中午吃饭，“元首”又找我：

“班副，我不该批判吧？”

我十分气恼：“‘元首’，你怎么这么说话？我说你不该批了？你这么说话，不是把我往火坑里推吗？”

“班副！”“元首”又双手掩着脸哭了。

批过李上进，大家都洗清了自己，分配也没受大影响。该去军部的去军部，该去菜地的去菜地。终于，大家吃过一顿红烧肉之后，开始陆续离开新兵连，到各自分配的连队去。

第一个离开新兵连的是王滴。他可真威风，军部来接他了。来的是一辆小吉普。班里有几个人坐过小吉普？大家都去看他上车。他一一与大家握手，倒没露出得意之色。只是说：“有时间到军部来玩。”

排长本来在宿舍写信，揉巴揉巴撕了两张，也跑出来送王滴。王滴对他倒有些带搭不理，最后一个才与他握手，说：“排长，在这三个月，没少给你添麻烦。自己不争气，把个‘骨干’也给闹掉了。以后排长到大点去，有时间也来军部玩吧！”

把排长闹了个大红脸。

吉普车发动了，王滴又来到我面前，说：

“班副，我走了。”

我说：“再见王滴。”

这时王滴把我拉到一边，突然两眼红了：

“班副，你知道让我干什么去？”

我说：“不是当公务员吗？”

“说是让我到军部当公务员，今天司机才告诉我，原来军长他爹瘫痪了，让我去给他端屎端尿！”王滴说着涌出两包泪。

我也吃了一惊，说：“哎呀，这可想不到。”

他叹息一声：“我以前说话不注意，你可得原谅我。”

我一把握住他的手：“王滴！”

他说：“俺奶在家里病床上躺了三年，我还没尽一点孝心！”

我说：“不管怎么说，到那得好好干。”

他点点头，叹息一声：“这话就对你说了，可千万别告诉别人，不然又让人笑话了。”

我使劲点点头。

车把王滴载走了。车屁股甩下一溜烟。

第二个来接人的，是生产地的指导员，来接“元首”。指导员是个黑矮的胖子，也是河南人，说话十分直爽。“元首”分到菜地，本来十分沮丧。没想到菜地指导员一来，给他带来个喜讯：因分到菜地的都是差兵，相比之下，“元首”还算好的——在新兵连当过“骨干”，于是瘸子里拔将军，还没去菜地，就给他安排了一个班副。这真是因祸得福，“元首”情绪一下高涨起来，给他的指导员让烟，围着问这问那。指导员叼着烟说：

“到菜地没别的好处，就是入党快些。”

“元首”更加高兴，手舞足蹈的。大家围着“元首”和他的指导员，也都挺羡慕，似乎去菜地比去军部还好。

“元首”咳嗽两声，看大家一眼，对他的指导员说：“指导员，从今以后，你说哪儿我打哪儿，让我领着班里的同志喂猪也行！”

指导员“哈哈”笑了：“工作嘛，到家再说，到家再说。”

当天下午，班副“元首”，坐着生产地的拉羊粪卡车，兴高采烈地种菜去了。

其他战士也都一个一个被领走了。

战士们走完，我才背着背包离开了新兵连。全班比较，还数我分的比较好：到教导队去学习。因教导队离新兵连比较远，得到一个军用小火车站去搭火车。排长也要离开新兵连回老连队，也要搭火车，于是我们两个同行。离开了新兵连，排长放下了他的架子，与我说这说那。可我老打不起精神。

排长问：“你怎么了？”

我说：“排长，我心里有些难受。”

“怎么了？为李上进？”

我摇摇头。

“为王滴？”

我摇摇头。

“为‘元首’？”

我摇摇头。

"为其他同志?"

我摇摇头。

"那为什么?"

我说:"我今天接到我爹一封信。"

"家里出事了?"

我摇摇头。

他瞪着眼睛问:"那为什么?"

"信上说,'老肥'死了。"

"啊?"他一下跳出丈把远,吃惊地望着我,"这怎么可能?"

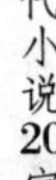

我把爹来的那封信,交给了他。

信是下午收到的。爹在信上说,"老肥"被部队退回去以后,没有跟我爹去学泥瓦匠,就在家里种地。一次,三天不见他露面,家里着了急,托人四处找,最后在东北地的井里发现了他,尸体已经泡得像发面窝窝。村里人都说,可能是打水的时候,他的羊角风又犯了。

排长抖信说:"他羊角风又犯了,有什么办法?"

这时我禁不住哭了:"排长,我了解他,他绝不是羊角风犯了。"

"那是什么?"

"他一定是自杀!"

"啊——"排长瞪大了眼珠。

我们默默走了好一段路,没有说话。

快走近小火车站时,排长又问:

"多长时间了?"

我说:"信上不是说了,快半个月了。"

"你告没告诉班里其他同志?"

我摇摇头。

这时天已经黑了。戈壁滩的天,是那样青,那样蓝。迎头的东方,推出一轮冰盘样的大月亮。

火车已经"嗷嗷"地进站了。

"我们走吧。"排长说。

我们背着背包,向车站走去。

一九八七年十二月 北京十里堡

一句顶一万句*

内容简介 小说的前半部写的是过去：孤独无助的吴摩西失去唯一能够"说的上话"的养女，为了寻找，走出延津；小说的后半部写的是现在：吴摩西养女的儿子牛爱国，同样为了摆脱孤独寻找"说的上话"的朋友，走向延津。一出一走，延宕百年。本书是刘震云酝酿创作了三年的小说。小说的叙事风格类似明清的野稗日记，语句洗练，情节简洁，叙事直接，板儿板儿的冷幽默却画龙点睛，有汪曾祺和孙犁等前辈作家遗风。因而本书的每一个字每一句话，都能拧出作家的汗水。更为重要的是，作家唯有用此语言，才有对应和表现作品的内涵：与神对话的西方文化和人类生态，因为神的无处不在而愉悦；与人对话的中原文化和浮生百姓，却由于极端注重现实的农耕传统和性格、阶级、利益的不同，真正地生活在"百年孤独"当中。

○

王

朔

动物凶猛（节选）

我羡慕那些来自乡村的人，在他们的记忆里总有一个回味无穷的故乡，尽管这故乡其实可能是个贫困凋敝毫无诗意的僻壤，但只要他们乐意，便可以尽情地遐想自己丢失殆尽的某些东西仍可靠地寄存在那个一无所知的故乡，从而自我原宥和自我慰藉。

我很小便离开出生地，来到这个大城市，从此再也没有离开过，我把这个城市认作故乡。这个城市一切都是在迅速变化着——房屋、街道以及人们的穿着和话题，时至今日，它已完全改观，成为一个崭新、按我们的标准挺时髦的城市。

没有遗迹，一切都被剥夺得干干净净。

在我三十岁以后，我过上了倾心已久的体面生活。我的努力得到了报答。我在人前塑造了一个清楚的形象，这形象连我自己都为之着迷和惊叹，不论人们喜欢还是憎恶都正中我的下怀。如果说开初还多少是个自然形象，那么在最终确立它的过程中我受到了多种复杂心态的左右。我可以无视憎恶者的发作并更加执拗同时暗自称快，但我无法辜负喜好者的期望和嘉勉，如同水变成啤酒最后又变成醋。

我想我应该老实一点。

她的容颜改变得如此彻底，我看到她时完全无动于衷。那天我去火车站送一位至亲，在软席候车室等候进站时，视线恰与她的目光相遇。她坐在斜对面的一排沙发上，目光随着一个正在地上跑来跑去独自玩的小女孩移动，小女孩跑到我脚前的皮箱边，于是我们相逢。

她手托腮五指并拢几乎遮住了口、鼻，两颊瘦削如同橄榄，一双眼睛周围垂褶累累，那种白色的犹如纸花的褶皱。

纯粹是由于视野内景物单调，那个活动着的小女孩产生了难以抗拒的牵引力，我的目光再次投到她脸上，我发现她刚才注视我的那一眼仍在持续。

那是探究的凝视。

小女孩跑到她身边，娇声娇气地说话，她的回答低得几乎听不清，由于拿腔捏调摹仿孩子式的语调而嗓音失真。她把遮住脸的手放下，我移开视线，确认这是个陌生人。

这时，我一直留心注意的候车室门上的电子预告牌打出了我们等候的那次列车的检票通知。

我站起来，拎着箱子陪同那位至亲走出候车室。

在上行的自动扶梯的人群中，我忽然想起她似乎是谁。我不动声色继续前行，把我那位至亲一直送到车上，在月台上深情地看着站在车窗内冲我微笑的栩栩如生的她，直到火车开走。

我在通往站外的地道中边走边对自己的判断产生怀疑。

当我犹豫不决地再次出现在软席候车室的门口时，她和那个小女孩都已不在了，她的位置上坐着一个神色怆然的女军官。

十三天后，我去参加一个中学同学的聚会，当一个个陌生男女走进那个房间，笑容满面地彼此握手，特别是听到其中有一个人叫出我的名字，我有一种脱离现实的感受。我和几个男人聊得很多，我知道他们是我过去的好朋友。有人提起一些往事，很有把握地描绘我当时的神情、举止和爱好，而我对此毫无印象。我对自己能清晰地保留在一些人的记忆中感慨不已。主持聚会的一个同学高声对大家说："让我们重新认识一下吧。"

随着一个个名字的道出，蒙尘的岁月开始渐渐露出原有的光泽和生动的轮廓，那些陌生的脸重又变得熟悉和亲切。很多人其实毫无改变，只不过我们被一个个远远地隔离开了，彼此望尘莫及，当我们又聚在一起，旧日的情景便毫无困难地再现了。

那个苍老、憔悴的女人当年有一张狐狸一般娇媚的脸，这张脸不会使人坠入情网却颇能挑逗起一个成年男人的非分之想。我只是到后来，多年后才开始欣赏此类相貌的女子。当时她对我毫无吸引力，我长期迷恋那种月亮型的明朗、光洁的少女。

我之所以对她印象深刻，因为那时候她总是和米兰在一起。

七十年代中期，这个城市还没有那么多的汽车和豪华饭店、商场，也没有那么多的人。

除了几条规模不大的商业街，多数大街只有零星几间食品店和百货铺子，不到年节，货架上的商品也很单调，大多是凭票供应的基本生活用品。街上常见的是四轮驱动的军用吉普车和一些老式的苏联、波兰轿车。

上班上学时间，街上只有一些外地出差干部在闲逛，路边公共汽车、无轨电车都乘客寥寥。热闹的场面只有特殊的庆祝的日子能看到，游行的群众队伍把大街小巷挤得水泄不通。

城里没什么年轻人，他们都到农村和军队里去了。

那时我十五岁，在一所离家很远的中学读初三，每天从东城到西城穿过整个市区乘公共汽车上学。这是我父母为了使我免受原来的一些坏朋友的影响所采取的极端措施。我原来就读的那所中学过去是所女中，自从开始接受男人入校后便陷入混乱，校纪废弛。为了不受欺侮，男孩子很自然地形成一个个人数不等的团伙。每日放学，各个团伙便在胡同里集体斗殴，使用砖头和钢丝锁，有时也用刀子，直到其中一人被打得头破血流便一哄而散。这场面使得所有正派的学生父母心惊肉跳。

我感激所处的那个年代，在那个年代学生获得了空前的解放，不必学习那些后来注定要忘掉的无用的知识。我很同情现在的学生，他们即便认识到他们是在浪费青春也无计可施。我至今坚持认为人们之所以强迫年轻人读书并以光明的前途诱惑他们，仅仅是为了不让他们到街头闹事。

那时我只是为了不过分丢脸才上上课。我一点不担心自己的前程，这前程已经决定：中学毕业后我将入伍，在军队中当一名四个兜的排级军官，这就是我的全部梦想。我一点不想最终晋升到一个高级职务上，因为在当时的我看来，那些占据高级职务的老人们是会永生的。

一切都无须争取，我只要等待，十八岁时自然会轮到我。

唯一可称得上是幻想的，便是中苏开战。我热切地盼望卷入一场世界大战，我毫不怀疑人民解放军的铁拳会把苏美两国的战争机器砸得粉碎，而我将会出落为一名举世瞩目的战争英雄。

我仅对世界人民的解放负有不可推卸的责任。

所以父母把我和我的战友们隔离开来，从那充满活力的学校转到一所死气沉沉的学校——这所新学校是当时全市硕果仅存的几所尚能维持教学秩序的学校之一——我会感到多么无聊也就可想而知了。

我在新学校中很长时间没找到同志，后来虽然交了几个朋友，但我发现他们处于老师的影响之下。我是惯于群威群胆的，没有盟邦，我也惧于单枪匹马地冒天下之大不韪向老师挑衅。这就如同老鼠被迫和自己的天敌——猫妥协，接受并服从猫的权威，尽管都是些名种猫，老鼠的苦闷不言而喻。

我觉得我后来的低级趣味之所以一发不可收拾，和当时的情势所迫大有联系。

我那时主要从公共汽车上人们的互相辱骂和争吵中寻找乐趣，很多精致的下流都是那时期领悟的。

当人被迫陷入和自己的志趣相冲突的庸碌无为的生活中，作为一种姿态或是一种象征，必然会借助于一种恶习，因为与之相比恹恹生病更显得消极。

我迷恋上了钥匙，从家里、街上和别的同学那里收集到了一大批各式各样的钥匙，并用坚韧的钢丝钳成了所谓的“万能钥匙”。先是合法地把自己家的各种锁一一打开，为那些钥匙锁在家里的朋友们扶危济困，后来就开始未经邀请地去开别人家锁着的门。

我喜欢用一把平平的钥匙经过潜心揣摩、不断测试终于打开那处机关复杂的锁。锁舌跳开“嗒”的一声，那一瞬间带给我无限欢欣，这感觉喜爱钓鱼的人很熟悉，参加过第二次世界大战攻克柏林战役的苏军老战士也很熟悉。

钥匙难道不是锁的天敌么？

从这一活动中我获得了有力的证据，足以推翻一条近似真理的民谚：一把钥匙开一把锁。实际上，有些钥匙可以开不少的锁，如果加上耐心和灵巧甚至可以开无穷的锁——比如“万能钥匙”。

我发誓我仅仅是开锁并不是做贼。在我溜撬的短暂生涯中，我没拿过价值十元钱以上的物品，即便拿也纯粹出于喜爱并非贪婪。那时候人们都没有钱，那些现在被认为是必不可少的家用电器当时闻所未闻。

我常去光顾的学校前的那片楼区大都居住着国家机构的一般干部，家里多是公家发的木器家具，连沙发都难得一见。我印象里最阔气的一家，大概是个司长，家里有一台老式的苏联产的黑白电视机，那种木壳子的。我的确想了一下将其搬走，随即便产生了一个念头：这是犯罪啊！

我可以作证，当时除了有一些政治品质可疑的干部，贪官污吏凤毛麟角。

那些楼房从外表看都是一模一样的，五层，灰砖砌就；内部陈设也大同小异，木床、三屉桌和大衣柜、书架，新式一点的是米色油漆，老派的便是深褐色的。

上班时间，那些楼房常常整幢空无一人，我便在那些无人的住宅内游荡，在主人的床上躺躺，吃两口厨房里剩下的食物，看着房间里的陈设，想象着在这里生活的都是些什么样儿的人，满足呢还是失意。

有几次我甚至躺在陌生人家的床上睡着了，直到中午下班，楼道里响起人语和脚步声才匆匆离去。

我有把握不会被人擒住，那时人们在上班时间从不溜号，而且因为几乎不丢失什么东西，也没引起人们的警惕。

我走前有时还替过于邋遢的人家打扫一下房间，把未来得及叠的被子叠好。

我的文学想象力就是在那时得到培养的。

在这片楼区的旁边还有一片属于少数民族的回民聚居的平房，我从不去那儿。

我的故事总是在夏天开始的。夏天在我看来是个危险的季节，炎热的天气使人群比其他季节裸露得多，因此很难掩饰欲望。

那天下午，老师在课堂上讲巴黎公社的伟大意义以及梯也尔的为人。全班同学都昏昏欲睡，强撑着瞪大眼睛听老师讲课。至今我回想学生时代，最不堪回首的就是夏天下午的第一堂课，你只想睡觉他偏要喋喋不休。那些年夏天两点到三点传授的知识我一个字也没听进去，可能因此错过了人生最关键的点化，以至如今精神空虚。

为了不使自己当众睡着，我在第二堂课离开了教室。

我溜出了校门，顶着烈日穿过楼群间的空地，钻进了一幢幽暗阴凉的楼内。

楼内很静，每层紧闭的房门里钟表走动的“嘀嗒”声清晰可闻。

我开了几家门走进去，发觉这些人家我光临过，便觉索然无味。

我打开了这幢楼顶层的一家房门，走了进去。这家主人的勤谨和清洁使我很有好感。简朴的家具陈设井井有条，水泥地板擦得一尘不染光滑如镜，所有的玻璃器皿熠熠闪烁；墙壁不像大多数人家那样乌黑、灰泥剥落，而是刷了一层淡绿的油漆，这在当时是很奢侈的。墙上没有挂伟大领袖的画像，而是用镜框镶挂了一幅黑白色调的杭州丝绣风景，上面是月光下浩渺的波光粼粼的湖水，一叶小舟，舟上有一个模糊的古

代服饰的人影，一侧绣有一句古诗：玉田三万顷，着我扁舟一叶。

我很小便很赞赏人们在窘境下的从容不迫和怡然自得。

这是一套两居室的单元，我先进去的那间摆着一张大床，摞着几只樟木箱，床头还有一幅梳着五十年代发式的年轻男女的合影，显然这是男女主人的卧室。

另一间房子虚掩着门，我推门进去，发现是少女的闺房。单人床上铺着一条金鱼戏水图案的粉色床单，床下有一双红色的塑料拖鞋，墙上斜挂着一把戴布套的琵琶，靠窗有一张桌子和一个竹书架，书架上插着一些陈旧发黄的书，这时我看到了她。

我不记得当时房内是否确有一种使人痴迷的馥郁香气，印象里是有的，她在一幅银框的有机玻璃相架内笑吟吟地望着我，香气从她那个方向的某个角落里逸放出来。她十分鲜艳，以致使我明知道那画面上没有花仍有睹视花丛的感觉。我有清楚的印象她穿的是泳装，虽然此事她后来一再否认，说她穿的只不过是条普通的花布连衣裙，而且在我得到那张照片后也证实了这一点，但我还是无法抹煞我的第一印象。为什么我会对她的肩膀、大腿及其皮肤润泽有如此切肤的感受？难道不是只有在夏日的海滩上的阳光下才会造成如此夺目、对比鲜明、高清晰度的强烈效果？

现在想来，她当时的姿态不是很自然，颇带几分卖弄和搔首弄姿，就像那些电影小明星在画上常干的那样。

但当时我就把这种浅薄和庸俗视为美！为最拙劣的搔首弄姿倾倒，醉心，着迷，丧魂失魄！

除了伟大领袖毛主席和他最亲密的战友们，那是我有生以来第一次见到的具有逼真效果的彩色照片。

即便有理智的框定和事实的印证，在想象中我仍情不自禁地把那张标准尺寸的彩色照片放大到大幅广告画的程度，以突出当我第一眼看到她时受到的震撼和冲击。

黄昏，我才从那幢楼里怏怏不乐地出来，与下班下学回来的大人小孩擦肩而过。我们班的一位也住在这幢楼里的女同学看到我从楼里出来，停住脚若有所思地望着我。

那个黄昏，我已然丧失了对外部世界的正常反应，视野有多大，她的形象便有多大；想象力有多丰富，她的神情就有多少种暗示。

在我们这个地处温带、其居民的饮食结构又是以食草为主的城市，本民族的女孩子发育都很晚。与我同龄的女孩大都身材单薄、面带菜色，除了头发长短不同和衣式的细微区别，她们并不具有特点。从民国男人们剪了辫子后她们便继承了这一惹人嘲笑的发式，这也是几年后当一些男人重新留起长发而女孩们纷纷解开辫子引得社会舆论大哗的原因之一——道学家们认为她们失去了唯一的女性特征。

这情势使我既纯洁又脆弱。

当然我的感情并非一直寂寞沉睡到那一天，犹如一个人被从梦中猛地唤醒。几乎是从幼儿园男女儿童的耳鬓厮磨开始，我便不间断地更换钟情对象。需要指出的是，我并未受到任何成人和淫秽书刊的影响，当时成年人中道貌岸然的君子比历朝历代都多，而书刊，谁都了然，其时只有“两报一刊”，最怀有偏见的人也找不出淫秽。后来，当我真的阅读那本著名的手抄本《曼娜回忆录》，也是出于人们谈虎色变所激发的不可遏制的好奇心和自然的需要。它是年轻人迷途往返的必由之路，并非将我拽入深渊的罪恶之手。老实说，这本小册子的糟糕描写曾在很长时间引起我对两性关系的厌恶。它的主要效果在我看来就是亵渎了人类健康的需要，颇似宗教经典中为了劝诫世人，使信民畏惧对炼狱烈火煞有介事的描述。

那年国际共运在全球首先在东南亚取得了令人瞩目的胜利。

我国一直大规模援助的越共攻克了西贡，接着势如破竹地横扫了印度支那。红色高棉和巴特寮的苏发努冯亲王分别在各自的国家掌了权。美国遭到了丢脸的失败。

但这些光荣的胜利已经不能使我兴奋了，我面临着个人的迫在眉睫、需要解脱的困扰。

我日复一日守候在那幢普通的楼房前，殷切期待着画中人出现。

我不止一次看到她的父母。他们常在傍晚时分骑着自行车从不同方向回来，有时车后架上还夹着一捆青菜或用网兜装着几个西红柿挂在车把上。

她的父亲很瘦小，总是穿着一身半旧的中山装，跟谁都客客气气地打招呼，有时还站在楼门口扶着自行车把和几个人聊上一会儿才上楼。他戴着副眼镜，因而看人的目光总有些茫然，后来当我看到名噪一时的陈景润的照片时，立刻在他们俩身上找到了共同点。

她的母亲则可算个迟暮美人，身材几乎和她父亲等高。那个时候人们普遍缺乏保养，妇女到了她那个年龄大都形容枯槁，但她仍保持着皮肤的白皙和头发的乌黑，一双眼睛也时而泛出光彩。她的面容很柔和，但态度冷漠，我从没见过她和一个邻居说话，每次下了自行车便径自上了楼，连她丈夫也不瞧一眼。

她的五官其实酷肖其父，但那时我认为她更多地继承了母亲的遗传基因。

我一次也没等到过她。有几次我一直等到夜里，家家户户都亮了灯，可她的那个窗户总是黑的。有时忽然开了灯，但出现在窗口的身影不是她父亲便是她母亲。

我壮着胆子在白天又几次摸进过她家，屋里总是出现了些细微的变化：譬如桌上出现了一本看了一半的书，换了一种牌子的雪花膏；枕畔遗落了几只发卡和几根长发，镜子上的薄灰被仔细地擦拭过。

我不知道她什么时候进来，又何时离去，她像一个幽灵来去无形。只在我的感觉和嗅觉里留下一些痕迹和芳香证实她的存在。

我延长了守候的时间，天还没亮便穿过全城赶到这里，万籁俱寂才乘末班车离去，仍旧一无所获。

这不寻常的活动规律引起了我父母的警惕。他们认为我一定又和坏朋友混到了一起，因为我无法解释如此披星戴月的理由。我受到了他们粗暴的对待，从此必须严格按照他们给我规定的时间表离去归来。

忘了是个什么日子，好像不是庆祝而是声讨、示威。我随着全校由鼓号队作先导的游行队伍在城里游行了一天，手挥纸旗跟着教师喊了一路口号。

那天全城各机关厂矿和学校都出动了，街上到处红旗招展、鼓号震天。在每一处街口都能看到数支队伍从不同方向浩浩荡荡走来，此伏彼起地振臂高呼口号。有的工人游行队伍还威风凛凛地敲着由三轮平板车拉着的大鼓。

这种游行示威通常是很累人的，要走很远的路到市中心广场，绕广场一周后再走回来，到了学校门口再解散。

那天天安门城楼上没有什么领导人出来检阅我们，大红灯笼和汉白玉栏杆间空空荡荡。

我们绕场一周雄壮地喊了些口号，和其他游行队伍共同制造了一些声势，便沿着大街往回走。

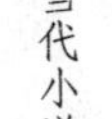

回去的路上大家都疲惫不堪，太阳又很晒，领头呼口号的全校最结实的体育老师也声嘶力竭变得安静了。大家一边懒洋洋地走，一边前后左右地聊天，看见路边卖冰棍的老太太，便围上去买冰棍，然后再去追赶队伍，在行列中东张西望吃冰棍蹒跚而行。

下午的街头都是垂头丧气、偃旗息鼓往回走的工人和学生的队伍，烈日下密集的人群默不做声一望无尽。

他们十几个人都穿着军上衣、懒汉鞋，或伏或蹬坐在自行车后座上，聚在十字路口的交通警察指挥台前，人人手上夹着、嘴里叼着一支烟，一边吞云吐雾一边眉飞色舞地说话，很惹人注目，颇有些豪踞街头顾盼自雄的倜傥劲儿。

当和他们同龄的学生队伍经过时，他们扫去的目光充满冷漠和轻蔑，令那些规矩的同龄人很有些自惭和惴惴不安，老师们则装作视而不见。

他们是我的朋友，过去的同学，我父母禁止我再和他们接触的一伙。

高洋先看到了我，笑着喊我的名字，其他人也纷纷掉过头来看我，笑嘻嘻地指着我喊：

“没劲没劲。”

我自动脱离学校的队伍、大大方方走过去，心中充满有这么一群朋友的骄傲。班里的很多同学看着我，受到老师的催促，走远了。

许逊递给我一支“恒大”烟，我便也站在街头吸了起来，神气活现地乜眼睐着仍络绎不绝从我们身边经过的游行队伍，立刻体会到一种高人一等和不入俗流的优越感。

他们在谈女人，这是个新话题。过去我们混在一起时，只有打架才是我们感兴趣的。那时谁要和某个女孩子有点瓜葛，不但立刻威信扫地，而且肯定会遭到众人一致的羞辱甚至是一顿毫不留情的暴打，我们认为那是有失身份和玷污英雄气概的。我仅仅一两个月没和他们在一起，他们谈起女人时那种恬不知耻的深谙此道真像一个个都是猎艳老手。从他们的谈话中，我得知他们最近这段时间又认识了很多人，其中不乏在我们那个圈子里大名鼎鼎的人，不但结识了一些重要的男朋友，还和一些姑娘建立了直接的联系。

我感到了一种脱离组织的孤单和落伍于潮流的悲哀。

那天晚上，我第一次听到米兰的名字，但我以为那是另一个人，并未引起更多的关注。

他们用自行车把我驮回了家，坚硬凸出的车后座把我硌得十分敏感。

在食堂吃晚饭时，我看到他们凑在一桌低声交谈，脸上浮起的那么相像的诡秘微笑，使人感到他们在共同酝酿什么期待什么。我实在难以忍受被再次排除在朋友们乐事之外，但父亲在场使我不得不作出对一切无动于衷的样子。

他们的父亲大都在外地的野战军或地方军区工作，因而他们像孤儿一样快活、无拘无束。我在很长时间内都认为，父亲恰逢其时的死亡，可以使我们保持对他的敬意并以最真挚的感情怀念他又不致在摆脱他的影响时受到道德理念和犯罪感的困扰，犹如食物的变质可以使我们心安理得地倒掉它，不必勉强硬撑着吃下去以免担上了个浪费的罪名。

在晚饭快结束的时候，食堂里的人走得差不多了，就在我出神儿的时候，我的朋友们不知为什么，一下离桌围着一个系白围裙的战士打起来。食堂里的其他战士没有表现出集体主义精神和对荣誉的珍惜，怯懦地手拿饭勺子站在一边看他们的战友遭围殴。这个战士是个很强壮的青年人，但一虎难斗群狼，大概又有入党提干诸问题萦绕于心，并没放手还击，只是抵挡，很快鼻子便被打破了，流出浓稠的血。仍在食堂进餐的管理科干部试图劝阻，但未被理睬，自己也被搡到一边。后来，在食堂工作多年我们从小便吃他做的饭的胖子任师傅出来大吼一声，才骂走了那些惹是生非的男孩们，他们往外走时脚步十分急促，似乎唯恐避之不及。

我慢慢咽下碗里最后的几粒米，站起来往外走，食堂里的大人们都在愤愤不平地谴责这几个肆无忌惮的坏孩子，他们看到我时也怒形于色，院里的大人都知道我们是一伙的。

那时，我父亲已先走一步，否则，他会认为这些谴责同样是针对他的，那样的话，我当真就要为朋友们的行为承担后果了。

我穿过二进大殿门，走到每到春天便有桃花、梨花和海棠开放的花园的游廊上，迎面看见一个长着狐狸脸的女孩从月亮门旁的那挂果实累累的葡萄架下闪出来，沿着游廊向我走来。她的打扮一看就是那种爱招摇的不正经女孩，其实服装没什么特别的，连一件时髦的女式军衣都不趁，只是那两把长及肩头的“刷子”具有与众不同的含义。

我敏锐地意识到她是来找谁的，当时天色尚亮，花园有不少散步的大人和扎成一堆聊天的规矩的本院姑娘，大家都明白她是来找谁的。

我目不斜视地和她擦肩而过，头也不回地拐入我家住的那排原来是下人住的平房。可能是腼腆的天性，或是从小就善于习惯于在执有坚定道德观的大人面前作伪，我一向能很好地掩饰自己的兴趣所在，愈是众目睽睽愈是若无其事。时至今日，这已经成了一种顽固的本能，常常使人误认为我很冷漠或城府颇深。

回到家里，室内已经暗下来，我躺在床上看一本已经翻得很破的《青春之歌》。这本书在当时被私下认为适合年轻人阅读，书中讲述的一个资产阶级少女成为革命者的故事，在人们的疯狂尚未达到歇斯底里的程度之前，曾被认为是一种真实和必然。

类似的书还有《钢铁是怎样炼成的》《牛虻》。我不讳言，书中革命者的无畏和勇气曾使我激动不已心驰神往，虽然保尔·柯察金和亚瑟没有亲手打死成排成连的敌人使我觉得他们还不够传奇，但我最初的革命浪漫主义和对危险、动荡生涯的向往，确是因他们而激发。

而其中最使我着迷和醉心的是这些革命者和资产阶级妇女的恋爱片段。当保尔最终失去冬妮娅的时候我为他深深地遗憾，而冬妮娅和她的资产阶级丈夫再次出现时，我有一种撕心裂肺的痛楚，那时我就试图在革命和爱情之间寻找两全之策。

当我第二遍看《青春之歌》《苦菜花》这些小说时，那些书中涉及性爱的张页犹如扑克牌中的王牌，都被翻得格外旧。

父亲进来视察时，我已经睡了。当他放心地回房后，我便重新穿上衣服，打开窗户，跳到了外面潮湿柔软的土地上。

天已经完全黑了，那时的天空还未受到严重的污染，比现在透明度好，月光更有穿透力，星星也比如今繁密、璀璨。

我沿着一扇扇窗前的杨树林走。银光闪闪的杨树叶在我头顶倾泻小雨般地沙沙响，透出蒙蒙灯光的窗内人语呢喃，脚下长满青苔的土地踩上去滑溜溜的，我的脚步悄无声息，前面大殿的屋脊上，一只黑猫蹑手蹑脚地走过。

我穿过一个个跨院、夹道、小广场和花园，路过八角香楼时，从装着铁栅栏亮着灯的地下室窗户看到我们院最漂亮的女孩子和卫生所的女兵在打乒乓球。

我来到后院墙杂草丛生的废弃游泳池边，远远看到黑黝黝的假山上，中间的那个亭子里有几颗晃动的忽明忽暗的烟头。

果然，他们都在这里，那个狐狸脸的女孩坐在高洋身边笑吟吟地从容应付他们厚着脸皮开的玩笑，她手里也拿着一根烟。

他们为我和那个女孩做了介绍，她的名字叫于北蓓，外交部的。关于这一点，在当时是至关重要的，我们是不和没身份的人打交道的。我记得当时我们曾认识了一个既英俊又潇洒的小伙子，他号称是“北炮”的；后来被人揭发，他父母其实是北京灯泡厂的，从此他就消失了。

于北蓓比我们中的哪一个都大，当时十八岁，应该算大姑娘了，可智力水平并不比一个十五六岁的男孩子更高。

她比我们要有些阅历，称呼起我们来一口一个“小孩”，提到不在场的人，也总说“那小孩那小孩”的。

她对我说话很随便，态度很亲热，一见我就和我开玩笑，说我长得很乖像个女孩儿。这使我又喜欢又窘，一向伶牙俐齿当时却喃喃地不知说什么好，脸也一定红了。除了哥们儿，从来还没一个人这么亲昵地对待我，更别说是个姑娘了，她那满不在乎、随随便便的态度一下就把我迷住了。

因为只有她一个女的，所有人都和她开玩笑，但当时没一个人敢说过于猥亵的话。

大家问她愿意跟我们中谁，她觉得我们中哪个更漂亮。当时奶油小生还不是贬义词，很受少女青睐，而我们这些人都属于漂亮、健康的男孩子，后来我再也没交过这么一致漂亮的男朋友。

她胡乱指，甚至还指了我。虽然是戏言，可我心里还是美滋滋的，宽容地把她列入可以配得上我的那一档。她向一边挤挤，挪出一个空位，招手叫我坐到她身边，这在她并非有意引诱和挑逗，仅仅是为了使玩笑更具有一种逼真的效果，令气氛更加活跃。

我坐了过去，充满自豪。她用一手搂住我的脖子，令我立刻透不过气来，这时我发现她原来就是和高洋勾肩搭背坐在一起。

我们搂抱着坐在黑暗中说话、抽烟。大家聊起近日在全城各处发生的斗殴，谁被叉了，谁被剁了，谁不仗义，而谁又在斗殴中威风八面，奋勇无敌。这些话题是我们永远感兴趣的，那些称霸一方的豪强好汉则是我们私下敬慕和畏服的，如同人们现在崇拜那些流行歌星。我们全体最大的梦想就是有朝一日剁了声名最显赫的强人取而代之。

说完好汉说侠女，谁最近又转入谁的手中“带”着，哪次有名的斗殴其实是哪个女的引起和召集的，后来又开始聊起本市哪个大院的女孩漂亮多情，哪条街上时常会出现一个绝佳少女而且目前不属于任何人。

这时，高晋提到了米兰的名字，她显然是于北蓓的女友，他们见过她。高晋请求于北蓓下次把她带来“认识一下”。

于北蓓笑着说你要看上她，自己去“拍”呀，你不是号称全市没有你“拍”不上的?

高晋表示他是真喜欢米兰，务必请于北蓓帮个忙。

于北蓓说米兰挺正经的，她和她说过好几次她都不肯来。

她搭在我肩上的手夹着烟，不时歪头凑手吸上一口，这时她就把我搂紧了，脸几乎挨上我的脸。我甚至能感到她眨动的睫毛在我面颊上引起的柳絮扑面般的茸茸感觉。

夜色中浮动着假山上栽种的丁香树、香椿树和其他草木的馥郁芳香，于北蓓天真无邪的举动使我对那一夜的真实细节只留下模糊的记忆，却有一个刻骨铭心的温馨印象。

后来，夜深了天也凉了，山下院内重重叠叠的窗户都熄了灯，有几个人困了，烟也抽光了，陆续散去回家睡觉。

我也该走了，心中担忧这么晚了于北蓓怎么回家，街上的公共汽车和电车都停驶了。可她没有一点想走的意思，坦然地坐在那里，眼睛在黑暗里闪闪发亮，每当我和她对视，她便微微一笑，十分深情、专注的神态。

当夜，我和汪若海做伴下山回家时，他便告诉我，于北蓓已在高洋家“刷”了两夜了。

我在朝阳门上了101路公共汽车，仅坐一站，便在人民文学出版社的灰楼对面下了车，外交部的国旗在我身后白色耐火砖院墙内飘扬。

我到现今的“西德顺”饭庄当时只是一个叫“红日小吃店”的回民早点铺买了一个炸糕，边吃边沿着北小街往北走。

在“烧酒胡同”口的公共厕所里我吃完了炸糕，估计这条路上已经没有了去上班的院里大人，便出来穿过“南弓匠营胡同”继续往北。我过去的那所中学坐落在这条胡同里，学校已经开始上课，胡同里只有一些迟到或旷课的学生在游逛。

在“三义公”杂货店门口，我看到院里干部上班乘坐的褐绿色大轿车驶出院门，在前方一个胡同口拐向“南门仓胡同”消失了。

我放心大胆地往院里走，一个我过去的同学站在路边他家院门口跟我打招呼，我问他怎么没去上课，他笑笑说不爱去。

院里空空荡荡的没什么人，只有几个公务班的战士从一辆卡车上卸麻袋装的大米；一些没有职业的家属坐着小板凳晒着太阳开党小组会，一个有三十年党龄在家乡当过妇救会长的妇女给大家念报纸。我从她们身边走过时，她们看我的目光很不友好。

每个院落、每条走廊都洒满阳光，至今我对那座北洋时期修建的中西合璧的要人府邸即在夏日的阳光照射下座座殿门、重重楼阁、根根朱柱以及院落间种类繁多的大簇花木所形成的热烈绚烂、明亮考究的效果仍感到目眩神迷的惊心悸魂。

其实那府邸在当时便已很颓败破旧了，朱漆剥落，檐生荒草，很多果木已经枯死或不再结果，金鱼池覆盖为暖气管道，殿门上的彩色镂刻玻璃大都打碎，一些有特点的建筑经过修补和翻盖已然面目全非。

我怀着忐忑不安的充满渴求的心情急急向高洋家走去，一门心思想着于北蓓，一方面渴望了解真相，一方面又生恐惧唐突不是使他们而是使自己陷入难堪。

她睡在高洋、高晋哥儿俩家使我昨天一夜为她忧心如焚。

他家的偏院内十分静谧，向阳的围廊里晾着邻居家刚洗的床单和衣服，空气中有浓重的潮腥气。

我敲了两下门，屋里没人答应，一片死寂。我正欲再敲，忽然失去了勇气，心惊肉跳地退了出来。

我垂头站在偏院外大院落的堪称小广场的天井中，阳光如同扬起的粉尘纷纷落下，心中茫然，进退失据。

对面二层楼走廊的小木栏杆后，有一个白发苍苍的衰老妇女推着一辆坐着个婴儿的童车掉头看我，在阳光中面容模糊。

我走开了。路过汪若海家窗前，喊了他两声，听不见回声，便去礼堂楼上的方方家。他正在睡觉，开了门又躺回床上。

我点着一根烟，坐在一边抽，刚吸了一口就呛得咳嗽起来，喝了口桌上杯里的剩水，认真地一口一口抽起来。

方方也点了一根烟，躺在被窝里抽，把烟雾吐向天花板。他问我为什么没去上学？我说早烦了。我问他汪若海他们今天怎么想起去上学了？他说他们一会儿就回来。

没等多久，许逊、汪若海等人一个个背着书包回来，撂下书包就抢烟抽，互相打闹着，嘴里不干不净骂着脏话。

我也和他们一起互相辱骂，用最下流最肮脏的词句，没有隐含的寓意，就为了痛快。

然后我们就一直出去奔高晋、高洋家。许逊、方方一到便用力砸门，使脚踢门。汪若海还跳上窗台扒着窗棂往里看，笑嚷：

“看见你们了，别急慌慌穿衣服。”

于是我也忙不迭地往窗户上爬，上去才发现窗户上严严实实遮着窗帘。

高晋笑着把门打开，放我们过去，嘴里说：

“这帮土匪。”

进了房间大家便往里闯，高洋、于北蓓穿戴整齐地坐在藤沙发上含笑望着我们，就像一夜没睡一直坐在那儿等着我们的到来。

“想看什么呀?”于北蓓说，“没见过是么?”

高晋跟进来问我：“你早上是不是来敲过一次门?”

“没有。”我当即否认。

“你们三个人昨晚怎么睡的?”方方问他们，“屋里就两张床。”

“上半夜睡这张床，下半夜睡那张床。”于北蓓从容应付，然后咯咯笑起来。

她的这副腔调立刻使我如释重负，那明显的玩笑口吻和毫无半点羞惭的态度，使我觉得她什么都不会当真且问心无愧，过于荒谬的供认往往使人相信这一切都是虚构的。

我变得快活起来。

中午吃饭的时候，由于怕被我爸爸看见，我不能去食堂，于北蓓也不便在食堂公然露面。于是我和她单独留在屋里，等他们吃完饭再给我们打回来一份。

我和她已经很熟了，可只剩我们俩在阴森森的大房间里时，我还是像一下被人关了开关，没词儿了，只是沉默地抽烟。

“你在家是个好孩子吧?”她把脸凑上来盯着我问，一口烟喷到我脸上。

“根本不是。”我挥手赶散烟，又向她脸上吐了口烟，“我是我们家挨打次数最多的。”

她在烟雾中睁着眼睛笑，鼓足腮帮子用一个手指敲腮帮子侧，吐出一连串的小烟圈，“真看不出你像坏孩子。”

她一张嘴说话，烟就全吐了出来，她又吸足了一口，全神贯注地制造烟圈。

我真想用两指使劲一捏她圆鼓鼓的腮帮子，来个一气尽吹的效果，想得心直痒痒，就是不敢真伸手去干。

“其实我坏着呢，只不过看着老实。”我对她解释，“学校老师也都刚见我挺喜欢，后来没一个不讨厌我的。”

“你会吐大烟圈么?”她忽然过来，扒着我肩膀，一嘴烟气地问。

“不会。”我说，吐了一个，果然不成形。

“我会。”她说，在我耳边接连吐了几口烟，但无一成功。

“前两天我还吐出一个特大的呢。”她说，很有耐心地坚持吐。她嫌这儿靠近窗户有风，坐在墙角的藤沙发上面朝墙吐。

我问她上学呢还是已经工作了。她回头告诉我她早就工作了，初中毕业便去郊区一个果园农场当农工，每个月挣十六块钱工资。

“我现在是学徒，出师后就能挣三十多块钱了。”她补充说。

“那你够富裕的。”我表示对她已经挣工资的羡慕。

接着我问她老在外边“飘”，她爸爸不生气么？每天和男的混在一起。

“他都气死了，可又没办法。”于北蓓笑着说，“好几次都说不认我这女儿。”

“打过你么？”

“怎么不打？捆起来打。”于北蓓做了个手脚被束缚的样子。

我抓紧时间教育她，“其实你没必要每天不回家，在男的这儿住。我们都挺坏的，万一哪天真出了事多不好……”

“他想打我，可找不着，一打我就跑。”于北蓓听清了我的话，好笑地望着我，“会出什么事？我早出事了，还等到你们这儿再出事？”

她不屑地瞟了我一眼，把烟蒂扔到地板上用脚碾灭，抬头又白了我一眼。

我惭愧地低下头。

她忽然怒容满面。

吃饭的时候，她对我很冷淡，不停地和别人说笑，玩笑开得比昨天晚上更加露骨，使得一屋人兴奋异常，开心的哄笑声几乎掀翻屋顶。

她上气不接下气地笑，一边用筷子把菜盘里的肥肉挑拣出来，扔进我盘里，我把那些肥肉又一片片夹到桌上，很快便堆起了白花花、油汪汪的一坨。

下午，我们没烟了，大家掏兜凑够了一包烟钱差我去买，那些钱只够买一包“光荣”或是“海河”的。于北蓓拿过自己的军用挎包，摸出一张红色的五元钱让我买两包好的。

在院门口，我碰见了许逊的妈妈，这使我很懊恼。这女人在院里正直得出了名。对待我们这些孩子就像美国南方的好基督徒对待黑人，经常把我们叫住，当众训斥一顿。虽然她儿子和我们一样坏，可这并不妨碍她的正直。我敢断定，她十有八九会把上学时间在院里看见我这件事告诉我父亲，从中不难得出我逃学的结论。

这个娘们儿大概一辈子没吃过亏。

我买烟回来，他们正在屋里鬼鬼祟祟地商议什么，一见我推门进来，于北蓓忽然大叫一声，笑着向我扑过来，没等我闹清怎么回事，她已经一把搂住了我，在我的右脸蛋上结结实实亲了一口。

大家忽啦围上来，看着我的右脸笑说：“不行，没有印儿。”

这时我才发现于北蓓手里拿着一管口红，她本来准备涂得厚厚的，给我脸上盖个清楚的章，正涂了一半，我便回来了，破坏了他们的计划，这是高晋的主意。

实际上，这一戳记已经毫厘不爽地深刻地印在我脸上。

在其后的一周内，她的双唇相当真实地留在我的脸颊上，我感觉我的右脸被她那一吻感染了，肿得很高，沉甸甸的颇具分量。

这是猝不及防的有力一击。那天下午我一直晕乎乎的，思维混乱，语无伦次。

但就在那种情形下，我仍小心翼翼地保持着分寸，不使别人看出我心情的激动，如同一个醉酒的人更坚定地提醒自己保持理智。我以一种超乎众人之上的无耻劲头谈论这一吻，似乎每天都有一个姑娘吻我，而我对此早就习以为常。

他们仍旧嘲笑我，说我看于北蓓的眼睛都直了，说我爱上她了。于北蓓也走上前盯着我的眼睛问是么？

我用力推开了她，她揉着胸说我把她搡疼了。在别人的怂恿下，她再次上前要亲我一口，我拧着她的胳膊把她别转过身去，抓住她另一只挥舞挣扎的手，将她两臂反剪在身后，迫使其弯腰低头，快乐地尖声大笑，直到她疼得龇牙咧嘴都快急了才松开她。

她怒不可遏地冲上来要抽我，在别人的劝阻下才没有真动手，揉着疼痛的胳膊恨骂不休，别人也都说我开玩笑太没轻重。

后来她又转怒为喜，去亲许逊和汪若海，我坐在一边抽着烟看着他们调笑，心中充满耻辱和羞愤。

那天晚上，我对父亲的盘诘表现得相当无礼，他一开口我便坦率地承认了今天没去上课。这似乎使他失望，他大概期待我对此进行一番花言巧语的狡辩，他便可以痛快淋漓地揭露我，从而增强震慑效用。

在发生了如此严重的事件之后，我他妈才不关心逃学会有什么后果呢！

“我已经承认了，你打我一顿得了。”我不耐烦地对他说。

我对那次皮肉之苦毫无印象，只记得夜里醒来，很久不能入睡，满怀对那一吻的甜蜜回忆和对于北蓓的深深眷恋。

第二天，我还是老老实实到学校去了。这是我的一个习性；当受到压力时我本能地选择妥协和顺从，宁肯采取阳奉阴违的手段也不挺身站出来说不！因为我从没被人说服过，所以也懒得去寻求别人的理解。人都是顽固不化和自以为是的，相安无事的唯一办法就是欺骗。

如果说过去我对上学只是厌倦，现在则完全是厌恶了。老师充满信心灌输给我们的知识是那么肤浅和空洞，好像在我们的一生中真有多重要的作用似的。我觉得这个课堂完全不适合我，连坐在这儿听讲的姿态都显得那么幼稚。

我在课堂里无聊地坐了一上午，认为已经给了老师和家长足够的面子，中午一放学，我便偷偷背着书包溜走了。路过那栋灰楼时，我只稍稍想了一下那个令我神魂颠倒的照片中的姑娘。

我在王府井南口找到了他们，他们在“中国照相馆”门前的树荫下的护路栏杆上坐成一排，一边吃雪糕一边盯着过路的姑娘。

那时王府井南口的路边天天麇集着一伙伙穿军衣的年轻人，成群结伙地追逐少女，或是干脆无所事事地呆着，互相结交，一些严重的集体斗殴事件也时常发生在那里。

到那儿去的年轻人，不论男女，清一色地穿着军装。那时军装的时髦和富有身份感是如今任何一种名牌的时装所不可比拟的。也只有军装在人民普遍穿着蓝色咔叽布或棉布制服的年代显出了面料的颜色的多样化。国家曾为首批授予军衔的将校军官制作了褐黄、米黄、雪白和湖绿的咔叽布、柞蚕丝以及马裤呢、黄呢子的夏冬军服，还有上等牛皮缝制的又瘦又尖的高腰皮靴。这些都是值得炫耀的。使我惊奇的是这些带垫肩的威风凛凛的军装穿在那些少年身上是那么合体，想来当时军官们的身材都很矮小。

这些穿着陆海空三军五花八门的旧军制服的男女少年们在十多年前黯淡的街头十分醒目，个个自我感觉良好，彼此怀有敬意，睥睨众生。就像现在电影圈为自己人隆重颁奖时明星们华服盛妆聚集在一起一样。

于北蓓和他们在一起，同时在一起的还有另一伙人，她和两伙人都很熟识，那伙人也带着两个女的，大家混杂在一起说话。

她看到我很友好地笑，全然没有昨日不快的阴影。我也对她笑，我们像老朋友一样聊天。

一个很水灵的单身小姑娘从我们面前经过，大家像看驶过的“红旗”车一样盯着她看。高洋和那伙人中最漂亮的一个男孩，追上去一左一右跟着她嬉皮笑脸地和她搭讪。

小姑娘只是低头加快脚步走，一声不吭。他们跟她走到新华书店大楼门前便扫兴地回来了。

片刻，小姑娘又从原路回来了，犹犹豫豫似乎有点不再敢经过这里。我们大家看着她笑。高晋对于北蓓说：“你去跟她搭话。”

于北蓓跳下栏杆就向姑娘走去，在不远处截住她和她说什么，笑着回头看我们。

小姑娘脸红了，看了我们一眼又胆怯地缩回目光。我想她一定会过马路从街对面走掉，可她始终站着不动。过了一会儿，她羞答答地跟着于北蓓向我们走了过来。

“发给你吧，你们俩聊聊。”于北蓓笑着对我说，把我从栏杆上推下来。

我实在很喜欢小姑娘的娇羞动人的神态，看年龄她比我还小，正是我在学校常常倾慕的校宣传队跳舞的那型女孩儿。我问她是哪儿的，她说是少年宫合唱团的，又问她的名字，来王府井买什么东西。她羞得满脸泛红，眼神一个劲躲闪，却始终面带笑容。在她面前，我觉得自己很老练，可再往下就没词儿了，不知该说什么，只是看着她傻笑。

她倒很快镇定下来，不再害羞。另一伙中的一个胖乎乎的男孩口齿流利地跟她攀谈起来，一两句话就说得她开心地笑起来。

我们一点没注意街上的情况变化，等发现刚才还三五成群遍布街头的穿军装的男女少年忽然都不见了时，一个民警已经带着七八个工人民兵把我们围住了。

我们被带到“儿童电影院”，那儿是民兵小分队的据点。他们简单搜查了我们的身上，然后让我们解下鞋带和裤腰带，由两个民兵把我们解往“东风市场派出所”。

我们提着裤子趿着鞋，像一队俘虏被押着穿过熙熙攘攘的王府井大街，很多成年人驻步好奇地看我们。于北蓓虽然也提着裤子趿着鞋模样狼狈不堪，但神态像我们一样坚强，不屈不挠。那个小姑娘则一路哭哭啼啼，万分委屈，辫子不知何时都散开了。我真觉得她给我们这一行人丢份儿，很想回头呵斥她。

在派出所的四合院里，我们被关进了三间通厦的北房里，一个个被命令在地下蹲着面朝墙，不许说话。

屋里已经绕墙一遭蹲满了少男少女，刚才街上神气十足的那一伙伙人大部分都到齐了。

民兵们还在不断往屋里解人，墙边已经蹲不下了，新到的便在地当间一排排蹲下。再后来的就胡乱找个地方蹲下，面朝四面八方的都有。有的人蹲累了便悄悄交替挪动双脚，把双手放到膝上撑住头。

我们低着头互相瞅着悄悄笑。

有人放了一个屁，屋里响起一片低低的笑声。不少人抬起脑袋东张西望，受到看管民警的呵斥，像割倒的麦子纷纷低下去。

就在这时，米兰和另一个姑娘被带了进来。我听到门口的一个女民警恶声恶气地骂：

"臭德性，还涂口红呢！"

我回头，正看到米兰在我身后蹲下，女民警显然骂的是她。我看到她红着脸在笑，而她的嘴唇确实红艳欲滴。

她比照片上要高大，后来当我们都站起来时证实了我这种感觉：丰满，更加红润，发育得像个白种女人，这使她看上去比我看的照片里的她自己要大得多。

后来，我再三端详她后，为她找到了一个恰当的比喻：她给人的感受犹如西餐中的奶油、番茄汁掺在一起做成的那道浓汤的滋味。

说实在的，她可能不比照片上的那个形象更具纯粹意义上的美感更令人陶醉和遐想。有一瞬间我也怀疑她们仅是相像。但我看她的第二眼，这个活生生的，或者不妨说是热腾腾的艳丽形象便彻底笼罩了我，犹如阳光使万物呈现色彩。

她的眼珠像两颗轻盈的葡萄在眼波中浮起，这使她随便看人一眼都是一种颇感兴趣的凝视和有所倾心的关注。

她在微笑，是朝蹲在另一边偷向她递眼色的于北蓓。

我哭了，一进民警办公室，看见那个民警在摆弄一副锃亮的手铐就给吓哭了。虽然我进去前再三叮嘱自己，哪怕他们吊打我，尽可以招供，但决不能哭！可一进门，人家正眼都没瞧我一下呢，我自己却先挺不住了，看来以后真是不能打听太多党和国家的机密，否则被谁抓了去跑不了要当叛徒。

我一哭，使那个警察很反感，轻蔑地看着，"就你这怂样儿还打算在我们王府井一带称王称霸呢？告诉你，什么镇灯市口、戳南池子，公安局全镇！说，哪儿的？叫什么名字？来王府井想干吗？"

我说是哪儿的叫什么名字来王府井想买字典。

“去去，擤擤鼻涕走吧，以后少来王府井玩。”警察草草问了一遍，让我认走自己的皮带和鞋带，又叫带下一个。

我连忙擦干眼泪，穿好鞋带，扎紧裤子，灰溜溜地贴着墙根窜出派出所。

我没有等其他同伙，先坐车回家了。路上我非常生自己的气，觉得这事要传出去自己可没法做人了。

那天晚上，我没有出门，像个女孩子天黑就上床睡觉了，对父母十分驯服。既然我已经在一种势力面前低了头，我宁愿就此尊重所有势力的权威，对一个已然丧失了气节的人来说，更坏更为人所不齿的就是势利眼。

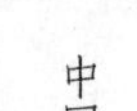

我多么渴望能遇见一个一起被捕的朋友，那样我便可以从他看我的眼神中观察到我是否暴露。如果没有，我发誓我要像那些仅有自首行为并未出卖同志或决心以后不再出卖的好人们一样，面不改色心不跳地成为最坚定、最不妥协的一分子。

第二天晚上，我刚躺下，就听到窗外有人轻轻敲玻璃，我撩起窗帘，看到许逊和于北蓓站在纱窗外的月光下朝我笑。

于北蓓凑近小声对我说：“怎么这么早就睡了？昨天你怎么没来？”

我又难过又欢喜，飞快穿上制服短裤打开窗户跳了出去。

落地时，于北蓓轻轻抓住我的手，扶我站直。

“你爸又管你了？”许逊问我。

“都是你妈告的状。”我不假思索地把两件不相干的事联系在一起使之成冠冕堂皇的借口。

于北蓓在黑暗中紧紧攥着我的手，我也无意松开，很快两只手便变得汗津津、滑腻腻。她边和与我们并排走的许逊说话，边用小指尖在我的掌心轻轻划。

我在路上迅速为自己想出了一个很巧妙的解释，不但可以掩饰甚至还能突出我的机智：我在派出所装哭，以骗取警察的掉以轻心，从而很顺利地脱了身。

那种大灰砖的老房子隔音很好，加上所有窗户都糊了黑纸并拉上从礼堂偷剪来的帷幕窗帘，高晋家从外面看上去就像屋里没人。

进去才发现坐了一屋人，灯光雪亮刺眼，人头攒动人语嘈杂。

夏天如此遮蔽门窗，室内闷热可想而知。男孩们大都只穿件小背心，肥大的军裤绾到大腿根，热得满脸通红，拼命扇着扇子同时嘴里不停地抽烟，浓郁弥漫的烟雾使人忍不住流泪。

他们个个表情严肃，阴郁地低声议论着什么，有人在摆弄钢丝锁，抡得呼呼生风。

我也立刻严肃起来，意识到一定发生了什么严重的事情。

这时，高晋、高洋陪着汪若海从里屋走出来，汪若海一脸伤痕和红肿。

高晋脸色阴沉地对我说：“汪若海刚才在院门口让‘六条’的几个小晃截了，拍了几砖头，差点给‘花’了。”

我二话没说气势汹汹地转身在屋里找家伙。所有的改锥、锤子或菜刀包括水果刀都被人握在手里装进书包。

院里的一些上小学的半大孩子都被动员来了，他们为大孩子的信任有幸参加这次光荣的出击激动得微微战栗。

“走吧。”高晋下令。我看到他把一柄日本三八枪刺刀揣进斜挎在胸前的军用挎包内。这是当时最专业的战斗装束，像带领一帮手拿锄头和镰刀的泥腿子去打土豪的农会领袖手中挥舞的系红绸子的驳壳枪令人羡慕。

大家忽拉拉往外走。

“女的别去了。”在门口高晋对于北蓓说。

我们骑上自行车，没车的就在前梁和后架上带着，一路摇着转铃在夜幕下浩浩荡荡出了院门。

院门口一些乘凉的家属和战士瞪大眼睛看我们。

“怎么走?”率队骑在前面的高洋大声问汪若海。

被方方“二八”锰钢车带在大梁上的汪若海一指右前方，“走仓南胡同”。

在北京军区总医院院墙外我们看到两垛红砖堆，赤手空拳的孩子们便纷纷下车，搬下砖头在柏油马路上摔为两半，一手各拿一块半截砖头跑步上车继续前行。

24路公共汽车站旁边的一处居民院落正在修缮房屋，院门口堆了一堆沙子和一堆白石灰，几个赤膊少年正在沙堆上练摔跤。

“就是这几个。”汪若海喊。

我们立即在路灯柱下停车下来。那几个少年眼尖，发现我们撒腿就跑，沿着大街狂奔，见胡同就往里钻。

我们一窝蜂地在后面紧追，一边破口大骂，一边把砖头雨点般地掷向前边拼命逃窜的野孩子们赤裸的后背。

一辆24路公共汽车在街中心猛地刹住，司机、售票员和乘客纷纷从车窗探出头观望。

一些在路灯下乘凉下棋的居民百姓也紧张地从竹椅和小板凳上站起来。

我们愈发精神抖擞，气焰嚣张。

拿过全市中学百米跑季军的高洋在吉兆胡同口一把抓住了一个正要往院门里钻的孩子。我们随后紧紧围住了他。

那孩子在路灯下气喘吁吁地转过脸，由于恐惧脸色苍白，和他那头乌黑蓬乱的头发对比强烈。他声嘶力竭地叫嚷：“没我事，我刚从家里出来。”

然后他一眼看见我，目光在我脸上停留了几秒。他曾是我们班和我相当要好的一个同学，他爸爸是六条副食店的经理。

高洋得意地掐着脖子，使他的头向后仰，声音也变得呜咽喑哑。“有他没有?”他喘着粗气问汪若海。

汪若海还没说话，方方一声不吭地从人群中挤上来，用手里的砖朝这孩子的颅顶使劲一拍，大家同时把手里的砖头一起砸下去，并抡起钢丝锁没头脑地一通乱抽。

高洋松开手，那孩子贴着墙根瘫倒在地。我不声不响地用手中的砖头在他身上一通乱砸，直到大家都散开跑走，仍没歇手，最后把那块已经粘上血腥的砖头垂直拍在他的后脑勺上，才跑了。

他们已经骑上自行车，乱箭般嗖嗖地消遁于昏暗的街头。

只记得我在街上没命地跑，路边一些面相凶恶的赤膊大汉瞪着我；

路灯昏黄的光晕下，一地赭红的完全粉碎的砖头屑；

那同学软绵绵地脸朝下俯卧在黑黢黢的墙根，形若一段短短的焦炭。

似乎还有他在一群人的紧紧追赶下近乎痉挛抽搐的奔跑姿态和格外惨白的脸庞以及黑洞般绝望的两只睚眦欲裂的眼睛，实际上我当时根本不可能从另一个方向迎面看到他的表情。

我们兴高采烈地回到院里，下车后便开始竞相夸耀。我的英勇无畏有目共睹，大家纷纷过来拍着我的肩膀称赞我：

“别人都撤了你还在那儿打，手够黑的。”

我骄傲地挺着胸脯微笑着，一边吹嘘着一边偷眼去瞧笑眯眯望着我的于北蓓。

大家找出半盒皱巴巴的烟分了抽。按照我们吹嘘的战绩，那个挨打的孩子必死无疑。

后来，我们拿了手电筒，从澡堂的窗户跳进去洗凉水澡。

澡堂的水泥地很滑，有人一进去就光脚摔了个大马趴，我们打着手电光柱晃来晃去找着一个个淋浴龙头。

凉水从莲蓬头喷泻而出，冰冷的水打在我们汗淋淋的温热身体上，激得大家快活地大叫，这叫喊在空旷的间间浴室内引起阵阵嗡嗡的回声。

晶莹的水珠在天窗透下的月光中泛着凛凛青辉的坚硬的水泥地上飞溅，犹如无数透明薄脆的玻璃杯接二连三地打碎，一地残片熠熠闪烁。

大家边洗边用手电照下体，拿发育充分的取笑。

“直了直了！”大家忽然一起指了半大的孩子。

在倥偬倏亮的手电光中，我看到一个骇人的勃起。

犹如肚子被撞了一肘，我感到一阵恶心。就像人脑袋上突然长出一枝梅花鹿的角杈令我无法忍受，简直是活见鬼！

“你怎么这么流氓！”方方抬手给了那孩子一个嘴巴。

那孩子被打哭了，捂着下体委屈地申辩，“我是尿憋的。”

“滚蛋！”高洋一脚丫踢在那孩子的屁股上。

我已经迟到了，所以也不着急，慢慢沿着自行车道的洋槐树荫溜达，想等第一堂课上完了再进校门。

她从木樨地地铁站口出来，向我斜插过来，在前面的路口拐进楼区。那时木樨地大街两旁还没有盖高大建筑，所以她一直处于我的视野之中。

她走路的姿态很勾人，各个关节的扭摆十分富有韵律，走动生风起伏飘飞的裙裾似在有意撩拨，给人以多情的暗示。她的确天生具有一种娇娆的气质，那时还没有“性感”这个词。

我像一粒铁屑被紧紧吸引在她富有磁力的身影之后。

从那天晚上的夜袭之后，我对自己变得很有信心。我觉得自己已经是个取得资格承认的小“玩闹”，可以像一个真正的“顽主”一样行事，而真正的“顽主”是不惮于单枪匹马的。

我克服胆怯的诀窍就是：闭眼。

我快步走近她，在她身后朝她叫：“喂，喂……”

她没有停步，只是微微侧脸回眸迅速乜了一眼。

“你等等，我有话对你说。”我嗓音稚嫩地对她说，抢到她前面拦住她。

她绕开我继续往前走，同时好奇地打量我。

“你等等，别走哇，听我说！”我手忙脚乱，书包一下一下拍打着胯部，再次拦在她前面。

她犹豫地站住了，困惑地望着我，然后她笑了。

她这一笑坏了，我一下脸红了，肚子里背好的词儿也全忘了，明知是俗套儿，也只好硬着头皮背诵似地说：

“我仿佛在哪儿见过你。”

“得了，小毛孩儿，你才多大就干这个？”她忍着笑继续朝前走，走出几步还含笑回头看我。

我也笑了，她的笑容鼓励了我，我觉得自己脸皮忽然厚了，追上她，对她说：“你不就是前边那楼的么？”

“你是那中学的学生吧？”她皱皱眉头加快脚步。

“我还在东风市场派出所见过你。”我大声对她说。

她像脚底踩着了一个钉子立时站住了，转身看我，似乎有些不知所措。

“怎么记性那么不好呢？”

她像我刚才一样刷地红了脸。我凑上去鬼鬼祟祟地对她说：

“咱们到那边树荫底下去说呀？这路上有人看咱们。”

她飞快地瞟了眼过路的老太太，冷冷地对我说：

“有什么话你就在这儿说吧。”

“能和你认识一下么？”我诚恳地说。

“我觉得没必要。”

“交个朋友吧。”这句话我说得十分老到、纯熟。

她“扑哧”笑了，大概这句话她听人说过千百遍，今天从这么一个比她矮半头的小孩嘴里一本正经地说出来使她觉得好玩。

“一看你就是一个坏孩子。”

“认识一下有什么坏处？你可以当我姐姐么。”

“你到别处认姐姐去吧。”她转身欲走。

“你不跟我认识，我打你！”我恫吓她。

她嘲弄地看我一眼，“你打得过我么？”说完撇下我往前走去。

我沮丧地望着她的背影，想骂她几句，可离学校门口太近，路上已人来人往的，怕惹起一场是非，也未必能占到便宜。

就这么眼睁睁地放她走了？我知道如果这次放了她，下回再碰见我也不会有勇气跟她搭讪了。

这时，我见她的脚步慢下来，在十几米开外停住，回过身来招手叫我：

“你过来，小孩。”

我眉开眼笑，近乎蹦蹦跳跳飞跑过去。

“你多大了？”她问我。

“十六。”我多说了一岁。

“你骗我吧？”她也笑，“你哪有十六岁？是周岁么？”

“你多大了？”我问她。

“反正比你大多了，十九。”她若有所思地望着我，“你真想认我当姐姐？”

“真的，我一见你……怎么说呢，就觉得你像我姐姐。”

她抿嘴笑，“你有姐姐么？”

“没有，只有一个哥哥。”

“你要认我当你姐姐，那你听我话。”

“保证听话。”

“不许乱来，以后不许再到街上追女孩子了。”

“我这真是头一次。”这我倒是说的实话。

“谁信呐！”她一撇嘴，“看你就像小油子——你叫什么名字？”

我告诉了她我的名字，她也告诉了我她叫米兰，我没有把她和于北蓓提到的那个名字联系在一起。

我问她平时是不是老不在家住？

“你怎么知道的？”

我在那个年龄是很乐意扮演无所不知、无所不能的角色。我对她说我不但知道她家住几单元几号，也知道她父母长得什么样，骑的什么牌子的自行车。

“看来你还真是对我的事知道不少。”

米兰告诉我，她上班的地方离城里很远，所以不常回家。这一阵她生病了，才每天在家。我问她生的什么病，她不肯说，让我少打听。又说其实也不是什么大不了的病，只是不爱上班，所以开了假条在家呆着。她主动对我解释那天被进派出所，纯属莫名其妙。她刚从郊区进城回家，想顺便到王府井买斤毛线，遇见一个同学打了个招呼，就被一起抓走了。

“你是涂口红了么？”我问她。

“我从不涂口红。”她努着嘴唇给我看，“天生就这么红。”

我本来是不想去上课了，可说了会儿话，米兰就撵我走，让我必须放学才能去找她玩。我想和她约好下次见面的时间和地点，依我的意思，最好在北海公园和中山公园门口。

米兰笑着说："你算了吧，去那种地方干吗？你不是认识我家么？想找我就到我家敲门好啦，我基本上天天在家。"

我郑重其事地对她说："我不喜欢和别人家的大人打交道。"

"我爸爸妈妈人特好，从不盘问我的客人。"

她用两手搭在我的双肩上，把我转了个身，向校门口方向轻轻一推：

"走吧，别恋恋不舍了。"

我走到校门口，回头张望。

她站在她家楼门前，远远地朝我微笑，那是我一生中得到的为数不多的动人微笑之一。

每次我都是怀着激动喜悦的心情，三步并作两步连蹿带跳地爬到顶层去敲她家门，可不是敲了半天屋里没人，就是她父亲或者母亲在里面应声问："谁呀？"吓得我哧溜一下顺着楼梯踮着脚尖逃走。

那些楼梯的台阶布满污秽和痰渍，每一个拐角都堆着破竹筐和纸板箱，有时还坐着俩玩烟盒或冰棍棍的小孩，我从这一切之间慌慌张张过去时充满屈辱感。

这就像一只勤俭的豹子把自己的猎获物挂在树上贮藏起来，可它再次回来猎物却不翼而飞。我对米兰满腔怒火！我认为这是她对我有意的欺骗和蔑视！

在我少年时代，我的感情并不像标有刻度的咳嗽糖浆瓶子那样易于掌握流量，常常对微不足道的小事反应过分，要么无动于衷，要么摧肝裂胆，其缝隙间不容发。这也类同于猛兽，只有关在笼子里是安全的可供观赏，一旦放出，顷刻便对一切生命产生威胁。

那天的课程非常重要，老师正在布置期末考试的复习范围。我之所以不大上课，每次又都能顺利通过考试，全赖这几堂课的专心听讲和之后的按图索骥。那天我正在课本上画着需要背诵的课文，忽然按捺不住了，数学课本封面上的两个圆和一条直线使我像化学老师手中的试管剧烈晃荡。那是一次对人的生理功能受精神作用的屏蔽和操纵的切身感受。我一下失聪了，眼睁睁看着讲台上的老师，也能听到窗外的鸟鸣车响就是听不到他翕合的嘴里讲的是什么。

我必须立刻见到米兰！哪怕是为了考个好成绩。

我脑子里只有这个念头。这念头甚至变成了一种迫切的生理需要，就像人被尿憋急了或是因晕车产生的难以遏制的呕吐感。

同学和老师都注意到了我的脸色苍白，所以对我匆匆走出教室并无诧异。老师甚至还问我要不要找个同学陪着到校医室，被我拒绝了，我一句话都说不出来。

我在向米兰家走去时，心里充满对她的厌恶。我本能地对自己处于这种受人支配的状态产生抗拒。与其说我是急于和她相会，不如说是力图摆脱她，就像我们总是要和垂死的亲人最后见上一面。

她在家，这我没敲门就感觉到了。没有任何迹象：香味、音乐以及轻轻的脚步声，帮助了我的预感，可我就是准确地料到了。实际上也不是什么惊人的直觉，只不过是对自己的强烈期望信以为真了，而事实又碰巧和这期望吻合。

我刚敲了两下门，屋里就响起窸窸窣窣只有年轻姑娘才会那么轻盈的脚步声，接着她贴在门后声音很近地问：“谁呀?”

她打开门，抱着门扇看着我，过了片刻才认出我，笑着说：“是你。”

然后她放我进去。她正在洗头，头发湿淋淋的，从厨房到门口滴了一路水。

这时，我听到另一间屋传出她母亲的声音，“谁来了?”

“你妈妈在家?”我立刻变得紧张不安。

“她生病没去上班——找我的。”她高声对那屋说，又对我道，“你先到我房间去，我把头洗完。”

说完她就回了厨房，厨房立刻响起水龙头放水的哗哗声。

我进了她那间洒满阳光的房间；从镜子里发觉自己笑嘻嘻的，那些难堪的症状都消失了，自我痊愈了，连最小的瘢痕和疥痒都没有，就像从来都没有发作过。

我到厨房靠着门框看她洗头。从另一个角角可以看到敞着门的另一个房间内，她母亲盖着一条大毛巾被躺在铺着凉席的床上。

她的头发很长、很多，当她打香皂搓洗时要离开水池，弯腰站在地当间两手攥着垂下来的头发一缕缕揉搓。我只看得见一头黑瀑布。

“你怎么没去上课?”她边洗边问我。

“老师病了，上午改自习了，我就溜出来了。”我信口说，压根没意识到是撒了个谎。

“你来找过我么?”

“没有。”这倒是有意掩饰的，“我们最近课程挺紧的，快期末考试了，所以也没时间找你。”

“我还想呢，怎么见了一面人就没影了，是不是又在别处认了姐姐给绊住了。”

她搓完头发，把整头长发往上掀，一手揪着，露出涨得粉红的脸，直起腰笑着说：“最近没有又认识什么人?”

“听你说的，好像我除了在大街上游逛就不干别的了。”

我主动拿过煤气灶上的水壶说：“我帮你冲吧。”

“行啊，兑上点凉水。”她伏到水池前低头等着。

我拎着满满一壶水朝她兜头浇下去，“烫么?”

“可以”。她指示着方向，“朝这儿浇。”

由于她身材高大，尽管弯着腰，我也要费力用双手把水壶提得很高才够得着，好在随着水的倾出，水壶愈来愈轻。

她像拧床单似地双手握着使劲拧那股又粗又重的头发，然后把头发转出螺纹，朝天辫似地竖起，在额前迅速地盘绕几圈结成一个颇似古代少女头的发髻，整个动作一气呵成，腰肢手臂扭画出灵巧动人的曲线和弧形，令我入迷。

这个累累垂在额前的发髻使她整个形象焕然一新，呈现出一种迥异于所有现代少女的独特魅力，犹如宋瓷和玻璃器皿的不同效果。

“看傻了?”她用湿手在我眼睛上抹了一下。

“你干吗平常不这么梳头呢？多好看。”她用拖把擦弄湿的地擦到我脚下，我往后退一步。

“那成什么了？你在街上看见有人这么梳头么？有第一个我就当第二个。”

她擦了一遍地，歪身拄着拖把站在日光投射明晃晃的湿地上朝我笑。

回到她的房间，她把盘成发髻的头发解开披散着以尽快晾干。她赤脚穿着拖鞋对着镜子往脸上、手上和小臂上涂香脂，整个房间弥漫着馥郁的香气和潮湿的头发味儿。午后的阳光已经有些燠热，她有几分胖，很怕热，便拉上暗绿色的窗帘。屋内立刻有了一种隐蔽和诡秘的气氛，像戴着墨镜走在街上，既感到几分从容又不由生出几分邪恶。

我为自己把这一单纯的举动引申为含有暗示的诱惑感到羞愧。

她脱鞋上床，靠着床头伸直双腿坐着，使劲扇着手里的纸折扇，尽管这样，仍热得身上出汗，不时用手拽拽贴在身上的领口、袖边。

“这天怎么这么热呀，才几月份。”她嘟嘟囔囔地抱怨。

“你会游泳么？”

“不会。我怕水，总也学不会。你会么？”

“哪天表演给你看。”

“那太好了，哪天我落水你就可以救我了。”

我们有一搭没一搭地说着话。我一边看着桌上相片框里的照片，一边拿坐在床上的她比较。我总觉得她和照的有出入，虽然还说不上是判若两人，但总感到有什么东西给斩断了，又有什么东西给强烈突出了。这是一种难以言表的不对位，从五官局部发现的一致更增加那种捉摸不定的感受。这也许是此刻与彼时表情和姿态的不同，或是人眼和相纸还原色彩的差异，以及单一焦点和不停扫描两种不同的处理材料方式造成的，再不就是我前后看到的不是一张照片。

“你还有一张照片呢？”我问，“穿泳装的。”

“没有，我没穿泳装照过。”接着她怀疑，“你什么时候看见过我穿泳装的照片？”

“有，你肯定有一张，也有彩色的，原来摆在你桌上。”

“胡说。”她笑了，以为我和她开玩笑，“以后你给我照吧。”

我请求看她的影集。她不肯，说她没影集。

我坐到她床上继续央求，我没敢离她太近，谨慎地保持和她身体的距离，唯恐这一姿态咄咄逼人，招致她的反感。

“你真要命，有什么好看的，看人还不够？”她下床从抽屉里拿出一本裹着缎面的影集扔给我，自己在桌前坐下，端详着镜子里的自己扇扇子。

我一页页翻看影集，里面的照片全是黑白的，大都是她和家人亲友在风景名胜的留影，衣着平常，神态安详，很多是在强烈的阳光下皱着眉头的，没有一张是刻意修饰和忸怩作态的。

我取下一张她在自家楼前的单人照片，说：“这张送我吧。”

她回头看了一眼，简短地说：“不行，你要我照片干吗？”

我把那张照片揣进上衣兜里，她过来夺，“真的不行，这张我就一张。”

我躲闪着她，像武术家一样拨挡着她向我胸前伸过来的手，“给我张照片怎么啦?”

“不干，还我。”她有些气急败坏，劈胸抓住我衬衣领子，把那张照片从我胸兜里嗖地抽出。

她的力气可真大，她那一推使我一屁股坐回到床上。

“不高兴了?”她笑着问我。

其实我并没生气，只是有些懵然。

“别不高兴，真的。”她胡噜了一下我的头，“你拿女孩照片不好。”

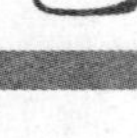

于是我笑，真想为了再让她扭扯我再去抢那张照片。

“送你一只圆珠笔吧。”她在抽屉里翻了翻，找出一杆当时很稀罕的按键式双色圆珠笔递给我。

我满心欢喜地接过来，脸上仍作出很委屈的样子。

她妈妈病恹恹地扶着腰进来，站在门口略有些诧异地望着我。

我一下从床沿站起来，脸唰地红了。

“你欺负人家小孩儿了?”妈妈问她。

“没有，我们闹着玩呢。”她笑着说。

我知道自己这样任其发展下去很危险，每当从她家鬼混出来，我便陷入深深的忧虑，决心以加倍的努力补上荒废的功课。但回到家里就算对着课本坐到深夜，也是满脑子对她的胡思乱想度过的。她的一颦一笑成了我最孜孜不倦求解的方程式。这种夜以继日的想入非非搞得我身心交瘁，常常睡了一夜起来仍没精打采。由于无力驾驭，最后我必然放纵地对待自己，而且立刻体会到任性的巨大快乐。

我宿命地对待那场即将到来的考试。

我几乎天天都到米兰家和她相会。我把她总是挂在脸上的微笑视作深得她欢心的信号，因而格外喋喋不休、眉飞色舞。我们谈苏俄文学、谈流行的外国歌二百首。为了显示我的不凡，我还经常吹嘘自己和我的那伙狐朋狗友干的荒唐事。我把别人干的很多事都安在自己头上，经过夸大和渲染娓娓道出，以博得她解颐一笑。我唯一感到遗憾的是，我已经是那么个和我年龄不相称的胆大妄为的强盗，她竟从不以惊愕来为我喝彩。要知道这些事在十年后也曾令所有的正派人震悚。

那段时间，是我一生中纵情大笑次数最多的时候，我这张脸上的一些皱纹就是那时候笑出来的。

有时候，我们也会相对无话，她很少谈自己，而我又像一个没经验的年轻教师一堂课的内容十分钟便一股脑打机枪似地说光了。

她便凝视我，用那种锥子般锐利和幽潭般深邃的目光直盯着我的双眼看进去。常常看得我话到了嘴边又融解了，傻笑着不知所措。我也试图用同样的目光回敬她，那时我们的对视便成了一种意志的较量，十有八九是我被看毛了，垂下眼睛。直到如今，我颇擅风情也具备了相当的控制能力，但仍不能习惯受到凝视。过于专注的凝视常使我对自己产生怀疑，那里面总包含着过于复杂的情感。即便是毫无用心的极为清澈的一眼，也会使受注视者不安乃至自省，这就破坏了默契。我认为这属于一种冒犯。

她很满意自己眼睛的威力，这在她似乎是一种对自己魅力的磨砺，同时也不妨说她用自己的视线贬低了我。

我就那么可怜巴巴地坐着，不敢说话也不敢正眼瞧她，期待着她以温馨的一笑解脱我的窘境。有时她会这样，更多的时候她的目光会转为沉思，沉溺在个人的遐想中久久出神。这时我就会感到受了遗弃，感到自己的多余。如果我当时多少成熟一些，我会知趣地走开，可是我是如此珍视和她相处的每分每秒，根本就没想过主动离去。

为了使我有更充分的理由出入她家，我甚至抛弃对成年人的偏见，去讨好她的父母。我认真地作出一副乖巧的嘴脸，表现一些天真的羞涩的腼腆。我尽力显得自己比实际年龄还要小，以博取怜爱和慈颜。

至今我也不知道我做得是否成功，那对夫妇始终对我很客气但决不亲近，也许当时他们就看穿了我，一个少年的矫情总是很难做得尽善尽美。

夏天的中午使人慵倦欲睡。有时她同我说着说着就没声了，躺在床上睡着了，手里的扇子盖在脸上或掉在床下。我就坐在桌前听着窗外的蝉鸣随便翻她书架上的书看，尽力不去看她因为睡眠无意裸露出的身体。

那时，我真的把自己想成是她弟弟，和她同居一室，我向往那种纯洁、亲密无间的天然关系，我幻想种种嬉戏、撒娇和彼此依恋、关怀的场面。

我对这个家庭的迷恋到了无以复加的地步。

从我和米兰认识了以后，我几乎腾不出空和哥们儿一起玩了。

我们那次打架带来了一些后果，那个挨打的孩子头上缝了三十多针，他爸爸和派出所的民警很熟，分局来人把汪若海和高晋抓走了，拘留十五天。还传讯了参加那次伤人事件的所有孩子。我因为在别的学校上学，白天不在，得以幸免。

院里知道了这件事后，所有参加这件事的小孩家长在干部大会上被点了名，受到训斥。几乎所有孩子回家都挨了打。许逊和方方跑到外面刷夜去了。有天傍晚，我坐电车回家，看见他们俩在故宫护城河边闲逛。

那些日子的晚上，我们都受到家里的严格管束，不大容易出门了。

于北蓓也在事发的当晚流窜到别处去了。

不久，我们开始期末考试，我凭着悟性和胡诌八扯的本事勉强应付过了语文和政治、历史的考试，而数、理、化三门则只好作弊，抄邻桌同学的卷子。最后也都及格了，有几门还得了高分，这不禁使我对自己的聪明洋洋自得。

考完最后一门课，我就跑到米兰家找她。她家来了个老太太，大概是她姥姥，一口难懂的南方话，说米兰不在，去买菜了。

我背着书包在菜市场里转了一圈，发现她正拎了一网兜鸡蛋和两条带鱼，站在蔬菜柜台前挑茄子和西红柿。

“你还买菜，小家妇似的。”我见了她后笑着对她说。

“小家妇就小家妇呗，不买菜吃什么呢?”她把西红柿放到秤盘上，售货员又故意拿了几个坏的搁上去，翻着白眼说：“这儿卖的西红柿不许挑。”

她也没在意，照样付了钱。

我们走出菜市场，她请我在冷饮柜前喝冰镇汽水。

“我们后天就放暑假了。”

“还是当学生幸福，每年还有两个假。”她吮着汽水瞅着我说。

“不上学了，我就不一定能天天来了。”

“你打算上哪儿玩去?”

我对她没有流露丝毫对我不能天天来的遗憾感到失望。

“哪儿也不去，游泳，打篮球。”我喝完了一瓶汽水，玩着麦管。

她的瓶子里还剩了多一半黄澄澄的汽水。

“我的假条也快满了，又该去上班了。”她似乎有些忧郁。

“你到我们那儿去玩吧。”我兴致勃勃地邀请她，又对她吹了通我们院的好玩和我的朋友们的有趣。

“我才不想认识你们那些小坏孩儿呢。”她笑着说。

“你来吧。”我求她，“你不想认识他们就说是找我的。真的我们院就跟公园似的，哎，可以照相。”我眼睛一亮。

她笑了：“再说吧。”还了汽水瓶子，拿了押金往家走。

我跟她到灼热的太阳地，“别再说呀，到时候都不好联系了——说准喽!”

“好吧，你说哪天吧。”她含笑应允。

前面走过来两个我们班同学，我连忙从她身边躲开，假装和她不认识。

回到院里，还不到中午两点。院里鸦雀无声，各家各户在午睡。

我看到卫宁穿着拖鞋从他家门内出来，穿过殿门沿着游廊急急往后院奔。

我叫他，他脚步不停地对我说：“高晋和汪若海回来了。”

我连忙跟上他，一同来到高晋家，所有哥们都在，正怀着浓厚兴趣听高晋吹他在看守所的表现：

“我们那号里关的净是打架的，就一个倒粮票的一个杆儿犯，叫我们挤兑惨了……”

高晋在看守所里剃了个秃子，这时也就长出一层青茬儿，虎头虎脑的引人发噱，表情、架势则完全是个大英雄。

他坐在三屉桌上，两腿晃荡着，把烟灰掸得到处都是。

“汪若海我算是知道他，忒雏儿，一进去就全抵了。要不是他，我根本折不了。”

“真该抽丫的，为他的事儿……”高洋愤愤地说。

“算了，一个院的。”高晋宽容地说，“以后不跟他过事完了。”

“你进去挨打了么?”卫宁问。

“敢!”高晋一瞪眼，“警察对我都特客气。我一进去就对他们说：‘你们要打我，我就头撞墙死给你们看。’把他们全吓住了。”

高晋一支烟抽完，大家纷纷把自己的烟掏出来给他抽。

我也顺势想从许逊的烟盒里抽一支，遭到他的训斥：

“你老蹭烟，从没见你买过。”

我觉得他们刷了两天两夜后，一个个都变得有点蛮横了。

“有什么呀，回头我还你一盒。”我不甘示弱，坚持从许逊手里拿根烟点上。心里直打鼓，生怕他和我翻脸。

“你最近都干吗了？怎么老没见？”高洋问我。

“找不着你们，自个玩来着。”我作出一副独行侠的样子，“明儿我给你们约了个‘圈子’，刚在西单商场拍的。”

其实我把米兰称为“圈子”，并无这一蔑称本身所包含的污辱意思，仅仅是当作女性第三人称的代称。当时没有什么更多更中听的女性称谓，我要不叫她“女同志”，就只好干巴巴地称为“那女的”。

大家的注意力和兴趣点果然转移到我身上，我也一跃成为在这段时间内有所作为的好汉。

我要不想被人当做只知听话按大人的吩咐行事的好孩子，就必须显示出标志着成熟的成年男子的能力：在格斗中表现勇猛和对异性有不可抗拒的感召力。必要的话，只得弄虚作假。

我在院门口等米兰时，虚荣心得到了极大的满足。朋友们毫不怀疑我是用通常的方式结识并控制了这个“圈子”。

我焦急地等待院里下午上班的班车尽快开走，我可不想让我父亲看到我居然和女人有了勾搭。

班车准时开走了。我变得有恃无恐，神气活现地站在大门口伸着脖子张望。我甚至希望过路的院里同龄女孩子留下来观看我和一个那么高大美丽的女人的约会。

约定的时间过了二十分钟，她才在胡同另一端我完全没有料到的方向出现。当时我已经在胡思乱想，把种种意外、天灾人祸都考虑到了，陪我在门口等的卫宁也嘲笑我被“涮”了。这时我看到她，一个箭步窜到大门中央，高举起右臂像欧美港口城市常见的什么女神矗立在那里。

她过了一会儿才发现我，笔直地向我这边走来，我放下手臂心情复杂地望着她：我本来期待着她有一个光辉夺目的再现，起码也应该浓妆艳抹，花枝招展，给我的朋友们一个不亚于我初瞻其风采的同样倾倒才够味儿。可她完全没有体察我的苦心，随随便便在我看来穿得乱七八糟就来了，而且既没打伞也没戴墨镜，一路暴晒脸红得像个煮熟的螃蟹，姿色大打折扣——叫我怎么拿得出手？

真不喜欢她这么普通，效果全没了。

她走近我，脸上露出笑容，“抱歉，我是准时到的，可迷了路，你们这儿的胡同真够难找的。”

我挑剔地看着她，一点没显出热情，冷淡地给她介绍卫宁。

“你好。”她低头和身材矮小的卫宁握手。

我们俩带着她往院里走，她一路看着园林建筑赞叹，“你们这儿真是挺好看的。”

路上遇见的大人小孩都对我们侧目而视。她浑然不觉，“这院子挺深，住的人还真不少。”

卫宁悄悄对我说：“可以，够飘的。”

“她今天没好好穿。你没见过平时她的样儿，那才飘呢——否则我哪会拍她！”

我们带她到假山，他们全在上面的亭子里抽烟，我发誓他们是看到我们上山后才摆出那么副随意的姿态。

高晋一见米兰就说：“我见过你。”

别人则都是一副倨傲的样子，他们用拼命抽烟和粗野的举止来掩饰个个心中的激动不宁。米兰无论身高还是块头都大我们这帮包括最粗壮的方方一号，坐在我们之间有点像长颈鹿和一群梅花鹿混在一起。

“你是不是和于北蓓一个农场的?”高晋问。

“是。”米兰点头，她似乎有点不愿意提起工作的单位。

“于北蓓跟我们特熟。”高晋说。

“是么，她认识人挺多的。”米兰微笑着掉脸看假山四周的风景，“这假山够大的，那边还有两个亭子。”

院里冰棍房的冰棍制出来了，卖冰棍的老太太推着冰棍车从山下经过。我下山买了半纸盒小豆冰棍，上来分给大家吃。

许逊、方方打打闹闹，看到那边亭子里有几个小孩在打弹弓仗，便去一人抢了一把弹弓枪，在假山石、树之间互相射着玩，把小孩追得满山跑。

我也到另一个亭子抢了一个小孩的弹弓枪，把他兜里的全部纸弹都搜了出来，领着一帮小孩和许逊、方方展开对攻。

我希望米兰受到朋友们的欣赏，如果他们能产生引诱她的念头我更满意。我也希望米兰能对我的朋友感兴趣，希望他们多交谈，增进了解。我有充分的理由相信我的地位牢不可破，所以我乐得大方一些，潇洒一些，让别人觉得我这人满不在乎。

看到米兰和留在亭子里的高家哥俩从容、饶有兴趣地聊起来我感到欣慰。

一个我麾下的小孩按照战斗的原则伏击了方方，用纸弹击中了他的脸，把他打疼了。方方急了，追上小孩左右开弓扇了两个大耳刮子，小孩被打哭了，弹弓仗便也只得中止。

我们几个到另一个亭子里吸烟、喘息。他们看着坐在中间亭子里和高晋、高洋聊天的米兰，轻浮、刻薄地议论：

“一看就是圈子，屁股都给操圆了。”我认为他们的评论极不公正，私心觉得连我的感情都给玷污了，可在哥们儿面前是不能为一个女人辩护的，也跟着笑。

“你觉得她好看么?”许逊问我。

“就那么回事吧。”我仰着脸说。

“这种女的天安门那儿一帮一帮的。”

“咳，我就是觉得她有钱，每次我们去冰室都是她请我。”

“你动了她么？”

“你想我会闲着么？”

“哎，赶明儿我发你一个。”许逊拍着我肩膀说。“比这可棒多了，特水。”

米兰在远处笑起来，头向后仰，满面春风，高晋、高洋则一脸坏笑。

隔一会儿，笑声才传过来，他们又在亲热地交谈。

米兰比手画脚说着什么，眼睛四处张望，向我们这边看了一眼，又继续对高晋他们讲。

我忽然感到一阵不安。“咱们过去吧？”我对大家提议。

“过去干吗？多没劲，还不如在这儿坐着。”方方又和许逊打闹起来。他们互相较着膂力，站起来撕掳着到亭子中间，最后方方把许逊胳膊拧到身后笑着问：“服不服？”

许逊一臂别在身后转着圈地跳着大声喊：“服了服了。”

方方刚松开手，他又反扑上去锁住方方的喉咙，一边喊我：“快上来帮一把。”

我把烟叼在嘴里，上前按住方方拼命往后捣的一条胳膊，把他的手腕反拧过来，一边用脚使劲踢他的岔开撑在地上的一只脚。

那只脚终于被我踢松，方方失去平衡，坐了个屁股礅儿。

我和许逊松开他，撒腿就跑，直奔中间亭子，方方在后面追。

我们笑着跑进中间亭子，方方也追到了。我先告饶：“服了服了，别闹了。”

“弹个钵儿。”

我伸出脑袋让他在额头上狠狠弹了一下，擦着汗在米兰身边笑着坐下看他去追许逊。

他在另一个亭子的石阶前追上许逊，拧得他“哎哟哟”乱叫地押回来。

“跟大家说服了——大声点！”

“服了！”许逊一跳老高。

米兰笑着看我们闹，听到高晋说什么，头往前一凑竖起耳朵，“你说什么？”

“哪天你弹段琵琶给我们听听。”

“行啊。”她坐直说，“哪天我把琵琶背来。”

“你要会拉小提琴就好了，我爸爸他们军文工团就缺小提琴。”

“会弹琵琶不能拉小提琴么？”卫宁问。

“两回事。”米兰说，“一个是弹拨乐器，一个是弦乐，使弓子。”

“你可别去他爸他们军的文工团。”许逊说，“一去先得叫他爸糟踏了。”

米兰光笑，高洋就抓住许逊胳膊，问方方：“是不是还得治他？”

许逊跳开逃到一边：“胳膊都拧脱环了。”又对我说：“你说他爸是不是比他们花？”

“没错，花得厉害。”我笑说。

高洋追打许逊，反被许逊一路各种勾拳、摆拳打过来：“来呀，来呀。”

高洋也以各种拳击动作招架，两人花拳绣腿来来往往比划了几个回合，笑着收势凑在一起点烟抽。

高洋手里甩着烟坐回来说："真花的其实是方方他爸，你爸是不是作风问题降过级?"

"你算了吧，我爸哪有那本事。"方方说。

"反正我知道你爸两老婆，你在老家还有一个大哥。"

"那卫宁他爸还娶过仨呢，其中一个还是地主的闺女。"

"爸都死了，还说他干吗?"

"死了也得批判那思想呵。"大家笑说。

"你想当兵啊?"我问身边笑吟吟倾听的米兰。

"嗯。"她淡淡地说。

"干吗不考'战友'呢?"

"我还考总政呢。"

我讨了个没趣儿，讪讪地不吭声了。

"哎，你会弹琵琶，那也一定会弹吉他吧?"许逊冲米兰说。

"那倒行，拨几个和弦伴唱没问题。"

"那我家有把吉他，我拿来你给我们弹首《山楂树》吧。"

"得得，你闹不闹啊?"我说许逊。

"晚上吧。"高晋盯着米兰说，"晚上你别走了，咱们到假山来唱歌。"

"你不能晚上不回家吧?"我问米兰。

"那倒无所谓，我今天出来倒是和家里说了回农场。问题是我晚上不走住哪儿啊?"

"这你放心，我们这儿可有的是地方住。"许逊笑着说，"你愿住谁家都行。"

"那我挑一家吧。"米兰笑。

"就挑我吧。"许逊拍着胸脯，"我那儿凉快。"

大家便笑，米兰也随着笑，给了许逊近乎一个媚眼。

"哎。"她扭头对我说，"你家能洗脸么?我觉得我脸上特脏，风吹了一下午。"

"你怎么随随便便就说要在我们这儿住?"路上我埋怨她。

"怎么啦?不好么?"

"当然不好了。"我提高嗓门说，进了家门给她打洗脸水，暖瓶里已没多少热水，我往盆里倒的时候不留神把水碱也倒了进去，"你知道我们这儿都是什么人?"

"我看你们院小孩一个个都挺老实的。"她撩着上面那层干净的水洗脸，攥着香皂骨碌碌滑转，涂了一手香皂沫儿，仔细地搓洗十指，"听你说还以为他们多坏呢。"

"你以为呢，噢，坏非得写在脑门上?"

她不做声，开始洗脸。

"你是不是常在不认识的男的那儿住?"我把我的毛巾递给她时，忍不住讽刺了她一句。

她怔了一下，接过毛巾锐利地看了我一眼，然后擦脸，"你生气了?"

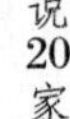

“没有。”我气呼呼地说，“就是觉得……”

我想说她轻浮、贱，又觉得这么说太重了，弄不好会把她得罪了，转而问：

“高晋都跟你聊什么了？”

“没聊什么，就说我想当兵他可以帮我。”

“我怎么不知道你想当兵？你从没跟我说过。怎么头一次见他倒跟他说了？熟得够快的。”

“瞎聊呗，就说起来了。要不干吗？干坐着？这可是你叫我来的，我来了你又不理我，自己和小孩去打弹弓仗，还说呢。”

她这么一说，倒说得我怪舒服的，不禁笑起来，“当着他们的面，我哪好意思跟你多说话呀。”

“那有什么？咱俩也没别的什么关系。”她在窗台上的擦脸油盒子里挑，“哪个是你妈使的？”

我指了一种牌子的雪花膏，她打开盖子嗅了嗅，挖了一指头涂在鼻尖、额头、双颊上。

“其实我也觉得挺没意思的。既然人家说能帮我，我就利用一下他呗。我真是挺想当兵的，从小就想，可惜我们家是地方的，没路子。”

她把星星点点的雪花膏揉开，回头问我：“你说他真的会帮我么？”

“会吧。”我说，“只要他爸爸点头，进他们军的文工团应该没问题，回头我再帮你问问——你琵琶弹得怎么样？”

“问题是我的琵琶弹得一般。”她笑着转过身来冲我说。

这时，我听到门一响，我爸爸进来了，手提公文包出现在米兰身后。

当时我就脑袋嗡了一下，周身的血像染缸里扔进一块石头密密麻麻溅到脸上。

他怎么没到下班时间提前回来了？

米兰诧异地看了我一眼，回过身去看见我爸爸。她也有几分局促，但基本坦然，微笑地向我爸爸问好：“您好，叔叔。”

我结结巴巴地解释，“这是，这是我们老师。”

米兰奇怪地看了我一眼，没说什么。

我爸爸打量了米兰一眼，用那种洞悉一切的沉稳目光看了看我，对米兰说：

“你跟我来一下。”

米兰不解地看了我一眼，我无能为力，她低头跟我爸爸到他的房间去了。

我听到我爸爸房间传出来的隐隐约约的谈话声。父亲的声音很浑厚，一字一板，听上去很有条理和信心；米兰的声音则是低喃、不连贯的，有时蹦出几个清楚的词。

我又羞又急，渐渐萌生出一种难以遏制的愤怒，真想抄起个什么沉重结实的东西扔过去，以惊人的“豁啷”一响和满地粉碎的结果来表达我的感想。当然，同我鼎沸欲喷的情绪恰成鲜明对照的就是我身体的一动不动。

片刻，他们从房间里出来了，两个人都很严肃。

“我走了，叔叔。”米兰彬彬有礼地对父亲说。

父亲点点头，转身回了房间。

我急忙上前小声问开门欲走的米兰："他跟你说什么了？"

"教育了我一顿。"米兰小声说了一句，匆匆沿着走廊走了。

我回身看到父亲拿了一叠文件从他房内出来，指着我说："你不要出去，晚上回来我找你谈。"

说罢，他出门走了，又去上班。

我连忙回屋打开窗户叫正走到花园游廊通往后院的瓶形门口的米兰，"哎，哎。"

她回头看见了我，下了游廊踩着长满青苔的土地走过来，站在我窗外探头往屋里瞧：

"你爸爸走了？"

"走了，你进来么？"

"我可不敢再去你家了。"她吐吐舌头笑说，"你爸真厉害。"

"他跟你厉害了么？"

"那倒没有，态度还挺和蔼。问我跟你是什么关系，怎么认识的，问我的父母是谁，家住在哪里。"

"我爸爸真讨厌！"我咬牙切齿地说，"你都告他了？"

"这有什么好瞒的？"她笑笑又说，"他也是关心你，怕你学坏。"

"你怎么不说是我老师呢？"我埋怨她。

"那哪骗得过去？也不像。再说也没必要骗人。"

"唉。"我在屋里叹气顿脚，"我算是又被他逮住了。"

隔壁邻居的窗户一响，支出一扇玻璃。米兰扭头就走，一指邻家窗户，"有人监听。"

"你去……"我张嘴无声，用手指假山方向。

她点点头，绕过柏树丛消失了。

我也点头，不住地点头，接着在自己家里回过身来。

晚上，吃过饭后，我和父亲做了一次长谈，我主要是聆听，不时被要求解释一下动机而已。本来以为父亲会非难我，孰料他竟意外的态度诚恳，并无疾言厉色，基本属于娓娓动听和循循善诱。他告诫我不要过早交女朋友，年轻的时候应该把精力都用到学习上去。要树立远大理想，要有自己的人生目标，当然这目标不是别的什么，而是当时唯一的：做革命事业的可靠接班人。他表示他和其他很多我不认识的人都对我抱有殷切期望。似乎他们认定我将来会成为一个了不起的人，而这点在当时我自己一点把握也没有。

我一点也不感动，不是施教者不真诚抑或是这道理没有说服力，而是无法再感动了。类似的话我从不同渠道听过不下一千遍，我起码有一百次被感动过，这就像一个只会从空箱子往外掏鸭子的魔术师，你不能回回都对他表示惊奇。另外我也不认为过分的吹捧和寄予厚望对一个少年有什么好处，这有强迫一个体弱的人挑重担子的嫌疑，最好的结果也不过是造就一大批野心家和自大狂。

我耐心地等他把那些华丽的词藻全部用尽，假惺惺地掉了几滴泪，然后带着“好好想一想”的任务上床睡觉去了。

我在床上想了半天怎么在平原地带统率大军与苏军的机械化兵团交战，怎么打坦克，怎么打飞机，怎么掌握战机投入预备队进行战略反攻。当然我的思路怎么也脱不开毛泽东同志的人民战争思想，虽然我当时就怀疑地道战和地雷战能否在现代条件下仍和打鬼子时一样行之有效。

想完激烈的战役，我又设想了一番凯旋万众欢腾的场面。除了苏联将军式的一胸脯勋章，我还热切地幻想自己能挂点彩，吊着一只膀子之类的，但决不穿的确良的国防绿，最损也得是一身马裤尼！

之后，我就翻窗户跳出去了。

我走到假山脚下，听到山上亭子里传来轻轻的男声合唱，其间伴有隐隐的吉他弹奏。他们唱的是那个年代很流行的俄国民歌《三套车》，歌词朴素，曲调忧伤。在月朗星疏、四周的山林飒飒作响的深夜，听来使人陡然动情，不禁叹息，无端有遗珠失璧之慨。我至今有所不解：中苏两国的民族经历是那么相似，为什么两国的民歌传达的精神实质那么不同？我们的民歌总是欢快的，要么就是软绵绵的伤感，偶有悲凉也是乘兴而抒，大概我们的人民个个都是天生的乐观主义者所以如此吧。

我上了亭子，他们又在唱苏联卫国战争时期的歌曲《小路》。他们看到我并没有停下来，管自陶醉地唱，摇头晃脑，面带笑容，每个人的眸子都在夜色中闪闪发光，似乎歌唱使他们的眼睛变成磷质晶体。

高晋拉我在他身边坐下，示意我走入进去和大家一起唱。米兰坐在我对面，摇晃着身体弹着吉他，也在愉快地唱，用眼睛鼓励我。

他们一支歌接一支歌地唱下去，唱遍了我们熟悉的每一首歌。他们嗓音很粗糙，唱得参差不齐，但那份忘情自有一种动人的感染气氛。

我虽然没开口唱，但心中洋溢着激情，萦回着那一首首歌曲的旋律，如同放声歌唱一样痛快。

我注意到米兰和高晋在歌唱时不断相互注视，但我没有一点嫉妒和不快，同声歌唱使我们每个人眼中都充满深情。

不记得那天夜里说什么了，只留下唱了一夜歌的喜悦印象。从第二天到中午才起床这一事实推断，我们起码唱到凌晨。米兰终究睡在了谁家记不清了，似乎没有导致丝毫的淫秽怀疑和色情想象，从第二天我们之间没有投下任何不信任的阴影可以证实这点。实际上，第二天我们再见时她已不在场，也许她根本没住在这儿，赶早班车走了。我恍惚记得我们还在高晋家坐着聊天，喝很苦很浓的茶，米兰困倦不堪地偎坐在藤沙发上，用蒙眬却不掩明亮的眼睛瞅我或在场的别人。可这个记忆是不可靠的，场面是真实的，而时间也许不准确，因为她后来屡次到过我们院，我们在高晋家或是方方家有时是在卫宁家都做过彻夜长聊。

我在游廊上问过高晋，也许是站在那儿看小孩踢足球。“你真打算让米兰到你爸他们军文工团去？”

"我准备帮她这个忙。"他以前所未有的一本正经的态度回答我，"我觉得她挺合适的。"

接下来的这段日子，我对事情发生的先后顺序记忆有些混乱，诱发行为的契机也不甚了然，但场面无疑是真实的，虽然十之八九是不完整的。

这场面的地方多数在我们院的各个角落，部分是在大街上，其中仅我记得的有：东单、东四北大街，西四丁字路口，位于北海和中南海两湖之间的文津街。

她在我们院有石头拱券和饰有花纹矛尖的铸铁门旁的传达室窗口打电话，旁边站有高晋、卫宁等人，我的位置应该是骑车路过。

她眉飞色舞地对着话筒大声说着什么，咯咯地笑。她的一只手拽着黑色的线绳，倾听对方讲话时无意识地在上面来回抚摸。

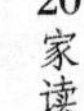

她在葡萄架的绿荫下，踮起脚尖够一串累累垂下的紫莹莹的葡萄，摘下尖部的一颗放在两唇间吮咂，鬼鬼祟祟地四下张望。

我处于月亮门连接游廊另一端，正要往我家的那排平房拐。

我们在高高拱起的屋脊顶上，脚踩着泄水横沟，坐在鱼鳞瓦筒上，戴着墨镜坐成一排。

前方是院内大小院落互相衔接、布局工整的重重房脊；右前方有一轮明亮、溅着茸茸毛边的夕阳。

下面广场有两个妇女在吵架，旁边围了一圈稀稀落落的人，有战士和小女孩。

她们的恶毒咒骂断断续续，高一声低一声地传上来。

米兰在嗑瓜子，墨镜遮住了她的一半脸，她显得悠闲，无动于衷。

她背靠着北洞桥头新竖起的白栅栏，两手平伸抓住力所能及处的两根栏杆，左脚后蹬着石台，神态专注地和高晋说话。

高晋离她很近，很有些把她逼着贴到铁栅栏上的劲头。

她头扭向一边，神态茫然，再转过头来却粲然笑了。

白塔极为耀眼、硕大无朋地矗立在她身后一湖碧水另一岸的葱郁的琼岛山上。

还有一些场面含义过于不清，影像模糊，唯有感受突出，我不能肯定确曾发生，也许是出自我的想象的暗怀的愿望。

我和她在雨天的街头行走，撑着一把透光的天蓝塑料伞，伞的周围边沿滴答着如泣如诉的雨水，我的鞋、裤腿都被淋透了，她的小腿和赤裸的脚丫也都湿漉漉的，在阴霾的光线下苍白、光洁如塑料。

我的个子比通常要矮，矮得像个侏儒，紧紧傍着她的腰间走。她的一只手垂搭在我肩头，五指纤细似钩。

我总想抬头看她的脸，可看到的只是透射着日光形成一片淡蓝晕芒的伞穹和银亮的放射开来的不锈钢伞骨，一个浑圆多肉、粉红娇嫩、不停颤动的下巴在整个视野内处于不可逾越的中心位置。

雨天的冰凉至今粘留在我裸露的皮肤上。

剩下的就是一些关乎我个人的记忆：我打开一间空荡无人的房门，蹑手蹑脚在屋里走，拿走压在凉水瓶下的几张小面额钞票。从和钞票压在一起的纸条上写的字看，这钱是母亲留给孩子订奶的。

我大概还偷过一只上海“宝石花”半钢手表，用三十块钱卖给了一个人，到底是谁我忘了。

我那时非常需要钱，我后来再没那么穷过：一文不名，又没有任何收入来源。

我用那些钱请米兰和我的朋友们吃冰激凌。我们不能老让米兰掏腰包，虽然她很乐意，并没有现在一些披金戴银的时髦女孩的小家子气。我在最潦倒的时期确实吃过一段软饭，吃得还挺顺嘴，差点毁了我。但你起码可以知道，我曾付出了多么真挚的努力用那么一种惊险的方式来使自己更有点男子气。

我们那时常吃的只是一种画着冰山的蓝盒冰激凌，现在这种牌子的价廉物美的冰激凌已在市场绝迹。我们都很爱吃西单商场楼上冰室出售的一种碟盛的奶油冰激凌，一球冰激凌上浇上厚厚一坨甜奶油，后来我在上海吃到“掼奶油”和那味道很相近。虽然这种奶油冰激凌一直只卖五角钱一份，可对我们来说也不是天天可以享用的。如果能到位于东风市场的“和平西餐厅”去吃上一份拌有水果的冰激凌“三德”和“雪人”，那就是莫大的奢侈了，相当于现在到大饭店吃上一餐日本菜喝上一瓶英国酒洗上一遭芬兰浴。

这个两层楼的西餐馆不久便被一把火烧掉了，几年之后才在金鱼胡同的一排平房里重新开业，后来又拆掉了，在旧址上盖起了“王府饭店”。

我承认，冰激凌可能没窝头重要，但对有的人来说，宁肯不吃窝头饿着肚子也要吃冰激凌。那个时候资产阶级还在国门之外觊觎我们呢。

我对米兰那些日子的印象如此丰富，那么密实，环环相接，丝丝入扣，甚至重叠交织，分隔不开，想来那段时间我们是经常见面的。

为什么我还会有难以排遣的寂寞心情和压抑不住的强烈怀念？

为什么我会如此激动？如此敏感？如此脆弱？平日司空见惯一向无动于衷的风景、世相，乃至树叶的簌响，鸟类的呢喃，一朵云的形状，一枝花的姿态，一个音符，甚或万籁俱寂都会使我深受感动，动辄热泪盈眶。

难道万物突然有灵了么？

我爸爸和部里的其他一些参谋到山东半岛看地形去了。那时军方除了担心集结在中蒙边境的苏军机械化兵团直捣北京，似乎对来自海上的登陆威胁也很重视。中日淞沪会战时日军杭州湾的登陆和朝鲜战争美军在仁川的登陆都给制定国土防御计划军事人员留下了深刻印象。另外还有一个重要的心理因素，就是每一个了解近代史的中国人心灵上被我国百年来有海无防的惨痛经历投下的永久阴影。毛主席在建国初期就说过一句著名的话：“为了反对帝国主义的侵略，我们一定要建立强大的海军！”几年后我在驻青岛的海军舰队服役时，曾看到山东半岛沿海高点遍布雷达、火炮、高炮和导弹发射基地。当时用某要人的一句话说就是：“海军三十年来基本上没有形成战斗力。”

现在好多了！

我爸爸的出差使我获得了短暂的自由和解放。

那天是“八一”建军节，食堂会餐，每家都发了餐券。我们一帮孩子也喜洋洋地去会餐，自动集中在几张餐桌周围。桌上备有啤酒和红葡萄酒，菜则是北京军队传统的红烧肘子、四喜丸子、纯黄花鱼什么的。我们和战士、家属一起大吃大喝，不停地干杯。那时我的酒量很少，喝了几口葡萄酒就晕乎乎的，其他人也都脸红脖子粗地吵闹不休。

吃完出来天已经黑了，我记得于北蓓来了，板着脸和高晋说什么事，似乎是为汪若海。她可能是为汪若海抱不平或是汪若海托她说情。汪若海的怯懦行为被揭露后，我们一直不理他。我们从小就崇尚烈士，能容忍一个叛徒生活在我们中间么？尽管他是向无产阶级专政屈膝，我们唾弃的也仅仅是这种不坚贞的行径，就像新朝尽管也对前朝的降臣委以重任仍毫不留情地把他们统统列入《贰臣传》。

汪若海自然对这种空前的孤立痛苦万分，他被迫和那些更小的孩子一起玩。好几次我们成群结队呼啸出入时，我都看到他领着一帮打弹弓仗的小孩站在一边，远远地用羡慕的眼光看我们。

于北蓓很激动，也许是惺惺惜惺惺，她比我们大两岁，大概更能理解情势所迫和身不由己这两个词。我不知道她是怎么说服高晋的，她说话吐字飞快，我听到了些只言片语，“你们真是小孩……”，“太没经过事了……”之类的。

后来，汪若海就来了，怯生生地赔着笑，见面就给每个人发烟。看到一个曾经那么要好的朋友变成这样，我们都有些难为情，想对他亲热点，又不知从何做起，于是都客客气气的。

于北蓓更多地表示出对汪若海的青睐，跟他坐在一起，为他点烟，主动找些高兴的话引他说，甚至公然和他亲热，摸一把拧一下的，有一阵还把胳膊搭在他肩上，搂着他依偎着坐在一起抽烟。

现在看来，这一举止是一个勇敢的姿态，在我的回忆中她的这一形象最鲜明、最不可磨灭。

我发现高晋不在已是下半夜，实际上是当他回来进门，我才想起他走了很长时间。他脸色苍白，形容憔悴，然而一点醉态没有。当时我们的酒都醒了，又饿了，正盘算着去食堂偷点会餐剩下的肉食。汪若海主动请战，最后决定由他和方方摸进去，我和许逊在外接应。高晋没有像平常那样策划指挥一番，而是到里屋闷头躺下，高洋进去和他说话，他对高洋也很不耐烦，粗声粗气地把他轰开了。

几天后我才知道，他那天晚上骑车去了米兰家。他那天也醉了，穿过全城用了几乎一小时骑到米兰家楼下。我不知道他是怎么找到米兰住的那幢楼的。有一个未经证实的说法是：他从路边第一幢楼开始一幢楼一幢楼地喊过去。

他在黑漆漆的楼群间放肆地大声呼喊着米兰的名字，响亮、嘶哑的吆喝声在万籁俱寂的深夜里听来十分瘆人，由于没回应显得凄厉、绝望和近乎病态的执拗。那天夜里很多居民都在睡梦中被这惊心动魄的呼叫惊醒，躺在黑暗的床上心烦意乱。我的一些住在那片楼区的同学在一个月后还对我心有余悸地述说他们在暑假期间一个黑夜的遭遇和感受：他们再次入睡后大都陷入可怖的噩梦之中。

接下来大概就是米兰听到了对她的呼叫，她房间的灯迅速在顶屋亮了，在黑鸦鸦的楼群中这扇蓦然出现的明亮窗房无疑给茫然寻找的高晋提供了一个清晰、准确的方位和坐标。他在那扇窗户下像叫春的野猫一声比一声高地朝上叫着。尽管我知道那姿态非人类所能，但我的想象还是顽固地告诉我：他是两臂撑着上身蹲踞在那里叫唤的。

这叫声像它乍起时那样蓦地消逝了。这意味着米兰披着上衣下楼来了，同她一起下来的还有她的父亲，那位儒雅可敬的先生显然是不请自来。

可以想见，在这种情形下，高晋和米兰不可能再说什么，据高洋可疑的描述，那位父亲并没有严厉地责备高晋，虽然他的行为已构成冒犯和无耻。他请高晋上了楼，还给这个沮丧的少年一支烟让他镇定，而高晋也就抽了，香烟的牌子据称是过滤嘴"中华"。我不知高晋是否表示了歉意，反正他很快从醉态中清醒过来，变得安静了，神态有些萎靡不振，肯定会感到难受，我后来看到的脸色苍白和疲惫不堪那时便已经像肝炎病人的黄疸呈现出来。

然后他便掐了烟一声不吭地走了。

米兰的表现和反应众说纷纭。有人说她自始至终毫无反应，直到事情结束。有人说她开初流露了对高晋的不满和生气，三人上楼进房间后，她便退出了现场，直到高晋走一直呆在自己房间没出来。还有一种说法，说她很愤怒，但这愤怒是针对她父亲的。她父亲彬彬有礼的介入被她视为一种不近情理的干涉。她一直冲她父亲叫嚷，试图把高晋带回自己房间照料。我相信并非由于她父亲的阻挡而是出自高晋本人的意愿，他还是走了。

虽然这三种说法不分主次，都有同样有力的证人和很难杜撰栩栩如生的细节，我还是一下就相信了最后一种说法。没有什么不为人知的证据，而是我觉得当她父亲坐在高晋对面时，她披着一件外衣气呼呼地站在一旁这情景更为合理。

两位当事人从来没有对我透露过有关此事的一个字，就像此事从没发生过或仅仅是个无足轻重的传闻和谣言。当然这件事的真相现在确实变得对任何人都不重要了，他们如果活着也许早把此事忘了。

至今我对高晋和米兰那段昙花一现的关系所达到真实程度，仍无从猜测。就我所知，米兰最终也没到高晋父亲的部队当文艺兵，两个月后当我们和米兰断绝了来往，他们也没再私下保持联系。年底高晋和高洋就当兵走了。那时他已经有一个真正的女朋友，是个驻京部队的女兵。再之后，当我们纷纷走向了社会，在人生旅途上各行其道，殊途不同归，即便再次路遇至多也就是一个微笑，一个招手——就像我们之间现在那样。

空中小姐*

内容简介　《空中小姐》是王朔早期著名作品，讲述了退伍海军“我”同空姐阿眉之间的爱情故事：带着淡淡的浪漫主义基调，13岁的少女阿眉同20岁正在海军部队的“我”相遇了，阿眉从那次邂逅开始就带着梦幻般的崇拜爱上了我；后来，我退伍以后，阿眉成了一名空中小姐，我们再次相遇并坠入爱河。退伍海军在社会上开始处处碰壁，难以遂心，阿眉却用少女的纯真和爱包容着我，但终抵不住阿眉同事朋友的流言蜚语和我内心的矛盾挣扎，我和阿眉分手了。两年后，我在报纸上看到了民航飞机坠毁的消息，而阿眉正在那架飞机上面……

○

阿

来

月光下的银匠

在故乡河谷，每当满月升起，人们就说："听，银匠又在工作了。"

满月慢慢地升上天空，朦胧的光芒使河谷更加空旷，周围的一切都变得模糊而又遥远。这时，你就听吧，月光里，或是月亮上就传来了银匠锻打银子的声音：叮咣！叮咣！叮叮咣咣！于是，人们就忍不住要抬头仰望月亮。

人们说："听哪，银匠又在工作了。"

银匠的父亲是个钉马掌的。真正说来，那个时代社会还没有这么细致的分工，那个人以此出名也不过是说这就是他的长处罢了——他真实的身份是洛可土司的家奴，有信送时到处送信，没信送时就喂马。有一次送信，路上看到个冻死的铁匠，就把那套家什捡来，在马棚旁边砌一座泥炉，叮叮咣咣地修理那些废弃的马掌。过一段时间，他又在路上捡来一个小孩。那孩子的一双眼睛叫他喜欢，于是，他就把这孩子背了回来，对土司说："叫这个娃娃做我的儿子、你的小家奴吧。"

土司哈哈一笑说："你是说我又有了一头小牲口？你肯定不会白费我的粮食吗?"

老家奴说不会的。土司就说："那么好吧，就把你钉马掌的手艺教给他。我要有一个专门钉马掌的奴才。"正是因为这样，这个孩子才没有给丢在荒野里喂了饿狗和野狼。这个孩子就站在铁匠的炉子边上一天天长大了。那双眼睛可以把炉火分出九九八十一种颜色。那双小手一拿起锤子，就知道将要炮制的那些铁的冷热。见过的人都夸他会成为天下最好的铁匠，他却总是把那小脑袋从抚摩他的那些手下挣脱出来。他的双眼总是盯着白云飘浮不定的天边。因为养父总是带着他到处送信，少年人已经十分喜欢漫游的生活了。这么些年来，山间河谷的道路使他的脚力日益强壮，和土司辖地里许多人比较起来，他已经是见多识广的人了。许多人他们终生连一个寨子都没有走出去过，可他不但走遍了洛可土司治下的山山水水，还几次到土司的辖地之外去过了呢。

有一天，父亲对他说："我死了以后，你就用不着这么辛苦，只要专门为老爷收拾好马掌就行了。”

少年人就别开了脸去看天上的云，悠悠地飘到了别的方向。他的嘴上已经有了浅浅的胡须，已经到了有自己想法，而且看着老年人都有点嫌他们麻烦的年纪了。父亲说：“你不要太心高，土司叫你专钉他的马掌已经是大发慈悲了，他是看你聪明才这样的。”

他又去望树上的鸟。其实，他也没有非干什么、非不干什么的那种想法。他之所以这样，可能是因为对未来有了一点点预感。现在，他问父亲：“我叫什么名字呢，我连个名字都没有。”

当父亲的叹口气，说：“是啊，我想有一天有人会来告诉我你叫什么名字，那他就是你的父母，我就叫他们把你带走，可是他们没有来。让佛祖保佑他们，他们可能已经早我们上天去了。”当父亲的叹口气，说，“我想你是那种不甘心做奴隶的人，你有一颗骄傲的心。”

年轻人叹了口气说：“你还是给我取个名字吧。”

“土司会给你取一个名字的。我死了以后，你就会有一个名字，你就真正是他的人了。”

“可我现在就想知道自己是谁。”于是，父亲就带着他去见土司。土司是所有土司里最有学问的一个，他们去时，他正手拿一匣书，坐在太阳底下一页页翻动不休呢。土司看的是一本用以丰富词汇的书，这书是说一个东西除了叫这个名字之外，还可以有些什么样的叫法。这是一个晴朗的下午，太阳即将下山，东方已经现出了一轮新月淡淡的面容。口语中，人们把它叫作“泽那”，但土司指一指那月亮说：“知道它叫什么名字吗?”

当父亲的用手肘碰碰捡来的儿子，那小子就伸长颈子说：“泽那。”

土司就笑了，说：“我知道你会这样说的。这书里可有好多种名字来叫这种东西。”

当父亲的就说：“这小子他等不及我死了，请土司赐你的奴隶一个名字吧。”土司看看那个小子，问：“你已经懂得马掌上的全部学问了吗?”那小子想，马掌上会有多大的学问呢，但他还是说：“是的，我已经懂得了。”土司又看看他说：“你长得这么漂亮，女人们会想要你的。但你的内心里太骄傲了。我想不是因为你知道自己有一张漂亮的脸吧。你还没有学到养父身上最好的东西，那就是作为一个奴隶永远不要骄傲。但我今天高兴，你就叫天上有太阳它就发不出光来的东西，你就叫达泽，就是月亮，就是美如月亮。”当时的土司只是因为那时月亮恰好在天上现出一轮淡淡的影子，恰好手上那本有关事物异名的书里有好几个月亮的名字。如果说还有什么的话，就是土司看见修马掌的人有一张漂亮而有些骄傲的面孔而心里有些隐隐的不快，就想，即使你像月亮一样那我也是太阳，一下就把你的光辉给掩住了。

那时，土司那无比聪明的脑袋没有想到，太阳不在时，月亮就要大放光华。那个已经叫作达泽的人也没有想到月亮会和自己的命运有什么关系，和父亲磕了头，就退下去了。从此，土司出巡，他就带着一些新马掌，跟在后面随时替换。那声音那时就在早晚的宁静里回荡了：叮咣！叮咣！每到一个地方那声音就会进入一些姑娘的心房。土司说："好好钉吧，有一天，钉马掌就不是一个奴隶的职业，而是我们这里一个小官的职衔了。至少，也是一个自由民的身份，就像那些银匠一样。我来钉马掌，都要付钱给你了。"

这之后没有多久，达泽的养父就死了。也是在这之后没有多久，一个银匠的女儿就喜欢上了这个钉马掌的年轻人。银匠的作坊就在土司高大的官寨外面。达泽从作坊门前经过时，那姑娘就倚在门框上。她不请他喝一口热茶，也不暗示他什么，只是懒洋洋地说："达泽啦，你看今天会不会下雨啊?"或者就说："达泽啦，你的靴子有点破了呀。"那个年轻人就骄傲地想：这小母马学着对人尥蹄子了呢。口里却还是说：是啊，会不会下雨呢？是啊，靴子有点破了呢。

终于有一天，他就走到银匠作坊里去了。

老银匠摘下眼镜看看他，又把眼镜戴上看看他。那眼镜是水晶石的，看起来给人深不见底的感觉。达泽说："我来看看银器是怎么做出来的。"老银匠就埋下头在案台上工作了。那声音和他钉马掌也差不多：叮咣！叮咣！下一次，他再去，就说："我来听听敲打银子的声音吧。"老银匠说："那你自己在这里敲几锤子，听听声音吧。"但当银匠把一个漂亮的盘子推到他面前时，他竟然不知自己敢不敢下手了，那月轮一样的银盘上已经雕出了一朵灿烂的花朵。只是那双银匠的手不仅又脏又黑，那些指头也像久旱的树枝一样，枯萎蜷曲了。而达泽那双手却那么灵活修长，于是，他拿起了银匠樱桃木把的小小锤子，向着他以为花纹还须加深的地方敲打下去。那声音铮铮地竟那样悦耳。那天，临走时，老银匠才开口说："没事时你来看看，说不定你会对我的手艺有兴趣的。"

第二次去，他就说："你是该学银匠的，你是做银匠的天才。天才的意思就是上天生你下来就是做这个的。"

老银匠还把这话对土司讲了。土司说："那么，你又算是什么呢?"

"和将来的他相比，那我只配做一个铁匠。"

土司说："可是只有自由民才能做银匠，那是一门高贵的手艺。"

"请你赐给他自由之身。"

"目前他还没有特别的贡献，我们有我们的规矩不是吗?"老银匠叹了口气，向土司说："我的一生都献给你了，就把这点算在他的账上吧。那时，你的子民，我的女婿，他卓绝的手艺传向四面八方，整个雪山栅栏里的地方都会在传扬他的手艺的同时，念叨你的英名。"

"可是那又有什么意思呢?"

老土司这样一说，达泽感到深深绝望。不是因为别的，就是因为土司说得太有道理了。一个远远流布的名字和一个不为人知的名字的区别又在哪里，有名和无名的区别又在哪里呢？达泽的内心让声名的渴望燃烧，同时也感到声名的虚妄。于是，他说："声名是没有意义的，自由与不自由也没有多大的关系，老银匠你不必请求了，让我回去做我的奴隶吧！"

土司就对老银匠说：“自由是我们的诱惑，骄傲是我们的敌人，你推荐的年轻人能战胜一样是因为不能战胜另外一样，我要遂了他的心愿。”土司这才看着达泽说，“到炉子上给自己打一把弯刀和一把锄头，和奴隶们在一起吧。”

走出土司那雄伟官寨的大门，老银匠就说：“你不要再到我的作坊里来了，你的这辈子不会顺当，你会叫所有爱你的人伤心的。”说完，老银匠就头也不回地走了。留下一地白花花的阳光在他的面前，他知道那是自己的泪光。他知道骄傲给自己带来了什么。他把铁匠炉子打开，给自己打弯刀和锄头。只有这时，他才知道自己失去了什么，他才知道自己是十分地想做一个银匠的，泪水就哗哗地流下来了。他叫了一声：“阿爸啦！”顺河而起的风掠过屋顶，把他的哭声撕碎，扬散了。他之所以没有在这个晚上立即潜逃，仅仅是因为还想看银匠的女儿一眼。天一亮，他就去了银匠铺子的门口，那女子下巴颏夹一把铜瓢在那里洗脸。她一看见他，就把那瓢里的水扬在地上，回屋去了。期望中的最后一扇门也就因为自己一时糊涂，一句骄傲的话而在眼前关闭了。达泽把那新打成的弯刀和锄头放到官寨大门口，转身走上了他新的道路。他看见太阳从面前升起来了，露水在树叶上闪烁着耀眼的光芒。风把他破烂的衣襟高高掀起。他感到骄傲又回到了心间。他甚至想唱几句什么，同时想起自己从小长到现在，从来就没有开口歌唱过。即或如此，他还是感到了生活与生命的意义。出走之时的达泽甚至没有想到土司的家规，所以，也就不知道背后已经叫枪口给咬住了。他迈开一双长腿大步往前，根本就不像是一个奴隶逃亡的样子。管家下令开枪，老土司带着少土司走来说：“慢！”

管家就说：“果然像土司你说的那样，这个家伙，你的粮食喂大的狗东西就要跑了！”

土司就眯缝起双眼打量那个远去的背影。他问自己的儿子：“这个人是在逃跑吗？”

十一二岁的少土司说：“他要去找什么？”

土司说：“儿子记住，这个人去找他要的东西去了。总有一天他会回来的。如果那时我不在了，你们要好好待他。我不行，我比他那颗心还要骄傲。”管家说：“这样的人是不会为土司家增加什么光彩的，开枪吧！”但土司坚定地阻止了。老银匠也赶来央求土司开枪：“打死他，求求你打死他，不然，他会成为一个了不起的银匠的。”土司说：“那不正是你所希望的吗？”

“但他不是我的徒弟了呀！”

土司哈哈大笑。于是，人们也就只好呆呆地看着那个不像逃亡的人，离开了土司的辖地。土司的辖地之外该是一个多么广大的地方啊！那样辽远天空下的收获该是多么丰富而又艰难啊！土司对他的儿子说：“你要记住今天这个日子。如果这个人没有死在远方的路上，总有一天他会回来的。回来一个声名远扬的银匠，一个骄傲的银匠！你们这些人都要记住这一天，记住那个人回来时告诉他，老土司在他走时就知道他一定会回来。我最后说一句，那时你们要允许那个人表现他的骄傲，如果他真正成了一个了不起的银匠。因为我害怕自己是等不到那一天的到来了。”

小小年纪的少土司突然说：“不是那样的话，你怎么会说那样的话呢?”

老土司又哈哈大笑了：“我的儿子，你是配做一个土司的！你是一个聪明的家伙！只是，你的心胸一定要比这个出走的人双脚所能到达的地方还要宽广。”

事情果然就像老土司所预言的那样。

多年以后，在广大的雪山栅栏所环绕的地方，到处都在传说一个前所未有的银匠的名字。土司已经很老了，他喃喃地说：“那个名字是我起的呀!”而那个人在很远的地方替一个家族加工族徽，或者替某个活佛打制宝座和法器。土司却一天天老下去了，而他浑浊的双眼却总是望着那条通向西藏的驿道。冬天，那道路是多么寂寞呀，雪山在红红的太阳下闪着寒光。少土司知道，父亲是因为不能容忍一个奴隶的骄傲，不给他自由之身，才把他逼上了流浪的道路。现在，他却要把自己装扮成一个用非常手段助人成长的人物了。于是，少土司就说：“我们都知道，不是你的话，那个人不会有眼下的成就的。但那个人他不知道，他在记恨你呢，他只叫你不断听到他的名字，但不要你看见他的人。他是想把你活活气死呢!”

老土司挣扎着说：“不，不会的，他是一个聪明的孩子，他的名字是我给起下的。他一定会回来看我的，会回来给我们家做出最精致的银器的。”

“你是非等他回来不可吗?”

“我一定要等他回来。”

少土司立即分头派出许多家奴往所有传来了银匠消息的地方出发去寻找银匠。但是银匠并不肯奉命回来。人家告诉他老土司要死了，要见他一面。他说，人人都会死的，我也会死，等我做出了我自己满意的作品，我就会回去了，就是死我也要回去的。他说，我知道我欠了土司一条命的。去的人告诉他，土司还盼着他去造出最好的银器呢。他说，我欠他们的银器吗？我不欠他们的银器。他们的粗糙食品把我养大。我走的时候，他们可以打死我的，但我背后一枪没响，土司家养得有不止一个在背后向人开枪的好手。所以，银匠说，我知道我的声名远扬，但我也知道自己这条命是从哪里来的，等我造出了最好的银器，我就会回去的。这个人扬一扬他的头，脸上浮现出骄傲的神情。那头颅下半部宽平，一到双眼附近就变得逼仄了，挤得一双眼睛鼓突出来，天生就是一副对人生愤愤不平的样子。这段时间，达泽正在给一个活佛干活。做完一件，活佛又拿出些银子，叫他再做一件，这样差不多有一年时间了。一天，活佛又拿出了更多的银子，银匠终于说，不，活佛，我不能再做了，我要走了，我的老主人要死了，他在等我回去呢。活佛说，那个叫你心神不定的人已经死了。我知道你是怎么想的，你是想在这里做出一件叫人称绝的东西，你就回去和那个人一起了断了。你不要说话，你是一个伟大的艺术家，但好多艺术家因为自己心灵的骄傲而不能伟大。我看你也是如此，好在那个叫你心神不定的人已经死了。银匠觉得自己的五脏六腑都叫这个人给看穿了，他问，你怎么知道土司已经死了，那你知道他叫什么名字吗?

活佛笑了，来，我叫你看一看别人不能看见的东西。我说过，你不是普通人，而是一个艺术家。

在个人修炼的密室里，活佛从神像前请下一碗净水，念动经咒，用一支孔雀翎毛一拂，净水里就出现图像了。他果然看见一个人手里握上了宝珠，然后，脸叫一块黄绸盖上了。他还想仔细看看那人是不是老土司，但碗里陡起水波，就什么也看不见了。

银匠听见自己突然在这寂静的地方发出了声音，像哭，也像是笑。

活佛说："好了，你的心病应该去了。现在，你可以丢心落肚地干活，把你最好的作品留在我这里了。"活佛又凑近他耳边说，"记住，我说过你是一个伟大的艺术家。"也许是因为这房间过于密闭而且又过于寂静的缘故吧，银匠感到，活佛的声音震得自己的耳朵嗡嗡作响。

他又在那里做了许多时候，仍做不出来希望中的那种东西。活佛十分失望地叫他开路了。

面前的大路一条往东，一条向西。银匠在歧路上徘徊。往东，是土司辖地，自己生命开始的地方，可是自己欠下一条性命的老土司已经死了，少土司是无权要自己性命的。往西，是雪域更深远的地方，再向西，是更加神圣的佛法所来的克什米尔，一去，这一生恐怕就难以回到这东边来了。他就在路口坐了三天，没有看到一个行人。终于等来个人却是乞丐。那家伙看一看他说："我并不指望从你那里得到一口吃食。"

银匠就说："我也没有指望从你那里得到什么。不过，我可以给你一锭银子。"

那人说："你那些火里长出来的东西我是不要的，我要的是从土里长出来的东西哩。"那人又说，"你看我从哪条路上走能找到吃食？再不吃东西我就要饿死，饿死的人是要下地狱的。"那人坐在路口祷告一番，脱下一只靴子，抛到天上落下来，就往靴头所指的方向去了。银匠一下子觉得自己非常饥饿。于是，他也学着乞丐的办法，脱下一只靴子，让它来指示方向。靴头朝向了他不情愿的东方。他知道自己这一去多半不会有什么好结果，就深深地叹口气，往命运指示的东方去了。他迈开大步往前，摆动的双手突然一阵阵发烫。他就说，手啊，你不要责怪我，我知道你还没有做出你想要做的东西，可我知道人家想要我的脑袋，下辈子，你再长到我身上吧。这时，一座雪山耸立在面前，银匠又说，我不会叫你受伤的，你到我怀里去吧，这样，你冻不坏，下辈子我们相逢时，你也是好好的。脚下的路越来越难走，那双手却在怀里安静下来了。

又过了许多日子，终于走到了土司的辖地。银匠就请每一个碰到的人捎话，叫他们告诉新土司，那个当年因为不能做银匠而逃亡的人回来了。他愿意在通向土司官寨的路上任何一个地方死去。如果可以选择死法，那他不愿意挨黑枪，他是有名气的，所以，他要体面地，像所有有名声的人都要的那样。少土司听了，笑笑说："告诉他，我们不要他的性命，只要他的手艺和名声。"

这话很快就传到了银匠的耳朵里。但他一回到这块土地上就变得那么骄傲，嘴上还是说，我为什么要给他家打造银器呢。谁都知道他是因为土司不叫他学习银匠的手艺才愤而逃亡的。土司没有打死他，他自然就欠下了土司的什么。现在他回来了，成了一个声名远扬的银匠。现在，他回来还债来了。欠下一条命，就还一条命，不用他的手艺作为抵押。人们都说，以前那个钉马掌的娃娃是个男子汉呢。银匠也感到自己是一个英雄了，他是一个慷慨赴死的英雄。他骄傲的头就高高地抬了起来。每到一个地方，人们也都把他当成个了不起的人物，为他奉上最好的食物。这天，在路上过夜时，人们为他准备了姑娘，他也欣然接受了。事后，那姑娘问他，听说你是不喜欢女人的。他说是的，他现在这样也无非是因为自己活不长了，所以，任何一个女人都伤害不了他了。那姑娘就告诉他说，那个伤害了他的女人已经死了。银匠就深深地叹了口气。那姑娘也叹了口气说，你为什么不早点回来呢。你早点回来的话我就还是个处女，你就是我的第一个男人。这话叫银匠有些心痛。他问，谁是你的第一个。姑娘就咯咯地笑了，说，像我这样漂亮的女子，在这块土地上，除了少土司，还有谁能轻易得到呢。不信的话，你在别的女人那里也可以证明。这句话叫他一夜没有睡好。从此，他向路上碰到的每一个有姿色的女人求欢。直到望见土司那雄伟官寨的地方，也没有碰上一个少土司没有享用过的女子。现在，他对那个少年时代的游戏里曾经把他当马骑过的人已经是满腔仇恨了。

他在心里暗暗发誓，决不为这家土司做一件银器，就是死也不做。他伸出双手说，手啊，没有人我可以辜负，就让我辜负你吧。于是，就甩开一双长腿迎风走下了山岗。

少土司这一天正在筹划他作为新的统治者，要做些什么有别于老土司的事情。他说，当初，那个天生就是银匠的人要求一个自由民的身份，就该给他。他对管家说，死守着老规矩是不行的。以后，对这样有天分的人，都可以向我提出请求。管家笑笑说，这样的人，好几百年才出一个呢。岗楼上守望的人就在这时进来报告，银匠到了。少土司就领着管家、妻妾、下人好大一群登上平台。只见那人甩手甩脚地下了山岗正往这里走来。到了楼下，那紧闭的大门前，他只好站住了。太阳正在西下，他就被高高在上的那一群人的身影笼罩住了。

他只好仰起脸来大声说："少爷，我回来了！"

管家说："你在外游历多年，阅历没有告诉你现在该改口叫老爷了吗？"

银匠说："正因为如此，我知道自己欠着土司家一条命，我来归还了。"

少土司挥挥手说："好啊，你以前欠我父亲的，到我这里就一笔勾销了。"

少土司又大声说："我的话说在这亮晃晃的太阳底下，你从今天起就是真正的一个自由民了！"

寨门在他面前隆隆地打开。少土司说："银匠，请进来！"银匠就进去站在了院子中间。满地光洁的石板明晃晃地刺得他睁不开双眼。他只听到少土司踩着鸽子一样咕咕叫的皮靴到了他的面前。少土司说，你尽管随便走动好了，地上是石头不是银子，就是一地银子你也不要怕下脚呀！银匠就说，世上哪会有那么多的银子。少土司说，有很多世上并不缺少的东西有什么意思呢。你也不要提以前那些事情了。既然你这样的银匠几百年才出一个，我当然要找很多的银子来叫你施展才华。他又叹口气说："本来，我当了这个土司觉得没意思透了。以前的那么多土司做了那么多的事情，叫我不知道再干什么才好。你一回来就好了，我就到处去找银子让你显示手艺，让我成为历史上打造银器最多的土司吧。”

银匠听见自己说：“你们家有足够的银子，我看你还是给我当学徒吧。”

管家上来就给了他一个嘴巴。

少土司却静静地说：“你刚一进我的领地就说你想死，可我们历来喜欢有才华的人，才不跟你计较，莫不是你并没有什么手艺？”

一缕鲜血就从银匠达泽的口角流了下来。

少土司又说：“就算你是一个假银匠我也不会杀你的。”说完就上楼去了。少土司又大声说：“把我给银匠准备的宴席赏给下人们吧。”

骄傲的银匠就对着空荡荡的院子说，这侮辱不了我，我就是不给土司家打造什么东西。我要在这里为藏民打造出从未有过的精美的银器，我只要人们记得我达泽的名字就行了。银匠在一个岩洞里住了下来。第二天，太阳升起的时候，达泽已经带着他的银匠家什走在大路上了。他愿意为土司的属民们无偿地打造银器。但是人们都对他摊摊双手说，我们肯定想要有漂亮的银器，可我们确实没有银子。银匠带着绝望的心情找遍了这片土地上所有的人：奴隶，百姓，喇嘛，头人。他几乎是用哀求的口吻对那些人说，让我给你们打造一个世界上绝无仅有的银器吧。那些人都对他木然地摇头，那情形好像他们不但不知道这世界上有着精美绝伦的东西，而且连一点同情心都没有了似的。最后，他对人说，看看我这双手吧，难道它会糟蹋了你们的那些白银吗？可惜银匠手中没有银子，他先把这只更加修长的手画在泥地上，就匆匆忙忙跑到树林里去采集松脂。松脂是银匠们常用的一种东西，雕镂银器时作为衬底。现在，他要把手的图案先刻画在软软的松脂上。他找到了一块，正要往树上攀爬，就听见看山狗尖锐地叫了起来，接着一声枪响，那块新鲜的松脂就在眼前迸散了。银匠也从树上跌了下来，一支枪管冷冷地顶在了他的后脑上。他想土司终于下手了，一闭上眼睛，竟然就嗅到了那么多的花草的芬芳，而那银匠们必用的松脂的香味压过了所有的芬芳在林间飘荡。达泽这才知道自己不仅长了一双银匠的手，还长着一只银匠的鼻子呢。他甩下两颗大愿未了的眼泪，说，你们开枪吧。

守林人却说：“天哪，是我们的银匠呀！我怎么会对你开枪呢。虽然你闯进了土司家的神树林，但土司都不肯杀你，我也不会杀你的。”银匠就禁不住倒吸了一口凉气，一时忘形又叫自己欠下了土司家一条性命。人说狗有三条命，猫有七条命，但银匠知道自己是不可能有两条性命的。神树也就是寄魂树和寄命树，伤害神树是一种人人诅咒的行为。银匠说：“求求你，把我绑起来吧，把我带到土司那里去吧。”

守林人就把他绑起来，狗一样牵着到土司官寨去了。这是初春时节，正是春意绵绵使人倦怠的时候，官寨里上上下下的人都睡去了。守林人把他绑在一根柱子上就离开了，说等少土司醒了你自己通报吧，你把他家六世祖太太的寄魂树伤了。当守林人的身影消失在融融的春日中间，银匠突然嗅到高墙外传来了细细的苹果花香，这才警觉到又是一年春天了。想到他走过的那么多美丽的地方，那些叫人心旷神怡的景色，他想，达泽你是不该回到这个地方来的。回来是为了还土司一条性命，想不到一条没有还反倒又欠下了一条。守林人绑人是训练有素的，一个死扣结在脖子上，使他只能昂着头保持他平常那骄傲的姿势。银匠确实想在土司出现时表现得谦恭一些，但他一低头，舌头就给勒得从口里吐了出来，这样，他完全就是一条在骄阳下喘息的狗的样子了。这可不是他愿意的。于是，银匠的头又骄傲地昂了起来。他看到午睡后的人们起来了，在一层层楼面的回廊上穿行，人人都装作没有看见他给绑在那里的样子。下人们不断地在土司房中进进出出。银匠就知道土司其实已经知道自己给绑在这里了。为了压抑住心中的愤怒，他就去想，自己根据双手画在泥地上的那个徽记肯定已经晒干，而且叫风抹平了。少土司依然不肯露面。银匠求从面前走过的每一个人替他通报一声，那上面仍然没有反应。银匠就哭了，哭了之后，就开始高声叫骂。少土司依然不肯露面。银匠又哭，又骂。这下上上下下的人都说，这个人已经疯了。银匠也听到自己脑子里尖厉的声音在鸣叫，他也相信自己可能疯了。少土司就在这个时候出现在高高的楼上，问："你们这些人，把我们的银匠怎么了？"没有一个人回答。少土司又问："银匠你怎么了？"

银匠就说："我疯了。"

少土司说："我看你是有点疯了。你伤了我祖先的寄魂树，你看怎么办吧。"

"我知道这是死罪。"

"这是你又一次犯下死罪了，可你又没有两条性命。"

"……"

少土司就说："把这个疯子放了。"

果然就松绑，就赶他出门。他就拉住了门框大叫："我不是疯子，我是银匠！"

大门还是在他面前哐啷啷关上了，只有大门上包着门环的虎头对着他龇牙咧嘴。从此开始，人们都不再把他当成一个银匠了。起初，人们不给银子叫他加工，完全是因为土司的命令。现在，人们是一致认为他不是个银匠了。土司一次又一次赦免了他，可他逢人就说："土司家门上那对银子虎头是多么难看啊！"

"那你就做一对好看的吧。"

可他却说："我饿。"可人们给他的不再是好的吃食了。他就提醒人们说，我是银匠。人们就说，你不过是一个疯子。你跟命运作对，把自己弄成了一个疯子。而少土司却十分轻易就获得了好的名声，人们都说，看我们的土司是多么善良啊，新土司的胸怀是多么宽广。少土司则对他的手下人说，银匠以为做人有一双巧手就行了，他可能永远也不会知道做一个人还要有一个聪明的脑子。少土司说，这下他恐怕真的要成为一个疯子了，如果他知道其实是斗不过我的话。这时，月光里传来了银匠敲打白银的声音：叮咣！叮咣！叮咣！那声音是那么的动听，就像是在天上那轮满月里回荡一样。循声找去的人们发现他是在土司家门前那一对虎头上敲打。月光也照不进那个幽深的门洞，他却在那里叮叮咣咣地敲打。下人们拿了家伙就要冲上去，但都给少土司拦住了。少土司说："你是向人们证明你不是疯子，而是一个好银匠吗？"

银匠也不出来答话。

少土司又说："嗨！我叫人给你打个火把吧。"

银匠这才说："你准备刀子吧，我马上就完，这最后几下，就那么几根胡须，不用你等多久。我只要人们相信我确实是一个银匠。当然我也疯了，不然怎么敢跟你们作对呢。”

少土司说：“我为什么要杀你，你不是知错了吗？你不是已经在为你的主子干活了吗？我还要叫人赏赐你呢。”

这一来，人们就有些弄不清楚，少土司和银匠哪个更有道理了，因为这两个人说的都有道理。但人们都感到了，这两个都很正确的人，还在拼命要证明自己是更加有道理的一方。这有什么必要呢？人们问，这有什么必要呢？证明了道理在自己手上又有什么好处呢？而且就更不要说这种证明方式是多么奇妙了。银匠干完活出来不是说，老爷，你付给我工钱吧。而是说，土司你可以杀掉我了。少土司说，因为你证明了你自己是一个银匠吗？不，我不会杀你的，我要你继续替我干活。银匠说，不，我不会替你干的。少土司就从下人手中拿过火把进门洞里去了。人们都看到，经过了银匠的修整，门上那一对虎头显得比往常生动多了，眼睛里有了光芒，胡须也似乎随着呼吸在颤抖。

少土司笑笑，摸摸自己的胡子说：“你是一个银匠，但真的是一个最好的银匠吗？”

银匠就说：“除去死了的，和那些还没有学习手艺的。”

少土司说：“如果这一切得到证明，你就只想光彩地死去是吗？”

银匠就点了点头。

少土司说：“好吧。”就带着一干人要离开了。银匠突然在背后说：“你一个人怎么把那么多的女人都要过了。”

少土司也不回头，哈哈一笑说：“你老去碰那些我用过的女人，说明你的运气不好。你就要倒霉了。”

银匠就对着围观的人群喊道：“我是一个疯子吗？不！我是一个银匠！人家说什么，你们就说什么，你们这些没有脑子的家伙。你们有多么可怜，你们自己是不知道的。”人们就对他说，趁你的脖子还顶着你的脑袋，你还是操心操心你自己。银匠又旁若无人地说了好多话，等他说完，才发现人们早已经走散了，面前只有一地微微动荡的月光，又冷又亮。

银匠想起少土司对他说，我会叫你证明你是不是一个最好的银匠的。回到山洞里去的路上，达泽碰到了一个姑娘，他就带着她到山洞里去了。这是一个来自牧场的姑娘，通体都是青草和牛奶的芳香。她说，你要了我吧，我知道你在找没人碰过的姑娘。其实那些姑娘也不都是土司要的，新土司没有老土司那么多学问，但也没有老土司那么好色。他叫那些姑娘那样说，都是存心气你的。银匠就对这个处女说，我爱你。我要给你做一副漂亮的耳环。姑娘说，你可是不要做得太漂亮，不然就不是我的，而是土司家的了。银匠就笑了起来，说，我还没有银子呢。姑娘就叹了口气，偎在他怀里睡了。银匠也睡着了。他做了一个梦，梦见自己给这姑娘打了一副耳环，正面是一枚美丽的树叶，上面有一颗盈盈欲坠的露珠，背面正好就是他想作为自己徽记的那个修长灵巧的手掌。醒来时，那副耳环的样子还在眼前停留了好一会儿。他叹了口气，身旁的姑娘平匀的呼吸中，依然是那些高山牧场上的花草的芬芳。又一个黎明来到了，曙色中传来了清脆的鸟鸣。银匠也不叫醒那姑娘就独自出门去了。他忽然想到，这副耳环就是他留在这世上最为精湛的东西了。要获得做这副耳环的银子，只有去求土司了。太阳升起时，他又来到了土司家门前，昨晚的小小改动确实使这大门又多了几分威严。太阳把他的身影拉得很长，他望着那是自己又不是自己的影子想，让我为这个姑娘去死，让我骗一骗土司吧。于是，他就大叫一声，在土司官寨的门口跪下了。

这回，很快就有人进去通报了。少土司站在平台上说，我就不下去接你了，你上来和我一起用早茶吧。

银匠抬头说，你拿些银子让我给你家干活吧。我想不做你家的奴才，我想错了，我始终是你家的奴才，这没有什么好说的。

少土司说，你果然还算是聪明人。你声称自己是最好的银匠，带了一个不好的头，如今，好多银匠都声称自己是天下最好的银匠了。这是你的罪过，但我有宽大的胸怀，我已经原谅你了，你从地上起来吧。

当他听说有那么多人都声称自己是最好的银匠时，心里就十分不快了。现在，仅仅就是为了证明那些人是一派谎言，他也会心甘情愿给土司干活了。他说，请土司发给我银子吧。

少土司却问，你说银匠最爱什么。

他说，当然是自己的双手。

少土司说，那个想收你做女婿，后来又怂恿我杀了你的老银匠怎么说是眼睛呢？

银匠就说，土司你昨晚看见了，好的银匠是不要眼睛也要双手的。

少土司就笑了，说，我记下了，如果你今后再犯什么，我就取你的眼睛，不要你的双手。

太阳朗朗地照着，银匠还是感到背上爬上了一股凛凛的寒气。他说，那时，土司你就赐我死好了。

少土司朗声大笑，说，我要留下你的双手给我干活呢。

银匠想，他不知要怎么地算计我，可他也不知道我是要匀他的银子替那姑娘做一副耳环呢。于是，又一次请求，给我一点活干吧，匠人的手不干活是会闲得难受的。

少土司说，你放宽心再玩些日子。我要组织一次银匠比赛，把所有号称自己是天下最好的银匠都招来，你看怎么样？银匠就很灿烂地笑了，银匠说，那就请你恩准我随便找点活干干，你不说话，谁也不敢拿活给我干啊。少土司说，一个土司难道不该这样吗？说句老实话，当年如果我是土司，你连逃跑的想头都不敢有。不过既然那些银匠都在干活，那么，你也可以去找活干了。不然，到时候赢了还好，若是你输了，会怪我不够公平呢。像个爱名声的人，我也很爱自己的名声呢。

银匠找到活干了，每样活计里面攒下一丁点银子。直到凑齐了一只耳环的银子时，那个牧场姑娘也没有露面。少土司则在紧锣密鼓地筹备银匠比赛，精致的帖子送到了四面八方。从西边来了三十个银匠，北边来了二十个银匠，南边那些有着世仇的地方也来了十个银匠，从东边的汉地也来了十个银匠。据说，那广大汉地的官道上，还有好多银匠风尘仆仆地正在路上呢。银匠们住满了官寨里所有空着的房间。四村八寨的人们也都赶来了，官寨外边搭满了帐房。到了夜半，依然歌声不断。明天就要比赛了，一轮明月正在天上趋于圆满。银匠支好炉子，把工具一样样摆在月光下面。而且，他听见自己在唱歌！从小到大，他是从来没有唱过歌的。他想自己肯定是不会唱歌的，但喉咙自己歌唱起来了。银匠就唱着歌，开始替那个不知名字的姑娘做耳环了。太阳升起时耳环就做好了，果然就和梦中见到的一模一样。他说，可惜只有一只，不然我也用不着去比赛了。他想，哪个银匠不偷点银子呢？你说不偷也不会有人相信。早知如此，不要等到现在才动手，那还不是把什么想做的东西都做出来了。他把家什收拾好，把耳环揣在怀里，就往比赛的地方去了。

少土司把比赛场地设在官寨那宽大的天井里。银匠们围着天井坐成一圈，座下都铺上了暖和的兽皮。土司还破例把寨子向百姓们开放了。九层回廊上层层叠叠地尽是人头。银匠达泽发现那个有着青草芳香的姑娘也在人群中间，就对她扬了扬手。姑娘指指外边的果园，银匠知道她是要他比赛完了在那里等她。银匠就摸了摸自己的耳朵。这时，少土司走到了他的面前，说，你要保重你自己，输了我就砍下你的双手，你说过你最爱你的双手。银匠立即就觉得双手十分不安地又冷又热。但他还是自信地笑笑说，我不会输的。少土司又说，手艺人就是这样，毛病太多了，你可不要犯那些毛病，不然我同样不会放过你的。

少土司又问："记住了？"

银匠说："记住了。"

"我只是怕你到时候又忘了。"

少土司回到二楼他的座位上，挥挥手，一筐银元就哐啷啷从楼上倒到天井里了。

开初的几个项目，都是达泽胜了。少土司亲自下来给他挂上哈达。

夜晚也就很快到来了。银匠们用了和土司一样的食品：蜜酒，奶酪，熊肉和一碗燕麦粥。用完饭，少土司还和银匠们议论一阵各地的风俗。这时，月亮升起来了。又一筐银元从楼上倒了下去。少土司说："像玩一样，你们一人打一个月亮吧，看哪个的最大最亮。"

立时，满天的叮叮咣咣的声音就响了起来。很快，那些手下的银子月亮不够大也不够圆满的都住了手承认失败了。只有银匠达泽的越来越大，越来越圆，越来越亮，真正就像是又有一轮月亮升起来了一样。起先，银匠是在月亮的边上，举着锤子不断地敲打：叮咣！叮咣！叮咣！谁会想到一枚银元可以变成这样美丽的一轮月亮呢。夜渐渐深了，那轮月亮也越来越大，越来越晶莹灿烂了。后来银匠就站到那轮月亮上去了。他站在那轮银子的月亮中央去锻造那月亮。后来，每个人都觉得那轮月亮升到了自己面前了。他们都屏住了呼吸，要知道那已是多么轻盈的东西了啊！那月亮就悬在那里一动不动了。月亮理解人们的心意，不要在轻盈的飞升中带走他们伟大的银匠，这个从未有过的银匠。天上那轮月亮却渐渐西下，侧射的光芒使银匠的月亮发出了更加灿烂的光华。

人群中欢声骤起。

银匠在月亮上直了直腰，就从那上面走下来了。

有人大叫，你是神仙，你上天去吧！你不要下来！但银匠还是从月亮上走下来了。

银匠对着人群招了招手，就径直出了大门到外边去了。

少土司宣布说，银匠达泽获得了第一名。如果他没有别的不好的行为，那么，明天就举行颁奖大会。人们的欢呼声使官寨都轻轻摇晃起来。人们散去时，少土司说，看看吧，太多的美与仁慈会使这些人忘了自己的身份的。管家问，我们该把那银匠怎么办呢？少土司说，他成了老百姓心中的神仙，那就没有再活的道理了。这个人永远不知道适可而止。少土司发了一通议论，才吩咐说，跟着银匠，他自己定会触犯比赛时我们公布了的规矩的。管家说，要是抓不住把柄又怎么办呢？少土司说："你们把心放在肚子里。凡是自以为是的人，他们都会犯下过错的。因为他不会把别的什么放在眼里。"

银匠在果园里等到了那个牧场姑娘。她的周身有了更浓郁的花草的芬芳。银匠说："你在今天晚上怀上我的儿子吧。"

姑娘说："那他一定会特别漂亮。"

她不知道银匠的意思是说，也许，过了今天他就要死了，他要在这个世界上留下一个不信服命运的天才的种子。于是，他要了姑娘一次，又要了姑娘一次。最后在草地上躺了下来。这时，月亮已经下去了。他望着渐渐微弱的星光想，一个人一生可以达到的，自己在这一个晚上已经全部达到了，然后就睡着了。又一天的太阳升起来了，他拿出了那只耳环，交给姑娘说："那轮月亮是我的悲伤，这只耳环是我的欢乐，你收起来吧。"

姑娘欢叫了一声。

银匠说："要知道你那么喜欢，我就该下手重一点，做成一对了。"

姑娘就问："都说银匠会偷银子，是真的？"

银匠就笑笑。

姑娘又问："这只耳环的银子也是偷的？"

银匠说："这是我唯一的一次。"

埋伏在暗处的人们就从周围冲了出来，他们欢呼抓到偷银子的贼了。银匠却平静地说："我还以为你们要等到太阳再升高一点动手呢。"被带到少土司跟前时，他把这话又重复了一遍。少土司说："这有什么要紧呢，太阳它自己会升高的。就是地上一个人也没有了，它也会自己升高的。"

银匠说："有关系的，这地上一个人也没有了，没人可戏弄，你的日子就不好过了。"

少土司说："天哪，你这个人还是个凡人嘛，比赛开始前我就把该告诉你的都告诉你了，为什么还要抱怨呢。再说偷点银子也不是死罪，如果偷了，砍掉那只偷东西的手不就完了吗？"

银匠一下就抱着手蹲在了地上。

按照土司的法律，一个人犯了偷窃罪，就砍去那只偷了东西的手。如果偷东西的人不认罪，就要架起一口油锅，叫他从锅里打捞起一样东西。据说，清白的手是不会被沸油烫伤的。

官寨前的广场上很快就架起了一口这样的油锅。

银匠也给架到广场上来了。那个牧场姑娘也架在他的身边。几个喇嘛煞有介事地对着那口锅念了咒语，锅里的油就十分欢快地沸腾起来。有人上来从那姑娘耳朵上扯下了那一只耳环，扔到油锅里去了。少土司说，银匠昨天沾了女人，还是让喇嘛给他的手念念咒语，这样才公平。银匠就给架到锅前了。人们看到他的手伸到油锅里去了。广场上立即充满了一股奇怪的味道。银匠把那只耳环捞出来了。但他那只灵巧的手却变成了黑色，肉就丝丝缕缕地和骨头分开了。少土司说，我也不惩罚这个人了，有懂医道的人给他医手吧。但银匠对着沉默的人群摇了摇头，就穿过人群走出了广场。他用那只好手举着那只伤手，一步步往前走着，那手也越举越高，最后，他几乎是在踮着脚行走了。人们才想起银匠他忍受着的是多么巨大的痛苦。这时，银匠已经走到河上那道桥上了。他回过身来看了看沉默的人群，纵身一跃，他那修长的身子就永远从这片土地上消失了。

那个牧场姑娘大叫一声昏倒在地上。

少土司说："大家看见了，这个人太骄傲，他自己死了。我是不要他去死的。可他自己去死了。你们看见了吗?!"

沉默的人群更加沉默了。少土司又说："本来罪犯的女人也就是罪犯，但我连她也饶恕了！"

少土司还说了很多，但人们不等他讲完就默默地散开了，把一个故事带到他们各自所来的地方。后来，少土司就给人干掉了。到举行葬礼时也没有找到凶手。那时，银匠留下的儿子才一岁多一点。后来流传的银匠的故事，都不说他的死亡，而只是说他坐着自己锻造出来的月亮升到天上去了。每到满月之夜，人们就说，听啊，我们的银匠又在干活了。果然，就有美妙无比的敲击声从天上传到地上：叮咣！叮咣！叮叮咣咣！那轮银子似的月亮就把如水的光华倾洒到人间。看哪，我们伟大银匠的月亮啊！

尘埃落定*

内容简介 一个身世显赫的嘉绒藏族土司，在酒后和汉族太太生了一个傻瓜儿子。这个人人都认定的傻子与现实生活格格不入，却有着超时代的预感和举止，成为土司制度兴衰的见证人。小说故事精彩曲折动人，以饱含激情的笔墨，超然物外的审视目光，展现了浓郁的民族风情和土司制度的浪漫神秘。《尘埃落定》讲述的是嘉绒藏族的故事，这当然是一个很民族化的题材，因为作家的族别，他的生活经历，这个看似独特的题材的选择其实是一种必然。但小说并不囿于民族题材，小说中涉及的权力、英雄、宗教、信仰、仇杀、爱情等话题都具有现代意义。这使《尘埃落定》在题材上不仅有特殊性，更具有普遍意义。《尘埃落定》写的是历史，但历史也是一种现实，而这种现实得到更为充分的表达，它的面貌会更加广阔，更加深远。同一种空间，也就具有演绎多种故事的可能。关于这段历史，阿来说“是写出了它的一种状态，或者说是我对它某一方面的理解”。《尘埃落定》初版于1998年3月，荣获第五届茅盾文学奖。

○ 韩少功

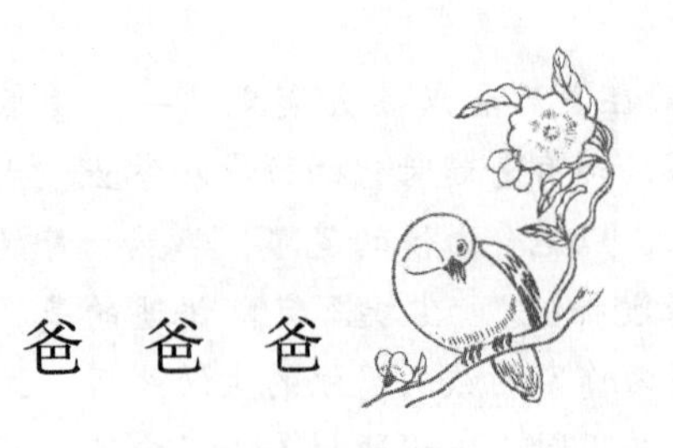

爸爸爸

一

他生下来时，闭着眼睛睡了两天两夜，不吃不喝，一个死人相，把亲人们吓坏了，直到第三天才哇地哭出一声来。

能在地上爬来爬去的时候，他就被寨子里的人逗来逗去，学着怎样做人。很快学会了两句话，一是“爸爸”，二是“×妈妈”。后一句粗野，但出自儿童，并无实在意义，完全可以把它当做一个符号，比方当做“×吗吗”也是可以的。三五年过去了，七八年也过去了，他还是只能说这两句话，而且眼目无神，行动呆滞，畸形的脑袋倒很大，像个倒竖的青皮葫芦，以脑袋自居，装着些古怪的物质。吃饱了的时候，他嘴角沾着一两颗残饭，胸前油水光光的一片，摇摇晃晃地四处访问，见人不分男女老幼，亲切地喊一声“爸爸”。要是你冲他瞪一眼，他也懂，朝你头顶上的某个位置眼皮一轮，翻上一个慢腾腾的白眼，咕噜一声“×吗吗”，调头颠颠地跑开去。他轮眼皮是很费力的，似乎要靠胸腹和颈脖的充分准备，才能翻上一个白眼。掉头也很费力，软软的颈脖上，脑袋像个胡椒碾捶晃来晃去，须沿着一个大大的弧度，才能成功地把头稳稳地旋过去。跑起来更费力，深一脚浅一脚找不到重心，靠头和上身尽量前倾才能划开步子，目光扛着眉毛尽量往上顶，才能看清方向。一步步跨度很大，像在赛跑中慢慢地作最后冲线。

都需要一个名字，上红帖或墓碑。于是他就成了“丙崽”。

丙崽有很多“爸爸”，却没见过真实的爸爸。据说父亲不满意婆娘的丑陋，不满意她生下了这个孽障，很早就贩鸦片出山，再也没有回来。有人说他已经被土匪“裁”掉了，有人说他在岳州开了个豆腐坊，有人则说他拈花惹草，把几个钱都嫖光了，曾看见他在辰州街上讨饭。他是否存在，说不清楚，成了个不太重要的谜。

丙崽他娘种菜喂鸡，还是个接生婆。常有些妇女上门来，叽叽咕咕一阵，然后她带上剪刀什么的，跟着来人交头接耳地出门去。那把剪刀剪鞋样，剪酸菜，剪指甲，也剪出山寨一代人，一个未来。她剪下了不少活脱脱的生命，自己身上落下的这团肉却长不成个人样。她遍访草医，求神拜佛，对着木人或泥人磕头，还是没有使儿子学会第三句话。有人悄悄传说，多年前，有一次她在灶房里码柴，弄死了一只蜘蛛。蜘蛛绿眼赤身，有瓦罐大，织的网如一匹布，拿到火塘里一烧，臭满一山，三日不绝。那当然是蜘蛛精了，冒犯神明，现世报应，有什么奇怪的呢？

不知她听说过这些没有，反正她发过一次疯病，被人灌了一嘴大粪。病好了，还胖了些，胖得像个禾场磙子，腰间一轮轮肉往下垂。只是像儿子一样，间或也翻一个白眼。

母子住在寨口边一栋孤零零的木屋里，同别的人家一样，木柱木板都毫无必要地粗大厚重——这里的树很不值钱。门前常晾晒一些红红绿绿的小孩衣裤及被褥，上面有荷叶般的尿痕，当然是丙崽的成果了。丙崽在门前戳蚯蚓，搓鸡粪，玩腻了，就挂着鼻涕打望人影。碰到一些后生倒树归来或上山去“赶肉”，被那些红扑扑的脸所感动，就会友好地喊一声“爸爸——”

哄然大笑。被他眼睛盯住了的后生，往往会红着脸，气呼呼地上前来，骂几句粗话，对他晃拳头。要不然，干脆在他的葫芦脑袋上敲一丁公。

有时，后生们也互相逗耍。某个后生上来笑嘻嘻地拉住他，指着另一位，哄着说：“喊爸爸，快喊爸爸。”见他犹疑，或许还会塞一把红薯片子或炒板栗。当他照办之后，照例会有一阵开心的大笑，照例要挨丁公或耳光。如果愤怒地回敬一句“×吗吗”，昏天黑地中，头上和脸上就火辣辣地更痛了。

两句话似乎是有不同意义的，可对于他来说，效果都一样。

他会哭，哭起来了。

妈妈赶来，横眉横眼地把他拉走，有时还拍着巴掌，拍着大腿，蓬头散发地破口大骂。骂一句，在大腿弯子里抹一下，据说这样就能增强语言的恶毒。“黑天良的，遭瘟病的，要砍脑壳的！渠是一个宝（蠢）崽，你们欺侮一个宝崽，几多毒辣呀！老天爷你长眼呀，你视呀，要不是吾，这些家伙何事会从娘肚子里拱出来？他们吃谷米，还没长成个人样，就烂肝烂肺，欺侮吾娘崽呀！”

她是山外嫁进来的，口音古怪，有点好笑。只要她不咒“背时鸟”——据说这是绝后的意思，后生们一般不会怎么计较，笑一阵，散开。

骂着，哭着，哭着又骂着，日子还热闹，似乎还值得边发牢骚边过下去。后生们一个个冒胡桩子，背也慢慢弯了，又一批挂鼻涕的奶崽长成后生了。丙崽还是只有背篓高，仍然穿着开裆的红花裤。母亲总说他只有“十三岁”，说了好几年，但他的相明显地老了，额上隐隐有了皱纹。

夜晚，她常常关起门来，把他稳在火塘边，坐在自己的膝下，膝抵膝地对他喃喃说话。说的词语，说的腔调，甚至说话时悠悠然摇晃着竹椅的模样，都像其他母亲对待自己的孩子：“你这个奶崽，往后有什么用呀？你不听话啰，你教不变啰，吃饭吃得多，又不学好样啰。养你还不如养条狗，狗还可以守屋。养你还不如养头猪，猪还可以杀肉咧。呵呵呵，你这个奶崽，有什么用呀，睚眦大的用也没有，长了个鸡鸡，往后哪个媳妇愿意上门啰？……”

丙崽望着这个颇像妈妈的妈妈，望着那死鱼般眼睛里的光辉，舔舔嘴唇，觉得这些嗡嗡的声音一点也不新鲜，兴冲冲地顶撞：“×吗吗。”

母亲也习惯了，不计较，还是悠悠然地前后摇着身子，竹椅吱吱呀呀地呻吟。

“你收了亲以后，还记得娘么？”

“×吗吗。”

“你生了娃崽以后，还记得娘么？”

“×吗吗。”

“你当了官以后，会把娘当狗屎嫌吧？”

“×吗吗。”

“一张嘴只晓得骂人，好厉害咧。”

丙崽娘笑了，眼小脖子粗。对于她来说，这种关起门来的模仿，是一种谁也无权夺去的享受。

二

寨子落在大山里，白云上，常常出门就一脚踏进云里。你一走，前面的云就退，后面的云就跟，白茫茫的云海总是不远不近地团团围着你，留给你脚下一块永远也走不完的小小孤岛，托你浮游。小岛上并不寂寞，有时可见树上一些铁甲子鸟，黑如焦炭，小如拇指，叫得特别干脆洪亮，有金属的共鸣。它们好像从远古一直活到现在，从未变什么样。有时还可能见白云上飘来一片硕大的黑影，像打开了的两页书，粗看是鹰，细看是蝶，粗看是黑灰色的，细看才发现黑翅上有绿色、黄色、橘红色的纹路斑点，隐隐约约，似有非有，如同不能理解的文字。

行人对这些看也不看，毫无兴趣，只是认真地赶路。要是觉得迷路了，赶紧撒尿，赶紧骂娘，据说这是对付“岔路鬼”的办法。

点点滴滴一泡热尿，落入白云中去了。云下面发生了一些什么事情，似与寨里的人没有多大关系。秦时设过郡，汉时也设过郡，后来“改土归流”……这都是听一些进山来的牛皮商和鸦片贩子说的。说就说了，吃饭还是靠自己种粮。

种粮是实在的，蛇虫瘴疟也是实在的。山中多蛇，粗如水桶，细如竹筷，常在路边草丛嗖嗖地一闪，对某个牛皮商的满心喜悦抽上黑黑的一鞭。据说蛇好淫，把它装在笼子里，遇见妇女，它就会在笼中上下顿跌，几乎气绝。取蛇胆也不易，击蛇头则胆入尾，击蛇尾则胆入头，耽搁久了，蛇胆化水也就没有用了。人们的办法是把草扎成妇人形，涂饰彩粉，引蛇抱缠游戏，再割其胸，取胆，蛇陶陶然竟毫无感觉。还有一种挑生虫，人染虫毒就会眼珠青黄，十指发黑，嚼生豆不腥，含黄连不苦，吃鱼会腹生活鱼，吃鸡会腹生活鸡。解毒的办法是赶快杀一头白牛，喝生牛血，还得对牛血学三声公鸡叫。

至于满山蒙蒙密密的林木，同大家当然更有关系了。大雪封山时，寄命一塘火。

大木无须砍劈，从门外直接插入火塘，一截截烧完为止。有一种梆木，很直，直到几丈或十几丈的树颠才散布枝叶。古代常有采官进山，催调徭役倒伐这种树，去给州府做殿廷的楹栋，支撑官僚们生前的威风。山民们则喜欢用它造船板，远远送下辰州、岳州，那些“下边人”拆散船板移作他用，琢磨成花窗或妆匣，叫它香梆。但出山有些危险。碰上祭谷的，可能取了你的人头；碰上剪径的，钩了你的船，抄了你的腰包。还有些妇人，用公鸡血引各种毒虫，掺和干制成粉，藏于指甲缝中，趁你不留意时往你茶杯中轻轻一弹，可叫你暴死。这叫“放蛊”，据说放蛊者由此而益寿延年。故青壮后生不敢轻易外出，外出也不敢随便饮水，视潭中有活鱼游动，才敢去捧上几口。有一次，两个汉子身上衣单，去一个石洞避风寒，摸索进去，发现洞底有一堆人的白骨，石壁上还有刀砍出来的一些花纹，如鸟兽，如地图，似蝌蚪文，全不可解。谁知道这是怎么回事呢？

加上大岭深坑，长树干不易运送，于是大部分树木都用不上，雄姿英发地长起来，争夺阳光雨雾，又默默老死山中。枝叶腐烂，年年厚积，软软地踏上去，冒出几注黑汁和几个水泡泡，用阴湿浓烈的腐臭，浸染着一代代山猪的号叫。

也浸染着村村寨寨，所以它们变黑了。

这些村寨不知来自何处。有的说来自陕西，有的说来自广东，说不太清楚。他们的语言和山下的千家坪的就很不相同。比如把“看”说成“视”，把“说”说成“话”，把“站立”说成“倚”，把“睡觉”说成“卧”，把指代近处的“他”换作“渠”，颇有点古风。人际称呼也有些特别的习惯，好像是很讲究大团结，故意混淆远近和亲疏，把父亲称为“叔叔”，把叔叔称为“爹爹”，把姐姐称为“哥哥”，把嫂嫂则称为“姐姐”，等等。爸爸一词，是人们从千家坪带进山来的，还并不怎么流行。所以照旧规矩，丙崽家那个跑到山外去杳无音信的人，应该是他的“叔叔”。

这与他没什么关系。

对祖先较为详细和权威的解释，是古歌里唱的。山里太阳落得早，夜晚长得无聊，大家就悠悠然坐人家，唱歌，摆古，说农事，说匪患，打瞌睡，毫无目的也行。坐得最多的地方，当然是那些灶台和茶柜都被山猪油抹得清清亮亮的殷实人家。壁上有时点着山猪油灯壳子，发出淡蓝色的光，幽幽可怖。有时则在铁丝的灯篮里烧松膏块，洒下赤铜色的光。碰到噼叭一炸，火光惶惶然一闪。灯篮就睡意浓浓地抽搐几下。火塘里总有烟火，冬天用火取暖，夏天用烟驱蚊。栋梁壁顶都被烟火熏得黑如墨炭，浑然一色中看不清什么线条和界限，散发出清冽戳鼻的烟味。还悬挂着一根根灰线子，火气一冲，就不时落下点点烟屑，上下飞舞，最后飘到人们的头上或肩上、膝头上，不被人们注意。

德龙最会唱歌了。他没有胡子，眉毛也淡，平时极风流，妇女们一提起他就含笑切齿咒骂。天生的娘娘腔，嗓音尖而细，憋住鼻孔一起调，一句句像刀子在你脑门顶里剜着，刮着，使你一身皮肉发紧，大家对他十分佩服：德龙的喉咙就真是个喉咙啊！

他玩着一条敲掉了毒牙的青蛇，进门来，嬉皮笑脸地被大家取笑，不须多劝，就会盯住木梁，捏捏喉头，认真地唱起来：

辰州县里好多房？
好多柱来好多梁？
鸡公岭上好多鸟？
好多窝来好多毛？

这类“十八扯”之外，最能博取笑声的是大胆的情歌，他也最愿意唱：

思郎猛哎，
行路思来睡也思，
行路思郎留半路，
睡也思郎留半床咪。

如果寨里有红白喜事，或是逢年过节，那么照规矩，大家就得唱“简”，即唱古，唱死去的人。从父亲唱到祖父，从祖父唱到曾祖父，一直唱到姜凉。姜凉是我们的祖先，但姜凉没有府方生得早，府方又没有火牛生得早，火牛又没有优耐生得早。优耐是他爹妈生的，谁生下优耐他爹呢？那就是刑天——也许就是陶潜诗中那个“猛志固常在”的刑天吧。刑天刚生下来时天像白泥，地像黑泥，叠在一起，连老鼠也住不下，他举斧猛一砍，天地才分开。可是他用劲用得太猛了，把自己的头也砍掉了，于是以后以乳头为眼，以肚脐为嘴。他笑得地动山摇，还是舞着大斧，向上敲了三年，天才升上去；向下敲了三年，地才降下来。

刑天的后代是怎么到这里来的呢？——那是很早以前，五支奶和六支祖住在东海边上，子孙渐渐多了，家族渐渐大了，到处都住满了人，没有晒席大一块空地。五家嫂共一个春房，六家姑共一担水桶。这怎么活下去呢？于是在凤凰的提议下，大家带上犁耙，坐上枫木船和楠木船，向西山迁移。他们以凤凰为前导，找到了黄泱泱的金水河，金子再贵也是淘得尽的；他们找到了白花花的银水河，银子再贵也是挖得完的；最后才找到了青幽幽的稻米江。稻米江，稻米江，有稻米才能养育子孙。于是大家唱着笑着来了。

奶奶离东方兮队伍长，
公公离东方兮队伍长。
走走又走走兮高山头，
回头看家乡兮白云后。
行行又行行兮天坳口，
奶奶和公公兮真难受。
抬头望西方兮万重山，
越走路越远兮哪是头？

据说，曾经有个史官到过千家坪，说他们唱的根本不是事实。那人说，刑天的头是争夺帝位时被黄帝砍掉的。此地彭、李、麻、莫四大姓，原来住在云梦泽一带，也不是什么“东海边”。后因黄帝与炎帝大战，难民才沿着五溪向西南方向逃亡，进了夷蛮山地。奇怪的是，古歌里居然没有一点战争逼迫的影子。

鸡头寨的人不相信史官，更相信德龙——尽管对德龙的淡眉毛是看不上眼的。眉淡如水，是孤贫之相。

德龙唱了十几年，带着那条小青蛇出山去了。

他似乎就是丙崽的父亲。

三

丙崽喜欢看人，尤其对陌生的人感兴趣。碰上匠人进寨来了，他都会迎上去喊“爸爸”。要是对方不计较，丙崽娘就会眉开眼笑，半是害羞，半是得意，还有对儿子又原谅又责怪地呵斥：“你乱喊什么？”

呵斥完了，她也笑。

窑匠来了，丙崽也要跟着上窑去看，但窑匠不让，因为有老规矩在。传说烧窑是三国时的诸葛亮南征时，路过这里，教给山民们的。所以现在窑匠来，先要挂一太极图，顶礼膜拜。点火也极有讲究，有阴火与阳火之分，用鹅毛扇轻轻煽起来——诸葛亮不就是用的鹅毛扇吗？

女人和小孩不能上窑，后生去担泥坯，也得禁恶言秽语。这些规矩，使大家对窑匠颇感神秘。歇工时，后生就围着他，请他抽烟，恭敬地打听点山外的事。这其中，最为客气的可能要数石仁，他总会盛情邀请窑匠到他家去吃肉饭，去“卧夜”。

石仁外号仁宝，算是老后生了，还没有婚娶。他常躲到林子里去，偷看女崽们笑笑闹闹地在溪边洗澡，被那些白色的影子弄得快快活活地心痛。但他眼睛不好，看不大清楚，作为补偿，就常常去看小女崽撒尿，看母狗和母牛的某个部位。有一次，他用木棍对一头母牛进行探究，被丙崽娘看见了。这婆娘爱好是非，回头就找这个嘀咕几句，找那个嘀咕几句，眉头跳跳的，见仁宝来了才镇定自若地走开。后来仁宝上山挖个笋子，刮点松膏，或是到牛栏房去加点草料，也总看见那婆娘探头探脑，装着在寻草药什么的，死鱼般的眼睛充满信心地往这边瞥一瞥。仁宝冒着火，却没理由发作，骂了阵无名娘，还是不解恨，只好在丙崽身上出气。

见到他，见他娘不在面前，也没什么旁人，就狠狠地在他脸上扇耳光。

小老头被打惯了，经得打，嘴巴歪歪地扯了几下，没有痛苦的表情。

他再来几下，手指有些痛。

“×吗吗，×吗吗……”小老头这才感到形势不妙，稳稳地逃跑。

仁宝追上去，捏紧他的后颈皮，让他给自己磕了几个响头。前额上有几颗陷进皮肉的沙粒。

他哭起来，哭没有用。等那婆娘来了，他半个哑巴，说不清是谁打的。仁宝就这样报复了一次又一次，婆娘欠下的债，让小崽又一笔笔领回去，从无其他结果。

丙崽娘从果园子里回来，见丙崽哭，以为他被什么咬伤或刺伤了，没发现什么伤痕，便咬牙切齿：“哭，哭死！走不稳，要出来野，摔痛了，怪哪个？”

碰到这种情况，丙崽会特别恼怒，眼睛翻成全白，额上青筋一根根暴出来，咬自己的手，揪自己的头发，疯了一样。

旁人都说：“唉，真是死了好。”

后来，不知为什么，仁宝同她又亲亲热热起来，开口“婶娘”，喊得特别甜，特别轻滑。帮她家舂个米，修个桶，都是挽起袖子，轰轰烈烈地干。对有关丙崽娘的闲言碎语，他也总是力表公允地去给以辩解和澄清。旁人自然有些疑惑。寡妇门前是非多，他们耳根不清静，被妇女们指指点点，也是难免的。

丙崽娘挤着笑眼看他，想为他说门亲。她常常出寨去接生，跑的地方多，同女人们熟，但说过好几家，未见得人家送八字红帖来。也不奇怪，这几年鸡头寨败了，单身后生岂止仁宝一个？仁宝由此悲观了几年，渐渐有了老相。听说有一种“花咒”——后生看中了哪位女子，只要取她一根头发，系在门前一片树叶上，当微风轻拂的时候，口念咒语七十二遍，就能把那女子迷住。仁宝也试过，没有效果。

他眼睛有点眯，没看清人的时候，一脸戳戳的怒气。看清了，就可能迅速地堆出微笑，顺着对方的言语，惊讶，愤慨，惋惜，或者有悲天悯人的庄严。随着他一个劲地点头，后颈上一点黑壳也有张有弛。他尤其喜欢接近一些平凡的人物：窑匠，界（锯）匠，商贩，读书人，阴阳先生，等等。他同这些人说话，总是用官话。吹捧之后，巧妙地暗示自己也记得瓦岗寨的一条好汉乃至六条好汉。有时还从衣袋摸出一块纸片，出示上面的半边对联，谦虚谨慎地考一考外来人，看对方能否对得出下联，是否懂一点平仄。

自己也就有些地位了。

山下女崽多，他常下山，说是去会朋友，有时一连几天不见他的影子。不知他什么时候走的，什么时候回来的。菜园子都快荒了，草深得可以藏一头猪。从山下回来，他总带回一些新鲜玩意儿，一个玻璃瓶子，一盏破马灯，一条能长能短的松紧带子，一张旧报纸或一张不知是什么人的小照片。他踏着一双很不合脚的大皮鞋壳子，在石板路上嘎嘎咯咯地响，更有新派人物的气象。

仁宝的父亲仲满，是个裁缝，也不会做菜园，不会喂猪，对他那皮鞋壳子最感到戳眼：“畜生！三天两头颠下山，老子剁了你的脚！”

“剁死也好，来世投胎到千家坪去。”

“到千家坪，吃金子屙银子？”

“千家坪的王先生穿皮鞋，鞋底还钉了铁掌子，走起来当当地响，你视过？”

仲满没见过什么钉铁掌的皮鞋，不敢吭声了。停了片刻才说：“皮鞋子上不得坡，下不得河，不透气，穿起来脚臭，有什么稀奇？”

“铁掌子，我是说铁掌子。”

“只有骡马才钉掌子，你不做人，想做个畜生？”

仁宝觉得父亲侮辱了自己的同志，十分恼怒，狠狠地报复了一句：“辣椒秧子都干死了！晓得么？”

叭——裁缝一只鞋摔过来，正打仁宝的脑袋。他不允许儿子这样不遵孝道。

“哼！”

仁宝怕，但坚强地不去摸脑袋，冲冲地走进另一间屋，继续戳他的旧马灯罩子。

听说他挨了打，后生们去问他，他总是否认，并且严肃地岔开话题：“这鬼地方，太保守了。”

后生们不明白，保守是什么意思，于是新名词就更有价值，他也更有价值。人们常见他忙忙碌碌，很有把握地窝在自家小楼上研究着什么。有时研究对联，有时研究松紧带子，有时研究烧石灰窑。有一回，还神秘地告诉后生们：他在千家坪学会了挖煤，现在他要在山里挖出金子来。金子！黄泱泱的金子哩！

他真的提着山锄，在山里转了好几天。有几个想沾光的后生，偷偷地跟着看，看了几天，发现他并没有真正动手。

对付同伴们的疑惑，他宽容地笑一笑，然后拍拍对方的肩，贴心地做些勉励："就要开始了，听说没有？县里来了人，已经到了千家坪，真的。"

或者说："就要开始啦，真的，明天就会落雪，秧都靠不住。"说完回头望一望什么，似乎总有个无形的人在跟着他。

有时甚至干脆只有一句："你等着吧，可能就在明天。"

这些话赫赫有威，使同伴们崇敬，但大家弄不懂其中深意。要开始，当然好，要开始什么呢？是要开始烧石灰窑？还是要开始挖金子，还是像他曾经说过的那样——开始下山去做上门女婿？不过众人觉得他穿着皮鞋壳子，总有沉思的表情，想必有些名堂。邀伴去犁田、倒树，干这一类庸俗的事，不敢叫他了。

今天开祠堂门商议祭谷神，他不以为然。他见过千家坪的人做阳春，那才叫真正的做家。哪像这鬼地方，一年一道犁，不开水圳也不铲倒塂，还想田里结谷？再说田里谷多谷少，也与他的雄图没有关系。不过他还是去看了看。他看到父亲也在香火前下拜，就冷笑。这像什么话呢？为什么不行帽檐礼？他在千家坪见过的。

他自信地对身边一个后生说："会开始的。"

"开始。"后生不解地点点头。

他觉得对方并非知音，没什么意思。于是目光往左边的女人们投过去。有个媳妇，晃着耳环，不停地用衣袖擦着汗珠。跪下去时没注意，侧边的裤缝张开了，露出了里面的白肉。仁宝眯着眼睛，看不太清楚，不过已经足够了，可以发挥想象了，似乎目光已像一条蛇，从那窄窄的缝里钻了进去，曲曲折折转了好几个弯，上下奔窜，恢恢乎游刃有余。他在脑子里已经开始亲热那位女人的肩膀，膝盖，乃至脚上每个趾头，甚至舌尖有了点酸味咸味……

他想，他一定要去同那位媳妇谈一谈帽檐礼。

四

女人们爱坐人家，偷偷地沿着屋檐溜进东家或西家，凑在火塘边叽叽咕咕一阵，茶水喝干了几吊壶，尿桶里涨了好几寸，直说得个个面色发白，汗毛倒竖，才拿起竹篮或捣衣的木槌，罢休而去。她们早就在说，某某家的鸡叫起来像鸭，腊月里居然没下一场雪。丙崽娘去岭那边的鸡尾寨接生，还带回来一个消息，说鸡尾寨的三阿公坐在屋里被一条大蜈蚣咬死了，死了两天还没有人知道，结果有只脚被老鼠吃去了一半——好像都是些不祥之兆。

但后来又有人说，三阿公并没有死，前两天还看见他在坡上扳笋子。这样一说，三阿公又变得恍恍惚惚，有无都成为一个问题了。

像要印证这些兆头似的，后来一阵倒春寒，下了一阵冰雹，田里大部分秧苗都冻成了黑水，只剩下稀稀拉拉几根，像没有拔尽的鸡毛。几天后暴热，田里又多虫。

碰上寨子里这几年奶崽生得多，家家都觉得米柜太浅，一舀就见到底。有的开始借谷，一借就有了连锁反应，不管楼上有谷没谷的，都踊跃地借，以示自己也会盘算村邻。丙崽娘也借得要死要活的，其实心里并不很着急。这两年来她大模大样地积德，义务照看祠堂。怕老鼠啃了族谱，扰乱了祖宗的安宁，就养了一只猫。这只猫不能亏待，每年由公田出两担谷养着它。丙崽娘天天拿瓦罐盛着半罐饭，吆吆喝喝从一些门户前经过，说是去送猫食，其实一进祠堂，就自己吃了。靠这只猫，娘崽不也可以混个半饱么？大家似乎知道这个中机巧，有人在她背后指指点点。她横眉横眼，装着没听见就是。

一直借到寨子里人心惶惶，女人们又开始谈起祭谷神。丙崽娘有点兴高采烈，积极投入了这场对谷神的议论。得闲的时候，就带上针线鞋底，拉上丙崽，矮胖的身子左一顿，右一顿，屁股磨进一家家高大的门槛。对一些没听说过谷神的女崽，好谆谆教导：这可是个老规矩呐。要杀个男的，选头发最密的，分给狗吃。杀到哪一家，就叫哪一家“吃年成”……说得姑娘们睁大眼睛，互相挤靠得越来越紧，她又笑起来，神秘地压低声音：“你屋里不会吃年成的，放心。你男人头发胡子都稀……不过，也不蛮稀。”或者说：“你屋里不会吃年成的，放心。你竹哥太瘦了，没有几斤肉，不过……也不蛮瘦。嗯啦。”

她圆睁双眼，把一户户女人都安慰得心惊肉跳之后，才弯着一个指头，把碗里的茶叶扒起来，嚼得吱吱响，拉着丙崽起了身，严肃认真地告别：“吾去视一下。”

“视一下”有很含混的意思，包括我去打听一下，我去说说情，有我做主，或者是我去看看我的鸡埘什么的，都通。但在女人们的恐慌中，这种含混也很温暖，似乎也值得寄予希望。

实在是看鸡埘去了。

鸡埘那边就是仁宝父子的家。丙崽娘看完鸡埘，总是朝那边望一眼。这一眼的意思也很模糊，似乎是招呼，似乎是警惕，似乎是窥探隐私，也似乎是不示弱的挑战。每天都这样偷偷地望几眼，叫仲裁缝心里发毛。

仲裁缝恨女人，更恨丙崽娘。说起来她还算他的弟媳，又与他打邻，地坪相连，树荫相接，要是拆了墙壁，大家会发现对方也不过是吃饭、睡觉、训儿子，没什么两样。但越接近就越看得清楚，看出些不一样来。丙崽娘常常挑起一竹篙女人的衣裤，显眼地晒在地坪里，正冲着裁缝的大门，使他一出门就觉得很晦气，这不是有辱斯文么？她还经常在地坪里摊晒一些胞衣，作为大补佳药拿去吃，或卖钱。那些婆娘们腹中落下来的肉囊，有血腥气，在晒席上翻来滚去的，晒出一条条皱纹，像一个个鬼魂，令人须发倒竖。

不过，这一切都不如她那眼光可恶。似乎是心不在焉地看一眼，有毫无理由的理由，有毫不关心的关心，像投来一条无形的毒蛇。

“妖怪!”

有一天，仲裁缝在大门口怒骂起来。

地坪里没有他人，正架起一条腿剥脚皮的丙崽娘知道他是骂谁。哼了一声，又恨恨地剥下两大块茧皮。

就这样交了恶。但仲缝裁从没有拿丙崽复仇。有一回，小老头怯怯地来到他家门口，研究了一下他脸上的麻子。把绿色的一团鼻涕抹在板凳上的一段布料上。裁缝只是瞪了一眼，旋即把布料塞进火塘，烧了。

避女人与小子，乃有君子之风。仲裁缝算不算君子，不好说。但他在寨子里是个有“话份”的人。话份也是一个很含糊的概念，初到这里来的人许久还弄不明白。似乎有钱，有一门技术，有一把胡须，有一个很出息的儿子或女婿，就有了话份，后生们都以毕生精力来争取有话份。

有话份意味着有人来听你说话。仲裁缝粗通文墨，自婆娘早死之后，孤独度日，读了几本六叔留下来的没头没尾的线装页子，知道不少似真似假的旧事。晋公子重耳，吕洞宾，马伏波，还有他最为崇拜的贤相诸葛亮。有时也在火塘边把竹烟管喝得嗬啰啰地响，慢条斯理向后生们讲上两段。三个字一顿，五个字一停，说话时总是开口半晌以后，再“哎”一声，再接上正文。目光茫茫然，像不是同听者讲话，是在同死去的先人讲话。后生们望着他脸上几颗冷峻的阴麻子，不敢催促他。

“汽车算个卵。”他说，“卧龙先生，造了木牛流马。只怪后人蠢了，就失传了。”

他还说：“先人一个个身高八尺，力敌千钧。哪像现在，生出那号小杂种。”

大家知道他是说丙崽。

他越这样感慨，越觉得日子不顺心。摇着蒲扇，还是感到闷，鼻尖上直冒汗——呸！妖怪，先前哪有这么热呢？他恨椅子也太不合意，吱吱呀呀叫得很阴险——妖怪，如今的手艺也真是哄鬼啊，先前一张椅子从出嫁坐到做外婆，还是紧紧实实的。想来想去，觉得没有了卧龙先生，世道怕是要败了，这鸡头寨怕是要绝了。

是要绝了么?

眼下，听人们都在议论要祭谷神，他坐在家里不知要做点什么才好。好像出了点问题，仔细思量，才知是肚子饿了。近来很少有人接他去做衣，得自己煮饭。即使接他去，人家的饭食也越来越软，这是他最不能容忍的。如果米饭不是粒粒如铁砂，他决不摸筷子。

“仁拐子!”他叫喊。

没有人回答。

他又喊了一声，想了想，上楼去找。发现儿子的铺盖蚊帐，还有他的锈马灯壳子一类，都不翼而飞。只剩下一张空床，还有几个大瓦坛子，很久没有酸菜可装的，倒立在墙角，像几个囚犯在受大刑，永远倒栽在那里。还有一具棺木，不知是仁宝为谁准备的，横霸中央，不可一世。

明白了什么，一句话也没说。

他看见墙边一只老鼠一晃，好像更明白了什么。妖怪！对了，就是这个妖怪！——他梦见过的，梦里的这只老鼠，还拱手而立，同情地冲他笑了笑。这畜生耳红足赤，眼睛也红鲜鲜的。在书上不是说过吗？那是偷吃胭脂所致。妖妇捕之可为媚药。仁拐子一定是被它媚去的，这个寨子也一定是被它败了的！

仲裁缝骂着娘，一铁尺打过去，咣地破了个坛子，老鼠尾巴又缩进壁缝去了。他跑到另一房间，撬破一个木柜，捅烂两只篾篓，还是没有胜利。咚咚咚地跑到楼下，凡可疑之处都给以惊天动地的检查。一瞬间，碗钵烂了，吊壶也倒了，桌椅板凳都苦苦地跪倒或趴下，或歪歪斜斜地艰难站立，他引火烧鼠洞，黑油油的帐子又接上了火，燎起热爆爆的一片金黄色光亮。

老鼠总算被他戳死了，大小六只，全被他斩首断肢，拿到火塘中烧出了一股奇臭。他听见地坪中有沉着的脚步声，回过头，又看见丙崽娘若无其事地朝这边看了一眼，更冒出一股无名火。咬咬牙，把老鼠的尸灰泡在水里，全都喝了下去。

他脸发黑，感到丹田之气已尽，默坐一阵之后，出了门。

公鸡正在叫午，寨里静得像没有人，像死了。对面是鸡公岭，鸡头峰下一片狰狞的石壁，斑斓石纹有的像刀枪，有的像旗鼓，有的像兜鍪铠甲，有的像战马长车，还有些石脉不知含了什么东西，呈棕红色，如淋漓鲜血，劈头劈脑地从山顶泻下来，一片惨烈的兵家气象。仲裁缝觉得，那是先人们在召唤自己。

路边瓜棚里，冒出一张老人的笑脸。

"仲老，吃了?"

"吃了。"他淡淡一笑。

"要祭谷神?"

"要祭的。"

"要谁的脑袋?"

"听说……摇签吧。"

"摇签?"

"你吃了?"

"吃了。"

"哦，吃了的。"

双方不再说话。

山上的树漫天生长。从茶子坡过去，大木就多了。有些树上扎了篾条，那都是寿木。寨里的人很小就要上山给自己看寿木的，看中了，留个记号，以后每年来看一两次。但仲裁缝很少进山，也一直没来选过寿木，而且憎恶这一根根居心不良的鸟树。君子坐有坐相，立有立相，死也要有个死相，死得不能倒威。说死就死，准备什么?他捏着弯刀来的，要选一块好位置，砍出一个尖尖的树桩，坐桩而死，死得慷慨。他见过这样死去的人，前些年马子洞龙拐子就是一个，他咳痰，咳得不耐烦，就去死。死后人们发现树桩前的地皮都被十指抓得坑坑洼洼的，起了一层浮土，可见死得惨烈，死得好。载上了族谱。

他选了一颗小松树，用裁缝的手，不熟练地砍削起来。

五

本来要拿丙崽的头祭谷神，杀个没有用的废物，也算成全了他。活着天天挨耳光，而且省得折磨他那位娘，这样的人留着何用？不料正要动刀，天上响了一声雷，大家又犹疑起来：莫非神圣对这个瘦瘪瘪的祭品还不满意？

天意难测。于是备了一桌肉饭，请来一位巫师。巫师指点：年成不好，主要是叫鸡精在作怪——你们没看见对面的那鸡公岭么？鸡头峰正冲着寨里的两垅田，把谷子都吃进肚子里去啦。

人们立即商议着要炸鸡头。这事牵涉到鸡尾寨。鸡尾寨也是个大寨，几百号人口，在寨前的麻石大牌坊下进进出出，主要以种鸦片为业，比较富足。出了一些读书人，据说有的成了大文豪，有的在新疆带兵，回乡省亲都是坐八人大轿。过年，寨里家家宰牛，有牛叫，牛皮商也最喜欢往那里钻。寨前一口水井，一棵大樟树，常有些娃崽在树下用小石块玩开山棋，人们一直把树和井当做男女生殖器的象征，常常敬以香火，祈望寨子里发人。有一年寨子里一连几胎都生的女崽，还生了个什么葡萄胎，弄得空气十分紧张。查究了一段，有人说鸡头寨的一个什么后生路过这里时，曾上树摸鸟蛋，弄断了一根枝丫。

从此两寨结下了怨恨。后来又有人说，那是马子洞与鸡尾寨有世仇，暗中著事，移祸于它。这段公案查无实证，不了了之。官府鞭长莫及，也不来过问。

听说鸡头寨要炸鸡头，却是确凿的了。鸡尾寨果然更是群情激奋。他们的田土肥沃，就是靠鸡屁股拉屎，对炸鸡头岂能不管？在岭上吵了一架，双方还动起手脚来，鸡头寨的后生撤回去了。

寨里还是很安静。有鸡叫，有牛铃铛的声音，或某个屋顶下冒出一句女人骂男人的声音，只冒一下，就被巨大的沉默淹灭了。丙崽摇摇摆摆地敲着一面小铜锣，口袋里有红薯丝，掏出来一两根，就撒落了三四根，引来两条狗跟着他转。他对仲裁缝家的老黑狗会意地笑了一笑，又朝两棵芭蕉树哇地叫嚣了一声。近来他对祠堂有些好感了，大概没忘记那天准备砍他的头之前，他在那里吃过一餐肉饭。于是低压着头，朝那边一顿一顿地“冲线”。

几个娃崽在祠堂前玩耍，看见了他。

“视，宝崽来了。”

“他没有叔叔，是个野崽。”

“吾晓得，渠是蜘蛛变的。”

“根本不是，渠的妈妈是蜘蛛变的。”

“要渠磕头，好不好！”

“不！要渠吃牛屎！最臭最臭的，啊呀，臭死人！”

“哈哈！”

……

丙崽朝他们敲了一下锣，舔舔鼻涕，兴奋地招呼：

“爸爸——”

“哪个是你爸爸？呸！矮下来!”

娃崽们围上去，捏他的耳朵，让他跪在一堆牛屎前，鼻尖就要触到牛粪堆了。

幸好来了一群热热闹闹的大人，才使娃崽们的兴趣转移，遗憾地一哄而散。丙崽还在那里跪着，半天发现周围已没有人影，他爬起来朝四下看看，咕咕哝哝，阴险地把一个小娃崽的斗笠狠狠踩了几脚，再若无其事地跟上人群，看热闹。

大人们牵来了一头牛，牛身上的泥片已被洗刷干净了，须毛清晰，屁股头的胯骨显得十分突出。牛嘴总是湿腻腻的，一挪一磨，散出胃里翻出来一种草料臭。但丙崽并不怕，对动物都不怕。

一个汉子提着大刀走过来，把刀插在地上，脱光上衣，大碗喝酒。那刀也令丙崽感到新奇。刀被磨洗过，刀口一道银光，柔顺而清凉，十分诱人。有凹纹的木柄被桐油擦得黄澄澄的，看来很合手，好像就要跳到你手上来，不用你费什么力，就会嚓地朝什么东西砍去。

汉子已经喝完酒了，叭的一声，随手把酒碗摔碎。拔起刀走过来，一跺脚，一声嘿，手起刀落，牛头就在地动山摇之间离开了牛身，像一块泥土慢慢垮下来，牛角戳地，戳出一个小土块。牛颈处像一个西瓜的剖面，皮层裹着鲜鲜的红肉。但没有头的牛身还稳稳地站了片刻。

娃崽们吓了一跳，他们不知道，这是一种战前的预测。当年马伏波将军南征时，每次战斗前都要砍牛头，如牛进，则预胜利，否则是失败。

“赢!”

“赢了!”

“杀他的鸡巴寨!”

牛往前倒了，汉子们欢呼起来。这突然的声音太响亮了。太有酒气了，丙崽吓得半边嘴唇向上跳了一下，咕咕哝哝。

他看见有一缕红红的东西，从大人们纷杂的腿缝中流出来。像一条赤蛇，弯弯曲曲地窜。蹲下去捏了捏，有些滑手。弄到衣上，倒很好看。不一会，满身满脸就全是牛血。大概牛血弄到嘴里有些腥，小老头翻了个白眼。

娃崽们望着他的脸，拍手笑起来。他不知道人们笑什么，也笑起来。

人影和人声更多了。丙崽娘也提了个篮子来，想看看牛肉怎么分。听人家说，不出阵的没有肉吃，正噘着嘴巴生气。一眼瞥见丙崽这血污污的样子，更把脸盘气大了。“你要死！要死啊!”她上前揪住小老头的嘴巴，揪得眼皮直往下扯，黑眼珠转都转不过来，似乎还望着祠堂那边。

“×吗吗。”

“又要老子洗，又要老子洗，你这个催命鬼，要磨死我啊!”

“×吗吗。”

儿子骂亲娘，似乎是很好笑的事。于是有些后生拍手，喷酒气：“丙崽，咒得好！”“丙崽，再咒！”“再咒！”……气得丙崽娘绷紧一脸横肉，半天都不正眼望人。

她把丙崽像提小狗一样提回家，当然少不了又是一顿好打。“死到个面去做么事？做么事！要打冤了，你上得阵？”

把丙崽一索子捆在椅子上，自己拿起三根香，掩门到祠堂里去了。

丙崽在椅子上睡了一觉。听见外面远远有锣声，接着是吹牛角号，接着就平静了。不知什么时候，外面又有嘈杂的脚步声，叫喊声，铁器碰撞的声音，然后又有女人的嚎哭……外面发生了什么事。

夜里，松明子闪闪烁烁，男女老幼，全都头缠白布，聚集在祠堂门内外，一眼看去，密密的白点，起起伏伏，飘移游动。女人们互相扶着，靠着，抱着，哭得捶胸顿足，天昏地暗，泪水湿了袖口和肩头。丙崽娘也陪着把眼圈哭红了，显得纯真了，有一张娃娃脸，不时用袖口去擦拭。她坐在二满家的媳妇旁边，缩缩鼻子，捉住对方的手，用外乡口音说：“人生一世，草木一秋，去也就去了。你要往开处想。你还有后，吾呢，那死鬼不知是死是活，一个丙崽也做不得个正人用的，啊？”

她说得确实诚恳，但女人们还是哭。

“打冤总是要死人的，早死也是死，晚死也是死。早死早投胎，说不定投个富贵人家，还强了。”

女人们还是哭出各种怪腔调。

大概想到了什么伤心处，丙崽娘拍着双膝，也大哭起来。白布条在胸前滑上去，又滑下来。“吾那娘老子哎，你做的好事呀！你疼大姐，疼二姐，疼三姐，就是不疼吾呀！你做的好事呀，马桶脚盆都没有哇……”

这就不知道是什么意思了。

火光越烧越亮。人圈子中央，临时砌了个高高的锅台，架着一口大铁锅。锅口太高，看不见，只听见里面沸腾着，有咕咕嘟嘟的声音，腾腾热气，冲得屋梁上的蝙蝠四处乱窜。大人们都知道，那里煮了一头猪，还有冤家的一具尸体，都切成一块块，混成一锅。由一个汉子走上粗重的梯架，抄起长过扁担的大竹扦，往看不见的锅口里去戳，戳到什么就是什么，再分发给男女老幼。人人都无须知道吃的是什么，都得吃。不吃的话，就会有人把你架到铁锅前跪下，用竹扦戳你的嘴。这叫枪头肉。

劈柴和松膏烧得叭叭作响，灶口的火气一浪浪袭来，把前排人的胯裆都烤热了，不由自主往后挪。油浸浸的长竹扦，映着火色，亮亮的。不时带出一点汁水来，也很亮，像零零星星落下一些火珠，落入暗处。一个赤着上身的大汉站起来，发疯般地大叫一声：“怕死的倚开！老子一个人……”又被几双手拉扯下去了，每块白布下面都有一双眼睛，每双眼睛里都有火光在跳动。你最好不要看四壁和屋顶，不然你会发现那些比真人扩大了几倍乃至十几倍的人影，一下被拉长了，一下又压瘪了，忽大忽小，轮廓随时扭曲成各种形状。

“德龙家的，过来！”

叫到丙崽娘的名字了。她哭得泪眼糊糊的，还在连连拍膝。

“吾不要哇……”

“碗拿过来。”

“吃命哇……”

“丙崽，你吃。”

丙崽咬着开裆裤的背带，很不耐烦地被推到前面。他抓起一块什么肺，放到口中嚼了嚼，大概觉得味道不好，翻了个白眼，忧心忡忡地朝母亲怀里跑去了。

“你要吃。”有人叫他。

“你要吃！”很多人叫他。

一位老人，对他伸出寸多长的指甲，响亮地咳了一声，激动地教诲：“同仇敌忾，生死相托，既是鸡头寨的儿孙，岂有不吃之理？”

“吃！”掌竹扦的那位，冲着他把碗递过去。于是，屋顶上有了一个无比巨大的手影。

六

仁宝以为那天一声炸雷，是冲着自己的什么淫邪念头来的。悬心吊胆，卷起铺盖下山去了。一是躲雷威，二是想打打零工，找个机会再去做上门女婿。他听说前几天有一队枪兵从千家坪过，觉得太好了。嘿！这不就是要开始了么？可枪兵过就过了，既没有往鸡头寨去，也没邀他去畅谈一下什么，使他相当失望。倒是有一个担炭的从山里出来，说鸡头寨与鸡尾寨打冤了，还说马子溪漂下来了一具尸体，不知为什么脚朝上，吓死人……

仁宝想起鸡尾寨有他一位窑匠朋友，一位教书先生朋友，堪称莫逆，想回去劝劝乡亲们言和算了。同饮一溪水，动什么武呢？坐拢来吃餐肉饭不就行了？

仁宝回到家里，发现父亲重伤在床——那天他去坐桩自绝，被一个砍柴的发现了，把他救回来的。

“不是渠不孝，仲爹何事会寻绝路？”

“坐桩没死，兴怕也会被气死。”

“崽大爷难做，没得办法。”

“你看渠个脸相，吊眉吊眼的，是个克爷娘的种。”

“娘故得那样早，兴怕……”

这些话，从耳后飘来，仁宝都听入耳了。他装着没听见，毫无意义地扫了扫地，又毫无意义地踩死了几只蚂蚁，把父亲的水烟筒抽了一阵，往祠堂去了。

祠堂门前一圈人，正在谈打冤的事。这似乎是端正形象的好机会。

“鸡头峰嘛，这个，当然啰，可以不炸的。”他显出知书识礼的公允，老腔老板地分析，“炸不掉，躲得开的。不过话说回来，说回来，鸡巴寨（他也学着把鸡尾寨改称鸡巴寨了）明火执仗打上门来，欺人太甚！小事就不要争了，不争——”闭眼拖起长长的尾音，接着恶狠狠地扫了众人一眼，“但我们要争口气！争个不受欺！”

打冤的正义性，被他用新的方式又豪迈地解说了一遍。众人没怎么在意他那番道理，只觉得那恶狠狠的扫视还是很感人的。他眯着眼睛，看出了这一点，更兴奋了。

把衣襟嚓地一下撕开，抡起一把山锄，朝地上狠狠砸出一个洞，吼着：“报仇！老子的命——就在今天了！”

他勇猛地扎了扎腰带，勇猛地在祠堂冲进冲出，又勇猛地上了一趟茅房，弄得众人都肃然。最后，发现今天没有吹牛角，并没有什么事可干，就回家熬包谷粥去了。

总像要开始什么，他在寨内外转来转去，对着一棵树，或一块岩石，锁着眉头细心研究。弄得后生去守哨，都不敢叫他。转完了，他见人就作心情沉重地嘱托：

“金哥，以后家父，就拜托你了。我们从小就像嫡亲兄弟，不分彼此的。那次赶肉，要不是你，吾早就命归阴府了。你给吾的好处，吾都记得的……

“二伯爷，腰子还阴痛么？你老要好好保重。有些事只怪吾，吾本来要给你砍一屋柴火。那次帮你垫楼板，也没垫得齐整。往后走，你要吃就吃点，要穿就穿点，身骨子不灵便，就莫下田了。侄儿无用，服侍你的日子不多了，这几句还是烦请你把它往心里去……

“黄嫂子，有件事，实在想找你话一话。吾以前做了好些蠢事，你莫记恨。有次偷了你家两个菜瓜，给窑匠师傅吃了，你不晓得。现在吾想起来，吾今日特地来，说声得罪了，对不起。你要咒，就咒……

“幺姐……你……你在洗么？这次……实在是没有办法了，你千万……莫难过。吾是个没用的人，文不得，武不得，几丘田都做不肥。不过人生一世，总是要死的。八尺男儿，报家报国，义不容辞。你话呢？好些事，眼下也没法讲了。反正只要你心里还有一个石仁哥，我去也就落心落意了。你千万……硬朗点，形势总会好的。吾这就告辞了……”

他很能克制悲伤，不时缩缩鼻子。

弄得大家都有点戚戚地悲伤了：“石仁哥，你不要这样。”

“不，吾决心已定。”他低着头，望着路边一块破瓦片。

都不知道他要干什么，不知道他马上要干什么。听见他的皮鞋子还是在石阶上响来响去，发现他还没有去赴汤蹈火。好在山里的事情多，又是鸡上屋，又是牛吃谷，又是丙崽娘为丙崽的事同什么人吵架，众人也没顾上研究这位大忙人。甚至也慢慢习惯了。要是他不忙，众人还会觉得少了点什么，有什么地方不对劲了。

这天，他被仲裁缝骂出了门，抹抹脸，往祠堂踱去。那里正在写帖子告官。自古打冤都是不动朝，不告官的，如今找官府打交道，对文书款式都没有把握。几位老人想了想，记起仲裁缝说过的什么，对提笔的那位说：“兴许，叫禀帖吧？”

人群中冒出仁宝一撮硬戳戳的头发，摇摇手：“不是不是，叫报告。”

“禀帖吧？”

“是报告。”

“总要讲点礼性。”

“要讲礼性，报告就最礼性了。”仁宝宽容地一笑，“没错的，没错的。”

“你去问你叔叔。”

“他只懂些老皇历。”

“是禀帖。”

“你不看现在是什么时候?”

“报告?听起来太戳气了。下边人用，下边人打个屁也是香的?”

“伯爷们，大哥们，听吾的，决不会差。昨天落了场大雨，难道老规矩还能用?我们这里也太保守了，真的。你们去千家坪视一视，既然人家都吃酱油，所以都作兴‘报告’。你们晓不晓得?松紧带子是什么东西做的?是橡筋，这是个好东西。你们想想，还能写什么禀帖么?正因为如此，我们就要赶紧决定下来，再不能犹犹豫豫了，所以你们视吧。”

众人被他“既然”“因为”“所以”了一番，似懂非懂，半天没答上话来。想想昨天确实落了雨，就在他“难道”般的严正感面前，勉强同意写成“报帖”。

接下去，又发生一些问题。老班子要用文言写，他主张要用白话；老班子主张用农历，他主张用什么公历；老班子主张在报告后面盖马蹄印，他说马蹄印太保守了，太土气了，免得外人笑话，应该以什么签名代替。他时而沉思，时而宽容，时而谦虚地点头附和——但附和之后又要“把话说回来”，介绍各种新章法，俨然一个通情达理的新党。

“仁麻拐，你耳朵里好多毛!”竹义家的大崽突然冒出一句。

仁宝自我解嘲地摆摆头，嘿嘿一笑，眼睛更眯了。他意会到不能太脱离群众，便把几皮黄烟叶掏出来，一皮皮分送给男人们，自己一点末屑也没剩。加上这点慷慨，今天的表现就十分完满了。

他摩拳擦掌，去给父亲寻草药。没留神，差点被坐在地上的丙崽绊倒。

丙崽是来看热闹的，没意思，就玩鸡粪，不时搔一搔头上的一个脓疮。整整半天，他很不高兴，没有喊一声“爸爸”。

七

连连失利，连连赔头，大家慌了，就乱想了，有个后生突然想起了一些古怪的事。他说那天要杀丙崽祭谷神，突然天降霹雳。后来宰牛占卜胜败，不灵；丙崽咒了句“x妈妈”，像是给了个坏兆头，却灵验了……这不十分可疑吗?

这一想，大家都觉得丙崽神秘，你看他只会说“爸爸”和“×吗吗”两句话，莫非就是阴阳二卦?

大家决定打一打这个活卦。于是连忙拆了张门板，把丙崽抬到祠堂前。

“丙相公。”

“丙大爷。”

“丙仙。”

汉子们伏拜在他面前，紧紧盯住他，一双双眼球顶得额头上皱纹叠着皱纹。

丙崽刚坐过门板，很快活，脸上笑得皱纹舒展，把停下来的门板踩了好半天，发现它不再动了，便翻了个白眼。

实在不好理解。

是不是他要吃了才显灵呢？有人给他弄来了一块粽粑，又使他兴奋起来。他掰了一块，没抓稳，掉了，其实就掉在他右脚边，但他眼睛和脑袋转起来都不灵活，轮着眼皮居然左边望了一下，这样吃下去。吃一半掉了一半，每掉一块，照例去找，照例找错了方向。发现了前几次掉的，捡起来就往嘴里塞。

他拍拍巴掌，听见了麻雀叫，仰头轮了个方向不够准确的白眼。最后，手指定了一个方向，咕哝一句："爸爸。"

"胜卦!"

汉子们欢呼着一跃而起。不过，丙崽的手指是什么意思呢？顺着他指的方向看去，那是祠堂一个尖尖的檐角，向上弯弯地翘起。瓦上生了几根青草，檐板已经腐朽苍黑，像一只伤痕累累的老凤，拖着长长的大翼，凝望着天空。檐下有麻雀叽叽喳喳地叫。

"渠是指麻雀。"

"不，是指屋檐。"

"檐和言同音，怕是要言和?"

"絮聒！檐和炎同音，双火为炎，是要用火攻。"

争了半天，最后还是服从有"话份"的。于是用火攻，又打了一仗。混战回来点人头，发现又少了几颗。

寨子里的狗，已经习惯牛角声了，一听到呜呜地吹起来，须毛就蓬勃地张扬竖立，纷纷挤出门缝，跳越石墙，身体拉成一条线，向号声射去，满怀希望地尾随着人影。坡上，路口，圳沟里，都可能出现尸体。它们撕咬着，咀嚼着，咬得骨头咯咯咯地脆响。一只只狗已经吃得肥大起来，眼睛都发红，在茅草中窜来窜去时，只见草动，动成一线，像条条草龙。龙头所到之处，都有血迹，还有丝丝块块，被它们叼得满处都是。有时你去灶房，无意中搬开一捆柴火，也许会突然发现柴弯里滚出一只陌生的手或脚来。

它们对人突然变得十分有兴趣了。有一群人在议事，或者有两个人吵架，都会引来狗。它们大大方方地露出尖牙，长长的舌头活泼得像一条飘带，一片水波，等待着什么结果发生。据说竹义家的阿公有次在树下打瞌睡，被狗误认成尸体，大咬了一口。

丙崽把一泡屎拉在椅子上了。

丙崽娘照例唤狗来舔："呵哩——呵哩——呵哩——"

狗来了，嗅一嗅屎又走了，似乎对屎尿已丧失了热情。它们来，是因为听到召唤，来敷衍一下，在主人面前不显得过分的趾高气扬，富贵不忘旧情。

于是寨子里屎多了，苍蝇多了，臭起来。

丙崽娘遇到竹义家的媳妇，缩缩鼻子，"你身上怎么有股臭味?"

竹义家的瞪大眼："怪事！是你身上臭。"

两人嗅了一阵，发现手是臭的，袖口是臭的，连捶棒和竹篮也有股怪味，这才恍然大悟。原来空气早就臭了。只说这些天，没人去出猪牛粪，地坪里一片片黑糊糊的，空气能不臭么？

丙崽娘的娘家那边是颇讲究清洁利索的，因此她一直有些与众不同的习惯。她带上草把和茶枯，把丙崽拉脏了的裤子和椅子，拿到溪边去擦洗，洗了两遍，还没有除掉臭味。她喘着气，翻着白眼，感到气虚。虽然以前吃过不少胞衣，可现在腹中的米粮实在太少了。猛地站起来，两眼一黑便歪歪地倒下去。

不知道是怎样爬回来的。没有被狗分了吃，就是万幸。她望着蚊帐上一片密密麻麻的苍蝇，伤心地嚎哭了一场："吾那娘老子哎，你做的好事呀！你疼大姐，疼二姐，疼三姐，就是不疼吾呀，马桶脚盆都没有哇……"

丙崽怯怯地看着她，试探地敲了一下小铜锣，似乎想使她高兴。

她望着儿子，手心朝上地推了两把鼻涕，慈祥地点头，"来，坐到娘面前来。"

"爸爸。"儿子稳稳地坐下了。

"对，你要去找你那个砍脑壳的鬼！"

她咬着牙关，两眼像两片孔雀毛，黑眼球往中间挤，眼球之外有一圈宽宽的白眼睑。当然是很可怕的，丙崽愣了。

"×吗吗。"他轻声试了一句。

"你要去找你爸爸，他叫德龙，淡眉毛，细脑壳，会唱些瘟歌。"

"×吗吗。"

"你记住，他兴许在辰州，兴许在岳州，有人视见过他的。"

"×吗吗。"

"你要告诉那个畜牲，他害得吾娘崽好苦啊！你天天被人打，吾天天被人欺，大户人家的哪个愿意朝我们看一眼？要不是祠堂一份猫食，吾娘崽早就死了。其实死了还是福，比死还不如啊！你要一五一十都告诉那个畜生啊！"

"×吗吗。"

"你要杀了他！"

丙崽不吭声了，半边嘴唇跳了跳。

"吾晓得，你听懂了，听懂了的。你是娘的好崽。"丙崽娘笑了，眼中溢出了一滴清泪。

她挽着个菜篮子，一顿一顿地上山去了，再也没有回来。后来有各种传说，有的说她被蛇咬死了，有的说她被鸡尾寨的人杀了，还有的说她碰上岔路鬼，迷了路，摔到陡壁下去了……这些都无关紧要。

丙崽一直等妈妈回来。太阳下山，石蛙呱呱地叫，门前小道上的脚步声也稀少了，还没有见到那张熟悉的面孔。好像有很多蚊子，咬得全身麻麻地直炸。小老头使劲地搔着，搔出了血，愤怒起来。他要报复那个人。走到家里去，把椅子推倒，把茶水泼在床上，又把柴灰灌到吊壶里。一块石头砸过去，铁锅也叭地一声裂开。他颠覆了一个世界。

一切都沉到黑暗中去了，屋外还是没有熟悉的脚步声。只有隔邻的那栋木屋里，传来麻脸裁缝断断续续的呻吟。

小老头在蚊虫的包围下睡了一觉，醒来后觉得肚子饿，踉踉跄跄地走。

月亮很圆，很白，浓浓的光雾，照得世界如同白昼，连对面山上每棵树，每一叶茅草，似乎也看得清楚。溪那边，哗哗响处有一片银光灼灼的流水，大块的银光中有几团黑影，像捅了几个洞，当然是雄踞溪水中的礁石。石蛙声已经消停了，大概它们也睡了。但远处不知什么地方有密集的狗吠，像发生了什么事。

丙崽含着指头，在鸡埘前坐了一阵，想了想，走出了寨子。

妈妈曾带他出去接生，也许妈妈现在在那些地方。他要去找。

他在月光下的山道上走着，在笼罩大地的云雾之上走着，走得很自由，上身微微前倾，膝弯处悠悠地一晃一晃，像随时可能折断。不知过了多久，不知走了多远，他踢到了一个斗笠，又踢到了一个藤编的盾牌，空落落地响。他咕噜了几声，撒了一泡尿，继续往前走。前面躺着一个人影，是女的，但丙崽从来没有见过。他摇了摇她的手，打她的耳光，扯她的头发，见她总是不能醒来。手触到了乳房，那肥大的东西似乎是可以吃的，小老头捧着它吸了几口，却没吸到任何东西，便扫兴地撒手了。但这个人的肢体很柔软，有弹性，小老头骑上腹去，仰了仰，压了压，瘦尖尖的屁股头感觉到十分舒服。

“爸爸。”他累了，靠着乳头，靠着这个很像妈妈的女人睡了。两人的脸都被月光照得如同白纸。还有耳环一闪。

那也是一个孩子的妈妈。

八

“爸爸。”

丙崽指着祠堂的檐角傻笑。

檐角确实没有什么奇怪，像伤痕累累的一只老凤。瓦是寨子里烧的，用山里的树，山里的泥，烧出这凤的羽毛。也许一片片羽毛太沉重了，它就飞不起来了，只能听着山里的斑鸠、鹧鸪、画眉、乌鸦，听着静静的早晨和夜晚，于是听老了。但它还是昂着头，盯着一颗星星或一朵云。它还想掀起整个屋顶腾空而去，像当年引导鸡头寨的祖先们一样，飞向一个美好的地方。

两个后生从祠堂里抬着大铁锅出来，见到丙崽，不禁有些奇怪。

“那不是丙崽吗?”

“渠还没死?”

“八字贱得好，死不到渠的头上。”

“兴怕是阎王老子忘记渠了。”

“这个小杂种，上次妈妈的一臭卦，险些把老子的命都送了。”

这些天，人们对丙崽已经不以为然。甚至觉得打冤的惨败，也是受了他的愚弄。鸡头寨的天灾人祸，也是沾了他的晦气。两个后生放下锅，见留在树下的一个斗笠，刚被丙崽坐得瘪瘪的，更冒火。其中一位大步闯上前来，甩了他一个耳光——根本没用什么气力，他就像一棵草倒了下去。

另一位抽出尖刀顶住他的鼻尖，唾沫星又飞到他脸上：“快！打自己的嘴巴，不打，老子收拾你祭刀！”

“敢！”身后冒出冷冰冰的声音，回头看，是铁青色的一张麻脸。

仲裁缝是最讲辈分的，伸出双指，点着两个后生的额头，“渠是你们叔爹，岂能无礼?”

后生立刻想到了自己的地位，想到了仲裁缝还是丙崽的伯伯，立即避开裁缝的怒目交换了一个什么眼色，抬锅去了。

仲裁缝向家里走去，想了想，又回转身，对坐在地上的侄儿伸出巴掌：“手!”

丙崽往后躲，眼睛不像是看他，而是看他头上的一棵树。脸皮紧张得直抽搐，半边上唇跳了跳，是试图压住恐惧的勉强一笑，好半天，才抬起小手。

手太瘦，太冷，简直是只鸡爪子。仲裁缝抓住它，颤了一下，胸口有些发热。

他帮丙崽抹了抹脸，赶走头上几只苍蝇，扣好一个衣扣。这件衣不知是谁做的，他从来没给丙崽做过衣。

“跟吾走。”

“爸爸。”

“听话。”

“爸爸。”

“谁是你爸爸?”

“×吗吗。”

“畜生!”

……

他不再看他，牵着他，默默走下台阶。不知为什么，他突然想起自己做过的很多很多衣，长的，短的，胖的，瘦的，一件件向他飘来，像一个个无头鬼，在眼前乱晃。那天他看见鸡尾寨的一具尸体，上面的衣不就是他做的么？——他认得那针脚。想到这里，把丙崽的小爪又抓得更紧了：“不要怕，吾就是你爸爸，跟吾走。”

山里有一种草，叫雀芋，很毒，传说鸟触即死，兽遇则僵。仲裁缝刚才已采来了几株，熬了半锅汁，寨里已无三日粮了，几头牛和青壮男女，要留下来做阳春，繁衍子孙，传接香火，老弱就不用留了吧。族谱上白纸黑字，列祖列宗们不也是这样干过吗？仲裁缝想起自己生不逢时，愧对先人，今日却总算殉了古道，也算是稍稍有了点安慰。

裁缝先给丙崽灌了半碗，才走出门去。从他家进寨子有一条石阶路，弯曲上升。两旁有石板垒成的矮墙，或厚重的木房。墙缝中伸出些杂草、野花，逗引着蜻蜓或蜜蜂。有些准备盖房子的，在路边或跨路占了地基，立了些光溜溜的木柱和横梁。有时一占多年，并不急着行墙上瓦，让路人们坐了歇息。遇到什么事情，这些空梁上也要贴红，用来辟邪。

裁缝知道哪家有老小残弱，提着瓦罐子，一户户送上门。老人们都在门槛边等着，像很有默契，一见到他就扶着门，或扶着拐棍迎出来，明白来意地点点头。

“时辰到了?”

“到了。收拾好了么?”

“收拾好了。”

元贵老倌请求:“仲满,吾还想去铡把牛草。”

裁缝说:“你去,不碍事的。”

老人颤颤抖抖地走了,铡完草,搓搓手,又颤颤抖抖地回来。接过瓷碗,喉头滚动了两下,就喝光了。胡须上还挂着几点水珠。

“仲满,你坐。”

“不坐了。今天天气好燥热。”

“嗯啦好燥热。”

另一位老人抱着一个小奶崽,给仲裁缝看了看,眼里旋着一圈泪。“仲满,你视视,兴许要给渠换件褂子?你连的那件,渠还没上过身。”

裁缝眨了一下眼皮,表示了赞同。

老人转身回屋去了,一会儿,让奶崽穿着新崭崭的褂子来了,长命锁也戴好了。枯瘦的手在新布上摸着,划出嚓嚓的响声。“这下就好了,这下就好了。”

“还是蛮合身的。”

“娃崽就是费衣。”

他先给奶崽灌了,自己再一饮而尽。

罐子已经很轻了,仲裁缝想了想,记起最后一位——玉堂娭毑。这位老人总是坐在门前晒太阳,像一座门神。老得莫辨男女,指甲长长的,用无齿的牙龈艰难地勾流着口水,皮肤像一件宽大的衣衫,落在骨架上,架起的一条瘦腿,居然可以和下面那条腿同时踩着地。任何人上前问话,她都听不见,只是漠然地望你一眼。也许人们在很多地方,都看见过这种村寨所常有的活标志。

裁缝走到她正前面,她才感觉到身边有了人,昏浊的眼帘里闪耀一丝微弱的光。她也明白什么,牙龈勾一勾口水,指指裁缝,又慢慢地指指自己。

裁缝知道她的意思,先磕了个头,再朝无牙的深深口腔里灌下黑水。

所有的这些老人都面对东方而坐。祖先是从那边来的,他们要回到那边去。那边,一片云海,波涛凝结不动,被太阳光照射的一边,雪白晶莹,镶嵌着阴暗的另一边。几座山头从云海中探出头来,好像太寂寞,互相打打招呼。一只金黄色的大蝴蝶从云海中飘来,像一闪一闪的火花,飘过永远也飞不完的青山绿岭,最后落在一头黑牯牛的背上——似乎是世界上最大的一只蝴蝶。

鸡尾寨的男人来了,还陆陆续续来了些妇女、儿童、狗。听说这边的人要“过山”,迁往其他地方,想来捡点什么有用的东西。昨天已办过赔礼酒席了,双方交清人头,又折刀为誓,永不报冤。

一座座木屋,已经烧毁,冒出淡淡的青烟,暴露出一些破瓦坛子或没有锅的灶台——贪婪的黑灶口,暴露出现在看来窄狭得难以叫人相信的屋基——人们原来活在这样小的圈子里吗?头缠白布的青壮男女们,脸黄得像一盏盏油灯,准备上路了,赶着牛，带上犁耙、棉花、锅盆、木鼓，错错落落，筐筐篓篓的。一个锈马灯壳子，也咣咣地晃在牛屁股上。

作为仪式，他们在一座座新坟前磕了头，抓起一把土包入衣襟，接着齐声“嘿哟喂”——开始唱“简”。

他们的祖先是姜凉，姜凉没有府方生得早，府方没有火牛生得早，火牛没有优耐生得早，优耐没有刑天生得早。他们原来住在东海边，子孙渐渐多了，家族渐渐大了，到处住满了人，没有晒席大一块空地。五家嫂共一个舂房，六家姑共一担水桶。这怎么活得下去呢？没有晒席大一块空地啊，于是大家带上犁耙，在凤凰的引导下，坐上了枫木船和楠木船。

奶奶离东方兮队伍长，
公公离东方兮队伍长。
走走又走走兮高山头，
回头看家乡兮白云后。
行行又行行兮天坳口，
奶奶和公公兮真难受。
抬头望西方兮万重山，
越走路越远兮哪是头？
……

男女们都认真地唱，或者说是卖力地喊。声音不太整齐，很干，很直，很尖利，没有颤音，一直喊得引颈塌腰，气绝了才留一个向下的小小滑音，落下音来，再接下一句。这种歌能使你联想到山中险壁，林间大竹，还有毫无必要那样粗重的门槛。这种水土才会渗出这种声音。

还加花，还加“嘿哟嘿”。当然是一首明亮灿烂的歌，像他们的眼睛，像女人的耳环和赤脚，像赤脚边笑眯眯的小花。毫无对战争和灾害的记叙，一丝血腥气也没有。

一丝也没有。

人影已经缩小成黑点，折入青青的山坳，向更深远的山林里去了。但牛铃声和歌声，还从绿色中淡淡地透出来。山冲显得静了很多，哗哗流水声显得突然膨胀了。溪边有很多石头，其中有几块比较特别，晶莹，平整，光滑，是女人们捣衣用过的。像几面暗暗的镜子，摄入万象光影却永远不再吐露出来。也许，当草木把这一片废墟覆盖之后，野物也会常来这里嚎叫。路经这里的猎手或客商，会发现这个山坳和别处的没有什么不同，只是溪边那几块青石有点奇异，似有些来历，藏着什么秘密的。

丙崽不知从什么地方冒出来了——他居然没有死，而且头上的脓疮也褪了红，结了壳。他赤条条地坐在一条墙基上，用树枝搅着半个瓦坛子里的水，搅起了一道道旋转的太阳光流。他听着远方的歌，方位不准地拍了一下巴掌，用很轻很轻的声音，咕哝着他从来不知道是什么模样的那个人：

“爸爸。”

他虽然瘦，肚脐眼倒足足有铜钱大，使旁边几个小娃崽很惊奇，很崇拜。他们瞥一瞥那个伟大的肚脐，友好地送给他几块石头，学着他的样，拍拍巴掌，纷纷喊起来：

“爸爸爸爸爸！”

一位妇女走过来，对另一位妇女说：“这个装得潲水么?”于是，把丙崽面前那半坛子旋转的光流拿走了。

马桥词典*

内容简介 《马桥词典》是韩少功1996年出版的一部小说，按照词典的形式，收录了一个虚构的湖南村庄马桥镇的115个词条，这些词汇部分（如晕街）也是作者所虚构的。《马桥词典》是对乡村生活的真实描写，这在中国的农村非常普遍。《马桥词典》透视了一个民族生存挣扎的真实情状，挖掘了民族苦难的历史根源，同时展示了中国传统文化的另一面，可以说是为我们提供了认识农村的又一个途径。《马桥词典》没有采取传统的创作手法，而是巧妙地糅合了文化人类学、语言社会学、思想随笔、经典小说等诸种写作方式，用词典构造了马桥的文化和历史，使读者在享受到小说的巨大魅力时，领略到每个词语和词条后面的历史、贫困、奋斗和文明，看到了中国的“马桥”、世界的中国。小说主体从历史走到当代，从精神走到物质，从丰富走到单调，无不向人们揭示出深邃的思想内涵。这是一次成功的创作实践，是中国当代文学一个重要的收获。

○ 贾平凹

鸡窝洼人家（节选）

第一章

正是子时，扇子岩下的河滩里，木木地响了两下。响声并没有震动夜的深沉，风依旧在刮着，这儿，那儿，偶尔有雪块在塌落了，软得提不起一点精神。

响声谁也没有发觉，一只狗也没有叫。鸡窝洼几乎被雪一抹成个斜坡了，消失了从坡上流下来的那条山溪，咕咕的细响才证明着它在雪下的行踪。本来立陡立陡的人字屋架，被雪连接了后檐头到地面的距离，形成一个一个隆起的雪堆。门前的竹丛，倒像是丰收后的麦秸积子。房子的门在哪里？窗在哪里？隐隐地只听见有着男人的或吹或吸的打鼾声，和婴儿的一声惊叫，以及妇女在迷糊中本能的安抚声，立即一切又都悄然没息了。

突然亮起了一点光来，风雪里红得像血，迷迷离离地晕染出一所庄院。门很响地开了，一个红的深窟；埋了门槛的雪像墙一样地倒了进去，红光倏忽消灭了。一只狗出来，瘦长长的，没有尾巴，在雪地里极快地绕了一圈，猛地向空中一跃，身子一个弓形，立即向前跑去了。狗的后边，是一个男人，手里正提着一杆土枪。

这是灰灰家的院落。三间上屋，两间西厦。洼地埋在一片柞树、桦树或者竹林子里，而整个鸡窝洼里，唯有灰灰家的院落是最好的风脉了：在洼的中心，前边伸出去，是一片平地；背后是漫漫的斜坡，一道山溪从坡顶流下来，绕屋旁流过去，密得不透风的竹子就沿溪水长起来。大路是没有的。以这里为中心，四边的台田块与块之间的界堰，便是路了。条条交错，纷乱中显见规律，向整个洼地扩散开去，活脱脱地像一个筛的模样。鸡窝洼的名字也就从此叫起了。

灰灰家两口人。媳妇烟峰是南山张家坪的女子，长得又粗又高，头发从来没有妥妥帖帖在头上过，常在山洼里没死没活地傻笑。家里原有一个驼背的老爹，喜欢养猫，有事没事就用没牙的嘴嚼着馍花，然后喂在猫的口里。他最看不上她的笑，她一笑，老人就磕起丈二长的既做拐杖又做打狗棍的长杆烟袋。做儿媳的偏不在意，要说就说，要笑就笑，咧一嘴白厉厉的牙，奶子一耸一耸的。两年后，驼背老爹下世了，烟峰便拿着灰灰的事，有人没人就指着骂丈夫的那个红鼻子。三年以后，除了嘴上还是硬话以外，心底里却怯了：因为她不能生上儿子女子来，人面前矮了几分。两口子住在堂屋，这西厦房堆了物什。冬至那天．禾禾就在这里临时住下了。

禾禾原本是东沟羊肠洼的人，爹娘死得早，上中学的时候和灰灰是一个班的。毕业后，去参了军，在甘肃的河西走廊待了五年。复员回来，没有安排工作，灰灰做媒，上门到洼里半梁上的孙家。本该是一个媳妇，一个一岁的儿子，一家滋滋润润的光景，却吵吵闹闹离了婚，只身一人住在这里来了。住在这里，一切都是临时凑合，家里什么也没有带出来：房是人家的，自然归人家；孩子判给女人，狗儿猫儿却属他，但猫儿跟了他一夜，第二天就跑回去了，只有一条狗，他起名叫蜜子，跟前跟后，表示着忠诚。几十天了，两年以前的独身生活又重新恢复，进门一把火，出门一把锁，日子过得没盐没醋地寡味。他天天盼着下雪，雪下起来，他就可以去打猎了。

已经是两个夜里，他没有敢瞌睡，守着火塘，听河边的响动。河边的沙滩上他下了炸药，但狡猾的狐子并不去吃那鸡皮包裹的药丸。今夜里，他下了最后的赌注，将所有的药丸全部安放在扇子岩下的沙滩，心里充满了极度的惶恐和希望。

一堆干柴很快燃尽了，变成了红炭，红炭又化了白灰。他添上了一堆干柴，烟呼地腾上来，小小的屋里烟罩了一切。一切都暗下来，雪的白光从窗口透入，屋子里似乎又冷了许多。他趴下去，眯着眼睛拼命用嘴吹，忽地火苗蹿上来，越蹿越旺，眼见得松树柴棒上嗞嗞往外冒着松油，火苗就高高地离开了柴堆，呈现出一种蓝光，蓝光的边沿又镶着了红道，样子很是好看。接着火苗就全附在柴堆上，噼噼啪啪响得厉害。他笨拙地盘起双腿，用手去蘸那松油往脚上的冻疮上涂，松油烫得很，一接触冻疮就钻心的痛，痛里却有了几分舒服的奇痒。后来这一切都安静下来，伸着手，弓着腰，将那颗脑袋夹在两腿之间，享受着火的温暖。

堂屋里，灰灰已经起来小解了，尿桶里发出很响的“咚咚”声。他猛地直起腰来，一直听着那声音结束，心里泛上一种酸酸的醋意。堂屋里的两口，是已经在被窝里睡过一个翻身觉了；在那高高的洼地半梁下，他也曾是有这么一个热得滚烫的炕的，孩子也是一夜几次要抱下来解小解的，那在尿桶里的响声里也是充满了一个殷实人家的乐趣的。现在，他却只能孤孤地寄宿在别人的厦子屋里了。

“难道今晚又要落空了吗?”禾禾想着，侧耳再听听扇子岩方向，并没有什么响动。“还没有到时候吧?”他重新坐好，就发觉肚子里有些饥了。是饥了，夜里去放药的时候，他是吃了中午剩下的两碗搅团，尿泡尿就全完了。柱子上的那个军用水壶里，烟峰白天给他装满了甘榨烧酒，晚上出门时就喝干了。他环视着屋子，四壁被烟火熏得乌黑而且起了明明的光亮，两根柱子上，钉满了钉子，挂着大大小小的篮子、包袱、布袋，一条军用皮带，一只军用水壶，那就是他的全部日用家当。靠窗下锅台里是一口铁锅，靠里的案板上，堆着盆子罐子，那里边装着他的米、面、油、盐、酱、醋。过去就是炕，炕后的土台上是几瓮粮食和偌大的一堆洋芋。他走过去捡了几个小碗大的紫色洋芋埋在了火塘边。那高大的身影就被火光映在四堵墙上，忽高忽低，变形变状。他瞧着，突然打起一个哈欠，将手举起来，一个充满四墙的大字形就印了上去。他把黄狗拉起来，抱在怀里，黄狗已经醒了，却并没有动，任他抚摩着。

“蜜子，今晚能炸着狐子吗？”他说，“两天了，难道狐子夜里也不出窝吗？扇子岩下明明有着狐子的蹄印啊！”

黄狗依然没有动，软得像一根面条似的。

“你不相信？今晚一定会有收获呢！今晚没有落雪，那药丸不会被雪埋了的。你跟着我，你要相信我一定什么都会好起来的。”

火塘里的洋芋开始熟了，散发出浓浓的香味。禾禾扒出来，不停地捏，在手里来回倒着，就剥开皮来，一团白汽中露出一层白白沙瓤一样的面质。咬一口，是那样可口，但喉咙里却干得发噎。狗就一直看着他。将一块塞在狗的嘴里，洋芋皮却粘在了狗鼻子上，烫得它“吱”地叫一声。他快活地笑了。

一个洋芋，又一个洋芋，使他连打了几个嗝儿，牙根烫得发麻，从门缝下抓一把雪吞了，又冷得发疼。当第三个洋芋刚刚掰开，沉沉的声音就响了。他立即跳起来，叫道：“响了！响了！蜜子，炸着了！”

黄狗也同时听到了，跳在地上，立即后腿直立，将前爪搭在他的肩上。禾禾在火塘里点着了灯，开始戴帽子，扎腰带，将包谷胡子一层一层装在草鞋里，穿在脚上，脸上充溢着自信和活力；取过背篓、土枪，打开门就走出去了。

第二章

山洼下的平地里，风在滚动着，雪涌起了一道一道梁痕。洼口下是一个深深的峡谷。平日里，溪水从这里流下，垂一道飘逸的瀑布，现在全是晶莹莹的冰层了。蜜子站在那里，头来回扭着，四蹄却吸住了一样直撑着。禾禾喊了它一声，它还是迟疑不动；自己就寻着冰层旁边的石阶一步一步往下走。风似乎更大了，雪末子打在脸上，硬得像沙子。而且风的方向不定，一会儿向东，一会儿向西，扯锯地吹，禾禾脚下就有些不稳了。他后悔出门的时候，怎么就忘了在草鞋底下缠上几道葛条呢？就俯下身子，把土枪挂在肩上，将背篓卸下来一手抓着，一手拉冰层旁的一丛什么草。草已经冰硬了，手一用劲，就“嚓”地断了茎，“哗啦”一声，身子平躺在冰层上。“蜜子！”他大声叫了一下，背篓就松了手，慌乱中抱紧了土枪，从冰层上滚下去了。

等他清醒过来的时候，他是长长地摆在峡谷底的雪窝子里，蜜子正站在他的头边，汪汪地叫。他爬起来，使劲地摇着脑袋，枪还在，背篓就在前边不远的地方。蜜子的叫声引动了远处白塔镇上那公社大院里的狗，那狗是小牛一样肥大，吼起来像一串闷雷。

“蜜子，蜜子，你是怎么下来的？”

禾禾拍蜜子的脑袋，笑得惨惨的，小声骂着，从峡谷蹚出去。

公社所在的白塔镇，是这里唯一的平坦地面。镇子的四边兀然突起的四个山峰，将这里围成一个瓮形。那瓮底的中央，早先仅仅建有一座塔，全然由白石灰石砌成。

月河从秦岭的深处流下来，走了上千里路程，在离这里八十里远的瘩子坪开始通船，过七十七个险滩，一直往湖北的地面去了。如今月河水小了，船不能通航，只有柴排来往，上游的人在上边驮了桐籽、龙须草、核桃、柿饼，或者三百二百斤重的肥猪运往下游贩卖，而下游的则见天儿有人背着十个八个汽车轮胎，别着板斧、弯镰到上游的荒山里砍伐柴火、荆条，扎着排顺河而下。公社看中了这块地方，就在六年前从喂子坪迁到这里，围着白塔，开始有了一排白墙红瓦又都钉有宽板檐头的大房子来，这里渐渐竟成为一个镇了。

镇子落成，公路修了进来，花花绿绿的商店，出售山里人从来没有见过的大米饭的饭店，却吸引了方圆几十里的人来赶集。久而久之，三、六、九就成了赶集的日子，那白塔身子上，大槐树上，两人高的砖头院墙上，贴满了收购药材、皮革的各式布告，月河上就有了一只渡船。禾禾三年前复员，是坐着一星期一次的班车回来的。而两年前结婚的那天，来吃他们宴席的三姑六姨就是穿红袄绿裤子坐了那渡口的船过来的。

现在，月河里一片泛白。河水没有冻流，两边的浅水区却结了薄冰，薄冰上又驻了雪，使河面窄了许多。而那条渡船就系在一棵柳树下，前前后后被雪埋着，垂得弯弯的绳索上雪垒得有半尺多厚了。禾禾茫然地往船上看了一会儿，就急急沿着扇子岩下往前走。他细细地察看雪地上，果然发现有了各种各样走兽的蹄印。这蹄印使他来了精神，浑身感觉不到一点寒冷。他分辨着昨晚下药的位置。但是，在几个地方，并没有发现被炸死的狐子，反倒连安放的药丸也不见了。他在雪地里转着，狗也在雪地里转着。

“莫非有人捡了我的猎物?”

他尽力睁开眼睛，搜索着河滩：远近没有一个人影。风雪偶尔旋起来，下大上小，像一个塔似的，极快从身边呼啸而过。他放下背篓，在背篓口里划着了火柴，点上一支烟。烟对他并没有多大的吸引力，只是在愁闷不堪的时候，才吸上一支，立即就呛得咳嗽起来。这时候，蜜子在远处汪汪地叫着。

他走过去。蜜子在一个雪堆旁用爪使劲刨着。他看清了，雪堆上出现了一根鸡毛，小心翼翼刨开来，里边竟是他的鸡皮药丸。

“啊，这鬼狐子！真是成了精了?”

他蓦地想起父亲在世时说给他的故事。父亲年轻那阵就炸过狐子，告诉说世上最鬼不过的是这种野物，它们只要被炸过一次，再遇见这种药丸便轻轻叼起来转移地方，以防它们的儿女路过这里吃亏上当。

“蜜子，这是一只大的呢!”

大的欲望，使禾禾的眼光明亮起来。他重新埋好了药丸，继续随着蹄印往前走。雪地里松软软的，脚步起落，没有一点声息。蜜子还是跑前奔后地履行自己的职责。禾禾的脑子里迅速地闪过几个回忆。他想起几年前在河西走廊，天也是这么辽阔，夜也是这么寒冷，他和一位即将复员的陕西乡党坐着喝酒话别，乡党只是嘤嘤地哭。他说：

"多没出息，哭什么呀?"

乡党说：

"咱们从农村来，干了五年，难道还是再回去当农民吗?"

"那又怎么啦? 以前能当农民；当了兵，就不能当农民了?"

"你是班长，你不复员，你当然说大话!"

"我明年就会复员。你家在关中，那是多好的地方，我家还在陕南山沟子哩。"

"你真的愿意回去?"

"哪不是人待的?"

他想起了地分包的那天，他们夫妻眼看着在地畔上砸了界石，在一张合同书上双双按了指印。当第二天夜里的社员会上，他们抓纸蛋抓到那头牛的时候，媳妇是多么高兴啊，一出公房大门就冲着他"嘎"地笑了一声。

"你的手气真好!"

"我倒不稀罕哩。"

"去你的!"

但是，正是这头牛带来了他们家庭的分裂……

"咳，动物是不可理解的，即使人和人也是这么不能相通啊!"

禾禾胡乱地想着，一股雪风就搅了过来，直绕着身子打旋。他背过身去，退着往前去，感到了脸上、脖子上冷得发麻，腿已经有些僵直了，只是机械地一步一步向前挪动，想站住也有些不可能了。差不多这个时候，他听见了不远的地方有着微微叫声。扭头看时，在一块大石后边，倒卧着一只挣扎的狐子，样子小小的，听见了脚步声，惊慌地爬动着。禾禾站在那里，猛然有些吃惊了。忙要近去，却突然从前边的雪地里跃起一只特大狐子来，腿一瘸一瘸地向前跑去，在离他五丈远的地方停下来，一声紧一声地哀叫。

"蜜子，快!"禾禾一声大叫，向那老狐子追去。老狐子同时也瘸着腿向前蹿去。雪地上就开始了一场紧张、激烈的追捕。那狐子毕竟比禾禾跑得快，比蜜子也跑得快，很快拉开了距离，就卧在前边又一声声叫得更凄厉了。等他们眼看要追上时，那鬼东西又极快地向前跑去，这么停停跑跑，一直追过河滩，狐子跑到山上。山上的雪很厚，狐子三拐两拐的，常常就没了踪影，但立即又出现在前面。禾禾已经累得大口喘气，越追越远，就越不愿意半途而废了。末了追上一座山坡，山坡上是开垦种了红薯的闲地，雪落得整个山头像一个和尚的脑袋，眼前的狐子却无论如何找不着踪影了。禾禾坐在雪窝里，大口大口喷着热气，那热气却在胡子上、眉毛上结成了冰花。蜜子也一身是雪，每一撮毛都吊着冰凌串儿，扬着头拼命地向山头上咬。山头的雪地里，狐子又出现了，它像得意的胜利者，在那里套着花子跳跃，完全看不出腿是受伤的了。

到这个时候，禾禾才意识到这狐子的瘸腿原来是伪装的：它是为了保护那只受伤的小狐子，才假装受了伤将他们引开。他一时脸上发烧，感到了一种被捉弄和侮辱的气愤，取下土枪，半跪在雪地里，瞄准了那老狐子，"叭"的一声，黎明的山谷里一阵回响，枪的后坐力将他推倒在雪地里。爬起来，枪口还冒着硝烟，雪地上却并没有倒下一只什么东西来，而在山头更远的地方，那只老狐子又在撒欢了。

禾禾站在那里，羞愧得浑身发冷，手脚不听使唤了。看看东边山上，天空清亮了许多，远远的白塔镇上隐隐约约显出着轮廓，塔下的小学校里，钟声悠悠地敲起来了。

“他妈的！”他骂着狐子，也骂着自己，就脚高步低地往山下走，狗也懒得去招呼一声了。

他开始从河滩最上处往下收药，因为白天狐子是不会出来的，而药又会误伤了行人。但是，就当他在一块大石后收取一颗药丸时，却意外地发现了一道血迹。转过石后，在雪地倒卧着一只没尾巴的狗：已经昏迷了，身子在动着；下巴全然炸飞，殷红的血在雪上喷出一个扇面。禾禾猛然意识到夜里听到的是两声爆炸声。

“倒霉！”

他踢了伤狗一脚。狐子没有炸着，反炸着了狗，要是这狗的主人知道了是他炸死的，那又会发生什么吵闹呢？他忙将狗提起来，扔在了背篓里，急急要趁着天明之前赶回家去。

“权当是要吃狗肉来的。”他安慰着自己。

第三章

当禾禾满头大汗背着昏迷不醒的伤狗回到鸡窝洼里，灰灰两口子早已起来了。这家人是洼里最富裕又最勤苦的，一年四季，没有睡懒觉的习惯。地分包正合了他们的心境，每料庄稼第一个下种，第一个收停碾净。家里喂了三头猪，十八只鸡，过着油搽面的好日子。烟峰提了便桶去厕所倒了，过来看见西厦子房的门被风刮开，喊几声“禾禾”，没有应声，知道又去河滩收药了，就自个儿抱了扫帚扫起门前屋后一夜风扬过来的雪末。

灰灰从炕上爬起来，靠在界墙上，摸索着烟袋要吃烟，又大声叫喊着寻不见火绳。烟峰从台阶上的檐簸子里抽出一节包谷胡拧成的火绳，隔窗格塞进去，说：

“眼窝一掰开就是吃烟，你熏吧，一张嘴倒比个炕洞冒的烟多！”

灰灰在炕上打着哈欠，回应道：

“不吃烟吃荷包蛋行不行？夜里下雪了吗？”

烟峰说：

“雪倒没下，干冷干冷的。你睡吧，饭好了我叫你。”

灰灰说：

“你说得轻快，冬天地里没活了，我得尽早去白塔镇上淘粪呀！昨日早上，那麻子五叔倒比我去得早呢！”

“穷命！”烟峰把鸡窝门打开，拌了一木盆麦麸子在门前让鸡啄起来，“现在地分包了，你也是没一天歇着。去就去吧，回来到那河里，把手脸、粪铲洗得净净的，别让人看了恶心！”

灰灰过足了烟瘾，提着裤子走出来，一边看着天的四边，唠叨天要放晴了，一边裹紧了丈二长的蓝粗布腰带，挑着粪担出门去了。

白塔镇上的公家单位，厕所都在院墙外边，公家干部没有地，厕所里从来不掺水。地分包了以后，附近几个洼的人家就见天天有人来淘粪。最积极的倒算得上是灰灰了。

灰灰一走，烟峰就开始在门前的萝卜窖里掏萝卜，大环锅里煮了，小半人吃，大半猪吃。然后再去屋后雪堆里拉柴火，把火塘烧旺。她家的火塘不在当屋脚底，而在门后：挖很深的坑，修一个地道；火热便顺着地道通往四面夹墙上、炕上，满屋子里就一整天都热烘烘的了。一切收拾得停停当当，才听见山洼子里的人家，有木栅门很响的打开声，往外赶鸡撵猪的声，或者为小儿小女起床后的第一泡粪而大嗓门叫喊狗来吃屎的吆喝声。她就要推起石磨了。

电是没有通到这里的，一切粮食都是人工来磨。但别的地方的大磨大碾，这地方依然没有，他们习惯尺二开面的小石磨，家家安一台在屋角。力气大的，双手握了那磨扇上的拐把儿转，力气怯的就把拐把上再安一个平行的拐杆，用绳子高高系在屋梁，只消摇动那拐杆，磨盘就一圈一圈转起来了。可怜一次磨一升三升。一年四季，麦、豆、谷、菽，就这么一下一下磨个没完没了。

烟峰过门五年来，差不多三天两头守着这石磨。当第一天穿得红红绿绿进了这家门槛，一眼就看见了锅台后那座铺着四六大席的土炕和墙角的那台新凿得青青光光的石磨。她明白这两样就是她从此当媳妇的内容了。五年里，夜夜的热炕烫得她左边身子烙了换右边，右边身子烙了换左边，那张四六大席被肉体磨得光溜溜、明锃锃的，但却生养不下一男半女。她没本事，尽不到一个女人的责任。那石磨却凿一次磨槽，磨平了，再凿一次，硬是由八寸厚的上扇减薄到四寸。现在只能在磨扇上压上一块石头加强着重量。

她烦起这没完没了的工作。每每看见白塔镇上的商店里、旅社里、营业所里的女人们漂漂亮亮地站在柜台前、桌子后，就眼馋得不行。她恨过生自己的爹娘，恨过常常鼻子红红的灰灰，末了，她只能恨自己。地分包了以后，庄稼由自己做，她就谋算着地里活一完就会轻松自在了。可这顿顿要吃饭，吃饭又得拐石磨，她还是没一刻的空闲。每每面瓮里见了底，她就发熬煎：天天拐石磨?! 灰灰总要说："天天拐石磨，那说明有粮食嘛，这还不好?"可是，有了吃就天天拐石磨吗？人就是图个有粮吃吗？烟峰想回顶几句，又说不出来，因为多少年来吃都吃不饱，她怕灰灰说她忘了本。

她低着头，只是双手摇着那拐杆，脑袋就越来越沉，却不能耷拉下去，必须要一眼一眼看着那磨眼的粮食。她突然觉得那石磨的上扇和下扇就像是天上的太阳和月亮：太阳和月亮见天儿东来了，往西去，一年四季就过了；这上扇和下扇的转动，也就打发了自己的一天一天的光阴。她"唉"了一声，软软地坐下去，汗水立时渗出了一脸一头。

门外边，一阵很响的脚步声，接着没尾巴的蜜子跑进来，带了一股寒气。她脸上活泛开来，一边放下拐杆，一边用手拢头上的乱发，叫道：

“禾禾，你是疯了吗？这么一天到黑地跑，还要不要你的小命儿了？你厦屋塘里的火早灭了，快上来烤烤吧！”

门外依然没有回声，什么东西放下了，“咚”地一下。禾禾悄没声儿进来，热气一烘，浑身像着了火似的冒气。

“炸着了？”

“炸着了。”

“好天神，我就说天不亏人，难道还能让你上吊了不成？果然就炸着了！我昨日去镇上收购站打问了，现在一等狐皮涨价到十五元了！”

“狗皮呢？”

“狗皮？!”

烟峰跑出来，“呀”地叫了一声，就坐在门槛上了。那只伤狗已经在台阶下醒了起来，哼哼着，血流了一滩。

“我的爷，你这是怎么啦，这是谁家的狗，你不怕主人打骂到门上来吗？”

“它碰到我的药丸上了。咱吃了它吧，有人来找，我付他钱好了。或许这是从外地跑来的游狗哩。”

禾禾开始抄着棒槌打伤狗，好不容易打死了，要去剥皮时，那狗又活了过来。这么三番五次打不死，烟峰叫道：

“狗是土命，见土腥味就活，你吊起来灌些冷水就死了。”

禾禾把狗吊起来，灌下冷水，果然一时三刻没了命。剥了皮，钉在山墙下，肉拿到屋后的水泉里洗了，就生火煮起来。

狗肉煮到六成，香气溢出来，禾禾压了火，让在吊罐里咕咕嘟嘟炖着，便到堂屋帮烟峰拐石磨。烟峰在磨眼里塞了几根筷子，一边懒洋洋地摇着，一边歪过头，从屋里望外看着蜜子在篱笆前啃着同类的骨头，而钉在厦房山墙上的狗皮上，一群麻雀飞上去，“哄”地又飞走了。

“这张皮子不错，冬天的毛就是厚呢。”她说着。磨眼里已经空了，筷子跳得嘣嘣响。

禾禾说：

“嫂子，你要觉得好，你就拿去做一个褥子吧。”

烟峰说：

“你倒大方！我可是阎王爷嫌你小鬼瘦啊。”

禾禾脸红红的，说：

“嫂子小看我了。我禾禾再狼狈，也不稀罕那一张皮子。凭着我这一身力气，我倒不相信积不下本钱去养蚕哩。”

烟峰放下石磨，收拾面粉，开始在锅灶上忙活，说：

“你不是忘不了你的养蚕！不是养蚕，你也落不到这步田地！”

烟峰这么抢白，禾禾就噎得不说话了。他复员后的一半年里，曾经去过安康。在安康的一个县上，他发现那里的人家整架山整架山地植桑养蚕，甚至竟还放养柞蚕、缫丝卖茧，收入很大。回来就鼓动着生产队里也办蚕场。但是队里人压根儿不理睬，盛盛的一颗心就凉凉的了。地分包以后。他便谋算着自己养蚕。因为没有桑林，就筹划放柞蚕，但本钱很大。为了积得一笔钱，他先是三、六、九日到白塔镇集上烙油饼出卖，媳妇那时正怀着身子，帮他烧火洗碗。卖过三天，买主吃的竟没有自家尝的多，只好收了摊。后来他就又借钱上县买了一台压面机，四处鼓吹机面的好处。可深山人吃惯了丢片，谁家又肯每顿去花一角钱呢？只是偶尔谁家过红白喜事，三姑六舅坐几席，才来压四升五升面，只好又收摊。收了摊，转手压面机又转不出去，百十多元的机子就成了一堆烂铁放在那里白占个地方。这么三倒腾两折腾，原本英英武武要赚钱，反倒折了本，又惯得心性野起来，在家坐不住，地里的庄稼也荒了。媳妇一气，孩子就提前出了世，月子没有满，两口子就吵闹了七场，哭哭啼啼地要离婚。有了儿子，家里又添了一张嘴，讨账的见天儿来催，开始倒卖起家里的财物。越是家境败下去，越要翻上来，禾禾就偷偷卖了那头牛，一心想要去养蚕了。结果夫妻更是一场打闹，离了婚。

“嫂子。”禾禾闷了好长一会儿，说：“我禾禾是败家子吗？要是那笔牛钱真按我的主意办了，现在说不定蚕都养起来了，人家安康那地方，一料蚕的收入把什么都包住了。”

烟峰说：

“或许是我们妇道人家见识浅，这也怪不得麦绒，原先一个好过的人家，眼见折腾得败了，是谁谁也稳不住气了。禾禾，下这场雪，你没有去看看他们娘儿俩吗？”

“我那么贱的？”

“一日夫妻百日恩嘛，那孩子总还是叫你亲爹吧？”

“嫂子，不说了。”

禾禾蹲在门槛上，又开始摸烟来抽。他没有想那长得白皙皙的从小害有气管炎的妻子麦绒，倒满脑子牛牛——他的肉乎乎的小儿子。

烟峰在锅台上，碗和勺撞得叮当响，说：

“你听我的，这狗皮一干，你去镇上让人熟了，就送给麦绒去做个褥子，拉拢拉拢，说不定真能又合起婚。现在的女人没有闲下的，要叫别人又占了窝了，你打你一辈子光棍去！”

“谁看上谁娶去，我光棍倒乐得自在呢。”

“你才是放屁了！”烟峰说，“要说会过日子呀，这鸡窝洼里还是算麦绒。”

“她能顶你一半就好了。”

“我？”烟峰倒咯咯地笑了，“你灰灰哥老骂我是个没底的匣匣呢。我又生养不下个娃娃，仅这一点，谁个男人的眼里，我也不在篮篮拾了！”

她说起来，脸倒不红不白的。说毕了，笑够了，就骂着锅上的竹水管子朽了，摆弄了一时，性子就躁起来，将竹子管抽下来摔在地上。

“我去重做一个。”禾禾提了弯镰到门前竹林去了。

在鸡窝洼里，最方便的莫过于水了，家家屋后紧挨着一个石坎或者岩壁，那石缝里，长年滴滴咚咚流着山泉，泉水又冬暖夏凉，再旱也不涸，再涝也不溢。家家就把一根长竹打通关节，从后墙孔里塞出去，一头接在那泉上，一头接在锅台上。要用水了，竹管往里一捅，水就哗哗流在锅里；不用了，只消把竹管往外拉拉，水就停了。适用的倒比城里的水龙头还强。禾禾刚刚砍下一根长竹，灰灰挑着粪担回来了，还没走近篱笆，就凑着鼻子，叫道：

“做的什么好的，这么香哟！”

“炖的狗肉。”禾禾过来说，就用一节铁丝打通着竹管。

“狗肉？”灰灰将粪倒在厕所里，“把蜜子杀了？”

禾禾小声地说了原委，灰灰就说：

“怕什么，谁要寻到门来，咱还要问他讨药钱哩。哈，这么大张狗皮，多少钱，卖给哥吧？”

烟峰出来骂着：

“你什么都想要，那是禾禾给麦绒做褥子的。”

灰灰落了个烧脸，却立即对烟峰说：

“给麦绒就给麦绒吧。我只想给娘娘神献张皮子，人家都送着红布，皮子比红布要珍贵，好去替你赎赎罪呢。”

烟峰听了，倒火了，说：

“我有什么罪了？我就是不会生娃嘛，我还有什么罪?!”

“不会生娃倒是赢了人了？”灰灰脸上不高兴起来，那红鼻子越发红亮，像充满了血。

“你又到求儿洞去了？”

“我怎么不去，我快四十的人了啊！”

“你去吧，你去吧！”烟峰一屁股坐在门槛上，气得呼哧呼哧的。黄眼睛的猫就势跳到她的怀里，她一把抓起来甩出老远，起身进堂屋去了。

禾禾十分为难起来，他不知道该去劝哪个。当下把打通了的竹管架在锅台上，就两头讨好地说些趣话，接着就去自己屋里盛了狗肉端上来，大声叫着来吃个热火。烟峰气也便消了，对着吃得满口流油的灰灰说：

“你红口白牙地吃人家，也不会把你的酒拿出来！”

灰灰只好做出才醒悟的样子叫道：

“噢噢，吃狗肉喝烧酒，里外发热，我怎么就忘了！“

第四章

吃早饭的时候，烟峰把禾禾叫到堂屋，盛了糁子糊糊让他和他们一块吃。饭桌上，烟峰就数说着禾禾，就这么个单身日子可不是长久的事，如果折腾没有个出路，早早就收了心思，好生安心务庄稼为好。灰灰就接茬说了镇子方圆人的议论：地分包以后，家家日月过顺了，只有禾禾反倒不如人，落得妻离子散。烟峰便又过来责怪灰灰：当年做了一场媒，吃了人家的媒饭，穿了人家的媒鞋，反倒现在撒手不管了。灰灰就黑着脸埋怨禾禾全是在外边逛得多了，心性野了，把他的话当了耳边风。两口子你一句我一句。禾禾端着人家的饭碗，脾气又不好发作，吃过两碗，就抱着头不做声。烟峰就逼着灰灰吃过饭后，拿串狗肉去麦绒家劝劝，看能不能使夫妻破镜重圆。灰灰就当下要禾禾回话：往后安心种庄稼呀不？禾禾说：

“灰灰哥，我真的是个浪子吗？那三四亩薄地里，真的能成龙变凤吗？”

灰灰说：

“我就不信，你把那三四亩地种好了，养不活你三口人?!”

“那就只顾住一张嘴？”

烟峰就唬道：

“正应了心比天高，命比纸薄！我也倒想活得像镇上公家单位里的女人那样体体面面的，可咱那本事呢？你还想要老婆不要？你什么也不要说了。让你哥捏合你们一家人浑全了，再说别的吧！”

吃罢饭，灰灰就提了狗肉去洼地半梁上的麦绒家去了。

麦绒家是这洼地里最老的户，父亲手里弟兄三个，但都没有一个儿子，麦绒爹生养了两个女儿，一个出嫁到后山去了。三户就合作一户，招了禾禾，冬至日，两人正式离了婚，麦绒关了门，常常看一眼父母的牌位，看一眼怀中的小儿子，就放着悲声哭一场。下雪的那天夜里，儿子又害了病，烧得手脚发凉，她吓得连夜抱了儿子到镇上卫生所打了一针。几天来，病情并未好转。家里的麦面又吃完了，去拐石磨，磨槽平得如光板，镇子对面洼里的石匠二水就来凿磨子。

二水三十八九了，为人很有些机灵。前几年因为家贫，一直没能力婚娶。地分了二亩，粮食多起来，就四处托人要成全一个家。他本来凿磨子的功夫并不怎样，却打听到麦绒刚刚离婚，心眼就使出来，找着上门显手艺。凿了一晌，又是一晌，一边叮叮咣咣使锤子凿子，一边问这问那，百般殷勤，眼光贼溜溜地在麦绒的脸上、腰上舔着。娃娃有了病，一阵一阵地哭，麦绒侧了身子在炕沿哄娃娃吃奶，他就过来取火点烟，说着娃娃眉脸俊秀，像他的娘，末了又说：

“快吃奶，奶奶多香哩！”

麦绒忙掩了怀，放下娃娃来烧火，心里扑扑通通跳，又不好说出个什么来。

二水看出了女人的害羞，只当全不理会。瞧见麦绒去拉柴火，就抡起长把斧头在门前劈得碎碎的；瞧见麦绒要喂猪，就一只胳膊把猪食桶提到猪圈。看着他的乖巧，麦绒心里就想起禾禾的不是，感慨着这田里地里、屋里屋外，全要落在自己操心，不免短叹一声。二水偏就要说：

“麦绒妹子，麦地里你撒过二遍粪了吗？”

“没。”

“过冬的柴火收拾齐了吗？”

“没。”

“你这日子过得哟！你瘦脚细手的，娃娃又不下怀，这里里外外的怎么劳累得过来呀！”

麦绒眼泪差不多就要流下来了，却板着脸面说：

“你快凿你的磨子吧！”

二水便将凿好的上扇和下扇安合起来。但是，磨提儿坏了，上扇配不着下扇。他自言自语地说：

“唉，一台石磨也是一对夫妻呢，上扇下扇配合在一起，才能磨粮食呢。”

这当儿，灰灰提着狗肉进了门。二水先吃了一惊，立即就咧嘴笑笑，蹲在一边重新收拾石磨去了。麦绒欢喜地说：

“灰灰哥来了！多少日子了，也不见你上来坐会。今日是杀了猪了吗？”

灰灰说：

“麦绒真是眼睛不好使了，这哪儿是猪肉，这是禾禾搞来的狗肉。说是你有气管炎，给你补身子呢。”

麦绒别转了身，说：

“瞧他多仁义！我补身子干啥，我盼气管炎犯了，一口气上不来死了呢。”

“大清早的别说败兴话！”

孩子又哭起来，手脚乱抓乱蹬。麦绒解怀让噙了奶，一只手去门前抱了柴火，生火烧水，又从柜里取出四颗鸡蛋。虽然同住在一个洼里，因为灰灰当年做的媒人，所以以后任何时候来了，开水荷包蛋总还是要吃上一碗的。灰灰就说：

“你别张罗了！我还有什么脸面吃得下去！我好赖还住在洼里，你们这么一离婚，故意给我的难看，成心是不让我再到你们家来嘛。”

麦绒只是烧她的火，风箱一下长、一下短地拉送，说：

“我盼不得这个家好呢，可我有什么办法？我爹留下的这份家当，总不能被踢腾光呀？我不怪你，只当是我当日瞎了眼窝。”

水还未烧开，鸡就跑进来，跳到灶台上、案板上、炕头上，麦绒拿起一个劈柴打过去，鸡扑棱棱地从门里飞出去了，猪却在圈里一声紧一声哼哼起来。麦绒就将鸡蛋打在锅里，提猪食桶去猪圈，灶火口的火溜下来，引着了灶下的软柴。灰灰踏灭了火，接过孩子，说：

“唉，你这日子倒怎的过呀！”

麦绒坐在猪圈墙上，眼泪也滴了下来，拿起搅食棍使劲地在猪头上打。

二水便说：

“灰灰哥，这屋里不能没个外头人啊，你怎么不给麦绒再撺掇一个呢？”

灰灰看出了他的意思，就说：

“麦绒不是有禾禾吗？”

“那浪子是过日子的人手？”

“你别操那份闲心，禾禾能把狗肉给买回来，他心里早回头了。你说这话，可别让禾禾知道了，抡你的拳头！”

“我说什么来？我什么也没说呢！”

荷包蛋端上来，灰灰一碗两颗，二水也一碗两颗。灰灰问二水磨子凿了几晌了，二水支支吾吾说是三晌了，灰灰黑了脸。

“你是来磨洋工的？吃了鸡蛋你走吧，磨提我来安。”

二水红了脸，捞着鸡蛋吃了，泼了汤水，自个儿就下山走了。灰灰对麦绒说：

“谁叫你请他，你不会喊我一声吗？那是老光棍了，没看出那肚里的下水不正吗？”

“我怎么去叫你，我不愿意再见到禾禾。”

“今日我就为这事来的。禾禾住在我那儿，我们一天三晌数说，他心是回转了，我看你们还是再合一起的好。”

“灰灰哥，我日子是不如人，我爹在世的时候，托你给我们做的媒，我现在也只有找你。你看哪儿有合适的，你就找一个，人才瞎好没说的，只要本分，安心务庄稼过日子。”

“我看还是禾禾。你再想想。毕竟过了一场，又有了孩子，只要他浪子回过头，倒比别人强得多。”

麦绒抱着孩子，靠在灶火口的墙上一动不动，末了就摇起头，眼泪又无声地流了出来。

灰灰看着这个样子，心里也不好受起来，恨禾禾害了这女人。鸡窝洼里，麦绒是一副好人才，性情又软和，又能生养儿子，却这么苦命，真是替她凄惶。当下鼻子显得更红了。

“家里有什么事，你就给我说。禾禾的事你再想想。好好照看住孩子，孩子病好些了吗？”

“打了几针柴胡，烧有些退了，夜里还是愣哭。”

“这怕是遇上夜哭郎了！我给你写一张夜哭郎表，你贴在镇上桥头的树上，或许就会安宁了呢。”

当下找出一张旧报纸，麦绒翻出禾禾当年从部队上拿回的一支铅笔，灰灰写了表：

天皇皇，地皇皇，
我家有个夜哭郎，
过路君子念一遍，
一觉睡到大天亮。

写好了，灰灰走出门，麦绒让把那狗肉带回去，灰灰虎着脸让留下。走过猪圈，眼见猪圈里粪淤得很深，直拥了猪的前腿，便跳下去用锨出了一阵，感动得麦绒心里说：唉，烟峰姐活该有福，不会生养孩子却有这么好的男人！

第五章

灰灰的劝说没有成效，便死了禾禾想夫妻重归于好的一线希望。就将西厦子屋扫了灰尘，搭了顶棚，用白灰又刷了一遍，准备长时间地在这里借居了。

连续三个晚上，他又放了红丸，收获的仅仅是一只小得可怜的狐子。下一步怎么办，禾禾对这种捕猎产生了动摇。但是，吃的穿的，日用花销，却不能不开支，身上的钱见天儿一个少出一个了。冬天里还会有什么生财之路呢？他着急，灰灰和烟峰也为他着急。

一天，太阳暖暖的，阴沟里的积雪也消尽了，禾禾一个人坐在洼底那道瀑布上的阳坡里晒着；百无聊赖，就盯着瀑布出起神来。瀑布恢复了它修逸的神姿，一道弧线的模样冲下去，在峡谷的青石板上跌落着，飞溅出一团一团白花花的水沫。

二水咿咿呀呀地唱着，顺着石阶走上来：

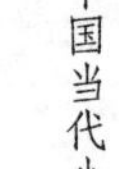

妹在家里守空房，
哥哥夜夜想凄惶。

一扭头，看见了禾禾，后边的曲子咽在肚子里了，脸唰地红成猪肝。

“二水，你这要到哪里去呀？”

“我，我到洼里转转，我不到哪儿去呀。”

“想是去找个老婆了？”

“禾禾，这没有的事！我二水再没见过女人，也不会干出对不起你的事呢。我是什么角色，谁会看得上我了？”

二水颓废地坐在地上，冻得清涕流下来，挂在鼻尖上，用手一抹，擦在衣襟上。禾禾突然同情起二水来：他近四十的人，自小没爹没娘，在这个世界上，他有的是一百三十斤的分量，有的是一米七二的高度，苦，累，热，寒，以及对异性的要求。但却偏偏少了人活着如同阳光、水分一样不可缺少的爱。

“你还打石磨吗？”

“打的，你是不是也要一个呢？我不向你要钱，也不要你管饭，我给你打一个吧？西沟那一带卖豆腐的人家，哪家豆腐磨子不是我打的呢？”

卖豆腐？禾禾心里忽然动了起来：如今白塔镇上的公家单位越来越多，山里农民的粮食多了，吃喝上又都讲究起来，这做起豆腐，一定也是桩好买卖呢。

“二水，你给我打一个豆腐磨子怎么样？该多少钱，就多少钱，一个钢镚儿不少！”

二水果然服帖，当天下午就在家里动起手了，整整两天两夜，他将一合青石豆腐磨子背到了西厦子屋。禾禾也从镇上粜来了几斗黄豆，当下泡了，呼呼噜噜磨起来。

灰灰先是吃了一惊，接着就高兴了：

“禾禾这下倒下苦了，虽说也是倒腾的事，毕竟是实实在在的活啊！”

烟峰却皱着眉，嘴里不说，拿眼睛看禾禾怎么个干法。

做豆腐可真是一件累死人的活计，亏得禾禾一身好膘，五升豆子从下午磨到后半夜。先是转得如玩儿一样，慢慢就沉重起来，鸡一上架，他就懒得说笑，牙关咬得紧紧的。被水泡着的豆瓣用一个牛角勺儿不停地往磨眼里灌，白浆就肆流出来，盛满了一只木桶。

灰灰黄昏时到地里去了，天黑得不认人了才回来。麦苗出土以后，他早晨提半桶生尿去泼，下午担一担柴火灰去撒，离了地就像要掉了魂。

烟峰在堂屋里拧麻线绳儿，吱咛咛，吱咛咛，在拧车子上拧出单股儿，就挂在门环上，一边退着步拉着，一边还是摇着拧车子上劲，头一晃一晃的，优美得倒像是在做舞蹈。斜眼儿瞧见禾禾在厦房里满头汗水拐磨子的样子，就哧哧地笑。

"兄弟，缓缓来，心急吃不了热豆腐哩！"

放下线绳儿就走过来，将一双胖得有肉窝儿的白手放在禾禾的手上，握住石磨拐把，成百上千次地重复着石磨的圆。

"屎难吃，钱难挣哟。"她说，"下辈子托生，再不给农民当老婆了，苦到这农民就不能再苦了。"

"我只说女人家是厮守石磨的，没想我也干上了。"

"男不男女不女的，日子也够糟心了，爷佬保护你这回真能发了。"

两个人坐下来歇气，累得脖子都支不起来。

半夜里，三个人都忙着烧水，过包，厦子房里被烟罩着，呛得人不住地咳嗽。烟峰连打了几个喷嚏，每打一次便弯着眉眼跑到门外，惹得灰灰骂几句娇气。在屋梁上系过包十字架，她又盖了锅，顶了手巾，去扫屋梁上的灰，灰灰又唠叨穷干净，她就火气上来了，木勺在锅沿上一磕，说：

"你浑身哪怕是从土窝里才爬出来，我懒得说你了。这豆腐是清静东西，见得灰吗？你好生烧好你的火，豆腐锅上还见不得你那一双脏手呢！"

没有恼，火光涂照在脸上反倒笑了。禾禾就说：

"嫂子真够厉害，亏是灰灰哥，要是别人，每天打你几顿呢。"

烟峰说：

"打我作甚的，我除了不生娃，哪一样让别人挑剔过？"

豆腐浆在纱包里过滤起来，一盆又一盆，三个人六只手来回晃动着那十字架上的纱包。没想，正紧火着，"嘣"地一声，十字架上的绳却断了，"哼"地掉在锅里，将豆浆水打溅了一锅台。烟峰紧捞慢捞，手又被烫了，三个人都傻了眼。

"霉了，霉了！怎么能遇这事呢？"

"五六斤豆腐是没了！"

这回是烟峰的过错，两口子就吵起来。禾禾忙挡架了，舀出一勺酸菜浆水让烟峰受烫的指头伸进去，就只是笑着。重新系好绳，重新又一盆一盆过包，一直又忙到豆腐点在锅里了，都没有说话。两口子就上堂屋睡去了。

多后半夜，豆腐做了出来。禾禾端了一碗调好的豆腐块，去敲堂屋的窗子，灰灰开了，问怎么啦，禾禾说：

"做出来了，你快吃一碗吧。"

烟峰拉过灰灰，"哗"地关了窗说：

"禾禾，他睡着了还吃什么呀？过包时糟蹋了那么多，你又这个吃那个吃，还卖钱不卖钱了！"

禾禾说：

"挣钱不挣钱，落个肚肚圆嘛！"

灰灰也在说：

"算了，禾禾，夜里吃了我胀得睡不下呢。"

第二天，正好是十三逢集，禾禾就担着豆腐到白塔镇去了。镇上的人很多，卖什么的都有。公社大院里的那些小干部们，平日事情不多，又都是从县上、区上两年一换地到了这儿，一天到黑见的人少，心闷得慌慌的，所以三天一次的集，他们是最喜欢这热闹的了。瞧见禾禾在卖豆腐，觉得稀罕，就围过来，说这豆腐好，又细，又压得瓷，没有掺水，也没有搅白包谷面。

"禾禾，你不打猎了吗?"

"还打的。"禾禾说。

"听说你炸着了一只狗，狗皮卖了吗?"

"不卖。"

"你留着干啥呀?"

"不干啥。"

他有一句没一句地回答着这些人的闲问，拿眼睛盯着过往的人。他没有学会大声地叫卖，而是有人稍稍往这边瞅上一眼就要问一声："买豆腐吗？你来看货啊！"

那些干部又在闲问了：

"禾禾，你现在手头有了多少钱了?"

"不多。"

"这么倒腾着能发家吗?"

"试吧。"

"'先让一部分人富起来'，你快富吧，好让公社树上典型都来学呀！"

禾禾没有言语，心里说：我巴不得明早起来就富裕了，可怎么个富呢。

"你还住在灰灰家吗?"

禾禾不愿意别人提说这事，就不再做声了。那些人感到了没趣，就走到别的地方去混热闹了。禾禾看着他们的背影，叹了一口气：唉，地包产到户以后，把这些人闲下了。哼，有这么多磨闲牙的功夫，怎么不回家给老婆抱娃去呢？枉拿了那一份工资！他一口唾沫吐出来，远远地落在一堵墙上，脸上随即堆起笑来：几个买主走过来了。他刀法不行，每打一块，不是多了半斤，就是又少了一两。豆腐就全切成了小方块。买主们一肚子意见，他只好赔着笑脸，将秤过得高高的，打发人家的喜欢。

有几个老婆婆蹭过来，用手拍拍豆腐的这面，又捏捏豆腐的那面，末了就一分二分地讨价还价，瘪得没牙的嘴嚅嚅乱动。

"哟，这不是鸡窝洼里的上门女婿吗？你这么粗壮汉子，倒卖起这软豆腐了?!"

"你老要几斤?"他赔着笑。

"三斤。你那拐子丈人身子还好吗?"

"他前年就不在了。"

"不在了？可怜见的怎么就不在了！人活什么呀，连个草儿都不如呀，他比我们

都小，倒先我们去了！他好个没福，日子才过好了，他就没了。有娃娃了？”

“有，是个儿。”

“这就好了，拐子一辈子稀罕个儿，儿没有，倒有了孙子，你命好呀，小子，那是一家会过日子的人呢。”

禾禾突然眼角潮湿起来，佯装着低了头，大声翕动了几下鼻子。

老婆婆颤颤巍巍地走了。一边走，一边拿指头捏下一点买的豆腐塞进口里，成几十下地嚅嚅着。禾禾蹲在那里，心里空落落的，不知怎么，不愿意抬头看集上的人了，每每遇见了熟人，头就垂下来。

太阳偏西，集上的人渐渐少起来，豆腐还有半筛子，一时心里发了急。扭头四面看着，就发现前边的那棵空心古槐上，贴着一张“天皇皇，地皇皇”的夜哭郎卦文，看那下边的名字，竟是牛牛。心里就一阵阵紧揪起来，“儿子的病还没有好吗？”他多么想看看去，但麦绒放出口风，绝不让他进门。

“女人的心这么硬啊！”

他担起了豆腐担儿，决意再到那些公家单位的灶上去问问。

一连走了几家，都说已经买了，要他以后每三天送一担就是，他只好从那一扇扇大门里退出来。那些大灶上的残菜剩肉喂养的肥狗就冲着他咬，一抬脚动手，那恶物又扑上来，他只得边打边退，没想跑到白塔底下，竟又偏偏碰见了麦绒。

她已经瘦得厉害，脸上一层灰黑颜色，一只手在衣襟下的胯上藏着取暖，一只手拿着一个硬纸盒的药包。两个人同时相距二百米远站住了。

麦绒万万没有想到禾禾在卖豆腐了，一种说不出的感情使她看见了他没有立即走掉。心跳着，小腿索索地发软。她没有说出话来。

禾禾眼皮低下来，心里叫道：她怎么成了这个样子？看来孩子的病果然不轻，可这狠心的女人为什么不让我去看看孩子呢？她看着我干甚，是耻笑我在卖豆腐吗？还在嘲笑我的狼狈？或者，是不是她也感到了没了男人的苦愁？他放下了豆腐担子，将筛子里一块豆腐，足足有五斤重的，取出来，放在旁边的一块光洁洁的石头上，又从怀里掏出五元钱，放在豆腐上，扭头走了。

他走出了老远老远，回头看时，麦绒呆呆地站在那里，然后却并没有走近那石头，扭身一步一步走过了白塔，往鸡窝洼的小路上走去了。

禾禾咬着牙，眼泪却刷地流下来了。

秦　　腔*

内容简介　《秦腔》以两条线展开，一条线是秦腔戏曲，一条线是农民与土地的关系。这两条线相互纠结，在一个叫清风街的村庄里演变着近30年的历史。清风街有白家和夏家两大户。白家早已衰败，但白家却出了一个著名的秦腔戏曲演员白雪，白雪嫁给了夏家的儿子。夏家家族两代人主宰着清风街，而两代人在坚守土地与逃离土地的变迁中充满了对抗和斗争。30年里，清风街以白、夏两大户以及芸芸众生的生老病死、悲欢离合，真实而生动地再现了中国社会大转型给农村带来的激烈冲击和变化，给农民带来的心灵惊恐和撕裂。评论界有关专家认为，《秦腔》敏感地捕捉到社会转型期间、农村巨变中的时代情绪，是对正在消逝的乡村的一曲挽歌，也是书写当代中国农村的具有史诗性意义的重要作品。

○

王安忆

本次列车终点

“前方到站，是本次列车终点站——上海……”

“上海到了。”打瞌睡的人睁开了眼睛。

“到终点站了。”急性子的人脱了鞋，站在椅子上取行李了。

那伙新疆喀市的中年人开始制定活动方案：“找到旅社，首先洗澡。打电话去重型机械厂联系。然后——吃西餐！”“对，吃西餐！”他们全都兴奋起来。这伙人，是从全国各地大学毕业后去到新疆的，有北京人，有福州人，有江苏人。虽然说话还保持着乡音，可从外表到性格却都很像新疆人了：皮肤粗糙，性格豪放。从南京上车，陈信随意问问他们新疆的情况，他们便兴致勃勃地大谈起来：新疆各个民族是多么风趣，那里的歌儿多么好听，舞多么好看，小姑娘多么活泼。而他们在那里生活的又是如何有趣：炸鱼，打猎。他们谈锋很健，说的十分有趣，叫人由不得羡慕起他们来。

“小伙子，在上海呆多少时间哪？”其中的北京人拍拍陈信的肩膀。

陈信正对着窗外出神，回过头笑了：“这次来，就不回去了。”

“调回来了？”

“调回来了。”

“老婆孩子呢？”

“哪有啊！”陈信红红脸，“要有还能回来？”

“真有决心。”他又重重地拍了拍陈信的肩，“你们上海人，离了上海就活不了。”

“上海是我们的故乡呀！”他说。

“可除了故乡外，还有偌大个世界呢。”

陈信不说话，笑笑。

“人，要善于从各种各样的生活里吸取乐趣。到哈尔滨，就溜冰；到广州，就游泳；去新疆，吃抓羊肉；去上海，吃西餐……命运把你安排在哪里，你就把哪里的欢乐发掘出来，尽情享受。也许，这就是人生的乐趣吧。”

陈信仍然是笑笑。他心不在焉的，眼睛看着窗外疾速掠过的田野。那是被细心分割成一小块一小块，绣花似地织上庄稼的田野。一片黄，一片青，一片绿，河边边上，还缀着一个紫色的三角形。土地的利用率真高，并且划分得那么精致细巧。看惯北方一望无际辽阔的沃土的眼睛，会觉得有点狭隘和拥挤，可也不得不承认，这里的一切像是水洗过似的清新、秀丽。这就是江南，这就是上海的郊外。哦，上海！

火车驶过田野，驶进矮矮的围墙，进市区了。瞧，工厂、楼房、街道、公共汽车、行人……上海，越来越近，越来越具体了。陈信的眼眶湿润了。心，怦怦地跳动起来。十年前，他从这里离开，上海越来越远，越来越渺茫的时候，他何曾想过回来。似乎没有想，可又似乎是想的。在农村，他拉犁，拉耨，收麦，挖河，跑招工，跑招生……后来终于上了师范专科学校，毕业了，分到那个地方一所中学。应该说有了自食其力的工作，有了归宿，努力可以告终，可以建立新的生活。然而，他却没有找到归宿的安定感，他似乎觉得目的地还没到达，没有到达。冥冥之中，他还在盼望着什么，等待着什么。当“四人帮”打倒后，大批知青回上海的时候，他才意识到自己在等什么，目的地究竟是什么。

十年中，他回过上海，探亲，休假，出差。可每次来上海，却只感到同上海的疏远，越来越远了。他是个外地人，陌生人。上海，多么瞧不起外地人，他受不了上海人那种占绝对优势的神气，受不了那种傲视。而在熟人朋友面前，他也同样地受不了那种怜悯和惋惜。因为在怜悯和惋惜后面，仍然是傲视。他又不得不折服，上海是好，是先进，是优越。百货公司里有最充裕、最丰富的商品；人们穿的是最时髦、最摩登的服饰；饭店的饮食是最清洁、最讲究的；电影院里上映的是最新的片子。上海，似乎是代表着中国文化生活的时代新潮流。更何况，在这里有着他的家，他的家，妈妈、哥哥、弟弟、爸爸的亡灵……他噙着眼泪微笑了。为了归来，他什么都可以牺牲，都可以放弃。于是，一听说妈妈要退休，他立即行动起来，首先是要恢复知识青年的身份，至于上学、工作这一段历史，不要了，抹去吧，只要争得几只公章……反正，他打了一仗，紧张而激烈，却是胜利了。

火车进站了，他把窗户推上去，一阵凉风扑面而来，上海的风。他看见了弟弟，小家伙长大了，长得真高，真好看。弟弟也看见了他，跟着火车跑着，笑着叫：“二哥！”他的心不由缩了一下，升起了一丝歉意。可他立即想起十年前，火车开动时，哥哥这么追着火车，给他送行，他的心又平静了。

车停了，弟弟气喘吁吁地追上来了。陈信只顾着和弟弟说话，传行李，也没听见那群快活的中年人在向他告别。

“大哥、大嫂和囡囡都来了，在外头。一份电报只好买一张站台票。二哥，你的东西多吗?”

“能对付，姆妈好吧?”

“还好，她在家里烧饭。今天早上三点钟她就去买菜。”弟弟说。

他还想说什么，可是鼻子酸酸的，嗓子眼被什么堵住了。于是便低下头，什么也不说了。他不说，弟弟也不说了。

他们这样默默地走过长长的站台，哥哥、嫂嫂、囡囡都在出口处等着，一拥而上抢走他的东西，可走了没几步便又还给了他，因为太重了。大家都笑了起来。大哥搂住他的肩膀，弟弟勾住他的胳膊，嫂嫂抱着囡囡在后面压阵。囡囡嘴里一直在唱着一支很怪的儿歌："二叔叔坏，二叔叔坏，二叔叔出口转内销……"大家便一起笑。

"手续都齐了?"大哥问，"明天我请假陪你去劳动局。"

"我陪二哥去好了，我没事。"弟弟说。

陈信的心又是微微一动，他回头看看弟弟，微笑着说："好的，阿三陪我。"

转了两辆公共汽车，到家了。一进门，妈妈叫了声："阿信。"便低下头抹眼泪。三个儿子不知怎么安慰她，心中空有千种温情，无奈于不会表达，也不好意思表达。只是看着她，轮流地说："这有啥哭头?这有啥哭头?"倒是嫂嫂有办法，把妈妈劝止了泪。

"吃饭，吃饭。"大家轻松了，互相招呼着。饭桌临时从妈妈住的六平方米小间搬到了哥哥嫂嫂的大房间。陈信环视了一下房间，见这间以前他们三兄弟合住的屋子变了许多。墙上贴着淡绿的贴墙布，装饰着壁灯、油画。新添的一套家具十分漂亮，式样完全根据房间的大小长短样式做的，颜色也很别致。

"这叫什么颜色?"陈信问。

弟弟内行地回答："咸菜色。现在很兴的。"

囡囡把个凳子搬到五斗橱跟前，爬上去，熟练地按了一下录音机的键子，屋子里立刻充满了节奏强烈的乐曲，把人的情绪一下子激起来了。

"生活得不错!"陈信兴奋地说。

大哥抱歉似地笑着，半天才答非所问地说："好了，你总算回来了。"

嫂嫂端了菜进来，笑着说："回来了，该找对象结婚了。"

"嗨，我这么把年纪，长得又丑，谁要我?"陈信说。

大家都笑了。

桌子上已经满满地摆了十几样菜：肉丁花生，酱排骨，鲫鱼汤……大家都往陈信跟前夹菜，连囡囡也夹，陈信碟子里的菜堆成了一座山，大家还是接连不断地夹菜，似乎为了补偿老二在外十年的艰辛。尤其是大哥，几乎把那碗阿信最爱吃的炒鳝丝扣在他盘子里。他虽然要比陈信大三岁，可从来都受着弟弟的保护。他长得又高又细，小时候，外号叫"长豇谷"。功课虽则很好，室外反映却很慢。玩起来十分笨拙。跳长绳，绳到他脚下必定绊住；官兵捉强盗，有他的那方必定要输。因此，伙伴们都不要他一起玩。阿信就不答应了，他说："哥哥要不来，我也不来。我不来就要和你们捣蛋，干脆大家不来。"他是说得出做得出的。大家一则怕他捣蛋，他捣起来可是了不得的；二则，少了他这样个挺会玩挺会闹的角色，也确有点可惜，于是就妥协了。后来，哥哥眼睛近视了，配了副眼镜，样子更像老夫子，外号便叫作"书头"。不知因为什么，陈信认为这个外号要比"长豇谷"更具有羞辱性。所以他一旦听人叫，立即就在那人后脑勺上敲个"毛栗子"。慢慢地，人们便不敢叫了。再后来，到了"文化革命"，初中六七届的他和高中六七届的哥哥，同时面临分配。政策很明确，翻成老百姓的话便更简洁了——两丁抽一。愁坏了妈妈，妈妈流着眼泪直说：“手心手背，唉，这手心手背……”陈信看不下去了，说：“我去插队。哥哥老实，出去要吃亏的。让哥哥留上海，我去!”他去了，哥哥送他。傻乎乎地站在送行的人群外边，一句话也不说，眼睛也不敢看他。当火车开动的时候，他却挤上前，抓住陈信的手，跟着火车跑。火车把他的手拉开了，他还跟着火车跑，跑……

现在，他终于回来了。彼此都有一肚子的感慨。可陈家兄弟是很不善于表达感情的，所有的情感都表现在具体的行动上。吃过饭，哥哥立即泡来了茶，嫂嫂去天井里的“违章建筑”为他整理床铺，弟弟到浴室帮他排队……当他酒足饭饱，洗了个热水澡，躺在“违章建筑”那张同弟弟合睡的大床上时，他感到舒适得像醉了。干净暖和的被子发出一种好闻的气息，床头写字台上开着台灯，橙色的灯光柔和地照亮着这间简陋的小屋，枕边有一迭期刊，不知是谁放的，反正家里人都知道陈信睡觉要靠小说催眠的，并且都记得。哦，家，这就是家。他，漂流十年终于到家了。他感到一阵从未有过的安心，没有看书便合上眼睛，睡着了。黄昏时，他醒了一下，不知是谁进来把台灯关了，他在黑暗中睁了睁眼睛，心想：“我回来了。”然后又闭上眼睛，沉沉地、安心地睡去了。

一早就出门，去劳动局办了手续，弟弟陪他一起去。汽车站旁边有一块三角形的空地，如今摆满了裁剪摊子和缝纫机。一个脖子上挂着皮尺的小伙子向他们迎来，说：“要裁衣服吗?”他们摇摇头，他便让开了。陈信好奇地回头看看他，见小伙子穿得衣帽整齐，上身瓦尔特服，下身喇叭裤，像是一个活的模特儿在招徕顾客。弟弟拉拉他：“车来了。这都是待业青年，上海这种人可多了。”陈信怔了一下，看看弟弟，弟弟已经挤进上车的人群里，拥在刚停靠的汽车门口，正回头叫他：“二哥，快来!”

“等下一部吧。”陈信望着满腾腾的车厢和站上拥挤的人，犹豫着说。

“越往后越挤，上吧!”弟弟的声音像从很远的地方传来的。

挤吧，力气他是有的。他扒开人，使劲往里钻，好容易抓住了车门的栏杆，踏上了踏板。他又抖擞了一下，重新振起，像纵深进军，终于在一片哇哇乱叫声中挤到了窗口座位旁边，抓住了扶把。然而他感到十分不舒服，怎么站都站不好，一会儿碰前边人的头，一会儿碰后边人的腰。左右前后都得不到个合适位置。周围的乘客纷纷埋怨起来：

“你这人怎么站的。”

“像排门板一样。”

“外地人挤车子真是笨!”

“谁是外地人?”弟弟挤了过来，他十分愤怒，眼看着要和人家吵起来了。陈信赶紧拉住他：“算了算了，挤成这样子还吵什么。”

弟弟轻声说：“二哥，你这样：朝这边侧着身子。哎，对了对了，左手拉把手，这样就好了，是吧?”

确实好了许多，陈信吁了一口气，总算找到了个安定的位置。虽然还是挤，胸口紧贴着一个背，背上又紧贴着一个胸脯。但究竟能站稳脚了。他扭头看看，见人们像是有个默契，全都向左侧着身子，一个紧挨一个。这种排列方法确实足以使车厢容纳量达到最大限度。他想起那个他曾生活过的偏僻小城，人们挤汽车都是拼着命横挤，一无科学的考虑，搞得拥挤不堪，紧张不堪，而实际上，汽车里的人却并不多。上海人是十分善于在狭小的空间内生活的。

“下一站西藏中路，下车的同志请准备。”扩音机里传出售票员的报站声，她用普通话和上海话各报了一遍。这些售票员姑娘的神情就像皇后一样，又高傲又冷淡，好在有严格的工作制度，客观上还是给予了乘客们一定的方便。他又想起那地方的汽车和售票员。汽车就像是从轰炸区开来的，满是灰尘和伤疤，常常不等关门便开跑了。售票员既没有为人民服务的热情，也没有工作制度，不报站名，还经常把车门夹住乘客的后边衣服。到底是上海，一切都是井井有条，在这样的环境里，由不得也要认真起来。

下了车，弟弟带他穿过一条街，这街上是个热闹的自由市场，有菜、鱼、鸡、鸭；有羊毛衫、拖鞋、皮包、发夹；有生风炉炸油墩子的，卖小馄饨的；还有卖纸扎的灯笼，泥做的娃娃，竖了一块牌子，上面写着——民间玩具。陈信忍不住笑了，他没想到，大上海也会有这样的“集”。这集市，同前面繁华的现代的南京路相映成趣。

弟弟说：“现在上海这种地方可多了，政府还鼓励待业青年自找出路呢！”

一提到待业青年，陈信的眉头不由皱了一下。他停了一会儿问道：“阿三，今年你怎么搞的？又没考上学校。”

弟弟低下了头：“我也不知怎么搞的，我读书好像很笨。”

“明年你还准备考吧？”

弟弟不说话，沉默了半天嗫嚅了一句：“大概也还考不上。”

“你这么没信心就行了吗？”陈信有点生气。

弟弟厚道地笑笑：“我读书怎么也读不进，我不是读书的料呀！”

“我和大哥想读书没有读，你有得读却不读。你是我们家唯一可以上大学的，却不争气。”

弟弟不响。

“你今后有什么打算呢？”

弟弟又笑笑，还是不响。这时，突然听身后有人叫：“陈信。”

回头一看，见是一个三十几岁的年轻女人，手里牵着一个很白很好看的男孩子。她烫着长波浪，穿着很时新。陈信一时上想不起是谁了。

“不认识了？我就老成这样了吗？”

“哦，是你，袁小昕！真认不出了，但不是因为老，而是因为漂亮了。”陈信笑了起来。

袁小昕也笑了：“真该死！一个集体户共事两年，居然会认不出来。我看你是忘本了。”

“不，我是没想到，会在这里遇到你。你不是第一批招工走的吗？现在还在淮北煤矿？”

“不，去年调回来了。”

“怎么回来的？”

“一言难尽。你呢？”

“我也调回来了，昨天刚到。”

“哦。”她的口气很平静，“张新虎、方芳也都调回来了。”

陈信兴奋地说：“太好了！我们一个集体户回来了一大半，什么时候找个时间聚聚。唉，总算熬出头了。”

她没说话，只是淡淡一笑，眼角堆起了薄薄的一迭皱纹。

“舅舅，”忽然那孩子对着陈信发言了，“你头上有白头发，和外公一样的。”

陈信笑了，弯下腰握住孩子的手：“儿子？”他问袁小昕。

“是我妹妹的。”她脸红了，赶忙解释，“我还没结婚呢。要结了婚，哪能回来。”

“啊！”陈信不由有点吃惊，他知道袁小昕是同大哥一届的，有三十三四岁了吧，“回来了，怎么还不抓紧解决？”

“怎么说呢，这种事是可遇而不可求的。”

陈信沉默了。

她抚摸着孩子毛茸茸的脑袋，轻声说：“有时候，我觉得为了回上海，付出的代价有点不合算了。”

“不要这么说，能回来终究是好的。”陈信安慰她。

“大阿姨，电影要迟到了。”孩子大声提醒道。

“噢，我们走了。”她抬起头对着陈信笑了，“对不起，扫了你的兴。你和我不一样，你是男的，又年轻，来日方长……会幸福的。”

陈信望着她的背影在人群中消失，心情不由有点沉重。

“真是死蟹一只。”耳边忽然响起一个声音，是弟弟在说。

“什么死蟹一只？”他诧异地回头问。

“三十几岁还没有朋友，死蟹一只，僵掉了。”弟弟解释着。

“袁小昕并不是找不到，她是有想法的，你没听她说，这是可遇而不可求的。你懂吧？”

不知弟弟是懂了还是没有懂，他不以为然地一笑：“反正是个老大难，三十几岁不结婚的男人哪儿有？要么是有缺陷或者条件极差的，要么就是条件极好要求极高，这种人又是喜欢找年轻漂亮的。现在二十几岁的小姑娘都接上班了，多的是。”

陈信想说，还会有一种情况，是一直没寻找到爱情的。可又一想，这话和阿三说，他未必理解。这一批小青年和他这一代似乎大大两样了。他斜眼瞅瞅弟弟：“你可真内行。”

弟弟自负地笑了，这小家伙，连哥哥话里的刺儿都听不出来。陈信又有点不过意，便和缓了口气说：“你现在每天的时间是怎样安排的呢？”

“也没什么事情，反正就是看看电视，听听半导体，困困觉。”

“你到底有什么打算呢?”陈信又提出了这个问题。

弟弟不响，一直走到劳动局大楼下，上了台阶，他才说：“我蛮想工作的。”

陈信站住了脚，弟弟走了几级台阶回过头来说：“走呀!”弟弟的眼睛是坦然而诚恳的，陈信却避开了他的眼睛。

上班了。妈妈的工厂很远，路上需要转三辆汽车，花一小时另二十分钟。厂里分配他开车床，这是他从来没接触过的，一切都要从头学起。他戏称自己是三十岁学生意的老学徒。其实，难的倒并不是车床技术，而是要习惯和适应新的生活、新的节奏。这里的节奏是快速的——下了第一辆汽车，必须跑步到第二个车站，正好赶上车到站；下了第二辆，又是跑步到第三个站……这一环扣着一环，脱掉一环也不行。要想抽支烟，或者思想开个小差，都是不允许的。三班倒的工作制也是他难以习惯的。一周夜班欠下的觉，下两个星期也还不掉，于是，他老感到睡不够。两个月下来，他的脸盘已瘦了一圈。不过，人家都说瘦了好，好看了。在外地的那种胖是虚胖、海胖，吃面粉发的，并非健康的象征。

不管怎么样，他总是回上海了，他心满意足。然而，满足之余，有时他却又会感到心里空落落的，像是少了什么。十年中，他那无穷无尽的思念，现在是没有了。这思念叫人好苦，吃不下，睡不着。这思念叫他认准了目标，不屈不挠地为之奋斗。这思念是渗透了他，充满了他，如今没有了，倒真有点不习惯，常常感到茫然。不过，他认为自己是乐极生悲，回上海了，还有什么好说的?好好建立新的生活吧!至于，究竟是什么样的新生活，他尚未正式考虑。因为，一切仅只刚刚开始呢!

这天早班下班了，他拖着两条足足站了八小时的发麻的腿，洗了澡，换了衣服，走出厂门，到了汽车站，车站上简直是人山人海，人行道上站不下了，漫了大半条马路。起码有三辆汽车脱班，才会造成这种局势。他等了十分钟，汽车连影儿都不见，大家牢骚满腹，议论纷纷，估计是出了交通事故。他等得心里发烦，一赌气，转身离开了车站，走吧!走几站路，直接坐第二路汽车。上次，比他小一岁的李师傅曾经带他走过，左一穿，右一绕，可以省不少路呢。他凭着记忆向前走去，穿过一条弄堂，走上一条石子路面窄窄的小街。街两边满满地坐着人，有的在洗刷马桶，有的烧饭炒菜，有的织毛线缝衣服，有的看书做作业，有的下棋打乒乓，还有的在铺板上蒙头睡觉……把小小的街面挤得更窄了。他转头左右看看，两边的屋子像是鸽子笼，又像是口琴的格子。又小又矮，从窗口望进去，里面尽是床，床，大的、小的、双层的、折叠的。因此一切娱乐、一切工作、一切活动，不得不移到室外进行。要是上班的都下班了呢?要是下雨下雪呢?要是儿子大了要结婚呢?要是……原来在五彩缤纷的橱窗，令人目眩的广告，光彩夺目的时装和最新电影预告的后面，却还有这么窄的街，这么挤的屋，这么可怜的生活。看来，上海也并非想象中的那样完美。

走了有半小时，才到汽车站。他挤上了车，现在他已经学会如何侧着身子，将自己一米八十的身躯安置在最有限的空间，再不会被人误以为是外地人了。当他回到家时，已经六点多钟了，又饿又累。原以为家里已有一桌热腾腾的饭菜在等他，岂不知连饭还没烧熟。原来妈妈下午去淮海路买东西，街上人多，店里人多，车上人更多，老太太如何挤得过人家，结果回来晚了。饭还是上长日班的嫂嫂回来烧上的。妈妈一边忙着洗菜切菜，一边埋怨弟弟："这个阿三呀！什么事也不干，一天到晚就是听听半导体睡睡觉。你见我晚回来，帮我把肉丝切切也好呀！唉，这个阿三！"

陈信憋着一肚子火走进"违章建筑"，屋里黑洞洞的，简直伸手不见五指。却听见半导体没有调准频道的嗡嗡声，似乎在讲话，又似乎在唱歌。他摸到床沿去，一下子绊在一条腿上，把他吓了一大跳。床上坐起一个人："二哥，下班了啊?"

陈信打开台灯，忍不住发火道："阿三，你日子过得太无聊了。成天在家没事，也帮妈妈干点家务嘛!"

"下午我去买了米，还拖了地板。"弟弟辩解道。

"买米拖地板有什么了不起的，我像你这么大，在农村拉犁子，割麦子。"

弟弟不响了。

"你也二十岁了，脑子里该考虑点问题，干点正事了。起来起来，一个人，怎么甘心生活得这么窝囊。你要振作起来，哪还像个年轻人哪!"

弟弟不声不响地走出了"违章建筑"。大哥也回来了，又冲着他说："三三，你大了，该懂事了。哥哥嫂嫂在外工作了一天，回来总想好好休息，你应该帮帮忙啊!"

陈信在"违章建筑"里又接了上去："如果你每天在温习功课考大学，我们一点不会责备你不干家务。相反，还会给你创造条件……"

弟弟仍然不响，妈妈过来打圆场了："好了好了，也怪我，走以前没和阿三交代。饭马上就好了，先吃点饼干吧！阿三，去拷点醋。"等阿三走开，妈妈又对两个大儿子说："我宁可阿三在家里窝着，也不愿他出去闯祸。这些没工作的孩子，像他这样，还算听话的，好的啦。"

七点半，饭菜终于烧好了。大家在妈妈睡觉的六平方小屋里围着饭桌吃饭。因为饭前阿三引起的不愉快，气氛有点沉闷，谁都不想说话。没有闲话下饭，食欲似乎也受了影响。大嫂也许为了使气氛活跃起来，挑开了话题："我们局里成立了'青少年之友'，其实就是婚姻介绍所呀。阿信要不要我去帮你领张表格?"

"我吃饱饭没事干了。"陈信勉强笑着说，"我不想结婚。"

"瞎讲!"妈妈说话了，"人怎么可以不结婚。我就不信像你这种相貌人品，会找不到老婆。"

"现在身高一米八十的最吃香了，小姑娘都喜欢高个子。"弟弟笑嘻嘻地说，已经把刚才受的责备全忘了，他是个没心眼的孩子。

"现在要找个对象也不容易。"嫂嫂说，"没有上千元办不了事。"

"儿子要结婚，哪怕倾家荡产也要帮忙的。是吧，阿仿?"妈妈问大哥。

"哎哎。"大哥傻乎乎地应着。

"有了钱，要没有房子，还是一场空。"大嫂又说。

"实在没办法，我搬到弄堂里去睡，也要让儿子结婚的。是吧，阿仿?"

"对，对。"大哥应着。

嫂嫂笑嘻嘻地说："姆妈说话算数啊!"

妈妈也笑着说："姆妈说话什么时候不算数的?"

"你们在开什么玩笑哪!"阿信放下了碗筷。虽然，妈妈和嫂嫂都是笑着，可骨子里却像是很认真的，又像是包含着什么心照不宣的意味，使人感到很不愉快。

他在哥哥房间里看了一会儿电视，便觉得很困，眼皮子尽打架。想到明天还是早班，便站起来，睡觉去了。走进"违章建筑"，却见阿三已经睡在床上了，在听相声，一个人"咯咯"笑着，十分快活，惬意。

"怎么这么早就睡了?"他说。

"电视没看头。"等到相声在一阵掌声中结束了，弟弟才回答。

"这次相声曲艺节目，播送完了。"半导体里说。弟弟失望地关上了半导体收音机。

陈信照例看了几分钟小说，便关上了台灯。黑暗中突然响起弟弟的声音：

"二哥，要是爹爹还活着就好了。我顶替姆妈，你顶替爹爹，爹爹的工作好，是坐办公室的。"

陈信突然鼻子发酸了，他很想将弟弟搂在怀里，可结果却只是翻了个身，粗声说："你应该说，考上学校就好了。"

过了一会儿，弟弟发出了轻轻的鼾声，陈信却一无睡意了。

妈妈退休，本来可以让弟弟顶替的，可就因为他……

他当即便打了长途电话回家，说："弟弟在上海，总有办法可想。这却是我唯一的途径了。"妈妈那边一声不吭，于是他便反反复复地说："妈妈，我十八岁出去，在外苦了十年。妈妈妈妈，我十八岁出去，苦了十年，十年哪!"妈妈那边仍是没有声音，但他知道，妈妈一定在哭，并且在心里直说："手心手背，哦，这手心手背……"结果，弟弟让了他，是应该的。十年前，他也让了哥哥。弟弟也和他一样，并没有怨言，也没有牢骚，同他亲亲热热的。弟弟翻了一个身，一条腿又跨在了他的肚子上，他没有推开它。

唉，弟弟，真是不争气，要是他考上了学校，不就一切都解决，皆大欢喜了吗?可是，毕竟不是每个人都能上大学，上中技的。说起来，弟弟本不是爸妈打算生养的，就因为提倡"光荣妈妈"，于是又有了他。他的出生曾给妈妈带来了光荣，而今却是烦恼。弟弟对自己的出生也很抱歉，同时又为没考上大学而抱歉，对谁都和和气气，谁说他都不回嘴。

他叹了一口气，上海，在上海也不容易。

今天晚上，妈妈厂里的一个老姐妹沈阿姨将要带个姑娘来给陈信过目。这是妈妈一手主持的，陈信就不好太执拗了。可心里实在觉得又无聊又别扭。哥哥说："你现在应该着手建立生活了。"他听了倒是一震，新生活突然之间这么具体起来，他有点措手不及，难以接受。可他再想想，确也想不出来究竟还有什么更远大、更重要的新生活。也许，结婚，成家，抱儿子……这就是了。他摇摇头苦笑了一下，那种空落落的感觉又涌上心头。唉，十年里，对上海的思念虽然熬人，可却也有甜蜜，比如做梦，憧憬，梦游，神游。看来什么都是希望着的时候最好，就比如小时候总觉得星期六比星期天更好一些。

一家人却都很起劲，从下午起便开始准备了。决定在哥哥房间里进行，嫂嫂把房间扫了一遍，抹了一遍。哥哥去买了点心水果，并商量决定早早地把囡囡哄睡，免得他说出叫人难堪的话。这是有过教训的。有一次，他妈妈给人介绍对象，在家里碰头。平时大人说话也不避他，他似懂非懂，突然间，指着那一对男女问嫂嫂："妈妈，他们两个是结婚?"搞得十分不好。

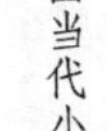

弟弟更是忙得不亦乐乎，建议妈妈晚上烧绿豆汤，又把自己最好的衣服拿出来让二哥穿。陈信发觉他的兴奋是由于极其无聊，生活中总算有了点新鲜内容，便开心得不得了，不免有点反感。于是也要求他到时候和囡囡一起在"违章建筑"里睡觉。弟弟百般哀求，无奈二哥的态度异常坚决，十分扫兴。尽管积极性受到严重的挫伤，但他还是帮助妈妈烧好了一大锅绿豆汤，动员二哥套上了他的喇叭裤。

七点半光景，她们来了。那姑娘一直害羞地躲在沈阿姨身后，进了屋便坐在角落的沙发上，拿起一本书看着。正好是个黑影地，她又埋着头，看不清模样。

"阿信这孩子不错，厂里老师傅很夸奖他。到底在外面吃过苦的，不像那些学堂刚出来的小青年骨头轻。"沈阿姨说。

"是啊，这孩子不容易，在外面苦了十年。"妈妈一面和沈阿姨聊天，眼睛却老瞟着角落里的姑娘。

"阿信，车床上的活儿做得惯吧?八小时站着，很吃力的噢?"沈阿姨又转向了陈信。

"还好。我不怕站，在农村什么活没干过!"陈信应付着，注意力却全在那个角落里。可惜看不清，只看得见一个轮廓，似乎是短短的卷发，宽宽的肩膀。

"阿仿，儿子呢?现在顽皮得不得了吧!"

"他睡觉了，还听话。"大哥心不在焉地回答。

"听话个什么!皮死了，我不要他了。"嫂嫂纠正道。

"这是讲讲的，人家想要还要不到呢。皮的小孩都聪明。"

"聪明倒是聪明……"嫂嫂转身向角落走去，"来，这儿坐，喝点绿豆汤呀!"

可有一个人"抢"在她前边走到角落里，说："这么暗，看书太吃力吧!"说着便拉亮了落地灯。原来是弟弟，不知他什么时候混进来的。陈信真想揪着衣领把他拎出去，可心里也不得不感激他的灵活机动。

现在，姑娘便全都被灯光笼罩了。大家不约而同都停止了说话，向她看去，又不约而同地回过头，相互望望。大家脸上都有一种失望的表情。还是嫂嫂比较沉得住气，她怔了一会便说："别看书了，喝点绿豆汤。"

姑娘扭扭捏捏地喝完一碗绿豆汤，用手绢擦擦嘴，便说要走了。大家也不留她，只客套了几句："以后来玩啊!""路上小心啊!"然后全家起立送她到门口便止了步，由沈阿姨一个人送出弄堂。这似乎已经成了一套仪式的，每个人都自觉地遵守着。陈信刚回上海，还不大懂。但弟弟负责地站在他身边，为他做着榜样。

妈妈瞅空问陈信："阿信，你看怎么样?"

阿信不说话，却笑了起来。

"不行不行，颧骨高，要克男人的。"弟弟发言了。

"瞎三话四，又不问你。"

"形象是欠缺一点。"哥哥说。

"相貌是不好看，不知道人怎么样。"妈妈自己说。

交流只能暂时到此，沈阿姨回来了，笑着对陈信说："人家说，看你的意思如何。小姑娘看样子蛮喜欢你的。"

陈信还是笑着，不回答。

沈阿姨似乎会意了一点什么，又说："这姑娘人品很好，老实厚道，今年二十八岁。家里条件蛮好的，她爸爸妈妈说：不看男方的条件，只要人好，要是没房子，可以住我们家。他们有一间双亭子间……好了，你们再商量商量，最好早点给我回信。阿信，沈阿姨不会骗你的，你放心。沈阿姨从小看你长大，最知道你了。"

全家把沈阿姨送至弄堂口，才回来。

"阿信，你对她印象究竟怎么样?"哥哥问。

"不佳。"阿信直截了当地说道。

"形象究竟是次要的，可以接触接触嘛!"嫂嫂说。

"嗯，形象可重要。要不，大哥为什么要找你。"陈信和嫂嫂开了个玩笑。大家都笑了。

嫂嫂又笑又气，在他肩上捶了一下。

"阿信，我说你也可以接触接触，不能太以貌取人。"大哥说。

"靠介绍谈对象，外表当然很重要。否则，我凭什么去和她交往下去，谈什么恋爱呢?"陈信有他的道理。

"形象不要求太好，但总要走得出去。"阿三又参加意见了。

"姆妈，我看这姑娘还不错。"嫂嫂对妈妈说，"再说条件也好，有房子。上海的房子可是很要紧。"

陈信听见了，说："我是找人，又不是找房子。"

"可这也是很重要的呀。我看那姑娘也没什么大难看，就是面孔稍微阔了一点，眼睛眉毛都过得去。"

阿信不耐烦了："什么眼睛眉毛，反正我看见这个人，一点儿激情都没有。"

弟弟笑了起来，他还没听说过什么"激情"不"激情"呢!

"我也是为了你好，我看你将来能把'激情'当饭吃。"嫂嫂说。

"对，对。"大哥附合。

妈妈开口了："囡囡妈妈，这是阿信的事，还是让他自己作主。"

"就是，就是。"大哥又附合道。

"好了，到此为止吧。"陈信感到无聊极了，"妈妈，以后你再别操这个心了。我自己找。有本事找个好老婆，没本事活该打光棍。”说完，一头钻进“违章建筑”，睡觉去了。

睡梦中，有一双眼睛在对着他笑，这是一双黑黑的，弯弯的，像月牙儿似的眼睛。这眼睛分明在笑，笑得很甜，很温柔。他醒了，见那一尺见方的窗户外，一弯月牙正对着他。

哦，月牙儿般的眼睛，她在哪儿呢？她究竟是谁呢？在那里，每天早上，他去食堂吃饭回来，总是看见有一辆自行车从校园驶过，从后门向前门驶，老式笨重的平车上坐着小巧纤细的她。她总是回过头看他，那眼睛，那眼睛……他自信，如果他问她："你上哪儿去？"她一定会告诉他。可是他一直没问，因此也就一直无从知道，她从哪儿来，又到哪儿去。他只知道，学校的后门到前门，是一条捷径，常常有人来来往往，可以省去一个很大的圈子，而直达目的地。目的地有很多。前门有医院、文化馆、文工团、机械厂；后门有百货大楼、体育场、纺织厂。她一百次，一千次从他身边过去，他放过了她，心底里明明喜欢她的，他看到她便感到愉快。他的注意力全在上海，上海这个目标上了。如今，终于回了上海，她却永远过去了，一去不回了。只在记忆中留下了一个美好的倩影。当然，他决不后悔，在他心中的天平上，一个姑娘决不会比上海重。只是，有那么一点点。一点点的惆怅。

他又想起了他的学校，那是一个很宽阔的公园。可以说，上海还没有一所中学是这么大的。校园里有一条林荫道，一片小树林。他的房间门前有一眼井，夏天可以冰西瓜。他有一个班的学生，学生对他很忠实，常常把家里做的食物送给他。可他这次回来，为了避人耳目，生怕节外生枝，却是不告而别。唉，他想那个地方了。几个公章可以把这段历史不留痕迹地消灭。可是，既然是历史，就总要留下些什么，至少要给心灵留下一点回忆。

这天早上，哥哥忽然向妈妈提出，把户口分开，他说："这，这么样，可，可以有两份，两份鸡蛋。按户头分配的东西，也都可以有，可以有两份了。"

妈妈没说话，抬起眼睛看着哥哥，哥哥却把脸避开了。

陈信觉得哥哥的想法挺不错，只是奇怪他为什么要这样吞吞吐吐、结结巴巴、似乎在说什么难于启齿的事。他在边上笑着说。"这倒挺不错，亏你们想得出。"

不想这句玩笑却叫哥哥红了脸，走了。而妈妈自始至终没有发言，眼睛却老盯着哥哥。

阿信走出门去上班，弟弟跟在他后面到了弄堂口。弟弟诡秘地压低声音说："你晓得大哥为什么要分户吗？"

"鸡蛋……"

"什么鸡蛋！"弟弟打断了他的话，"是为房子。"

"房子？"陈信困惑了，停下了脚步。

"房子。"弟弟肯定了一句，"一分户口，这间二十二平方的客堂就归他们了。这一定是嫂嫂的主意。"

"归他就归他了！"陈信重又挪动了脚步，"你这个小鬼，正事上不用心，这种事倒内行得不得了。唉。”

这一整天，陈信都有点心不在焉，常常有意无意地想起哥哥的话：“分户口。”他隐隐地感觉到这“分户口”后面是有一点什么含义的。继而，弟弟的话又响在耳畔：“房子。”他想起嫂嫂老是提起的结婚和房子的关系。这会不会确实有什么意味？他下意识地一挥手：“不会。”几乎说出声来，倒把自己吓了一跳，不觉又好笑起来。

下班，回到家，他便听见妈妈在和大哥说：“这户口不大好分。因为这房子有一半是阿信的。阿信在外苦了十年，要是他结婚，你们要让出半间，你说是吧？”

哥哥不响，妈妈又问了一遍：“是吧？”他才附和着：“是的，是的！”这时，嫂嫂端菜进来了，将菜碗放在桌子上。不知是有心还是无意，碗底发出很响的一声：“砰！”

吃晚饭了，哥哥、嫂嫂的脸上像蒙了一层乌云。而妈妈却像是对他俩很抱歉似的，一个劲儿地往他们碗里夹菜。弟弟老是意味深长地向陈信递眼色，意思是：“你看，你看！”陈信厌恶地转过脸，低下头，谁也不看。饭桌上的气氛十分沉闷，幸好有个囡囡，在凳子上一会站起，一会儿坐下；一会儿要这，一会儿要那，使空气活跃自然了一点。这会儿，他干脆丢了勺子，用手往碗里直接抓菜。奶奶做规矩了，捉住他的小手，摊开巴掌，在手心上打了三下。弟弟朝他做着幸灾乐祸的鬼脸：“好极了，哈哈！”囡囡高傲地说：“一点儿都不痛！”大家都笑了，可嫂嫂一把将囡囡从凳子上拖下来，嘴里训斥道：“你不要脸皮厚，这么不识相。没把你赶出去是对你客气，不要当福气。”大家的笑容僵在脸上了，不知道该收回去，还是该放在那里。弟弟解嘲似地又轻轻说了一句：“好极！”

妈妈沉下了脸：“你这话是什么意思？”

“没有什么意思。”嫂嫂说。

“我知道你的意思。”妈妈干脆把话挑明了，“你是在为房子生气。”

“我不为房子生气，有没有房子我无所谓。不过，我儿子长大了，没有房子是不会让他娶人家女儿回家的。”

“你不用讲这种话来气我，我做婆婆的虽然穷，可是我心里疼孩子。三个儿子我要一样看待，手心手背都是肉，阿信出去，有一半是为了阿仿。你们不要忘恩负义。”妈妈哭了。

“我们怎么忘恩负义？人家小姑娘结婚，谁不是一套家具，沙发落地灯。我结婚时，阿仿有什么？我有过一句怨言吗？阿信在外地，逢年过节不都寄包裹寄钱。做媳妇做到了这种程度很可以了。”嫂嫂也哭了。

哥哥傻了眼，不知劝谁好。

弟弟不见了。真的出事，他就害怕，开溜，是个小草包。

“别哭了！”陈信烦躁地站了起来，“妈妈，我不要这房子，我不结婚。我们插队落户的，能有回上海的一天，就满足了。”

妈妈哭得更伤心了。嫂嫂看了他一眼，哭声低了下去。

晚上，大家都睡了，大哥抽着烟走进“违章建筑”，说：“你别生你大嫂气，她就是这么个脾气，心并不坏。当时我们结婚，我没有储蓄，只买了一张床。她并没抱怨。这几年，我们省吃俭用，买了家具，装修了房间，她心满意足，觉得苦了几年终于有了结果，自然要竭力保护。她心不坏，她也说，应该让给弟弟半间，只是舍不得，我慢慢劝她……”

“大哥，别说了。”他猝然说道，“我刚才不是说气话，我不要这半间，我发誓。你让她放心，只是不要分户口。妈妈要伤心的，老人家喜欢子孙团圆。”大哥哭了，抱住他肩膀。他也想抱住大哥的，可结果却一把推开他，钻进了被窝。在外十年，把他的感情也磨粗糙了。

可是，在上海，确实也不容易。

陈信过惯了独自一人省心的日子，如今感到真烦心。第二天是厂礼拜，他天不亮早饭没吃，谁也不告诉一声，便出了门。他想出去走走，找个开阔一点的地方。在空阔的北方过惯了，在上海总感到气闷。高不见顶的高楼挡住了风，密密的人群混浊了空气。去哪儿呢？去外滩吧。

他下了汽车，向前走去。马路对面是黄浦江。看不见江面，只看见大大小小停泊着的轮船。江岸上绿树、红花，老人在打太极拳，

小孩子奔来跑去，年轻人在散步，照相。生活有了这些，就变得愉快、美好起来。他心情稍稍轻松了一点。他穿过了马路，哦，黄浦江，这上海的象征。可它并不像记忆中和地图上那样是蓝色的。它是土黄色，并且散发出一股腥臭味儿。也许世界上一切东西都是只能远看，走近去一细看便要失望的。

他顺着江岸向前走去，前边是外滩公园，他买了门票进去了。一进去便是一个喷水池，水从假山顶上落下，落在池子里，激起一圈圈涟漪。记得很久很久以前，水不是这么直接落在水面上的，水珠子落在一把伞上。伞下是一个妈妈，搂着两个孩子，笑嘻嘻地挤在一起躲雨。他小时候第一次看见这座雕像时，是多么惊讶，多么喜欢。他看个没完没了，便赖着不肯走。现在想起来，雕像是在冥冥中引起了共鸣。他们，从来就是这么生活的。爹爹很早就死了，妈妈带着他们三个，相依为命，相濡以沫，什么苦都吃过了。可就因为大家挤在一起，再怎么苦都是暖融融的。有一次刮龙卷风，四口人全挤在大床上，紧紧抱成一团。闪电，霹雳，呼啸的狂风，引得大家又害怕却又兴奋。弟弟夸张地尖叫着，妈妈笑着咒诅老天，陈信以保护人的身份坐在离电灯开关最近的地方，这个开关被刚懂一点电知识的哥哥视若虎豹。雷打得真吓人，可真开心。是的，暖融融的。这温暖，吸引着他，吸引着他归来。

水，落在空荡荡的水面上，激起一个个单调而空洞的水圈。

一滴水珠落在他撑在池边的手背上，他忽然意识到，这水珠是从自己脸颊上滚落的。他是怎么了？当年离开上海，妈妈哭得死去活来，他却一滴泪不流。今天……他感到一种莫大的失望，好像有一样最美好最珍重的东西突然之间破裂了。他扭头走出了公园。

商店开门了，营业员都在卸排门板，亮出了橱窗。橱窗里的商品令人目眩。街上走的人，更令人头晕，那似乎都是一些活着的、生动的模特儿。他走到一个橱窗跟

前，不由自主地站住了脚，橱窗里是一些电动的装置：一个滑梯上，一个个大头胖娃娃鱼贯滑下，两个娃娃抱在一起荡秋千，后面几个红领巾少年在试飞机模型，一架架银色的飞机在蓝色的云幕上飞翔。

他站在跟前，走不动了。他感到心里忽然有什么被唤回了，是的，被唤回了。这是他的童年，他的少年，他离开上海时，心中留下的一片金色的记忆。这记忆在十年中被误认为是上海了。于是，他便拼命地争取回来。上海，是回来了，然而失去的，却仍是失去了。

路上的人越来越多，漫下了人行道。像是排队走路似的，想快也快不了。他想起早晨挤汽车的那种形势；想起饭店里站着等人，坐着被人等的情景；想起三角花园一条长凳上坐着三对伴侣；想起豫园假山上排队轮流照相……看来，人，不仅能创造奇迹，还能创造窘境。唉，他何必一定要挤进来呢，何必呢？

人和人，肩挨肩，脚跟脚，这么密集的在一个世界里，然而彼此又是陌路人，不认识，不了解，彼此高傲地藐视着。哦，他忽然想起弟弟前几日录来的一个歌，歌词只有反反复复的两句。“地上的人群就像天上的星星那样拥挤，天上的星星就像地上的人群那样疏远。”

那个地方却不是这样的，那里很清静，也许有些荒凉了，但走在街上，可以奔跑，可以信步，可以畅快地呼吸。因为城市小，人和人，今天不见明天见，低头不见抬头见。都是面熟的，相识的，一路走过去，几乎要不断地点头，招呼，倒别有一番亲切和温暖。看来，大有大的难处，小，却也有小的好处。

他身不由己地跟随着人流向前走，自己也不知道走向哪里。他很茫然，十年里那点渗透他心灵的、苦苦的而又是甜甜的思念，消失了。十年里那种充实感也随即消失了。他的目的地达到了，下一步，他该往哪儿走？人活着，总要有个目的地。完成西装革履、喇叭裤、录音机的装备，跟上时代新潮流？找对象、结婚、建立小家庭？……这些都可以开始了，是的，可以开始了，只是还需要很多努力，很多辛苦。并且，如果时装里包裹着一颗沉重而不愉快的心灵，究竟又有什么幸福？为了建立家庭而结婚，终身伴侣却不是个贴心人，岂不是给自己加了负荷。他不由又想起了月牙儿般的眼睛，唉，这是可遇而不可求的。人生的目的地，总归应该是幸福，而不是苦恼。他忽然感到，自己追求的目的地，应该再扩大一点，是的，再扩大一点。

他郁闷的心情开朗了一点，好像沉重的乌云开了一条缝，一线朦朦胧胧的光透了进来。虽然是朦胧隐约的，但确实是光。

“阿信！”

他站住了，似乎有人叫他，嗯？

“阿信！”又是一声。他转脸一看，见马路上，熙熙攘攘的行人中间，无可奈何爬行着的一辆公共汽车窗户里，伸出大哥的半个身子，向他伸着手。他背后还有大嫂。他们脸上的表情很怪，似乎是十分惊慌恐惧。

他不知出了什么事，掉转身子追着汽车跑去。大哥一把抓住他的手，什么话也说不出来，只是呆呆地看着他。就像十年前，陈信坐在火车上，哥哥跟着火车跑的时候那神情一样。他心里一酸。大嫂也伸手抓住他：“阿信，你可别想不开!”她又哭了。

“你们想到哪儿去了?!”陈信笑了，眼泪却也滚了出来。

“回家吧!”哥哥说。

“好的，回家。”回家，家毕竟是家，就因为太贫困了，才会有这些不和。亲人，苦了你们了。他忽然感到羞愧，为自己把十年的艰辛当作王牌随时甩出去而感到羞愧。妈妈、哥哥、弟弟、嫂嫂，都有十年的艰辛。当然，人生中，还不仅是这些。还有很多很多的欢乐，真的，欢乐！比如，林荫道、小树林、甜水井，天真无邪的学生、月牙儿般的眼睛……可全被他忽略了。好在，还有后十年、二十年、三十年，今后的日子还很长很长。该怎么过下去，真该好好想一想。

又一次列车即将出站，目的地在哪里？他只知道，那一定要是更远、更大的，也许跋涉的时间不止是一个十年，要两个、三个，甚至整整一辈子。也许永远得不到安定感。然而，他相信，只要到达，就不会惶惑，不会苦恼，不会惘然若失，而是真正找到了归宿。

长 恨 歌*

内容简介 20世纪40年代，还是中学生的王琦瑶被选为“上海小姐”的第三名，被称作“三小姐”。从此开始命运多舛的一生。做了李主任的“金丝雀”，使她从少女变成了真正的女人。上海解放，李主任遇难，王琦瑶成了普通百姓。表面上日子平淡似水，内心的情感潮水却从未平息。与几个男人的复杂关系，想来都是命里注定，也在艰难的生活与心灵的纠结中生下女儿薇薇并将她抚养成人。80年代，已是知天命之年的王琦瑶难逃劫数，女儿同学的男朋友为了金钱，把王琦瑶杀死，使其命丧黄泉。《长恨歌》是当代中国著名女作家王安忆的长篇代表作之一，1995年发表于《钟山》杂志，获第五届茅盾文学奖，并且入选20世纪中文小说100强。本书中，一个女人40年的情与爱，被一支细腻而绚烂的笔写得哀婉动人，其中还交织着上海这所大都市从40年代到90年代沧海桑田的变迁。王安忆看似平淡却幽默冷峻的笔调，在对细小琐碎的生活细节的津津乐道中，展现时代变迁中的人和城市，《长恨歌》被誉为“现代上海史诗”。

○

张炜

一潭清水

海滩上的沙子是白的，中午的太阳烤热了它，它再烤小草、瓜秧和人。西瓜田里什么都懒洋洋的，瓜叶儿蔫蔫地垂下来；西瓜因为有秧子牵住，也只得昏昏欲睡地躺在地垄里。两个看瓜的老头脾气不一样：老六哥躺在草铺的凉席上凉快，徐宝册却偏偏愿在中午的瓜地里走走、看看。徐宝册个子矮矮的，身子很粗，裸露的皮肤都是黑红色的，只穿了条黑绸布镶白腰的半长裤子，没有腰带，将白腰儿挽个疙瘩。他看着西瓜，那模样儿倒像在端量睡熟的孩子的脑壳，老是在笑。他有时弯腰拍一拍西瓜，有时伸脚给瓜根堆压上一些沙土。白沙子可真够热的了，徐宝册赤脚走下来，被烙了一路。这种烙法谁也受不了的，大约芦青河两岸只有他一个人将此当成一种享受。

一阵徐徐的南风从槐林里吹过来。徐宝册笑眯眯地仰起头来，舒服得了不得。槐林就在瓜田的南边，墨绿一片，深不见底，那风就从林子深处涌来，是它蓄成的一股凉气。徐宝册看了一会儿林子，突然厌烦地哼了一声。他并不十分需要这片林子，他又不怕热。倒是那林子时常藏下一两个瓜贼，给他送来好多麻烦。那树林子摇啊摇啊，谁也不敢说现在的树荫下就一定没躺个瓜贼！

种瓜人害怕瓜贼哪行！徐宝册对付瓜贼从来都是有办法的，而老六哥却往往不以为然。白天，徐宝册只这么在热沙上遛一趟，谁也不敢挨近瓜田，而老六哥却倒在铺子上睡大觉。如果是月黑头，瓜贼们从槐林里摸出来，东蹲一个，西蹲一个，和一簇簇的树棵子混到一起，趁机抱上个西瓜就走，事情就要麻烦一些。有一次徐宝册火了，拿起装满了火药的猎枪，轰的一声打出去……天亮了，徐宝册和老六哥沿着田边捡回几十个大西瓜，那全是瓜贼慌乱之中扔掉的。老六哥抱怨地说："何必当真呢？偷就让他偷去，反正都是大家的，偷完了咱们不轻闲？你放那一枪，没伤人还好，要是伤着个把人，你还能逃了蹲公安局？"宝册只是笑笑说："我打枪时，把枪口抬高了半尺呢！嘿，威风都是打出来的……"

一些赶海人都知道，老六哥的确是个大方人，所以常在瓜铺里歇脚。每逢这时，宝册由不得也要和他一样大方。有一次他烧开了一桶桑叶子水端上来，被一个满脸胡子的海上老大提起来泼到了沙土上。老六哥哈哈大笑着，便到瓜田里摘瓜去了。他一个腋下夹着一个熟透的西瓜，仍然哈哈大笑说："反正都是集体的瓜，吃就吃吧，只要不在夜里偷就行。"宝册也来了一句："人家把开水泼了，咱就乖乖地摘来瓜，威风都是泼出来的！"说完也哈哈大笑起来。他接过老六哥腋下的一个花皮大西瓜，顶在圆圆的肚子上，转回身子，来到一块案板前，放手摔下去。西瓜脆生生地裂成几块儿，红色的瓜瓤儿肉一般鲜，赶海的每人抢一块吃起来。

有个叫小林法的十二三岁的孩子常来瓜铺子里。这孩子长得奇怪：身子乌黑，很细很长，一屈一弯又很柔软，活像海里的一条鳝。他每次都是从北边的海上来，刚洗完海澡，只穿一条裤头儿，衣服搭在手臂上，赤裸的身子上挂着一朵又一朵泛白的盐花。盐水使他周身的皮肤都绷紧起来，脸皮也绷着，一双黑黑的眼睛显得又圆又大，就连嘴唇也翻得重一些，上边还有几道干裂的白纹。滚热的沙子烙痛了他的脚，他踮起脚尖，一跛一跛地走过来，嘴里轻轻叫唤着："嗦！嗦！嗦嗦……"

徐宝册一看到他这个样子就不禁乐了起来，躺在铺子里幸灾乐祸地喊着："小林法！小林法！快来……"他还常常跑上几步，把小林法拦在铺子外边，故意把他掀倒在地上，让沙子炙他赤裸的身子。小林法"哎哟哎哟"地叫着，在沙子上翻动着，笑着，骂着……徐宝册把自己的一只脚扳到膝盖上，指点着那坚硬的茧皮说："你的功夫不到，你看我，烙得动吗？"

小林法到了铺子里，就像到了自己家里一样。他躺在凉席上，两脚却要搭在宝册又滑又凉的后背上，舒服得不知怎么才好。宝册常拿起烟锅捅进他的嘴里，他就闭上眼睛吸一口，呛得大声咳嗽起来。老六哥在一旁对小林法说："嘿，不中用！我像你这么大已经叼了三年烟锅了！"小林法这时候就把脚从宝册的后背上抽下来，蹬老六哥一脚说："你中用，敢跟我到海里走一趟吗？我到哪你到哪，敢吗？"老六哥不吱声了。他当然不敢的：小林法长得像条鳝，水里功夫也是像条鳝的。

小林法在铺子里玩不了一会儿，就嚷着要吃西瓜。只是在这个时候，徐宝册和老六哥的意见才是完全一致的，二人毫不犹豫地起身到瓜田里，每人抱回一个顶大的西瓜来。小林法很快吃掉一个，又慢悠悠地去吃另一个……他的肚子圆起来时，就挪步走出铺子，往瓜地当心那里走去了。

那里有一潭清水。

那潭清水是掘来浇西瓜的。平展展的水面上，微风吹起一条条好看的波纹。潭水湛清，潭中的水草、白沙都看得一清二楚。这实在是一个可爱的水潭。小林法常在这儿游上几圈，洗去身上的盐水沫儿。徐宝册和老六哥笑眯眯地蹲在潭边上，看着他戏水。

小林法就像是水里生的、水里长的一样，游到水里，远远望去，还以为他是条大鱼呢。他不怎么吸气，只在水里钻，一会儿偏着身子，一会儿仰着胸脯，两手像两个鳍，一翻一翻，身子扭动着，有时他兴劲上来，又像一只海豚那样横冲直撞，搅得水潭一片白浪，水花直溅到潭边两个老人的身上。

他从水中出来，圆圆的肚子消下去了，又重新吃起西瓜，直到只剩下一块块瓜皮。老六哥说："你真是个'瓜魔'!"徐宝册点点头："瓜魔！瓜魔!"

日子长了，他们仿佛忘记了小林法的名字，只叫他"瓜魔"了。

瓜魔原来是个收养在叔父家里的孤儿。他对读书并没有多少兴趣，叔父对管教他也并没有多少兴趣，他从五六岁起就在大海滩上游荡了。他在瓜田，绝对没有白吃西瓜，他常常帮助给瓜浇水、打冒杈，一边做活一边笑，在太阳底下一做就是半天。徐宝册疼他，喊他进草铺里歇一歇；老六哥却总是吸一口烟，笑眯眯地望他一眼说："让他做嘛！用瓜喂出来的一个好劳力嘛!"瓜魔实在做累了，就到海里去玩，回来时总在身后藏两条鱼，还都是少见的大鱼哩。两个老人怎么也弄不明白，他一个小小的孩子两手空空，怎么就能捉住那么大的鱼？不过也从不去问，因为他们觉得瓜魔也和一条很大的鱼差不多，"大鱼"逮条"小鱼"，大概总不难吧？两个人自己起灶，把鱼做成鲜美的鱼汤、鱼丸子、鱼水饺。有时瓜魔带来几个螃蟹，还有时带来几个乌鱼、八腿蛸、海螺、海蚬子……应有尽有。有一次他们吃过饭之后，问瓜魔怎么逮住了那条鱼，像腰带一样、细细的长长的那条？瓜魔说："捡条粗铁丝就行。这鱼老爱往岸边游，你瞅准它，一下子抽过去，就被抽成两截了，百发百中的!"两个老头儿笑了，嘴里学他一句："百发百中的!"

瓜魔隔不了几天就要来一次，徐宝册和老六哥吃不完他的鱼，就用柳条儿穿了晒鱼干。这个小小的瓜铺就像磁石一样吸引着瓜魔，因为他一来，徐宝册和老六哥总乐于为他摘最大的西瓜。他们对这么个瘦小的孩子能一气吃下那么多西瓜，开始觉得奇怪，后来倒觉得有趣了，来少了就念叨他。

这天，太阳偏西的时候，瓜魔又来了。入夜，他破例留下来，就睡在这铺子上。徐宝册没有娶过老婆，当然也没有儿子逗，半夜里常要伸手去摸摸瓜魔那热乎乎的肚子，觉得是一大快事。他想象着如果早几年结婚，有个儿子如今也该这般大了。他和老六哥是轮流睡的，要有一个为瓜田守夜。该他守夜时，他就把瓜魔叫醒，两人一起到地边上支起小锅煮东西吃。东西都是瓜魔出去找来的，无非是些刚长成小纽的地瓜、鼓成水泡仁的花生……这些东西撒上盐末煮一煮，味道都是极鲜的。

海风送过来一阵阵腥味儿。夜气很重，他们坐在火堆边上，衣服还是有些潮湿。空中的星星又密又亮，他们都觉得这会儿离星星近了许多。海潮的声音永无休止，虽是淡远的，但远比水浪拍岸深沉，那是硕大无边的海和整个地球岩石摩擦的声音。在这幽深的夜里，它和高空眨动的星光、远方林涛的振响一起，组成一个极为神秘的世界。芦青河在连夜急匆匆地奔向大海，那声音嘹亮而昂扬，不断安慰和鼓励着守夜的人们。

瓜魔斜倚在徐宝册的身上，看着远处升起的半个月亮。他突然说："宝册叔，我明年也跟你们来干吧！我喜欢这个活儿，晚上不会瞌睡……"

徐宝册从铁锅里捞出一块地瓜纽儿填到嘴里嚼着，摇摇头。

"怎么呢?"

"你该到海上学拉网，那才叫有出息！等你老了，年纪像我们差不多时，再来吧。”

瓜魔沉默着。从海岸隐隐传来拉夜网的号子声，他倾听了一阵，说：“我去要几条鱼来煮上！”

瓜魔去了，提来几条鲅鱼煮到了锅里。徐宝册又点上了烟锅，吸了几口，说：“讲点故事吧……”

铁锅下的木炭响了一声。瓜魔说：“你讲吧，你是老人，老人十个里面有八个装了说不完的故事。”

徐宝册把那条又宽又肥的半长裤子提了提，说：“那一年上，我种了棵南瓜，就种在屋后头。最后你猜怎么了？生出了一窝地瓜。”

瓜魔笑得肚子都疼了。他嚷着：“我有一年种了一棵苞米，到头来你猜呢？生出一棵蓖麻！”

“胡说！”徐宝册严厉地打断他的话，磕掉了烟灰，“你胡乱编排些什么！”

瓜魔说：“你不也是胡乱编排吗？”

“我不是，”徐宝册摇摇头，“我邻居家的孩子给我偷着埋下了地瓜呀……你看，是这样的。”

瓜魔无声地笑了。他把身子滚动一下，挨近一棵西瓜，摘下一个瓜来。他吃着瓜说：“我想起一个故事来——这可不是编的，一点不是，是我亲眼看见的。那一年芦青河涨水，听人说河里的鱼多极了。好多人都鼓动我进河捉鱼去。我那几年就愿睡觉，头一碰着什么就粘上了，再也不愿抬起来……”

“小孩子都这样的。”徐宝册也掰了一块西瓜，咬了一口说。

“也不都这样。恐怕这是种毛病——我叔叔就说这是种毛病的。”瓜魔这时候不吃瓜了，一只手撑着地，半挺着身子讲他的故事了，“那一天大雾，芦青河就笼在一片灰白色的雾里。哎呀，好大的雾呀，我从家里走到河边上，衣服就湿了……河里这天没有多少人捉鱼，他们都怕雾呀，怕在对面不见人的时候被水里的妖怪拖进水里去。我倒不怕，直顺着水游下去，就在河口那儿的一片大水湾里停住了……”

徐宝册一直眯着眼睛，这时睁开眼插一句：“是那片在三伏天也冰凉的水湾里吗？”

瓜魔点点头：“嗯。”

徐宝册重新眯上了眼睛：“那里面听说有不少鳖哩。”

瓜魔摇摇头：“我在那儿捉到一条很大的鱼——它用鳍把我的小腿肚儿划开一道口子，惹恼了我，我用拳头砸了一下它的脑袋，它才显得老实了。我像抱个小孩儿一样把它抱上岸来，它直拱动，老想再回到河里去。我就紧紧抱着它……后来走在路上，累了歇息的时候，我就搂着这条鱼睡去了。醒来一看，鱼不见了，肚子上只沾了几片鱼鳞……”

“哪去了呢？”徐宝册蹲起身子，惊讶地问。

瓜魔揉揉眼睛：“谁知道！到现在我也不知道。只是第二天我到龙口街上赶集，看见一个小姑娘卖一条鱼，越看，那鱼越像我捉的那条……”

徐宝册不做声了。他开始吸那杆烟锅。

瓜魔讲到这儿像是疲倦了，身子一仰躺了下来。他又伸手去拿起一块吃剩的瓜，放在嘴里吮着，并不咬，两眼一直望着那布满星星的天空。

蝈蝈儿在瓜垄里叫了起来。各种小虫儿也用千奇百怪的声音应和着。铁锅往外噗噗地冒着气，鱼的香味儿很浓了。徐宝册起身把铁锅端下火来。

一个人迈着拖拖拉拉的步子走过来，走到近前才看出是老六哥。他不做声，蹲在了火堆旁，怕冷似的烘了烘手。他看到那一片片瓜皮，就伸手在瓜魔的肚子上捅一下说："真是个瓜魔！"

他们三个人一块儿将鱼吃了。这是一顿很丰盛的，也是一顿很平常的夜餐……

第二天，徐宝册和老六哥摘下了堆得像小山一样的西瓜，叫队上的拖拉机拉走了。搬弄瓜的时候，他们发现一个黑皮上带有花白点的大个儿西瓜，立刻就挑拣出来，藏到了铺子下边。他们记得去年就有这样的一个瓜，切开皮儿就有股香味扑出来，咬一口，甜得全身都要酥了。徐宝册说："留着瓜魔来一块儿吃吧。"老六哥点点头："一块儿吃。"

一连两天瓜魔没有来。西瓜从铺子下滚出来，徐宝册用脚把它推进去，说："瓜魔这东西把我们两个老头子给忘了。"老六哥说："瓜魔能忘了我们老头子，可他忘不了瓜！"徐宝册点点头："也忘不了海——这小东西，简直是鱼变的！这小子该到海上学打鱼。他原想以后跟我们来做营生呢……"

老六哥听到最末一句想起个事情。他说："听人讲，村里的土地以后都要搞责任承包了——还没讲瓜田承包不承包呢。"

徐宝册笑笑："承包怕什么？承包不就是咱俩的事了？别人也不敢揽这瓜田——这得有手艺呢！"

老六哥点点头："就是呀，我讲的意思，也就是到时候咱俩瞪起眼睛来，可不能让别人承包走了。"

天气出奇的热，傍晌午的时候，瓜魔胳膊上搭着衣服从海上来了。徐宝册坐在铺子上，老远就瞅见了，兴奋地吆喝着："嘿，你这小子！这几天跑哪去了？"

瓜魔仰着脸儿走过来，似笑非笑地眯着眼睛，身子晃晃荡荡的，像喝醉了酒。他唱着什么歌儿，一扭一扭走过来，躺在了铺子上。他喊着："吃瓜吃瓜！"

"这个瓜魔！"徐宝册招呼一下田里的老六哥，从铺子下边滚出了那个大西瓜，……真快意呀！谁吃过这样的西瓜呢？瓜魔兴奋得在铺子上打了几个滚儿，然后才到那潭清水里洗澡去了。徐宝册和老六哥也到瓜田里做活，路过水潭，每人顺便抓起一把沙子扬了进去，使得瓜魔在里面骂了一句。

村子里来人告诉徐宝册和老六哥，晚上要开会商量责任田承包的事，让他们去一个开会。

这个消息使两个看瓜的老头子整整兴奋了半天。徐宝册要去开会，老六哥不同意，说："你这个人关键时候话来得慢，我不放心。我去算了。"争执的结果，决定由老六哥去参加。

徐宝册觉得这事情不比一般，很需要运用一番自己的智慧。他想了好多，都想对老六哥嘱咐一遍，这使得老六哥都有些腻烦了。徐宝册打着冒杈，说：“比如这冒杈吧，不比往年长那么旺——这是瓜秧不壮啊！不错，化肥也使了不少，可天旱，也只得不停地浇。结果呢？肥料都给冲到地下去了……这些，你都得跟领导说，让他们知道承包下来也不是便宜的事。”

老六哥听了暗暗发笑，徐宝册想到的他全想到了，他只不过将什么都藏在心里罢了。他觉得，今天手腕子也好像比过去强劲了些。他像囫囵吞下了一个大西瓜，心里老觉得沉甸甸的。他步量了一遍瓜田，又在靠近槐林的地边停住了步子。他想：如果承包下来，就是和自己的瓜田一样了，那么，这儿最好能架起一排荆棘篱笆，挡住那些瓜贼……

傍晚老六哥回村开会去了，半夜时分才回来。

老六哥笑模笑样的，这使徐宝册的心一下子放了下来。他问：“六哥，承包给咱们了吧？”

老六哥点点头：“不承包给咱们，谁敢揽这技术活儿？我一发话，会上没说二话的。没跟你商量，我就代你在合同上按了手印。我早算准了，咱们年底每人少说也能赚它五百块钱！”

“哎呀！哎呀！”徐宝册上前搂住了老六哥的腰，呼喊着，捶打着，说：“瓜魔算‘魔’吗？你才算‘魔’！你这家伙鬼精明，你掐一掐手指骨节，计谋就来了。行啊，亏了这回承包！新政策是谁定的？我老宝册要找到他，敬他一杯大曲酒！”

老六哥搬来小铁锅，找来一条干鱼，放在里面煮上了。两人坐在一块儿吸着烟锅，谁也不想先去睡觉。老六哥吸着烟，伸出手捏住徐宝册的半长黑裤，拉了两下说：“看看吧！多丑的一条裤子……”徐宝册满脸愠怒地斜了他一眼，把他的手扳掉。老六哥笑吟吟地说：“这都是没有老婆的过。有老婆，她早给你做条好裤子了。”徐宝册的脸有些烧起来，只顾一口接一口地吸烟。老六哥又说：“今年卖了瓜，赚来钱，先去娶个老婆来！你总不能一个人老死在屋里吧……”徐宝册抬头望着远处月光下那片黑黝黝的槐林，嗫嚅道：“也……不一定……”

“哈哈哈哈……”老六哥听了大笑起来。

徐宝册也笑起来，这笑声直传出老远，在夜空里回荡着，最后消失在那片槐林里了。

天亮了，他们立即着手在靠近槐林处架荆棘篱笆了。瓜魔来了，就忙着为他们砍荆棵子……徐宝册告诉瓜魔：瓜田承包下来了，这片西瓜就和自己的差不多了。瓜魔听了乐得不知怎么才好。老六哥低头绑着篱笆，这时回头瞅了瓜魔一眼，没有吱声。瓜魔于是走到他的身后，在他的腰上轻轻按了一下。老六哥突然抛了手里的东西，瞪起眼睛喝道：“你小子打人没轻重，乱戳个什么！”

老六哥的样子怪吓人的，瓜魔吃了一惊，往后蹦开了一步。

徐宝册很惊奇地望望老六哥的腰，说：“就那么不禁戳吗？”

老六哥没有吱声，只是涨红着脸低头做活。

三个人整整用了一上午的时间才架好篱笆。午饭做的鱼丸子、玉米面锅贴儿，瓜魔只吃了很少一点，就躺到铺子上去了，仰着脸，扭动着。他嘴里哼唱着，一边把脚搭在徐宝册光滑的脊背上。老六哥一直皱着眉头吸烟，这时一转脸看到了，说："真是贱东西！他整天做活累得不行，你还要把脚搭在他背上！真是贱东西！"瓜魔在过去总要把脚挪到他背上的，可是这回看到他阴沉沉的脸色，就无声地把脚放在了铺子上。

吃完饭后，照例要吃西瓜了。徐宝册见老六哥不愿动弹，就自己到田里摘来两个。可是吃瓜时，老六哥只是吸烟……瓜魔离开以后，徐宝册扳过老六哥的膀子问："六哥，你身上有些不对劲儿？"

老六哥只是吸烟。

"你不吱声我也知道。你掐一掐手指骨节就生出来的计谋，我都知道！你心里想心事，嘴上只是不说！"徐宝册盯着他的脸，硬硬地说。

老六哥磕打着烟锅，板着脸，慢声慢气地说："瓜魔不能多招惹的，他不是个正经孩子。"

徐宝册哼一声，扭过头去说："瓜魔是个好孩子！"

"你看看吧，"老六哥往瓜魔常来的那个方向指点一下说，"正经孩子有他那个样儿吗？黑溜溜像铁做的，钻到水里又像鱼，吃起瓜来泼狠泼愣！"

徐宝册气愤地将卷在膝盖上的裤脚推下去，站起来说："你有话就直说，用不着这么转弯抹角的。瓜魔一个孩子又碍了你什么！哎哎，你真是变成'魔'了！"

这是他们最不愉快的一次。这一天，他们简直没有说上几句话，只顾各忙自己的事情了。

以后瓜魔来到，老六哥总是离他远远地坐着。瓜魔带来的鱼，他似乎也不感兴趣了。瓜魔到水潭里洗澡，也只有徐宝册一个人跟去看了。徐宝册背着瓜魔对老六哥说："六哥，你心胸窄哩！你不像个做大事情的人！"老六哥顶撞一句："我也没见你做成什么大事情！"

瓜魔不知有多少天没来了，徐宝册常常往大海那边张望。可他除了看到远处海岸上那一长溜儿活动的拉网的人之外，几乎没有看到别的。夜里，他一个人烧起小铁锅，或者一个人走在瓜田里，总觉得少了些什么。

一天早上醒来，他对老六哥说："昨夜我刚睡下，就梦见瓜魔来了，蹲在瓜田南边，就是篱笆那儿，和我煮一锅鱼汤。"

老六哥点点头："煮吧。"

徐宝册眼神愣怔怔地望着篱笆说："煮好以后，我梦见他跟我要烟锅，我没给他。"

"你该给他！"老六哥讪笑着说。

"我没有给他。"徐宝册摇摇头，"我梦见他好像生了气，说再也不来了……"

老六哥嘴角上挂了一丝讥讽的笑容。

又有一天，徐宝册正给瓜浇水，一抬头看到海边上有个人在向这边遥望，那身影儿很像是瓜魔。他抛了手里的水桶，上前几步喊道：

“瓜魔呀？是你这小子！你怎么不过来呀？瓜魔——瓜魔——”

那是瓜魔，徐宝册越看越认得准了，于是就一声连一声地喊他，用手比划着让他过来。可是瓜魔无动于衷地站在那儿，望了一会儿，就晃晃荡荡地走开了……徐宝册愣愣地站在那儿，两手紧紧地揪着自己肥大的裤腿。

老六哥对他说：“你再不要喊那东西了——他是再也不会来了。有一次你不在，他坐在铺子上吃瓜，吃下一个还要吃，我阻止了他。这小子一气走了。”

徐宝册听着，啊了一声，瞪大眼珠子盯着老六哥。

老六哥有些慌促地挪动了一下身子，避开对方的眼睛。

徐宝册却只是盯着他……停了一会儿，徐宝册寻了一个最大的西瓜，顶在肚皮上抱回铺子，对准那个案板，狠狠地摔下去。西瓜碎成一块一块，他两手颤抖着拢到一起，捧起一块吃着，瓜瓤儿涂了一腮。吃过瓜，他就躺在凉席上睡着了。

老六哥把这一切看在眼里，不敢说上一句话。

徐宝册醒来后，老六哥坐在他的近前。徐宝册眼望着北边的海岸线说：“我早就知道你是舍不得那几个瓜！你要发一笔狠财，你不说我也知道！瓜魔平日里帮瓜田做了多少活儿？送来多少鱼？你也全不顾了……”

当天下午，徐宝册就到海上寻找瓜魔去了。

瓜魔在海里。他爬上海岸，坐在徐宝册的身旁哭了。眼泪刚一流下来，他就伸出那只瘦瘦的、黑黑的手掌抹去，不吱一声。徐宝册要他再到铺子里去，他摇摇头，神情十分坚决。最后，老头子长叹了一声，走开了。

两个老头子还像过去一样，每天给瓜浇水、打杈子；晚上，还像过去那样给瓜田守夜……可是，他们不再高声谈论什么，也不再笑。徐宝册无精打采，他觉得自己突然变得没有力气了……终于有一天他对老六哥说：

“六哥！我忍了好多天了，我今天要跟你说：我不想在瓜田里做下去了。你另找一个搭档吧。真的，开始我忍着，可是以后我不能再忍了。咱俩在一起种了多年瓜，我今天离去对不起你哩，你多担待吧！”

老六哥惊疑地咬住嘴里的烟锅，转着圈儿看徐宝册，说：“你，你疯了……”

徐宝册说：“我真的要走，今天就回村里去。”

老六哥这才知道他是下了决心了，有些失望地蹲在了地上。

徐宝册说：“还是李玉和说的好，‘我们是两股道上跑的车，走的不是一条路啊！’……”

老六哥声音颤颤地说：“什么时候了，还有心去说这些！”他洒下了两滴浑浊的眼泪……突然，他站起来，低着头，只把手一挥说，“走吧，宝册，有难处再来找你老哥我！”

徐宝册离去了。半月之后，他重新与别人合包下一片海滩葡萄园，到园里看葡萄去了……瓜魔又常常去园里找他玩，两人像过去那样睡在草铺子里，半夜点火烧起鱼汤……

一个晚上，他们仰脸躺在草铺里，瓜魔又把脚搭在了徐宝册光滑的后背上。他用那沙沙的嗓子唱着什么，声音越来越轻，终于一声不响了。停了一会儿，他对徐宝册说："我真想那个瓜田……"

徐宝册笑笑："你想吃瓜了？瓜魔！"

瓜魔坐起来，望着迷茫的星空，执拗地摇摇头："我是想那潭清水……真的，那潭清水！"

徐宝册没有做声。

这是个清凉的夜晚，风吹在葡萄架上，"刷刷"地响……徐宝册声音低缓地自语道："葡萄也需要个水潭呢，我想在这儿动手挖一个……"

瓜魔的眼睛一亮："那水潭不是好多人才挖成的吗？我们能行？"

徐宝册点点头。

瓜魔笑了："我真想那潭清水……"

一个早晨，一老一少真的找块空地，动手挖水潭了。大概泥土很硬，他们一人拿一把铁锨，腰弯得很低，在橘红色的霞光里往下用着力气……

1983.5 写于济南

古　船*

内容简介　《古船》是张炜的一部具有深厚历史感和文化底蕴的小说，描写了胶东芦青河畔洼狸镇上几个家庭40多年来的荣辱沉浮、悲欢离合，真实地再现了那个特殊年代里人性的扭曲，以及在改革大潮的冲击下那块土地的变化。它是当代中国最有气势、最有深度的文学杰作之一，是“民族心史的一块厚重碑石”。它以一个古老的城镇映射了整个中国，以一条河流象征生生不息的生命，以一个家庭的沧桑抒写灵魂的困境与挣扎。作者以细腻而饱含深情的笔触，勾勒众生，文本深厚而富有感染力。《古船》获得庄重文文学奖、人民文学奖等重要奖项。

○

史铁生

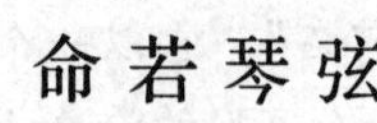

命若琴弦

莽莽苍苍的群山之中走着两个瞎子，一老一少，一前一后，两顶发了黑的黑帽起伏攒动，匆匆忙忙，像是随着一条不安静的河水在漂流。无所谓从哪儿来，也无所谓到哪儿去，每人带一把三弦琴，说书为生。

方圆几百上千里这片大山中，峰峦叠嶂，沟壑纵横，人烟稀疏，走一天才能见一片开阔地，有几个村落。荒草丛中随时会飞起一对山鸡，跳出一只野兔、狐狸，或者其他小野兽。山谷中常有鹞鹰盘旋。

寂静的群山没有一点阴影，太阳正热的凶。

“把三弦子抓在手里。”老瞎子喊，在山间震起回声。

“抓在手里呢。”小瞎子回答。

“操心身上的汗把三弦子弄湿了。弄湿了晚上弹你的肋条!”

“抓在手里呢。”

老少二人都赤着上身，各自拎了一条木棍探路，缠在腰间的粗布小褂已经被汗水洇湿了一大片。蹚起来的黄土干得呛人。这正是说书的旺季。天长，村子里的人吃罢晚饭都不呆在家里；有的人晚饭也不在家吃，捧上碗到路边去，或者到场院里。老瞎子想赶着多说书，整个热季领着小瞎子一个村子一个村子紧走，一晚上一晚上紧说。老瞎子一天比一天紧张、激动，心里算定：弹断一千根琴弦的日子就在这个夏天了，说不定就在前面的野羊坳。

暴躁了一整天的太阳这会儿正平静下来，光线开始变得深沉。远远近近的蝉鸣也舒缓了许多。

“小子！你不能走快点吗?”老瞎子在前面喊，不回头也不放慢脚步。

小瞎子紧跑几步，吊在屁股上的一只大挎包叮啷哐啷地响，离老瞎子仍有几丈远。

“野鸽子都往窝里飞啦。”

“什么?”小瞎子又紧走几步。

“我说野鸽子都回窝了，你还不快走!”

“噢。”

“你又鼓捣我那电匣子呢。”

“噫——鬼动来。”

“那耳机子快让你鼓捣坏了。”

“鬼动来!”

老瞎子暗笑：你小子才活了几天。“蚂蚁打架我也听得着。”老瞎子说。

小瞎子不争辩了，悄悄把耳机子塞到挎包里去，跟在师父身后闷闷地走路。无尽无休的无聊的路。

走了一阵子，小瞎子听见有只獾在地里啃庄稼，就使劲学狗叫，那只獾连滚带爬地逃走了，他觉得有点开心，轻声哼了几句小调儿，哥哥呀妹妹的。师父不让他养狗，怕受村子里的狗欺负，也怕欺负了别人家的狗，误了生意。又走了一会儿，小瞎子又听见不远处有条蛇在游动，弯腰摸了块石头砍过去，“哗啦啦”一阵子高粱叶子响。老瞎子有点可怜他了，停下来等他。

“除了獾就是蛇。”小瞎子赶忙说，担心师父骂他。

“有了庄稼地了，不远了。”老瞎子把一个水壶递给徒弟。

“干咱们这营生的，一辈子就是走。”老瞎子又说，“累不?”

小瞎子不回答，知道师父最讨厌他说累。

“我师父才冤呢。就是你师爷，才冤呢，东奔西走一辈子，到了没弹够一千根琴弦。”

小瞎子听出师父这会儿心绪好，就问：“什么是绿色的长乙（椅）?”

“什么？噢，八成是一把椅子吧。”

“曲折的油狼（游廊）呢?”

“油狼？什么油狼?”

“曲折的油狼。”

“不知道。”

“匣子里说的。”

“你就爱瞎听那些玩意儿。听那些玩意儿有什么用？天底下的好东西多啦，跟咱们有什么关系?”

“我就没听您说过，什么跟咱们有关系。”小瞎子把“有”字说得重。

“琴！三弦子！你爹让你跟了我来，是为了让你弹好三弦子，学会说书。”

小瞎子故意把水喝得咕噜噜响。

再上路时小瞎子走在前头。

大山的阴影在沟谷里铺开来。地势也渐渐的平缓、开阔。

接近村子的时候，老瞎子喊住小瞎子，在背阴的山脚下找到一个小泉眼。细细的泉水从石缝里往外冒，淌下来，积成脸盆大小的小洼，周围的野草长得茂盛，水流出

去几十米便被干渴的土地吸干。

“过来洗洗吧，洗洗你那身臭汗味。”

小瞎子拨开野草在水洼边蹲下，心里还猜想着“曲折的油狼”。

“把浑身都洗洗。你那样儿准像个小叫花子。”

“那你不就是个老叫花子了？”小瞎子把手按在水里，嘻嘻地笑。

老瞎子也笑，双手掬起水来往脸上泼。“可咱们不是叫花子，咱们有手艺。”

“这地方咱们好像来过。”小瞎子侧耳听着四周的动静。

“可你的心思总不在学艺上。你这小子心太野。老人的话你从不着耳听。”

“咱们准是来过这儿。”

“别打岔！你那三弦子弹得还差着远呢。咱这命就在几根琴弦上，我师父当年就这么跟我说。”

泉水清凉凉的。小瞎子又哥哥妹妹地哼起来。

老瞎子挺来气：“我说什么你听见了吗？”

“咱这命就在这几根琴弦上，您师父我师爷说的。我都听过八百遍了。您师父还给您留下一张药方，您得弹断一千根琴弦才能去抓那服药，吃了药您就能看见东西了。我听说过一千遍了。”

“你不信？”

小瞎子不正面回答，说：“干吗非得弹断一千根琴弦才能去抓那服药呢？”

“那是药引子。机灵鬼儿，吃药得有药引子！”

“一千根断了的琴弦还不好弄？”小瞎子忍不住嗤嗤地笑。

“笑什么笑！你以为你懂得多少事？得真正是一根一根弹断了的才成。”

小瞎子不敢吱声了，听出师父又要动气。每回就是这样，师父容不得对这件事有怀疑。

老瞎子也没再做声，显得有些激动，双手搭在膝盖上，两颗骨头一样的眼珠对着苍天，像是一根一根地回忆着那些弹断的琴弦。盼了多少年了呀，老瞎子想，盼了五十年了！五十年中翻了多少架山，走了多少里路哇。挨了多少回晒，挨了多少回冻，心里受了多少委屈呀。一晚上一晚上地弹，心里总记着，得真正是一根一根尽心尽力地弹断的才成。现在快盼到了，绝出不了这个夏天了。老瞎子知道自己又没什么能要命的病，活过这个夏天一点不成问题。“我比我师父可运气多了，”他说，“我师父到底没能睁开眼睛看一回。”

“咳！我知道这地方是哪儿了！”小瞎子忽然喊起来。

老瞎子这才动了动，抓起自己的琴来摇了摇，叠好的纸片碰在蛇皮上发出细微的响声，那张药方就在琴槽里。

“师父，这儿不是野羊岭吗？”小瞎子问。

老瞎子没搭理他，听出这小子又不安稳了。

“前头就是野羊坳，是不是，师父？”

“小子，过来给我擦擦背。”老瞎子说，把弓一样的脊背弯给他。

“是不是野羊坳，师父？”

“是！干什么？你别又闹猫似的。”

小瞎子的心扑通扑通跳，老老实实给师父擦背，老瞎子觉出他擦得很有劲。

“野羊坳怎么了？你别又叫驴似的会闻味儿。”

小瞎子心虚，不吭声，不让自己显出兴奋。

“又想什么呢？别当我不知道你那点心思。”

“又怎么了，我？”

“怎么了你？上回你在这儿疯得不够？那妮子是什么好货！”老瞎子心想，也许不该再带他到野羊坳来。可是野羊坳是个大村子，年年在这儿生意都好，能说上半个多月。老瞎子恨不能立刻弹断最后几根琴弦。

小瞎子嘴上嘟嘟囔囔的，心却飘飘的，想着野羊坳里那个尖声细气的小妮子。

“听我一句话，不害你。”老瞎子说，“那号事靠不住。”

“什么事？”

“少跟我贫嘴。你明白我说的什么事。”

“我就没听您说过，什么事靠得住。”小瞎子又偷偷地笑。

老瞎子没理他，骨头一样的眼珠又对着苍天。那儿，太阳正变成一汪血。

两面脊背和山是一样的黄褐色。一座已经老了，嶙峋瘦骨像是山根下裸露的基石。另一座正年轻。老瞎子七十岁，小瞎子才十七。

小瞎子十四岁上父亲把他送到老瞎子这儿来，为的是让他学说书，这辈子好有个本事，将来可以独自在世上活下去。

老瞎子说书已经说了五十多年。这一片偏僻荒凉的大山里的人们都知道他：头发一天天变白，背一天天变驼，年年月月背一三弦琴满世界走，逢上有愿意出钱的地方就拨动琴弦唱一晚上，给寂寞的山村带来欢乐。开头常是这么几句：“自从盘古分天地，三皇五帝到如今，有道君王安天下，无道君王害黎民。轻轻弹响三弦琴，慢慢稍停把歌论，歌有三千七百本，不知哪本动人心。”于是听书的众人喊起来，老的要听董永卖身葬父，小的要听武二郎夜走蜈蚣岭，女人们想听秦香莲。这是老瞎子最知足的一刻，身上的疲劳和心里的孤静全忘却，不慌不忙地喝几口水，待众人的吵嚷声鼎沸，便把琴弦一阵紧拨，唱到：“今日不把别人唱，单表公子小罗成。”或者：“茶也喝来烟也吸，唱一回哭倒长城的孟姜女。”满场立刻鸦雀无声，老瞎子也全心沉到自己所说的书中去。

他会的老书数不尽。他还有一个电匣子，据说是花了大价钱从一个山外人手里买来，为的是学些新词儿，编些新曲儿。其实山里人倒不太在乎他说什么唱什么。人人都称赞他那三弦子弹得讲究，轻轻漫漫的，飘飘洒洒的，疯癫狂放的，那里头有天上的日月，有地上的生灵。老瞎子的嗓子能学出世上所有的声音。男人、女人、刮风下雨、兽啼禽鸣。不知道他脑子里能呈现出什么景象，他一落生就瞎了眼睛，从没见过这个世界。

小瞎子可以算见过世界，但只有三年，那时还不懂事。他对说书和弹琴并无多少兴趣，父亲把他送来的时候费尽了唇舌，好说歹说连哄带骗，最后不如说是那个电匣子把他留住。他抱着电匣子听得入神，甚至没发觉父亲什么时候离去。

这只神奇的匣子永远令他着迷，遥远的地方和稀奇古怪的事物使他幻想不绝，凭着三年朦胧的记忆，补充着万物的色彩和形象。譬如海，匣子里说蓝天就像大海，他记得蓝天，于是想象出海；匣子里说海是无边无际的水，他记得锅里的水，于是想象出满天排开的水锅。再譬如漂亮的姑娘，匣子里说就像盛开的花朵，他实在不相信会是那样，母亲的灵柩被抬到远山上去的时候，路上正开遍着野花，他永远记得却永远不愿意去想。但他愿意想姑娘，越来越愿意想；尤其是野羊坳的那个尖声细气的小妮子，总让他心里荡起波澜。直到有一回匣子里唱道，“姑娘的眼睛就像太阳”，这下他才找到了一个贴切的形象，想起母亲在红透的夕阳中向他走来的样子。其实人人都是根据自己的所知猜测着无穷的未知，以自己的感情勾画出世界。每个人的世界就都不同。

也总有一些东西小瞎子无从想象，譬如“曲折的油狼”。

这天晚上，小瞎子跟着师父在野羊坳说书。又听见那小妮子站在离他不远处尖声细气地说笑。书正说到紧要处——“罗成回马再交战，大胆苏烈又兴兵。苏烈大刀如流水，罗成长枪似腾云，如似海中龙吊宝，犹如深山虎争林。又战七日并七夜，罗成清茶无点唇……”老瞎子把琴弹得如雨骤风疾，字字句句唱得铿锵，小瞎子却心猿意马，手底下早乱了套数……

野羊岭上有一座小庙，离野羊坳村二里地，师徒二人就在这里住下。石头砌的院墙已经残断不全，几间小殿堂也歪斜欲倾百孔千疮，唯正中一间尚可遮蔽风雨，大约是因为这一间中毕竟还供奉着神灵。三尊泥像早脱尽了尘世的彩饰，还一身黄土本色返璞归真了，认不出是佛是道。院里院外、房顶墙头都长满荒藤野草，蓊蓊郁郁倒有生气。老瞎子每回到野羊坳说书都住在这儿。不出房钱又不惹是非。小瞎子是第二次住在这儿。

散了书已经不早，老瞎子在下殿里安顿行李，小瞎子在侧殿的檐下生火烧水。去年砌下的灶火稍加修整就可以用。小瞎子撅着屁股吹火，柴草不干呛得他满院里转着圈咳嗽。

老瞎子在正殿里数叨他：“我看你能干好什么。”

“柴湿嘛。”

“我没说这事。我说的是你的琴，今儿晚上的琴你弹成了什么。”

小瞎子不敢接这话茬，吸足了几口气又跪到灶火前去，鼓着腮帮子一通猛吹。“你要是不想干这行，就趁早给你爹捎信把你领回去。老这么闹猫闹狗的可不行，要闹回家闹去。”

小瞎子咳嗽着从灶火边跳开，几步蹿到院子另一头，呼哧呼哧大喘气，嘴里一边骂。

“说什么呢?”

“我骂这火。”

“有你那么吹火的?”

“那怎么吹?”

“怎么吹？哼，”老瞎子顿了顿，又说，“你就当这灶火是那妮子的脸!”

小瞎子又不敢搭腔了，跪到灶火前去再吹，心想：真的，不知道兰秀儿的脸什么样。那个尖声细气的小妮子叫兰秀儿。

“那要是妮子的脸，我看你不用教也会吹。”老瞎子说。

小瞎子笑起来，越笑越咳嗽。

“笑什么笑!”

“您吹过妮子脸?”

老瞎子一时语塞。小瞎子笑得坐在地上。“日他妈。”老瞎子骂道，笑笑，然后变了脸色，再不言语。

灶膛里腾的一声，火旺起来。小瞎子再去添柴，一心想着兰秀儿。才散了书的那会儿，兰秀儿挤到他跟前来小声说：“哎，上回你答应我什么来?”师父就在旁边，他没敢吭声。人群挤来挤去，一会儿又把兰秀儿挤到他身边。“噫，上回吃人家的煮鸡蛋倒白吃了?”兰秀儿说，声音比上回大。这时候师父正忙着跟几个老汉拉话。他赶紧说：“嘘——，我记着呢。”兰秀儿又把声音压低：“你答应给我听电匣子你还没给我听。”“嘘——我记着呢。”幸亏那会儿人声嘈杂。

正殿里好半天没有动静。之后，琴声响了，老瞎子又上好了一根新弦，他本来应该高兴的，来野羊坳头一晚就又弹断一根琴弦，可是那琴声却低沉、零乱。

小瞎子渐渐听出琴声不对，在院里喊：“水开了，师父。”

没有回答。琴声一阵紧似一阵了。

小瞎子端了一盆热水进来。放在师父跟前，故意嘻嘻笑着说：“您今儿晚还想弹断一根是怎么着?”

老瞎子没听见，这会儿他自己的往事都在心中。琴声烦躁不安，像是年年旷野里的风雨，像是日夜山谷中的溪流，像是奔奔忙忙不知所归的脚步声。小瞎子有点害怕了：师父很久不这样了，师父一这样就要犯病，头疼、心口疼、浑身疼，会几个月爬不起炕来。

“师父，您先洗脚吧。”

琴声不停。

“师父，您该洗脚了。”小瞎子的声音发抖。

琴声不停。“师父!”

琴声戛然而止，老瞎子叹了口气。小瞎子松了口气。老瞎子洗脚，小瞎子乖乖地坐在他身边。“睡去吧，”老瞎子说，“今儿格够累的了。”

“您呢?”

“你先睡，我得好好泡泡脚。人上了岁数毛病多。”老瞎子故意说得轻松。

“我等您一块儿睡。”

山深夜静，有一点风，墙头的草叶子响。夜猫子在远处哀哀地叫。听得见野羊坳里偶尔有几声狗吠，又引得孩子哭。月亮升起来，白光透过残损的窗棂进了殿堂，照见两个瞎子和三尊神像。

“等我干嘛，时候不早了。”

“你甭担心我，我怎么也不怎么。”老瞎子又说。

“听见没有，小子?”

小瞎子到底年轻，已经睡着。老瞎子推推他让他躺好，他嘴里咕囔了几句倒头睡去。老瞎子给他盖被子时，从那身日渐发育的筋肉上觉出，这孩子到了要想那些事的年龄，非得有一段苦日子过不可了。唉，这事谁也替不了谁。

老瞎子再把琴抱在怀里，摩挲着根根绷紧的琴弦。心里使劲念叨，又断了一根了，又断了一根了。再摇摇琴槽，有轻微的纸和蛇皮的摩擦声，唯独这事能为他排忧解烦。一辈子的愿望。

小瞎子做了一个好梦。醒来吓了一跳，鸡已经叫了。他一骨碌爬起来听听，师父正睡得香，心说还好。他摸到那个大挎包，悄悄地掏出电匣子，蹑手蹑脚出了门。

往野羊坳方向走了一会儿，他才觉出不对头，鸡叫声渐渐停歇，野羊坳里还是静静的没有人声。他愣了一会儿，鸡才叫头遍吗？灵机一动扭开电匣子。电匣子里也是静悄悄。现在是半夜。他半夜里听过匣子，什么都没有。这匣子对他来说还是个表。只要扭开一听，便知道是几点钟，什么时候有什么节目都是一定的。

小瞎子回到庙里，老瞎子正翻身。“干吗哪?”

“撒尿去了。”小瞎子说。

一上午，师父逼着他练琴。直到晌午饭后，小瞎子才瞅机会溜出庙来，溜进野羊坳。鸡也在树荫下打盹，猪也在墙根下说着梦话，太阳又热得凶，村子里很安静。

小瞎子踩着磨盘，扒着兰秀儿家的墙头轻声喊：“兰秀儿——兰秀儿——”

屋里传出雷似的鼾声。

他犹豫了片刻，把声音稍稍抬高：“兰秀儿！兰秀儿——”

狗叫起来。屋里鼾声停了，一个闷声闷气的声音问：“谁呀?”

小瞎子不敢回答，把脑袋从墙头上缩下来。

屋里吧唧了一阵嘴，又响起鼾声。

他叹口气，从磨盘上下来，快快地往回走。忽听见身后嘎吱一声院门响，随即一阵细碎的脚步声向他跑来。

“猜是谁?”尖声细气。小瞎子的眼睛被一双柔软的小手捂上了。——这才多余呢。兰秀儿不到十五岁，认真说还是孩子。

“兰秀儿!”

“电匣子拿来没?”

小瞎子掀开衣襟，匣子挂在腰上。“嘘——别在这儿，找个没人的地方听去。”

“咋啦?”

“回头招好些人。”

“咋啦?”

“那么多人听，费电。”

两个人东拐西弯，来到山背后那眼小泉边。小瞎子忽然想起件事，问兰秀儿：“你见过曲折的油狼吗？”

“啥？”

“曲折的油狼。”

“曲折的油狼？”

“知道吗？”

“你知道？”

“当然。还有绿色的长椅。就一把椅子。”

“椅子谁不知道。”

“那曲折的油狼呢？”

兰秀儿摇摇头，有点崇拜小瞎子了。小瞎子这才郑重其事地扭开电匣子，一支欢快的乐曲在山沟里飘荡。

这地方又凉快又没有人来打扰。

“这是《步步高》。”小瞎子说，跟着哼。

一会儿又换了支曲子，叫《旱天雷》，小瞎子还能跟着哼。兰秀儿觉得很惭愧。

“这曲子也叫《和尚思妻》。”

兰秀儿笑起来：“瞎骗人！”

“你不信？”

“不信。”

“爱信不信。这匣子里说的古怪事多啦。”小瞎子玩着凉凉的泉水，想了一会儿。“你知道什么叫接吻吗？”

“你说什么叫？”

这回轮到小瞎子笑，光笑不答。兰秀儿明白准不是好话，红着脸不再问。

音乐播完了，一个女人说，“现在是讲卫生节目。”

“啥？”兰秀儿没听清。

“讲卫生。”

“是什么？”

“嗯——你头发上有虱子吗？”

“去——别动！”

小瞎子赶忙缩回手来，赶忙解释：“要有就是不讲卫生。”

“我才没有。”兰秀儿抓抓头，觉得有些刺痒。“噫——瞧你自个儿吧！”兰秀儿一把扳过小瞎子的头。“看我捉几个大的。”

这时候听见老瞎子在半山上喊：“小子，还不给我回来！该做饭了，吃罢饭还得去说书！”他已经站在那儿听了好一会儿了。

野羊坳里已经昏暗，羊叫、驴叫、狗叫、孩子们叫，处处起了炊烟，野羊岭上还有一线残阳，小庙正在那淡薄的光中，没有声响。

小瞎子又撅着屁股烧火。老瞎子坐在一旁淘米，凭着听觉他能把米中的沙子捡出来。

“今天的柴挺干。”小瞎子说。

“嗯。”

“还是焖饭？”

“嗯。”

小瞎子这会儿精神百倍，很想找些话说，但是知道师父的气还没消，心说还是少找骂。两个人默默地干着自己的事，又默默地一块儿把饭做熟。岭上也没了阳光。

小瞎子盛了一碗小米饭，先给师父：“您吃吧。”声音怯怯的，无比驯顺。

老瞎子终于开了腔：“小子，你听我一句行不？”

“嗯 。”小瞎子往嘴里扒拉饭，回答得含糊。

“你要是不愿意听，我就不说。”

“谁说不愿意听？我说‘嗯’！”

“我是过来人，总比你知道的多。”

小瞎子闷头扒拉饭。

“我经过那号事。”

“什么事？”

“又跟我贫嘴！”老瞎子把筷子往灶台上一摔。

“兰秀儿光是想听听电匣子。我们光是一块儿听电匣子来。”

“还有呢？”

“没有了。”

“没有了？”

“我还问她见没见过曲折的油狼。”

“我没问你这个！”

“后来，后来，”小瞎子不那么气壮了，“不知怎么一下就说起了虱子……”

“还有呢？”

“没了。真没了！”

两个人又默默地吃饭 。老瞎子带了这徒弟好几年，知道这孩子不会撒谎，这孩子最让人放心的地方就是诚实、厚道。

“听我一句话，保准对你没坏处。以后离那妮子远点儿。”

“兰秀儿人不坏。”

“我知道她不坏，以后离她远点好。早年你师爷这么跟我说，我也不相信……”

“师爷？说兰秀儿？”

“什么兰秀儿，那会儿还没她呢，那会儿还没有你们呢……”老瞎子阴郁的脸又转向暮色浓重的天际，骨头一样白色的眼珠不住地转动，不知道在那儿他能“看”见什么。

许久，小瞎子说：“今儿晚上您多半又能弹断一根琴弦。”想让师父高兴些。

这天晚上师徒俩又在野羊坳说书。“上回说到罗成死，三魂七魄赴幽冥，听歌君子莫嘈嚷，列位听我道下文。罗成阴魂出地府，一阵旋风就起身，旋风一阵来得快，长安不远面前存……”老瞎子的琴声也乱，小瞎子的琴声也乱，小瞎子回忆着那双柔软的小手捂在自己脸上的感觉，还有自己的头被兰秀儿扳过去时的滋味。老瞎子想起的事情更多……

夜里老瞎子翻来覆去睡不安稳，多少往事在他耳边喧嚣，在他心头动荡，身体里仿佛有什么东西要爆炸。坏了，要犯病，他想。头昏，胸口憋闷，浑身紧巴巴的难受。他坐起来，对自己叨咕：“可别犯病，一犯病今年甭想弹够那些琴弦了。”他又摸到琴。要能叮叮当当随心所欲地疯弹一阵，心头的忧伤或许就能平息，耳边的往事或许就会消散。可是小瞎子正睡得香甜。

他只好再全力去想那张药方和琴弦：还剩下几根，还只剩最后几根了。那时就可以去抓药了，然后就能看见这个世界——他无数次爬过的山，无数次走过的路，无数次感到过她的温暖和炽热的太阳，无数次梦想着的蓝天、月亮和星星……还有呢？突然心里一阵空，空得深重。就只为了这些？还有什么？他朦胧中所盼望的东西似乎比这要多得多……

夜风在山里游荡。

猫头鹰又在凄哀地叫。

不过现在他老了，无论如何没几年活头了，失去的已经永远失去了，他像是刚刚意识到这一点。七十年中所受的全部辛苦就为了最后能看一眼世界，这值得吗？他问自己。

小瞎子在梦里笑，在梦里说：“那是一把椅子，兰秀儿……”

老瞎子静静地坐着，静静地坐着的还有那三尊分不清是佛是道的泥像。

鸡叫头遍的时候老瞎子决定，天一亮就带这孩子离开野羊坳。否则这孩子受不了，他自己也受不了。兰秀儿不坏，可这事会怎么结局，老瞎子比谁都“看”得清楚。鸡叫二遍，老瞎子开始收拾行李。

可是一早起来小瞎子病了，肚子疼，随即又发烧。老瞎子只好把行期推迟。

一连好几天，老瞎子无论是烧火、淘米、捡柴，还是给小瞎子挖药、煎药，心里总在说：“值得，当然值得。”要是不这么反反复复对自己说，身上的力气几乎就要垮掉。“我非要最后看一眼不可。”“要不怎么着？就这样去？”“再说就只剩下最后几根了。”后面三句都是理由。老瞎子又冷静下来，天天晚上还到野羊坳去说书。

这一下小瞎子倒来了福气。每天晚上师父到岭下去了，兰秀儿就猫似的轻轻跳进庙里来听匣子。兰秀儿还带来煮熟的鸡蛋，条件是得让她亲手去扭那匣子的开关。“往哪边扭？”“往右。”“扭不动。”“往右，笨货，不知道哪边是右哇？”“咔嗒”一下，无论是什么便响起来，无论是什么俩人都爱听。

又过了几天，老瞎子又弹断了三根琴弦。

这一晚，老瞎子在野羊坳里自弹自唱：“不表罗成投胎事，又唱秦王李世民。秦王一听双泪流，可怜爱卿丧残身，你死一身不打紧，缺少扶朝上将军……”

野羊岭上的小庙里这时更热闹。电匣子的音量开得挺大，又是孩子哭，又是大人喊，轰隆隆地又响炮，嘀嘀嗒嗒地又吹号。月光照进正殿，小瞎子躺着啃鸡蛋，兰秀儿坐在他旁边。两个人都听得兴奋，时而大笑，时而稀里糊涂莫名其妙。

“这匣子你师父哪买来？”

“从一个山外头的人手里。”

“你们到山外头去过？”兰秀儿问。

“没。我早晚要去一回就是，坐坐火车。”

“火车？”

“火车你也不知道？笨货。”

“噢，知道知道，冒烟哩是不是？”

过了一会儿兰秀儿又说：“保不准我就得到山外头去。”语调有些恓惶。

“是吗？”小瞎子一挺坐起来，“那你到底瞧瞧曲折的油狼是什么。”

“你说是不是山外头的人都有电匣子？”

“谁知道。我说你听清楚没有？曲、折、的、油、狼，这东西就在山外头。”

“那我得跟他们要一个电匣子？”兰秀儿自言自语地想心事。

“要一个？”小瞎子笑两声，然后屏住气，然后大笑，“你干嘛不要俩？你可真本事大。你知道这匣子几千块钱一个？把你卖了吧，怕也换不来。”

兰秀儿心里正委屈，一把揪住小瞎子的耳朵使劲拧，骂道：“好你个死瞎子。”

两个人在殿堂里扭打起来。三尊泥像袖手旁观帮不上忙，两个年轻的正在发育的身体碰撞在一起，纠缠在一起，一个把一个压在身下，一会儿又颠倒过来，骂声变成笑声。匣子在一边唱。

打了好一阵子，两个人都累得住手，心怦怦跳，面对面躺着喘气，不言声儿，谁却也不愿意再拉开距离。

兰秀儿呼出的气吹在小瞎子的脸上，小瞎子感到了诱惑，并且想起那天吹火时师父说的话，就往兰秀儿脸上吹气。兰秀儿并不躲。

“嘿，”小瞎子小声说，“你知道接吻是什么了吗？”

“是什么？”兰秀儿的声音也小。

小瞎子对着兰秀儿的耳朵告诉她。兰秀儿不说话。老瞎子回来之前，他们试着亲了嘴儿，滋味真不坏……

就是这天晚上，老瞎子弹断了最后两根琴弦。两根弦一齐断了。他没料到。他几乎是连跑带爬地上了野羊岭，回到小庙里。

小瞎子吓了一跳：“怎么了，师父？”

老瞎子喘吁吁地坐在那儿，说不出话。

小瞎子有些犯嘀咕：莫非是他和兰秀儿干的事让师父知道了？

老瞎子这才相信：一切都是值得的。一辈子的辛苦是值得的。能看一回，好好看一回，怎么都是值得的。

“小子，明天我就去抓药。”

“明天?”

“明天。”

“又断了一根了?”

“两根。两根都断了。”

老瞎子把那两根弦卸下来，放在手里揉搓了一会儿，然后把他们并到另外的九百九十八根去，绑成一捆。

“明天就走?”

“天一亮就动身。”

小瞎子心里一阵发凉。老瞎子开始剥琴槽上的蛇皮。

“可我的病还没好利索。”小瞎子小声叨咕。

“噢，我想过了，你就先留在这儿，我用不了十天就回来。”

小瞎子喜出望外。

“你一个人行不?”

“行!”小瞎子紧忙说。

老瞎子早忘了兰秀儿的事。“吃的、喝的、烧的全有。你要是病好利索了，也该学着自个儿出去说回书。行吗?”

“行。”小瞎子觉得有点对不住师父。

蛇皮剥开了，老瞎子从琴槽中取出一张叠得方方正正的纸条。他想起这药方放进琴槽时，自己才二十岁，便觉得浑身上下都好像冷。

小瞎子也把那药方放在手里摸了一会儿，也有了几分肃穆。

“你师爷一辈子才冤呢。”

“他弹断了多少根?”

“他本来能弹够一千根，可他记成了八百。要不然他能弹断一千根。”

天不亮老瞎子就上路了。他说最多十天就回来。谁也没想到他竟去了那么久。

老瞎子回到野羊坳时已经是冬天。

漫天大雪，灰暗的天空连接着白色的群山。没有声息，处处也没有生气，空旷而沉寂。所以老瞎子那顶发了黑的草帽就尤其攒动得显著。他蹒蹒跚跚地爬上野羊岭，庙院中衰草瑟瑟，窜出一只狐狸，仓惶逃远。

村里人告诉他，小瞎子已经走了些日子。

“我告诉他等我回来。”

“不知道他干吗就走了。”

“他没说去哪儿，留下什么话没?”

“他说让您甭找他。”

“什么时候走的?”

人们想了好久，都说是在兰秀儿嫁到山外去的那天。

老瞎子心里便一切全都明白。

众人劝老瞎子留下来，这么冰天雪地的上哪去？不如在野羊坳说一冬天书。老瞎子指指他的琴，人们见琴柄上空荡荡已经没了琴弦。老瞎子面容也憔悴，呼吸也孱弱，嗓音也沙哑了，完全变了个人。他说得去找他的徒弟。

若不是还想着他的徒弟，老瞎子就回不到野羊坳。那张他保存了五十年的药方原来是一张无字的白纸。他不信，请了多少识字而又诚实的人帮他看，人人都说那果真是一张无字的白纸。老瞎子在药铺前的台阶上坐了一会儿，他以为是一会儿，其实已经几天几夜，骨头一样的眼珠在询问苍天，脸色也变成骨头一样的苍白。有人以为他是疯了，安慰他，劝他。老瞎子苦笑：七十岁了再疯还有什么意思？他只是再不想动弹，吸引着他活下去、走下去、唱下去的东西骤然间消失干净。就像一根不能拉紧的琴弦，再难弹出悦耳的曲子。老瞎子的心弦断了。现在发现那目的原来是空的。老瞎子在一个小客店里住了很久，觉得身体里的一切都在熄灭。他整天躺在炕上，不弹也不唱，一天天迅速地衰老。直到花光了身上所有的钱，直到忽然想起他的徒弟，他知道自己的死期将至，可那孩子在等他回去。

茫茫雪野，皑皑群山，天地之间攒动着一个黑点。走近时，老瞎子的身影弯得如一座桥。他去找他的徒弟。他知道那孩子目前的心情、处境。

他想自己先得振作起来，但是不行，前面明明没有了目标。

他一路走，便怀恋起过去的日子，才知道以往那些奔奔忙忙兴致勃勃的翻山、走路、弹琴，乃至心焦、忧虑都是多么欢乐！那时有个东西把心弦扯紧，虽然那东西原是虚设。老瞎子想起他师父临终时的情景。他师父把那张自己没用上的药方封进他的琴槽。“您别死，再活几年，您就能睁眼看一回了。”说这话时他还是个孩子。他师父久久不言语，最后说：“记住，人的命就像这根琴弦，拉紧了才能弹好，弹好了就够了。”……不错，那意思就是说：目的本来没有。老瞎子知道怎么对自己的徒弟说了。可是他又想：能把一切都告诉小瞎子吗？老瞎子又试着振作起来，可还是不行，总摆脱不掉那无字的白纸……

在深山里，老瞎子找到了小瞎子。

小瞎子正跌倒在雪地里，一动不动，想那么等死。老瞎子懂得那绝不是装出来的悲哀。老瞎子把他拖进一个山洞，他已无力反抗。

老瞎子捡了些柴，打起一堆火。

小瞎子渐渐有了哭声。老瞎子放了心，任他尽情尽意地哭 。只要还能哭就还有救，只要还能哭就有哭够的时候。

小瞎子哭了几天几夜，老瞎子就那么一声不吭地守候着。火光和哭声惊动了野兔子、山鸡、野羊、狐狸和鹞鹰……

终于小瞎子说话了：“干吗咱们是瞎子！”

“就因为咱们是瞎子。”老瞎子回答。

终于小瞎子又说：“我想睁开眼看看，师父，我想睁开眼看看！哪怕就看一回。”

“你真那么想吗？”

“真想，真想——”

老瞎子把篝火拨得更旺些。

雪停了。铅灰色的天空中，太阳像一面闪光的小镜子，鹞鹰在平稳地滑翔。

“那就弹你的琴弦，”老瞎子说，“一根一根尽力地弹吧。”

“师父，您的药抓来了？”小瞎子如梦方醒。

“记住，得真正是弹断的才成。”

“您已经看见了吗？师父，您现在看得见了？”

小瞎子挣扎着起来，伸手去摸师父的眼窝。老瞎子把他的手抓住。

“记住，得弹断一千二百根。

“一千二？”

“把你的琴给我，我把这药方给你封在琴槽里。”老瞎子现在才懂了师父当年对他说的话——咱的命就在这琴弦上。

目的虽是虚设的，可非得有不行，不然琴弦怎么拉紧，拉不紧就弹不响。

“怎么是一千二，师父？”

“是一千二。我没弹够，我记成了一千。”老瞎子想：这孩子再怎么弹吧，还能弹断一千二百根？永远扯紧欢跳的琴弦，不必去看那无字的白纸……

这地方偏僻荒凉，群山不断。荒草丛中随时会飞起一对山鸡，跳出一只野兔、狐狸，或者其他小野兽。山谷中鹞鹰在盘旋。

现在让我们回到开始：

莽莽苍苍的群山之中走着两个瞎子，一老一少，一前一后，两顶发了黑的草帽起伏攒动，匆匆忙忙，像是随着一条不安静的河水在漂流。无所谓从哪儿来、到哪儿去，也无所谓谁是谁……

务虚笔记*

内容简介　《务虚笔记》由22个段落合成，叙述了20世纪50年代以来的社会嬗变带给残疾人C、画家Z、女教师O、诗人L、医生F、女导演N等一代人的影响。作者通过动物的繁殖、植物的生死，通过童年经验、革命和叛变、爱情等来思考虚无。隔着咫尺的空间与浩瀚的时间，作家将带着读者凝望生命的哀怨与无常，体味历史的丰饶与短暂。《务虚笔记》是轮椅上的史铁生的首部长篇小说，发表于1996年《收获》杂志上，同时也是他半自传式的作品。

○

王小波

黄金时代

一

我二十一岁时，正在云南插队。陈清扬当时二十六岁，就在我插队的地方当医生。我在山下十四队，她在山上十五队。有一天她从山上下来，和我讨论她不是破鞋的问题。那时我还不大认识她，只能说有一点知道。她要讨论的事是这样的：虽然所有的人都说她是一个破鞋，但她以为自己不是的。因为破鞋偷汉，而她没有偷过汉。虽然她丈夫已经住了一年监狱，但她没有偷过汉。在此之前也未偷过汉。所以她简直不明白，人们为什么要说她是破鞋。如果我要安慰她，并不困难。我可以从逻辑上证明她不是破鞋。如果陈清扬是破鞋，即陈清扬偷汉，则起码有一个某人为其所偷。如今不能指出某人，所以陈清扬偷汉不能成立。但是我偏说，陈清扬就是破鞋，而且这一点毋庸置疑。

陈清扬找我证明她不是破鞋，起因是我找她打针。这事经过如下：农忙时队长不叫我犁田，而是叫我去插秧，这样我的腰就不能经常直立，认识我的人都知道，我的腰上有旧伤，而且我身高在一米九以上。如此插了一个月，我腰痛难忍，不打封闭就不能入睡。我们队医务室那一把针头镀层剥落，而且都有倒钩，经常把我腰上的肉钩下来。后来我的腰就像中了霰弹枪，伤痕久久不褪。就在这种情况下，我想起十五队的队医陈清扬是北医大毕业的大夫，对针头和钩针大概还能分清，所以我去找她看病。看完病回来，不到半个小时，她就追到我屋里来，要我证明她不是破鞋。

陈清扬说，她丝毫也不藐视破鞋。据她观察，破鞋都很善良，乐于助人，而且最不乐意让人失望。因此她对破鞋还有一点钦佩。问题不在于破鞋好不好，而在于她根本不是破鞋。就如一只猫不是一只狗一样。假如一只猫被人叫成一只狗，它也会感到很不自在。现在大家都管她叫破鞋，弄得她魂不守舍，几乎连自己是谁都不知道了。

陈清扬在我的草房里时，裸臂赤腿穿一件白大褂，和她在山上那间医务室里装束一样，所不同的是披散的长发用个手绢束住，脚上也多了一双拖鞋。看了她的样子，我就开始捉摸：她那件白大褂底下是穿了点什么呢，还是什么都没穿。这一点可以说明陈清扬很漂亮，因为她觉得穿什么不穿什么无所谓。这是从小培养起来的自信心。我对她说，她确实是个破鞋，还举出一些理由来：所谓破鞋者，乃是一个指称，大家都说你是破鞋，你就是破鞋，没什么道理可讲。大家说你偷了汉，你就是偷了汉，这也没什么道理可讲。至于大家为什么要说你是破鞋，照我看是这样：大家都认为，结了婚的女人不偷汉，就该面色黝黑，乳房下垂。而你脸不黑而且白，乳房不下垂而且高耸，所以你是破鞋。假如你不想当破鞋，就要把脸弄黑，把乳房弄下垂，以后别人就不说你是破鞋。当然这样很吃亏，假如你不想吃亏，就该去偷个汉来。这样你自己也认为自己是个破鞋。别人没有义务先弄明白你是否偷汉再决定是否管你叫破鞋。你倒有义务叫别人无法叫你破鞋。陈清扬听了这话，脸色发红，怒目圆睁，几乎就要打我一耳光。这女人打人耳光出了名，好多人吃过她的耳光。但是她忽然泄了气，说：好吧，破鞋就破鞋吧。但是垂不垂黑不黑的，不是你的事。她还说，假如我在这些事上琢磨得太多，很可能会吃耳光。

倒退到二十年前，想象我和陈清扬讨论破鞋问题时的情景。那时我面色焦黄，嘴唇干裂，上面沾了碎纸和烟丝，头发乱如败棕，身穿一件破军衣，上面好多破洞都是橡皮膏粘上的，跷着二郎腿，坐在木板床上，完全是一副流氓相。你可以想象陈清扬听到这么个人说起她的乳房下垂不下垂时，手心是何等的发痒。她有点神经质，都是因为有很多精壮的男人找她看病，其实却没有病。那些人其实不是去看大夫，而是去看破鞋。只有我例外。我的后腰上好像被猪八戒筑了两耙。不管腰疼真不真，光那些窟窿也能成为看医生的理由。这些窟窿使她产生一个希望，就是也许能向我证明，她不是破鞋。有一个人承认她不是破鞋，和没人承认大不一样。可是我偏让她失望。

我是这么想的：假如我想证明她不是破鞋，就能证明她不是破鞋，那事情未免太容易了。实际上我什么都不能证明，除了那些无需证明的东西。春天里，队长说我打瞎了他家母狗的左眼，使它老是偏过头来看人，好像在跳芭蕾舞，从此后他总给我小鞋穿。我想证明我自己的清白无辜，只有以下三个途径：

1. 队长家不存在一只母狗；
2. 该母狗天生没有左眼；
3. 我是无手之人，不能持枪射击。

结果是三条一条也不成立。队长家确有一棕色母狗，该母狗的左眼确是后天打瞎，而我不但能持枪射击，而且枪法极精。在此之前不久，我还借了罗小四的气枪，用一碗绿豆做子弹，在空粮库里打下了二斤耗子。当然，这队里枪法好的人还有不少，其中包括罗小四。气枪就是他的，而且他打瞎队长的母狗时，我就在一边看着。但是我不能揭发别人，罗小四和我也不错。何况队长要是能惹得起罗小四，也不会认准了是我。所以我保持沉默。沉默就是默认。所以，春天我去插秧，撅在地里像一根半截电线杆；秋收后我又去放牛，吃不上热饭。当然，我也不肯无所作为。有一天在山上，我正好借了罗小四的气枪，队长家的母狗正好跑到山上叫我看见，我就射出一颗子弹打瞎了它的右眼。该狗既无左眼，又无右眼，也就不能跑回去让队长看见——天知道它跑到哪儿去了。

我记得那些日子里，除了上山放牛和在家里躺着，似乎什么也没做。我觉得什么都与我无关。可是陈清扬又从山上跑下来找我。原来又有了另一种传闻，说她在和我搞破鞋。她要我给出我们清白无辜的证明。我说，要证明我们无辜，只有证明以下两点：

1. 陈清扬是处女；

2. 我是天阉之人，没有性交能力。

这两点都难以证明。所以我们不能证明自己无辜。我倒倾向于证明自己不无辜。陈清扬听了这些话，先是气得脸白，然后满面通红，最后一声不吭地站起来走了。

陈清扬说，我始终是一个恶棍。她第一次要我证明她清白无辜时，我翻了一串白眼，然后开始胡说八道；第二次她要我证明我们俩无辜，我又一本正经地向她建议举行一次性交。所以她就决定，早晚要打我一个耳光。假如我知道她有这样的打算，也许后面的事情就不会发生。

二

我过二十一岁生日那天，正在河边放牛。下午我躺在草地上睡着了。我睡去时，身上盖了几片芭蕉叶子，醒来时身上已经一无所有（叶子可能被牛吃了）。亚热带旱季的阳光把我晒得浑身赤红，痛痒难当，我的小和尚直翘翘地指向天空，尺寸空前。这就是我过生日时的情形。

我醒来时觉得阳光耀眼，天蓝得吓人，身上落了一层细细的尘土，好像一层爽身粉。我一生经历的无数次勃起，都不及那一次雄浑有力，大概是因为在极荒僻的地方，四野无人。

我爬起来看牛，发现它们都卧在远处的河汊里静静地嚼草。那时节万籁无声，田野上刮着白色的风。河岸上有几对寨子里的牛在斗架，斗得眼珠通红，口角流涎。这种牛阴囊紧缩，阳具直挺。我们的牛不干这种事。任凭别人上门挑衅，我们的牛依旧安卧不动。为了防止斗架伤身，影响春耕，我们把它们都阉了。

每次阉牛我都在场。对于一般的公牛，只用刀割去即可。但是对于格外生性者，就须采取槌骟术，也就是割开阴囊，掏出睾丸，一木槌砸个稀烂。从此后受术者只知道吃草干活，别的什么都不知道，连杀都不用捆。掌槌的队长毫不怀疑这种手术施之于人类也能得到同等的效力，每回他都对我们呐喊：你们这些生牛蛋子，就欠砸上一槌才能老实！按他的逻辑，我身上这个通红通红、直不愣登、长约一尺的东西就是罪恶的化身。

当然，我对此有不同的意见。在我看来，这东西无比重要，就如我之存在本身。天色微微向晚，天上飘着懒洋洋的云彩。下半截沉在黑暗里，上半截仍浮在阳光中。那一天我二十一岁，在我一生的黄金时代。我有好多奢望。我想爱，想吃，还想在一瞬间变成天上半明半暗的云。后来我才知道，生活就是个缓慢受槌的过程，人一天天老下去，奢望也一天天消失，最后变得像挨了槌的牛一样。可是我过二十一岁生日时没有预见到这一点。我觉得自己会永远生猛下去，什么也槌不了我。

那天晚上我请陈清扬来吃鱼，所以应该在下午把鱼弄到手。到下午五点多钟我才想起到戽鱼的现场去看看。还没走进那条小河汊，两个景颇族孩子就从里面一路打出来，烂泥横飞，我身上也挨了好几块，直到我拎住他们的耳朵，他们才罢手。我喝问一声：

“鸡巴，鱼呢？”

那个年纪大点的说：“都怪鸡巴勒农！他老坐在坝上，把坝坐鸡巴倒了！”

勒农直着嗓子吼：“王二！坝打得不鸡巴牢！”

我说：“放屁！老子砍草皮打的坝，哪个鸡巴敢说不牢？”

到里面一看，不管是因为勒农坐的也好，还是因为我的坝没打好也罢，反正坝是倒了，戽出来的水又流回去，鱼全泡了汤，一整天的劳动全都白费。我当然不能承认是我的错，就痛骂勒农，勒都（就是那另一个孩子）也附和我。勒农上了火，一跳三尺高，嘴里吼道：

“王二！勒都！鸡巴！你们姐夫舅子合伙搞我！我去告诉我家爹，拿铜炮枪打你们！”

说完这小兔崽子就往河岸上蹿，想一走了之。我一把薅住他脚脖子，把他揪下来。

“你走了我们给你赶牛哇？做你娘的美梦！”

这小子哇哇叫着要咬我，被我劈开手按在地上。他口吐白沫，杂着汉话、景颇话、傣话骂我，我用正宗京片子回骂。忽然间他不骂了，往我下体看去，脸上露出无限羡慕之情。我低头一看，我的小和尚又直立起来了。只听勒农啧啧赞美道：

“哇！想日勒都家姐啊！”

我赶紧扔下他去穿裤子。

晚上我在水泵房点起汽灯，陈清扬就会忽然到来，谈起她觉得活着很没意思，还说到她在每件事上都是清白无辜。我说她竟敢觉得自己清白无辜，这本身就是最大的罪孽。照我的看法，每个人的本性都是好吃懒做，好色贪淫，假如你克勤克俭，守身如玉，这就犯了矫饰之罪，比好吃懒做好色贪淫更可恶。这些话她好像很听得进去，但是从不附和。

那天晚上我在河边上点起汽灯，陈清扬却迟迟不至，直到九点钟以后，她才到门前来喊我：“王二，混蛋！你出来！”

我出去一看，她穿了一身白，打扮得格外整齐，但是表情不大轻松。她说道：你请我来吃鱼，做倾心之谈，鱼在哪里？我只好说，鱼还在河里。她说好吧，还剩下一个倾心之谈。就在这儿谈罢。我说进屋去谈，她说那也无妨，就进屋来坐着，看样子火气甚盛。

我过二十一岁生日那天，打算在晚上引诱陈清扬。因为陈清扬是我的朋友，而且胸部很丰满，腰很细，屁股浑圆。除此之外，她的脖子端正修长，脸也很漂亮。我想和她性交，而且认为她不应该不同意。假如她想借我的身体练开膛，我准让她开；所以我借她身体一用也没什么不可以。唯一的问题是她是个女人，女人家总有点小气。为此我要启发她，所以我开始阐明什么叫作“义气”。

在我看来，义气就是江湖好汉中那种伟大友谊。《水浒传》中的豪杰们，杀人放火的事是家常便饭，可一听说及时雨的大名，立即倒身便拜。我也像那些草莽英雄，什么都不信，唯一不能违背的就是义气。只要你是我的朋友，哪怕你十恶不赦，为天地所不容，我也要站到你身边。那天晚上我把我的伟大友谊奉献给陈清扬，她大为感动，当即表示道：这友谊她接受了。不但如此，她还说要以更伟大的友谊还报我，哪怕我是个卑鄙小人也不背叛。我听她如此说，大为放心，就把底下的话也说了出来：我已经二十一岁了，男女间的事情还没体验过，真是不甘心。她听了以后就开始发愣，大概是没有思想准备。说了半天她毫无反应。我把手放到她的肩膀上去，感觉她的肌肉绷得很紧。这娘们随时可能翻了脸给我一耳光，假定如此，就证明女人不懂什么是交情。可是她没有。忽然间她哼了一声，就笑起来。还说：我真笨！这么容易就着了你的道儿！

我说：什么道儿？你说什么？

她说：我什么也没有说。我问她我刚才说的事儿你答应不答应？她说呸，而且满面通红。我看她有点不好意思，就采取主动，动手动脚。她搡了我几把，后来说，不在这儿，咱们到山上去。我就和她一块到山上去了。

陈清扬后来说，她始终没搞明白我那个伟大友谊是真的呢，还是临时编出来骗她。但是她又说，那些话就像咒语一样让她着迷，哪怕为此丧失一切，也不懊悔。其实伟大友谊不真也不假，就如世上一切东西一样。你信它是真，它就真下去。你疑它是假，它就是假的。我的话也半真不假。但是我随时准备兑现我的话，哪怕天崩地裂也不退却。就因为这种态度，别人都不相信我。我虽然把交朋友当成终生的事业，所交到的朋友不过陈清扬等二三人而已。那天晚上我们到山上去，走到半路她说要回家一趟，要我到后山上等她。我有点怀疑她要晾我，但是我没说出来，径直走到后山上去抽烟。等了一些时间，她来了。

陈清扬说，我第一次去找她打针时，她正在伏案打瞌睡。在云南每个人都有很多时间打瞌睡，所以总是半睡半醒。我走进去时，屋子里暗了一下，因为是草顶土坯房，大多数光从门口进来。她就在那一刻醒来，抬头问我干什么。我说腰疼，她说躺下让我看看。我就一头倒下去，扑到竹板床上，几乎把床砸塌。我的腰痛得厉害，完全不能打弯。要不是这样，我也不会来找她。

陈清扬说，我很年轻时就饿纹入嘴，眼睛下面乌黑。我的身材很高，衣服很破，而且不爱说话。她给我打过针，我就走了，好像说了一声谢了，又好像没说。等到她想起可以让我证明她不是破鞋时，已经过了半分钟。她追了出来，看见我正取近路走回十四队。我从土坡上走下去，逢沟跳沟，逢坎跃坎，顺着山势下得飞快。那时正逢旱季的上午，风从山下吹来，喊我也听不见。而且我从来也不回头。我就这样走掉了。

陈清扬说，当时她想去追我，可是觉得很难追上。而且我也不一定能够证明她不是破鞋。所以她走回医务室去。后来她又改变了主意去找我，是因为所有的人都说她是破鞋，因此所有的人都是敌人。而我可能不是敌人。她不愿错过了机会，让我也变成敌人。

那天晚上我在后山上抽烟。虽然在夜里，我能看见很远的地方。因为月光很明亮，当地的空气又很干净。我还能听见远处的狗叫声。陈清扬一出十五队我就看见了，白天未必能看这么远。虽然如此，还是和白天不一样。也许是因为到处都没人。

我也说不准夜里这片山上有人没人，因为到处是银灰色的一片。假如有人打着火把行路，那就是说，希望全世界的人都知道他在那里。假如你不打火把，就如穿上了隐身衣，知道你在那里的人能看见，不知道的人不能看见。我看见陈清扬慢慢走近，怦然心动，无师自通地想到，做那事之前应该亲热一番。

陈清扬对此的反应是冷冰冰的。她的嘴唇冷冰冰，对爱抚也毫无反应。等到我毛手毛脚给她解扣子时，她把我推开，自己把衣服一件件脱下来，叠好放在一边，自己直挺挺躺在草地上。

陈清扬的裸体美极了。我赶紧脱了衣服爬过去，她又一把把我推开，递给我一个东西说：

“会用吗？要不要我教你？”

那是一个避孕套。我正在兴头上，对她这种口气只微感不快。套上之后又爬到她身上去，心慌气躁地好一阵乱弄，也没弄对。忽然她冷冰冰地说：

“喂！你知道自己在干什么吗？”

我说当然知道。能不能劳你大驾躺过来一点？我要就着亮儿研究一下你的结构。只听啪的一声巨响，好似一声耳边雷，她给我一个大耳光。我跳起来，拿了自己的衣服，拔腿就走。

三

那天晚上我没走掉。陈清扬把我拽住，以伟大友谊的名义叫我留下来。她承认打我不对，也承认没有好好待我，但是她说我的伟大友谊是假的，还说，我把她骗出来就是想研究她的结构。我说，既然我是假的，你信我干嘛。我是想研究一下她的结构，这也是在她的许可之下。假如不乐意可以早说，动手就打不够意思。后来她哈哈大笑了一阵说，她简直见不得我身上那个东西。那东西傻头傻脑，恬不知耻，见了它，她就不禁怒从心起。

我们俩吵架时，仍然是不着一丝。我的小和尚依然直挺挺，在月光下披了一身塑料，倒是闪闪发光。我听了这话不高兴，她也发现了。于是她用和解的口气说：不管怎么说，这东西丑得要命，你承不承认。

这东西好像个发怒的眼镜蛇一样立在那里，是不大好看。我说，既然你不愿意见它，那就算了。我想穿上裤子，她又说，别这样。于是我抽起烟来。等我抽完了一支烟，她抱住我。我们俩在草地上干那件事。

我过二十一岁生日以前，是一个童男子。那天晚上我引诱陈清扬和我到山上去，那一夜开头有月光，后来月亮落下去，出来一天的星星，就像早上的露水一样多。那天晚上没有风，山上静得很。我已经和陈清扬做过爱，不再是童男子了。但是我一点也不高兴。因为我干那事时，她一声也不吭，头枕双臂，若有所思地看着我，所以从始至终就是我一个人在表演。其实我也没持续多久，马上就完了。事毕我既愤怒又沮丧。

陈清扬说，她简直不敢相信这件事是真的：我居然在她面前亮出了丑恶的男性生殖器，丝毫不感到惭愧。那玩意也不感到惭愧，直挺挺地从她两腿之间插了进来。因为女孩子身上有这么个口子，男人就要使用她，这简直没有道理。以前她有个丈夫，天天对她做这件事。她一直不说话，等着他有一天自己感到惭愧，自己来解释为什么干了这些。可是他什么也没说，直到进了监狱。这话我也不爱听。所以我说：既然你不乐意，为什么要答应。她说她不愿被人看成小气鬼。我说你原本就是小气鬼。后来她说算了，别为这事吵架。她叫我晚上再来这里，我们再试一遍。也许她会喜欢。我什么也没说。早上起雾以后，我和她分了手，下山去放牛。

那天晚上我没去找她，倒进了医院。这事原委是这样：早上我到牛圈门前时，有一伙人等不及我，已经在开圈拉牛。大家都挑壮牛去犁田。有个本地小伙子，叫三闷儿，正在拉一条大白牛。我走过去，告诉他，这牛被毒蛇咬了，不能干活。他似乎没听见。我劈手把牛鼻绳夺了下来，他就朝我挥了一巴掌。亏我当胸推了他一把，推了他一个屁股墩。然后很多人拥了上来，把我们拥在中间要打架。北京知青一伙，当地青年一伙，抄起了棍棒和皮带。吵了一会儿，又说不打架，让我和三闷儿摔跤，三闷儿摔不过我，就动了拳头。我一脚把三闷儿踢进了圈前的粪坑，让他沾了一身牛屎。三闷儿爬起来，抢了一把三齿要砍我，别人劝开了。

早上的事情就是这样。晚上我放牛回来，队长说我殴打贫下中农，要开我的斗争会。我说你想借机整人，我也不是好惹的。我还说要聚众打群架。队长说他没想整我，是三闷儿的娘闹得他没办法。那婆娘是个寡妇，泼得厉害。他说此地的规矩就是这样。后来他说，不开斗争会，改为帮助会，让我上前面去检讨一下。要是我还不肯，就让寡妇来找我。

会开得很乱。老乡们七嘴八舌，说知青太不像话，偷鸡摸狗还打人。知青们说放狗屁，谁偷东西，你们当场拿住了吗？老子们是来支援边疆建设，又不是充军的犯人，哪能容你们乱栽赃。我在前面也不检讨，只是骂。不提防三闷儿的娘从后面摸上来，抄起一条沉甸甸的拔秧凳，给了我后腰一下，正砸在我的旧伤上，登时我就昏过去了。

我醒过来时，罗小四领了一伙人呐喊着要放火烧牛圈，还说要三闷儿的娘抵命。队长领了一帮人去制止，副队长叫人抬我上牛车去医院。卫生员说抬不得，腰杆断了，一抬就死球。我说腰杆好像没断，你们快把我抬走。可是谁也不敢肯定我的腰杆是断了还是没断。所以也不敢肯定我会不会一抬就死球。我就一直躺着。后来队长过来一问，就说：快摇电话把陈清扬叫下来，让她看看腰断了没有。过了不一会儿，陈清扬披头散发眼皮红肿地跑了来，劈头第一句话就是：你别怕。要是你瘫了，我照顾你一辈子。然后一检查，诊断和我自己的相同。于是我就坐上牛车，到总场医院去看病。

那天夜里陈清扬把我送到医院，一直等到腰部 X 光片子出来，看过认为没问题后才走。她说过一两天就来看我，可是一直没来。我住了一个星期，可以走动了，就奔回去找她。

我走进陈清扬的医务室时，身上背了很多东西，装得背篓里冒了尖。除了锅碗盆瓢，还有足够两人吃一个月的东西。她见我进来，淡淡地一笑，说你好了吗？带这些东西上哪儿？

我说要去清平洗温泉。她懒懒地往椅子上一仰说，这很好。温泉可以治旧伤。我说我不是真去洗温泉，而是到后面山上住几天。她说后面山上什么都没有，还是去洗温泉吧。

清平的温泉是山坳里一片泥坑，周围全是荒草坡。有一些病人在山坡上搭了窝棚，成年住在那里，其中得什么病的都有。我到那里不但治不好病，还可能染上麻风。而后面荒山里的低洼处沟谷纵横，疏林之中芳草离离，我在人迹绝无的地方造了一间草房，空山无人，流水落花，住在里面可以修身养性。陈清扬听了，禁不住一笑说：那地方怎么走？也许我去看看你。我告诉她路，还画了一张示意图，自己进山去了。

我走进荒山，陈清扬没有去看我。旱季里浩浩荡荡的风刮个不停，整个草房都在晃动。陈清扬坐在椅子上听着风声，回想起以往发生的事情，对一切都起了怀疑。她很难相信自己会莫名其妙地来到这极荒凉的地方，又无端地被人称作破鞋，然后就真的搞起了破鞋。这件事真叫人难以置信。

陈清扬说，有时候她走出房门，往后山上看，看到山丘中有很多小路蜿蜒通到深山里去。我对她说的话言犹在耳。她知道沿着一条路走进山去，就会找到我。这是无可怀疑的事。但是越是无可怀疑的事就越值得怀疑。很可能那条路不通到任何地方，很可能王二不在山里，很可能王二根本就不存在。

过了几天，罗小四带了几个人到医院去找我。医院里没人听说过王二，更没人知道他上哪儿去了。那时节医院里肝炎流行，没染上肝炎的病人都回家去疗养，大夫也纷纷下队去送医上门，罗小四等人回到队里，发现我的东西都不见了，就去问队长可见过王二。队长说谁是王二？从来没听说过。罗小四说前几天你还开会斗争过他，尖嘴婆打了他一板凳，差点把他打死。这样提醒了以后，队长就更想不起来我是谁了。那时节有一个北京知青慰问团要来调查知青在下面的情况，尤其是有无被捆打逼婚等情况，因此队长更不乐意想起我来。罗小四又到十五队问陈清扬可曾见过我，还闪烁其词地暗示她和我有过不正当的关系。陈清扬则表示，她对此一无所知。

等到罗小四离开，陈清扬就开始糊涂了。看来有很多人说，王二不存在。这件事叫人困惑的原因就在这里。大家都说存在的东西一定不存在，这是因为眼前的一切都是骗局。大家都说不存在的东西一定存在，比如王二，假如他不存在，这个名字是从哪里来的？陈清扬按捺不住好奇心，终于扔下一切，上山来找我来了。

我被尖嘴婆打了一板凳后晕了过去，陈清扬曾经从山上跑下来看我。当时她还忍不住哭了起来，并且当众说，如果我好不了要照顾我一辈子。结果我并没有死，连瘫都没瘫。这对我是很好的事，可是陈清扬并不喜欢。这等于当众暴露了她是破鞋。假如我死，或是瘫掉，就是应该的事，可是我在医院里只住了一个星期就跑出来。对她来说，我就是那个急匆匆从山上赶下去的背影，一个记忆中的人。她并不想和我做爱，也不想和我搞破鞋，除非有重大的原因。因此，她来找我就是真正的破鞋行径。

陈清扬说，她决定上山找我时，在白大褂底下什么都没穿。她就这样走过十五队后面的那片山包。那些小山上长满了草，草下是红土。上午风从山上往平坝里吹，冷得像山上的水；下午风吹回来，带着燥热和尘土。陈清扬来找我时，乘着白色的风。风从衣服下面钻进来，流过全身，好像爱抚和嘴唇。其实她不需要我，也没必要找到我。以前人家说她是破鞋，说我是她的野汉子时，她每天都来找我。那时好像有必要，自从她当众暴露了她是破鞋，我是她的野汉子后，再没人说她是破鞋，更没人在她面前提到王二（除了罗小四）。大家对这种明火执仗的破鞋行径是如此的害怕，以致连说都不敢啦。

关于北京要来人视察知青的事，当地每个人都知道，只有我不知道。这是因为我前些日子在放牛，早出晚归，而且名声不好，谁也不告诉我，后来住了院，也没人来看我。等到我出院以后，就进了深山。在我进山之前，总共就见到了两个人，一个是陈清扬，她没有告诉我这件事。另一个是我们队长，他也没说起这件事，只叫我去温泉养病。我告诉他，我没有东西（食品、炊具等等），所以不能去温泉。他说他可以借给我。我说我借了不一定还，他说不要紧。我就向他借了不少家制的腊肉和香肠。

陈清扬不告诉我这件事是因为她不关心，她不是知青。队长不告诉我这件事，是因为他以为我已经知道了。他还以为我拿了很多吃的东西走，就不会再回来。所以罗小四问他王二到哪儿去了时，他说：王二？谁叫王二？从没听说过。对于罗小四等人来说，找到我有很大的好处，我可以证明大家在此地受到很坏的待遇，经常被打晕。对于领导来说，我不存在有很大的便利，可以说明此地没有一个知青被打晕。对于我自己来说，存在不存在没有很大的关系。假如没有人来找我，我在附近种点玉米，可以永远不出来。就因为这个原因，我对自己存不存在的事不太关心。

我在小屋里也想过自己存不存在的问题。比方说，别人说我和陈清扬搞破鞋，这就是存在的证明。用罗小四的话来说，王二和陈清扬脱了裤子干。其实他也没看见。他想象的极限就是我们脱裤子。还有陈清扬说，我从山上下来，穿着黄军装，走得飞快。我自己并不知道我走路是不回头的。因为这些事我无从想象，所以是我存在的证明。

还有我的小和尚直挺挺，这件事也不是我想出来的。我始终盼着陈清扬来看我，但陈清扬始终没有来。她来的时候，我没有盼着她来。

四

我曾经以为陈清扬在我进山后会立即来看我，但是我错了。我等了很久，后来不再等了。我坐在小屋里，听着满山树叶哗哗响，终于到了物我两忘的境界。我听见浩浩荡荡的空气大潮从我头顶涌过，正是我灵魂里潮兴之时。正如深山里花开，龙竹笋剥剥地爆去笋壳，直翘翘地向上。到潮退时我也安息，但潮兴时要乘兴而舞。正巧这时陈清扬来到草屋门口，她看见我赤条条坐在竹板床上，阳具就如剥了皮的兔子，红通通亮晶晶足有一尺长，直立在那里，登时惊慌失措，叫了起来。

陈清扬到山里找我的事又可以简述如下：我进山后两个星期，她到山里找我。当时是下午两点钟，可是她像那些午夜淫奔的妇人一样，脱光了内衣，只穿一件白大褂，赤着脚走进山来。她就这样走过阳光下的草地，走进了一条干河沟，在河沟里走了很久。这些河沟很乱，可是她连一个弯都没转错。后来她又从河沟里出来，走进一个向阳的山洼，看见一间新搭的草房。假如没有一个王二告诉她这条路，她不可能在茫茫荒山里找到一间草房。可是她走进草房，看到王二就坐在床上，小和尚直挺挺，却吓得尖叫起来。

陈清扬后来说，她没法相信她所见到的每件事都是真的。真的事要有理由。当时她脱了衣服，坐在我的身边，看着我的小和尚，只见它的颜色就像烧伤的疤痕。这时我的草房在风里摇晃，好多阳光从房顶上漏下来，星星点点落在她身上。我伸手去触她的乳头，直到她脸上泛起红晕，乳房坚挺。忽然她从迷梦里醒来，羞得满脸通红。于是她紧紧地抱住我。

我和陈清扬是第二次做爱，第一次做爱的很多细节当时我大惑不解，后来我才明白，她对被称作破鞋一事，始终耿耿于怀。既然不能证明她不是破鞋，她就乐于成为真正的破鞋。就像那些被当场捉了奸的女人一样，被人叫上台去交待那些偷情的细节。等到那些人听到情不能恃、丑态百出时，怪叫一声：把她捆起来！就有人冲上台去，用细麻绳把她五花大绑，她就这样站在人前，受尽羞辱。这些事一点也不讨厌。她也不怕被人剥得精赤条条，拴到一扇磨盘上，扔到水塘里淹死。或者像以前达官贵人家的妻妾一样，被强迫穿得整整齐齐，脸上贴上湿透的黄表纸，端坐着活活憋死。这些事都一点也不讨厌。她丝毫也不怕成为破鞋，这比被人叫作破鞋而不是破鞋好得多。她所讨厌的是使她成为破鞋那件事本身。

我和陈清扬做爱时，一只蜥蜴从墙缝里爬了进来，走走停停地经过房中间的地面，忽然它受到惊动，飞快地出去，消失在门口的阳光里。这时陈清扬的呻吟就像泛滥的洪水，在屋里蔓延。我为此所惊，伏下身不动。可是她说，快，混蛋，还拧我的腿。等我“快”了以后，阵阵震颤就像从地心传来。后来她说她觉得自己罪孽深重，早晚要遭报应。

她说自己要遭报应时，一道红晕正从她的胸口褪去。那时我们的事情还没完。但她的口气是说，她只会为在此之前的事遭报应。忽然之间我从头顶到尾骨一齐收紧，开始极其猛烈地射精。这事与她无关，大概只有我会为此遭报应。

后来陈清扬告诉我，罗小四到处找我。他到医院找我时，医院说我不存在。他找队长问我时，队长也说我不存在。最后他来找陈清扬，陈清扬说，既然大家都说他不存在，大概他就是不存在罢，我也没有意见。罗小四听了这话，禁不住哭了起来。

我听了这话，觉得很奇怪。我不应该因为尖嘴婆打了我一下而存在，也不应该因为她打了我一下而不存在。事实上，我的存在乃是不争的事实。我就为这一点钻了牛角尖。为了验证这不争的事实，慰问团来的那一天，我从山上奔了下去，来到了座谈会的会场上。散会以后，队长说，你这个样子不像有病。还是回来喂猪吧。他还组织人力，要捉我和陈清扬的奸。当然，要捉我不容易，我的腿非常快。谁也休想跟踪我。但是也给我添了很多麻烦。到了这个时候我才悟到，犯不着向人证明我存在。

我在队里喂猪时，每天要挑很多水。这个活计很累，连偷懒都不可能，因为猪吃不饱会叫唤。我还要切很多猪菜，劈很多柴。喂这些猪原来要三个妇女，现在要我一个人干。我发现我不能顶三个妇女，尤其是腰疼时。这时候我真想证明我不存在。

晚上我和陈清扬在小屋里做爱。那时我对此事充满了敬业精神，对每次亲吻和爱抚都贯注了极大的热情。无论是经典的传教士式，后进式，侧进式，女上位，我都能一丝不苟地完成。陈清扬对此极为满意。我也极为满意。在这种时候，我又觉得用不着去证明自己是存在的。从这些体会里我得到一个结论，就是永远别让别人注意你。北京人说，不怕贼偷，就怕贼惦记。你千万别让人惦记上。

过了一些时候，我们队的知青全调走了，男的调到糖厂当工人，女的到农中去当老师。单把我留下来喂猪，据说是因为我还没有改造好。陈清扬说，我叫人惦记上了。这个人大概就是农场的军代表。她还说，军代表不是个好东西。原来她在医院工作，军代表要调戏她，被她打了个大嘴巴。然后她就被发到十五队当队医。十五队的水是苦的，也没有菜吃，呆久了也觉得没有啥。但是当初调她来，分明有修理一下的意思。她还说，我准会被修理到半死。我说过，他能把我怎么样？急了老子跑他娘。后来的事都是由此而起。

那天早上天色微明，我从山上下来，到猪场喂猪。经过井台时，看见了军代表，他正在刷牙。他把牙刷从嘴里掏出来，满嘴白沫地和我讲话，我觉得很讨厌，就一声不吭地走掉了。过了一会，他跑到猪场里，把我大骂了一顿，说你怎么敢走了。我听了这些话，一声不吭。就是他说我装哑巴，我也一声不吭。然后我又走开了。

军代表到我们队来蹲点，蹲下来就不走了。据他说，要不能从王二嘴里掏出话来，死也不甘心。这件事有两种可能的原因，一是他下来视察，遇见了我对他装聋作哑，因而大怒，不走了。二是他不是下来视察，而是听说陈清扬和我有了一腿，特地来找我的麻烦。不管他为何而来，反正我是一声也不吭，这叫他很没办法。

军代表找我谈话，要我写交待材料。他还说，我搞破鞋群众很气愤，如果我不交待，就发动群众来对付我。他还说，我的行为够上了坏分子。应该受到专政。我可以辩解说，我没搞破鞋。谁能证明我搞了破鞋？但我只是看着他。像野猪一样看他，像发傻一样看他，像公猫看母猫一样看他。把他看到没了脾气，就让我走了。

最后他也没从我嘴里套出话来。他甚至搞不清我是不是哑巴。别人说，我不是哑巴，他始终不敢相信，因为他从来没听我说过一句话。他到今天想起我来，还是搞不清我是不是哑巴。想起这一点，我就万分的高兴。

五

最后我们被关了起来，写了很长时间的交待材料。起初我是这么写的：我和陈清扬有不正当的关系。这就是全部。上面说，这样写太简单。叫我重写。后来我写，我和陈清扬有不正当关系，我干了她很多回，她也乐意让我干。上面说，这样写缺少细节。后来又加上了这样的细节：我们俩第四十次非法性交。地点是我在山上偷盖的草房，那天不是阴历十五就是阴历十六，反正月亮很亮。陈清扬坐在竹床上，月光从门里照进来，照在她身上。我站在地上，她用腿圈着我的腰。我们还聊了几句，我说她的乳房不但圆，而且长得很端正，脐窝不但圆，而且很浅，这些都很好。她说是吗，我自己不知道。后来月光移走了，我点了一根烟，抽到一半她拿走了，接着吸了几口。她还捏过我的鼻子，因为本地有一种说法，说童男的鼻子很硬，而纵欲过度行将死去的人鼻子很软，这些时候她懒懒地躺在床上，倚着竹板墙。其他的时间她像澳大利亚考拉熊一样抱住我，往我脸上吹热气。最后月亮从门对面的窗子里照进来，这时我和她分开。但是我写这些材料，不是给军代表看。他那时早就不是军代表了，而且已经复员回家去，不管他是不是代表，反正犯了我们这种错误，总是要写交待材料。

我后来和我们学校人事科长关系不错。他说当人事干部最大的好处就是可以看到别人写的交待材料。我想他说的包括了我写的交待材料。我以为我的交待材料最有文采。因为我写这些材料时住在招待所，没有别的事可干，就像专业作家一样。

我逃跑是晚上的事。那天上午，我找司务长请假，要到井坎镇买牙膏。我归司务长领导，他还有监视我的任务，他应该随时随地看住我，可是天一黑我就不见了。早上我带给他很多酸琶果，都是好的。平原上的酸琶果都不能吃，因为里面是一窝蚂蚁，只有山里的酸琶果才没蚂蚁。司务长说，他个人和我关系不坏，而且军代表不在。他可以准我去买牙膏。但是司务长又说，军代表随时会回来。要是他回来时我不在，司务长也不能包庇我。我从队里出去，爬上十五队的后山，拿个镜片晃陈清扬的后窗。过一会儿，她到山上来，说是头两天人家把她盯得特紧，跑不出来。而这几天她又来月经。她说这没关系，干吧，我说那不行。分手时她硬要给我二百块钱。起初我不要，后来还是收下了。

后来陈清扬告诉我，头两天人家没有把她盯得特紧，后来她也没有来月经。事实上，十五队的人根本就不管她。那里的人习惯于把一切不是破鞋的人说成破鞋，而对真的破鞋放任自流。她之所以不肯上山来，让我空等了好几天，是因为对此事感到厌倦。她总要等有了好心情才肯性交，不是只要性交就有好心情。当然这样做了以后，她也不无内疚之心。所以她给我二百块钱。我想既然她有二百块钱花不掉，我就替她花。所以我拿了那些钱到井坎镇上，买了一条双筒猎枪。

后来我写交待材料，双筒猎枪也是一个主题。人家怀疑我拿了它要打死谁。其实要打死人，用二百块钱的双筒猎枪和四十块钱的铜炮枪打都一样。那种枪是用来在水边打野鸭子的，在山里一点不实用，而且像死人一样沉。那天我到井坎街上时，已经是下午时分，又不是赶街的日子，所以只有一条空空落落的土路和几间空空落落的国营商店。商店里有一个售货员在打瞌睡，还有很多苍蝇在飞。货架上写着“吕过吕乎”，放着铝锅铝壶。我和那个胶东籍的售货员聊了一会天，她叫我到库房里看了看。在那儿我看见那条上海出的猎枪，就不顾它已经放了两年没卖出去的事实，把它买下了。傍晚时我拿它到小河边试放，打死了一只鹭鸶。这时军代表从场部回来，看见我手里有枪，很吃了一惊。他唠叨说，这件事很不对，不能什么人手里都有枪。应该和队里说一下，把王二的枪没收掉。我听了这话，几乎要朝他肚子上打一枪。如果打了的话，恐怕会把他打死。那样多半我也活不到现在了。

那天下午我从井坎回队的路上，涉水从田里经过，曾经在稻棵里站了一会。我看见很多蚂蟥像鱼一样游出来，叮上了我的腿。那时我光着膀子，衣服包了很多红糖馅的包子（镇上饭馆只卖这一种食品），双手提包子，背上还背了枪，很累赘。所以我也没管那些蚂蟥。到了岸上我才把它们一条条揪下来用火烧死。烧得它们一条条发软起泡。忽然间我感到很烦很累，不像二十一岁的人。我想，这样下去很快就会老了。

后来我遇上了勒都。他告诉我说，他们把那条河汊里的鱼都捉到手了。我那一份已经晒成了鱼干，在他姐姐手里。他姐姐叫我去。他姐姐和我也很熟，是个微黑俏丽的小姑娘。我说一时去不了。我把那一包包子都给了勒都，叫他给我到十五队送个信，告诉陈清扬，我用她给我的钱买了一条枪。勒都去了十五队，把这话告诉陈清扬，她听了很害怕，觉得我会把军代表打死。这种想法也不是没有道理，傍晚时我就想打军代表一枪。

傍晚时分我在河边打鹭鸶，碰上了军代表。像往常一样，我一声不吭，他喋喋不休。我很愤怒，因为已经有半个多月了，他一直对我喋喋不休，说着同样的话：我很坏，需要思想改造。对我一刻也不能放松。这样的话我听了一辈子，从来没有像那天晚上那么火。后来他又说，今天他有一个特大好消息，要向大家公布。但是他又不说是什么，只说我和我的“臭婊子”陈清扬今后的日子会很不好过。我听了这话格外恼火，想把他就地掐死，又想听他说出是什么好消息以后再下手。他却不说，一直卖着关子，只说些没要紧的话，到了队里以后才说，晚上你来听会吧，会上我会宣布的。

晚上我没去听会，在屋里收拾东西，准备逃上山去。我想一定发生了什么大事，以致军代表有了好办法来收拾我和陈清扬，至于是什么事我没想出来，那年头的事很难猜。我甚至想到可能中国已经复辟了帝制，军代表已经当上了此地的土司，他可以把我锤扁掉，再把陈清扬拉去当妃子。等我收拾好要出门，才知道没有那么严重。因为会场上喊口号，我在屋里也能听见。原来是此地将从国有农场改做军垦兵团。军代表可能要当个团长。不管怎么说，他不能把我阉掉，也不能把陈清扬拉走。我犹豫了几分钟，还是把装好的东西背上了肩，还用砍刀把屋里的一切都砍坏，并且用木炭在墙上写了：“×××（军代表名），操你妈”，然后出了门，上山去了。

我从十四队逃跑的事就是这样。这些经过我也在交待材料里写了。概括地说，是这样的：我和军代表有私仇，这私仇有两个方面：一是我在慰问团面前说出了曾经被打晕的事，叫军代表很没面子，二是争风吃醋，所以他一直修理我。当他要当团长时，我感到不堪忍受，逃到山上去了。我到现在还以为这是我逃上山的原因。但是人家说，军代表根本就没当上团长，我逃跑的理由不能成立。所以人家说，这样的交待材料不可信。可信的材料应该是，我和陈清扬有私情。俗话说，色胆包天，我们什么事都能干出来。这话也有一点道理，可是我从队里逃出来时，原本不打算找陈清扬，打算一走算了。走到山边上才想到，不管怎样，陈是我的一个朋友，该去告别。谁知陈清扬说，她要和我一起逃跑。她还说，假如这种事她不加入，那伟大友谊岂不是喂了狗。于是她匆匆忙忙收拾了一些东西跟我走了。假如没有她和她收拾的东西，我一定会病死在山上。那些东西里有很多治疟疾的药，还有大量的大号避孕套。

我和陈清扬逃上山以后，农场很惊慌了一阵。他们以为我们跑到缅甸去了。这件事传出去对谁都没好处，所以就没向上报告，只是在农场内部通缉王二和陈清扬。我们的样子很好认，还带了一条别人没有的双筒猎枪，很容易被人发现，可是一直没人找到我们。直到半年后以后，我们自己回到农场来，各回各的队。又过了一个多月，才被人保组叫去写交待。也是我们流年不利，碰上了一个运动，被人揭发了出来。

六

人保组的房子在场部的路口上，是一座孤零零的土坯房。你从很远的地方就能看见，因为它粉刷得很白，还因为它在高岗上。大家到场部赶街，老远就看见那间房子。它周围是一片剑麻地，剑麻总是睛绿色，剑麻下的土总是鲜红色。我在那里交待问题，把什么都交待了。我们上了山，先在十五队后山上种玉米，那里土不好，玉米有一半没出苗。我们就离开，昼伏夜行，找别的地方定居。最后想起山上有个废水碾，那里有很大一片丢荒了的好地，水碾里住了一个麻风寨跑出来的刘大爹。谁也不到那里去，只有陈清扬有一回想起自己是大夫，去看过一回。我们最后去了刘大爹那里，住在水碾背后的山洼里，陈清扬给刘大爹看病，我给刘大爹种地。过了一些时候，我到清平赶街，遇上了同学。他们说，军代表调走了，没人记着我们的事。我们就回来。整个事情就是这样的。

我在人保组里呆了很长时间。有一段时间，气氛还好，人家说，问题清楚了，你准备写材料。后来忽然又严重起来，怀疑我们去了境外，勾结了敌对势力，领了任务回来。于是他们把陈清扬也叫到人保组，严加审讯。问她时，我往窗外看。天上有很多云……

人家叫我交待偷越国境的事。其实这件事上，我也不是清白无辜。我确实去过境外。我曾经打扮成老傣的模样，到对面赶过街。我在那里买了些火柴和盐，但是这没有必要说出来。没必要说的话就不说。

后来我带人保组的人到我们住过的地方去勘查。我在十五队后山上搭的小草房已经漏了顶，玉米地招来很多鸟。草房后面有很多用过的避孕套，这是我们在此住过的铁证。当地人不喜欢避孕套，说那东西阻断了阴阳交流，会使人一天天弱下去。其实当地那种避孕套，比我后来用过的任何一种都好。那是百分之百的天然橡胶。

后来我再不肯带他们去那些地方看，反正我说我没去国外，他们不信。带他们去看了，他们还是不信。没必要做的事就别做。我整天一声不吭。陈清扬也一声不吭。问案的人开头还在问，后来也懒得吭声。街子天里有好多老傣、老景颇背着新鲜的水果蔬菜走过，问案的人也越来越少。最后只剩了一个人。他也想去赶街，可是不到放我们回去的时候，让我们呆在这里无人看管，又不合规定。他就到门口去喊人，叫过路的大嫂站住。但是人家经常不肯站住，而是加快了脚步。见到这种情况，我们就笑起来。

人保组的同志终于叫住了一个大嫂。陈清扬站起来，整理好头发，把衬衣领子折起来，然后背过手去。那位大嫂就把她捆起来，先捆紧双手，再把绳子在脖子和胳膊上扣住。那大嫂抱歉地说，捆人我不会啦。人保组的同志说，可以了。然后他再把我捆起来，让我们在两张椅子上背靠背坐好，用绳子拦腰捆上一道，然后他锁上门，也去赶集。过了好半天他才回来，到办公桌里拿东西，问道：要不要上厕所？时间还早，一会回来放你们。然后又出去。

到他最后来放开我们的时候，陈清扬活动一下手指，整理好头发，把身上的灰土掸干净，我们俩回招待所去。我们每天都到人保组去，每到街子天就被捆起来，除此之外，有时还和别人一道到各队去挨斗。他们还一再威胁说，要对我们采取其他专政手段——我们受审查的事就是这样的。

后来人家又不怀疑我们去了国外，开始对她比较客气，经常叫她到医院去，给参谋长看前列腺炎。那时我们农场来了一大批军队下来的老干部，很多人有前列腺炎。经过调查，发现整个农场只有陈清扬知道人身上还有前列腺。人保组的同志说，要我们交待男女关系问题。我说，你怎知我们有男女关系问题？你看见了吗？他们说，那你就交待投机倒把问题。我又说，你怎知我有投机倒把问题？他们说，那你还是交待投敌叛变的问题。反正要交待问题，具体交待什么，你们自己去商量。要是什么都不交待，就不放你。我和陈清扬商量以后，决定交待男女关系问题。她说，做了的事就不怕交待。

于是我就像作家一样写起交待材料来。首先交待的就是逃跑上山那天晚上的事。写了好几遍，终于写出陈清扬像考拉熊。她承认她那天心情非常激动，确实像考拉熊。因为她终于有了机会，来实践她的伟大友谊。于是她腿圈住我的腰，手抓住我的肩膀，把我想象成一棵大树，几次想爬上去。

后来我又见到陈清扬，已经到了九十年代。她说她离了婚和女儿住在上海，到北京出差。到了北京就想到，王二在这里，也许能见到。结果真的在龙潭湖庙会上见到了我。我还是老样子，饿纹入嘴，眼窝下乌青，穿过了时的棉袄，蹲在地上吃不登大雅之堂的卤煮火烧。唯一和过去不同的是手上被硝酸染得焦黄。

陈清扬的样子变了不少，她穿着薄呢子大衣，花格呢裙子，高跟皮靴，戴金丝眼镜，像个公司的公关职员，她不叫我，我绝不敢认。于是我想到每个人都有自己的本质，放到合适的地方就大放光彩。我的本质是流氓土匪一类，现在做个城里的市民，学校的教员，就很不像样。

陈清扬说，她女儿已经上了大二，最近知道了我们的事，很想见我。这事的起因是这样的：她们医院想提拔她，发现她档案里还有一堆东西。领导上讨论之后，认为是“文革”时整人的材料，应予撤销。于是派人到云南外调，花了一万元差旅费，终于把它拿了出来。因为是本人写的，交还本人。她把它拿回家去放着，被女儿看见了。该女儿说，好哇，你们原来是这么造的我！

其实我和她女儿没有任何关系。她女儿产生时，我已经离开云南了，陈清扬也是这么解释的，可是那女孩说，我可以把精液放到试管里，寄到云南让陈清扬人工授精。用她原话来说就是：你们两个混蛋什么干不出来。

我们逃进山里的第一个夜晚，陈清扬兴奋得很。天明时我睡着了，她又把我叫起来，那时节大雾正从墙缝里流进来，她让我再干那件事，别戴那劳什子。她要给我生一窝小崽子，过几年就耷拉到这里。同时她揪住乳头往下拉，以示耷拉之状。我觉得耷拉不好看，就说，咱们还是想想办法，别叫它耷拉。所以我还是戴着那劳什子。以后她对这件事就失去了兴趣。

后来我再见陈清扬时，问道，怎么样，耷拉了吧？她说可不是，耷拉得一塌糊涂。你想不想看看有多耷拉。后来我看见了，并没有一塌糊涂。不过她说，早晚要一塌糊涂，没有别的出路。

我写了这篇交待材料交上去，领导上很欣赏。有个大头儿，不是团参谋长就是政委，接见了我们，说我们的态度很好。领导上相信我们没有投敌叛变。今后主要的任务就是交待男女关系问题。假如交待得好，就让我们结婚。但是我们并不想结婚。后来又说，交待得好，就让我调回内地。陈清扬也可以调上级医院。所以我在招待所写了一个多月交待材料，除了出公差，没人打搅。我用复写纸写，正本是我的，副本是她的。我们有一模一样的交待材料。

后来人保组的同志找我商量，说是要开个大的批斗会。所有在人保组受过审查的人都要参加，包括投机倒把分子、贪污犯，以及各种坏人。我们本该属于同一类，可是团领导说了，我们年轻，交待问题的态度好，所以又可以不参加。但是有人攀我们，说都受审查，他们为什么不参加。人保组也难办。所以我们必须参加。最后的决定是来做工作，动员我们参加。据说受受批斗，思想上有了震动，以后可以少犯错误。既然有这样的好处，为什么不参加。到了开会的日子，场部和附近生产队来了好几千人，我们和好多别的人站到台上去。等了好半天，听了好几篇批判稿，才轮到我们王陈二犯。原来我们的问题是思想淫乱，作风腐败，为了逃避思想改造，逃到山里去。后来在党的政策感召下，下山弃暗投明。听了这样的评价，我们心情激动，和大家一起振臂高呼：打倒王二！打倒陈清扬！斗过这一台，我们就算没事了，但是还得写交待，因为团领导要看。

在十五队后山上，陈清扬有一回很冲动，要给我生一群小崽子，我没要。后来我想，生生也不妨，再跟她说，她却不肯生了，而且她总是理解成我要干那件事。她说，要干就干，没什么关系。我想纯粹为我，这样太自私了，所以就很少干。何况开荒很累，没力气干。我所能交待的事就是在地头休息时摸她的乳房。

旱季里开荒时，到处是热风，身上没有汗，可是肌肉干疼。最热时，只能躺在树下睡觉。枕着竹筒，睡在棕皮蓑衣上，我奇怪为什么没人让我交待蓑衣的事。那是农场的劳保用品，非常贵。我带进山两件，一件是我的，一件是从别人门口顺手拿来的。一件也没拿回来。一直到我离开云南，也没人让我交还蓑衣。

我们在地头休息时，陈清扬拿斗笠盖住脸，敞开衬衣的领口，马上就睡着了。我把手伸进去，有很优美的浑圆的感觉。后来我把扣子又解开几个，看见她的皮肤是浅红色。虽然她总穿着衣服干活，可是阳光透过了薄薄的布料。至于我，总是光膀子，已经黑得像鬼一样。

陈清扬的乳房是很结实的两块，躺着的时候给人这样的感觉。但是其他地方很纤细。过了二十多年，大模样没怎么变，只是乳头变得有点大，有点黑。她说这是女儿做的孽。那孩子刚出世，像个粉红色的小猪，闭着眼一口叼住她那个地方狠命地吃，一直把她吃成个老太太，自己却长成个漂亮大姑娘，和她当年一样。

年纪大了，陈清扬变得有点敏感。我和她在饭店里重温旧情，说到这类话题，她就有恐慌之感。当年不是这样。那时候在交待材料里写到她的乳房，我还有点犹豫。她说，就这么写。我说，这样你就暴露了。她说，暴露就暴露，我不怕！她还说是自然长成这样，又不是她捣了鬼。至于别人听说了有什么想法，不是她的问题。

过了这么多年我才发现，陈清扬是我的前妻哩。交待完问题人家叫我们结婚。我觉得没什么必要了。可是领导上说，不结婚影响太坏，非叫去登记不可。上午登记结婚，下午离婚。我以为不算呢。乱哄哄的，人家忘了把发的结婚证要回去。结果陈清扬留了一张。我们拿这二十年前发的破纸头登记了一间双人房。要是没有这东西，就不许住在一间房子里。二十年前不这样。二十年前他们让我们住在一间房子里写交待材料，当时也没这个东西。

我写了我们住在后山上的事。团领导要人保组的人带话说，枝节问题不要讲太多，交待下一个案子罢。听了这话，我发了犟驴脾气：妈妈的，这是案子吗？陈清扬开导我说：这世界上有多少人，每天要干多少这种事，又有几个有资格成为案子。我说其实这都是案子，只不过领导上查不过来。她说既然如此，你就交待罢。所以我交待道：那天夜里，我们离开了后山，向作案现场进发。

七

我后来又见到陈清扬，和她在饭店里登记了房间，然后一起到房间里去，我伸手帮她脱下大衣。陈清扬说，王二变得文明了。这说明我已经变了很多。以前我不但相貌凶恶，行为也很凶恶。

我和陈清扬在饭店里又做了一回案。那里暖气烧得很暖，还装着茶色玻璃。我坐在沙发上，她坐在床上，聊了一会儿天。逐渐有了犯罪的气氛。我说，不是让我看有多耷拉吗，我看看。她就站起来，脱了外衣，里面穿着大花的衬衫。然后她又坐下去，说，还早一点。过一会服务员来送开水。他们有钥匙，连门都不敲就进来了。我问她，碰上了人家怎么说。她说，她没被碰上过。但是听说人家会把门一摔，在外面说：真他妈的讨厌！

我和陈清扬逃进山以前，有一次我在猪场煮猪食。那时我要烧火，要把猪菜切碎（所谓猪菜，是番薯藤、水葫芦一类东西），要往锅里加糠添水。我同时做着好几样事情。而军代表却在一边喋喋不休，说我是如何之坏。他还让我去告诉我的“臭婊子”陈清扬，她是如何之坏。忽然间我暴怒起来，抡起长刀，照着梁上挂的盛南瓜子的葫芦劈去，把它劈成两半。军代表吓得一步跳出房去。如果他还要继续数落我，我就要砍他脑袋了。我是那样凶恶，因为我不说话。

后来在人保组，我也不大说话，包括人家捆我的时候。所以我的手经常被捆得乌青。陈清扬经常说话。她说：大嫂，捆疼了，或者：大嫂，给我拿手绢垫一垫。我头发上系了一块手绢。她处处与人合作，苦头吃得少。我们处处都不一样。

陈清扬说，以前我不够文明。在人保组里，人家给我们松了绑。那条绳子在她的衬衣上留下了很多道痕迹。这是因为那绳子平时放在烧火的棚子里，沾上了锅灰和柴草沫。她用不灵活的手把痕迹掸掉，只掸了前面，掸不了后面。等到她想叫我来掸时，我已经一步跨出门去。等到她追出门去，我已经走了很远。我走路很快，而且从来不回头看。就因为这些原因，她根本就不爱我，也说不上喜欢。

照领导定的性，我们在后山上干的事，除了她像考拉那次之外，都不算案子。像我们在开荒时干的事，只能算枝节问题。所以我没有继续交待下去。其实还有别的事。当时热风正烈，陈清扬头枕双臂睡得很熟。我把她的衣襟完全解开了。这样她袒露出上身，好像是故意的一样。天又蓝又亮，以致阴影里都是蓝黝黝的光。忽然间我心里一动，在她红彤彤的身体上俯身下去。我都忘了自己干了些什么了。我把这事说了出来，以为陈清扬一定不记得。可是她说：“记得记得！那会儿我醒了。你在我肚脐上亲了一下吧？好危险，差一点爱上你。”

陈清扬说，当时她刚好醒来，看见我那颗乱蓬蓬的头正在她肚子上，然后肚脐上轻柔的一触。那一刻她也不能自持。但是她还是假装睡着，看我还要干什么。可是我什么都没干，抬起头来往四下看看，就走开了。

我写的交待材料里说，那天夜里，我们离开后山，向作案现场进发，背上背了很多坛坛罐罐，计划是到南边山里定居。那边土地肥沃，公路两边就是一人深的草。不像十五队后山，草只有半尺高。那天夜里有月亮，我们还走了一段公路，所以到天明将起雾时，已经走了二十公里，上了南面的山。具体地说，到了章风寨南面的草地上，再走就是森林。我们在一棵大青树下露营，拣了两块干牛粪生了一堆火，在地上铺了一块塑料布。然后脱了一切衣服（衣服已经湿了），搂在一起，裹上三条毯子，滚成一个球，就睡着了。睡了一个小时就被冻醒。三重毯子都湿透了，牛粪火也灭了。树上的水滴像倾盆大雨往下掉。空气里漂着的水点有绿豆大小。那是在一月里，旱季最冷的几天。山的阴面就有这么潮。

陈清扬说，她醒时，听见我在她耳边打机关枪。上牙碰下牙，一秒钟不只一下。而且我已经有了热度。我一感冒就不容易好，必须打针。她就爬起来说，不行，这样两个人都要病。快干那事。我不肯动，说道：忍忍罢。一会儿就出太阳。后来又说：你看我干得了吗？案发前的情况就是这样的。

案发时的情形是这样：陈清扬骑在我身上，一起一落，她背后的天上是白茫茫的雾气。这时好像不那么冷了，四下里传来牛铃声。这地方的老傣不关牛，天一亮水牛就自己跑出来。那些牛身上拴着木制的铃铛，走起来发出闷闷的响声。一个庞然大物骤然出现在我们身边，耳边的刚毛上挂着水珠。那是一条白水牛，它侧过头来，用一只眼睛看我们。

白水牛的角可以做刀把，晶莹透明很好看。可是质脆容易裂。我有一把匕首，也是白牛角把，却一点不裂，很难得。刃的材料也好，可是被人保组收走了。后来没事了，找他们要，却说找不到了。还有我的猎枪，也不肯还我。人保组的老郭死乞白赖地说要买，可是只肯出五十块钱，最后连枪带刀，我一样也没要回来。

我和陈清扬在饭店里作案之前聊了好半天。最后她把衬衣也脱下来，还穿着裙子和皮靴。我走过去坐在她身边，把她的头发撩了起来。她的头发有不少白的了。

陈清扬烫了头。她说，以前她的头发好，舍不得烫。现在没关系了。她现在当了副院长，非常忙，也不能每天洗头。除此之外，眼角脖子下有不少皱纹。她说，女儿建议她去做整容手术，但是她没时间做。

后来她说，好啦，看罢，就去解乳罩。我想帮她一把，也没帮上。扣在前面，我把手伸到后面去了。她说看来你没学坏，就转过身来让我看。我仔细看了一阵，提了一点意见。不知为什么，她有点脸红，说，好啦，看也看过了，还要干什么？就要把乳罩戴上。我说，别忙，就这样罢。她说，怎么，还要研究我的结构？我说，那当然。现在不着急，再聊一会。她的脸更红了，说道：王二，你一辈子学不了好，永远是个混蛋。

我在人保组，罗小四来看我，趴窗户一看，我被捆得像粽子一样。他以为案情严重，我会被枪毙掉，把一盒烟从窗里扔进来，说道：二哥，哥们儿一点意思，然后哭了。罗小四感情丰富，很容易哭。我让他点着了烟从窗口递进来，他照办了，差点肩关节脱臼才递到我嘴上，然后他问我还有什么事要办，我说没有。我还说，你别招一大群人来看我，他也照办了。他走后，又有一帮孩子爬上窗台看，正看见我被烟熏的睁一眼闭一眼，样子非常难看。打头的一个不禁说道：耍流氓。我说，你爸你妈才耍流氓，他们不流氓能有你？那孩子抓了些泥巴扔我。等把我放开，我就去找他爸，说道：今天我在人保组，被人像捆猪一样捆上。令郎人小志大，趁那时朝我扔泥巴。那人一听，揪住他儿子就揍。我在一边看完了才走。陈清扬听说这事，就有这种评价：王二，你是个混蛋。

其实我并非永远是混蛋。我现在有家有口，已经学了不少好。抽完了那根烟，我把她抱过来，很熟练地在她胸前爱抚一番，然后就想脱她的裙子。她说：别忙，再聊会儿，你给我也来支烟。我点了一支烟，抽着了给她。

陈清杨说，在章风山她骑在我身上一上一下，极目四野，都是灰蒙蒙的水雾。忽然间觉得非常寂寞，非常孤独。虽然我的一部分在她身体里摩擦，她还是非常寂寞，非常孤独。后来我活过来了，说道：换换，你看我的，我就翻到上面去。她说，那一回你比哪回都混蛋。

陈清扬说，那回我比哪回都混蛋，是指我忽然发现她的脚很小巧好看。因此我说，老陈，我准备当个拜脚狂。然后我把她两腿捧起来，吻她的脚心。陈清扬平躺在草地上，两手摊开，抓着草。忽然她一晃头，用头发盖住了脸，然后哼了一声。

我在交待材料里写道，那时我放开她的腿，把她脸上的头发抚开。陈清扬猛烈地挣扎，流着眼泪，但是没有动手。她脸上有两点很不健康的红晕。后来她不挣扎了，对我说，混蛋，你要把我怎么办。我说，怎么了。她又笑，说道：不怎么。接着来。所以我又捧起她的双腿。她就那么躺着不动，双手平摊，牙咬着下唇，一声不响。如果我多看她一眼，她就笑笑。我记得她脸特别白，头发特别黑，整个情况就是这样的。

陈清扬说，那一回她躺在冷雨里，忽然觉得每一个毛孔都进了冷雨。她感到悲从中来，不可断绝。忽然间一股巨大的快感劈进来。冷雾、雨水，都沁进了她的身体。那时节她很想死去。她不能忍耐，想叫出来，但是看见了我她又不想叫出来。世界上还没有一个男人能叫她肯当着他的面叫出来。她和任何人都格格不入。

陈清扬后来和我说，每回和我做爱都深受折磨。在内心深处她很想叫出来，想抱住我狂吻，但是她不乐意。她不想爱别人，任何人都不爱；尽管如此，我吻她脚心时，一股辛辣的感觉还是钻到她心里来。

我和陈清扬在章风山上做爱，有一只老水牛在一边看。后来它哞了一声跑开了，只剩我们两人。过了很长时间，天渐渐亮了。雾从天顶消散。陈清扬的身体沾了露水，闪起光来。我把她放开，站起来，看见离寨子很近，就说：走。于是离开了那个地方，再没回去过。

八

我在交待材料里说，我和陈清扬在刘大爹后山上作案无数。这是因为刘大爹的地是熟地，开起来不那么费力。生活也安定，所以温饱生淫欲。那片山上没人，刘大爹躺在床上要死了。山上非雾即雨。陈清扬腰上束着我的板带，上面挂着刀子，脚上穿高统雨靴，除此之外不着一丝。

陈清扬后来说，她一辈子只交了我一个朋友。她说，这一切都是因为我在河边的小屋里谈到伟大友谊。人活着总要做几件事情，这就是其中之一。以后她就没和任何人有过交情。同样的事做多了没意思。

我对此早有预感。所以我向她要求此事时就说：老兄，咱们敦敦伟大友谊如何？人家夫妇敦伦，我们无伦可言，只好敦友谊。她说好。怎么敦？正着敦反着敦？我说反着敦。那时正在地头上。因为是反着敦，就把两件蓑衣铺在地上，她趴在上面，像一匹马，说道：你最好快一点，刘大爹该打针了。我把这些事写进了交待材料，领导上让我交待：

1. 谁是“敦伦”；

2. 什么叫“敦敦”伟大友谊；

3. 什么叫正着敦，什么叫反着敦。

把这些都说清以后，领导上又叫我以后少掉文，是什么问题就交待什么问题。

在山上敦伟大友谊时，嘴里喷出白气。天不那么凉，可是很湿，抓过一把能拧出水来。就在蓑衣旁边，蚯蚓在爬。那片地真肥。后来玉米还没熟透，我们就把它放在捣臼里捣，这是山上老景颇的做法。做出的玉米粑粑很不坏。在冷水里放着，好多天不坏……

陈清扬趴在冷雨里，乳房摸起来像冷苹果。她浑身的皮肤绷紧，好像抛过光的大理石。后来我把小和尚拔出来，把精液射到地里，她在一边看着，面带惊恐之状。我告诉她：这样地会更肥。她说：我知道。后来又说：地里会不会长出小王二来——这像个大夫说的话吗？

雨季过去后，我们化装成老傣，到清平赶街。后来的事我已经写过，我在清平遇上了同学，虽然化了装，人家还是一眼就认出我来，我的个子太高，装不矮。人家对我说：二哥，你跑哪儿去了。我说：我不会讲汉话啦！虽然尽力加上一点怪腔，还是京片子。一句就露馅了。

回到农场是她的主意。我自己既然上了山，就不准备下去。她和我上山，是为了伟大友谊。我也不能不陪她下去。其实我们随时可以逃走，但她不乐意。她说现在的生活很有趣。

陈清扬后来说，在山上她也觉得很有趣。漫山冷雾时，腰上别着刀子，足蹬高统雨靴，走到雨丝里去。但是同样的事做多了就不再有趣。所以她还想下山，忍受人世的摧残。

我和陈清扬在饭店里重温伟大友谊，说到那回从山上下来，走到岔路口上，那地方有四条岔路，各通一方。东西南北没有关系，一条通到国外，是未知之地；一条通到内地；一条通到农场；一条是我们来的路。那条路还通到户撒。那里有很多阿伦铁匠，那些人世世代代当铁匠。我虽然不是世世代代，但我也能当铁匠，我和那些人熟得很，他们都佩服我的技术。阿伦的女人都很漂亮，身上挂了很多铜箍和银钱。陈清扬对那种打扮十分神往，她很想到山上去当个阿伦。那时雨季刚过。云从四面八方升起来。天顶上闪过一缕缕阳光。我们有各种选择，可以到各方向去。所以我在路口上站了很久。后来我回内地时，站在公路上等汽车，也有两种选择，可以等下去，也可以回农场去。当我沿着一条路走下去的时候，心里总想着另一条路上的事。这种时候我心里很乱。

陈清扬说过：我天资中等，手很巧，人特别浑。这都是有所指的。说我天资中等，我不大同意。说我特别浑，事实俱在，不容抵赖。至于说我手巧，可能是自己身上体会出来的，我的手的确很巧，不光表现在摸女人方面。手掌不大，手指特长，可以做任何精细的工作。山上那些阿伦铁匠打刀刃比我好，可是要比在刀上刻花纹，没有任何人能比得上。所以，起码有二十个铁匠提出过，让我们搬过去，他打刀刃我刻花纹，我们搭一伙。假如当初搬了过去，可能现在连汉话都不会说了。

假如我搬到一位阿伦大哥那里去住，现在准在黑洞洞的铁匠铺里给户撒刀刻花纹。在他家泥泞的后院里，准有一大窝小崽子，共有四种组合形式：

1. 陈清扬和我的；
2. 阿伦大哥和阿伦大嫂的；
3. 我和阿伦大嫂的；
4. 陈清扬和阿伦大哥的。

陈清扬从山上背柴回来，撩起衣裳，露出极壮硕的乳房，不分青红皂白，就给其中一个喂奶。假如当初我退回山上去，这样的事就会发生。

陈清扬说，这样的事不会发生，因为它没有发生，实际发生的是，我们回了农场，写交待材料出斗争差。虽然随时都可以跑掉，但是没有跑。这是真实发生了的事。

陈清扬说，我天资平常，她显然没把我的文学才能考虑在内。我写的交待材料人人都爱看。刚开始写那些东西时，我有很大抵触情绪。写着写着就入了迷。这显然是因为我写的全是发生过的事。发生过的事有无比的魅力。

我在交待材料里写下了一切细节，但是没有写以下已经发生的事情：

我和陈清扬在十五队后山上，在草房里干完后，到山涧里戏水。山上下来的水把红土剥光，露出下面的蓝粘土来。我们爬到蓝粘土上晒太阳。暖过来后，小和尚又直立起来。但是刚发泄过，不像急色鬼。于是我侧躺在她身后，枕着她的头发进入她的身体。我们在饭店里，后来也是这么重温伟大友谊。我和陈清扬侧躺在蓝粘土上，那时天色将晚，风也有点凉。躺在一起心平气和，有时轻轻动一下，据说海豚之间有生殖性的和娱乐性的两种搞法，这就是说，海豚也有伟大友谊。我和陈清扬连在一起，好像两只海豚一样。

我和陈清扬在蓝粘土上，闭上眼睛，好像两只海豚在海里游动。天黑下来，阳光逐渐红下去。天边起了一片云，惨白惨白，翻着无数死鱼肚皮，瞪起无数死鱼眼睛。山上有一股风，无声无息地吹下去。天地间充满了悲惨的气氛。陈清扬流了很多眼泪。她说是触景伤情。

我还存了当年交待材料的副本，有一回拿给一位搞英美文学的朋友看，他说很好，有维多利亚时期地下小说的韵味。至于删去的细节，他也说删得好，那些细节破坏了故事的完整性。我的朋友真有大学问。我写交待材料时很年轻，没什么学问（到现在也没有学问），不知道什么是维多利亚时期地下小说。我想的是不能教会了别人。我这份交待材料不少人要看。假如他们看了情不自禁也去搞破鞋，那倒不伤大雅，要是学会了这个，那可不大好。

我在交待材料里还漏掉了以下事实，理由如前所述。我们犯了错误，本该被枪毙，领导上挽救我们，让我写交待材料，这是多么大的宽大！所以我下定决心，只写出我们是多么坏。

我们俩在刘大爹后山上时，陈清扬给自己做了一件筒裙，想穿了它化装成老傣，到清平去赶街。可是她穿上以后连路都走不了啦。走到清平南边遇到一条河，山上下来的水像冰一样凉，像腌雪里红一样绿，那水有齐腰深，非常急。我走过去，把她用一个肩膀扛起来，径直走过河才放下来。我的一边肩膀正好和陈清扬的腰等宽，记得那时她的脸红得利害。我还说，我可以把你扛到清平去，再扛回来，比你扭扭捏捏地走更快。她说，去你妈的吧。

筒裙就像个布筒子，下口只有一尺宽。会穿的人在里面可以干各种事，包括在大街上撒尿，不用蹲下来。陈清扬说，这一手她永远学不会。在清平集上观摩了一阵，她得到了要扮就扮阿伧的结论。回来的路是上山，而且她的力气都耗光了。每到跨沟越坎之处，她就找个树墩子，姿仪万方地站上去，让我扛她。

回来的路上扛着她爬坡。那时旱季刚到，天上白云纵横，阳光灿烂。可是山里还时有小雨。红土的大板块就分外地滑。我走上那块烂泥板，就像初次上冰场。那时我右手扣住她的大腿，左手提着猎枪，背上还有一个背篓，走在那滑溜溜的斜面上，十分吃力。忽然间我向左边滑动，马上要滑进山沟，幸亏手里有条枪，拿枪拄在地上。那时我全身绷紧，拼了老命，总算支持住了。可这个笨蛋还来添乱，在我背上扑腾起来，让我放她下去。那一回差一点死了。

等我刚能喘过气来，就把枪带交到右手，抡起左手在她屁股上狠狠打了两巴掌，隔了薄薄一层布，倒显得格外光滑。她的屁股很圆。鸡巴，感觉非常之好的啦！她挨了那两下登时老实了。非常地乖，一声也不吭。

当然打陈清扬屁股也不是好事，但是我想别的破鞋和野汉子之间未必有这样的事。这件事离了题，所以就没写。

九

我和陈清扬在章风山上做爱时，她还很白，太阳穴上的血管清晰可见。后来在山里晒得很黑。回到农场又变得白皙。后来到了军民共建边防时期，星期天机务站出一辆大拖拉机，拉上一车有问题的人到砖窑出砖。出完了砖再拉到边防线上的生产队去，和宣传队会齐。我们这一车是历史反革命，贼，走资派，搞破鞋的等等，敌我矛盾人民内部都有，干完了活到边境上斗争一台，以便巩固政治边防。出这种差公家管饭，武装民兵押着蹲在地上吃。吃完了我和陈清扬倚着拖拉机站着，过来一帮老婆娘，对她品头论足。结论是她真白，难怪搞破鞋。

我去找过人保组老郭，问他们叫我们出这种差是什么意思。他们说，无非是让对面的坏人知道这边厉害，不敢过来。本来不该叫我们去，可是凑不齐人数。反正我们也不是好东西，去去也没什么的。我说去去原是不妨，你叫人别揪陈清扬的头发。搞急了老子又要往山上跑。他说他不知道有这事，一定去说说。其实我早想上山，可是陈清扬说，算了，揪揪头发又怎么了。

我们出斗争差时，陈清扬穿我的一件学生制服。那衣服她穿上非常大，袖子能到掌心，领子拉起来能遮住脸腮。后来她把这衣服要走了。据说这衣服还在，大扫除擦玻璃她还穿。挨斗时她非常熟练，一听见说到我们，就从书包里掏出一双洗得干干净净用麻绳拴好的解放鞋，往脖子上一挂，等待上台了。

陈清扬说，在家里刚洗过澡，她拿我那件衣服当浴衣穿！那时她表演给女儿看，当年怎么挨斗。人是撅着的，有时还得抬脸给人家看，就和跳巴西桑巴舞一样。那孩子问道：我爸呢？陈清扬说：你爸爸坐飞机。那孩子就咯咯笑，觉得非常有趣。

我听见这话，觉得如有芒刺在背。第一，我也没坐飞机。挨斗时是两个小四川押我，他俩非常客气，总是先道歉说：王哥，多担待。然后把我撅出去。押她的是宣传队的两个小骚货，又撅胳膊又揪头发，照她说的好像人家对我比对她还不好，这么说对当年那两个小四川不公平。第二，我不是她爸爸。等斗完了我们，就该演节目了。把我们撵下台，撵上拖拉机，连夜开回场部去。每次出过斗争差，陈清扬都性欲勃发。

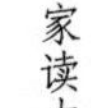

我们跑回农场来，受批判，出斗争差，这也是一阵阵的。有时候团长还请我们到他家坐，说起我们犯错误，他还说，这种错误他也犯过。然后就和陈清扬谈前列腺。这时我就告辞，除非他叫我修手表。有时候对我们很坏，一礼拜出两次斗争差。这时政委说，像王二陈清扬这样的人，就是要斗争，要不大家都会跑到山上去，农场还办不办。平心而论，政委说的也有道理，而且他没有前列腺炎。所以陈清扬书包里那双破鞋老不扔，随时备用。过了一段时间，不再叫我们出斗争差。有一回政委出去开会，团长到军务科说了说，就把我放回内地去了。

有关斗争差的事是这样的：当地有一种传统的娱乐活动，就是斗破鞋。到了农忙时大家都很累。队长说，今晚上娱乐一下，斗斗破鞋。但是他们怎么娱乐的，我可没见过。他们斗破鞋时，总把没结婚的人都撵走。再说，那些破鞋面黑如锅底，奶袋低垂，我不爱看。

后来来了一大批军队干部，接管了农场，就下令不准斗破鞋。理由是不讲政策。但是到了军民共建时期，又下令说可以斗破鞋，团里下了命令，叫我们到宣传队报到，准备参加斗争。马上我就要逃进山去，可是陈清扬不肯跟我走。她还说，她无疑是当地斗过的破鞋里最漂亮的一个。斗她的时候，周围好几个队的人都去看，这让她觉得无比自豪。

团里叫我们随宣传队活动，是这么交待的：我们俩是人民内部矛盾，这就是说，罪恶不彰，要注意政策。但是又说，假如群众愤怒了，要求狠狠斗我们，那就要灵活掌握。结果群众见了我们就愤怒。宣传队长是团长的人，他和我们私交也不坏，跑到招待所来和我们商量：能不能请陈大夫受点委屈？陈清扬说，没有关系。下回她就把破鞋挂在了脖子上，但是大家还是不满意。他只好让陈清扬再受点委屈。最后他说，大家都是明白人，我也不多说。您二位多担待吧。

我和陈清扬出斗争差的时候，开头总是呆在芭蕉树后面。那里是后台。等到快轮到我们时，她就站起来，把头上的发卡取下来衔在嘴里，再一个个别好，翻起领口，拉下袖子，背过双手，等待受捆了。

陈清扬说，他们用竹批绳、棕绳来捆她，总把她的手捆肿。所以她从家里带来了晾衣服的棉绳。别人也抱怨说，女人不好捆。浑身圆滚滚，一点不吃绳子。与此同时，一双大手从背后擒住她的手腕，另一双手把她紧紧捆起来，捆成五花大绑。

后来人家把她押出去，后面有人揪住她的头发，使她不能往两边看，也不能低下头，所以她只能微微侧过头去，看汽灯青白色的灯光，有时她正过头来，看见一些陌生的脸，她就朝那人笑笑。这时她想，这真是个陌生的世界！这里发生了什么，她一点不了解。

陈清扬所了解的是，现在她是破鞋。绳子捆在她身上，好像一件紧身衣。这时她浑身的曲线毕露。她看到在场的男人裤裆里都凸起来。她知道是因为她，但为什么这样，她一点不理解。

陈清扬说，出斗争差时，人家总要揪着她头发让她往四下看，为此她把头发梳成两绺，分别用皮筋系住，这样人家一只手提住她的手腕，另一只手揪她的头发就特别方便。她就这样被人驾驶着看到了一切，一切都流进她心里。但是她什么都不理解。但是她很愉快，人家要她做的事她都做到了，剩下的事与她无关。她就这样在台上扮演了破鞋。

等到斗完了我们，就该演文艺节目了。我们当然没资格看，就被撵上拖拉机，拉回场部去。开拖拉机的师傅早就着急回家睡觉，早就把机器发动起来。所以连陈清扬的绑绳也来不及松开。我把她抱上拖车，然后车上颠得很，天又黑，还是解不开。到了场部以后，索性我把她扛回招待所，在电灯下慢慢解。这时候陈清扬面有酡颜，说道：敦伟大友谊好吧？我都有点等不及了！

陈清扬说，那一刻她觉得自己像个礼品盒，正在打开包装，于是她心花怒放，她终于解脱了一切烦恼，用不着再去想自己为什么是破鞋，到底什么是破鞋，以及其他费解的东西：我们为什么到这个地方来，来干什么，等等。现在她把自己交到了我手里。

在农场里，每回出完了斗争差，陈清扬还要求敦伟大友谊。那时总是在桌子上。我写交待材料也在那张桌子上，高度十分合适。她在那张桌上像考拉那样，快感如潮，经常禁不住喊出来。那时黑着灯，看不见她的模样。我们的后窗总是开着的，窗后是一个很陡的坡。但是总有人来探头探脑，那些脑袋露在窗台上好像树枝上的寒鸦。我那张桌子上老放着一些山梨，硬得人牙咬不动，只有猪能吃。有时她拿一个从我肩上扔出去，百发百中，中弹的从陡坡上滚下去。这种事我不那么受用，最后射出的精液都冷冰冰。不瞒你说，我怕打死人，像这样的事倒可以写进交待材料，可是我怕人家看出我在受审查期间继续犯错误，给我罪加一等。

十

后来我们在饭店里重温伟大友谊，谈到各种事情。谈到了当年的各种可能性，谈到了我写的交待材料，还谈到了我的小和尚。那东西一听别人谈到它，就激昂起来，蠢动个不停。因此我总结道，那时人家要把我们捶掉，但是没有捶动。我到今天还强硬如初。为了伟大友谊，我还能光着屁股上街跑三圈。我这个人，一向不大知道要脸。不管怎么说，那是我的黄金时代。虽然我被人当成流氓。我认识那里好多人，包括赶马帮的流浪汉、山上的老景颇等等。提起会修表的王二，大家都知道。我和他们在火边喝那种两毛钱一斤的酒，能喝很多。我在他们那里大受欢迎。

除了这些人，猪场里的猪也喜欢我，因为我喂猪时，猪食里的糠比平时多三倍。然后就和司务长吵架，我说，我们猪总得吃饱吧。我身上带有很多伟大友谊，要送给一切人。因为他们都不要，所以都发泄在陈清扬身上了。

我和陈清扬在饭店里敦伟大友谊，是娱乐性的。中间退出来一次，只见小和尚上血迹斑斑。她说，年纪大了，里面有点薄，你别那么使劲。她还说，在南方呆久了，到了北方手就裂。而蛤蜊油的质量下降，抹在手上一点用都不管。说完了这些话，她拿出一小瓶甘油来，抹在小和尚上面。然后正着敦，说话方便。我就像一根待解的木料，躺在她分开的双腿中间。

陈清扬脸上有很多浅浅的皱纹，在灯光下好像一条条金线。我吻她的嘴，她没反对。这就是说，她的嘴唇很柔软，而且分开了。以前她不让我吻她嘴唇，让我吻她下巴和脖子交界的地方。她说，这样刺激性欲。然后继续谈到过去的事。

陈清扬说，那也是她的黄金时代。虽然被人称作破鞋，但是她清白无辜。她到现在还是无辜的。听了这话，我笑起来。但是她说，我们在干的事算不上罪孽。我们有伟大友谊，一起逃亡，一起出斗争差，过了二十年又见面，她当然要分开两腿让我趴进来。所以就算是罪孽，她也不知罪在何处。更主要的是，她对这罪恶一无所知。

然后她又一次呼吸急促起来。她的脸变得赤红，两腿把我用力夹紧，身体在我下面绷紧，压抑的叫声一次又一次穿过牙关，过了很久才松弛下来。这时她说很不坏。

很不坏之后，她还说这不是罪孽。因为她像苏格拉底，对一切都一无所知。虽然活了四十多岁，眼前还是奇妙的新世界。她不知道为什么人家要把她发到云南那个荒凉的地方，也不知为什么又放她回来。不知道为什么要说她是破鞋，把她押上台去斗争，也不知道为什么又说她不是破鞋，把写好的材料又抽出来。这些事有过各种解释，但没有一种她能听懂。她是如此无知，所以她无罪。一切法律书上都是这么写的。

陈清扬说，人活在世上，就是为了忍受摧残，一直到死。想明了这一点，一切都能泰然处之。要说明她怎会有这种见识，一切都要回溯到那一回我从医院回来，从她那里经过进了山。我叫她去看我，她一直在犹豫。等到她下定了决心，穿过中午的热风，来到我的草房前面，那一瞬间，她心里有很多美丽的想象。等到她进了那间草房，看见我的小和尚直挺挺，像一件丑恶的刑具。那时她惊叫起来，放弃了一切希望。

陈清扬说，在此之前二十多年前一个冬日，她走到院子里去。那时节她穿着棉衣，艰难地爬过院门的门槛。忽然一粒砂粒钻进了她的眼睛。这是那么的疼，冷风又是那样的割脸，眼泪不停地流。她觉得难以忍受，立刻大哭起来，企图在一张小床上哭醒，这是与生俱来的积习，根深蒂固。放声大哭从一个梦境进入另一个梦境，这是每个人都有的奢望。

陈清扬说，她去找我时，树林里飞舞着金蝇。风从所有的方向吹来，穿过衣襟，爬到身上。我呆的那个地方可算是空山无人。炎热的阳光好像细碎的云母片，从天顶落下来。在一件薄薄的白大褂下，她已经脱得精光。那时她心里也有很多奢望。不管怎么说，那也是她的黄金时代，虽然那时她被人叫作破鞋。

陈清扬说，她到山里找我时，爬过光秃秃的山岗。风从衣服下面吹进来，吹过她的性敏感带，那时她感到的性欲，就如风一样捉摸不定。它放散开，就如山野上的风。她想到了我们的伟大友谊，想起我从山上急匆匆地走下去。她还记得我长了一头乱蓬蓬的头发，论证她是破鞋时，目光笔直地看着她。她感到需要我，我们可以合并，成为雄雌一体。就如幼小时她爬出门槛，感到了外面的风。天是那么蓝，阳光是那么亮，天上还有鸽子在飞。鸽哨的声音叫人终生难忘。此时她想和我交谈，正如那时节她渴望和外面的世界合为一体，融化到天地中去。假如世界上只有她一个人，那实在是太寂寞了。

陈清扬说，她到我的小草房里去时，想到了一切东西，就是没想到小和尚。那东西太丑，简直不配出现在梦幻里。当时陈清扬也想大哭一场，但是哭不出来，好像被人捏住了喉咙。这就是所谓的真实。真实就是无法醒来。那一瞬间她终于明白了在世界上有些什么，下一瞬间她就下定了决心，走上前来，接受摧残，心里快乐异常。

陈清扬还说，那一瞬间，她又想起了在门槛上痛哭的时刻。那时她哭了又哭，总是哭不醒。而痛苦也没有一点减小的意思。她哭了很久，总是不死心。她一直不死心，直到二十年后面对小和尚。这已经不是她第一次面对小和尚。但是以前她不相信世界上还有这种东西。

陈清扬说，她面对这丑恶的东西，想到了伟大友谊。大学里有个女同学，长得丑恶如鬼（或者说，长得也是这个模样），却非要和她睡一张床。不但如此，到夜深人静的时候，还要吻她的嘴，摸她的乳房。说实在的，她没有这方面的嗜好。但是为了交情，她忍住了。如今这个东西张牙舞爪，所要求的不过是同一种东西。就让它如愿以偿，也算是交友之道。所以她走上前来，把它的丑恶深深埋葬，心里快乐异常。

陈清扬说，到那时她还相信自己是无辜的。甚至直到她和我逃进深山里去，几乎每天都敦伟大友谊。她说这丝毫也不能说明她有多么坏，因为她不知道我和我的小和尚为什么要这样。她这样做是为了伟大友谊，伟大友谊是一种诺言。守信肯定不是罪孽。她许诺过要帮助我，而且是在一切方面。但是我在深山里在她屁股上打了两下，彻底玷污了她的清白。

十一

我写了很长时间交待材料，领导上总说，交待得不彻底，还要继续交待。所以我以为，我的下半辈子要在交待中度过。最后陈清扬写了一篇交待材料，没给我看，就交到了人保组。此后就再没让我们写材料。不但如此，也不叫我们出斗争差。不但如此，陈清扬对我也冷淡起来。我没情没绪地过了一段时间，自己回了内地。她到底写了什么，我怎么也猜不出来。

从云南回来时我损失了一切东西：我的枪，我的刀，我的工具，只多了一样东西，就是档案袋鼓了起来。那里面有我自己写的材料，从此不管我到什么地方，人家都能知道我是流氓。所得的好处是比别人早回城，但是早回来没什么好，还得到京郊插队。

我到云南时，带了很全的工具，桌拿子、小台钳都有。除了钳工家具，还有一套修表工具。住在刘大爹后山上时，我用它给人看手表。虽然空山寂寂，有些马帮却从那里过。有人让我鉴定走私表，我说值多少就值多少。当然不是白干。所以我在山上很活得过。要是不下来，现在也是万元户。

至于那把双筒猎枪，也是一宝。原来当地卡宾枪老套筒都不稀罕，就是没见过那玩意。筒子那么粗，又是两个管，我拿了它很能唬人。要不人家早把我们抢了。我，特别是刘老爹，人家不会抢，恐怕要把陈清扬抢走。至于我的刀，老拴在一条牛皮大带上。牛皮大带又老拴在陈清扬腰上。睡觉做爱都不摘下来。她觉得带刀很气派。所以这把刀可以说已经属于陈清扬。枪和刀我已说过，被人保组要走了。我的工具下山时就没带下来，就放在山上，准备不顺利时再往山上跑。回来时行色匆匆，没顾上去拿，因此我成了彻底的穷光蛋。

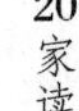

我对陈清扬说，我怎么也想不出来在最后一篇交待里她写了什么。她说，现在不能告诉我，要告诉我这件事，只能等到了分手的时候。第二天她要回上海，她叫我送她上车站。

陈清扬在各个方面都和我不同。天亮以后，洗了个冷水澡（没有热水了），她穿戴起来。从内衣到外衣，她都是一个香喷喷的LADY。而我从内衣到外衣都是一个地道的土流氓，无怪人家把她的交待材料抽了出来，不肯抽出我的。这就是说，她那破裂的处女膜长了起来。而我呢，根本就没长过那个东西。除此之外，我还犯了教唆之罪，我们在一起犯了很多错误，既然她不知罪，只好都算在我账上。

我们结了账，走到街上去。这时我想，她那篇交待材料一定淫秽万分。看交待材料的人都心硬如铁，水平无比之高，能叫人家看了受不住，那还好得了？陈清扬说，那篇材料里什么也没写，只有她真实的罪孽。

陈清扬说她真实的罪孽，是指在清平山上。那时她被架在我的肩上，穿着紧裹住双腿的筒裙，头发低垂下去，直到我的腰际。天上白云匆匆，深山里只有我们两个人。我刚在她屁股上打了两下，打得非常之重，火烧火燎的感觉正在飘散。打过之后我就不管别的事，继续往山上攀登。

陈清扬说，那一刻她感到浑身无力，就瘫软下来，挂在我肩上。那一刻她觉得如春藤绕树，小鸟依人，她再也不想理会别的事，而且在那一瞬间把一切都遗忘。在那一瞬间她爱上了我，而且这件事永远不能改变。

在车站上陈清扬说，这篇材料交上去，团长拿起来就看。看完了面红耳赤，就像你的小和尚。后来见过她这篇交待材料的人，一个个都面红耳赤，好像小和尚。后来人保组的人找了她好几回，让她拿回去重写。但是她说，这是真实情况，一个字都不能改。人家只好把这个东西放进了我们的档案袋。

陈清扬说，承认了这个，就等于承认了一切罪孽。在人保组里，人家把各种交待材料拿给她看，就是想让她明白，谁也不这么写交待。但是她偏要这么写。她说，她之所以要把这事最后写出来，是因为它比她干过的一切事都坏。以前她承认过分开双腿，现在又加上，她做这些事是因为她喜欢。做过这事和喜欢这事大不一样。前者该当出斗争差，后者就该五马分尸千刀万剐。但是谁也没权力把我们五马分尸，所以只好把我们放了……

陈清扬告诉我这件事以后，火车就开走了。以后我再也没见过她。

革命时期的爱情*

作者自述 《革命时期的爱情》是一本关于性爱的书。性爱受到了自身力量的推动，但自发地做一件事在有的时候是不许可的，这就使事情变得非常复杂。我要说的是：人们确可以牵强附会地解释一切，包括性爱在内。故而性爱也可以有最不可信的理由。王二，1993 年夏天四十二岁，在一个研究所里做研究工作。在作者的作品里，他有很多同名兄弟。作者本人年轻时也常被人叫作“王二”，所以他也是作者的同名兄弟。和其他王二不同的是，他从来没有插过队，是个身材矮小、身体结实、毛发很重的人。